AYNADAKİ GÖRÜNTÜ

AYNADAKİ GÖRÜNTÜ

Orijinal Adı: Mirror Image
Yazarı: Danielle Steel
Çeviri: Meltem Savcı
Editör: Tanju Anapa
Redaksiyon: Meltem Erkmen
Düzenleme:Gülen Işık
Baskı: Şahinkaya Matbaası
Cilt: Melissa Mücellit

2. Baskı: 1999, İstanbul

ISBN: 975 331 179-6

Yayımlayan:
Epsilon Yayıncılık Hizmetleri Tic. San. Ltd. Şti.
Osmanlı sk. 24/4 80090 Taksim/İstanbul
Tel: 0212.252 38 21 pbx Faks: 252 47 29

Genel Dağıtım:
Yeni Çizgi Yayın Dağıtım Ltd. Şti.
Perpa Ticaret Merkezi Kat: 2 No: 87
Okmeydanı/İstanbul
Tel: 0212.220 57 70 pbx Faks: 222 61 55

AYNADAKİ GÖRÜNTÜ

Danielle Steel

Çeviri
Meltem Savcı

epsilon

BİR

Henderson Malikânesi'nin ağır brokar perdeleri, dışarıdan gelen kuş seslerini boğuyordu. Olivia Henderson, önüne düşen uzun siyah saçlarından bir tutamı yana iterek büyük bir dikkatle, babasının porselenlerinin sayımını yapmaya devam etti. Ilık bir yaz günüydü. Her zaman olduğu gibi, kız kardeşi yine bir yerlere gitmişti. Babası Edward Henderson, avukatlarının gelmesini bekliyordu. Evlerinin bulunduğu Croton-Hudson, New York'tan arabayla aşağı yukarı üç saat uzaklıkta olmasına rağmen, avukatları onu oldukça sık ziyaret ediyorlardı. Edward Henderson tüm yatırımlarını buradan idare ediyor; hâlâ adını taşıyan, ama artık bizzat yönetmediği çelik fabrikalarını buradan denetliyordu. İki yıl önce, 1911 yılında emekliye ayrılmış; mallarının tümünü elinde tutarak, idareyi avukatlarına ve çelik fabrikalarını işleten kişilere teslim etmişti. Oğlu olmadığı için, işlerine olan eski ilgisini yitirmişti. Kızları, çelik fabrikalarını asla işletmezlerdi. Henüz altmış beş yaşında olmasına rağmen, son yıllarda Edward'ın sağlığı bozulmaya başlamıştı. Dünyayı, Croton-Hudson'daki huzurlu tüneğinden izlemeyi tercih ediyordu artık. Buradan, dünyayı sessizce gözleyebilirdi. Ayrıca, iki kızı için de sağlıklı bir yaşam olanağı sunuyordu burası. İtiraf etmek gerekirdi ki, Croton heyecan verici bir yer değildi. Ama canları hiç sıkılmıyordu; Hudson kıyısındaki tüm büyük ailelerden arkadaşları vardı.

Van Cortlandt malikânesi yakındaydı. Eski Lyndhurst arazisinde oturan Shephard'lar da öyle. Helen Shepard'ın babası Jay Gould yirmi yıl önce ölmüş ve bu olağanüstü emlakı kızına bırakmıştı. Helen, kocası Finley Shepard'la birlikte burayı çok güzel idare ediyor ve sık sık yakınlarda oturan gençler için partiler veriyordu. Rockefeller'lar, Tarrytown'daki Kykuit'in inşaatını o yıl bitirmişlerdi. Görkemli bahçeler, muhteşem arazi ve Edward Henderson'ınki ile rekabet eden ev, Croton-Hudson'ın hemen kuzeyindeydi.

Henderson Malikânesi güzel bir evdi. İnsanlar bu evi görmek için millerce uzaktan gelirler ve kapının parmaklıklarının arasından, merakla, o sevimli bahçeye bakarlardı. Yüksek ağaçlar ve garaja giden yolun virajlı olması yüzünden, durdukları noktadan evi görmeleri çok zordu. Ev, Hudson nehrine bakan bir yamacın üstündeydi. Edward, saatler boyunca çalışma odasında oturup dünyanın önünden geçip gitmesini izlemekten, geçmişi, eski dostlarını ve hayatının çok daha hareketli olduğu günleri düşünmekten hoşlanıyordu. Geçen yüzyılın sonunda, 1870 yılında yaşanan endüstriyel değişim sırasında, babasının yardımcı olmak amacıyla, onun fabrikalarını devraldığı günleri. O günlerde hayatı çok hareketliydi. Gençliğinde hayatı çok farklıydı. Edward Henderson genç yaşta evlenmiş, karısıyla küçük oğlunu difteriden kaybetmişti. Sonra Elizabeth karşısına çıkana kadar, uzun yıllar yalnız yaşamıştı. Bir erkeğin düşleyebileceği her şeye sahipti Elizabeth. Pırıl pırıl parlayan bir ışıktı o. Yazın gökyüzünde görülen bir kuyrukluyıldızdı. Öylesine kısa ömürlü, öylesine göz kamaştırıcı, öylesine güzel bir kadındı ve o kadar çabuk gitmişti ki. Tanıştıkları yıl evlenmişlerdi. Elizabeth on dokuz yaşındaydı; Edward kırklı yaşların başında. Ama Elizabeth yirmi bir yaşında ölmüştü. Edward'ı dehşet içinde bırakarak, doğum yaparken ölmüştü. Onun ölümünden sonra, Edward her zamankinden daha çok çalışarak, kendini uyuşturmuştu. Kızlarını, evin kâhyasının ve dadının bakımına terk etmiş; ancak sonunda onlara karşı sorumlu olduğunu fark ederek, Henderson Malikânesini inşa ettirmeye başlamıştı.

6

Onların şehirden uzakta, sağlıklı bir yaşam sürmelerini istiyordu. 1903 yılında, New York çocuklar için uygun bir yer değildi. Onları Henderson Malikânesi'ne taşıdığı zaman on yaşındaydılar; şimdi ise yirmi. Edward, şehirdeki evi elden çıkarmamış, orada çalışmaya devam etmişti. Ama her fırsatta kızları görmeye geliyordu. Önceleri sadece hafta sonları gelmekle yetinmişti. Ancak Hudson'a âşık olduktan sonra, New York'tan, Pittsburgh'dan ya da Avrupa'dan daha çok, orada vakit geçirmeye başlamıştı. Yüreği artık Croton'da, kızlarının yanındaydı. Onların büyüdüklerini izlerken, yavaş yavaş kendi hayatındaki hareket de azalmaya başlamıştı. Onlarla birlikte olmaya bayılıyordu ve artık yanlarından hiç ayrılmıyordu. Son iki yıldır kesinlikle hiçbir yere gitmemişti. Üç dört yıl önce sağlığı bozulmaya başlamıştı. Kalbi sorun yaratıyordu; ama sadece fazla çalıştığı, bir şeye sinirlendiği, ya da çok kızdığı zaman. Bu da sık olmuyordu artık. Croton'da kızlarıyla birlikte mutluydu.

Kızların annesi öleli yirmi yıl oluyordu. 1893 yılının ilkbaharında, ılık, sakin bir günde ölmüştü Elizabeth. Edward'a, Tanrı'nın son ihaneti gibi gelmişti bu. Son derece gururlu ve heyecanlı bir şekilde dışarıda bekliyordu. Böyle bir şeyin bir kez daha başına geleceğini hayal bile edemezdi. İlk karısı ve çocuğu difteri salgınında öldüklerinden beri on iki yıldan fazla zaman geçmişti. Ama bu kez, Elizabeth'i yitirmek neredeyse öldürmüştü onu. Kırk beş yaşındayken, onun için neredeyse ölümcül bir darbe olmuştu bu. Onsuz yaşamaya devam etmek dayanılmaz bir şeydi. Karısı New York'taki evlerinde ölmüştü. Önceleri, onun varlığını hep hissediyordu orada. Ama bir süre sonra evin boşluğundan nefret etmeye başlamıştı; orada olmaktan da. Sonra aylar boyunca seyahatlere gidip gelmişti. Ama evden uzak durmak, Elizabeth'in ona bıraktığı iki küçük kızdan da uzak durmak anlamına geliyordu. Babasının yaptırmış olduğu ve içinde büyüdüğü evi satmaya da eli varmıyordu. Son derece gelenekçi biri olarak, onu çocukları için tutmak zorunda olduğunu hissediyordu. Ancak zaman içinde evi kapatmıştı. İki yıldır burada oturuyordu. Sürekli olarak Croton'da yaşamaya başladıktan sonra da, orayı hiç özlememişti. Ne evi, ne New York'u, ne de orada bıraktığı sosyal yaşamını.

Yaz sesleri monotonluğunu sürdürürken, Olivia da zahmetli bir iş olan porselen sayımına devam ediyor, uzun kâğıt parçalarına, yenilenmesi ve sipariş edilmesi gerekenlerin neler olduğunu titizlikle not ediyordu. Bazen uşaklardan birini şehirdeki eve yollayıp bir şeyler getirmesini isterdi. Ama çoğu zaman şehir evi kapalı dururdu ve oraya hiç gitmezlerdi. Sağlığı iyi olmayan babasının o evi sevmediğini biliyordu. Olivia da burada, Croton-Hudson'daki sakin hayattan memnundu. Tıpkı babası gibi. Çocukluğundan bu yana New York'taki evde çok az yaşamıştı. İki yıl önce babası, sosyeteye ve dostlarına tanıştırmak için, onları kısa bir süre için New York'a götürmüştü. Bu yolculuk, Olivia'ya ilginç, ama son derece yorucu gelmişti. Partiler, tiyatrolar, hiç bitmeyen sosyal zorunluluklar bunaltmıştı onu. Kendini her an sahnedeymiş gibi hissetmiş ve gördüğü ilgiden nefret etmişti. Bu durumdan çok mutlu olan ve Noel'de Croton'a döndüklerinde büyük bir can sıkıntısına düşen, Victoria'ydı. Olivia ise, kitaplarına, evlerine, atlarına, bazen komşu çiftliklerde son bulan huzurlu yürüyüşlerine geri döndüğü için rahatlamıştı. Burada, at binmeye, ilkbahar seslerini dinlemeye, kış mevsiminin yavaşça eriyerek onlardan uzaklaşmasını ve ekimde renk değiştiren yaprakların olağanüstü güzelliğini izlemeye bayılıyordu. Küçüklüğünden beri, babasının evi ile ilgilenmeyi de çok seviyor ve bunu yıllardır, onları büyüten kadının, Alberta Peabody'nin yardımıyla yapıyordu. Ona "Bertie" diyorlardı. Kızların hayatları boyunca tanıdıkları, anneye en çok benzeyen kişi o olmuştu. Gözleri iyi görmüyordu, ama zekâsı pırıl pırıldı. İki genç kızı, gözleri kapalıyken, karanlıkta bile ayırt edebilirdi.

Bertie, Olivia'ya bakıp, yaptığı işin nasıl gittiğini sormaya geldi. Yaşlı kadın, böylesine dikkat gerektiren işleri yapacak sabra da gözlere de sahip değildi artık. Bu yüzden Olivia'ya minnettardı. Genç kız, nakışları, kristalleri, keten örtüleri büyük bir dikkatle kontrol ederdi. Ev işlerinden nefret eden Victoria'nın tersine, Olivia her şeyle ilgilenir ve bundan da çok hoşlanırdı. Victoria, kardeşinden her açıdan farklıydı.

"Ee, bütün tabaklarımızı kırmışlar mı, yoksa hâlâ Noel yemeğini idare edebilecek durumda mıyız?" Bertie, elindeki bir bardak buz gibi limonatayla, fırından yeni çıkmış zencefilli kurabiye dolu tabağı uzatırken gülümsedi. Alberta Peabody, artık "kendi çocukları" gibi gördüğü iki kıza yirmi yıldır bakıyordu. Daha doğdukları zaman onun olmuştu kızlar. Anneleri öldüğünden beri de bir gün bile ayrılmamıştı onlardan. Olivia'nın gözlerine ilk baktığı anda onu ne kadar sevdiğini anlamıştı.

Kısa boylu, tombul bir kadındı. Ensesinde küçük bir topuz şeklinde topladığı beyaz saçları ve Olivia'nın, çocukken sık sık başını dayadığı büyük göğüsleri vardı. Kızların teselliye ihtiyaçları olduğunda ve babalarının orada olmadığı zamanlarda, hep o rahatlatmıştı onları. Küçüklüklerinde çok sık olurdu bu. Baba, yıllar boyunca anneleri için sessizce yas tutmuş ve kızlardan uzak durmuştu. Ama son yıllarda onlara yakınlaşmış, sağlığı bozulmaya başlayıp emekli olduktan sonra da iyice yumuşamıştı. Kalbi zayıftı. Bunu, iki genç eşini kaybetmiş olmasına ve modern iş yaşamının onu yıpratmasına bağlıyordu. Artık işlerini buradan yürüttüğü için çok daha mutluydu. Her şey avukatlarının süzgecinden geçerek ulaşabiliyordu ona.

Olivia, uzun siyah saçlarını yine geriye iterek ciddi bir ifadeyle, "Çorba tabağına ihtiyacımız var Bertie," dedi. Ürkütücü güzelliğinin hiç farkında değildi. Bembeyaz cildi, kocaman lacivert gözleri ve pırıl pırıl, kuzguni siyah, gür saçları vardı. "Balık tabağı da gerekiyor. Gelecek hafta Tiffany'ye ısmarlarım. Mutfaktaki kızlara daha dikkatli olmalarını söylemeliyiz." Bertie gülümseyerek başını salladı. Olivia çoktan evlenmiş, kendi çorba tabaklarının sayımını yapıyor olabilirdi. Oysa hâlâ buradaydı ve son derece rahattı. Babasıyla, onun evi ve tüm çalışanlarıyla o ilgileniyordu. Olivia'nın başka bir yere gitmeye niyeti yoktu. Bunu düşünmemişti bile. Burada, Henderson Malikânesi'nde mutluydu. Sürekli olarak, dünyanın öteki yarısındaki yerlerden, en azından Avrupa'dan söz eden Victoria gibi değildi o. Victoria, hiçbir işe yaramayan New York'taki evi ve orada ne kadar eğlenebileceklerini her düşündüğünde öfkeleniyordu.

Olivia çocukça gülümseyerek Bertie'ye baktı. Etek boyu ayak bileklerinde olan açık mavi, ipek bir elbise giymişti. Sanki yaz mevsimindeki gökyüzünü alıp üzerine sarınmış gibi görünüyordu. Elbisenin modelini bir dergiden almış ve oradaki bir terziye diktirmişti. Bir Poiret tasarımıydı ve genç kızın üzerinde çok hoş duruyordu. İki kardeşin elbiselerini seçen ve tasarlayan hep Olivia olurdu. Victoria hiç umursamaz, seçimi Olivia'ya bırakırdı. Özellikle de -kendi ifadesine göre- Olivia ablası olduğu için.

"Bugün kurabiyeler harika olmuş, değil mi? Babam bayılacak." Olivia, babası ve onun bir numaralı avukatı John Watson için pişirtmişti kurabiyeleri. "Onlar için de bir tepsi hazırlatsam iyi olur herhalde. Yoksa sen hallettin mi?" İki kadın yıllardır sorumlulukları ve görevleri paylaşmış olmanın yarattığı bir anlayışla gülümsediler birbirlerine. Olivia, son birkaç yılda yavaş yavaş büyüyerek, çocukluktan genç kızlığa geçmiş, giderek genç bir kadın ve babasının evinin hanımı olmuştu. Çevresinin kontrolü tamamen onun elindeydi; bunu Bertie de biliyordu. Buna saygı duyuyor ve artık çoğu zaman, kararları ona bırakıyordu. Tabii yine de, sağanak yağmurun altında dolaştığı, ya da çocukça bir aptallık yaptığında -ki 20 yaşında bile zaman zaman oluyordu bu- ona karşı çıkmaktan, onu azarlamaktan vazgeçemiyordu. Ama bugünlerde Bertie bu durumun can sıkıcı olmaktan çok, ferahlatıcı olduğunu düşünüyordu. Olivia öyle ciddi ve sorumluluk sahibi bir kızdı ki, bazen yapması gerekenleri unutmak ona iyi geliyordu.

"Tepsiyi ben hazırladım. Ama aşçıya, senin son anda isteyeceğini söyledim," dedi Bertie.

"Teşekkür ederim." Olivia merdivenden zarif bir hareketle indi ve ince, uzun kollarıyla yaşlı kadına sarılarak yanağına bir öpücük kondurdu. Başını bir an için, tıpkı bir çocuk gibi, Bertie'nin omzuna dayadı. Sonra yanağını sevgiyle bir kez daha öperek mutfağa koştu. Babası ile avukat için hazırlanmış olan tepsiyle ilgilenecekti.

Bir sürahi limonata, büyük bir tabak dolusu kurabiye, bahçelerinde yetiştirdikleri domatesten kâğıt gibi ince kesilmiş dilimler, su teresi ve salatalıkla yapılmış küçük sandviçler hazırlattı. Şerinin yanı sıra, eğer isterlerse daha kuvvetli içkiler de vardı. Babasının dostları arasında büyümüş olduğu için, Olivia erkeklerin viski ya da puro içmelerinden rahatsız olan kızlardan değildi. Hatta içki ve puro kokusunu severdi. Kardeşi de öyle.

Bertie'nin hazırlamış olduğu gümüş tepsiye ve keten örtülerle peçetelere onay verdikten sonra mutfaktan çıktı ve kütüphaneye, babasının yanına gitti. Odanın serinliğini muhafaza etmek için perdeler örtülüydü. Ağır püsküllü saçakları olan koyu kırmızı brokar perdeleri içgüdüsel bir hareketle düzeltirken, başını çevirerek arkasında oturan babasına baktı.

"Bugün kendini nasıl hissediyorsun baba? Hava korkunç sıcak; öyle değil mi?"

"Benim hoşuma gidiyor." Edward kızına gururla gülümsedi. Onun ev işlerinde olağanüstü hünerli olduğunu çok iyi biliyordu. Sık sık, eğer Olivia olmasa, evini yönetemeyeceğini söylerdi. En azından bu kadar kolay olmayacağını biliyordu. Hatta şakayla karışık, Rockefeller'lardan birinin, sırf Kykuit'i idare etmesi için onunla evlenmek isteyebileceğini bile söylemişti. Bu yakınlarda orayı görmeye gitmişti. John D. Rockefeller'ın yaptırdığı ev benzersizdi. Tüm çağdaş konfora sahipti: telefon, merkezi ısıtma ve ahıra yerleştirilmiş bir jeneratör. Olivia'nın babası dalga geçerek, o evin yanında kendilerininkinin bir kulübe gibi kaldığını söylemişti. Hiç de öyle değildi tabii. Ama Kykuit kesinlikle en muhteşem komşuydu.

Edward, "Bu sıcak hava yaşlı kemiklerime iyi geliyor," dedi keyifle. Avukatını beklerken bir puro yaktı. Sonra ilgisizce sordu. "Kardeşin nerede?" Olivia'yı bulmak her zaman kolaydı. Evin herhangi bir yerinde liste yapıyor, personele notlar yazıyor, onarılmış olması gereken bir şeyi kontrol ediyor, ya da babasının masasına çiçek yerleştiriyor olabilirdi. Victoria'nın izini sürmek çok daha zordu.

Olivia belli belirsiz, "Galiba Astor'lara tenis oynamaya gitti," dedi. Nerede olduğundan emin değildi; sadece tahmin ediyordu.

Büyük kızına hüzünlü bir tebessümle bakarak, "Tipik Victoria işte," dedi Edward. "Galiba Astor'lar yazı geçirmek için Maine'e gittiler." Çoğu komşularının yaptığı gibi. Daha önceki yıllarda Henderson'lar da yaz için Maine'e, Newport'a, Rhode Island'a gitmişlerdi. Ama Edward Henderson artık en sıcak yaz günlerinde bile Croton'dan ayrılmak istemiyordu.

"Özür dilerim baba." Kardeşi adına babasına yalan söylediği için utanan Olivia'nın yüzü kızardı. "Bal Harbor'dan dönmüş olabileceklerini düşünmüştüm."

"Bundan eminim." Eğleniyormuş gibi görünüyordu Edward. "Kardeşinin nerede, ne şeytanlıklar peşinde olduğunu ancak Tanrı bilir." Ama her ikisi de onun kaprislerinin pek zararlı olmadığını biliyorlardı. Kendine has bir kişilikti Victoria. Başına buyruktu. Hayat dolu ve ne istediğini bilen bir kızdı. Ölen anneleri gibi bağımsız bir kişiliği vardı onun da. Edward Henderson, küçük kızının bazı bakımlardan biraz eksantrik olduğunu düşünmüştü her zaman. Ama aşırıya kaçmadığı sürece bunu hoşgörebilirdi. Hem burada bir zarar gelmezdi ona. Olabilecek en kötü şey bir ağaçtan düşmesi, en yakında oturan arkadaşına gitmek için bile kilometrelerce yol yürürken sıcaktan baygınlık geçirmesi, ya da nehirde yüzerken fazla uzaklaşmasıydı. Buradaki bütün eğlenceler çok kibardı. Victoria bu civarda hiçbir romantik ilişkiye girmemişti. Israrla peşinden koşan delikanlılar olmamıştı. Bazı Rockefeller ve Van Cortlandt gençleri ona çok ilgi göstermiş, ama hepsi de efendi gibi davranmıştı. Victoria'nın aslında romantik değil, entelektüel olduğunu babası bile biliyordu.

Olivia sessizce, "Birazdan gidip ararım onu," dedi. Ama ikisi de pek merak etmiyordu zaten. O sırada mutfaktan tepsi geldi ve Olivia çocuğa onu nereye koyacağını söyledi.

Babası purosunu yeniden yakıp, adını bir türlü hatırlayamadığı çocuğa teşekkür ettikten sonra, "Bir bardak daha gerekecek canım," dedi kızına.

Olivia yanlarında çalışan herkesi tanırdı. Adlarını, hayat hikâyelerini, anne-babalarını, kız kardeşlerini, çocuklarını bilirdi. Zaaflarından da güçlerinden de, zaman zaman başlarına açtıkları dertlerden de haberdardı. Henderson Malikânesi'nin gerçek hanımefendisiydi o. Hatta belki de, eğer yaşasaydı, annesinin olabileceğinden bile daha iyiydi bu konuda. Olivia, annelerinin birçok bakımdan kız kardeşine daha çok benzediğini düşünüyordu.

"John yanında birini mi getiriyor?" Olivia şaşırmış görünüyordu. Babasının avukatı genellikle yalnız gelirdi. Tabii fabrikada bir sorun olmadığı taktirde. Bu kez bir sorun varsa da onun haberi yoktu. Babaları çoğu zaman bu tür bilgileri onlarla paylaşırdı. Her şey onların olacaktı bir gün. Kızlar, büyük olasılıkla fabrikaları satarlardı. Tabii eğer onları işletebilecek yetenekteki adamlarla evlenmezlerse. Ama Edward bunun zayıf bir ihtimal olduğunu düşünüyordu.

Olivia'nın sorusuna karşılık, Edward purosundan bir nefes çekti ve iç geçirdi. "Ne yazık ki John bugün biriyle birlikte geliyor canım. Korkarım bu dünyada fazla kaldım ben. İki eşimden, bir oğlumdan daha çok yaşadım. Geçen yıl doktorumu, son on yıl içinde de arkadaşlarımdan çoğunu yitirdim. Şimdi de John Watson emekliye ayrılmayı düşündüğünü söylüyor. Şirketine yeni katılmış olan ve çok takdir ettiği birini de yanında getiriyor."

"Ama John o kadar yaşlı değil ki." Olivia hem şaşırmış, hem de en az babası kadar rahatsız olmuş görünüyordu. "Sen de değilsin. Böyle konuşmayı bırak artık." Babasının, sağlığı bozulduğundan, özellikle de emekli olduğundan beri, kendini ihtiyarlamış gibi hissettiğini biliyordu.

Edward kaşlarını çatarak, "Artık ihtiyarladım. Etrafındaki herkesin yok olmaya başladığını görmenin nasıl bir şey olduğunu bilemezsin sen," dedi. O gün tanışmak istemediği yeni avukatı düşünüyordu.

Babasını rahatlatmak ister gibi, "Kimse bir yere gitmiyor. Eminim şimdilik John da," dedi Olivia. Bu arada, küçük bir kadehe şeri koyup, taze zencefilli kurabiye tabağıyla birlikte babasına uzattı. Bir kurabiye alan Edward kızına büyük bir keyifle baktı.

"Belki de bu kurabiyelerin tadını aldıktan sonra hiç gitmez. O mutfakta mucizeler yaratmalarını sağlıyorsun Olivia."

"Teşekkür ederim." Uzanıp öptü babasını. Edward da kızını her gördüğünde hissettiği memnuniyetle baktı ona. Bu kadar sıcak bir günde bile son derece rahat ve sakin görünüyordu Olivia. Bir kurabiye de o aldı; babasının yanına oturdu ve John Watson'ı beklemeye başladılar. Birkaç dakika sonra merakla sordu. "Peki kimmiş şu yeni adam?" Watson'ın, babasından bir iki yaş küçük olduğunu biliyordu. Ama emekli olmak için yine de genç olduğunu düşünüyordu. Ayrıca olduğundan da genç görünürdü. Belki de fazla geç olmadan, işlerine bakacak yeni birini getirmekle akıllılık ediyordu. "Onunla daha önce tanıştınız mı?"

"Henüz değil. İlk kez bugün karşılaşacağız. John onun işinde son derece başarılı olduğunu söylüyor. Daha çok ticari işlerle ilgilenmiş. Bazı Astor'ların da emlak işlerine bakmış. John'ın bürosuna, mükemmel bir şirketten çok iyi bir bonservisle gelmiş."

Olivia ilgiyle sordu. "İşyerini niye değiştirmiş?" Babasının işiyle ilgili konuları dinlemekten hoşlanıyordu. Victoria da öyle. Ama o, fikirlerini çok daha ateşli bir şekilde savunurdu. Bazen üçü, politik ya da ticari konularda tartışır, ama her üçü de bundan büyük zevk alırdı. Edward Henderson, belki de oğlu olmadığı için, kızlarıyla ciddi konuları tartışmayı çok severdi.

"John'ın dediğine göre, Dawson -şu yeni adam- geçen yıl çok üzücü bir olay yaşamış. Aslında ona ben de çok acıdım. Belki de bu yüzden John'ın onu buraya getirmesine izin verdim... ne yazık ki bu benim de çok iyi anladığım türden bir şey bu." Kızına hüzünle gülümsedi. "Geçen yıl karısını *Titanik*'te kaybetmiş. Kadın, Lord Arnsborrough'un kızlarından biriymiş ve galiba kız kardeşini ziyarete gitmiş. Yazık ki *Titanik*'le dönüyormuş. Dawson neredeyse oğlunu da kaybedecekmiş. Anlaşılan çocuğu en son filikalardan birine almışlar. Zaten aşırı dolu olduğu için, kadın kendi yerine başka bir çocuğu oturtmuş. Bir sonraki filikaya bineceğini söylemiş. Başka filika yokmuş. Yani o binmediği, sonuncuymuş. Anladığım kadarıyla, Dawson çalıştığı şirketten ayrılmış, oğlunu almış ve o yılı Avrupa'da geçirmiş. Her şey daha on altı ay önce olmuş. Sanıyorum, Watson'ın yanına da mayıs ya da haziranda girmiş. Zavallıcık. John çok iyi olduğunu söylüyor. Ama biraz kederliymiş. Aşacaktır. Hepimiz aşarız. Zaten mecbur. Çocuğunun hatırı için." Bütün bu olanlar, ona fena halde Elizabeth'i kaybettiği zamanı hatırlatıyordu. Onun kaybı, *Titanik* gibi büyük çaplı bir felaket sonucunda olmamıştı; doğum komplikasyonlarına bağlıydı. Yine de onun için bir felaketti tabii. Adamın neler hissettiğini çok iyi biliyordu. Edward Henderson bir an düşüncelerin arasında kaybolup gitti. Babasının söylediklerini algılamaya çalışan Olivia da öyle. Başlarını kaldırıp kapının önünde duran John Watson'ı gördüklerinde her ikisi de şaşırdılar.

"Geldiğini haber vermediler. İçeri nasıl girdin? Yoksa pencereleri mi kullanmaya başladın artık?" Edward Henderson eski dostuna gülerek, onu karşılamak üzere ayağa kalktı ve yanına gitti. Son derece sağlıklı görünüyordu. Olivia'nın sürekli ilgisi sayesinde bu günlerde tam formdaydı; durmadan, ne kadar yaşlandığından şikâyet etmesine rağmen.

John Watson güldü. "Kimse benimle ilgilenmiyor." Uzun boyluydu ve fırça gibi beyaz saçları vardı. Tıpkı Olivia'nın babasına benziyordu. O da uzun boylu ve aristokrat görünümlüydü. Bir zamanlar, onun da kızlarınınki gibi parlak siyah saçları vardı. Şimdi John Watson'la neşeli bir şekilde konuşurken canlanan mavi gözleri de tıpkı kızlarınınkine benziyordu. İki adam birbirlerini okul yıllarından beri tanıyorlardı. Edward, aslında John'ın ağabeyinin en iyi arkadaşıydı. Yıllar önce o öldükten sonra sıkı dost olmuşlar ve Henderson'ın tüm yasal işlemlerinde birlikte çalışmışlardı.

Onların bir anda samimi bir sohbete daldıklarını görünce Olivia, her şeyin yerli yerinde olup olmadığını kontrol etmek için tepsiye bir kez daha göz attı. Sonra odadan çıkmaya hazırlandığı sırada döndü ve neredeyse Charles Dawson'la kucaklaşmak üzere olduğunu görünce irkildi. Az önce hakkında konuştukları adamı orada görmek tuhaftı. Henüz tanışmadıkları halde, kaybından, acısından haberdar olmak da utanç vericiydi. Ona bakınca, çok yakışıklı olduğunu ve biraz sert göründüğünü fark etti. Daha önce o kadar hüzünlü gözleri olan kimseyi tanımadığını düşündü. Sanki koyu yeşil iki havuz gibiydi Dawson'ın gözleri; neredeyse deniz suyu renginde. Ama Edward onları tanıştırdığı zaman, genç adam hafifçe gülümsemeyi başardı. Konuştukları zaman da, Olivia onda acıdan başka şeyler de olduğunu fark etti. Gözlerinde müthiş bir şefkat vardı. Ve nezaket. Öyle ki, neredeyse uzanıp teselli etmek istedi onu.

Elini sıkarken Dawson, Olivia'ya büyük bir ilgiyle bakarak, "Nasılsınız?" dedi kibarca. Genç kızı saygısız bir şekilde süzmemişti; ama ne kadar güzel olduğunun kesinlikle farkındaydı. Daha çok merak doluydu bakışları.

Olivia birden utanarak, sorumluluklarının ardına saklanıp, "Size limonata ikram edebilir miyim?" diye sordu. "Yoksa şeri mi tercih ederdiniz? Babam böyle sıcak günlerde bile şeriden şaşmaz."

"Limonata iyi olur." Olivia'ya yine gülümsedi. İki yaşlı adam tekrar sohbetlerine döndüler.

Olivia, John Watson'a da bir bardak limonata verdi. Zencefilli kurabiyeleri üçü de memnuniyetle kabul etti. Görevini yerine getirmiş olan Olivia sessizce dışarı çıkarak kapıyı kapadı. Ama odadan çıkarken Charles Dawson'ın gözlerinde yakaladığı bir ifade aklına takıldı. Tabii bu, belki de babasının onun hakkında anlattıkları yüzündendi. Oğlunun kaç yaşında olduğunu ve Charles'ın bir karısı olmadan nasıl idare ettiğini merak etti. Belki de hayatında biri vardı artık. Onu düşüncelerinden atmaya çalıştı. Babasının avukatlarından biri için endişelenmesi saçmaydı. Üstelik hiç de yakışık almıyordu. Kendini azarladı ve mutfağa gitmek için hızla döndü. O anda neredeyse babasının yardımcı şoförüyle çarpışıyordu. Yıllardır ahırlarda çalışan on altı yaşında bir çocuktu bu. Ama arabaları atlardan çok daha iyi tanıyordu. Olivia'nın babası, modern makinelere düşkün olduğu ve daha New York'ta oturdukları sırada, çıkan ilk arabalardan birini aldığı için de, seyis yamağı Petrie hızlı ve keyifli bir geçiş yapmıştı.

Olivia sakin bir sesle, "Ne var Petrie? Ne oldu?" diye sordu. Çocuk, darmadağınık ve son derece telaşlı görünüyordu.

"Derhal babanızı görmeliyim küçükhanım," dedi. Olivia, babasını toplantı sırasında rahatsız etmemesi için onu kütüphaneden uzaklaştırmaya çalışırken, Petrie gözyaşlarını zor tutuyordu.

Nazik ama kesin bir ifadeyle, "Ne yazık ki göremezsin. Meşgul. Ben yardımcı olabilir miyim?" dedi Olivia.

Çocuk bir an tereddüt etti; sonra etrafına baktı. Sanki söyleyeceklerinin duyulmasından korkuyor gibiydi. "Ford," dedi dehşet içinde. "Ford çalınmış." Gözleri dolu doluydu. Haber duyulduğu zaman başına neler geleceğini biliyordu. Hayatı boyunca sahip olabileceği en iyi işi kaybedecekti. Üstelik arabanın nasıl çalındığını anlamamıştı bile.

"*Çalınmış mı?*" Olivia da onun kadar şaşırmıştı. "Nasıl olur? Kimse fark etmeden araziye girip nasıl götürebilirler arabayı?"

"Bilmiyorum küçükhanım. Daha bu sabah oradaydı. Temizledim. Babanızın onu ilk aldığı günkü gibi pırıl pırıl yapmıştım. Garajı havalandırmak için kapıyı kısa bir süre açık bıraktım. Tam güneşin altında olduğu için çok sıcak oluyor; biliyorsunuz. Yarım saat sonra bir de baktım ki yerinde değil. Yok olmuş." Gözleri yine dolunca, Olivia elini şefkatle çocuğun omzuna koydu. Anlattıklarında onu düşündüren bir şey vardı.

“Saat kaçta olmuş olabilir Petrie? Hatırlıyor musun?” Olivia’nın sesi ve tavırları son derece sakindi. Yirmi yaşındaki genç kızlarda hiç rastlanmayan bir şeydi bu. Her gün karşılaştığı küçük çaplı krizleri çözmeye alışıktı Olivia. Yine de bu, özel bir nitelik taşıyordu.

“Tam on bir buçuktu küçükhanım. Çok iyi biliyorum.” Olivia kardeşini en son saat on birde görmüştü. Çocuğu böylesine çılgına çeviren Ford, şehirde yapılması gereken işler için personelin kullanması amacıyla babasının geçen yıl aldığı arabaydı. Edward’ın, Henderson Malikânesi’nden ayrıldığı zamanlar bindiği Cadillac Tourer’la yerine getirilemeyecek görevlerde kullanılıyordu.

Olivia sessizce, “Biliyor musun Petrie,” dedi. “Bence biraz sakin olmalısın. Arabayı personelden birinin, sana haber vermeyi düşünmeden almış olması mümkün. Örneğin bahçıvan olabilir. Ona Shepard’lara gidip benim için gül ağaçlarına bakmasını söylemiştim. Belki sana söylemeyi unuttu.” Ansızın, arabanın çalınmadığından emin olmuştu. Petrie’yi durdurmalıydı. Eğer babasına söylerse polis çağrılırdı. Bu da son derece utanç verici bir şey olurdu. Buna izin veremezdi.

“Ama Kittering araba kullanmayı bilmez ki küçükhanım. Sizin güllere bakmaya gitmek için Ford’u almaz; atlardan birini alır ya da bisikletiyle giderdi. Ford’u almazdı küçükhanım.”

“Ee, belki de başka biri kullanıyordur arabayı. Ama babama hemen söylememiz gerektiğini sanmıyorum. Zaten şu anda meşgul. Akşam yemeğine kadar bekleyelim; olur mu? Bakalım geri getiren olacak mı. Eminim biri getirecektir. Şimdi mutfağa gidip limonata ve kurabiye almak ister misin?” Olivia, Petrie’yi yavaşça mutfağa doğru yönlendirmişti. Çocuk hâlâ tedirgin olmakla birlikte, biraz sakinleşmiş görünüyordu. Olivia’nın babası, arabayı garajdan çaldırdığını öğrendiği zaman, işini kaybedeceğinden deli gibi korkuyordu. Ama genç kız, bardağına limonata doldurup o dayanılmaz kurabiyelerle dolu tabağı verirken, onu rahatlamaya devam etti. Aşçı onları izliyordu.

Olivia, Petrie'ye sonra görüşeceklerine dair söz verdi. Ondan da, bu arada babasına hiçbir şey söylemeyeceğine dair söz aldı. Sonra aşçıya göz kırptı ve mutfaktan çıktı. Uzaktan ona doğru geldiğini gördüğü Bertie'ye yakalanmamayı umuyordu. Ama Olivia herkesten daha hızlıydı. Yan taraftaki bahçeye açılan camlı kapıdan dışarı kaçtı. Ve kuzey New York yazının korkunç sıcağını hissedince içini çekti. İşte bu yüzden herkes Newport'a ya da Maine'e gidiyordu. Burası yazları dayanılmaz olurdu ve mümkün olduğu sürece, kimse burada kalmazdı. Ama sonbahar gelince yine çok hoş olurdu. Hiç bitmeyecekmiş gibi görünen kış nihayet sona erip de ilkbahar geldiğinde ise, mükemmel olurdu. Kış çok sert geçerdi. Yazlar ise daha da sert. Çoğu kişi, kışın şehre, yazın da deniz kenarına giderdi. Ama babası artık gitmiyordu. Onlar artık bütün yıl boyunca burada, Croton-Hudson'da kalıyorlardı.

Olivia, arazilerinin arkasına doğru giden en sevdiği yolda dalgın dalgın yürürken, keşke yüzmeye gidecek vaktim olsaydı, diye düşündü. Burada güzel bir gizli bahçe vardı. Ata binip buraya gelmeyi çok severdi. Atla, komşularının arazisine açılan dar kapıdan geçip, bu zevki orada da sürdürmekten hoşlanıyordu. Kimse kızmazdı buna. Bu tepeleri, mutlu bir aile gibi hep birlikte paylaşıyorlardı. Zaten buraları inşa edenler de iyi dosttular.

Sıcağa rağmen, o gün uzun süre yürüdü. Artık kayıp arabayı düşünmüyordu. Tuhaftı ama, Charles Dawson'ı ve babasının anlattığı hikâyeyi düşündüğünü fark etti. İnsanın karısını öylesine acı ve çarpıcı bir biçimde kaybetmesi ne feciydi. Haberi ilk aldığında, Dawson mutsuzluktan hasta olmuş olmalıydı. Bunu tahmin edebiliyordu. Sonunda, hâlâ onu düşünerek bir kütüğün üstüne oturdu. Tam o sırada, uzaktaki bir arabanın motor sesini duydu. Bir an kımıldamadan dinledi. Başını kaldırdığında, kayıp Ford'un, arazilerinin arkasındaki dar tahta kapıdan sürtünerek geçtiğini gördü. Sürücü, bir gıcırtıyla basamakların yanındaki lastiği ve boyayı sıyırarak, zar zor geçirebildi arabayı. Ama kapıdan o kadar zor geçmesine rağmen bir an bile yavaşlamadı. Araba gürültüyle ilerleyerek, tam olarak görebileceği bir noktaya geldiğinde, Olivia, direksiyonda ona sırıtan ve el sallayan kardeşine hayretle bakakaldı. Üstelik salladığı elinde bir sigara vardı. Victoria sigara içiyordu.

Olivia oturduğu yerden kımıldamadı. Sadece gözünü dikip ona baktı ve başını iki yana salladı. Victoria arabayı durdurmuş, kardeşine gülümsemeye devam ederek sigarasının dumanını ona doğru üflüyordu.

"Petrie'nin, babama arabanın çalındığını söylemek istediğinden ve eğer buna izin verseydim babamın polis çağıracağından haberin var mı acaba?"

Olivia kardeşini orada gördüğüne şaşırmamıştı; ama sevinmemişti de. Küçük kardeşinin maceralarını çok iyi bilirdi. Birbirlerine bakarak oturan iki genç kızdan biri, son derece sakin ve açıkça hoşnutsuz görünürken, diğeri, düşüncesiz davranışlarından ötürü çok eğleniyor gibiydi. Ama en dikkat çekici olan şey, iki kızın, birbirine tıpatıp benzemesiydi. İfadelerindeki farklılık ve Victoria'nın saçlarının Olivia'nınkine göre daha serbest ve rüzgârda dağılmış olmasının dışında. Bu, her ikisi için de aynaya bakmak gibiydi. Aynı gözler, aynı ağızlar, aynı elmacık kemikleri ve saçlar, hatta aynı jestler. Aralarında gözle görülemeyecek kadar küçük farklılıklar vardı tabii. Victoria'nın rahat ve iyi huylu doğası yaramazlık sınırlarında dolaşıyordu. Onları birbirinden ayırt etmek isteyen biri oldukça zorlanırdı. Babaları, bir odada ya da arazinin herhangi bir yerinde, onlardan birini yalnız gördüğünde sık sık yanılırdı. Hizmetçiler de hep karıştırıyorlardı onları. Evde eğitilmeye başlamadan önce gittikleri okuldaki arkadaşları, onları asla birbirinden ayırt edemezlerdi. Babaları en sonunda, kızların evde eğitilmelerine karar vermişti; çünkü okulda korku yaratıyorlar ve fazla dikkat çekiyorlardı. Canları isteyince birbirlerinin yerine geçiyor, öğretmenlerine acımasızca eziyet ediyorlardı. En azından Victoria yapıyordu bunu. Ya da Olivia onun yaptığını iddia ediyordu. Çok eğleniyorlardı; ama babaları iyi bir eğitim aldıklarından ciddi olarak kuşkuya düşmüştü. Ancak, evde eğitim görmek onları yalnızlığa iterek, sadece birbirleriyle arkadaşlık etmelerine neden olmuştu. İkisi de okula gitmeyi özlemişlerdi; ama babaları bu konuda son derece kararlıydı. Sirkteki hilkat garibeleri gibi davranmalarına izin vermeyecekti ve madem ki okul onları denetleyemiyordu, bunu Bayan Peabody ile özel öğretmenleri yapacaktı. Aslında, kimin kim olduğunu, hiç yanılmaksızın bilen tek kişi Bayan Peabody idi. Onları her koşulda, nerede olurlarsa olsunlar, konuşmadıkları zaman bile ayırt edebilirdi. Bunu yapabilmek için gerekli tek sırrı da o bilirdi: Olivia'nın sağ avucunun üst tarafında bir leke vardı. Aynı minik leke, Victoria'nın da sol avucundaydı. Hiçbir arkadaşlarının bilmediği bu sırrı babaları da biliyordu tabii. Ama onlara bakmayı hatırlamak da bir sorundu. Kimlikleri konusunda doğruyu söyleyeceklerini umarak, kendilerine sormak daha kolaydı. Artık büyüdükleri için de genellikle doğruyu söylüyorlardı. Tıpatıp aynıydılar. Tek yumurta ikiziydiler. Ve doğdukları günden bugüne kadar, çevrelerinde hep heyecana neden olmuşlardı.

İki yıl önce New York'ta sosyeteye tanıtılmaları, tam anlamıyla bir şamataya dönüşmüştü. Bu yüzden babaları, daha Noel bile gelmeden, onları eve getirmekte ısrar etmişti. Gittikleri her yerde bu kadar ilgi çekmeleri büyük zorluk yaratıyordu. Edward, onlara tuhaf yaratıklar gibi davranıldığını düşünüyordu. Bu da çok yıpratıcıydı. Victoria eve dönmek zorunda kaldığı için çok üzülmüştü; oysa Olivia hiç umursamamıştı bile. Croton'a dönmeye hazırdı o. Victoria, o günden beri onları sürekli taciz ediyor ve Hudson kıyısındaki hayatın ne kadar sıkıcı olduğundan başka bir şeyden söz etmiyordu artık. Onların buna nasıl tahammül ettiklerini merak ediyordu. Victoria'yı tam anlamıyla coşturan bir başka konu da kadınların oy hakkıydı. Bu, onu yakan bir ateşti. Her anını aydınlatan bir tutkuydu. Olivia ise, bu konuyu duyduğu anda hasta oluyordu. Artık Victoria sadece Alice Paul'dan söz ediyordu. Alice'in nisan ayında Washington'da düzenlediği yürüyüşte onlarca kadın tutuklanmış, kırk kadın yaralanmış ve düzeni sağlamak üzere atlı birlikler gelmişti. Olivia'nın hakkında çok şey dinlediği biri daha vardı. İki ay önce İngiltere'deki bir derbide, koşarak kralın atının önüne çıkıp öldürülen Emily Dawson. Bir de Pankhurst'ler vardı. *Mère et filles.* Kadın hakları adına İngiltere'nin altını üstüne getirmekle meşguldüler. Onlardan söz ederken Victoria'nın gözleri parlıyor, Olivia ise sıkıntıdan patlıyordu. Ama şu anda Olivia oturmuş, kardeşinin uyduracağı bahaneleri ve açıklamaları beklemekteydi.

Victoria, "Peki polis çağırdılar mı?" diye sordu. Özür dileyecek gibi bir hali yoktu. Tam tersine eğleniyordu.

Olivia sertçe, "Hayır polis çağırmadılar," dedi. "Petrie'ye rüşvet olarak limonata ve kurabiye verdim ve akşam yemeğine kadar beklemesini söyledim. Ama keşke çağırsalardı. Onlara söylemeliydim; senin yaptığını anlamıştım." Sinirli görünmeye çalışıyordu; ama gözleri öyle olmadığını söylüyordu. Kardeşi de bunun farkındaydı.

"Benim yaptığımı nereden anladın?" Victoria çok memnun görünüyor, bir an bile pişmanlık duymuyordu.

"Hissettim; seni alçak. Bir gün senin yüzünden polis çağıracaklar ve bu kez onlara izin vereceğim."

Victoria kendinden emin bir şekilde, "Hayır vermezsin," dedi. Gözlerinde beliren pırıltıyı babası görse annesini hatırlardı. Victoria, görünüş olarak Olivia'nın kopyası gibiydi. Giydiği mavi ipek elbise bile onunkinin aynıydı.

Olivia, her sabah kardeşinin giyeceği elbiseyi hazırlar; Victoria da hiç itiraz etmeden giyerdi. İkiz olmak çok hoşuna gidiyordu. Hep çok hoşlanmıştı bu durumdan. Her ikisi de çok hoşlanmışlardı. Çok işlerine geliyordu. Ayrıca, Victoria başına açtığı her beladan bu sayede kurtulmuştu. Olivia, onun için bahaneler uydurmaya hazırdı hep. Hatta onun yerine geçmeye bile. Ya kardeşini zor bir durumdan kurtarmak için yapardı bunu, ya da çocukken yer değiştirmek bazen çok eğlenceli olduğu için. Babaları, onlara sık sık sorumluluk nutukları atar, bu olağanüstü durumlarını kullanmamaları gerektiğini söylerdi; ama bunu başarmak her zaman kolay olmuyordu. Her şeyleri olağandışıydı. Başka iki insanın birbirine bu kadar yakın olması mümkün değildi. Bazen her ikisi de, sanki aynı kişi olduklarını düşünürlerdi. Ama yine de, ta derinlerde, birçok bakımdan birbirlerinden farklı olduklarını da bilirlerdi. Victoria daha cesur, daha yaramaz ve maceraperestti. Başını derde sokan hep o olurdu. Daha evrensel bir dünya, onu Olivia'dan daha çok büyülüyordu. Olivia'yı, evde oturmak, sınırları aile, yuva ve geleneklerce çizilmiş bir hayat sürmek daha mutlu ediyordu. Victoria ise, kadın hakları için savaşmak, gösterilere katılıp konuşmak istiyordu. Evliliğin barbarca bir şey olduğunu ve tam anlamıyla bağımsız bir kadın için gerekli olmadığını düşünüyordu. Olivia, tüm bunları çılgınca buluyor, kardeşinin gelip geçici fantezilerinden biri olduğunu düşünüyordu. Başka fantezileri de olmuştu: onu büyüleyen politik hareketler, dini idealler, hakkında birçok şey okuduğu entelektüel kavramlar... Olivia daha gerçekçi ve ne idüğü belirsiz amaçlar için savaşmaya daha az hevesliydi. Onun dünyası çok daha küçüktü. Ancak, dışarıdan birinin tecrübesiz gözleriyle bakıldığında, tıpatıp aynı gibi görünürlerdi, hatta onları tanıyan kişilere bile.

Olivia ayağını yere vurarak sordu. "Peki araba kullanmayı ne zaman öğrendin?" Victoria arabanın içinde gülüyordu. Az önce, sigarasının izmaritini kardeşinin oturduğu yerin yanındaki toprağa fırlatıp atmıştı. Olivia hep sert abla rolünü üstlenmişti. Victoria'dan on bir dakika daha büyüktü. Ama bütün farkı, o on bir dakika sağlamıştı. Victoria yıllar önce, üzüntülü anlarında birbirlerine içlerini döktükleri sırada, ikizine bir itirafta bulunmuştu. Annelerini öldürdüğünü düşünüyordu.

"Onu sen öldürmedin," demişti Olivia sertçe. Daha çocuktular. "Tanrı öldürdü."

Victoria öfkeyle Tanrı'yı savunmuştu. "Hayır, o öldürmedi!" Bayan Peabody, tartışma konusunun ne olduğunu öğrendiğinde dehşete kapılmıştı. Daha sonra, çocuk doğurmanın, en iyi koşullar altında bile çok zor olabileceğini açıklamıştı onlara. Hele de ikiz doğurmanın insanüstü bir şey olduğunu, buna ancak meleklerin kalkışması gerektiğini söylemişti. Ve belli ki bir melek olan anneleri, onları dünyada, kendilerini çok seven babalarının yanında bırakıp cennete geri dönmüştü. Böylece o an için, kimin suçlu olduğu tartışması sona ermişti. Ama Victoria içten içe hep, aslında annesini öldürmüş olduğunu hissediyor, Olivia da bunu biliyordu. Yirmi yıldır ne derse desin bunu değiştirememişti.

Şimdi Olivia, Victoria'yı araba kullanması konusunda sorguya çekerken, ikisi de bunları düşünmüyordu. "Geçen kış kendi kendime öğrendim." Victoria keyifle omzunu silkti.

"*Kendi kendine mi?* Nasıl?"

"Anahtarları aldım ve denedim. İlk başta birkaç kez arabayı çarptım biraz. Ama Petrie benim aldığımı hiç anlamadı. Kasabada arabaya rastladığında, hep başkalarının getirip park ettiğini sandı." Gururlu görünüyordu. Olivia, gülmemek için onu azarlamaya zorladı kendini. Ama Victoria kardeşini iyi tanıyordu. "Bana öyle bakıp durma. Araba kullanmayı bilmek çok yararlı bir şey. Artık ne zaman istersen seni şehre atabilirim."

"Ya da bir ağacın tepesine." Olivia yumuşamamaya kararlıydı. Kardeşi, kullanmasını iyi bilmediği bir arabayla kırlarda dolanıp dururken kendini öldürebilirdi. Çılgınlıktı bu. "Ayrıca sigara içmen de iğrenç bir şey." Ama hiç olmazsa bir süredir bundan haberi vardı. O kış, şifoniyerlerinde bir paket Fatimas sigarası bulmuş ve dehşete kapılmıştı. Ama bundan söz ettiği zaman Victoria sadece gülmüş, omzunu silkmiş ve açıklama yapmayı reddetmişti.

Sevimli bir ifadeyle, "Bu kadar eski kafalı olma," dedi Victoria. "Londra'da ya da Paris'te yaşıyor olsaydık, sırf modaya uymak için sen de sigara içerdin. Bunu biliyorsun."

"Hayır bilmiyorum Victoria Henderson. Bir hanımefendiye yakışmayan, tiksindirici bir alışkanlık bu. Sen de *bunu* biliyorsun. Ee, neredeydin?"

Victoria uzun bir süre, bir dakika kadar tereddüt etti. Olivia bekliyordu; bir cevap bekliyordu. Victoria ona her zaman doğruyu söylerdi. Birbirlerinden hiçbir şey gizlemezlerdi. Kırk yılda bir gizlemeye kalkan olursa da, diğer ikiz içgüdüsel bir biçimde gerçeği anlardı. Birbirlerinin ne düşündüğünü hep bilirlerdi sanki.

"İtiraf et," dedi Olivia sertçe. Victoria ansızın, yirmi yaşından çok daha küçükmüş gibi görünmüştü Olivia'nın gözüne.

"Pekâlâ. Ulusal Amerikan Kadınlarına Oy Hakkı Derneği'nin bir toplantısı için Tarrytown'a gitmiştim. Alice Paul de oradaydı. Bu toplantıyı düzenlemek ve burada, Hudson'da bir grup kurmak için özel olarak gelmiş. Derneğin başkanı Anna Howard Shaw'un da orada olması gerekiyordu; ama gelemedi."

Olivia ani bir öfkeyle, "Tanrı aşkına Victoria, ne yapıyorsun sen? Gösterilere falan katılacak olursan babam polis çağırır. Büyük olasılıkla tutuklanırsın; babam da kefaletini ödemek zorunda kalır," dedi. Ama bu ihtimal Victoria'nın cesaretini kırmadığı gibi, tam tersine pek hoşuna gitti.

"Buna değer Ollie. Kadın çok etkileyiciydi. Bir dahaki sefer sen de gelmelisin."

"Bir dahaki sefere seni yatağa bağlayacağım. Ayrıca böyle saçmalıklar için bir daha arabayı çalarsan, Petrie'nin polis çağırmasına izin veririm ve onlara bunu kimin yaptığını söylerim."

"Hayır yapmazsın. Hadi atla arabaya. Seni garaja kadar götüreyim."

"Harika. Böylece ikimizin de başını derde sokacaksın. Çok teşekkür ederim sevgili kardeşim."

"Bu kadar katı olma. Böylece kimse, hangimizin yaptığını anlayamaz." Her zaman olduğu gibi, aşırı benzerlikleri büyük bir avantajdı. Hiç kimse, neyi, hangisinin yaptığını anlayamazdı. Bu da, günah keçisine pek ihtiyaç duymayan Olivia'dan çok Victoria'nın işine gelirdi.

Olivia ihtiyatlı bir şekilde arabaya binerken homurdandı.

"Kafası çalışan anlar." Victoria arabayı hareket ettirerek engebeli arka yolda ilerlerken, Olivia yüksek sesle, arabayı kullanma şeklinden şikâyet ediyordu. Derken Victoria ona sigara ikram etti. Olivia tam onu yeniden azarlamak üzereydi ki, birden, durumun saçmalığına gülmeye başladı. Victoria'yı denetim altına almaya çalışmanın hiç yararı yoktu. Olivia da bunu biliyordu. Genç kız garaja girerken, neredeyse Petrie'yi eziyordu. İki kardeş arabadan aynı anda inip ciddi bir ifadeyle ona teşekkür eder ve Victoria verdiği önemsiz zarar için özür dilerken, çocuk ağzı açık bakakaldı onlara.

"Ama sandım ki... ben... siz ne zaman... yani... evet küçükhanım... teşekkür ederim... Bayan Olivia... Bayan Victoria... küçükhanım..." Hangisinin hangisi olduğunu, kimin ne yaptığını bilemiyordu Petrie. Öğrenmeye de niyeti yoktu. Şimdi yapması gereken tek şey, basamağın lastiğini yenilemek ve boyası çizilen yeri yamamaktı. Hiç olmazsa çalınmamıştı araba. İki genç kız, en ağırbaşlı halleriyle, kolkola eve doğru yürüyüp merdivenleri tırmanırken kıkırdamaya başladılar.

Olivia, "Biliyor musun, çok kötüsün," diye azarladı kardeşini. "Zavallıcık, babamın onu bu yüzden öldüreceğini düşünüyordu. Bir gün hapse düşeceksin; bundan eminim."

Victoria, kardeşinin kolunu sıkarak kayıtsızca, "Ben de eminim," dedi. "Ama belki de benimle bir iki aylığına yer değiştirirsin; ben de çıkıp biraz hava alır, bazı toplantılara katılırım. Ne dersin?"

Kardeşine parmağını sallayarak, "İğrenç derim. Seni idare ettiğim günler geçti artık," dedi Olivia. Ama her zamankinden daha çok seviyordu Victoria'yı. Onunla birlikte olmaya bayılıyordu. İkiz kardeşi en iyi arkadaşıydı. Ruhunun öbür yanı gibiydi. Birbirlerini, herhangi iki insanın birbirini tanıyabileceğinden çok daha iyi tanıyorlardı. Ve Olivia'nın en mutlu olduğu anlar, onunla birlikte olduğu zamandı. Tabii Victoria'nın da öyle. Ama o, kendi başına bir yerlere gidip başını derde sokmak için de yeterince zaman ayırıyordu.

İki kız konuşarak ve gülüşerek antreden geçerken, kütüphanenin kapısı açıldı ve üç adam, hâlâ tasarıları ve kararları hakkında konuşarak hole çıktılar. Kızlar onları görünce susuverdiler. Olivia, anında Charles'ı gördü yine ve onun şaşkın, kafası karışmış bir ifadeyle ikisine birden bakışını izledi. Bir birine, bir öbürüne bakıp duruyordu. Kafasında, bu çok güzel iki kızın müthiş benzerliğine bir açıklama bulmaya çalışıyor gibiydi. Ama aralarında bir farklılık olduğunu da sezmişti sanki. Saçları rüzgâr yüzünden Olivia'nınkinden daha dağınık olan Victoria'ya sabitlenmişti gözleri. Elbiseleri bile aynıydı kızların. Ama Victoria'nınki, üzerinde daha rahat duruyordu. Victoria'da küstah ve şaşırtıcı bir yan vardı. Bir bakışta görülmemekle birlikte, ne kadar edepsiz olduğu hissedilebiliyordu.

Edward Henderson, Charles'ın tepkisini gülümseyerek izlerken, "Tüh," dedi. "Seni uyarmayı unutmuşum."

Charles Dawson kızararak, "Ne yazık ki öyle efendim," dedi. Bakışlarını Victoria'dan zorlukla ayırıp, bir kez daha Olivia'ya baktı. Kafası iyice karışmıştı. Sonra tekrar babalarına döndü. Onlar bu duruma alışkınlardı ve eğleniyorlardı. Ama görünüşe bakılırsa, Dawson aynı durumda değildi.

"Sadece göz yanılması; merak etme," diye takıldı Edward Henderson. Charles'ı sevmişti; iyi bir adama benziyordu. Toplantıları da çok iyi geçmişti. Yepyeni parlak fikirlerden, işini geliştirmek ve yatırımlarını korumak için yeni yöntemlerden söz etmişlerdi. "İçtiğin şeri yüzünden olmalı." Genç adama sırıttı. Charles Dawson güldü. Birden küçük bir çocuğa benzemişti. Otuz altı yaşındaydı; ama önceki yıl öyle ciddi bir ifadeye bürünmüştü ki, arkadaşları aniden daha yaşlı görünmeye başladığını söylemişlerdi. Şimdi ise, önündeki iki güzel kıza şaşkınlıkla ve inanamayarak bakarken, yine çocuk gibi görünüyordu. Daha da şaşırtıcı olan, kızların, hareketlerinin bile tıpatıp olduğunun bilincine varmadan, aynı anda ona doğru yürümeleriydi. Dawson'la el sıkıştılar. Edward, Olivia'yi yeniden, Victoria'yı ilk kez tanıştırdı. Ama kızlar gülerek, karıştırdığını söylediler babalarına. Bu, Charles'ı daha da güldürdü.

"Bunu sık sık yapar mı?" diye sordu. Bir dakika önceye göre daha rahattı onların yanında. Tabii hâlâ biraz şaşkındı. Olmaması mümkün değildi ki.

"Her zaman. Ama her seferinde söylemeyiz ona." Cevabı, onun gözünün ta içine bakarak Victoria verdi. Charles kızda garip bir şey sezmekle birlikte, büyülenmiş gibiydi. Belli belirsiz de olsa, cinsel cazibesi kardeşinden daha güçlüydü. Giysileri, görünüşleri, saçları birbirinin aynı olsa bile, iç yapıları değildi.

"Kızlar çok küçükken," diye açıkladı Edward, "onları birbirlerinden ayırt edebilmek için saçlarına değişik renkli kurdeleler bağlardık. Çok işe yarardı. Sonra bir gün fark ettik ki, küçük canavarlar kurdeleleri çözüp tekrar bağlamayı öğrenmişler. Bizi şaşırtmak için. Bu şekilde, birbirlerinin yerini alırlardı ve biz anlayana kadar aylar geçerdi. Çocukken korkunçtular." Bunu söylerken, hissettiği gurur ve sevgi açıkça görülüyordu. Her dışarı çıkardığında, çevredeki insanlarda uyandırdıkları heyecana rağmen, kızlarına tapıyordu. Büyük bir aşkla sevdiği kadının ona verdiği son armağandı kızları. Karısının ardından bir daha hiç kimseyi sevmemişti. Kızlarından başka.

Charles, "Artık uslandılar mı?" diye sordu. Kızlar ve onu bu kadar şaşırtmış olmaları hâlâ komiğine gidiyordu. Hiç kimse ona ikizlerin varlığından söz etmemişti; ne Edward Henderson, ne de John Watson.

Edward isteksizce, "Biraz uslandıkları söylenebilir," dediğinde hepsi gülünce, babaları kızları azarladı. Bir tür uyarı gibiydi bu. "Davranışlarınıza dikkat etseniz iyi olur. Bu beyler, bazı işlerimi halletmem için bir aylığına New York'a gitmemiz gerektiğini söylediler bana. Şehri birbirine katmamayı başarabilirseniz sizi de götürürüm. Ama ikinizden biri bir saçmalık yaparsa," diye devam etti; "o zaman sizi Bertie'yle birlikte derhal buraya yollarım." Bunu söylerken, hangisinin Victoria olduğunu anlamak istedi; ama başaramadı.

Olivia gülümseyerek, sakin bir şekilde, "Peki efendim," dedi. Bu uyarının, ona değil kardeşine yapıldığını çok iyi biliyordu. Babasının ne zaman hangi kızıyla konuştuğundan emin olmadığını hep anlardı Olivia.

Ama Victoria kesinlikle söz vermiyordu. Şehirde bir ay geçirme ihtimali üzerine fıldır fıldır bakmaya başladı. Zevkten, gözlerini kocaman açarak "Ciddi misin?" diye sordu.

Edward, "Geri yollamak konusunda mı?" dedi ve onu yıldırmaya çalıştı. "Kesinlikle."

"Hayır, New York'u kastetmiştim." Victoria, bakışlarını babasından avukatlara çevirdi. Hepsi gülümsüyordu.

"Görünüşe bakılırsa," diye yanıtladı babası, "eğer işlerini doğru dürüst yapmazlar ve oraya gittiğimizde oyalanırlarsa, iki ay bile kalabiliriz."

Victoria ellerini çırparak ve bir topuğunun üzerinde dönerek, "Lütfen babacığım," dedi. Sonra kardeşini omuzlarından yakalayarak, "Düşünsene! New York, Ollie! New York!" diye bağırdı. Sevinç ve heyecanla kendinden geçmişti. Babası ise, kızların orada ne kadar yalnız olduklarını düşününce kendini suçlu hissetti. Artık şehirde olmaları, insan tanıyıp koca bulmaları gereken bir yaşa gelmişlerdi. Ama onu sonsuza kadar terk edeceklerini düşünmekten de nefret ediyordu. Özellikle de Olivia'nın. Ona öyle yardımcı oluyordu ki. Öyle çok şey yapıyordu ki onun için. Olivia olmadan ne yapardı o? Neyse ki endişe etmek için erkendi daha. Henüz bavullarını bile hazırlamamış, şehre gitmemişlerken, kızların evlenip onu terk ettiklerini düşünüyordu.

Edward, kapının önünde elini sıkarken, "Şehre gelince umarım seni daha sık görürüz Charles," dedi. Victoria hâlâ Olivia'ya New York'tan söz ediyor, misafir beylerle hiç ilgilenmiyordu. Olivia ise sessizce, babasıyla vedalaşan Charles'ı izliyordu. Eğer John Watson, Bay Henderson'ın işlerini ona bırakmaya razı olursa, büroda çok sık görüşeceklerini söyledi Charles. John bunu yapacağına söz verdi. Onları görmeye eve gelmesi için de ısrar etti Edward. Charles da bu davete kibarca teşekkür etti ve oradan ayrılırken, yaşlı adamın arkasında duran Victoria'nın gözlerine bir kez daha baktı. İkizlerden hangisi olduğundan emin değildi; ama o kıza her baktığında garip bir biçimde ona çekildiğini hissediyordu. Biri sorsa açıklayamazdı. Bir tür elektrikti bu; kardeşinde olmayan bir şey. Hangisinin hangisi olduğunu bilmemek son derece tuhaf bir duyguydu. Yine de, her ikisi de büyülemişti onu. Onlara benzeyen hiç kimseyle tanışmamıştı o güne kadar.

Edward Henderson, arabalarına kadar eşlik etti onlara. Olivia pencereden arabanın gidişini izliyordu. New York yüzünden acayip heyecanlı olmasına rağmen, Victoria'nın gözünden kaçmadı bu.

"Neler oluyor?" Arabanın yolda yavaşça ilerleyişine kardeşinin nasıl dikkatle baktığını görmüştü.

Olivia, toplantı biter bitmez tepsinin götürüldüğünden emin olmak için kütüphaneye giderken, "Ne demek istiyorsun?" diye sordu.

Victoria kardeşini aydınlattı. "Korkunç ciddi görünüyorsun Ollie." Birbirlerini çok iyi tanıyorlardı. Bu da bazen tehlikeli, bazen de yalnızca can sıkıcı oluyordu.

"Karısı geçen yıl *Titanik*'te ölmüş. Babamın dediğine göre küçük bir oğlu varmış."

"Karısının ölmesine üzüldüm." Victoria hiç etkilenmiş görünmüyordu. "Ama feci sıkıcı bir adama benziyor; öyle değil mi?" dedi. Charles'ı derhal kafasından uzaklaştırdı. Pek yakında New York'ta keşfedeceği, sayısız hazzı düşünüyordu. Örneğin politik mitingler, kadınlara oy hakkı toplantıları gibi kardeşini hiç ilgilendirmeyen şeyleri. "Bence inanılmayacak kadar iç karartıcı bir hali var."

Olivia onaylayarak başını sallayıp yorum yapmadı ve kardeşinden kaçmak için kütüphaneye girdi. Tepsinin götürülmüş olduğunu görüp rahatlayarak tekrar dışarı çıktığında, Victoria akşam yemeği için üstünü değiştirmeye gitmişti. Olivia kardeşinin giyeceği elbiseyi daha önceden hazırlayıp bırakmıştı. İkisi de beyaz ipek elbise giyecek ve annelerine ait olan bir çift akuamarin broşu paylaşacaklardı.

Olivia, birkaç dakika sonra Bertie'yi bulmak için mutfağa gitti. Bertie, gelenin Victoria değil Olivia olduğunu hemen anlamıştı.

Bir an kaygıyla bakarak, "İyi misin?" diye sordu. Son derece sıcak bir gündü ve Olivia'nın yürüyüşe çıkmış olduğunu biliyordu. Birden, genç kızın çok solgun göründüğünü fark etmişti.

"İyiyim. Babam az önce Eylül başında New York'a gideceğimizi söyledi. Bir ya da iki ay kalacakmışız. İşleri varmış." İki kadın birbirlerine gülümsediler. Bunun ne demek olduğunu ikisi de biliyordu. New York'taki evi açmak için çok çalışmaları ve plan yapmaları gerekiyordu. Olivia, "Yarın sabah seninle oturup plan yapmaya başlayabiliriz diye düşündüm," dedi yavaşça. Düşünmesi ve babası için yapması gereken öyle çok şey vardı ki. Oysa birçoğundan babasının haberi bile olmayacaktı.

Bertie, "Sen iyi bir kızsın," dedi tatlılıkla. Onun solgun yanağına dokunup kocaman mavi gözlerine bakarken, acaba canını sıkan bir şey mi oldu, diye düşündü. Olivia, daha önce hiç hissetmediği bir şey hissediyordu. Bu da sinirini bozuyor, kafasını karıştırıyordu. Daha da beteri, Victoria'nın, düşüncelerini okuyup açığa çıkarmasından endişe duyuyordu. Bertie, "Baban için öyle çok çalışıyorsun ki," diye övdü onu. Her iki kızı da çok iyi tanıyor, her ikisini de seviyordu; benzerlikleri ve farklılıklarıyla. Farklı olsalar da, temelde her ikisi de iyi kızlardı.

Olivia sessizce, "O halde yarın sabah buluşuruz," dedi ve mutfaktan ayrılıp üstünü değiştirmek için üst kata çıktı. Bu kez arka merdivenleri kullandı. Victoria'nın, berrak bir suya bakar gibi aklından geçenleri okumaması için, kafasını düşüncelerinden arındırmaya çalışıyordu. Ondan sır saklaması mümkün değildi. Her ikisi için de mümkün değildi bu. Hiç denememişlerdi bile.

Ama başka şeyler düşünmeye çalışarak, hayatları boyunca paylaştıkları yatağın da içinde olduğu kocaman odaya doğru yaklaşırken Olivia, Charles'ı aklından çıkaramadığını fark etti. Tek düşündüğü, o yeşil gözlerdi. İnsanı, karısını Atlantik'te kaybetmiş olan bir adamın ruhuna götüren o kapkaranlık havuzlardı. Bir an için gözlerini kapadı; kapının kulpunu çevirirken, daha gündelik meseleleri düşünmeye zorladı kendini. Örneğin, New York için ısmarlanması gerekebilecek yeni çarşafları, ya da babasına götürmesi gereken yastık kılıflarını. Kafasının içini sıradan şeylerle doldurdu ve odaya girip gayet enerjik bir şekilde kardeşine doğru yürüdü.

İKİ

Eylül ayının ilk çarşamba günü öğleden sonra, babalarının şoförü Donovan, Olivia ve Victoria Henderson'ı, Cadillac Tourer ile New York'a götürdü. Bayan Peabody de Petrie'nin kullandığı Ford'la tam arkalarından geliyordu. Yanlarında çok malzeme götürdükleri için, örtüler, çarşaflar ve giysilerle dolu sandıkları taşıyan iki araba, bir gün önceden gönderilmişti. Olivia'yla Bertie'nin, evi doğru dürüst idare edebilmek için kesinlikle gerektiğine karar verdikleri başka şeyler de vardı arabalarda. Victoria, ne götürdükleriyle hiç ilgilenmemişti. İki sandık kitap ve okumak istediği kâğıtlarla dolu bir kutu hazırlamış, tüm giysilerinin seçimini Olivia'ya bırakmıştı. Ne giyeceğini hiç umursamazdı. Kardeşinin mükemmel bulduğu zevkine uymuştu her zaman. Olivia, Paris'ten gelen tüm dergileri okurdu. Victoria ise, politik dergilerle, kadınlar partisinin üyeleri tarafından yayınlanan yasadışı gazeteleri tercih ediyordu.

Olivia, iki yıldır hiç oturulmamış, daha önceki yıllarda da az ziyaret edilmiş olan Beşinci Caddedeki evin durumundan ciddi olarak endişe duyuyordu. Burası, bir zamanlar rahat, daha önceleri de çok sevilen bir evdi. Ama bu yirmi yıl önceydi. Olivia, evi sevimli bir havaya kavuşturmanın pek kolay olmayacağından emindi. Sonuç olarak, orası annesinin öldüğü evdi ve babasının orayla ilgili anılarının ne kadar acı olduğunu biliyordu. Ama aynı zamanda da, onun ve Victoria'nın doğdukları evdi. Üstelik doğumdan kısa süre önce, Edward Henderson'la genç eşinin, sonsuz mutluluğu yaşadıkları yerdi.

Önce evi gözden geçirdi. Sonra Donovan'ı, her iki elinde birer İngiliz anahtarıyla, gerekli sıkıştırma ve gevşetme işlerini yapmak üzere, tek tek bütün banyolara yolladı. Petrie'ye, onu Altıncı Cadde'yle Yirmi sekizinci Sokağın köşesindeki çiçek pazarına götürmesini söyledi. İki saat sonra, araba güzel yıldız çiçekleri ve mis kokulu zambaklarla dolu olarak geri döndü. Evi, iki gün sonra gelecek olan babasının sevdiği çiçeklerle donatmaya kararlıydı.

Eşyaların üzerindeki örtüler kaldırılıp yerlerine kondu; odalar havalandırıldı; yatakların şilteleri tersyüz edildi; halılar dövüldü. Bu işleri yapan bir hizmetçi ordusu vardı. Ama ertesi gün öğleden sonra, Bertie ile Olivia mutfakta çay içerlerken, başarılarından ötürü gülümsüyorlardı. Şamdanlar parıldıyordu. Bazı odalar, mobilyaların yerleri değiştirilerek, neredeyse tanınmayacak hale getirilmişti. Olivia, ağır perdeleri açarak içeriye daha çok ışık girmesini sağlamıştı.

İkinci çaylarını içerlerken Bertie, "Baban çok memnun olacak," diyerek kutladı Olivia'yı. Olivia ise tiyatroya bilet almayı unutmaması gerektiğini düşünüyordu. Yeni başlayacak birkaç oyun vardı ve Croton-Hudson'a dönmeden önce, Victoria'yla birlikte hepsini göreceklerine yemin etmişlerdi. Ama bunu düşünürken, birden kardeşinin nerede olduğunu merak etti. Sabahın erken saatlerinden beri görmemişti onu. Victoria, Columbia'daki Low Kütüphanesine ve Metropolitan Müzesine gideceğini söyleyerek çıkmıştı. Gideceği yer uzaktı. Olivia, onu Petrie'nin götürmesini önermişti; ama Victoria ısrarla tramvaya binmek istediğini söylemişti. Macerayı tercih ediyordu. Sonra da Olivia onu tamamen unutmuştu. Ta ki şu ana, midesinde bir rahatsızlık hissetmeye başlayana kadar.

"Sence babam mobilyaların yerlerini değiştirdik diye kızar mı?" Olivia, giderek artan endişesini Bertie'nin sezmeyeceğini umarak, yaşlı kadının ilgisini başka tarafa çekmeye çalıştı. Sen iki gündür yaptığı işler yüzünden beli ağrıyordu. Ama bunu şu ana, kardeşini merak etmeye başlayıncaya kadar fark etmemişti. Victoria'nın başı ne zaman derde girse bunu içgüdüsel bir biçimde hissederdi. Ve hiç yanılmazdı. Bu özellik her ikisinde de vardı. Bunu sık sık konuşurlardı. Birinin hasta ya da başının belada olması durumunda, diğerine haber veren bir tür özel uyarı aygıtıydı bu. Olivia bu kez neyin haber verildiğinden emin değildi; ama bir çeşit işaret aldığını biliyordu.

Bertie, "Baban evi böyle görünce çok mutlu olacak," diyerek rahatlattı onu. Olivia'nın artmakta olan huzursuzluğunu fark etmemiş gibiydi. "Yorgunluktan tükenmiş olmalısın."

Olivia sırf odasına gidip biraz düşünebilmek için, ondan hiç beklenmeyecek bir itirafta bulundu. "Gerçekten öyle." Saat dört olmuştu. Victoria, sabah dokuzu biraz geçe çıkmıştı evden. Sadece düşünerek bile paniğe kapılıyor, kardeşinin yalnız gitmemesi için ısrar etmediğine kızıyordu Olivia. Burası Croton-Hudson değildi ki. Kardeşi genç, güzel giyimli ve büyük şehirde yaşama tecrübesi olmayan bir kızdı. Ya bir saldırıya uğramış ya da kaçırılmışsa? Düşüncesine bile tahammül edemiyordu. Ama endişe içinde odayı arşınlarken telefonun çaldığını duydu. İçgüdüleri, arayanın kardeşi olduğunu söylüyordu. Başka birinin açmasına fırsat vermemek için uçarak, üst kattaki holde duran, evin tek telefonuna koştu.

"Alo?" dedi nefes nefese. Victoria olduğundan emindi; ama birden düş kırıklığına uğradı. Tanımadığı bir erkek sesiydi konuşan. Olivia, yanlış numara olduğundan emindi.

İrlanda aksanıyla konuşan ses sordu. "Orası Henderson'ların evi mi?" Olivia kaşlarını çattı. New York'ta kimseyi tanımadıkları için kimin aradığını tahmin edemiyordu.

"Evet. Kim arıyor?" dedi sertçe. Ahize ile kulaklığı tutan ellerinin titrediğini hissetti.

Yankılanan bir ses, "Bayan Henderson siz misiniz?" diye sordu. Olivia cevap vermeden önce başını salladı.

"Evet benim. Siz kimsiniz?" diye tekrar sordu.

"Ben Beşinci Bölge'den Çavuş O'Shaunessy," diyen sert sesi duyunca, Olivia nefesini tuttu; gözlerini kapadı. Adamın ne söyleyeceğini biliyordu.

Neredeyse fısıldayarak sordu. "Ben... o iyi mi?" Ya yaralandıysa? Ya bir at tekmelemişse... adi bir suçlu bıçaklamışsa... at arabası çarpıp ezmişse... ya da sahibinden kaçan bir at... ya da bir otomobil... Olivia buna dayanamazdı.

"Evet iyi." Adamın sesi anlayışlı olmaktan çok öfkeli gibiydi. "Burada bazı... aa... genç hanımlarla birlikte... biz de... aa... teğmen onun görünüşünden anladı ki... aa... o pek buraya göre biri değil. Diğer... aa... genç hanımları... bu gece alıkoyacağız. Açıkça söylemek gerekirse Bayan Henderson, izinsiz gösteri yapmaktan tutuklandılar. Bir zahmet, hemen buraya gelir kardeşinizi alırsanız, onu polis kayıtlarına geçirmeden eve yollarız. Yapılacak en akıllıca şey bu. Ama buraya yalnız gelmenizi tavsiye etmem. Birlikte gelebileceğiniz biri varsa onunla gelin." Olivia'nın beyni durmuştu. Victoria'nın polis tarafından gözaltına alınıp tutuklanmaktan kıl payı kurtulduğunu, Donovan'ın ya da Petrie'nin öğrenmesini istemiyordu. Hele babasına haber vermelerini hiç istemiyordu.

Olivia, "Tam olarak ne yapmış?" diye sordu. Victoria'yı tutuklamayıp serbest bırakacak olmalarından duyduğu minnettarlık onu mahcup etmişti.

"Bir gösteriye katılmış. Diğerleri gibi. Ama çok genç ve akılsız bir kız. Üstelik New York'a daha dün geldiğini söyledi bana. Size tavsiyem, bir an önce geldiğiniz yere geri dönmeniz. Aralarına karıştığı şu aptal Kadınlara Oy Hakkı Derneği ile başka belalara bulaşmadan geri dönün. Kardeşiniz bizi bayağı uğraştırıyor. Sizi aramamıza karşı çıktı. Onu tutuklamamızı istiyor." Bunu, alay ediyormuş gibi bir tonla söyledi. Olivia dehşet içinde gözlerini kapadı.

"Aman Tanrım. Onu dinlemeyin, n'olur. Hemen geliyorum."

Çavuş sert bir şekilde, "Yanınıza birini alın," diye tekrarladı.

Olivia tuttuğu nefesi bırakarak fısıltıyla yalvardı. "Lütfen tutuklamayın onu." Ama zaten böyle bir niyeti yoktu adamın. Bir skandala yol açmak istemiyordu. Victoria her ne kadar "basit" göründüğünü düşünse de, ayakkabılarına, giysilerine, hatta şapkasına bakarak, onun diğerlerinden farklı olduğunu anlamak kolaydı. Zengin bir aristokratın kızını tutuklayarak polislikten atılmayı düşünmüyordu çavuş. Kardeşi oraya gider gitmez, bu kızdan kurtulmak istiyordu.

Ama Olivia işe nereden başlayacağını, kiminle konuşacağını bile bilmiyordu daha. Kardeşi gibi araba kullanamıyor, uşaklara da haber vermek istemiyordu. Taksiye binmesi gerekecekti. Tramvayla giderse çok zaman kaybederdi. Ayrıca yanında götürebileceği hiç kimse yoktu. Bertie'yi bile götüremezdi. Olanlara inanamıyordu. Victoria *gerçekten* tutuklanmak istemişti. Aklını kaçırmış olmalıydı. Olivia, kardeşini Beşinci Bölge'den çıkarır çıkarmaz, ona öfkesini kusacağına yemin etti. Ama öncelikle gidip onu alması gerekiyordu. Ancak, ona ulaşmak, onu oradan çıkarmak ve çok az tanıdığı bir şehirde orayı bulabilmek için bütün olasılıkları düşünürken, çavuşun haklı olduğunu fark etti. Yanında birini götürmeliydi. Yapacağı şeyden nefret ediyordu; ama yapması gerektiğini de biliyordu. Başka çaresi yoktu. Telefonu koydukları küçük bölmeye sessizce girip oturdu ve kulaklığı yavaşça yerinden kaldırdı. Santral cevap verdiği anda da, o tanıdık numarayı söyledi. Yapmak istediği son şeydi bu. Ama arayabileceği başka hiç kimse yoktu ki. Kendini bildi bileli tanıdığı John Watson'ı bile arayamazdı. Onu aradığı takdirde hemen babasına haber vereceğinden hiç kuşkusu yoktu.

Resepsiyonist hemen cevap verdi ve beklemesini söyledi. Onu çağıracaktı. Çok nazik konuşuyordu; çünkü Olivia, istemeye istemeye, kim olduğunu söylemek zorunda kalmıştı. Saat dört buçuktu. Olivia onun erken çıkmış olabileceğinden korkuyordu. Ama neyse ki oradaydı. Bir dakika sonra Charles Dawson'ın kalın, sakin sesi duyuldu telefonda.

"Bayan Henderson?" Sesinde her şeyden çok şaşkınlık vardı. Olivia, fısıltıyla konuşmamaya zorladı kendini.

Söze özür dileyerek başladı. "Sizi rahatsız ettiğim için çok üzgünüm."

"Rica ederim; aradığınıza memnun oldum." Ama kızın sesinden, bir şeyler olduğunu anlamıştı Charles. Babasının başına bir şey gelmemiş olmasını diledi içinden. "Bir sorun mu var?" diye nezaketle sordu. İnsanın başına felaketlerin nasıl üst üste ve birdenbire geldiğini herkesten iyi bilirdi. Bu soruyu sorarken, sesi inanılmayacak kadar şefkatliydi. Olivia nasıl cevap vereceğini bilemedi. Victoria'nın yaptığını düşündükçe gözlerine dolan yaşlara engel olmaya çalışıyor, kız kardeşinin tutuklanması halinde babasının nasıl utanç verici bir duruma düşeceğini kafasından atmaya uğraşıyordu. Kardeşinin Beşinci Bölge'de alıkonulduğu aklına geldiği an, hissettiği mahcubiyet ve korku yüzünden çığlık atmak istiyordu.

"Ben... korkarım... yardımınıza ihtiyacım var Bay Dawson... ve bunu bir sır olarak saklamanıza." Olivia'nın sesi öyle endişeliydi ki, Dawson neler olduğunu tahmin bile edemiyordu. "Ne yazık ki kardeşim... ben... acaba beni görmek için buraya gelmeniz mümkün mü?"

"Şimdi mi?" Bu konuşma için bir toplantıdan çıkmıştı. Hemen ilgilenmesi gereken şeyin ne olduğunu da tahmin edemiyordu. "Acil bir durum mu?"

Olivia, "Hem de çok," dedi. Çaresiz olduğu anlaşılıyordu. Onu dinlerken saatine göz attı Charles.

"Hemen mi geleyim?"

Olivia başını salladı. Gözyaşları gözlerini yakıyordu. Bir an cevap veremedi. Tekrar konuşmaya başladığında, Dawson onun ağladığını fark etti. "Çok özür dilerim... yardımınıza ihtiyacım var... Victoria son derece akılsızca bir şey yapmış." Dawson'ın aklına gelen tek şey, kızın kaçmış olabileceğiydi. Yaralanmış olamazdı; çünkü o zaman kardeşi bir avukat değil doktor arardı. Ne olduğunu tahmin etmek olanaksızdı. Hemen bir taksiye bindi; on beş dakika bile geçmeden kızın kapısının önündeydi. Petrie onu içeri aldı. Olivia, alt kattaki salonu arşınlayarak bekliyordu. Bertie, evin başka bir yerinde meşguldü ve neyse ki genç adamın geldiğini duymamıştı.

Dawson içeri girdiği anda, Olivia yine o gözleri gördü. İlk karşılaştıkları gün onu büyülemiş olan gözleri.

"Bu kadar çabuk geldiğiniz için teşekkür ederim," dedi. Kızın ne kadar sarsılmış olduğu belli oluyordu. Şapkasını alıp aceleyle başına geçirdi ve çantasını kaptı. "Hemen çıkmamız gerek."

"Peki ama ne oldu? Kardeşiniz nerede Bayan Henderson? Evden mi kaçtı?" Bu gizemli hava Dawson'ı şaşkına çevirmişti. Elinden geleni yapmak istiyordu, ama Olivia'nın ondan ne istediği hakkında hiçbir fikri yoktu.

Olivia bir an için dimdik durdu ve ona baktı. Gözleri utanç ve dehşet doluydu. Güçlü bir kızdı. Ama bu kesinlikle, kardeşinin yaşadığı en korkunç deneyimdi. Birinin haberi olacak diye telaşından çılgına dönmüştü Olivia. Kimse, Victoria'nın ne kadar gözüpek bir kız olduğunu anlayamazdı. Ya da bazı muzipliklerinin ne kadar masum olduğunu. Bu defa Olivia'nın, kardeşinin yerine geçmesi de hiçbir işe yaramazdı. Hayatında ilk kez kendini bu kadar aciz hissediyordu Olivia.

Kederli bir ifadeyle, "Victoria Beşinci Bölge'de Bay Dawson," dedi. "Az önce aradılar. Onu göz altına almışlar ve hemen gidersek tutuklamayacaklarmış." Tabii eğer Victoria onları ikna etmez ve Charles'la Olivia yetişmeden onu tutuklamazlarsa.

"Ulu Tanrım." Bu kez gerçekten şaşırmış görünüyordu Charles. Olivia'nın peşinden kapıya yürüdü; basamaklardan indi ve bir taksi bulmaya koştu. Kızın arabaya binmesine yardım etti. Olivia'nın üstünde hâlâ, sabah giydiği basit, gri iş elbisesi vardı. Son moda siyah bir şapka takmıştı. Evden çıkarken Victoria'nın da aynı şapkadan takmış olduğunu hatırladı Olivia. Planlamasalar bile, hemen hemen her zaman aynı şeyleri giyiyorlardı. Şimdi olduğu gibi. Ama Olivia, Charles Dawson'a neler olmuş olabileceği konusundaki tahminlerini anlatırken, şapkalarını düşünmüyordu.

"Şu aptal kadın hakları derneğinin ve yöneticileri tamamen aklını başından almış durumda." Charles'a, kadınların isimlerini tek tek saydı. Beş ay önce Washington'da yaptıkları gösteriyi ve Pankhurst'lerin İngiltere'de tutuklanışını anlattı. "Bu insanlar tutuklanmayı bir tür ödül gibi yüceltiyorlar. Tutuklanmak onlar için bir onur madalyası almak gibi. Herhalde Victoria bugün onların gösteri yaptıkları bir yere gitti ve onlarla birlikte göz altına alındı.

Telefon eden çavuş onu tutuklamayı düşünmediğini, ama Victoria'nın tutuklanmak *istediğini* söyledi."

Charles Dawson ona bakarken gülümsememek için kendini zor tutuyordu. Birden, Olivia da gülümsediğini fark etti. Olanları Charles'a anlatırken her şey son derece komik gelmişti ona. Victoria daha da komikti.

"Müthiş bir kız şu sizin kardeşiniz. Siz babanızın evini idare ederken, o hep böyle şeyler mi yapar?" Çok işi olduğu için, Victoria'nın o gün nereye gittiğinin üstünde durmamıştı Olivia. Ondan sadece on dakika önce doğmuş olmasına rağmen, abla rolünü çok ciddiye alıyordu.

"Bizi Croton'da ziyarete geldiğiniz gün, böyle bir mitinge katılmak için babamın arabalarından birini çalmıştı." Son derece endişeli olmasına rağmen Charles'la birlikte gülüyordu artık.

"Neyse, hiç olmazsa can sıkıcı biri değil," dedi Charles sakin bir şekilde. "Doğacak çocuklarını düşünsenize. İnsan ürperiyor, değil mi?" Yine güldü. Ama Beşinci Bölge'ye ulaştıklarında ikisi de ciddileştiler. Paçavralar içindeki yoksul insanların kapı aralarında yattığı, her tarafın yemek artıklarıyla dolu olduğu, kasvetli bir mahalleydi burası. Olivia, Charles'la birlikte arabadan indiği sırada, yolun üzerinde koşarak lağımda kaybolan bir sıçan gördü ve elinde olmadan Charles'a sokuldu. Karakola girdiler. İçeride sarhoşlar, henüz getirilmiş elleri kelepçeli iki hırsız ve parmaklıkların ardından nöbetçi çavuşa bağırıp çağıran üç fahişe vardı. Charles, bu durum karşısında bayılmak üzere olup olmadığını görmek için Olivia'ya baktı. Ama genç kız oldukça güçlü görünüyordu. Sarhoşlarla fahişelerin attıkları laflardan hiç etkilenmemişe benziyor, onlar yokmuş gibi davranıyordu.

Charles alçak sesle, "İyi misiniz?" diye sordu. Yanında dimdik duran kadının elini alıp koluna geçirdi. Durumdan rahatsız olmamasını, fahişelerin ona kıskançlıkla bağırarak sövüp saymalarına tahammül etmesini ve kendine hâkim olmasını takdir ediyordu.

Olivia, bir an Charles'ın gözlerine bakarak, "İyiyim," diye fısıldadı. "Ama buradan çıkınca öldüreceğim onu."

Nöbetçi çavuşa doğru yönelirken, Charles gülmemeye çalışıyordu. Çavuş onları kilitli bir odaya götürdü. Bir kadın gardiyanın gözetimindeki, Victoria odadaki tek sandalyede oturmuş çay içiyordu. Sinirli bir hali vardı. Charles'la Olivia odaya girince elindeki fincanı bıraktı, ayağa kalktı. Ama onları gördüğüne memnun olmamıştı.

Charles Dawson'a selam bile vermeden kardeşine, "Senin yüzünden, değil mi?" diye sordu Victoria. Kızların birbirlerine bu kadar benzediklerini görmek Charles'ı ürkütüyordu. Yüzleri, gözleri, hatta şapkaları bile aynıydı. Ama Victoria'nın yana yatık olarak taktığı şapkası hafif kaymıştı. Charles büyülenmiş gibi kızları seyrediyordu. Aralarındaki elektriği hemen hissetmişti.

Kardeşine çok kızdığı açıkça belli olan Olivia, "*Neymiş* benim yüzümden olan?" diye sordu.

"Beni senin yüzünden tutuklamadılar." Victoria da aynı derecede kızgındı.

"Sen aklını kaçırmışsın Victoria Henderson," dedi Olivia. "Kilit altında tutulmayı hak ediyorsun; ama burada değil. Bedlam'a kapatılmalısın. Eğer tutuklansaydın, nasıl bir skandala yol açacağının farkında mısın sen? Babamı nasıl rezil edeceğini hiç düşünmedin mi? Hiç kendinden başkasını düşündüğün oldu mu Victoria? Yoksa gündeminde böyle bir şey yok mu?" Çavuşla gardiyan kadın birbirlerine gülümsediler. Olivia'nın söyleyebileceklerine ekleyebilecekleri pek fazla bir şey yoktu. Charles, onlarla sessizce konuşarak Victoria'nın çıkışını ayarladı. Herhangi bir zarar söz konusu değildi. Victoria'nın yanlış zamanda yanlış yerde bulunduğunu söylediler ve böyle bir şeyi hiç olmamış kabul edeceklerini bildirdiler. Çavuş, bundan sonra Victoria'ya göz kulak olmalarını önerdi ve Charles'a, kızların kardeşleri olup olmadığını sordu.

Bu fikir Charles'ı şaşırtmıştı. Olivia'nın onu aramış olduğunu düşününce gururunun okşandığını hissetti. İyi ki de aramıştı. Buraya yalnız gelmesi onun için çok korkunç olurdu. Aynı zamanda da tehlikeli. Taksiyi dışarıda bekletiyordu. Kızlar o küçük odada tartışırlarken araya girdi ve sohbetlerine takside devam etmelerini önerdi. Olivia tam anlamıyla ateş püskürüyordu. Bir an için Victoria'nın oradan ayrılmayı kabul etmeyeceğini düşündü Charles. Ama burada yapacağı hiçbir şey yoktu. Polis, onun orada kalmasını istemiyordu, eğlence de bitmişti. Oradan ayrılıp taksiye bindiklerinde Olivia hâlâ azarlıyordu Victoria'yı. Charles sessizce, kızların ellerini tutarak arabaya binmelerine yardım etti. Sonra o da bindi ve aralarına oturdu.

"Hanımlar, artık tartışmaya son vermenizi ve bu talihsiz olayı unutmanızı önerebilir miyim? Burada münasebetsiz hiçbir şey olmadı. Kimse de ne olduğunu bilmiyor." Olivia'ya dönerek, kardeşinin bu akılsızlığını bağışlamasını istedi. Sonra Victoria'ya döndü ve orada kaldığı sürece, artık gösterilerden uzak durmasını tavsiye etti. Aksi halde gerçekten tutuklanabilirdi.

"Bu çok daha doğru olurdu; öyle değil mi? Onlara üstünlük taslayıp eve, babacığıma koşmaktan daha doğru olurdu yani." Kardeşi ve babalarının avukatı tarafından "kurtarılmış" olmak hâlâ sinir ediyordu Victoria'yı. Olivia'yla birlikte geldiği için de, Charles'ın tam bir aptal olduğunu düşünüyordu. İleride işlerine karışmamasını söylemeye karar verdi.

Olivia dobra dobra, "Babamın haberi olsa neler hissederdi diye düşündün mü hiç?" dedi. "Şu salak grupları, ya da kadınların oy hakkını düşüneceğine, bir değişiklik yapıp neden babamı düşünmüyorsun? Bir kere olsun benim kurtarmamı beklemek yerine, doğru dürüst gibi davranamaz mısın?" Olivia eldivenlerini giyerken elleri titriyordu. Charles ise hayranlıkla onları izliyordu. Biri ne kadar kontrollü ve becerikli ise, diğeri de o kadar coşkulu ve insafsızdı. Victoria, bazı yönlerden ona karısı Susan'ı hatırlatıyordu. O da olağandışı fikirleri savunan ve zor hedefleri benimseyen bir kadındı. Ama bir de uysal yanı vardı. Sessiz geceler boyunca onu düşünmemeye çalışarak yalnız yatarken özlediği, yumuşak başlı bir yanı. Artık Geoffrey'i düşünmesi gerekiyordu; annesini değil. Ancak, ne kadar uğraşsa da onu unutmayı başaramıyordu. Ve yüreğinin derinliklerinde, aslında unutmak istemediğini biliyordu. Ama siyah hasır şapkalı, öfke dolu mavi gözlü bu çılgın, akılsız kız, ondan uysal olduğu açıkça belli olan kardeşinden daha çok ilgisini çekiyordu.

Taksi evlerinin önüne yanaşırken Victoria soğuk bir biçimde, "Şunu belirtmek isterim ki," dedi, "sizi ben çağırmadığım gibi, kurtarılmak da istemedim." Çocukça davranıyordu. Charles ona bakarken elinde olmadan gülümsüyordu. Ceza olarak odasına gönderilmesi ya da söz dinleyene kadar azarlanması gereken yaramaz bir kız çocuğu gibiydi. Ne pişmandı ne de kendisini almaya geldikleri için minnettar.

Charles, "O halde belki de seni geri göndermeliyiz," dedi. Victoria taksiden inerken ters ters baktı ona. Yürüyüp kardeşinden önce eve girdi. Şapkasını çıkarıp masanın üstüne fırlatırken sırtı onlara dönüktü.

Olivia, mahçup bir ifadeyle Charles'a, "Teşekkür ederim," dedi. Kardeşine çok kızmıştı. "Siz olmasanız ne yapardım bilmiyorum."

Charles, "Her zaman emrinizdeyim," diyerek gülümsedi. Olivia bunu duyunca gözlerini devirdi.

"Umarım gerekmez."

Charles, "Babanız gelene kadar onu dizginlemeye çalışın," diye fısıldadı. Belli ki tövbe etmeyecek bir asiydi Victoria. Yeterince uzaktan bakıldığında, bir çekiciliği bile olabilirdi bunun.

Olivia, "Tanrıya şükür, babam yarın akşam burada olacak," dedi ve kaygılı bir ifadeyle Charles'a baktı. Ona güvenmişti. İhanet etmeyeceğini umuyordu. "Lütfen ona bir şey söylemeyin. Çok üzülür."

"Söz veriyorum; tek kelime etmeyeceğim." Ama her şey bittikten sonra, az önce yaptığı şey ona komik gelmeye başlamıştı artık. "Yemin ederim; bir gün ikiniz de büyükanne olduğunuzda, onun nasıl *tutuklanmak üzere* olduğunu hatırlayıp çok güleceksiniz." Olivia bu sözlere gülümsedi. Victoria ise sadece homurdanarak teşekkür etti ve akşam yemeği için üstünü değiştirmek üzere hızla üst kata çıktı. O akşam, yemeklerini Bayan Peabody ile yiyeceklerdi. Olivia, Charles'a da kalıp kalamayacağını sordu. Victoria istemediği halde, kız kardeşini Beşinci Bölge'den kurtarmaya çalışarak geçirdiği son iki saatten sonra, hiç olmazsa yemeğe davet etmeliydi onu.

"Kalamam, ama yine de çok teşekkür ederim." Bu davet Charles'ı mahcup etmişti. "Yemeği her akşam oğlumla birlikte yemeğe gayret ediyorum. Yani mümkün olduğunca."

Olivia ilgiyle sordu. "Kaç yaşında?"

"Dokuz." Demek ki annesi öldüğünde sekiz yaşındaymış... onu son kez gördüğünde; onu *Titanic*'te bıraktığında. Bunu düşünmek bile tüylerini ürpertti Olivia'nın.

"Umarım bir gün tanışırız onunla," dedi içtenlikle. Charles tereddütlü ama memnun görünüyordu.

"İyi bir çocuktur." Charles, dürüstlüğü ile Olivia'yı şaşırttı. Ama Olivia'da bir şey vardı. Onunla rahat konuşuluyordu. Oysa kardeşini dövmek istiyordu Charles. "Annesinin yokluğunda ikimiz de zor günler geçirdik," dedi sessizce.

"Tahmin edebiliyorum." Sonra yavaşça, "Ben annemi hiç tanımadım," dedi Olivia. "Ama benim için Victoria vardı; onun için de ben." Charles'ın gözlerine bakan gözleri kocaman görünüyordu. Genç adamın yüreğini acıtan bir şey vardı Olivia'da.

Charles, "Olağanüstü bir şey olmalı," dedi düşünceli bir şekilde. "Birine bu kadar yakın olabilmeyi düşünemiyorum. Belki bir eş dışında tabii. Ama yine de... Siz sanki aynı insanın iki yarısı gibisiniz."

"Bazen sahiden öyle olduğumuzu düşünüyorum." Sonra üst kata doğru öfkeli bir ifadeyle bakarak, "Bazen de iki yabancı olduğumuzu. Bazı bakımlardan çok farklıyız. Bazı bakımlardan da tıpatıp aynıyız." Çok ayrı karakterleri olmasına rağmen görünüşleri kesinlikle aynıydı. Gerçekten de aralarında hiçbir fark göremiyordu Charles.

"İnsanların sizi hep karıştırıyor olması rahatsız ediyor mu? Sanırım çok sinir bozucu olabilir." Bu kızlar büyülemişti onu. Olivia'ya soru sorabilmek de hoşuna gidiyordu.

"Alışılıyor. Eskiden komik olduğunu düşünürdük. Artık doğal geliyor." Charles'la konuşmak kolaydı. O da Olivia'yla rahat konuşabiliyordu. Arkadaş olabileceği bir kadındı o. Ama Charles'ı büyüleyen ve dilinin tutulmasına neden olan, Victoria'ydı. İkisini birbirinden ayırt edemiyordu; ama Victoria yanında olduğu zaman, bunu içinin derinliklerinde bir yerde hissediyordu. Onda Charles'ı altüst eden bir şey vardı. Olivia ise, nazik tavırlarıyla onu rahatlatıyor ve huzur veriyordu. Sevilen bir dost, ya da şefkatli bir kardeş gibiydi.

Charles birkaç dakika sonra oradan ayrıldı. Olivia arkasından kapıyı sessizce kapayarak, kardeşiyle konuşmak için yavaşça yukarıya çıktı.

Victoria odasında oturmuş, hüzünlü bir ifadeyle pencereden dışarı bakıyordu. Öğleden sonra olanları ve çavuş onu diğerlerinden ayırdığında, kendini nasıl aptal gibi hissettiğini düşünüyordu.

Olivia onu seyrederken Victoria mutsuz bir şekilde sordu. "Bir daha yüzlerine nasıl bakacağım?"

"Onların arasına karışman bile yanlıştı zaten." Olivia içini çekti; kardeşinin karşısına, yatağa oturdu. "Böyle şeyler yapmaya devam edemezsin Victoria. Sonucunun ne olacağını düşünmeden, çılgın bir fikrin peşinden koşup gidemezsin. İnsanlar bu yüzden incinebilirler. Sen de öyle. Bunun olmasını istemiyorum."

Victoria yavaşça dönüp baktı. Birden, gözlerinde Charles'ın gördüğü ışık yanıverdi. "Ya incinenlerden daha çok sayıda insana yararlı olacaksam? Ya bir düşünce, bir amaç için, doğru şeylerin olabilmesi için, birinin ölmesi gerekiyorsa? Biliyorum sana çılgınca gelebilir; ama bazen bunu yapmak istediğimi düşünüyorum." İşin en kötü yanı şuydu. Victoria'nın, bu söylediklerinde samimi olduğuna gönülden inanıyordu Olivia. İçinde o tür bir ateş vardı. Bir ideal için ölmesini, ya da inandığı bir şeyin sonuna kadar peşinden gitmesini sağlayacak bir ateş yanıyordu içinde.

Olivia, "Böyle şeyler söyleyince korkutuyorsun beni," dedi sessizce. Victoria uzanıp kardeşinin elini tuttu.

"Öyle bir niyetim yok. Ama ben buyum işte. Ben, sen değilim Ollie. Bu kadar benzediğimiz halde nasıl bu kadar farklı olabiliriz?"

"Farklı ve aynı," dedi Olivia. Doğdukları günden beri onları izleyen esrarı düşünüyordu. Birçok yönden aynı; bazı yönlerden tamamen farklıydılar.

"Bugün için özür dilerim. Seni korkutmak istememiştim." Victoria nihayet pişmanlık duyuyordu. Ama yaptığı şey yüzünden değil, kardeşini üzdüğü için. İncitemeyeceği kadar çok seviyordu Olivia'yı.

"Kötü bir şey olduğunu anlamıştım. Şuramda hissettim." Olivia midesini işaret etti; Victoria onaylayarak başını salladı. Her ikisi de iyi tanıyorlardı o duyguyu.

Victoria ilgiyle sordu. "Saat kaçta?" Aralarındaki telepati her zaman ilgisini çekmişti.

Olivia, "İkide," dedi; Victoria başını salladı. Birinin tehlikede olduğunu, diğerine her zaman haber veren o olağanüstü şeye alışmışardı.

"Tamam. Galiba bizi toplayıp polis minibüsüne tıktıklarında saat ikiydi."

Olivia onaylamayan bir ifadeyle, "Herhalde çok eğlenceliydi," dedi. Ama Victoria güldü. Olan biteni gerçekten eğlenceli buluyordu.

"Aslında bayağı komikti. Polis herkesi minibüse almaya kararlıydı. Ama kimse dışarıda kalmak istemiyordu zaten. *Hepsi* tutuklanmak istiyorlardı." Victoria daha çok güldü; Olivia homurdandı. Beşinci Bölge'den Çavuş O'Shaunessy'nin telefonunu hatırlamıştı.

Olivia sertçe, "*Seni* tutuklamamış olmalarına çok sevindim," dedi.

"Onu niye çağırdın?" diye sordu Victoria. Gözlerini kardeşinin gözlerine dikmiş, söze dökülmeyen cevapları arıyordu. İkisinin arasında, hiç konuşulmayan, ama gayet iyi anlaşılan on binlerce şey vardı.

"Kimi arayacağımı bilemedim. Donovan'ı ya da Petrie'yi götürmek istemedim. Yalnız gelmeye korktum. Zaten beni aradıklarında yalnız gelmememi söylediler."

"Gelebilirdin oysa. Ona ihtiyacın yoktu. Önemsiz bir adam o." Victoria, elini havada sallayarak, Charles Dawson'ı konu dışı boraktı. Onun için hiçbir değeri yoktu Charles'ın. Olivia'nın onda bulduğu meziyetlerin hiçbirini görmüyordu Victoria. Charles'la, kardeşi kadar ilgilenmiyordu.

Olivia, "Hiç de önemsiz değil," diyerek savundu Charles'ı. Munis bir kişiliği vardı genç adamın. Yaşam sevincini yitirmiş olduğu kolayca görülebiliyordu. Ama hayat ona acımasız bir darbe indirmişti. Olivia onun için çok üzülüyordu. Ona acımıyordu; ondan hoşlanıyordu. Onun meziyetlerini görebiliyordu. Daha önce nasıl biri olduğunu tahmin edebiliyor; yine eski haline dönebileceğini düşünüyordu. Bunun için biraz şefkat gerekiyordu. Hatta belki de, doğru bir kadın. Olivia, "Adamın kalbi kırık," diye açıklamaya çalıştı.

"Beni hiç ilgilendirmiyor." Victoria sırıttı. İstediği zaman acımasız olabiliyordu. Sakatları ve yaralıları kolayca yok sayabiliyordu.

"Haksızlık ediyorsun. Bugün on dakikada buraya geldi. Sırf sana yardım etmek için."

"Babamız en büyük müşterilerinden biri herhalde."

"Bu söylediğin iğrenç bir şey. Bana meşgul olduğunu söyleyebilirdi."

Victoria ilgisiz ama yaramaz bir ifadeyle, "Belki de senden hoşlanıyordur," dedi.

"Ya da senden," dedi Olivia dürüstçe.

Victoria, "Belki hâlâ ayırt edemiyordur bizi," diyerek doğru bir tespitte bulundu.

"Bu, onun kötü bir insan olduğunu göstermez. Babam bile bizi her zaman ayırt edemiyor. Bugüne kadar bunu başaran tek kişi Bertie oldu."

Victoria insafsızca, "Belki de bizimle yeterince ilgilenen tek kişi Bertie," dedi.

Olivia mutsuz bir ifadeyle, "Neden bazen bu kadar acımasız oluyorsun?" diye sordu. Kardeşinin böyle şeyler söylemesinden nefret ediyordu. Bazen öyle duygusuz olabiliyordu ki.

"Belki de öyle bir insanım." Victoria gayet gerçekçi görünüyordu. Vicdanı hiç sızlamıyordu. "Kendime karşı da acımasızım. Herkesten çok şey bekliyorum Ollie. Burada oturup, partilere, balolara, tiyatroya gitmekten daha çok şey yapmak istiyorum hayatta." Birdenbire tam bir yetişkin gibi konuşmaya başlamış ve Olivia'yı söyledikleriyle şaşırtmıştı.

"New York'a gelmeyi istediğini sanıyordum. O sıkıcı Croton-Hudson'a tıkılıp kalmaktan hep şikâyet eden sensin."

"Evet biliyorum. Ayrıca burada olmaktan da çok memnunum. Ama benim istediğim, buradaki sosyal hayat değil sadece. Hayatımda önemli bir şeyler olmasını da istiyorum. Dünyada bir iz bırakmak istiyorum. Edward Henderson'ın kızı olmanın ötesinde bir şeyler başarmak istiyorum." Bunları söylerken son derece coşkulu ve heyecanlı görünüyordu.

"Böyle anlatınca, bunlar çok soylu düşünceler gibi geliyor insana." Olivia ikizine gülümsedi. Victoria bazen böyle yüce fikirlere kapılırdı. Olivia, kardeşinin bunlara gerçekten de inandığını bilirdi. Yine de, bir bakıma çocuk gibiydi Victoria. Hem de şımarık bir çocuk. Her şeyi birden olsun istiyordu: insanlar, eğlence, partiler, New York. Ama bir de ciddi yanı vardı. Bütün savaşlarda yer almak, bütün haksızlıkları düzeltmek ve dünyada bir iz bırakmak istiyordu. Henüz ne istediğini tam olarak bilmiyordu. Ama bazen, Victoria'nın Croton'da yaşamaktan çok daha fazlasını yapacağını hissediyordu Olivia.

Sessizce sordu. "Birinin eşi olmaya ne dersin?" Arada sırada Olivia'nın aklına gelen bir şeydi bu; her ne kadar, babasını terk etmeyi hiç düşünmese de. Babasının ona çok ihtiyacı vardı.

Victoria kararlı bir şekilde, "İstediğim bu değil," dedi. "Kimseye ait olmak istemiyorum ben; bir masa, sandalye, ya da otomobil gibi. 'Bu benim eşim.' Bu benim şapkam, paltom, ya da köpeğim der gibi. Kimsenin malı olmak istemiyorum. Sanki bir nesneymişim gibi."

Olivia, "O saçma kadınlarla çok fazla birlikte olmuşsun," diye homurdandı. Onların söylediği hemen her şeye karşıydı. Belki bir tek oy hakkı kabul edilebilirdi. Ama özgürlük ve bağımsızlık hakkındaki düşüncelerinin ne pahasına olduğunu biliyordu. Olivia'nın üzerine titrediği değerler; yani aile, çocuklar, kocaya ya da babaya saygı... Onların aşıladıkları anarşiye inanmıyordu. Oysa Victoria inandığını söylüyordu. Ama Olivia bazen kuşkuya düşüyordu bundan. Victoria sigara içmekten, babasının arabasını çalmaktan, kendi başına oraya buraya gitmekten hoşlanıyordu. Hatta inandığı şey uğruna tutuklanmaktan bile kaçınmıyordu. Ama babalarını herkesten daha çok seviyordu. Olivia'ya öyle geliyordu ki, eğer Victoria doğru adamla karşılaşırsa, herhangi bir kadın kadar tutulabilirdi ona. Hatta daha da fazla. Coşku doluydu. Uğrunda neredeyse ölmeye bile hazır olduğu inançları vardı. Gem vurulmamış tutkulara sahipti. Kimsenin "malı", ya da bir erkeğin karısı olmak istemediğini nasıl söylerdi? Bu tavır ona hiç uymuyordu.

"Ben ciddiyim," dedi Victoria yavaşça. "Kararımı uzun zaman önce verdim. Evlenmek istemiyorum." Bunu söylerken, inanılmayacak kadar güzel görünüyordu. Olivia gülümsedi. Ona inanmıyordu.

"Bu 'uzun zaman önce' ne zamandı? Bugün katıldığın kadın toplantısı mı, yoksa geçen haftaki mi? Bence ne dediğini bilmiyorsun sen."

"Evet biliyorum. Ben asla evlenmeyeceğim." Bunu sakin; kararlı bir ifade ve tam bir inançla söylemişti Victoria. "Aslına bakarsan, evliliğin bana göre bir şey olmadığını düşünüyorum."

"Bunu nasıl bilebilirsin ki? Yani şimdi sen bana, babamla evde oturup ona bakacağını mı söylüyorsun?" Bunun düşüncesi bile çok komik gelmişti o anda. Olivia evde kalıp son yıllarında babasına bakabilirdi; ama Victoria yapamazdı bunu. Onun buna uygun olmadığını ikisi de biliyorlardı. Yani en azından Olivia biliyordu da, acaba Victoria daha farkına varmamış mıydı? Croton'da babasıyla birlikte evde oturarak gerçekten mutlu olabilir miydi? Hiç sanmıyordu.

"Öyle bir şey demedim. Ama belki bir gün Avrupa'ya gidip orada yaşarım. Biraz daha büyüdüğümüzde. İngiltere'de yaşamaktan hoşlanacağımı sanıyorum." Kadın özgürlüğü hareketi orada daha gelişmişti. Ancak, New York'ta ya da Birleşik Devletler'in herhangi bir yerinde olduğundan daha iyi karşılanmıyordu. Sadece son birkaç ay içinde, en azından yarım düzine çok önemli kadın eylemci tutuklanarak cezaevine konmuştu İngiltere'de.

Olivia, Victoria'nın söylediklerine şaşırmıştı. Özellikle de, asla evlenmeyeceğine ve Avrupa'da yaşamak istediğine. Bütün bunlar öyle yabancı, öyle garip gelmişti ki Olivia'ya, ne kadar farklı olduklarını bir kez daha hatırladı. Zaman zaman paylaştıkları içgüdülere ve görünüşteki benzerliklerine rağmen, aralarında çok büyük farklılıklar vardı.

"Belki de Charles Dawson'la sen evlenmelisin." Victoria kardeşini kızdırmaya çalışıyordu. Bertie ile birlikte yiyecekleri akşam yemeği için giyinmeye başlamışlardı. Victoria, Olivia'nın elbisesinin fermuarını çekerken, "Onu çok sevimli bulduğuna göre, belki de onunla evlenmek hoşuna gider," dedi. Sonra arkasını dönüp kendi fermuarını çektirdi. Daha o yıl moda olmuş yeni bir buluştu fermuar. Son derece kolay bir yöntemdi ve insanın parmaklarını yoran bir sürü minik düğmeyle kıyaslandığında, büyük bir gelişmeydi.

Kardeşinin Charles Dawson hakkında söylediklerini, "Aptallaşma," diye yanıtladı Olivia. "Onu sadece iki kez gördüm," dedi sakin bir tavırla.

"Ama ondan hoşlanıyorsun. Sakın yalan söyleme. Belli oluyor."

"Tamam peki. Hoşlanıyorum. Ne olmuş? Zeki bir adam. Onunla konuşmaktan zevk alıyorum. Ayrıca, kardeşim hapse düştüğü zaman da son derece yararlı oluyor. Hapishane kuşu olmayı alışkanlık haline getireceksen, belki de onunla evlenmek zorunda kalabilirim. Ya da hukuk fakültesine giderim."

Victoria gayet katı, "Bak bu çok daha iyi olur," dedi.

İki kardeş giyindiklerinde artık barışmışlardı. Hatta Olivia, ona yaşattığı heyecanlı gün yüzünden kızdığı kardeşini, neredeyse affetmişti bile. Ama New York'ta kaldıkları süre boyunca, gösterilerden uzak duracağına yemin etmeye zorlamıştı Victoria'yı. Oradaki vaktini, kardeşinin başını beladan kurtararak harcamak istemiyordu. Victoria isteksizce söz verdi ve banyoya gidip bir sigara yaktı. Olivia saçını fırçalıyor ve sigara içmenin hanımlara yakışmayan bir davranış olduğunu anlatıyordu. Ama Victoria sadece güldü ve Bertie gibi konuştuğunu söyledi kardeşine.

"Sigara içtiğini bilse seni öldürürdü!" Olivia, anlatmak istediğini vurgulamak için elindeki saç fırçasını ikizine doğru salladı. Victoria güldü. Son derece seksi görünüyordu. Koskoca banyo küvetinin kenarına oturmuş, uzun bacaklarını üst üste atmış, Olivia'nın kendilerine yeni aldığı elbiselerden birini giymişti. Parlak kırmızı renkli ve giydikleri bazı elbiselerden biraz daha kısaydı. En son modaydı ve ikisine de müthiş yakışıyordu.

Birbirlerine sarılmış, yemek odasına gitmek üzere aşağı inerlerken Victoria, "Çok beğendim bu elbiseyi," dedi kardeşine. "Bizim için seçtiğin bütün elbiseleri beğeniyorum. Belki de hayatımın geri kalanını seninle geçirip Avrupa'yı unutabilirim."

Olivia sevecen bir ifadeyle, "Bence sakıncası yok," dedi. Bir gün, artık birlikte olamayacakları bir zamanın geleceğini düşünmek üzüyordu onu. Daha önce evliliği hiç aklına getirmemeye çalışmıştı. Çünkü babasından ve ikiz kardeşinden ayrılma fikrine dayanamıyordu. Kendinden bir parçayı geride bırakmak gibi bir şeydi bu. Bazı zamanlar, onlar olmazsa kendinin de olmayacağını hissediyordu. "Senden ayrılmayı düşünemiyorum bile," dedi Olivia. Hayatı boyunca her an gördüğü o tanıdık yüze baktı. Tıpatıp kendi yüzüydü. O kadar ki, aynaya bakmak gibi bir şeydi bu. Birinin bir tarafında olan her ayrıntı, diğerinde tam ters taraftaydı. İşte bu, gerçekten de aynaya bakmak gibiydi. Olivia ikizine bakarak, "Senden ayrılamam," dedi. Victoria gülümseyerek kardeşinin yanağını hafifçe öptü.

"Ayrılmak zorunda kalmayacaksın Ollie. Sensiz bir yere gitmeye dayanabileceğimi sanmıyorum. Öylesine söyledim işte," dedi. Avrupa'dan söz ederek Olivia'yı üzdüğünü hissetmişti. "Seninle birlikte evde kalırım; bir molaya ihtiyacım olduğu zaman tutuklanırım."

"Hele bir dene!" Olivia kardeşine yine parmağını salladı. Bertie, onlara yemek odasında katıldı. Olivia'nın, bir Paris dergisinden onun için örneğini çıkardığı siyah ipek elbisesini giymişti. Elbise üzerinde şaşılacak kadar iyi duruyordu. Bertie ne zaman aile ile birlikte yemek yese onu giyerdi. Onlarla birlikte yemeği onur sayardı.

Yerlerine otururlarken, "Bütün gün neredeydin Victoria?" diye sordu Bertie. Kızlar gözlerini kaçırarak peçetelerini açmaya başladılar.

"Şey müzeye gitmiştim. Londra'daki Ulusal Galeri'den gelen muhteşem bir Turners sergisi vardı."

Bertie, tecrübeli yaşlı gözlerini kocaman açarak, "Sahi mi?" dedi. İnanmış gibi yapıyordu. "Hazır buradayken ben de göreyim bari."

Victoria neşeyle gülümseyerek, "Bayılırsın," dedi. Olivia ise, bir zamanlar annesiyle babasının yaşadığı evin tavanına kaldırdı bakışlarını. Annesi oradayken buranın nasıl olduğunu merak ediyordu. Acaba nasıl bir kadındı? Acaba ruhen hangisi ona daha çok benziyordu; o mu kardeşi mi? Bu, sık sık düşündükleri bir konuydu. Ama ikisi de, babalarının bu konuda konuşmamayı tercih ettiğini biliyordu. Bunca yıl sonra bile hâlâ acı duyuyordu Edward.

Yemek biterken Bertie memnuniyetle, "Yarın babanızı görmek iyi olacak; değil mi kızlar?" diye sordu. Mutfak hizmetçisi kahveleri dağıtıyordu.

Olivia, babasını ve onun yatak odasına koymak istediği çiçekleri düşünerek, "Evet iyi olacak," dedi. Victoria başka bir şey düşünüyordu o sırada. Araya bir gösteri daha sıkıştırsa, Olivia onu sahiden öldürür müydü acaba? Hapse giderken, ertesi gün öğleden sonra bir gösteri olacağını duymuş ve katılacağına söz vermişti. Ama bunu düşünürken, Olivia ona baktı ve başını iki yana salladı. Sanki ne düşündüğünü anlamıştı. Bazen bunu yaparlardı birbirlerine. Nasıl olduğunu hiç anlayamamışlardı; ama oluyordu işte. Sanki birbirlerinin düşüncelerini, daha dile getirilmeden duyuyor gibiydiler.

Bertie arkasını döndüğünde Olivia, "Sakın ha!" diye fısıldadı. Masadan kalktılar.

Victoria en ciddi haliyle, "Neden söz ettiğini anlamıyorum," dedi.

"Bir dahaki sefere seni orada bırakırım; babama kendin açıklarsın. Bu dediğimi unutma."

Victoria, uzun siyah saçlarını omuzlarının arkasına itti ve gülerek, "Bunu yapacağından pek emin değilim," dedi. Hiçbir şeyden korkmuyordu. O gün hapse düşmüş olması bile hiç etkilememişti onu. Durumu ilginç bulmuştu; ama gözü korkmamıştı.

"Sen adam olmazsın," dedi Olivia. Bertie'yi öpüp iyi geceler dilediler ve üst kata, yatak odalarına çıktılar. Olivia moda dergilerine bakarken Victoria, Emmeline Pankhurst'ün yazdığı, cezaevlerindeki açlık grevleri hakkındaki bir broşürü okudu. Ona göre, İngiltere'deki kadın hareketi taraftarlarının en önemlisi idi Pankhurst. Victoria bir sigara yaktı. Bertie'nin yatmış olduğunu bildiği için, odalarında sigara içmeye cesaret edebiliyordu. Kardeşini de bir tane denemesi için zorladı; ama o kabul etmedi. Oturup pencereden dışarı bakarak ılık Eylül gecesini seyretmeye başladı Olivia. O akşam düşünmeye çalıştığı bambaşka bir sürü şeye rağmen, aklı yine Charles Dawson'a takılmıştı.

"Yapma," dedi Victoria. Yatağa uzanmış, kardeşine bakıyordu.

Olivia, zarif bir şekilde uzanmış, sigarasını içen Victoria'ya dönerek, "Ne yapmayayım?" diye sordu.

Victoria gayet sakin, "Onu düşünme," dedi ve sigarasının dumanını pencereye doğru uzun uzun üfledi.

"Ne demek istiyorsun?" Olivia şaşırmış görünüyordu. Birinin, diğerinin düşüncelerini okuması her seferinde ürkütürdü onları.

"Ne demek istediğimi çok iyi biliyorsun. Charles Dawson. Gözlerinde, aynen onunla konuşurken gördüğüm ifade vardı. Senin için çok sıkıcı biri o. Burada bir sürü muhteşem adamla tanışacaksın. Bunu hissedebiliyorum." Konuşurken, pek bilmiş bir hali vardı. Ama Olivia hâlâ şaşkındı.

"Ne düşündüğümü nereden biliyorsun?" Bu başlarına öyle sık geliyordu ki.

"Sen nasıl biliyorsan ben de öyle biliyorum. Bazen kafamın içinde senin düşündüklerini duyuyorum. Kendi sesimmiş gibi. Bazen sana baktığımda her şeyi görüyorum."

Olivia dürüstçe, "Zaman zaman korkutuyor bu beni," dedi. "Birbirimize o kadar yakınız ki, sen nerede bitiyorsun, ben nerede başlıyorum; bilemiyorum. Böyle bir şey oluyor mu, merak ediyorum. Acaba bazen tek bir kişi mi oluyoruz?"

"Bazen," diyerek gülümsedi Victoria. "Ama her zaman değil. Ne düşündüğünü bilmek hoşuma gidiyor... insanları şaşırtmak; bir zamanlar yaptığımız gibi, birbirimizin yerine geçmek de hoşuma gidiyor. Bazen özlüyorum bunu. Buradayken bir ara yine yapmalıyız. Kesinlikle kimse fark etmez. Ne kadar eğleniriz, öyle değil mi?"

Olivia, "Artık büyüdüğümüz için bana pek öyle gelmiyor. İnsanları aldatmak gibi geliyor," dedi. Düşünceliydi.

"Bu kadar ahlakçı olma Ollie. Zararsız bir şey bu. Kimseyi incitmez ki. Eminim bütün ikizler yapıyordur." Ama hayatları boyunca, ya bir ya da iki kez ikiz görmüşlerdi. Onlar da, kendileriyle kıyaslanacak yaş ve cinsiyette olmadıkları gibi, Olivia'yla Victoria kadar da benzemiyorlardı birbirlerine. "Çok yakında yapalım; olur mu?," diye kışkırttı kardeşini Victoria. Aynen çocukluklarında olduğu gibi, her an çizgiyi aşmaya hazır ve gözü pek bir kızdı. Ama bu kez, Olivia gülümseyerek cevap vermeyince, Victoria onun yapmayacağını anladı. Artık birer yetişkindiler ve Olivia yer değiştirmenin çocukça bir şey olduğunu düşünüyordu. "Dikkat etmezsen, ihtiyarlayınca sıkıcı bir kocakarı olacaksın," diye uyardı Victoria. Olivia güldü. Gerçekten eğleniyordu.

"Öyle olursam, hiç olmazsa, sen de uslu durmayı öğrenmiş olursun belki."

İki kardeş birbirlerine sıcak bir gülümsemeyle baktılar, Victoria kıkırdadı. "Buna sakın güvenme abla. Bir gün uslanabileceğimden hiç emin değilim."

"Ben de öyle," diye fısıldadı Olivia. Sonra yatmaya hazırlanmak üzere odadan çıktı. Victoria özlemle pencereden dışarı bakıyordu.

ÜÇ

Babaları, Croton-Hudson'dan, programlandığı gibi, Cuma akşamüstü geldi. Donovan, Cadillac'la gidip getirmişti onu. Olivia, babası için evi kusursuz bir hale getirmişti. Her şey olması gerektiği gibiydi. Tozlar alınmış, her şey cilalanmış, yastıklar, minderler kabartılmış, yatak odası tam babasının zevkine uygun olarak hazırlanmıştı. Her tarafa enfes kokulu çiçekler yerleştirmişti Olivia. Babası yararlanabilsin diye bahçeyi bile temizletmişti. Croton'da alışık olduğu bahçenin yanında, burası küçücük bir yeşillikti sadece. Ama geldiği zaman gördüklerinden son derece memnun olan babaları, Bertie'ye ve kızlarına övgüler yağdırdı. Evini idare edenin Olivia olduğunu bildiği halde, kalbi kırılmasın diye Victoria'yı ondan ayrı tutmazdı.

Kızlarını gördüğü için mutlu olmuştu; sevgiyle bakıyordu onlara. Victoria'yı öptü ve ona, Olivia'nın yaptığı işler için teşekkür etti. Ama kızlar kıkırdadığını görünce, ne olduğunu hemen anladı.. "Bertie'ye söyleyeceğim; size yine renkli kurdeleler taksın. Ama eskiden yaptığınızı şimdi de yapar, değiştirirsiniz onları herhalde."

Victoria, "Yıllardır birbirimizin yerine geçmedik baba," diye sızlandı. Olivia anlamlı bir bakış attı kardeşine.

"Yaa, evet. Peki daha dün gece beni yer değiştirmek için ikna etmeye çalışan kimdi acaba?" dedi Olivia. Victoria hatırlamıyormuş gibi yaptı.

Victoria, "Artık yer değiştirmek istemiyor baba. Artık eğlenemiyorum onunla," diye şikâyet edince, babası acıklı bir tebessümle baktı kızına. "Yer değiştirmenize gerek yok. Kafalarını tamamen karıştırarak da herkesi mutsuz edebilirsiniz zaten." İki yıl önce sosyeteye tanıtıldıkları dönemi düşündükçe hâlâ titriyordu Edward. İkisi de şıklıklarıyla öyle dikkat çekiciydiler ki, onlarla birlikte gittiği her yerde trafiğin durmasına neden oluyorlardı. Tepkilerin aşırı abartılı olduğunu düşünüyordu. Bu sefer onları görenlerin biraz daha az heyecanlanmalarını umuyordu. Bu da yakında belli olacaktı zaten. Ertesi akşam tiyatroya gidiyorlardı.

Babasının geldiği akşam için, Olivia onun en sevdiği yemekleri hazırlatmıştı. Kuşkonmaz ve yabani pirinçli geyik eti ile, o sabah Long Island'dan getirttikleri istiridye. Olivia'nın isteği üzerine, Croton'daki bahçelerinden Donovan'ın getirdiği sebzeler de vardı. Bir de babasının, ölümüne neden olacağını iddia ettiği, ama tabii ki yediği çikolatalı pasta. Yemekten sonra kahve içerek sohbet ettiler. Babaları onlar için planladığı bazı eğlencelerden söz etti. Sözgelimi, ertesi akşam ve sonraki haftalarda birkaç kez tiyatroya gideceklerdi. Kızların tanışmalarını istediği bazı kişiler de vardı. Ayrıca, onlarla beraber giderek denemeyi umduğu iki yeni restoran. Bir de parti vermek istediğini söyledi Olivia'ya. Yıllardır New York'ta konuk ağırlamamıştı. Bunun kızları için ilginç olabileceğini düşünüyordu. Nasıl olsa herkes, yaz için gittiği New England ve Long Island'dan dönmüştü artık. Tam sezon açılışıydı. Kızlar çok ilgilendiler.

Yıllardan beri ilk kez bu kadar iyi görünen Edward, "Aslında," dedi gülümseyerek, "Astor'lar bir baloya davet ettiler. Whitney'ler de iki hafta sonra büyük bir parti veriyorlar. Korkarım biraz alışveriş yapmanız gerekecek hanımlar." Bütün bunlar ikisini de heyecanlandırmıştı; ama Olivia'yı kendi verecekleri parti daha çok heyecanlandırdı. Babası yaklaşık 50 kişi davet etmek istediğini söyledi. Neşeli olacak kadar çok, ama yemek sırasında hemen hemen herkesle konuşabilecekleri kadar az sayıda davetli.

Olivia'ya, ertesi gün davetlilerin listesini teslim etmeye söz verdi. İsimleri çoktan yazmıştı bile. Olivia'yla Bertie'nin işe koyulmaları gerekiyordu. Victoria'nın onlara hiçbir yardımı olmayacağını çok iyi biliyordu.

Ertesi sabah, Olivia masasının başına geçmiş, isimleri inceleyerek davetiyeleri yazmaya başlamıştı bile. Parti iki hafta sonraydı. Astor'lardaki baloyla aynı hafta. Çok işleri olacaktı. Olivia, listedeki isimlerin birçoğunu iki yıl önceden tanıdığını fark edince memnun oldu. İsimlerle yüzleri birleştiremiyordu; ama onlarla tanıştığını hatırlıyordu ve tekrar görüşmenin eğlenceli olacağını düşünüyordu. Özellikle de burada, kendi evlerinde. Babasının konuklarını ağırlamaya bayılırdı. Daha şimdiden, kafasında birkaç mönü oluşturmuştu bile. Sabahın erken saatlerinde de masa örtülerini gözden geçirmişti. Croton'dan biraz daha örtü getirtmesi gerekiyordu. Buradaki kristaller ve porselenler yeterliydi. Çiçek olarak ne istediğini de çok iyi biliyordu ve onları Eylül sonunda da hâlâ bulabilmeyi umuyordu.

Olivia o öğleden sonra, zamanının büyük bir bölümünü masasının başında, yapacaklarını tasarlayarak geçirdi. Victoria, babasıyla birlikte arabayla gezmeye gitmişti. Cadillac'la, şehrin lüks semtlerine gitmişlerdi. Daha sonra, Beşinci Cadde'de yavaş yavaş yürürlerken, Edward tanıdığı birkaç kişiye rastlamış ve kızını gururla tanıştırmıştı. Eve döndüklerinde ikisi de neşeliydi. Olivia da öyle. Partinin organizasyonunu tamamlamıştı.

O akşam Astor Tiyatrosu'nda, Wallace Eddinger'ın rol aldığı, *Baldpate'e Yedi Anahtar* adlı oyunu görmeye gittiklerinde, babalarının tiyatrodaki hemen herkesi tanıdığını gördüler. Ve onlarla tanıştırıldıklarında, her zamanki gibi, büyük bir heyecan yarattılar. Kızların üzerinde bir örnek, ermin yakalı siyah kadife gece elbisesi, omuzlarında ermin etol vardı. Saçlarına uzun, siyah, boncuklu birer tüy takmışlardı. Birlikte, Fransız moda dergilerinden fırlamış gibiydiler. Ve ertesi sabah yine gazetelerdeydiler. Ama bu sefer Edward, iki yıl öncekinden daha sakin karşılamıştı bunu.

Kızlar da daha az heyecanlanmışlardı. İki yaş büyümüşlerdi ve toplum içine girdiklerinde sansasyon yaratmaya alışmış sayılırlardı.

Victoria, "Harikaydı," dedi. Bir gece önceki tiyatrodan söz ediyordu. Oyunu beğenmiş ve kendini öyle kaptırmıştı ki, çevrelerindeki insanların onlara gösterdiği yoğun ilgiyi fark etmemişti bile.

Olivia sırıtarak, "Tutuklanmaktan çok daha iyi," diye fısıldadı ve babalarına bir fincan kahve daha getirmeye gitti.

Sonra hep birlikte St. Thomas'taki kiliseye gittiler. Herkes onları tanıyarak selam verdi. Daha sonra, Donovan'ın kullandığı arabaya binip, sakin bir Pazar geçirmek için, Beşinci Cadde'deki evlerine geri döndüler. Ertesi sabah, Olivia'nın yapacağı işler vardı; evin idaresi, parti için siparişlerin verilmesi gibi. Babası avukatlarıyla buluşmaya gitti. Zaten buraya bu yüzden gelmişlerdi. Akşamüstü, eve John Watson ve Charles Dawson'la birlikte döndü. Olivia onları görünce bir an dehşete kapıldı. Charles'ın ağzından bir şey kaçırabileceğinden korkuyordu. Ona, Beşinci Bölge'ye gittikleri günle ilgili bir şey söyleyebilirdi. Ama Charles, Olivia'yla hiç konuşmadı bile. Eve geldiğinde kibarca selam verdi; giderken de veda etti. Özel bir yakınlık göstermemesi Olivia'yı müthiş rahatlatmıştı. Oysa bunu Victoria'ya anlattığı zaman, Charles ağzından bir şey kaçırmış olsa bile umursamayacağını söyledi o.

Olivia, "Babam feci öfkelenirdi," diye uyararak Victoria'nın bir an önce tekrar yeryüzüne inmesini sağladı. "Bunu sen de biliyorsun. İlk trenle Croton'a geri dönerdin."

"Haklı olabilirsin," diye sırıttı Victoria. New York'ta çok eğleniyordu. Bu riski bir kez daha göze alamazdı. kadın hakları derneğinin toplantılarına katılmak istiyordu; ama onların yapacağı bütün gösterilerden uzak duracağına söz vermişti.

O akşam yine tiyatroya gittiler. O hafta içinde bir başka gün de, babalarının arkadaşlarıyla akşam yemeği yediler. Victoria onların, Tobias Whitticomb adında son derece rezil bir adam hakkındaki konuşmalarını dinleyerek çok eğlendi. Adam spekülatif bankacılık yaparak muazzam bir servet elde etmiş, bir Astor'la evlenerek daha da büyük bir servete sahip olmuştu. Güya çok yakışıklı bir gençti ve hanımlar arasında müthiş bir şöhreti vardı. Bir süre önce skandala neden olan bir ilişki yaşamış; sonra şehirdeki herkes onu konuşmaya başlamıştı. Ama bu ilişkiyle ilgili hiçbir ayrıntıyı Victoria'ya da, kardeşine de anlatmadılar. Derken babaları, yakın bir geçmişte onunla iş yapmış olduğunu ve onu kibar ve hoş bulduğunu söyleyerek herkesi çok şaşırttı. Aslında yaptıkları bazı çok kârlı işlerden sonra, onun dürüst ve aklı başında bir adam olduğunu düşünüyordu.

Bunun üzerine herkes onunla tartışmaya başladı. Bağıra çağıra, Whitticomb hakkında hikâyeler anlatıldı ve oradaki topluluk bir şeyi kabul etmek zorunda kaldı. Kötü şöhretine rağmen, en iyi evlere ve partilere davet ediliyordu Whitticomb. Ama dediklerine göre, bunun nedeni Evangeline Astor'la evli olmasıydı. Orada bulunan herkes, onun tatlı bir kız, Toby'ye tahammül edebildiği için de gerçek bir melek olduğu konusunda hemfikirdi. Anlaşılan epeydir dayanıyordu ona; çünkü beş yıldır evliydiler ve üç çocukları vardı.

Olivia babasının partisine Whitticomb'ların da davetli olduğunu, ancak eve dönerken, yolda hatırladı.

Akşamın sonunda rahat Cadillac'larının içinde eve giderlerken, Olivia merakla sordu. "Dedikleri kadar kötü bir adam mı gerçekten?" Victoria onlarla hiç ilgilenmiyordu. Yemekteki kadınlardan biriyle politika hakkında konuşarak iyi vakit geçirmişti. Duruma bakılırsa, bu konuda söyleyeceği çok şey vardı.

Edward Henderson, ikizlerin büyüğüne gülümsedi ve sorusuna cevap verirken omzunu silkti. "Tobias Whitticomb gibi erkeklere dikkat etmek gerek canım. Çok yakışıklı ve çok genç bir adam. Muhtemelen birçok kadına cazip gelen biri. Doğruyu söylemek gerekirse, benim anladığıma göre, ele geçirdiği kadınların çoğu evli. Daha akıllı davranmaları gerekirdi. Aksi takdirde, onlara acımamak gerek. Ortalıkta dolaşıp genç kızları baştan çıkardığını sanmıyorum. Yoksa onu yemeğe davet etmeni istemezdim."

İlgisini bu sohbete yönelten Victoria dalgın dalgın, "Kimden bahsediyorsunuz?" diye sordu. O sırada eve varmışlardı zaten ve Victoria konuşmanın başını duymamış olduğu için çok da merak etmiyordu aslında.

"Anlaşılan, babam bizim partiye müthiş çapkın bir adamı davet etmiş. Bu akşamki ev sahibemiz bizi ona karşı uyarıyordu."

Victoria son derece ilgisizce, "Kadınları ve küçük çocukları da öldürüyor muymuş?" diye sordu.

Olivia, "Görünüşe bakılırsa tam tersi," diyerek duruma açıklık getirdi. "Çok çekici bir adammış. Kadınlar önünde diz çöküyor ve küçük köpekler gibi, onları sevmesini bekliyorlarmış."

Victoria içtenlikle ve onaylamayan bir tavırla, "İğrenç," dedi. Olivia'yla Edward, onun bu tepkisine güldüler. "Niye davet ediyoruz onu?"

"Çünkü karısı da çok hoş bir kadın."

"O da önünde erkeklerin diz çökmesini mi bekliyor? Bütün gece herkes önlerinde diz çökmeye kalkarsa partide ciddi bir sorun yaratabilirler."

Bu arada eve gelmişlerdi. Yorgun, ama geçirdikleri akşamdan hoşnut olarak içeri girdiler. Tobias Whitticomb konusu hemen unutuldu.

Whitticomb'ların davet edilmiş olması ve onların da daveti kabul etmesinin doğurduğu kuşkuya rağmen, üçü de partiyi dört gözle bekliyorlardı. Çağırdıkları herkes gelmeyi kabul etmişti. Yemek odalarına yerleştirilecek olan dört yuvarlak masada 46 konuk olacaktı. Yemekten sonra salonda dans edilecekti. Bahçeye de gösterişli bir tente kurulacaktı, isteyenler rahatça dolaşabileceklerdi. Olivia babası adına çok uğraşıyordu.

Büyük güne neredeyse dakikalar kalmış gibiydi. İki gün boyunca, Olivia sadece çiçekleri, masa örtülerini ve porselenleri kontrol etti. Yemeklerin tadına baktı. Bahçeye tentenin kurulmasını izledi. Yemek odasına yerleştirilmiş buzdan heykeller vardı. Orkestra gelince onları salona götürdü. Hazırlıklar hiç bitmeyecek gibi geliyordu.

Bayan Peabody elinden geleni yapıyordu; ama o bile biraz bunalmış görünüyordu. Victoria ise, tam işe yarayacağı zamanlarda ortada olmuyordu tabii. Son haftalarda bir arkadaş grubu oluşturmaya başlamıştı. Birçoğu oldukça entelektüel olan bu insanların, bir ikisi yazar, birkaçı ressamdı ve hepsi de tuhaf yerlerde oturuyorlardı. Victoria onları stüdyolarında ziyaret ediyordu. Aynı politik görüşleri paylaştıklarını öğrenmişti. Kardeşinden daha çok arkadaşı olmuştu; çünkü Olivia her zaman çok meşguldü. Ya evle, ya da babalarıyla ilgileniyordu.

Victoria durmadan, ona daha çok dışarı çıkması gerektiğini söylüyordu. Olivia, partinin organizasyonunu bitirdiği anda çıkacağına söz vermişti. Partiden sonra her istediğini yapabilecek vakti olacaktı. Ertesi gün Astor'ların balosuna gideceklerdi. Olivia, başka birinin düzenlediği bir gecenin tadına varmayı sabırsızlıkla bekliyordu. Ama bu gece, ev sahibesi olarak, onun büyük gecesiydi. Bu, New York'da düzenlediği ilk partiydi. Victoria'yla birlikte merdivenlerden aşağı inerken heyecandan titriyordu. Croton'daki terzilerine diktirttiği koyu yeşil saten gece elbiselerini giymişlerdi. Eteklerinin arkasında, kabarık durması için konan yastıklarla, kısa birer kuyruk vardı. Üstlerinde ise, siyah kehribar boncuklarla bezenmiş dekolte bolerolar. Saçlarını tepeye toplamışlar; ayaklarına yüksek topuklu siyah kadife terlikler giymişlerdi. Boyunlarına, on sekiz yaşına bastıkları zaman babalarının hediye ettiği uzun inci kolyelerini, kulaklarına bir örnek elmas küpelerini takmışlardı. Simetrik bir görüntü sergiliyorlardı. Kusursuz bir düet gibiydiler. Olivia son bir kez her şeyi kontrol eder, Victoria da mutlu ve heyecanlı bir ifadeyle odanın içinde onu izlerken, hareketleri bile birbirinin aynıydı. Orkestra çalmaya yeni başlamıştı. Ev harika görünüyordu. Her taraf mumlarla aydınlatılmıştı. Bütün avizeler yanıyordu. Her yanda hoş kokulu çiçekler vardı. Salonda, yakışıklı babalarının yanında duran ikizlerin mum ışığı altındaki görüntüsü inanılmazdı. Edward, bir adım geri giderek bir an baktı kızlarına. Ne kadar güzel, zarif ve havalı olduklarını görüp de etkilenmemek imkânsızdı. Aslında biri bile göz kamaştırmaya yeterdi. Ama ikisi birlikte, insanın gözlerine inanamayarak, büyülenmiş gibi bakakalmasına neden oluyorlardı. Konuklar gelmeye başlayıp, babalarının yanında duran ikizleri görünce de aynen öyle oldu işte. Buna hazırlıklı olsalar bile, birdenbire onları orada görünce insanların nefesleri kesildi. Gözlerini kızlardan alamadılar. Hangisinin hangisi olduğunu hatırlayamıyorlar ve bazı açılardan, onları daha çok tek kişiymiş gibi görüyorlardı. Biri diğerinin arkasında olmayınca, sanki her ikisinde de eksik kalan bir yan oluyordu.

Arkadaşlarına kimliklerini hemen açıkladılar. Edward, kızlarını herkese tanıştırdı, ama konukların çoğu, hangi ikizin Olivia, hangisinin Victoria olduğunu ayırt etmeyi başaramıyordu. Charles Dawson bunu denemedi bile. Geldiği zaman her ikisini de sıcak bir tebessümle selamladı ve önce birine, sonra diğerine dikkatle baktı. Hangisinin çılgın ikiz olduğunu, ancak salonda onlarla konuşmaya başlayınca anladı. Hatta kısık bir sesle, ona bu konuda takılmaya bile cüret etti.

Gözlerinde bir pırıltıyla, "Burası Beşinci Bölge'den ne kadar uzak; öyle değil mi?" diye sordu. Victoria, ona utanmazca ve meydan okuyan bir bakışla sırıttı. Biri duyabilir diye rahatsız olmadı bile.

"Olivia'ya da söyledim. Beni tutuklamalarına izin vermeliydiniz. Bunu istiyordum. Tutuklanmayınca büyük düş kırıklığına uğradım aslında."

"Kardeşinizin düş kırıklığına uğradığını sanmıyorum," dedi Charles nazikçe. Hayranlıkla bakıyordu Victoria'ya. Yıllardan beri gördüğü en güzel kadındı. Tabii kardeşi de öyle. "Sanırım sizi oradan o kadar çabuk çıkarabilmemiz onu çok rahatlattı. Açıkçası ben bunu kolay başaracağımızı düşünmüyordum," dedi. O da rahatlamış gibiydi. Çok sıkıntılı anlar yaşamışlardı.

Victoria, "Her zaman tekrarlayabiliriz. Bir dahaki sefer kendim çağırırım sizi," dedi. Sesinin tonunda hissedilen keyif, yapacağı yeni yaramazlıkların ipucunu veriyordu. Bunlar gibi iki kızı varken, Edward Henderson'ın akıl sağlığını nasıl koruduğunu merak etti Charles. Ama Olivia'nın, sözde "küçük" kardeşinden çok daha terbiyeli olduğunu artık anlamıştı. Zaten Edward'ın sözlerinden de belliydi bu. Olivia'nın Tanrının bir lûtfu olduğunu söylemişti.

Charles yavaşça, "Eğer yardıma ihtiyacınız olursa haberim olsun; hemen gelirim," dedi. Sonra, tanıdığı birkaç konukla ve tabii ki ortağı John Dawson ile konuşmak üzere oradan uzaklaştı. Bahçenin üzerini örten tentenin altındaydılar artık. Son konuklar da geldiği sırada, hayranlıkla buzdan heykelleri seyrediyorlardı. Olivia da konuklarına katılmıştı. Whitticomb'lar geldiğinde hâlâ kapının yanında duran, Victoria'ydı. Kim olduklarını bilmiyordu; daha önce onlar hakkında konuşulanları da hatırlamıyordu. Sadece, lâme manto ve elbise giymiş, başına taktığı lâme türbanın altından bir iki tutam sarı saçı görünen çok hoş bir kadın dikkatini çekti. Kadının boynunda son derece etkileyici bir elmas kolye vardı. Yanındaki adam kadından da daha hoştu. Victoria ona bakınca, neredeyse soluğu kesildi. Bir dakika sonra, karısı karşı konulamaz bir şekilde, şampanya ve müziğin çekimine kapılarak, adamın yanından ayrıldı. Tentenin altına doğru yürüdüğünü gördüğü arkadaşlarını bulmaya gitti. Çok güzel bir kadındı, ama adam sanki bunun farkında bile değildi. Croton'daki hünerli eller tarafından yaratılmış ve çok daha yetenekli olan ikiz kardeşler tarafından elden geçirilmiş, koyu yeşil, son moda elbisesinin içindeki Victoria'ya bakakalmıştı o.

Yanından geçmekte olan gümüş tepsiden bir şampanya alarak, "Merhaba. Ben Tobias Whitticomb," dedi. Bu arada gözlerini Victoria'nın harika vücudundan hiç ayırmamıştı. Adını söylerken, kızın gözlerinin içine baktı. Sanki şöhretinden haberdar olup olduğunu görmek istiyor gibiydi. "Ya siz?" Kızın cevap vermesini bekliyordu. Gözlerini onun yüzünden hiç ayırmadan, onu daha önce neden hiç görmediğini ve kim olduğunu düşünüyordu. Az rastlanır bir güzellikteydi bu kız.

Genç kız, "Ben Victoria Henderson," dedi mahcup bir ifadeyle. Adamın, çok zarif olduğunu belli eden tavırları karşısında birden utanmıştı.

Whitticomb, "Tüh," dedi. Düş kırıklığına uğramıştı. "Ev sahibimizle evlisiniz. Ne kadar şanslı bir adam." Acı bir tebessümle baktı Victoria'ya. Davetiyeye karısı cevap vermişti. Babasıyla kardeşinin, onun hakkında anlattıklarından hiçbir şey hatırlamayan Victoria adama gülüyordu. Konuşulanlara dikkat etmemişti. Evlerine gelecek konuklardan biri hakkında yaptıkları dedikodu, tek kelimeyle önemsiz gelmişti ona. O anda Victoria, Whitticomb'un parlak siyah saçları, gülen siyah gözleri ve yakışıklılığından başka bir şey görmüyordu. Artist gibi bir yüzü vardı genç adamın. Çok eğlenceli ve muzip biri olduğu her halinden anlaşılıyordu.

Victoria gülerek, "Ev sahibiyle evli değilim," diye düzeltti Whitticomb'un yanlışını. Adamın yaptığı hataya gülüyor ve bunu söylerken ciddi olup olmadığını merak ediyordu. "Onun kızıyım."

"Tanrıya şükür. Gecem kurtuldu. Çok hoş bir adam olmasına rağmen, onunla evli olmanıza dayanamazdım. Aslında birlikte iyi işler yaptık biz." Salona doğru yürürlerken gayet rahat bir tavırla söylemişti bunları. İzin istemeye bile gerek duymadan, Victoria'yı kollarının arasına alarak dans etmeye başladı. Birbirlerini sanki mıknatıs gibi çekmişlerdi. Buna direnmeleri mümkün değildi. Whitticomb, birkaç yıl Avrupa'da okuduğunu anlattı. Oxford'da. Orada polo oynamıştı. İki yıl sonra, ta Güney Amerika'ya kadar gidip Arjantin'de de oynamıştı. Kendisi hakkında bir sürü şey anlattı. Hepsi de çok ilginçti. Büyüleyici bir adamdı ve müthiş dans ediyordu. Victoria'yı pistte hızla döndürüyor; güldürüyor ve odada sanki başka hiç kimse yokmuş gibi davranıyordu. Sonunda pistten uzaklaştılar. Whitticomb, herkesle ilgili komik hikâyeler anlatıyordu Victoria'ya. Evangeline ve çocukları dışında. Onlardan hiç söz etmedi. İkinci şampanyalarını içerlerken, artık Whitticomb'la Victoria iyi arkadaş olmuşlardı. Genç adam bir sigara yaktı. Kimsenin bakmadığı bir anda, Victoria'nın sigarayı alıp uzun bir nefes çekmesi çok eğlendirdi onu.

"Vay vay... Sigara da içiyorsun, ha? Başka neler yaparsın sen? Çok mu içki içersin? Puro da içer misin? Gece geç mi yatarsın? Bilmem gereken başka kötü alışkanlıkların var mı? Herhalde apsent de içersin. Uzakdoğu'nun gizemlerinden de haberin vardır senin." Çok şakacı bir adamdı. Ama daha da önemlisi, yakışıklı ve kültürlüydü ve başını döndürecek kadar yakınında duruyordu Victoria'nın. Genç kız, daha önce onun gibi biri ile hiç tanışmamıştı. Son danslarının ardından, yemekleri kontrol etmesi gerektiğini söyleyerek izin istedi. Hemen döneceğine söz verdi. Sonra Olivia'yı çok kızdıracağını bildiği bir şey yaptı. Ama yapması gerekiyordu. Aslında, bunu ikizi için de yapmıştı. Gecenin sonunu garantiye aldığı için memnundu.

Victoria, Toby'nin yanına geri döndüğü sırada, adamın son derece şaşkın olduğunu gördü. Olivia'yla konuşuyordu ve yüzü kıpkırmızıydı. Kızın kulağına, bahçeye kaçıp sigara içmekle ilgili bir şey fısıldamış; bunu söylerken de beline sarılmıştı. Aynen Victoria ile dans ederlerken yaptığı gibi. Ama Olivia bundan hoşlanmışa benzemiyordu. Tabii o an ne olduğunu anlamıştı. O sırada Victoria geldi. İkisi birden karşısında yan yana durunca, Toby Whitticomb çift gördüğünü düşündü.

"Aman Tanrım." Kızlara bakıp dururken hasta gibi görünüyordu. "O kadar çok mu şampanya içtim? Neler oluyor?" Onlara bakıyor, ama gördüklerine inanamıyordu. Henderson ikizlerinin varlığından haberi olmadığı için serseme dönmüş ve nutku tutulmuştu.

Victoria şeytanca gülümseyerek, "Benim saygıdeğer küçük kardeşime çok mu kötü davrandın?" dedi. Olivia gözlerini onlara dikmişti. Daha adamın kim olduğunu ve kardeşinin onu nereden tanıdığını bilmiyordu.

"Ne yazık ki öyle," dedi Toby. Olivia'yı hiç tanımadığı halde yakalayıp beline sarılmış olmanın utancından kurtulmaya çalışıyordu. Aslında Victoria'yı da iyi tanımıyordu. Ama o, bu tür yaklaşımları çok daha rahat kabul ediyordu ve çok daha hoşgörülüydü. “Bahçede sigara içmeyi teklif ettim. Umarım o da içiyordur. Hep birlikte gidebiliriz. Ama korkarım şu anda bir içkiye ihtiyacım var.” Memnuniyetle bir kadeh şampanya daha kaptı ve kocaman bir yudum aldı. Bu arada hâlâ gözlerine inanamayarak ve hayretle kızlara bakıyordu. “Biliyor musunuz, kesinlikle olağanüstüsünüz. İkiniz de. Daha önce hiç böyle şey görmedim.”

Olivia, adamın tavırlarından ve kardeşi ile samimiyetinden hoşlanmamış olsa da, zarafetini bozmadan, “İlk başta herkes biraz şaşırır,” dedi. “Ama sonra alışıyorlar. Ya da en azından öyle görünüyorlar.”

Olivia’nın, kardeşi kadar rahat olmadığını hissederek, “Kabalık ettiysem çok özür dilerim,” dedi Toby. “Siz de başka bir Bayan Henderson olmalısınız. Bu akşam yeterince hata yaptım. Kardeşinizi Edward’ın eşi zannettim.” Bu kez kendi komikliğine güldü. Hepsi güldüler. “Adım Toby Whitticomb.” Adam elini uzattığında anda Olivia gülmeyi kesti. Kendine uzanan eli sıkarken son derece soğuk ve resmi davrandı. Victoria o an, kardeşinin gerildiğini fark etti.

Olivia, “Hakkınızda çok şey duydum,” dedi. Toby’nın kardeşine olan ilgisini azaltmayı umuyordu.

Toby, “Benim durumumda, genellikle bu bir iltifat sayılmaz,” diye karşılık verdi. Rahatsız olmuşa benzemiyordu. O sırada, uşaklar yemeğin hazır olduğunu bildirdiler.

Olivia buna çok memnun oldu. İkizi için iyi bir yer ayarlamıştı. İyi ailelere mensup, iki yakışıklı genç adamın arasında; Tobias’dan çok çok uzakta. Kendi yeri, görevine daha uygundu; babasının en eski dostlarından birinin yanı. Öbür yanında da, ıstırap verecek kadar çekingen ve acınacak kadar çirkin bir genç vardı. Ama ona bir iyilik yapmayı düşünerek yanına oturmaya karar vermişti. Babasının yaşlı arkadaşının yanına oturma nedeni ise, adamın ciddi bir duyma sorunu olmasıydı. Olivia için yemek bitmek bilmeyecekti. Babasının her iki yanına en saygın iki konuğu yerleştirmişti. Onun çok keyifli bir gece geçirmesini istiyordu.

Yıllardan beri New York'ta konuk ağırlamamıştı. Kızlar için olduğu kadar, Edward için de bir yeniden doğuş sayılırdı bu. Bu yüzden gecenin tam anlamıyla kusursuz olmasını istiyordu.

Şimdiye kadar çok iyi geçmişti akşam. Müzik mükemmel, yemekler lezzetli ve babasının seçtiği şampanya olağanüstüydü. Olivia, konukların peşinden yavaşça yemek odasına doğru giderken, gözleri onların üzerindeydi. Herkesin yerini kolayca bulup oturduğunu ve rahat ettiğini gördü. Dört tane büyük, geniş, zarif bir şekilde hazırlanmış masa vardı. Gümüşler ve kristaller mum ışığında, adeta hanımların üzerindeki mücevherler kadar güzel parıldıyordu. Victoria'nın ne yapmış olduğunu, ancak oturduğunu gördüğü zaman fark etti. Bütün yerleşim düzenini mahvetmiş olduğundan korkarak nefesini tuttu; ama aslında sadece kendi yerini bir başka konuğunki ile değiştirmişti. Böylece, Toby'nin yanında oturabilecekti.

Olivia sinirli bir ifade ile, kardeşine yanına gelmesini işaret etti. Ama Victoria akıllı davranarak gitmedi. Olivia, Victoria'nın masa düzenini bozmuş olmasına çok kızmıştı. Ancak etrafa çabucak bir göz atınca, herkesin oturması gereken yerde oturduğunu gördü. Aslında Victoria'nın yerinde olması gereken, oldukça sıradan bir kadının dışında tabii. Olivia, kardeşinin yerini özellikle ayarlamıştı. Oysa şimdi o kadın, iki yakışıklı genç adamla birlikte oturuyor ve halinden çok memnun görünüyordu.

Kardeşinin bu çirkin davranışı karşısında pes ederek, daha sonra hesap sormaya karar verdi. Evli bir adamın, özellikle de onunki gibi bir şöhrete sahip bir adamın kur yapmasına Victoria'nın izin vermesi, Olivia'nın keyfini iyice kaçırmıştı. Kendi yerine gittiğinde, orada başka birinin oturduğunu gördü. O zaman, Victoria'nın ona bir oyun daha oynadığını fark etti. Olivia'nın yerini de daha iyi bir yerle değiştirmiş; onu büyük bir nezaketle, Charles Dawson'ın yanına yerleştirmişti. Bunu fark edince yüzü kızardı; sonra yavaşça Charles'ın yanındaki sandalyeye oturdu.

"Bana onur verdiniz," dedi Charles kibarca. Dikkatle Olivia'-

ya baktı. Belli ki, onun hangi kız olduğundan emin değildi. Sonra eğilip fısıldadı. "Siz hapishane kuşu musunuz, yoksa kurtarıcı mı? İtiraf etmekten utanıyorum; ama her zaman sizi ayırt etmeyi başaramıyorum." Olivia, Charles'ın iyimserliğine güldü. Bırakın "her zamanı" bunu "hiçbir zaman" başaramayacağını düşünüyordu. Victoria'nın dehşet verici davranışı yüzünden kaçan keyfini yerine getirmeye yetecek kadar güldürdü onu Charles.

Adamı kızdırmaya çalışarak, "Bizi ayırt etmeyi başarabileceğinizi mi düşünüyorsunuz Bay Dawson?" diye sordu. Bir an için, ona kim olduğunu belli etmemek için dayanılmaz bir istek duydu içinde. Bakalım tahmin edebilecek miydi. Ama onunla uzun süre oynamak, kendini suçlu hissetmesine neden olacaktı. Hem zaten, böyle bir şey yapmak karakterine uymuyordu. Olivia'ya dikkatle ve uzun uzun baktı Charles. Kim olduğunu anlamak istiyordu; ama başaramadı. Olivia, ona insafsızlık ettiğini düşünmesine rağmen, oyunu birkaç dakika daha sürdürdü.

Charles dikkatle, "Hareketleriniz bile inanılmayacak kadar benziyor. Zaman zaman gözlerinizdeki ifadeler farklı oluyor; ama hâlâ kimin kim olduğundan emin olamıyorum. Bazen ikinizden birinde çılgın bir ifade görülüyor," dedi. Bunu hem Croton'da, hem de Beşinci Bölge'de gözlemlemişti. "Gözlerinizde bir şey var. Belki de sonradan pişman olacağınız şeyler yapmanıza yol açan... ama çılgın olan hanginiz ise, öbür kardeş evcilleştirecektir onu. Biriniz sakin, huzurlu bir ruha sahipsiniz; diğeriniz biraz huzursuz," dedi. Olivia'ya ilgi ile bakıyordu. Hangisi olduğunu hissetmeye başlamıştı bile. Kardeşinin değil de, Olivia'nın yanında oturuyor olmak içini rahatlatmıştı. Victoria, ruhunu tedirgin ediyordu. Kızın gemlenemeyen tutkulara sahip olması yüzünden, onun yanında rahat olamıyordu.

Söyledikleri Olivia'nın ilgisini çekmişti. Kabul etmeliydi ki onları çok iyi gözlemlemişti Charles. Hafifçe gülümseyerek, "Bizi doğru teşhis ettiniz efendim," dedi. Artık emin olmuştu Charles. Onun, kızlardan hangisi olduğunu anlamıştı; ama bunu açıklamadı. Olivia sessizce, "İyi bir gözlemcisiniz," dedi. Charles onaylayarak başını salladı.

"Olmaya çalışıyorum. Mesleğimin bir parçası bu," dedi sadece.

Olivia, "Karakterinizin de," dedi. O da Charles'ı dikkatle gözlemlemişti.

"Peki artık kim olduğunuzu söyleyecek misiniz?" diye sordu Charles. "Yoksa bütün gece bir sır olarak mı saklayacaksınız?" Eğer Olivia'nın istediği buysa, o da oyun oynamaya hazırdı. Victoria olsa ona acı çektirirdi; ama Olivia yapamazdı.

"Bence bu haksızlık olur. Ben Olivia'yım." Bunu söylerken gülümsedi Charles'a. Masa düzeninde yaptığı maskaralık yüzünden ikizine, ona davranış biçimi yüzünden de Tobias Whitticomb'a hâlâ çok kızgındı. Ama birden, Charles Dawson'ın yanında oturduğu için şükretti.

"Siz kurtarıcısınız; sakin bir ruha sahip olansınız," dedi Charles. Ama Olivie, onun söylediği kadar sakin olmadığını hissediyordu. Tabii bunu hiç belli etmiyordu. Güzellik bakımından kardeşinden hiç mi hiç farkı yoktu. "Gerçekten çok mu farklısınız? Bunu ilk görüşte anlamak zor. Aslında itiraf edeyim; ben Victoria'da bir tatminsizlik sezdim. Arayış içinde olduğunu fark ettim. Siz kişiliğinizi ondan çok daha iyi taşıyorsunuz."

"Bunun nedenini bilemiyorum. Belki de annemizi öldürdüğünü düşündüğü içindir." Bunu itiraf etmesi tuhaftı. Ama Charles, rahat konuşulabilecek ve güvenilir birine benziyordu. Olivia bu yargısında yanılmadığını biliyordu. Victoria'yı Beşinci Bölge'den aldıktan sonra, bu sırlarını açığa vurmayarak, güvenilir biri olduğunu kanıtlamıştı. "Annemiz bizi doğururken ölmüş. Victoria benden sonra doğduğu için, ölüme sanki onun doğumu neden olmuş gibi görünüyor. Oysa, on bir dakikada ne değişebilirdi ki, diye düşünüyor insan. Korkarım annemizin ölümüne ikimiz birlikte neden olduk." O da suçluluk duyuyordu; ama Victoria kadar değil.

"Böyle değerlendirmemelisiniz. Bu tür bir şeyin nedenini anlamanın yolu yoktur. Sizler, ona verilmiş olağanüstü armağanlardınız. Yazık ki tadını çıkaracak kadar yaşayamamış. Eminim bütün bu yıllar boyunca, varlığınızla babanız için neşe kaynağı oldunuz. Bence ikiz olmak, ya da ikiz çocuklara sahip olmak harika bir şey. Çok şanslısınız."

Bu söyledikleri ile Charles'ın karısının ölümüne de değindiklerini biliyordu Olivia. Charles, son bir buçuk yılda sık sık, onun neden öldüğünü sorgulamış olmalıydı. Tabii tam bir cevap bulmak mümkün değildi.

Olivia büyük bir sevecenlikle, "Oğlunuzu anlatsanıza bana," dedi.

"Geoffery'i mi?" Gülümsedi Charles. "Dokuz yaşında. Hayatımın ışığı. Onu çok seviyorum. Yalnız yaşıyoruz," dedi. Olivia'nın bunu bilip bilmediğinden emin değildi. "Annesini bir yıl kadar önce kaybettik... *Titanik*'de." Bunu söylerken nefesi kesilir gibi olmuştu. Bunun üzerine, Olivia hiç düşünmeden, hafifçe eline dokundu. Charles ona bakıp başını salladı. "Uzun zaman çok zorluk çektik. Geoff'le birlikte Avrupa'ya giderek bir süre karımın ailesi ile oturduk. Hepimiz için büyük bir şok olmuştu; özellikle de Geoff için. Gemide onunla birlikteydi."

Olivia, "Onun için feci bir şey olmalı," dedi büyük bir içtenlikle. Charles'ın hali onu çok duygulandırmıştı.

"Tahmin edilebileceği gibi, korkunç anılara sahip. Ama şimdi daha iyi." Üzüntüyle gülümsedi. Bir arkadaş bulmuş gibi hissediyordu kendini. Şaşılacak kadar sıcak ve rahat konuşulan bir kızdı Olivia. "Benden daha iyi. Ben artık böyle akşamlara katılmıyorum. Ama John'la babanız ısrar ettiler."

"Peki kendinize haksızlık etmiyor musunuz? Sonsuza kadar yalnız kalamazsınız."

Charles, "Evet, herhalde," dedi yavaşça. Olivia'ya hayranlıkla bakıyordu. Bir buçuk yıl boyunca konuştuğu herkesten daha rahat konuşabiliyordu onunla. Buna şaşırdı.

"Bize oğlunuzu da getirmelisiniz. Çocuklar Croton'a gelmeye

bayılırlar. Çocukken orayı ben de çok severdim. Taşındığımızda oğlunuzun yaşlarındaydım."

"Ya şimdi?" Olivia çok ilgisini çekiyordu. Olağanüstü anlayışlı bir kızdı. "Croton'da yaşamayı hâlâ seviyor musunuz?"

"Seviyorum. Sevmeyen kardeşim. O burada, herhangi bir yerdeki bir gösteride, İngiltere'de oy hakkı peşindeki kadınlarla birlikte, ya da hapishanede açlıktan ölüyor olmayı tercih eder."

Charles, "Ben de bunu söyledim," diye gülümsedi. "Huzursuz."

Olivia gülerek, "Aslında," diye söze başladı, "bu akşam kendimi birden borçlu hissettim ona. Oturduğumuz yerlerden ben sorumlu değilim."

"Babanızın bu tür işlerini sizin hallettiğinizi sanıyordum." Edward, Olivia'dan hayranlıkla söz etmiş, evlerini çekip çevirmedeki değerli katkılarını, hatta bu partinin her türlü ayrıntısıyla nasıl ilgilendiğini anlatmıştı.

"Evet ben ilgileniyorum. Ama Victoria hem kendi yerini, hem de benimkini değiştirmiş. Oturması gereken yeri beğenmemiş."

"Ona minnettarım." Charles, artık kim olduğunu kesinlikle bildiği Olivia'ya gülümsedi. "Belki de oturma düzenini hazırlamayı ona daha sık bırakmalısınız." Sonra Olivia'yı dansa davet etti Charles. Daireler çizerek salonun her tarafında dans ettiler. Charles'ın eli Olivia'ya hafifçe dokunuyordu. Dans bittiği zaman onu masaya geri getirdi. Bu dansın tensel bir yanı yoktu; ama onunla olmak hoşuna gitmişti Olivia'nın. Zeki ve hoş sohbet bir adamdı. Neden hep mesafeli davrandığını anlamak kolaylaşmıştı artık. Anlattıklarına ve davranış biçimine bakarak, Charles'ın karısına çok âşık olduğunu hissetmişti Olivia. Şu sırada başka birine yakınlaşmaya hiç niyeti olmadığını da. Bunu anlamış olması, onun cazibesine kapılmasına engel olmuyordu. Hayat hepsine daha farklı davransaydı, Charles'ın, tam istediği gibi biri olabileceğini düşünüyordu. Ama şu anda buna ihtimal yoktu. Zaten babasından ayrılamazdı. Ayrılabileceğini hiç düşünmüyordu.

Charles Dawson'ın da yüreğini birine açmaya niyeti yoktu. Küçük oğlu Geoff'in hatırı için bile.

Yemeğin sonunda, hanımlar kısa bir süre için üst kata çıktılar. Olivia ancak o zaman konuşabildi Victoria'yla ve onu Toby'nin peşinden koşmaması için uyardı.

"Öyle bir şey yapmıyorum." Victoria, kardeşinin Toby hakkındaki uyarılarına çok sinirlenmişti. Çekici, zeki bir adamdı o. Harika dans ediyordu. Victoria'nın, olmayı hayal bile edemeyeceği kadar da sıra dışıydı. Ayrıca, küçük bir flörtün herhangi bir zararı olabileceğini düşünmüyordu. Victoria'nın anlayamadığı şuydu: Toby için böyle bir şey söz konusu olamazdı. O, istediğini her zaman elde ederdi.

Olivia alçak sesle, "Gecenin geri kalanını da onunla geçirmeni kesinlikle yasak ediyorum sana," dedi. Tam o sırada Toby'nin karısı geçiyordu yanlarından. Victoria kardeşine pes etmeyecekti.

"Bana böyle bir şey söylemeye hakkın yok Olivia," diye karşı çıktı. "Annem değilsin. O da sandığın gibi bir adam değil. Nazik, aklı başında. Onunla sohbet etmekten hoşlanıyorum. Hepsi bu kadar Olivia. Bir parti, bir akşam, bir sohbet. Onunla kaçmıyorum; o da benimle ilişkiye girmiyor. Sadece biraz konuşup dans ediyoruz. Bunda bir kötülük yok. Eğer bunu anlayamıyorsan çok yazık."

Olivia hâlâ fısıldayarak, "Sandığından çok daha fazlasını anlıyorum; ya da senin farkına vardığından," dedi öfkeyle. "Onunla çok tehlikeli bir şey yapıyorsun Victoria. Aslanı kışkırtıyorsun." Bu son cümle Victoria'yı sadece güldürdü. Ve alt kata iner inmez Toby'yi bularak ona da tekrarladı. Aralarında olan biteni kimse fark etmemiş gibiydi. Victoria'yla Toby bahçeye kaçarak, tentenin ötesine kadar gittiler. Ilık Eylül akşamında, Toby'nin kolu Victoria'nın belindeydi; bir sigarayı birlikte içtiler. Toby, evlilik hayatı dışında, daha önce hiç kimseye söylemedim dediği bir şey söyledi genç kıza. Henüz bir tek akşam birlikte olmalarına rağmen, ne kadar çılgınca gelirse gelsin, Victoria'yı sevdiğini düşündüğünü söyledi. Evangeline ile sadece anlaşmalı bir evlilikleri olduğunu, yıllardır çok yalnızlık çektiğini ve bu durumun onu öldürebileceğini anlattı. Onları aileleri zorlamıştı evlenmeye. Boş, anlamsız ve onun için hiçbir önemi olmayan bir evlilikti bu. Sevgisiz bir beraberlikti. O kadar uzun zamandır gerçek aşka susamıştı ki, Victoria ile karşılaşmak onun için her şeyi değiştirmişti. Olivia bu konuşmayı duysa onu öldürebilirdi.

Victoria oturmuş onu dinliyordu. Çok bilmiş görünse de, aslında inanılmayacak kadar saf bir kızdı. Toby'nin söylediği her kelimeye inanıyordu. Başını kaldırıp büyük bir sevgi ve masum bir ifade ile baktı ona ve Toby, Victoria'yı öptü. Bir daha ne zaman görüşebileceklerini sordu. Victoria olmadan bir dakika bile yaşayabileceğinden emin değildi. O akşam bütün anlattıklarından sonra, artık onun ne kadar güçlü ilkelere sahip olduğunu bildiğini söyledi. Feminizme ve kadınların oy hakkı kazanmaları gerektiğine nasıl hararetle inandığını biliyordu. Ama o da bu görüşleri paylaşan bir adamdı. Onun zaaflarından asla yararlanmayacaktı. Sadece yanında olmak ve onu tanımak istiyordu.

Victoria ona hayran olmuş; söylediği her söze inanmıştı. İnanmak istiyordu. Daha önce duymadığı şeylerdi bunlar. Akşamın sonunda, Toby'nin, artık bir parçası haline geldiğini hissetti. Ertesi günkü Astor balosuna ikisinin de gidiyor olmasının iyi bir rastlantı olduğundan söz ettiler. Toby, daha sonra da görüşmek için bir yol bulmaları gerektiğini söyledi. Bir an gözleri garip bir şekilde parladı ve Victoria'ya bir soru sordu. Acaba, buluştukları zaman kardeşini de yanında getirse, kendini daha rahat hisseder miydi? Ama Victoria dehşete kapıldı. Olivia'nın onun hakkındaki düşüncelerini biliyordu. Buluşmalarını engellemek için elinden geleni yapardı. Ona, Olivia'yla birlikte gelmeyeceğini söyledi. Toby bunu kabul etmiş görünüyordu. Bir an için aklına gelen oldukça komik bir fikirdi bu. Sonra, Astor'ların balosunun ertesi günü, bir yerde, bir şekilde buluşmaya karar verdiler. Toby, Victoria'yı önce tentenin altına, oradan da salona götürdü. Orada,

Evangeline'in başı çok ağrıdığı için derhal eve gitmek istediğini öğrendi ve çok üzüldü. Ama zaten zarar verilmiş, anlaşma yapılmış, randevu ayarlanmış ve Victoria, Toby'ye sırılsıklam âşık olmuştu bile.

Whitticomb'lar giderken, Olivia evin başka bir tarafında olduğu için hiçbir şey görmemişti. Ama Charles gördü. Sonra da durup ilgi ile Victoria'yı izledi. Başını hareket ettirmesi, erkeklere bakışı, baştan çıkarıcı tavırları, gizemli havasıyla, onda kardeşinden tamamen farklı olan bir şey vardı. Olivia apaçık bir insandı. Yüreğini ve elini sunmaya hazırdı. Onun ne kadar verici, ne kadar şefkatli olduğunu gayet kolay anlamıştı Charles. Ancak, onu büyüleyen, ilgisini çeken kız, baş belası olandı; henüz ne istediğini bilmeyen, o ana kadar da hep yanlış şeyleri istemiş olandı. Burada delicesine bir terslik vardı ve Charles'ın sinirlenmesine neden oluyordu. Bir yandan, Victoria'ya doğru yürüyüp onu yakalayarak, akılsızlığı yüzünden sarsmak istiyordu. Ama tabii yapmadı.

Başka bir yandan da, onu tamamen unutarak, ilgisini çok daha mantıklı ve son derece aklı başında olan Olivia'ya yoğunlaştırmak istiyordu. Ancak, Olivia o kadar basit, vermeyi ve almayı o kadar iyi bilen bir kızdı ki, Charles'ı korkutuyordu. Susan'ın ölümünden sonra, Olivia'nın ona sunacaklarını kabul edemeyecek kadar çok eziyet çekmiş, fazla yaralanmıştı. Acıya, inançsızlığa, sinirliliğe ve kızgınlığa alışmıştı artık. Olivia'nın ona vereceği şeylere yakın olmaktansa, onu istemeyen, ondan hiçbir beklentisi olmayan birinin yanında olmak çok daha kolaydı. Yüreğini kocaman açmış olan Olivia'yı kendine yaklaştırması bile Susan'a ihanet olurdu. Victoria bambaşka bir şeydi. Akşamın sonlarına doğru yaklaşırken, onu büyülenmiş gibi seyrediyordu. Victoria'nın aklına bir şey takılmıştı şimdi. Muhtemelen de şu rezil Tobias Whitticomb. Charles, elinde olmadan, kızın bu konuda ne yapacağını merak ediyordu. Yine kurtarıcı olarak çağrılacak mıydı acaba? Olivia onu engellemeye cesaret edebilecek miydi? Neler olduğunun farkında mıydı; yoksa kardeşi, olanları ondan gizleyecek kadar akıllı davranmış mıydı? Victoria'ya bakıyor ve merak ediyordu.

Charles, sonunda Edward'la konuşmaya gitti. Akşam için de teşekkür edecekti. Muhteşem bir parti olmuştu. Bir yılı aşkın bir süredir katıldığı ilk partiydi. Bazı eski ve yeni duygular uyanmıştı içinde; bu da azıcık sinirlerini bozuyordu. Hem Olivia'nın onda uyandırdığı şefkat, hem de Victoria'nın neden olduğu cinsel açlık ve can acıtan yalnızlık. Bunların hiçbiri tahammül edebileceği duygular değildi. O akşam oradan garip bir boşluk duygusuyla ayrıldı. Ne tükettiği makul miktardaki alkolün uyuşturabileceği, ne de evde huzur içinde uyuyan oğlunun doldurabileceği bir boşluktu bu. Bir tek şey istiyordu; bir tek hayat, bir kişi. Ama o yoktu artık. Ve bütün yalnızlığına rağmen, Henderson ikizlerinden hiçbirinin, karısının yerini almaya uygun olmadığını düşündü.

Charles giderken, ikizlerin ikisine de iyi geceler dileyerek parti için teşekkür etti. Victoria onunla pek az konuştu. Biraz heyecanlı ve dalgın görünüyordu. Charles, onun da içki içmiş olduğunu fark etti. Oysa Olivia içmemişti. Sohbet ederlerken şampanyadan birkaç yudum almıştı sadece. Charles'a, geldiği için teşekkür etti. O da, yüreğinin derinliklerine bakmamaya çalışarak veda etti Olivia'ya. Ama genç kız işini çok kolaylaştırıyordu. Hayatın ona acımasız davranabileceği konusunda uyarmak istedi onu. Onunki gibi bir yüreğin tehlikeli olduğunu, bu yüzden onu saklamasının iyi olacağını söylemek istedi. Ama gerçekte, asıl tehlikede olan Victoria idi. Olivia da biliyordu bunu. Toby'yi onunla görmüştü. Son konuk da ayrıldıktan ve saat sabahın ikisini geçtikten sonra odalarına gittiklerinde, Olivia kardeşine baktı.

"Onunla buluşmayı kabul ettin, değil mi?" diye dikildi karşısına. Kardeşi için o kadar kaygılanmıştı ki, parti neredeyse mahvoluyordu.

Victoria yalan söyledi. "Tabii ki etmedim." Olivia onun doğruyu söylemediğini anlamıştı. Her şeyi anlamıştı. Anlamamak mümkün değildi, Victoria fazlasıyla dürüsttü. Anlaması için aralarındaki o özel bağa ihtiyaç yoktu. "Ayrıca seni hiç ilgilendirmez."

"Adam itin teki," diye bağırdı Olivia. "New York'taki herkes biliyor bunu."

"Şöhretinden onun da haberi var. Kendi söyledi bana."

"Akıllı adammış. Ama bu suçunu bağışlatmaz. Victoria, onunla *buluşamazsın.*"

Victoria öfkeyle tısladı. "Canım ne isterse yaparım. Bana engel olamazsın." Hiçbir şey durduramazdı onu. Toby'nin cazibesi, kardeşinin uyarılarından çok daha güçlüydü. O şeytandı, Cennet Bahçesi'ndeki yılandı.

"Lütfen... sözümü dinle..." Ona yalvarırken Olivia'nın gözleri dolmuştu. "Acı çekeceksin. Onun gibi bir adamı idare edecek kadar hayat tecrüben yok senin. Kimsenin olamaz. Ancak ona benzeyen biri yapabilir bunu. Victoria, dinle beni. İnan bana. Onun hakkında anlatılan hikâyeler korkunç."

Victoria, "Yalan olduğunu söylüyor," dedi. Adam bir tek akşamda onu yönlendirmiş ve tamamen ikna etmişti. İstediği her konuda, herkesi ikna etme dehasına sahipti, özellikle de kadınları. "Çünkü insanlar onu kıskanıyormuş."

"Neden?" Olivia kardeşinin mantıklı düşünmesi için uğraşıyordu. Ama boşuna. Hiç umut yoktu. "Nesini kıskansınlar?"

"Yakışıklılığını, konumunu, parasını." Bütün bunları Toby söylemişti, Victoria da ona inanmıştı.

Olivia, gayet soğuk, "Yakışıklılığı yakında bozulacak, konumu karısının sayesinde, para konusunda ise şanslıymış. Bunda kıskanacak ne var peki?" dedi.

Victoria şeytan bir ifade ile, "Belki de onu kendine istiyorsun," dedi. Buna inanıp inanmadığından emin değildi, ama yine de söylemeye karar vermişti. Toby'yi görmesine engel olmaya çalıştığı için Olivia'ya öfke duyuyordu. "Belki babamın o ahmak avukatını değil de, onu istiyorsun."

"Charles'a kabalık etmekten vazgeç. O, aklı başında bir adam Victoria. Bunu sen de biliyorsun."

"Bence sıkıcı bir adam," dedi Victoria. İçinden geçenleri söylüyordu, ama şimdi onu konuşturan şampanyaydı.

"Charles Dawson sana acı çektirmez; Toby Whitticomb çektirir. Seni kullanacak ve bir kâğıt parçası gibi bir tarafa atacak. Her şey sona erince de, tekrar karısına dönüp bir çocuk daha yapacak."

Victoria, "İğrençsin," dedi. Olivia, her tartışmalarında olduğu gibi, yine o tanıdık ağrıyı hissetti karnında. Kardeşi ile kavga etmekten nefret ediyordu. Bu yüzden de az kavga ederdi. Ama bu, diğerleri gibi zararsız bir atışma değildi. Hatta, Victoria'nın çocukça kaprisleri ve maceraları yüzünden yaptıkları daha ciddi tartışmalara da benzemiyordu. Bir ölüm dansıydı ve Olivia bunu biliyordu.

"Seninle bu konuda bir daha konuşmayacağım. Ama bilmeni istiyorum ki, her zaman yanında olacağım. Ve seni seviyorum. Yalvarırım onu bir daha görme. İstediğini yapacağını biliyorum. Ama o tehlikeli bir adam Victoria. Üstelik, bütün geceyi onunla geçirdiğini bilse, babam çok üzülürdü. Onu sadece nezaket gereği davet etmişti. Yanına oturarak çok aptalca davrandın. Neyse ki babamın arkası sana dönüktü de fark etmedi. Bir aslanla oynuyorsun Victoria. Kazanacak kadar büyük de değilsin, güçlü de. Ve sonunda aslan yiyecek seni."

Victoria güvenle, "Böyle bir endişem yok," dedi. "Biz sadece arkadaşız; o kadar. Zaten evli." Olivia'yı iz üstünden uzaklaştırmaya çalışıyordu. Böylece biraz serbest kalabilirdi. Toby'nin evliliğinin ne kadar anlamsız olduğunu anlatmaya gerek duymadı. Adam bir süre önce boşanmaktan söz ettiklerini bile ima etmişti Victoria'ya. Tabii korkunç bir skandal olacağı kesindi; ama böyle sevgisiz bir evliliği sürdürmeye daha fazla dayanamayacağını söylemişti. Victoria ona çok acıyordu. Ama Olivia acımadığı gibi, ondan nefret ediyordu. Ve kardeşini mahvetmeden onu uzaklaştırmak istiyordu.

Yattıklarında saat üçü çoktan geçmişti. Olivia'nın tek düşündüğü, kardeşinin içine düştüğü zor durumdu. Victoria'nın tek düşündüğü ise, Astor balosuydu. Orada Toby'yi görecekti.

DÖRT

Olivia ertesi sabah uyandığında, alt kattan gelen boğuk sesler duydu. Yattığı yerden sesleri dinlerken, kardeşi ile yaptıkları şiddetli tartışmayı hatırladı. Dönüp bakınca, yatakta onun yattığı tarafın boş olduğunu gördü. Yavaşça kalktı, saçını taradı, sabahlığını giyerken, duyduğu seslerin ne olduğunu anlamaya çalıştığı sırada, hatırladı.

Alt kata indiğinde, etrafta bir sürü adam olduğunu gördü. Bahçedekiler tenteyi söküyorlardı. Mobilyalar eski yerlerine yerleştiriliyor, konukların gönderdiği kucaklar dolusu çiçek, vazolara konuyordu. Tam bir keşmekeş vardı. Bayan Peabody ile uşaklardan biri de, bütün bu yoğun trafiğin ortasında durmuş, adamları yönetiyorlardı.

Bertie gülümsedi. "İyi uyudun mu?" Olivia onaylayarak başını salladı. Ona yardım etmek için daha erken kalkamadığı için özür diledi.

"Dün akşam işini çok iyi yaptın canım. Bu sabah biraz dinlenmeyi hak ediyorsun. Bu patırtıda uyuyabildiğine sevindim." Aslında bunu nasıl başardığını anlamak kolay değildi, çünkü bahçedeki tenteyi sökenler müthiş gürültü yapıyorlardı. "Herkes davetin çok başarılı geçtiğini söylüyor. Eminim bütün New York bugün bunu konuşuyordur. Gelen çiçeklerin çokluğuna bakılırsa, demek ki konuşuyorlar. Şimdilik birçoğunu yemek odasına koydum."

Olivia sessizce yemek odasına doğru yürüdü. Victoria'nın nereye gittiğini merak ediyordu. Gördüğü ilk çiçek buketi, kocaman bir vazonun içine yerleştirilmiş iki düzine uzun saplı kırmızı güldü. Olivia, çiçeklerin üzerindeki kartı okuduğunda sadece, "Hayatımın en önemli gecesi için teşekkür ederim" yazdığını gördü. İmza yoktu. Sonra, zarfın üzerinde kardeşinin adının yazılı olduğunu fark etti. Kimin göndermiş olduğunu tahmin etmek hiç de zor değildi. Çok daha dikkatlice hazırlanmış, ama onun kadar güzel olmayan diğer çiçeklerin üzerindeki kartların hepsi imzalıydı. Ancak, aralarında çok güzel bir aranjman çarptı gözüne. Charles'tan gelmişti. Üzerindeki kart üçüne hitaben yazılmıştı; o güzel akşam için teşekkür ediyordu Charles. Olivia onun, karısı öldüğünden beri ilk kez resmi bir davete katıldığını biliyordu. Bu yüzden hoş bir akşam geçirmiş olmasına sevindi. Charles'ın yanında oturduğu için, onun akşamı da kesinlikle çok iyi geçmişti. Ama yine de, yerleri değiştirdiği için Victoria'ya hâlâ biraz kızgındı.

Ardından mutfağa giderek oradaki çalışmaları kontrol etti Olivia. Sonra, kahvaltı odasında tek başına oturmuş kahve içen Victoria'yı gördü. Bir an durup ona baktı. Onun için yine kaygılanmaya başlamıştı. Gidip yanına oturdu.

Rahatsız bir ifade ile, "İyi uyudun mu?" diye sordu. Geceki tartışma yüzünden hâlâ huzursuzdu. Yıllardır ilk kez bu kadar ciddi kavga etmişlerdi. Ve bu seferki, daha önceki çocukça kavgalardan çok daha ölümcüldü. Olivia, kardeşinin gerçekten tehlikede olduğuna inanıyordu.

Victoria, Olivia'nın yüzüne bile bakmadan, gayet resmi, "Çok iyi uyudum, teşekkür ederim," dedi. Omzunun üstünden ona bir göz atarak, "Aşağıdaki bunca gürültüye rağmen uyuyabilmene şaştım doğrusu," diye ekledi. Olivia kardeşinin çok güzel olduğunu düşündü; bu da garip geldi ona. Kendini hiç öyle görmüyordu. Oysa küçük kardeşinde her zaman, daha farklı, daha heyecanlı bir yan olduğunu düşünürdü. Ama o sabah, Victoria'nın gözlerinde daha önce hiç görmediği bir ifade vardı.

"Herhalde çok yorulmuşum." Olivia geceki kavgadan söz etmedi. Ama oturduktan ve mutfak hizmetçilerinden biri kahvesini verdikten sonra, Victoria'ya, ona gelen çiçekleri görüp görmediğini sordu.

Victoria bir an tereddüt ettikten sonra, "Evet gördüm," diye cevap verdi.

"Kimin gönderdiğini tahmin edebiliyorum. Herhalde sen de ediyorsundur." Olivia ihtiyatla konuşmuştu. Uzun bir sessizlik oldu. "Umarım dün gece söylediklerimi düşünürsün Victoria. Bu çok tehlikeli bir durum."

Victoria, "Sadece birkaç gül Olivia. Bu yüzden öfkelenmene gerek yok. Dün gece de öfkelenmeni gerektirecek bir şey olmadı. Çok ilgi çekici bir adam, o kadar. Başka sonuçlar çıkarma," dedi. Sabah olunca her şey önemini yitirmiş gibi göstermeye çalışıyordu. Ama Olivia, ikizinin gözlerinde onu korkutan bir şey gördü. Çok kararlı ve güçlü bir ifade. İçgüdüleri ona, Victoria'nın Toby'yi bırakmayacağını söyledi.

"Umarım bu akşamı da onunla geçirmezsin. Aksi halde dedikodu başlar. Ayrıca, parti karısının kuzeninin evinde. Çok dikkatli olmalısın," diye uyardı Victoria'yı.

"Teşekkür ederim Olivia," dedi Victoria. Sonra ayağa kalkarak kardeşine baktı. Görünüşleri ne kadar benziyorsa, iç dünyaları o kadar farklıydı. Bazen, bırakın ikiz olmalarını, kardeş olduklarına bile inanmak kolay değildi. Birdenbire aralarında oluşan uçurumu hissedince, Olivia korkudan ürperdi.

Masum bir ifadeyle, "Bugün ne yapacaksın?" diye sordu Victoria'ya.

"Bir konferansa gideceğim. Sence bir sakıncası var mı Olivia'cığım? Senden izin almam gerekiyor mu?"

Olivia ters ters, "Sadece sordum. Bu kadar alıngan, ya da kaba olman gerekmiyor," dedi. Victoria'nın Toby ile flört etmesi yüzünden ortaya çıkan kıvılcımlardan, aralarında beliren bu ani düşmanlıktan bıkmıştı artık. "Ne zamandan beri bir şey yapmak için benim iznimi istiyorsun? Benden sadece yaptıklarını idare etmemi istersin sen. Yapmak istediğin her neyse, önceden haber vermeye bile zahmet etmezsin."

"Çok teşekkür ederim, ama bugün yapacağım şeyi idare etmen gerekmeyecek." Böyle zamanlarda, ikisi de başka arkadaşlara da sahip olmayı dilerlerdi. Ama aralarındaki ilişkinin çok özel olması, birbirlerine olağanüstü yakınlıkları, okuldan soyutlanmış olmaları ve oturdukları yerin uzaklığı, onları başkalarından yoksun bırakmıştı hep. Her zaman, en çok birbirlerine yakın olmuşlardı. Çoğu kez bundan hoşlansalar da, bazen bu durum kendilerini biraz yalnız hissetmelerine neden oluyordu. Victoria, "Sen ne yapacaksın bugün?" diye sordu ve devam etti. "Her zamanki gibi ev işi herhalde." Olivia'yı inanılmayacak kadar sıkıcı biri konumuna sokmuştu. Kardeşine bakarken, Olivia da öyle olduğunu hissetti. Ona, imzasız bir kartla iki düzine gül gönderen olmamıştı. Hayran olduğu adamın yazdığı kart, sadece ona değil, babasına ve kardeşine de hitap ediyordu. Olivia bir saniye için, acaba Victoria haklı mı, diye düşündü. Acaba onu kıskanıyor muydu?

"Bertie'nin evi toplamasına yardım edeceğim. Bu dağınıklık uzun sürerse, zavallı babam aklını kaçırır. Akşam Astor'ların balosuna gidene kadar çalışıp bugün bu işi bitiririz diye düşündüm."

"Aman ne eğlenceli."

Victoria üst kata çıktı, bir saat sonra da evden ayrıldı. Lacivert ipek bir tayyör giymiş ve son moda bir şapka takmıştı. Çok sıradan bir semtte olan toplantıya onu Petrie götürdü ve bırakıp hemen geri döndü.

O gün herkes için çabuk geçti. Victoria öğleden sonra eve dönünce, Bertie onu da işe koştu. Köşede, at arabalarının durduğu depoya yığılmış olan mobilyaları eski yerlerine taşıyan adamlara nezaret etmekti görevi. Olivia kendini kaybetmişçesine çalışıyordu. Bahçenin zarar görmüş olan bazı bölümlerinin onarılmasına da yardım etti. Saat beşte, mucizevi bir şekilde, ev eski halini almıştı. Sanki hiç konuk gelmemiş gibiydi. Bertie, iki kızı da iyi çalıştıkları için kutlarken, babaları içeri girerek evin ne kadar güzel göründüğünü söyledi.

Edward, "Bu evde elli kişinin dans ettiğini ve bahçeyi mahveden bir tente kurulduğunu bir yana bırakın, yemekte o kadar çok konuğumuz olduğunu söylesek bile kimse inanmaz. Sahi, bahçenin durumu çok mu kötü?" dedi. Ama Olivia babasını rahatlattı. Edward, "New York'taki herkes sizlerin ne kadar hoş ev sahibeleri olduğunuzu konuşuyor," dedi kızlarına. Ama Victoria babasının övgüleri ile ilgilenmedi bile. Birkaç dakika sonra da, Astor'ların partisi için giyinmek üzere yukarı çıktı. Olivia giyecekleri kıyafetleri hazırlamıştı. Açık pembe tüllü, oldukça ağırbaşlı elbiselerdi. Olivia'nın, her zamanki gibi, örneğini çıkardığı bir Poiret modeliydi. Onları seçtiği sırada bir an tereddüt etmiş; ama bu koşullarda, Toby'yi baştan çıkarmamak için en doğru kıyafet bu, diye karar vermişti.

Edward, "Gerçekten çok güzel bir partiydi Olivia," diye tekrar iltifat etti kızına. Sonra, çalışma odasındaki en sevdiği koltuğa oturdu. Her şey dikkatlice eski yerlerine yerleştirilmişti. Olivia, bir kadehe Porto şarabı doldurup babasına verdi. Edward başını kaldırıp, sıcak bir gülümseme ile kızına baktı. Her geçen günle birlikte, onun arkadaşlığından daha çok zevk alıyordu. "Beni çok şımartıyorsun canım. Annen yaşasaydı bu kadar nazik olur muydu, ondan bile emin değilim. Kardeşine daha çok benziyordu annen. Zaman zaman biraz ateşli coşkulu yanı çıkardı ortaya. Bağımsız kalmaya da kararlıydı." Bu evde yaşamak, Edward'a hep karısını hatırlatıyordu. Zaman zaman acı veriyordu bu. Ancak kızlarıyla birlikte orada olmak, artık hoşuna gidiyordu. İşlerinin durumundan ve avukatlarıyla planlar yaparak geçirdiği zamandan da memnundu. İlgi çekici ve zeki adamlardı avukatları. Emekli olmadan önceki günlerini hatırladı. Yalnızca yatırımlardan oluşan bir portföye sahip olmadığı, bir imparatorluk yönettiği günleri. Bir süredir, Pittsburgh'daki çelik fabrikalarını satmayı düşünüyordu. Charles, bu satışla ilgilenen ciddi bir alıcı bulduğu kanısındaydı. Ama kolay verilecek bir karar değildi bu. Edward, en azından Ekim sonuna kadar New York'ta kalabileceklerini düşünmeye başlamıştı artık. Hatta daha fazla bile kalabilirlerdi.

Kızıyla bir an yalnız kalabildiğine memnun olan Edward, "Buradan hoşlanıyor musun?" diye sordu.

Olivia tatlı bir tebessümle, "Evet baba, burayı seviyorum," dedi. "Ama hep burada oturmaktan hoşlanacağımdan emin değilim. Sürekli olarak şehirde yaşarsak, kırları özlerim sanıyorum. Yine de müzeleri, buradaki insanları ve partileri seviyorum. Her an bir şeyler oluyor. Burada yaşamak çok eğlenceli." Sıcacık gülümsedi babasına. Bir an için yine bir çocukmuş gibi geldi Edward'a. Yine de tam bir kadındı. Zaman zaman, onları bu kadar sahiplendiği için suçluluk duyuyordu Edward. Artık dünyaya açılmaları ve koca bulmaları gereken bir yaşa geldiklerini biliyordu. Ama ondan ayrıldıkları zaman kalbinin kırılacağını da biliyordu.

Şarabından bir yudum alarak, "Sizleri uygun delikanlılarla tanıştırmak için daha fazla gayret etmem gerekir diye düşünüyorum," dedi isteksizce. Birbirlerine gülümsediler. "Artık ikiniz de evlenmelisiniz. Ama itiraf edeyim ki, bunun düşüncesinden bile nefret ediyorum. Sizsiz ne yaparım, bilemiyorum. Özellikle de sensiz. Benimle bu kadar ilgilenmeyi bırakmalısın canım. Böylece, gittiğin zaman büyük bir şok yaşamam. O günü düşününce korkudan ödüm patlıyor." Olivia babasının elini alıp öperken, Edward'ın bakışları sevgi doluydu.

"Senden asla ayrılmayacağım, bunu biliyorsun. Ayrılamam." Bunu beş yaşında da söylemişti, on yaşında da. Ama bu kez ciddiydi. Yıllar geçtikçe, Edward'ın sağlığı iyice bozulmuştu. Kalbi eskisi kadar güçlü değildi. Babasından ayrılmayı düşünemiyordu Olivia. Ona kim bakardı o zaman? Evlerini kim idare eder, orada çalışanlarla kim ilgilenirdi? Sağlığı hakkında yalan söylediğinde, aslında hasta olduğunu ve doktor gerektiğini kim anlayabilirdi? Babasının bakımı konusunda kimseye güvenemeyeceğini biliyordu. Hele kardeşine. Victoria birinden -ki genellikle Olivia olurdu bu- duyana kadar, babasının hasta olduğunu fark etmezdi bile. Olivia gayet kararlı bir ifade ile, "Senden ayrılamam baba," dedi. Çok ciddiydi.

"Evlenmeyip yaşlı bir kız mı olacaksın? Mümkün değil. Bu güzellikle, ikiniz için de mümkün değil bu," dedi Edward. Kızına hayranlıkla bakarken, böyle bir şeyin olmasına izin vermenin yanlış olacağını düşünüyordu. Yine de, içinden bir ses, Olivia'nın istediğini yapmasına ses çıkarmamasını söylüyordu. Bu, onun kendini feda etmesi demek olsa bile. Olivia doğru düşünüyordu, kızına çok ihtiyacı vardı. Evle ilgili her şeyi onun halletmesi çok işine geliyordu. Sanki babasının hayatıyla evli gibiydi Olivia. En küçük ayrıntıyla bile o ilgileniyordu. Olivia olmasa mahvolurdu. Ama bir gün onu yuvadan uçmaya zorlamazsa, son derece bencilce davranmış olacağını da biliyordu. Onu kaybedebileceğini düşünmek bile istemeyen Edward konuyu değiştirdi. "Victoria onu heyecanlandıran biri ile tanışmış mı burada? Dikkatimi çeken bir damat adayı olmadı hiç." Charles Dawson'ın ondan biraz etkilenmiş olduğunu fark etmişti. Ama muhtemelen, her iki kızı da ilgisini çekiyordu onun. Birçok kişinin olduğu gibi. Böylesine olağanüstü çifte güzellik karşısında heyecanlanmamak kolay değildi.

"Sanmıyorum baba." Olivia kardeşi için yine yalan söylüyordu; her zamanki gibi. O berbat Toby yüzünden endişelendiği şu anda bile. "Henüz kimseyle tanışmadık. Yani... tanıştık sayılmaz..." New York'ta yaşayan bütün önemli kişilerle tanışmışlardı elbette. Babalarıyla gittikleri tiyatroda, akşam yemeklerinde, konserlerde... Ama hiçbir gençle, özellikle evlendirilmek üzere tanıştırılmamışlardı. Olivia, bazı kişilerin onlardan çekindiğini, onları hilkat garibesi gibi gördüğünü, ya da birbirlerinden asla ayrılmak istemeyeceklerini düşündüğünü tahmin ediyordu. Haklıydı da. Birçok kişi, aslında birbirlerine o kadar da benzemediklerini bilmiyordu. Zevklerinin ve ilgi alanlarının ne kadar farklı olduğundan da haberi yoktu çoğunun. Çok güzel bir kızı çift gördüklerini düşünüyorlardı sadece.

"Victoria yaramazlık yapmıyor, öyle değil mi?" diye sordu babası. Gözlerinde neşeli bir ifade vardı. Kızının araba kullanmayı öğrendiğinden ve arabalarından birini çalarak Croton'da bir yere gittiğinden, dolaylı yoldan da olsa, haberi olmuştu sonunda. Neyse ki, geçenlerde tutuklandığını duymamıştı. Ford'la yaşadığı serüveni ise zararsız ve biraz da aptalca bulmuştu. Kızının annesi de o yaşta aynı şeyi yapabilir, üstelik bu arada da, Edward'ın en sevdiği çiçek tarhlarının üzerinden geçerdi. Bir zamanlar arkadaşıyla girdiği bahis üzerine, atıyla oturma odalarında belirmişti de, herkes dehşete kapılmıştı. Oysa Edward bunu çok komik bulmuştu. Aslında o yaştaki bir adam için şaşılacak kadar hoşgörülüydü. Victoria'nın aşırı davranışları hiçbir zaman rahatsız etmemişti onu. Aksine, hoşuna bile gitmişti, çünkü ona karısını hatırlatıyordu.

Olivia, Astor'lardaki parti için giyinmek üzere babasının yanından ayrılmadan, "Seni yalnız bırakmamın bir sakıncası var mı?" diye sordu. Şöminenin yanında rahatça oturmuş gazetesini okuyan babasının kadehine biraz daha şarap koydu. Edward, birkaç dakika sonra yukarı çıkıp giyineceğini söyledi ve hazır olmaları gereken saati bildirdi kızına.

Olivia üst kata çıkarken, babasının sorduğu soruları düşünüyordu. Victoria'nın New York'ta bir erkekle tanışıp tanışmadığı, ikisinin de birer koca bulup evlenmeleri gerektiği hakkında söylediklerini. Kendi söylediklerini de düşündü. Ondan ayrılıp evlenmeyi gerçekten aklından geçirmiyordu. Ya sağlığı bozulursa? Hastalanırsa? Ona kim bakardı? Annesi hayatta olsaydı her şey farklı olurdu. O zaman normal bir hayat sürme lüksüne sahip olabilirlerdi. Ama Olivia şimdi, hiç olmazsa ikisinden birinin evde babaları ile kalıp ona bakması gerektiğini düşünüyordu. Bunu da ondan başkasının yapmayacağı besbelliydi. Bu düşünceler içindeyken, aklının Charles'a kaymasına engel olamadı. Onun gibi bir adam evlenme teklif ederse ne olacağını sordu kendi kendine. Ne yapardı o zaman? Bunu düşünmek bile kalp atışlarını hızlandırmıştı. Charles gibi bir adamın onu elde etmek isteyebileceğine ihtimal bile vermiyordu... ama eğer isterse... eğer... bunu düşünmek istemiyordu. Burada bazı yükümlülükleri vardı. Üstelik Charles onunla kesinlikle ilgilenmiyordu. Nazik davranıyordu sadece. Zaten buraya da babasını görmek için geliyordu.

Olivia yatak odasına geldiğinde, kardeşinin banyoda giyindiğini gördü. Gardıroplar ve aynalar oradaydı. Banyo yapmak için içeri girdiğinde, yere atılmış yarım düzine elbiseyi fark etti. Astor'lara giderken giymek üzere seçtiği pembe elbise de aralarındaydı.

Victoria'ya şaşkınlıkla baktı. "Ne yapıyorsun?" Ama ne olduğunu hemen anladı.

Victoria hırçın bir ifade ile, "Bu akşam, seçtiğin o *şeyi* giymeyeceğim ben," dedi ve sandalyenin üzerine beğenmediği bir elbiseyi daha fırlattı. "Bunları giyersek taşradan gelmiş iki budala gibi oluruz. Zaten senin niyetin de buydu sanıyorum."

Olivia sinirleri bozuk olan kardeşine, ifadesiz bir yüzle, "Bence çok güzel elbiseler," diyerek aynı fikirde olmadığını belirtti. "Peki sen hangisini giymeyi düşünüyorsun?" Gardıroptakilerin yarısını denemiş olduğu belliydi. Şu anda da elinde Olivia'nın hiçbir zaman sevmediği bir elbise vardı. Örneğini çıkarmaya çalıştığı bir Beer modeliydi bu. Minik siyah boncuklarla süslü, eteğinin arkasında boncuklu uzun bir kuyruğu olan, koyu kırmızı kadife bir elbiseydi. Olivia, bu kıyafetlerin kendilerine göre fazla dekolte olduğunu düşünmüştü hep. Babalarının Croton-Hudson'daki evinde verdikleri bir Noel partisinden sonra da bir daha hiç giymemişlerdi. Kardeşinin elinde tuttuğu elbiseyi görür görmez, "Benim onu sevmediğimi biliyorsun," dedi. Elbisenin kırmızı kadife astarlı, siyah satenden, boncuklu bir de pelerini vardı. "Göğsü çok açık ve fazla gösterişli bir elbise. Bize adi bir hava verir."

Victoria soğuk bir ifade ile, "Bu bir balo, Croton'daki bir çay partisi değil Olivia," dedi.

"Ona gösteriş yapmak istiyorsun Victoria. Bu konuda yardım

etmeyeceğim sana. Bu elbiselerle, bu şehirde, fahişeye benzeriz. Ben giymem."

Victoria tek topuğunun üzerinde dönerek, "İyi," dedi. Olivia, kardeşinin ne kadar muhteşem göründüğünü söylemek istemedi ona. Elbise hatırladığından çok daha güzeldi. Aynı zamanda da fazla cüretkârdı. "O halde sen pembeyi giy Ollie'ciğim; ben de bunu giyerim." Olivia şaşkına dönmüştü. Kardeşi ciddi görünüyordu.

"Aptallaşma." Hiçbir zaman farklı şeyler giymemişlerdi. Hayatları boyunca, iç çamaşırlarından saç tokalarına kadar, hep bir örnek giyinmişlerdi. Her zaman böyle olmuştu. Şimdi ikizinden farklı bir kılıkla dışarı çıkmak, Olivia'nın kendini çıplak gibi hissetmesine neden olabilirdi.

"Niye olmasın? Artık büyüdük, bir örnek giyinmemiz gerekmiyor. Çocukken, öyle çok şeker olduğumuzu düşünüyordu Bertie. Ama artık şeker olmamız da gerekmiyor Olivia. Ben istemiyorum. O pembe şey çok 'şeker'. O kadar 'şeker' ki, bakınca midem bulanıyor. Benim giymek istediğim elbise bu. Astor'lara giderken *bunu* giyeceğim bu akşam. Beğenmiyorsan, sen başka bir şey giyebilirsin."

"Çok hainsin Victoria. Ne yapmak istediğini gayet iyi biliyorum. Sen de biliyorsun. Sana şunu söyleyeyim; dün gece, Tobias Whitticomb'ın hayatının en önemli gecesi değildi. Ama sen, onun uğruna hayatını mahvetmeyi tercih ediyorsan, senin en önemli gecen sayılabilir. Bunu yaparsan aptallık edersin." Olivia tükürür gibi söylemişti bunları. Bu arada, kırmızı kadife elbisenin eşini, çekiştirerek çıkardı gardıroptan. "Bu salak elbiseden *nefret ediyorum.* Diktirdiğime pişmanım. Astor'lara giderken beni de bunu giymeye zorladığın için daha da pişmanım."

Elbiseyi bir kenara bırakarak saçını fırçalayan Victoria, "Söyledim sana," dedi. "Onu giymek zorunda değilsin." Bu kez cevap vermedi Olivia.

İki kardeş, banyo yapar, giyinir, pudralarını sürer, parfümlerini sıkarken, bir daha hiç konuşmadılar. Olivia, Victoria'nın dudaklarını hafifçe boyadığını görünce şaşırdı. Daha önce hiç ruj sürmemişlerdi. Kardeşinin birdenbire çok farklı göründüğünü düşündü. Sadece güzel değil, baştan çıkarıcıydı.

Saçını yaptıktan sonra, aynadan Victoria'nın dudaklarını boyamasını seyrederken asık suratla, "Ben ruj sürmem," dedi Olivia.

"Sürmen gerektiğini söyleyen olmadı."

Olivia, karamsar bir şekilde, "Tehlikeli sularda yüzüyorsun Victoria," dedi.

"Senden daha iyi yüzüyor olabilirim."

"Onun yüzünden boğulabilirsin," Olivia'nın sesi üzüntülüydü. Victoria, boncuklu saten kadife pelerinini arkasından sürükleyerek odadan çıktı.

Birkaç dakika sonra kızlar merdivenden inerlerken, aşağıda duran babaları sessizce bakakaldı onlara. Bu akşamki görüntüleri, artık küçük kızlar olmadıklarını anlatıyordu. Göz kamaştıran, gerçek birer kadın gibi görünüyorlardı. Aşağı ilk inen Victoria oldu. Hareketleri bile, varlığından habersiz olduğu bir dünyayı anlatıyordu. Haberi yoktu, ama içgüdüsel olarak, o dünyaya aitti. Olivia ise, gözden kaçmasını olanaksız kılan elbisesinin içinde, kardeşi kadar rahat görünmüyordu. Beyaz tenlerini ve diri bedenlerini gözler önüne seren elbiseler kızlara çok yakışmıştı. İkisinin de belleri ince, göğüsleri dikti. Dekoltesi açık olan kırmızı kadife elbiseler de bunu açıkça ortaya seriyordu.

Edward, "Aman Tanrım! Nereden buldunuz bu elbiseleri?" dedi. Kızları, bu kadar modaya uygun, egzotik denebilecek elbiseler içinde görmek şaşırtmıştı onu.

Victoria sevimli bir ifade ile, "Olivia diktirmişti," dedi. "Galiba kendi çizdiği bir model."

"Aslında örneğini çıkardım," dedi Olivia hoşnutsuzlukla. Uşak pelerinlerini giymelerine yardım ediyordu. "Ama sonuç istediğim gibi olmadı."

Babaları, "Oradaki bütün erkekler kıskanacak beni," diye iltifat etti. Sonra, kızlarıyla birlikte dışarıda beklemekte olan limuzine doğru yürüdü. Hava serindi. Önünden arabaya binmekte olan kızlara baktı. Öğleden sonra düşündüklerinde haklıydı; artık çocuk değillerdi. Bu akşam partideki tüm erkeklerin onlara evlenme teklif etmemesi bir mucize olurdu. Aşırı bir cinsellik ve çekicilik sergiliyorlardı. Onları bu şekilde götürdüğüne neredeyse pişman olacaktı. Ama, arabanın bir köşesine büzülmüş, giymek zorunda kaldığı elbiseden nefret eden ve kardeşine ateş püskürен Olivia kadar üzgün değildi.

Astor'ların Beşinci Cadde'deki saray yavrusu evlerine vardıklarında, evin ışıl ışıl aydınlatılmış olduğunu gördüler. Hem dışı, hem içi gerçekten de saray gibiydi. Kızların, yüzlerini ve adlarını sadece okudukları yazılardan ve duydukları konuşmalardan bildiği dört yüz kişi vardı. Goelet'ler ve Gibson'lar da oradaydı. Ayrıca, Monaco Prensi Albert, bir Fransız kontu, bir İngiliz dükü ve birçok ülkeden alt düzey aristokratlar da vardı. Bütün New York aristokrasisi, hatta yıllardır dışarı çıkmayanlar bile gelmişti. Örneğin, en büyük kızları öldükten sonra iki yıldır inzivada olan Ellsworth'lar. Bir yıl önceki *Titanik* faciasından kurtulmuş olan az sayıda insan da oradaydı. Bazıları ilk kez evden dışarı çıktıklarını söylediklerinde, Olivia, Charles Dawson'ı hatırladı. Son derece güzel görünen Madeleine Astor'ı başıyla selamladı. Batan gemide kocası John'ı kaybetmiş olan Madeleine'in, kocasının ölümünden sonra doğurduğu bebeği neredeyse bir yaşına gelmişti. Çocuğun, babasını hiç tanımayacak olması üzdü Olivia'yı.

"Bu akşam olağanüstü güzelsiniz." Tanıdık bir ses duyup kim olduğuna bakmak için dönünce, Charles Dawson'ı görüp şaşırdı. Charles güldü. "Bayan Henderson olduğunuzu biliyorum. Hangisi olduğunuzu da biliyormuş gibi yapabilirdim, ama ne yazık ki bilmiyorum. Bana yardım etmeniz gerek."

"Olivia," dedi hafifçe gülümseyerek. Birden, kardeşiymiş gibi davranmak için yaramazca bir istek duydu içinde. Charles'ın ona farklı bir şey söyleyip söylemeyeceğini merak ediyordu. "Siz ne arıyorsunuz burada Bay Dawson?" Önceki akşam, partilere hiç gitmediğini söylemişti.

Sanki onu kandırmayı düşündüğünü hissetmiş gibi, "Umarım doğruyu söylemişsinizdir," dedi Charles. "Size inanmaktan başka çarem yok. Aslında, Astor'larla evlilik yoluyla akrabalığım var. Eşim, ev sahibemizin yeğeni idi. Madeleine nezaket gösterip gelmem için ısrar etti. Dün geceden önce olsa herhalde gelmezdim. İlk adımı siz attırdınız bana. Ama ne yazık ki, tahmin ettiğimden daha ciddi bir parti. Tam bir tımarhane burası." Bu balo, sadece elli kişinin katıldığı, bir gece önceki zarif küçük toplantı gibi değildi. Astor'ların evi, bu pırıltılı kalabalığı rahatça kaldıracak büyüklükteydi. Zaten Victoria da eve girdikleri anda ortadan kaybolmuştu.

Charles, uzun süre yanında kalarak Olivia'yla konuştu. Sohbet konuları, Charles'ın oğlu ve orada bulunanlar arasında Olivia'nın tanıdığı birkaç kişiydi. Sonra, Madeleine Astor'un, batan gemide karısıyla birlikte olduğunu söyledi Charles. Ne zaman karısından söz etse, genç adamın son derece mutsuz olduğunu görüyor ve buna çok üzülüyordu Olivia. Ona ne diyeceğini bilemiyordu. Bu ıstırabın asla geçmeyebileceğinden korkuyordu. Yaşamını sürdürüyordu Charles. Ama bir parçası öylesine zedelenmişti ki, sanki asla onarılamazmış gibi görünüyordu.

Sevimli bir tavırla, "Herhalde kardeşiniz de buradadır bu akşam," dedi Charles. "Onu görmedim."

Olivia, "Ben de öyle. Gelir gelmez yok oldu. Bu feci elbisenin eşini giyiyor," dedi hüzünlü bir ifade ile. Neyse ki bu kalabalıkta pek göze çarpmıyordu. Onlarınkine benzeyen, hatta daha da cüretkâr olan başka elbiseler de vardı. Ama Charles, Olivia'nın sözlerine güldü.

"Anlaşılan sevmiyorsunuz elbisenizi. Ama çok güzel. Çok..." biraz utanarak devam etti; "sizin yaşınızdaki genç bir kadına göre fazla 'yetişkin işi' desem, acaba yanlış bir sözcük mü kullanmış olurum?"

"Yakışıksız, daha doğru bir sözcük olur. Victoria'ya, kendimi fahişe gibi hissettiğimi söyledim. Bu kıyafeti o seçti, ama diktiren benim. Bu yüzden suçu benim üstüme atabilir. Zaten attı da. İşin kötüsü, babam benim seçtiğimi sanıyor."

"Peki karşı çıktı mı?" diye sordu Charles. Eğleniyordu. Konuşurlarken, Olivia hep onun gözlerine bakıyordu. O kadar iri, o kadar yeşil ve o kadar ilginç gözleri vardı ki Charles'ın. Kalabalık yüzünden, elinde olmadan, ona giderek daha da sokuldu.

"Hayır, beğendi." Nefret ettiği elbiseyi babasının beğendiğini söylerken yüzünü ekşitmişti.

Charles, "Erkekler kırmızı kadife giymiş kadınları hep beğenirler," diyerek aydınlattı Olivia'yı. "Sanıyorum, kırmızı kadife onlara şeytanca bir hava verir." Olivia başını salladı. Kardeşinin durumunda, bunun bir havadan öte bir şey olmamasını umuyordu.

Daha sonra, Charles onu yemek için içeriye götürdü. Bir süre sonra da, genç hanımlardan oluşan bir topluluğun arasına bıraktı. Önce herkese tek tek tanıştırdı Olivia'yı; onlarla rahat edeceği umuduyla, karısının kuzenlerini bulmaya gitti. Oğlunun hasta olduğunu ve partide çok kalmak istemediğini daha önce söylemişti Olivia'ya. Genç kız, Charles'ın gitmesine üzüldü; çünkü müzik daha yeni başlamıştı. Birkaç dakika sonra, kardeşinin piste ilk çıkanlar arasında olduğunu gördü. Tabii ki Toby'nin kollarında. Pistte döne döne yaptıkları yavaş, yumuşak valsi seyretti. Bir süre sonra, hâlâ pistte olduklarını ve son moda fokstrot dansı yaptıklarını görerek çok şaşırdı.

Kızlardan biri, "Ulu Tanrım. Seni çift görmek gibi," dedi. İkiz kardeşine benzerliği karşısında büyülenmiş gibi, gözlerini dikmiş Olivia'ya bakıyordu. Daha önce hiç böyle bir şey görmediğini söyledi. Büyük bir merakla, "Tamamen, her bakımdan mı tıpatıp benziyorsunuz?" diye sordu. Olivia gülümsedi. Hep böyle oluyordu. Herkes, tek yumurta ikizi olmanın nasıl bir şey olduğunu öğrenmek istiyordu.

"Epeyce. Biz ayna ikizleriyiz. Benim sağ tarafımda olan her

şey, onun sol tarafında. Benim sağ kaşım biraz yukarıdadır; onun sol kaşı. Benim sol ayağım daha büyüktür; onun sağ ayağı."

Astor kuzenlerinden bir başkası, "Çocukken çok eğlenmiş olmalısınız," dedi. Rockefeller'ların iki kızı da onlara katılmış, konuşulanları dinliyorlardı. Olivia, onlardan biriyle Gould malikânesinde tanışmıştı. Diğerini de, Rockefeller'ların, Kykuit'in müzik odasında verdikleri bir çay partisinde görmüştü. Olivia'nın o günden tek aklında kalan, oradaki olağanüstü orgdu. Rockefeller'lar ne dans eder, ne de içki içerlerdi. Bu yüzden, Vanderbilt'ler ya da Astor'ların yaptığı gibi büyük partileri çok ender verirlerdi. Ama Kykuit'de sık sık küçük müzik geceleri, ya da öğle yemekleri düzenlerlerdi.

Kızlardan biri, "*Her zaman* birbirinizin yerine geçer miydiniz?" diye sordu.

"Hayır." Olivia güldü. "Sadece yaramazlık yapmak istediğimiz zaman. Ya da yaptığımız yaramazlık sonucu bulaştığımız beladan kurtulmak için. Okuldayken kardeşim sınavlardan nefret ederdi; ben de bütün sınavlara onun yerine girerdim. Çok küçükken beni ikna eder, alması gereken ilaçları benim almamı sağlardı. Ben de, her ikimizin ilacını da aldığım için çok hastalanırdım. Sonra, bize bakan hanım ne yaptığımızı anlardı. Aslında genellikle anlardı da, bazen balık yağı falan gibi nefret ettiğimiz şeyleri kendi vermez, hizmetçilerden birine verdirirdi. Onları her zaman kandırabiliyorduk."

"Onun ilaçlarını niye alırdın ki?" Kızlardan biri, iki doz balık yağını düşününce yüzünü ekşiterek sordu. Feci bir şeydi.

Olivia, "Çünkü kardeşimi seviyorum," dedi sadece. İkizi için yapabileceklerinin boyutunu nasıl anlatabileceğini hiç bilemezdi. Aralarında kopmayacak, engellenemeyecek, açıklanamayacak bir bağ vardı."Onun için bir sürü ahmakça şey yaptım. O da benim için yaptı tabii. Sonunda babamız bizi okuldan aldı, çünkü çok fazla sorun yaratıyorduk. Ama çok da eğleniyorduk." Olivia gülümsedi. Kızlar anlattığı hikâyelere bayılmışlardı. Ama onlarla konuşmak, Olivia'nın dikkatini dağıtmıştı. Bir saat sonra Victoria'nın hâlâ Toby ile dans ettiğini gördü. Pistten hiç ayrılmamışlardı. Victoria, sanki adamın kollarında erimiş gibi görünüyordu. Göz göze ve yavaşça dönüp dururlarken, çevrelerindeki yüzlerce kişiden habersiz gibiydiler.

Olivia, genç hanımlardan izin istedi ve Charles'ı aramaya gitti. Onu, paltosunu giymiş, kapıdan çıkmak üzere yakalayınca çok rahatladı.

Yalvaran gözlerle, "Bana bir iyilik yapar mısınız?" diye sordu sessizce. Charles hayır diyemeyeceğini hissetti. Kızın gözlerindeki ifade, onunla birlikte Beşinci Bölge'ye gitmesini istediği gün, telefondaki sesinde duyduğu ifadeyle aynıydı.

Endişeyle, "Bir şey mi oldu?" diye sordu. Onunla kendini ne kadar rahat hissettiğine şaşırıyordu. Bazı bakımlardan, kız kardeşi gibiydi Olivia. Charles'ın ona olan duyguları, ikizinin yanında hissettiklerine hiç benzemiyordu. Yine de, içgüdüsel olarak onlara karşı hissettiklerini dikkate almazsa, kızlar yan yana olduğunda, hangisinin kim olduğunu anlaması mümkün değildi. Ancak onlarla konuştuğu, yanlarında bir süre durduğu ve ruhunda tuhaf bir kıpırtı hissettiği zaman anlayabiliyordu. Onları daha iyi tanısa, anında ayırt edebileceğini düşünmek hoşuna gidiyordu. Merakla, "Dostumuz yine yaramazlık peşinde mi?" diye sordu. Her zaman başı belaya giren Victoria, onu kurtaran da Olivia oluyordu. Aralarındaki ilişkinin bu yanını Charles uzun zamandır biliyordu artık.

"Ne yazık ki öyle. Benimle dans eder misiniz Bay Dawson?"

"Charles... lütfen. Artık şu 'Bay Dawson' dönemini aştık bence." Charles paltosunu çıkarıp uşağa geri verdi. Onu almanın yarım saat sürmüş olduğundan ve bir an önce Geoff'in yanına gitmek istediğinden söz etmedi Olivia'ya. İtaatkâr bir şekilde peşinden yürüdü. İki odayı kat edip dans pistine ulaştıkları anda da sorunun ne olduğunu gördü. Toby ile Victoria hâlâ dans ediyorlardı. Üstelik birbirlerine daha da yaklaşmışlardı. Onları gören Olivia ise son derece mutsuzdu.

Charles, Olivia'yı piste götürdü ve onlara mümkün olduğunca yakın dans etmeye çalıştı. Ama Toby ustalıkla uzaklaşıyordu; Victoria ise kardeşinin bakışlarından ve onaylamayan yüz ifadesinden habersiz görünüyordu. Sonunda onlara sırtını döndü ve Toby'ye bir şey fısıldadı. Bunun üzerine pistten ayrılarak yan taraftaki odada gözden kayboldular. Olivia, etraftaki kalabalık yüzünden nereye gittiklerini görememişti.

"Teşekkür ederim," dedi Olivia. Suratı asılmıştı. Charles gülümsedi ona.

"Üstlendiğin bu görev hiç de kolay değil. Çok dik başlı bir kız o." Victoria'nın tutuklanmadığı için ne kadar sinirlendiğini ve kardeşinin yardımı karşısında ne kadar nankörce davrandığını hâlâ hatırlıyordu. "O Tobias Whitticomb'du; değil mi?" Charles da biliyordu anlatılan hikâyeleri. Bütün New York biliyordu. Ama eğer yeni kurbanı olarak Victoria'yı seçtiyse, anlatılanların anlamı daha büyük önem kazanıyordu. Charles, Toby'nin Victoria'dan çabuk bıkmasını diledi. Yani ona fazla zarar vermeden. Belki de daha ileri gitmeden, Henderson'lar müdahale ederlerdi. Olivia buna kararlı görünüyordu. Kardeşini dans pistinden kovalamasına yardım ettiği için Charles'a bir kez daha teşekkür etti.

Gözleri öfkeyle dolu, "Bir saattir kendini rezil ediyordu," dedi.

"Kaygılanma. Genç ve güzel bir kız. Bir koca bulana kadar bir sürü çapkın peşinden koşacaktır. Hepsi ile uğraşamazsın." Olivia'yı rahatlatmaya çalışıyordu. Ama Whitticomb'un şöhretinin insanı endişelendirmesi gerektiğini de kabul ediyordu. Olivia'ya onları izlemenin doğru olmadığını söyleyemezdi.

"Victoria hiç evlenmeyeceğini söylüyor. Avrupa'da yaşayacak ve kadınlara oy hakkı için savaşacakmış."

"Yok canım? Eminim bir gün vazgeçecektir. Doğru adamla karşılaştığı an hepsini unutur. Ama tutuklanmak istediğini sakın söyleme adama," diye takıldı Olivia'ya. "Ayrıca bu kadar da endişelenme onun için. Sen de biraz eğlenmeyi hak ediyorsun," dedi. Onunla vedalaştı ve birkaç dakika sonra oradan ayrıldı.

Olivia tuvalete gitti, aynaya bakarak saçını düzeltti. Başı çok ağrıyordu. Victoria'yla yaptığı tartışma akşamın kötü başlamasına neden olmuştu. Bir saat boyunca Toby'ye yapıştığını görmek de üstüne tuz biber ekmişti. Ama tam dönüp gideceği sırada, aynada, ona yaklaşan Evangeline Whitticomb'u gördü. Bir saniye sonra tam arkasındaydı kadın. Olivia yavaşça dönünce, karşı karşıya kaldılar.

"Size bir şey önerebilir miyim Bayan Henderson? Kendi yaşınızdaki çocuklarla oynayın. Hiç olmazsa, üç çocuklu evli adamlar yerine bekâr erkeklerle yetinin." Hiç kımıldamadan, Olivia'nın gözlerinin tam içine bakıyordu. Olivia, ikizi ile karıştırıldığını fark edince yanaklarının kızardığını hissetti. Toby'nin karısı sinirden mosmor kesilmişti. Olivia ona hak verdi.

Victoria zannedilmeye itiraz etmeden, "Çok özür dilerim," dedi sessizce. Böylece durumu düzeltmeyi umuyordu. Bu müthiş bir fırsattı. Toby'nin karısını, dostça bir sohbetin dışında bir şey yaşanmadığına inandırabilirdi. "Kocanızla babam birkaç kez birlikte iş yapmışlar efendim. Biz sadece ailelerimiz hakkında konuştuk. Dans ettiğimiz sürece sizden ve çocuklarınızdan başka bir şey anlatmadı."

Toby'nin karısı kızgın bir ifade ile, "Buna inanmıyorum," dedi. "Bizim varlığımızı hatırlamasına bile şaşarım. Ama siz unutmasanız iyi olur. Yoksa emin olun..." Olivia'ya dimdik bakıyordu. Sesini alçalttı; ama zehrini değil. "Sizi pişman ederim. Toby için hiçbir anlam ifade etmiyorsunuz. Sizinle bir süre oynayacak, sonra bir tarafa atacak. Kırık bir oyuncak gibi, düştüğünüz yerde kalacaksınız. Sonunda yine bana dönecek... buna mecbur." Konuşmasını bitirdi ve topuklarının üzerinde dönüp gitti. Olivia kanının çekildiğini hissetti. Neyse ki o sırada içeride başka kimse yoktu. O gittikten sonra oturma ihtiyacı hissetti. Başı dönüyordu. Tabii ki haklıydı kadın. Evangeline Whitticomb kocasını iyi tanıyordu. Kocasının yaptıklarına kaç kez tanık olmuştu. Her seferinde de ona geri dönmüştü Toby, karısının kimliği ve temsil ettiği şey yüzünden. Ayrıca adam, gönlünü eğlendirdiği kadınlar kadar aptal değildi tabii.

Kadınların çoğu genç ve tecrübesizdi. Birçoğu bakireydi. Adamın yakışıklılığı, zarif tavırları ve onlara söylediği nefes kesen sözler karşısında gözleri kamaşıyordu. Tabii kendi genç kızlık hayalleri ile hırslı beklentileri de buna ekleniyordu. Ama ne düşünürlerse düşünsünler, Toby ne derse desin; sonuçta durum değişmiyordu. Onları hep terk ediyordu. Aynen, Olivia'nın kardeşine anlatmaya çalıştığı gibi. Toby'nin karısını, hiç olmazsa saygınlığı konusunda ikna edebildiğini umuyordu. Yani Victoria'nın saygınlığı. Ama çok emin değildi. Tuvaletten döndükten sonra, Victoria'yı, Toby'nin kollarında dans pistinde buldu yine. Bu kez iyice sokulmuşlardı birbirlerine. Vücutları yapışmış, dudakları neredeyse birbirine değmek üzereydi. Olivia onları görünce haykırmak istedi. Ama bunun yerine, aklına gelen tek şeyi yaptı. Babasına gidip, başının çok ağrıdığını söyledi. Babası endişelenerek, bir hizmetçiden kızının mantosunu istedi ve Victoria'yı almaya gitti. Onu genç Whitticomb ile dans ederken buldu. Pek hoşuna gitmese de, çok ciddiye almadı. Kendi evinde tanışmış olduklarını biliyordu. O zamandan beri de onları bir arada görmemişti. Ama eve dönerlerken, adam hakkında bütün anlattıklarından sonra, Olivia'nın Victoria'yı Toby'nin yanına oturtmasına şaşırdığını söyledi. Tabii kızına bir zararının dokunmadığından, çünkü Victoria'nın, onun kur yapmasına izin vermeyecek kadar akıllı olduğundan emindi. Oradan ayrılırlarken Toby'nin Victoria'ya nasıl baktığını görmemişti. O gece neler konuştuklarını apaçık ortaya koyan bakışmalarını da fark etmemişti. Toby ile Victoria, bahçenin ta arka tarafındaki küçük kulübede, çok güzel küçük bir oda bulmuşlar, Toby onu ilk kez orada öpmüştü. Dans etmedikleri her anı birbirlerinin kollarında geçirmişlerdi.

Babası, "Çok üzgünüm canım," dedi. Olivia'dan, başının ağrısı yüzünden özür diledi. "Dün geceki partiden sonra bir de bu balo sana fazla geldi. Daveti kabul etmeden önce neden akıl edemedim, bilmiyorum. Sizin için eğlenceli olacağını düşünmüştüm. Ama çok yorgun olmalısınız." Oysa Victoria hiç yorgun görünmüyordu. Babaları camdan dışarı baktığı sırada da Olivia'ya, onu bir kaşık suda boğacakmış gibi bakıyordu. Kardeşini çok iyi tanırdı. Başının ağrıdığına inanmakta güçlük çekiyordu. Onu ne kadar üzdüğünden haberi yoktu.

Odalarına çıktıklarında, buz gibi bir sesle, "İyi numaraydı," dedi.

Olivia, "Ne demek istediğini anlamadım. Gerçekten başım ağrıyor," derken, nefret ettiği elbiseyi çıkarıyordu. Onu yakmak istedi. Üstelik, Victoria'nın davranış biçiminden sonra kendini gerçekten de fahişe gibi hissediyordu.

"Ne demek istediğimi çok iyi anladın. Ama küçük numaran hiçbir şeyi değiştirmeyecek. Ne yaptığından haberin yok senin." Toby'nin son derece samimi olduğundan emindi. Victoria'ya deli gibi aşık olmuştu. Karısından boşanmak istemesi de Victoria'yı hiç şaşırtmamıştı. Ayrıca, boşanması onun umurunda bile değildi. Son derece modern düşüncelere sahipti Victoria, onunla evlenmesi gerekmezdi. Sonsuza kadar sevgili olarak kalabilirlerdi. Toby, ülkeyi terk edip Avrupa'da yaşamaktan bile söz etmişti. Toby Whitticomb, tam istediği adamdı. Cüretkâr, cesur, gözü pek, inandığı şey uğruna her türlü bedeli ödemeye hazır. Onu Hudson'daki son derece sıkıcı evlerindeki sıradan hayatından kurtarmaya hazır, parlak zırhlı bir şövalye gibi görüyordu Toby'yi. Genç adam daha önce Paris'te, Londra'da ve Arjantin'de yaşamıştı. Anlattıkları Victoria'nın kulaklarına müzik sesi gibi geliyordu ve ne zaman Toby'yi düşünse, tüm vücudu titriyordu.

Olivia sabahlığını giyerken, "Bu akşam tuvalette karısı bana saldırdı," dedi. "Beni sen sandı."

"İsabet olmuş. Ona ne kadar üzgün olduğunu ve bunun büyük bir hata olduğunu söyledin mi?"

"Aşağı yukarı." Victoria, olanları duyunca güldü. Ama Olivia ciddiyetini bozmadan devam etti.

Boğuk bir sesle, "Herkesin dediği gibi o da, Toby'nin bunu alışkanlık haline getirdiğini söyledi bana. Her şey bitince, flört ettiği kızları kırık birer oyuncak bebek gibi bir tarafa attığını anlattı. Senin de onlardan biri olmanı istemiyorum," dedi. Aralarının ciddi olarak açılmasına neden olan ilk olaydı bu. Hâlâ sürdüğü için Olivia kendini çok kötü hissediyordu. Victoria, Toby'nin etkisinden kurtulmadan da hiçbir şeyin değişmeyeceğini düşünüyordu. Şimdi, Croton-Hudson'da olmayı her zamankinden daha çok istiyordu. "Victoria, lütfen mantıklı ol... ona yaklaşma... tehlikeli bir adam o. Bana söz vermeni istiyorum; onu bir daha görmeye uğraşmayacaksın."

Victoria ifadesiz bir yüzle, "Söz veriyorum," dedi. Samimi değildi.

"Çok ciddiyim." Olivia konuşurken gözleri dolu doluydu. Tartışmalarına neden olduğu için şimdi Toby'den daha çok nefret ediyordu. Hiçbir şeyin, hiç kimsenin aralarına girmeye hakkı yoktu. Aralarındaki bağ Olivia için kutsaldı.

Victoria gayet soğuk, "Kıskanıyorsun," dedi.

Olivia, "Kıskanmıyorum," diyerek kardeşini umutsuzca ikna etmeye çalıştı.

"Kıskanıyorsun. O bana âşık, bu da seni korkutuyor. Beni senden ayıracağından korkuyorsun." Victoria'nın söylediklerinde biraz gerçek payı vardı. Ama onun kastettiği anlamda değil.

"Bunu şimdiden yapıyor. Ona âşık olursan gireceğin riski görmüyor musun peki? Ne kadar tekrarlasam yetmez Victoria, tehlikeli bir adam o. Bunu *görmen* gerek."

Victoria biraz yumuşayarak, "Dikkatli olacağım. Yemin ederim," dedi. Olivia'yla kavga etmekten nefret ediyordu. Onu çok seviyordu, bu da korkmasına neden oluyordu. Ama birden, Toby'yi de sevdiğini fark etti. Ona deli gibi âşık oluyordu ve buna engel olmak için çok geçti artık. Toby o akşam onu öptüğünde, bütün vücudunun eriyip yok olacağını sanmıştı. Elini elbisesinin altına sokup göğüslerine dokunduğunda da, artık onun her istediğini yapabilirdi. Daha önce kimse bunu başaramamıştı. Hayatında daha çok istediği kimse olmamıştı. Bunu kardeşine nasıl açıklayabilirdi ki?

"Onu bir daha görmeyeceğine söz ver," diye yalvardı Olivia. Nasıl olsa kardeşi artık dinlemeye başlamıştı onu. "Lütfen."

"Benden bunu isteme. Aptalca bir şey yapmayacağıma söz veriyorum."

"Onu görmen aptallık zaten. Üstelik karısı da biliyor."

"Toby ondan boşanacağı için kızgın. Sen olsan kızmaz mıydın?"

"Çıkacak skandalı düşünsene. Hem de bir Astor o. Bari boşanmalarını ve ortalığın sakinleşmesini bekle. O zaman açıkça gelip görüşebilir seninle. Babama da anlatırsın." Şimdi ancak gizli gizli görebilecekti adamı. Toby ile karısı ve eski budalalıkları yüzünden onu zaten mahkûm etmiş olan bir dünyanın arasında kalacaktı.

"Ollie, bu çok uzun sürer."

"Peki ya eve döndüğümüz zaman? O zaman ne olacak? Seni görmek için oraya da mı gelecek? Herkes ne der Victoria? Ya babam?"

"Bilmiyorum. Onu seviyorsam her sorunu aşabileceğimizi söylüyor Toby. Seviyorum onu. Ah Ollie, onu gerçekten seviyorum." Gözlerini kapadı; onu düşününce kalbi göğsünden fırlayacakmış gibi oluyordu. Sonra gözlerini açtı; kardeşine baktı. "Nasıl bir şey olduğunu anlatamam sana. Eğer isterse, onun için ölürüm bile." Hiç olmazsa dürüst davranıyordu. Ama Olivia'nın kendini daha iyi hissetmesine yararı olmadı bunun.

Olivia üzüntüyle, "Ben de bundan korkuyorum," dedi. "Seni kimsenin incitmesini istemiyorum."

"Öyle bir şey yapmayacak. Yemin ederim. Bir gün bizimle çay içmeye gelsene. Onu tanımanı istiyorum. Onu senin de sevmeni istiyorum... Ollie, lütfen... Bunu sensiz yapamam." Artık bu kadarı da fazlaydı. Sessiz kalmasının istenmesi bile fazlaydı zaten. Ama suç ortaklığının da istenmesi olacak şey değildi. Çok acıydı.

Olivia yavaşça, "Victoria, bu kez yardım edemem sana," dedi. "Yaptığın şeyin tehlikeli ve yanlış olduğunu düşünüyorum. Üstelik acı çekeceğinden korkuyorum. Belki sana engel olamam, ama yardım da etmeyeceğim. Bu sefer etmeyeceğim."

"O zaman bir şey söylemeyeceğine yemin et... hadi yemin et." Victoria dizlerinin üzerine çökmüş, yalvarıyordu. Gözleri dolmuştu. Olivia da ağlamaya başladı ve onu kollarının arasına alıp sarıldı.

"Benden böyle bir şeyi nasıl istersin? Toby'nin seni incitmesine nasıl izin verebilirim?"

"İncitmez... inan bana; incitmeyecek... güven bana..."

"Güvenmediğim kişi sen değilsin." Olivia içini çekti. Derin bir nefes aldı; sonra gözyaşlarını sildi. "Şimdilik bir şey söylemeyeceğim... ama seni incitirse, ona ne yaparım bilemem..."

"İncitmeyecek. Onu, tanıdığım herkesten daha iyi tanıyorum. Senin dışında tabii." Yataklarının üzerinde yuvarlanıp, kollarını bacaklarını açarak yattı ve sırıttı. Bir çocuğa benziyordu.

"İki günde mi Victoria Henderson? Bundan kuşkuluyum. Sen bir hayalperestsin. Bir sürü radikal düşünceye sahip olmana rağmen, romantik budalanın birisin. Adama nasıl bu kadar çabuk güvenebiliyorsun?"

"Çünkü onu tanıyorum. Onu çok iyi anlıyorum. İkimiz de tamamen bağımsız insanlarız. Tıpatıp aynı düşüncelere sahibiz. Birbirimizi bulduğumuz için de şanslıyız. Bu bir mucize Ollie. Gerçekten öyle. Hayatı boyunca beni beklediğini söylüyor. Şimdi bulmuş olmasına da inanamıyor."

"Ya karısı ve çocukları? Onları nasıl açıklıyor?" Olivia kuşkuyla bakıyordu. Victoria bir an şaşırdı; ne cevap vereceğini bilemedi.

"Çocukları, karısının oldu bittiye getirdiğini söylüyor. Toby, sevgisiz bir evlilikte asla çocuk sahibi olamazmış. Hepsi karısının kabahati. Şimdi onları ne yapacağı da kendi sorunu."

Olivia, "Ne kadar düşüncelisin," dedi. Victoria, kardeşinin sesindeki alaycı tonu fark etmedi bile. Heyecanla Toby'yi anlatmaya devam ediyordu.

Kısa bir süre sonra ışığı söndürdüler. Olivia ikizine sarılmış yatıyordu. "Dikkatli ol küçük kardeşim... akıllı ol... uyanık ol..." diye fısıldadı. Ama Victoria uykuya dalmak üzereydi. Uykulu uykulu başını salladı ve kıvrılarak kardeşine sokuldu. Aklı Toby'de idi. Ertesi gün için randevulaşmışlardı. Sabah saat onda kütüphanede buluşacaklardı.

BEŞ

Victoria kimseye görünmeden çıkıp gittiğinde, Olivia aşçıyla, birlikte öğle ve akşam yemek listeleri üzerinde çalışıyordu. Bertie'ye, Rockefeller kızlarından biri ile buluşmak için kütüphaneye gideceğini ve akşamüstü döneceğini söylemişti Victoria. Bertie, Donovan'a, onu kütüphaneye bırakmasını söyledi. Genç kızın ne giydiğini kimse fark etmemişti. Doeuillet'nin bir modeli olan ve henüz Olivia'nın hiç giymediği beyaz bir tayyör ve ona uygun bir şapka vardı üstünde. Elinde iade edeceği kitaplarla kütüphanenin merdivenlerinden çıkarken çok şık görünüyordu. Donovan onu bırakıp, Bay Henderson'ı John Watson'ın bürosuna götürmek üzere eve geri döndü.

Victoria, içeri girer girmez kitapları iade etti. Kütüphane görevlisinin arkasına baktığında ise, onu gördü. Toby, gözlüklü, nazik, evde kalmış kütüphaneci hanımın tam arkasında durmuş, Victoria'yı seyrediyordu. Göz göze geldiklerinde, Victoria da sevinç içinde Toby'ye baktı. Bir dakika sonra da kol kola uzaklaştılar oradan. Daha çok erkendi, tanıdıkları kimse o saatte kütüphaneye gitmezdi. Belki de hiç gitmezdi ya... Ne yapacakları hakkında bir fikri yoktu Victoria'nın; aslında umursamıyordu da. Önemli olan birlikte olmalarıydı.

Toby arabasını dışarıda bırakmıştı. O sene aldığı bir Stutz'du. Victoria onu kullanmayı çok istediğini söyleyince güldü.

"Araba kullanmayı da bildiğini söyleme sakın," dedi. Buna bayılmıştı. Şaşırmıştı da. "Gerçekten de, söylediğin gibi modern bir kızsın. Birçok kişi öyleymiş gibi yapıyor; ama aslında değil." Bunu kanıtlamak istermiş gibi, bir Milo sigarası ikram etti Victoria'ya. Genç kız, kendisi için daha çok erken olmasına rağmen, aldı sigarayı. Kısa bir süre Doğu yakasında tur attıktan sonra, Toby arabayı kenara çekti ve ona bakmaya başladı. Sanki yüzünün her ayrıntısını, gözlerini, ruhunu içiyor gibiydi. Sanki onu sonsuza kadar yüreğine kazımak istiyordu. "Sana tapıyorum Victoria," diye fısıldadı, saçlarının arasından. "Senin gibi birini hiç tanımadım." Sözleri Victoria'da afrodizyak etkisi yaptı ve Toby onu öptüğü zaman, ruhunun onunki ile birleştiğini hissetti. O an için, onun uğruna yapmayacağı şey yoktu. Toby, Victoria'yı öperken soluksuz kalmıştı. Uzun bir süre sonra arabasının koltuğuna yaslandı ve hayretle Victoria'ya baktı. "Beni deli ediyorsun, biliyor musun? Seni Kanada'ya, ya da Meksika'ya kaçırmak istiyorum. Arjantin'e, ya da Azor Adaları'na kaçalım istiyorum... Sen egzotik yerlerde yaşamaya layık bir kadınsın. Seninle birlikte bir sahilde, kızgın kumlar üzerinde müzik dinlemeyi ve seni öpmeyi çok isterdim," dedikten sonra onu tekrar öpmek üzere eğildi. Öyle sıkı sarıldı ki, Victoria'nın nefesi kesildi. Bu kez Victoria geri çekildi. Toby'nin siyah gözlerine bakıp onunla birlikte sonsuza kadar kaçabilmeyi dilerken, doğru dürüst düşünemiyordu. Ondan ayrılmayı, bir dakika bile ayrı kalmayı düşünmeye tahammül edemiyordu.

Victoria'ya özlemle bakarken, birden gülümsedi Toby. Sanki aklına bir şey gelmişti. "Bir fikrim var," dedi ve arabayı çalıştırıp ilk köşeden kuzeye doğru döndü. "Bugün nereye gideceğimizi çok iyi biliyorum. Yıllardır gitmemiştim oraya."

Victoria, "Neresi bu?" diye sordu. Çok rahat görünüyordu. Toby küçük bir matara uzattı, Victoria, ondan geri kalmamak için bir yudum aldı. Konyaktı. Yutarken boğazı yandı. Ama ardından gelen sıcaklık çok hoştu.

Toby, "Nereye gideceğimiz bir sır," dedi gizemli bir ifade ile.

Taparcasına bakıyordu Victoria'ya. Sanki aslında birbirleri için yaratılmışlardı ve bunu ikisi de biliyordu. Şehir merkezinin dışına çıkarlarken Victoria, gittikleri yer konusunda sorguladı onu. Toby, sorularına cevap vermeyi reddetti, onu kaçırıyormuş gibi yaptı. Ama Victoria bir an bile tedirgin olmadı. Toby, onu öpmek için birkaç kez durdu yolda. Mataradan birer yudum daha aldılar, ama üçüncü kez uzatıldığında Victoria reddetti.

"Yemekten önce hep konyak mı içersin?" dedi. Laf olsun diye sormuştu, onu pek rahatsız etmiyordu. Babasının pek çok arkadaşının çok içki içtiğini biliyordu. John Watson bile kışın içki matarası taşırdı yanında. Ama bugün hava soğuk değildi, sadece beraberliklerinin heyecanına katkıda bulunuyordu içki.

Toby itiraf etti. "Bu sabah çok heyecanlıydım," dedi. "İhtiyacım olabilir diye düşündüm. Seninle buluşmaya gelirken dizlerim titriyordu." Victoria'ya bakarken bir oğlan çocuğuna benziyordu. Toby'nin böylesine savunmasız ve ona böylesine âşık olduğunu görünce, Victoria kendini pek olgun hissetti. Otuz iki yaşında olan bu adamı şaşkına çevirdiğini biliyor, bu durum gururunu okşuyordu. Toby ile ilgili her şey heyecan vericiydi. Hatta onunla beraberliğinin yasak olması bile. Üstelik adamın korkunç bir şöhrete sahip olduğu söyleniyordu. Birden, bunun da heyecan verici olduğunu düşündü. Söylenenlerin hiçbirinin doğru olmadığını biliyordu. Aklına getirmek istemediği tek şey, Toby'nin evli olduğuydu. Onun için bir sakıncası yoktu; nasıl olsa Victoria'ya Evangeline'den boşanacağını söylemişti. Büyük bir hata yaptığını ve beş yılını sevgisiz bir evlilikle geçirdiğini anlatmıştı. Astor'lardan birinin boşanmasının, yüzyılın skandalı olacağı aklına bile gelmiyordu Victoria'nın. Oysa ikiz kardeşi hemen bunu düşünmüştü.

Şehir merkezinin iyice dışına çıkmışlardı. Çevredeki evler artık daha küçük, daha basit, daha eskiydi. Neredeyse köy evlerine benziyordu. Kütüphaneden ayrıldıktan yirmi dakika sonra, Toby arabayı küçük, beyaz, hoş bir evin önünde durdurdu. Ön bahçesinde epeyce uzamış çalılar bulunan evi yarısı boyanmış tahta bir çit çevreliyordu.

Victoria neşeyle, "Bu da ne?" diye sordu. Kimi ziyarete geldiklerini merak etmişti.

Toby gülümseyerek, "Hayallerimin evi," dedi ve Victoria'nın arabadan çıkmasına yardım etmek için yanına geldi. Genç kız bir an tereddüt etti. Toby arabadan bir piknik sepeti aldı. Victoria görmemişti onu. İçinde, Toby'nin mutfaktan yürüttüğü şampanya, havyar, küçük bir pasta ve bir sürü güzel yiyecek vardı. Sepete özenle yerleştirilmişti bunlar. Victoria ona hayretle bakarken, Toby cebinden bir anahtar çıkardı.

Victoria, "Kimin evi burası?" diye sordu. Korkmuyordu, sadece merak ediyordu ve kararsızdı. Nerede olduğunu, ya da kimi görmeye geldiklerini bilmemek biraz tuhaftı. Toby kapının kilidini açarken, ihtiyatlı adımlarla onun yanına doğru yürüdü ve içerideki küçük, düzenli oturma odasını gördü. Mobilyalar basit ama iyi durumdaydı. Süslü püslü bir şey yoktu. Sakin bir akşam geçirmek için hoş bir yere benziyordu. Daha içeri adımını atmadan, Toby onu kollarının arasına alıp öpmeye başladı. Kızın yüzüne düşen uzun siyah saçlarını geriye doğru iterek vücudunu sımsıkı kendi vücuduna bastırdı. Onu kaybederim korkusuyla nefes bile almak istemiyordu. Sonra gülümseyerek ona baktı, tek söz söylemeden onu kucağına alıp kapıdan içeri girdi.

"Bir gün karım olacaksın Victoria Henderson," dedi sessizce. "Beni henüz tanımıyorsun; ama bir gün tanıyacaksın. Bundan sonraki Bayan Whitticomb sen olacaksın... eğer beni kabul edersen..." Victoria'ya bakarken, bir oğlan çocuğu gibi güvensiz ve son derece alçakgönüllü bir hali vardı. Geniş omuzları o küçük odaya büyük geliyordu sanki. Söylediği sözler başa çıkabileceği gibi değildi Victoria'nın. Hiç evlenmeyeceğini, bir gün Avrupa'da yaşamak ve özgür olmak istediğini söyleyen o kız, şimdi burada bu adamla yalnızdı ve onun kölesi gibi, ne söylenirse yapmaya hazırdı. Onunla yalnız kalmaması gerektiğini biliyordu. Bir açıdan, yaptıklarının yanlış olduğunu da biliyordu. Ama nasıl yanlış olabilirdi ki? Buna ancak doğru denirdi. Mükemmel denirdi. Ruhunun derinliklerinde, Toby'yi ne kadar sevdiğini biliyordu. Onun yüreği, cazibesi ve samimi davranışları aklını başından almıştı. Babasına güvendiği kadar güveniyordu ona.

Victoria, "Seni öyle çok seviyorum ki," diye fısıldayınca, Toby onu yine öptü. Bir dakika sonra kanepede yatıyor, tutkuyla öpüşüyorlardı. Victoria, yanındaki adamın vücudundaki titreşimleri hissedebiliyordu. Ne yapması gerektiğini, ya da Toby'nin ondan ne beklediğini bilmiyor; aptalca bir şey yapmayacağını ise gayet iyi biliyordu. Ama aklında bir tek şey vardı: burada onunla birlikte olmak, onun olmak; sonsuza kadar yanında olmak.

Sonunda, duran Toby oldu. Parmaklarının nazik hareketleriyle, bluzunun önü açılmış olan kızın uzun saçlarıyla oynadı bir süre. Piknik sepetini mutfağa götürdüler; Toby şampanyayı açtı ve Victoria bluzunu iliklerken yudumlamaya başladılar. Sonra bahçeye çıktılar. Evin yakınında başka ev, etrafta da kimse yoktu. Bahçede dolaşırlarken Victoria'ya, bu evi, yalnız kalabilmek, Evangeline'den uzaklaşmak ve düşünüp hayal kurarak kendine zaman ayırabilmek için kiraladığını anlattı. Sonunda karısından boşanmaya da burada karar verdiğini söyledi.

El ele eve doğru yürüyüp tatlı tatlı sohbet ederlerken, Victoria acıklı bir ifade ile, "Çocukları çok özleyecek misin?" diye sordu.

"Özleyeceğim. Umarım Evangeline mantıklı davranır da onları görmeme izin verir. Herkes şok geçirecek tabii, ama sanırım o da rahatlayacaktır. Kimse sonsuza kadar bu şekilde yaşamamalı. Ailelerimize bizden daha zor gelecek; çünkü anlamayacaklar." Victoria başını salladı. Birden işin ciddiyetini kavramaya başlamıştı. Korkunç bir skandal olacaktı bu. Babası da büyük bir şoka girecekti hiç kuşkusuz. Ama belki zamanla onu dinlerdi. Victoria'nın Toby ile hemen evlenmesi gerekmiyordu. Birlikte olabildikleri sürece evliliği önemsemiyordu. Croton'a dönmesinin ikisi için de zor olacağının farkındaydı. Ama Toby sık sık onu görmeye gelebilirdi. Hem belki de boşanma sürecinde çok daha iyi olurdu bu; ilişkileri gizli kalabilirdi. Derin derin düşündü. Hayret; insanın hayatı bir günde, bir anda nasıl değişebiliyordu. Aniden hayatının akışı yön değiştirmiş, beklediğinden bambaşka bir yolda ilerlemeye başlamıştı.

Toby, ikiz olmanın nasıl bir şey olduğunu sordu. Victoria'nın anlattığı bazı şoke edici hikâyelere güldü. Birden kendilerini kapının önünde buldular ve kızı tekrar öpmeye başladı. Saatin kaç olduğundan haberi yoktu Victoria'nın. Zaten umurunda da değildi. Bildiği bir tek şey vardı; Toby ile birlikte olmak istiyordu.

Oturma odasında oturup bir süre daha sohbet ettiler. Sonra Toby ona biraz daha şampanya verdi; biraz daha öpüştüler. Bu kez hiç düşünmeden, yavaşça kızın bluzunu çıkardı. Victoria'ya sormadı bile. Karşı koymaya, bir şeyler söylemeye çalışan Victoria'yı, becerikli dudakları ve çevik parmaklarıyla engelledi. Toby onu öperken, hissettiği arzuların gücü korkutuyordu Victoria'yı. Genç adamın dudaklarının, yavaş yavaş ağzından boynuna, sonra da göğsüne ve göğüs uçlarına doğru inmesine izin verdi. Hafifçe inliyordu. Toby'nin bütün vücudu arzudan titriyordu. Victoria birden ona bakmaya başladı. Hayatlarının sonsuza dek değiştiğini biliyordu artık. Her ikisi de biliyorlardı. O an ve bütün bir hayat onlarındı. Riskler, tehlikeler, üzüntüler, zevkler... Hepsini paylaşmak istiyordu onunla. Giysileri yavaşça Toby'nin ellerinin arasında kayboldu ve genç adam Victoria'yı nazikçe kollarının arasına alarak yatak odasına götürdü.

Perdeler örtülü, oda loştu. Sanki mistik bir sisle çevrelenmiş gibiydiler. Toby, büyük bir özen, şefkat ve sonsuz bir ustalıkla Victoria'ya sahip oldu. Kızın bedeni şarkı söylüyor, ağıt yakıyordu sevdiği adam için. Yüreği çoktan onun olmuş; aklı, genç adamın yaptıkları yüzünden bulanıklaşmıştı. Saatler sonra, Toby'nin kollarının arasında, ona duyduğu büyük aşk ve sonsuz güvenle, uyur-uyanık yatarken, şaşkındı. Ama artık korkmuyordu. Verebileceği her şeyi vermişti ona. Sonsuza kadar Toby'ye ait olacağından hiç kuşkusu yoktu.

Toby nihayet Victoria'yı uyandırdığında saat beş olmuştu. Ortalık iyice loşlaşmıştı. Genç adam onu uyandırmaktan nefret ediyor, ama gitmeleri gerektiğini de biliyordu. Kızın başına dert açmak istemiyordu. Hem Victoria açısından, hem de kendi açısından isteyeceği en son şeydi bu. Toby'den kopmak neredeyse bedensel bir acı vermişti Victoria'ya. Genç kız sessizce giyinirken Toby onu seyrediyordu. Kızın uzun, zarif bacakları ve kolları, hareketlerinin güzelliği karşısında, tam anlamıyla büyülenmişti. Onu bulmasını sağlayan şansına inanamıyordu. Victoria ise tüm olan bitenlere inanmakta güçlük çekiyordu.

Oradan ayrılmadan önce, "Beni sevdiğine asla pişman etmeyeceğim seni," dedi Toby. Attıkları bu büyük adımlar ikisini de biraz sarsmıştı. Ama Victoria hiç pişman değildi. O gün kaderini Toby'ninkine bağlamıştı. Artık sonsuza kadar bağlanmışlardı birbirlerine.

Toby, eve dönüş yolunun bir kısmında arabayı Victoria'nın kullanmasına izin verdi. Genç kız birkaç kez korkuttu onu, ama bu çok hoşuna gitti Toby'nin. Güldüler, şarkılar söylediler. Minik bir tekneyle fırtınalı denize açılmış iki çocuk gibiydiler. Artık tek yapabilecekleri, kader tanrıçalarının onları koruyacağına güvenmekti.

Ayrılırlarken Victoria güçlü, berrak bir sesle, "Seni seviyorum Toby Whitticomb," dedi. Onu evlerinden üç sokak ileride bırakırken, Toby, Victoria'dan ayrılmaktan nefret ediyordu.

"Benim seni sevdiğim kadar olamaz. Göreceksin; bir gün benim olacaksın," dedi gururla. "Aslında seni hak etmiyorum ya..."

"Zaten seninim," diye fısıldadı Victoria. Sonra onu yanağından öperek arabadan indi. Toby için attığı bu büyük adımdan dolayı hâlâ biraz şaşkındı.

Araba hareket edince Toby'ye el salladı Victoria. Gözden kaybolana kadar da arkasından bakmayı sürdürdü. Ertesi gün yine kütüphanede buluşmaya karar vermişlerdi. Oradan da, artık ikisine ait olan o küçük eve gideceklerdi.

ALTI

Ekim ayı hepsi için çok hareketliydi. Edward Henderson, büyük bir iş anlaşmasını karara bağlamış olmanın tadını çıkarıyordu. Her gün John Watson'ın bürosuna gidiyor, bankacılar ve avukatlarla çevrelenmiş toplantı masalarında saatler geçiriyordu.

Olivia birkaç arkadaş edinmişti; birçok yerden öğle yemeği ve çay daveti alıyordu. Victoria da davet edilmesine rağmen, kardeşine çok ender eşlik ediyordu. Ona, kadın hakları derneğinin konferanslarına ve toplantılarına gittiğini söylüyordu. Ama Olivia bunun gerçeği tam olarak yansıtmadığından kuşkulanıyordu. Yaptığı diğer şeylerin yanı sıra, gizli gizli Toby Whitticomb'la da buluştuğunu hissediyordu, içgüdüsel olarak. Kardeşine artık hiçbir şey söylemiyor, ama onu sürekli olarak izliyor ve ondaki değişiklikleri görüyordu. Ne kadar âşık olduğunu tahmin ediyor, ancak bunu engellemek için yapabileceği pek az şey olduğunu da biliyordu.

Henderson'lar, konserlere ve tiyatrolara gitmeye devam ettiler. Babasının isteği üzerine, Olivia iki küçük yemek daveti daha verdi. Bunlardan birine Charles Dawson da geldi, ama akşamın büyük bir kısmını Edward'la iş konuşarak geçirdi. Olivia da her zamankinden daha suskundu. Kardeşi için çok fazla kaygılanıyordu. O günlerde aralarında bir sessizlik hüküm sürüyordu. İçine nüfuz edilmesi mümkün olmayan bir engelin varlığını hissediyordu Olivia. Ama ötesini göremiyor ve aşamıyordu. Ne zaman

Victoria'ya bu konuda sorular sormaya kalksa, kardeşi ısrarla, ona öyle geldiğini, aralarında değişen hiçbir şeyin olmadığını söylüyordu.

Olivia dört gözle eve dönecekleri günü beklemeye başlamıştı. Orada, Toby'ye olan sevdasından vazgeçirebilirdi kardeşini. Onu her zamankinden daha çok özlediğini fark ediyordu. Ama Ekim ayının sonuna doğru, Edward Henderson, Croton'a Şükran Günü'nden önce dönebileceklerinden kuşkulu olduğunu söyledi. Fabrikanın satışını tamamlamak üzereydi. Ayrıca, New York'ta olmanın kızlar için de iyi olduğunu düşünüyordu. Burada arkadaş edinme şansları vardı. Hatta bazen kızlara göz kırparak, belki koca bulma şansları bile olabileceğini söylüyordu. Her durumda, burada ne kadar eğlendikleri belliydi zaten. Olivia pek değişmemiş, ama sosyal becerilerini geliştirmiş ve mükemmel bir ev sahibesi olmuştu. Ama Victoria kadınlığa geçiş yapmış, birdenbire sanki çok daha sofistike bir havaya bürünmüştü. Kimsenin lafını etmediği, ama onu iyi tanıyan herkesin fark ettiği bir şeydi bu. Olivia da görmüş, hiç açığa vurmamıştı. Bunun, Toby'nin hoşuna gitmek için kardeşinin benimsediği bir tarz olduğuna karar vermişti. Victoria ise kimseye bir şey söylemiyordu, özellikle de kardeşine. Olivia, ikizinin Toby ile buluşmalarından habersizdi. Her sabah gittikleri, şehrin dışındaki küçük evde neler olduğunu da bilmiyordu elbette. Ama Victoria'nın Toby ile ilişkisinin yoğunlaştığını hissediyordu. İkizinin çok meşgul olduğunu, ondan uzak durmaya çalıştığını fark ediyor, bunun da kuşku verici olduğunu düşünüyordu.

Charles Dawson, bir gün babasını görmeye geldiğinde Olivia'ya, "Şehrimizden bıkmadınız mı daha?" diye sordu. Genç kız çay servisini denetlemek üzere yanlarına gitmiş, babası, iş görüşmeleri bittiği için onun da kalmasını istemişti.

Olivia, "Bıktım biraz," diyerek gülümsedi. "Burayı seviyorum; ama Croton'daki sonbahar yapraklarını da özlüyorum."

"Yakında döneceğiz." Babası gülümsedi. Yardımları için minnettardı kızına. Son iki aydır New York'daki evi mükemmel idare etmişti.

Charles'a içtenlikle, "Geoffrey'i bize getirmelisiniz," dedi. Onunla hâlâ tanışmamış olduğu için üzgündü.

Charles, "Buna çok sevinir," diye rahatlattı onu.

"Ata biniyor mu?" Charles cevap olarak üzüntüyle başını iki yana salladı. "Belki ona öğretebilirim."

"Buna bayılacağına eminim."

"Bu arada, kardeşin nerede bugün?" Öbür kızının nerelerde olduğunu merak eden babası söze karıştı.

"Arkadaşlarıyla birlikte. Her zamanki gibi. Kütüphanede. Aslında emin değilim ya... Gelmek üzeredir artık."

Edward, "Bugünlerde sürekli dışarıda," diyerek gülümsedi. Kızları New York'ta bu kadar eğlendiği için mutluydu. Herkes bayılıyordu onlara. Birbirine tıpatıp benzeyen bu iki kardeş büyülemişti hepsini.

Biraz sonra Charles oradan ayrılırken Victoria yeni gelmiş, ön merdivenleri çıkıyordu. Hızla uzaklaşan arabayı kimse fark etmedi. Charles bir dakika durup konuştu onunla. Kızın gözlerinde bu sefer tuhaf bir ifade vardı; kuşkulu, anlaşılmaz bir ifade. İkizine ne kadar benziyordu. Ama aynı zamanda da, belli belirsiz ve mistik bir düzeyde, ondan ne kadar farklıydı. Bu gerçek, Charles'ı bir kez daha etkiledi. Buna rağmen, onları yan yana görüp de bir an için birbirlerinden ayırt edemediği zamanlar da oluyordu. Evine, oğluna dönerken, yolda hâlâ bunu düşünüyordu. Şükran Günü ve Noelin yaklaşıyor olması Charles'ı korkutuyordu. Susan'sız tatiller, ıstırap veriyordu ona.

Henderson'lar o akşam Carnegie Hall'da bir konsere gittiler ve aralarında Tobias Whitticomb'un da bulunduğu bazı tanıdıklarıyla karşılaştılar. Genç adam birkaç arkadaşıyla bir locada oturuyordu. Ama karısı onlarla değildi. Biri, onun hasta olduğunu duyduğunu söyledi. Bir başkası ise gülerek, bebek beklediğini duyduğunu açıkladı. Victoria kendi kendine gülümsedi. Bunun mümkün olmadığını, çünkü Toby'nin çok yakında ondan ayrılacağını biliyordu. Belki de Toby'nin yalnız dolaşmasının daha iyi olacağına karar vermişlerdi. Ancak konsere yalnız gelmesinin nedeni ne olursa olsun, Victoria'yla Toby'nin gözleri, hemen hemen bütün akşam boyunca, birbirine kenetlenmişti.

Bu kez babası da fark etti bunu. Ama eve dönerlerken hiçbir şey söylemedi. Whitticomb'un yeni kurbanı olarak Victoria'yı seçmemiş olmasını diliyordu.

Soyunurlarken, Olivia, "Babam bu akşam olanları gördü," diye uyardı kardeşini. Ama Victoria, şu sıralarda hep yaptığı gibi, başından savdı onu. Bu uzaklık Olivia'ya acı veriyordu. Fiziksel bir acıydı sanki. İç organlarında hissettiği ve bir türlü geçmeyen bir acı.

Victoria büyük bir güvenle, "Babam hiçbir şey bilmiyor," dedi.

"Bilinmesi gereken, tam olarak nedir?" diye yumuşak bir sesle sordu Olivia. Kardeşinin ne kadar ileri gitmiş olabileceğini düşünerek dehşete kapılmıştı birden. Ama Victoria cevap vermeye bile tenezzül etmedi. O gece iki kız da kâbus gördüler.

Sabah olunca kâbusları gerçekleşti. John Watson, sık sık yaptığı gibi telefon ederek, işe giderken uğrayıp Edward Henderson ile görüşüp görüşemeyeceğini sordu. Bu ziyaretin garip bir yanı yoktu; Edward Henderson onu gördüğüne hep memnun olurdu.

Bertie kütüphaneye kahvelerini getirdiğinde uzun bir sessizlik oldu. John oturduğu yerden Edward'ı seyrediyordu. Yalnız kaldıklarında, Edward'a söylemesi gereken şeye nereden başlayacağını hâlâ bilemiyordu. Eski dostunun zayıf kalbini, son yıllarda bozulan sağlığını düşündü. Ama başka çaresinin olmadığını da biliyordu. Ona anlatmalıydı. Buna mecbur hissediyordu kendini.

"Ne yazık ki," diye yavaşça söze başladı; "sana oldukça kötü bir haberim var." İki adam uzun uzun bakıştılar. Sanki her ikisi de, içine atlamak istemedikleri derin cehennem çukurunun kapağının açılmasını seyrediyorlardı.

"Fabrikanın satışı suya mı düştü?" Edward düş kırıklığına uğramış gibi görünüyordu, ama mahvolmamıştı. John başını sallayarak cevap verdi.

"Hayır, neyse ki orada her şey yolunda. Hatta Noel'e kadar o işi halledeceğimizi umuyoruz."

"Ben de öyle düşünmüştüm," dedi Edward. O işle çok uğraşmışlardı ve herhangi bir sorun çıkacağa benzemiyordu.

"Ne yazık ki kişisel bir konu bu. Sana anlatmak beni son derece üzüyor, senin de üzüleceğini biliyorum. Dün akşam Martha'yla uzun uzun konuştum. İkimiz de bilmen gerektiğini düşünüyoruz. Konu Victoria, Edward. Korkarım..." Dostunun ölümüne neden olacağı, ya da en iyi ihtimalle, onu inciteceği korkusuyla, konuşmakta zorlanıyordu. "Çok aptalca bir şey yapmış. Genç Whitticomb'la ilişkiye girmiş... hem de çok ciddi... üzgünüm." Göz göze geldiler. Dile getirilmeyen binlerce şey söylediler birbirlerine. "Anlaşılan, şehrin kuzeyinde, buluştukları küçük bir ev varmış... bir süredir buluşuyorlarmış. Bir tanıdığımın kâhyası onları bir aydır her gün orada görüyormuş. Ne yazık ki Victoria... gerisini tahmin edebilirsin. Tanrım. Edward, çok üzgünüm," dedi arkadaşına bakarak. Edward Henderson'ın gözleri yaşardı; ama bir an hiçbir şey söylemedi.

"Emin misin? Kimmiş o kadın? Onunla konuşsam mı? Belki yalan söylüyordur. Şantaj olabilir."

"Mümkündür. Ama adamın şöhretini düşününce, anlatılanlar inandırıcı geldi bana. Yeterince emin olmasam sana gelmezdim." Sonra devam etti. "Adamla konuşmamı ister misin? Belki de ikimiz birlikte konuşmalıyız."

Edward, yüzünde gaddar bir ifadeyle, "Eğer doğruysa, onu öldürebilirim," dedi. "Ama Victoria'nın bunu yapabileceğine inanamıyorum. Ara sıra düşüncesizce hareket ettiği olur. Arabalarımı kullanmaktan, zaman zaman en iyi atımı çalıp tarlalarda, hatta en güzel bahçelerimde hızla koşturmaktan geri kalmaz. Ama bu, John... böyle bir şey yapmaz... bunu yaptığına inanamam."

"Ben de öyle. Ama çok genç ve saf bir kız. Sanırım adam bu konuda son derece usta. Kadının dediğine göre, o evi sırf bu amaçla kullanıyormuş."

"Onun yeri hapishane olmalı."

"Peki ya doğruysa? Kızına ne olacak? Onunla evlenemez. Adam zaten evli; bir ev dolusu çocuğu, aristokrat bir karısı var. Martha'dan öğrendiğime göre, kadının bir çocuğu daha olacakmış. Korkarım durum son derece vahim."

"Sence bundan haberi olan var mı?" Edward, John'ın gözlerinin içine baktı. Bu soruyu sormaktan nefret ediyordu. Watson için, işin en kötü kısmı buydu.

"Adam birkaç gün önce kulüpte Lionel Matheson'a bir şey söylemiş. O zaman duyduğumda inanmamıştım. Bürodan biri anlatmıştı. Genç bir kızın adını lekelemek istediğine göre, adamın rezil biri olduğu belli. Matheson'a, birlikteyken saatin kaç olduğunu bile fark etmeyen, sevimli, genç bir yaratıkla ilişkiye girdiğini, onunla işini bitirdiği zaman, sırada ona tıpatıp benzeyen kardeşinin olduğunu söylemiş. İsim vermemiş, ama bu açıklamadan sonra isim gerekmez zaten." Edward Henderson'ın rengi sarardı. Eğer John Watson orada olmasaydı, derhal yukarı, kızlarının yanına gidecekti. "Hemen bir şey yapmalısın," dedi Watson. Bunu ikisi de biliyorlardı zaten. "Eğer böyle konuşup duruyorsa, yakında bütün şehir öğrenecek demektir. Onu bir süre için Avrupaya yollasana. Bir seyahate... herhangi bir yere... yeter ki buradan uzaklaşsın. Ondan uzaklaşsın. Ama sonra da kızının geleceğini ciddi olarak düşünmen gerekecek. Bir şey yapmalısın. Her şeyi olduğu gibi bırakamazsın; hiçbir şey olmamış gibi davranamazsın. Aksi halde hayatı mahvolur. Bundan sonra asla koca bulamaz. Bulsa bile, senin onaylayacağın biri olmaz."

"Biliyorum." Edward Henderson perişan olmuştu. Eski dostunun dürüstlüğüne müteşekkirdi; ama duydukları karşısında büyük acı çekiyordu. "Bunu düşünmem gerek. Onu yarın Croton'a yollarım ama sonrasından emin değilim. Avrupa çözüm değil... onu ne yapacağımı bilemiyorum. Elimden gelse, adamı onunla evlenmeye zorlardım. Ama dört çocuklu evli bir adamla ne yapabilirim ki?"

John Watson, havayı yumuşatmak için biraz mizah katmaya

çalışarak, "Vurursun onu," dedi. Ama Edward ona soğuk bir tebessümle bakarak başını salladı.

"İnan bana; bunu yapmayı çok isterdim. Onunla konuşmam gerek herhalde. Neler olduğunu öğrenmek istiyorum."

"Bence bunu yapmamalısın. Neler olduğu apaçık ortada. Boşu boşuna sinirlerini bozacaksın. Adamın samimi olduğunu düşünmek istiyorum –ki bundan çok kuşkuluyum. Ama öyle olsa bile, bunun Victoria'ya ne yararı olabilir? Onunla evlenemez. Adamın Evangeline'den boşanması mümkün değil hele bir bebekleri daha olacaksa. Müthiş bir skandal olur. Victoria'nın yapacağı en iyi şey, onu unutmak."

"Ona gerçekten âşıksa, bunu duymak istemeyecekti. Onları bir iki kez dans ederken, hatta flört ederken görmüştüm. Ama bu kadar ileriye gideceklerini tahmin etmemiştim doğrusu. Anlamalıydım. Ne olacağını sanmıştım ki? Demek bu yüzden durmadan dışarı çıkıyordu." Ellerini ovuşturuyor ve tüm olanlar yüzünden kendini suçluyordu. John Watson oradan ayrılırken, Edward tamamen altüst olmuş durumdaydı. Bir kâbustu bu. İki dost, sonunda bir karara varmışlardı. Watson gidip Toby Whitticomb'la görüşecek, Edward ise bu işin tamamen dışında kalacaktı. Böylesi çok daha akıllıcaydı. Ayrıca, Toby ile yüzleşmeye Edward'ın kalbinin dayanamayacağından da korkuyordu Watson.

Henderson'lardan çıkınca doğru Toby Whitticomb'un bürosuna gitti. Aslında Toby pek ender giderdi oraya. Ama şans eseri o sabah oradaydı. Victoria'nın dişçide randevusu olduğu için, onunla daha sonra buluşacağını umuyordu. Yani, genç kız ikiz kardeşinden kurtulur kurtulmaz.

John'ın Toby'den dinlediği hikâye, o ana kadar duyduklarından çok daha dehşet vericiydi. Çok centilmence davranarak -tabii öyle kabul edilebilirse- ilişki ortaya çıktığı için kızı bir daha görmeyeceğine söz verdi. Sadece bir eğlenceydi, dedi. Victoria'nın çok azgın bir kız olduğunu ve ona anlattıklarına bakılırsa, evli erkeklerin peşinden koşmayı alışkanlık haline getirdiğini söyledi. Toby ona asla bir söz ya da ümit vermemişti tabii ki. Çünkü etrafta konuşulanlara rağmen, Evangeline ile, mantık çerçevesinde, çok mutluydular. Karısının Nisan ayında doğum yapacağını John'ın da bildiğini tahmin ediyordu elbette. Evangeline'i terk etmek gibi bir rezalet, Victoria ile aralarında konu bile edilmemişti. Zaten böyle bir şey söz konusu olamazdı. Durum şundan ibaretti: genç bir kız başıboş kalmış ve onu kurban olarak seçmişti. Onu tam anlamıyla baştan çıkarmıştı. Konuşurken oldukça şaşkın bir hali vardı Toby'nin.

John Watson, adamın anlattıklarının tek kelimesine inanmadı. Daha önce duyduğu hikâyenin doğru olduğundan emindi artık. Victoria gerçekten ilişkiye girmişti onunla. Ama hiç kuşku yoktu ki, kurban Toby değil, Victoria'ydı. Muhtemelen, kıza olmayacak sözler vermiş, yalanlar söylemiş, Tanrı bilir daha neler yapmış, sonunda da onu iğfal etmişti. Victoria gençti, saftı; Toby ise, kendine özgü iğrençliği ile, göz kamaştırıcıydı. John'a göre her şey mide bulandırıcı olmakla birlikte, apaçık ortadaydı. Şimdi asıl önemli soru, Victoria'nın geleceği konusunda ne yapılacağıydı.

John, öğle saatlerinde tekrar Henderson'ların evine gitti. Edward'a, duyduklarının, söylemeye cesaret edebileceği kadarını anlattı. Birçok kısmını yumuşatmaya çalıştı. Ama sonuç olarak, Victoria'nın Whitticomb'la ilişkiye girmiş olduğu kesindi. Adam ise, bu duruma son verdiği için son derece mutluydu. Bela istemiyordu. Ama şimdi Victoria ile ilgili ne yapacakları ciddi bir sorundu. Yani toplumsal açıdan. Eğer hiçbir şey yapılmaz ve Toby konuşursa, kızın hayatı mahvolurdu. Aklı başında kimse yanına bile yaklaşmazdı.

John oradan ayrılırken, Edward bir kez daha teşekkür etti. Victoria'yla Olivia dişçiden döndüklerinde yüzü bembeyazdı. O sabah, onun için inanılmayacak kadar ıstırap verici olmuştu. Kütüphanenin kapısı önünde durup kızlarıyla konuşurken son derece çaresizdi.

Kızlara ateş püsküren gözlerle bakarak, "Yarın sabah eve gidiyoruz Olivia," diye gürledi. Yüzündeki ifade dehşet vericiydi. Elinde olmadan merak etti. Acaba Olivia kardeşinin korkunç sırrından haberdardı da gizliyor muydu? İçinden, bu ihaneti yüzünden suçladı onu. "Derhal eşyaları toplayıp evi kapat lütfen. Bugün ne yapabilirsen yap. Bitiremediğin işler için Petrie ile birkaç kişiyi bırakırız; biz gittikten sonra yaparlar." Öyle sert bakıyordu ki, Olivia titrediğini hissetti.

"Hemen mi gidiyoruz? Bu kadar çabuk mu? Ama sanıyordum ki... demiştin ki..." Babasının verdiği haber onu şaşkına çevirmişti.

"Gidiyoruz dedim!" diye bağırdı Olivia'ya. Bunu pek yapmazdı; ama sabah olanlar yüzünden bunalmıştı. Sonra Victoria'ya döndü ve tek kelime söylemeden, yanına gelmesini işaret etti. Genç kız babasına bakarken, bacaklarının tutmadığını hissetti; sonra bir an kardeşine baktı. Korkunç bir şey olduğunu ikisi de anlamışlardı.

Olivia tatlılıkla, "Bir şey mi oldu?" diye sorunca, babası bir dakika kadar cevap vermedi. Ses çıkarmadan, öylece durup Victoria'nın yanına gelmesini bekledi. Kızı kütüphaneden içeri adımını atar atmaz da kapıyı çarparak kapadı. Olivia holde kalakaldı. Şapkası hâlâ başında, kapanan kapıya bakıyor, neler olduğunu merak ediyordu. Birden, Victoria'nın evden kaçarak gizlice Toby ile buluştuğunu babasının öğrenmiş olmasından korktu. Ama kimden öğrendiğini tahmin edemiyordu. Victoria tabii ki aptallık etmişti; ama adi bir suçlu da değildi. Oysa babası öyleymiş gibi bakıyordu ona. Babasını daha önce hiç bu kadar sinirli görmemişti.

Olivia koşarak mutfağa gitti ve Bertie'ye neler olduğunu anlattı. Tabii bildiği kadarını. Sabah oradan ayrılacaklarını söyledi. O da kızlar kadar şaşırmıştı. Birkaç dakika sonra, iki kadın telaşla oraya buraya koşturarak, kutularla bavulları çıkarmaya, hizmetçilere emir ve talimat vermeye başlamışlardı. Bütün işleri bitirmeleri mümkün değildi; ama babası gayet kesin konuşmuştu. Sabah gidiyorlardı. Şu anda yapabileceği kadarını yapmak zorundaydı. Gerisini hizmetçiler yapacaktı.

İki kadın, önlükleri önlerinde deli gibi çalışırlarken, Victoria kütüphanede ağlıyor; babası ise onu seyrediyordu.

"Kendini mahvettin Victoria. Bunun başka bir açıklaması yok. Artık geleceğin yok. Bitti. Seninle evlenecek bir tek aklı başında adam olamaz bu dünyada." Bunları söylerken bile midesi bulanıyordu Edward'ın. Ama kızının hıçkırıkları da yüreğini acıtıyordu. Aralarında neler geçtiğini öğrenmek istemedi. Yine de, kızının umursamaz ya da bayağı bir tavır içine girdiğini düşünmeye dayanamıyordu. Kızının zaaflarından yararlanmak için adam mutlaka dünyaları vaat etmiş olmalıydı ona.

Victoria büyük bir mutsuzluk içinde ağlıyordu; ama babasının sözleri üzerine sıkıntılı bir ifadeyle ona bakarak, "Zaten hiç evlenmek istemiyordum ben," dedi, sanki artık bunun bir önemi kalmış gibi. Aptalca, hiç evlenmeyeceğini söylemek bir şeydi, toplum dışı bırakıldığını ve kimsenin seni istemeyeceğini bilmek başka bir şey.

"Bu yüzden mi böyle davrandın? Umursamadığın için mi? Geleceğini mahvetmek mi istedin? Hatta belki kardeşinin geleceğini de. Ve ailemizin adını." Victoria'nın cevap vermek yerine tek yapabildiği, ağlayarak başını iki yana sallamaktı. "Sana bir şey vaat etti mi? Evlenme sözü verdi mi Victoria?" Babasına bakmıyordu. Ellerini ovuşturup ağlarken gözlerini kucağından ayıramıyordu. Onaylayarak başını salladı. "Nasıl yapabildi bunu? Ne düşünüyordu? Alçağın biri bu adam. Onu bu eve asla sokmamalıydım. Kabahat benim." Sonra, Toby'nin onunla ilgili konuşmaya başladığını, kulübündeki adamlara onunla yattığını anlattığını söyledi. John Watson'a, son derece aşağılık bir tavırla, suçun tamamen Victoria'da olduğunu, onu Victoria'nın baştan çıkardığını söylediğini anlattı.

Kızıyla konuşurken ağlamak üzereydi. Victoria sonunda, anlatmaya cüret edebileceği kadarını anlatmaya başladı babasına; anlatabileceği kadarını.

"Hayatında benden başka kimseye âşık olmadığını, hiç kimseye böyle duygular beslemediğini söyledi bana..." Perişan bir halde ağlıyordu. Ama babası hiç yaklaşmadı ona. "Boşanacaklarını söyledi. Bunun sevgisiz bir evlilik olduğunu, karısını bırakıp benimle evleneceğini söyledi." Demek ki evlenmek istemediğini söyleyen kız aslında istiyordu bunu. Bütün o cesur ve yeni fikirlerine rağmen, çocuktu ve tam bir romantikti.

"Sen de inandın mı ona?" Edward dehşete kapılmıştı. Victoria başını sallayarak onayladı. "Tek başına onun yanında ne işin vardı bir kere?" Bunu düşünmek de korkunç geliyordu Edward'a. Ama bir şeyi fark etmesini sağlamıştı; iki kızını da daha dikkatle gözlemesi gerekirdi. Gerçi Olivia hiçbir zaman gitmemesi gereken yerlere gitmez, yapmaması gereken şeyi yapmazdı.

"Ben sadece oturup konuşacağımızı düşünmüştüm. Niyetim asla... aklıma bile gelmedi... böyle bir şeyi kesinlikle... ah baba..." Korkunç bir feryattı bu. Sadece babasını üzdüğü için değil, Toby'nin onu aldattığını fark ettiği için de ağlıyordu. John Watson'a, bunun gelgeç bir ilişki olduğunu ve onu Victoria'nın baştan çıkardığını söylemişti Toby. Onu hayatından çok sevdiğini ve evlenmeye söz verdiğini değil. Nasıl bu kadar aptallık ettiğine ve böylesine aldatıldığına inanamıyordu. Gerçekten de herkesin dediği kadar, hatta daha da kötü bir adamdı. Başından sonuna kadar hep yalan söylemişti, kendisi de inanmıştı ona.

Babası, son derece umutsuz bir ifadeyle, son bir soru sordu Victoria'ya. "Bana bu konuda doğruyu söyleyeceğini sanmıyorum, ama yine de soracağım. Kardeşinin haberi var mıydı Victoria? Ne yaptığının farkında mıydı?"

Victoria artık konuşacak halde değildi. Ama başını sallayıp babasının gözlerinin tam içine bakarak, "Hayır değildi," diye fısıldadı. "Astor'lardaki baloda dans ettiğimizi gördü; korkunç kavga ettik. Aslında benim anlamış olmam gereken her şeyi o söyledi... ama ona inanmadım. Neler olduğunu hiç anlatmadım ona. Toby'yi bir iki kez gördüğümü biliyordu sanırım. Ama... gerisini bilmiyordu..." Babası öğrendiği için öyle utanıyordu ki, onun yüzüne bile bakamıyordu. Eğer Toby onu maskara etmeye karar verirse, yakında bütün şehir öğrenirdi. Birden, Croton'a dönecek olmalarına sevindi. Bir daha New York'u da, orada yaşayan herhangi birini de asla görmek istemiyordu. Etrafa anlatacakları hikâye şuydu: ikizlerden biri hastalanmış, derhal Croton'a dönmeleri gerekmişti. Sonuçta, çok uzun sürecek ağır bir gribe dönüşecekti bu hastalık. Aslında Edward da kızı gibi, New York'a geri dönmeyi kesinlikle istemiyordu artık. Orada hiç iyi bir şey gelmemişti başlarına. Karısı orada ölmüş; kızların sosyeteye tanıtılışları, onlar için bir sirk gösterisinden beter olmuş, bu ikinci sefer ise tam bir felaketle sonuçlanmıştı. Edward Henderson, kızlarını bir daha New York'a getireceğinden kuşkuluydu. Ama Victoria'ya bakarken, kızı ne söylemiş olursa olsun, onun için henüz her şeyin bitmediğini biliyordu. Bu konuda bir nutuk atması gerektiğini de biliyordu.

"Onu bir daha asla görmeyeceksin Victoria. Bunu yasaklıyorum; anlaşıldı mı? Adamın umurunda bile değilsin. Seni inkâr etti; seninle alay etti; seni aldattı. Eğer John'a, senin, hayatının aşkı olduğunu ve şimdi ne yapacağını bilemediğini söyleseydi, o zaman her şey farklı olurdu. Bir şey değişmezdi, ama bundan elli yıl sonra, mezara umutla girerdin; adamın seni gerçekten sevdiğini bilerek. En mutsuz anlarında bu düşünceye sarılırdın. Oysa şimdi tutunabileceğin hiçbir şey yok. Onursuzluğun, mahvettiğin ve bir daha asla onarılamayacak olan itibarından arta kalan kırıntılar ve sana hiç değer vermeyen aşağılık bir adam tarafından kullanılmış olduğun gerçeğinden başka bir şey kalmadı elinde. Bunu sakın unutma. Belki bir gün seni günahlarından arındırmanın bir yolu bulunur. Bu konuyu düşünmek istiyorum. Ama bu arada, o adam hakkında hayallere kapılma sakın. Ve unutma..." diye haykırdı. Onu dinlerken titriyordu Victoria. "Onu görmeni yasaklıyorum. Dediğimi anlıyor musun?"

"Evet efendim." Başını salladı ve tekrar burnunu sildi. Yeniden başlayan hıçkırıklarını bastırmak istiyordu, ama beceremedi.

Babası, her şeyi fazlasıyla açık bir biçimde dile getirmişti. Bundan kaçış yoktu artık. Tam bir kâbustu.

"Şimdi odana git ve yarın sabah yola çıkacağımız saate kadar orada kal."

Victoria, kütüphaneden mümkün olduğunca çabuk kaçtı ve koşarak yukarı çıktı. Holde kimseye rastlamadığına memnun olmuştu. Bertie ile Olivia o sırada tavan arasındaydılar. Sandıkları açıyor, valizlerini topluyorlardı. Aşağı indiklerinde, Victoria merdivenlerden hızla inip sokak kapısından çıkmıştı bile. Siyah bir elbise giymişti. Taktığı siyah şapkanın peçesi yüzünü tamamen kapıyordu. Babasının anlattıklarını dinlemişti, ama bir de kendi kulaklarıyla duyması gerekiyordu. İnanmak mümkün değildi. Belki de John Watson yalan söylüyordu.

Bir taksiye binip Toby'nin bürosuna gitti. Tam o sırada dışarı çıkmakta olan adamla merdivenlerde neredeyse çarpışıyordu. Her zamanki kadar yakışıklıydı Toby. Ama Victoria'yı görünce hem çok şaşırdı, hem de hiç memnun olmadı.

Victoria gözyaşlarına engel olmaya çalışarak, "Seninle konuşmam gerek," dedi. Toby'nin sinirlendiği belliydi.

"Neden bir avukat daha yollamadın? Ne yapmayı düşünüyordun? Karımı bu hafta terk etmeye mi zorlayacaktın beni? Acelen ne?"

"O konuyla benim hiç ilgim yok. Babamın avukatı benim hakkımda konuştuğunu duymuş. Bir ilişkimiz olduğunu söylüyormuşsun. O da babama anlatmış. Galiba küçük evde biri görmüş bizi."

"Ee, ne olmuş yani? Sen kocaman bir kızsın, Bayan 'Modern Asla Evlenmek İstemiyorum.' Ne yaşadığımızı sen de biliyordun. Sadece bütün o güzel sözleri duymak istedin, ama ne yaptığımızı çok iyi biliyordun. Sakın bilmiyordum deme bana." Toby'nin söylediği şeylerin kabalığı karşısında çok şaşırmıştı Victoria. Konuşmak için bir yere gidebilmeyi isterdi, ama anlaşılan o istemiyordu. Durduğu yerden kımıldamadığı gibi, kızı bürosuna da davet etmedi.

Victoria korku içinde sordu. "Ne yapıyorduk? Ne düşüneceğimi bilemiyorum artık." Titriyordu. Yüzünün üstündeki kalın peçe, yanaklarına süzülen gözyaşlarını gizliyordu.

"Her şey geçmişte kaldı. Artık bitti. Eğlenceliydi. Çok eğlenceliydi. Şu anda her şeyi yeniden yaşayabilirim. Ama hepsi o kadar. Kısa bir süre için iyi zaman geçirdik işte. Lanet kadınlar, hepiniz aynısınız. Sonunda hep altın bir yüzüğe sahip olmayı beklersiniz. Bana ne kadar modern olduğunu anlatmaya kalkma. Sen de diğerleri kadar sahtekârsın. Eğer sonunda bir evlilik yüzüğü alamayacaksan, hiçbir erkekle yatağa girmezsin. Sence ne kadar gerçekçi bu? Gerçekten Evengeline'i ve üç çocuğumu... artık dört ya... terk edebileceğimi mi sanıyorsun? Onun beni bırakacağına sahiden inanıyor musun? Ya da senin, hayatımın aşkı olduğuna? Bunu iki gün içinde nasıl anlayabilirdim yahu? Sen nasıl anladın? Tek bildiğin, benim de bildiğim şeydi. Yani, bacaklarının arasındaki şey. Senin de istediğin oydu. Onun için şimdi bana güzel masallar anlatmaya kalkma. Her şey bundan ibaretti yavrum; sadece güzel vakit geçirdik seninle. Sakın karımdan ayrılacağımı düşündüğünü söyleme bana. Astor'lar öldürür beni; sen de biliyorsun. Sadece eğleniyorduk. İkimiz de eğlendik. Eğer konuşursan, ben de konuşurum. Ne kadar iyi olduğunu anlatırım herkese... sahiden de iyiydin yavrum... harikaydın." Şapkasıyla selam verdi; Victoria'nın önünde eğildi ve yüzünde yılışık bir tebessümle doğruldu. Genç kız müthiş bir tokat attı adama. Oradan geçmekte olan bir kadın şaşkınlıkla baktı.

Victoria, "Sen alçağın birisin Toby Whitticomb," dedi. Gözyaşları sel gibi akıyordu yanaklarından. Toby'nin az önce söyledikleri kadar iğrenç lafları hayatı boyunca duymamıştı. Adam onu kullanmıştı sadece, ama bunu kabul edecek erdeme sahip değildi. Suçu onun üzerine atmaya, onu, adi bir kadın olduğuna ve aslında Toby'yi hiç sevmediğine inandırmaya çalışıyordu. Ama ne yazık ki sevmişti, hem de çok. İnanılmayacak kadar aptalca davranmıştı.

Toby gülerek, "Bunu daha önce de söylediler," dedi. "Hem de tecrübeli kişiler, sadece bebekler değil." Victoria son derece masumdu. Onun için kolay bir avdı, bunu biliyordu Toby. Ondan iyice yararlanmıştı. Şimdi kızın ne hale geldiği ise onu hiç mi hiç ilgilendirmiyordu.

Victoria, "Yarın buradan gidiyoruz," dedi perişan bir halde. Sanki yine de onu durdurmasını bekler gibiydi; ama tabii ki böyle bir şey olmayacaktı.

Toby gayet sevimsiz bir ifadeyle, "Bence en iyisi bu. Şimdi sıra babanda mı? O da gelecek mi ziyaretime?" dedi. "Yoksa o sadece dalkavuklarını mı yollar?"

"Sen daha iyisine layık değilsin ki," diye bağırdı Victoria. Ondan nefret etmek istiyordu; ama henüz başaramıyordu bunu. Kalbi kırılmıştı, ama bir yanıyla hâlâ seviyordu onu.

Toby, "Bunun doğru olmadığını biliyorsun," dedi. Yine son derece baştan çıkarıcı görünüyordu. Victoria'yı yavaşça bir taksiye doğru götürdü, "İyi vakit geçirdik Victoria... bırak öyle kalsın... daha fazla büyütme..." Onun için sadece bir oyundu bu. Hep öyle olmuştu.

"Beni sevdiğini söylemiştin." Konuşurken gözyaşları yüzünü ıslatıyordu Victoria'nın. "Daha önce kimseyi bu kadar sevmediğini söylemiştin... demiştin ki..." Karısından ayrılacağını, hayatının geri kalanını onunla geçirmek istediğini, çocuklarının olmasını arzu ettiğini söylemişti. Kaçıp Paris'te yaşayacaklardı. Victoria ona bakarken hıçkırarak ağlıyordu.

Toby onu taksiye bindirirken, "Neler söylediğimi biliyorum; yalan söyledim," dedi. "Artık önemi yok." Victoria'ya bakarken, bu sefer onun için üzülüyor gibiydi sanki. Daha bir çocuktu o. Ona haksızlık ettiğini biliyordu, ama artık iş işten geçmişti zaten. Oyun bitmişti. "Evine git ve beni unut. Bir gün iyi bir adamla evlenirsin. Ama bahse girerim, bunu hayatının en eğlenceli olayı olarak hatırlayacaksın." Şeytanca sırıttı. Victoria onu tekrar tokatlamak istedi; ama hiçbir anlamı yoktu ki. Artık bitmişti. Toby, ona karşı hissettiklerini hiç anlamamıştı. O kadar boş bir adamdı ki, asla anlamayacaktı. Ona bakarken ve sonunda yavaş yavaş ondan nefret etmeye başlarken, kalbi ağrıyordu. Toby, kızın görüntüsünü belleğine kazırcasına son bir kez baktı ona ve "Biliyorum," diye fısıldadı. Ağlarken bile güzeldi Victoria. Keşke daha büyük olsaydı. Ama bir süre için yeterince eğlenmişti. Artık yoluna devam etme zamanı gelmişti. "Kötü bir adamım ben," diye fısıldayarak devam etti. "Bazen böyle olur işte." Şoföre Victoria'nın adresini söyleyip arabadan indi. Sonra da hiç arkasına dönüp bakmadan yürüyüp gitti. Victoria Henderson, hayatının bir tek anıydı. Gelip geçmişti. Artık değişiklik zamanı gelmişti.

Victoria eve dönerken yol boyu ağladı. Arka kapıdan gizlice eve girdi; arka merdivenlerden sessizce koşarak çıkarken, yokluğunun fark edilmemiş olması için dua ediyordu. Aslında Olivia fark etmişti. Ona bir fincan çay getirmiş, nasıl olduğuna bakmak ve babasıyla aralarında geçenleri öğrenmek istemişti. Victoria'nın odada olmadığını görünce de neler olduğunu hissetmiş, onun Toby'yi görmek için kaçmış olabileceğini anlamıştı. Kardeşinin çektiği büyük acıyı kendi yüreğinde hissedebiliyordu. Sessizce kapıyı kapatıp, Victoria'nın ortadan kaybolduğunu kimseye söylemeden, Bertie ile birlikte çalıştıkları tavan arasına geri dönmüştü.

İki kardeş ancak akşamüstü görüştüler. Olivia ona tekrar bakmak üzere geldiğinde, bu kez odada buldu Victoria'yı. Elinde bir mendille sandalyede oturmuş, pencereden dışarı bakıyordu. Olivia'nın odaya girdiğini duyduğunda dönüp bakmadı bile. Onu öyle görmek öldürecekti Olivia'yı. Sessizce yanına yaklaştı ve elini omzuna koydu.

"İyi misin?" diye fısıldadı. Aralarında var olan öfke o sabah yok olmuştu. Sanki birbirlerine yeniden kavuşmuşlardı. Olivia, kardeşinin ona ne kadar ihtiyacı olacağını biliyordu.

Sorusunun cevabı uzun bir sessizlik oldu. Derken Victoria omzunu silkti. Yanaklarından süzülen gözyaşları bluzunu ve parmaklarını ıslatıyordu.

"Çok aptalmışım," diye fısıldadı sonunda. "Nasıl bu kadar aptal olabildim?" Sesi acı doluydu.

"Ona inanmak istedin. Üstelik çok heyecan verici bir adamdı. O da inanmanı istedi. Bu konuda da çok başarılı." Ama kardeşi konuştukça Victoria daha çok ağlamaya başladı. Sonunda, Olivia ona sarıldı. "Her şey düzelecek. Eve gideceğiz ve onu bir daha görmeyeceksin... unutacaksın. Zamanla herkes unutacak. Böyle şeyler sonsuza kadar sürmez."

Victoria kardeşinin kolları arasında hıçkırarak sordu. "Nereden biliyorsun?" Olivia gülümsedi. Onu o kadar çok seviyordu ki. Acısını, düş kırıklığını, aldatılmışlık duygusunu yok edebilmeyi isterdi. Kardeşinin adına, Toby Whitticomb'a ateş püskürüyordu. Ama ondan kurtulduğu için de rahatlamıştı. İkiziyle birbirlerine yeniden yakınlaştıkları için memnundu. Toby kesinlikle aralarına girmişti.

Olivia rahatlatıcı bir tebessümle, "Ben senden büyüğüm," dedi. "Bilirim. Bu acı sonsuza kadar sürmez," diyerek umutlu görünmeye çalıştı.

"Hayatta onun gibi adamlar olduğunu hiç bilmezdim... o kadar yalancı... o kadar kötü... erkeklerden nefret ediyorum..."

Olivia, kardeşinin başına bir öpücük kondurarak bilgece, "Sakın," dedi. "Sadece ondan nefret et." Victoria başını kaldırıp ona baktı. Bir an için çok tanıdık bir duyguyla bakıştılar. Birbirlerini o kadar iyi tanıyorlardı ki. Her bakışlarını, her sözcüklerini, neşeli ve hüzünlü her anlarını tanıyorlardı. Son birkaç haftada neredeyse birbirlerini kaybetmiş olduklarını fark etmek oldukça korkutucuydu. Ama Olivia, her zamanki gibi, böyle bir şeyin asla olmayacağını biliyordu. Aralarındaki bağ çok sağlamdı; çok güçlüydü; çok derinlere gidiyordu ve çok önemliydi. Ortak bir kemik, ya da kalp gibiydi. Sanki tek başına sahip oldukları, ama birinin diğerinden alamayacağı bir şey gibiydi

Ertesi gün şehirden ayrılırlarken, arabanın arkasında el eleydiler. Olivia, kardeşinin hissettiği her şeyi biliyordu. Üzüntüyü, acıyı, pişmanlığı, Toby'yi bir daha görmeyecek olmanın ıstırabını... Victoria, kardeşinin elini sımsıkı tutarak sessizce ağlarken, babaları ön koltukta suspus oturuyordu.

YEDİ

Croton-Hudson'daki Henderson Malikânesi'ne dönmek, bazı açılardan hepsini rahatlatmıştı. New York'ta geçirdikleri çılgın iki ay ve ilişkisinde yaşadığı duygusal şok, Victoria'yı altüst etmişti. Yeniden birlikte olmak ve kendileri için önemli konularda eskisi gibi konuşabilmek, ikizlere iyi gelecekti. New York'ta, Victoria'nın gözü Toby'den başka bir şey görmemişti. Bütün amaçlarını, bütün düşlerini, bir zamanlar onun için çok önemli olan bütün tutkulu inançlarını karartmıştı adam. Onun uğruna her şeyden, hatta sonunda itibarından bile vazgeçmişti. Onu sevdiği o kısacık beş hafta boyunca her şeyi, hatta babasını bile mahvetmişti. Ya da şimdi öyle geliyordu Victoria'ya. Edward bu konuda pek az konuşuyordu, ama olanların onu ne kadar üzdüğünü görmek hiç de zor değildi. Bir tek Olivia biraz sakin kalabilmişti ve onları neşelendirmek için elinden geleni yapıyordu.

Babasını sürekli olarak şımartıyor, ona en sevdiği çayları ikram ediyor, yemekleri yaptırıyor, yemek listelerini hazırlıyor, hoşuna gideceğini bildiği çiçeklerle süslüyordu her tarafı. Ama Edward, döndükleri ilk hafta son derece sert davranmış, iki kızıyla da hiç konuşmamıştı. Kasımın ilk haftasında, fabrikanın satışı hemen hemen tamamlandığı halde yine de kafası çok meşguldü.

Yapraklar tamamen renk değiştirmişti. Olivia, Hudson'ın bu mevsimine bayılırdı. Victoria'yı yürüyüşe çıkmaya zorluyor, hatta mümkün oldukça onunla birlikte at binmeye gidiyordu. Oysa Victoria araba kullanmayı tercih ederdi.

Olivia, "Aa, bu kadar şımarıklık etme," diye kızdırdı onu bir akşamüstü. Eve döneli bir hafta olmuştu. Artık her şey normale dönmeye başlamış gibi görünüyordu. New York'taki ev tamamen kapatılmış, Bertie, geri kalan eşyalar ve hizmetçilerle birlikte dönmüştü.

"Niye atla Kykuit'e gitmiyoruz?" Olivia ısrar ediyor; ama Victoria hiç hevesli görünmüyordu.

Victoria, "Rockefeller'lar benim nasıl bir sürtük olduğumu herhalde duymuşlardır. Yakınlarına gidersek taşlarlar beni," dedi. Olivia kıkırdadı.

"Kendine acımaktan vazgeç artık. Eğer benimle ata binmezsen ben taşlayacağım seni. Burada oturup babamla seni izlemekten bıktım. Kimin daha iç karartıcı olduğu konusunda rekabet halindesiniz. Ben ata binmek istiyorum ve seni de götürüyorum." Victoria sonunda kabul etti. Kykuit'e kadar gitmediler, ama ırmak kıyısında keyifli bir gezinti yaptılar. Eve dönüş yolunu yarılamışlardı ki, birden önlerinden bir sincap geçti ve bir ağaca tırmandı. Victoria'nın atı ürktü. Victoria bir süredir atına binmiyordu ve kardeşi kadar iyi bir binici de değildi. Olivia dizgini yakalayamadan Victoria attan düştü. Şaşkın şaşkın bakarken, atı ahırına doğru dörtnala koşmaya başladı.

"Ne demek istediğimi anladın değil mi?" Victoria yerden kalkıp üstünün tozunu silkelerken Olivia ona gülüyordu. "Babamın arabasını çalıp gezmeye gittiğimde hiç böyle şeyler olmaz." Gülümsüyordu.

"Umutsuz bir vakasın. Hadi atla arkama." Olivia, Victoria'ya elini uzattı; sıkıca tuttu onu. Victoria, kardeşinin üzengisine ayağını yerleştirdi; bir dakika sonra da Olivia'nın arkasında oturuyordu. Ahıra kadar öyle gittiler. Soğuk bir Kasım günüydü. Eve geldiklerinde ikisi de donuyorlardı. Kütüphanedeki ateşin önünde durup ellerini ısıtırlarken başlarına geleni gülerek babalarına anlattılar. Edward gülümsedi. Victoria, bunun, Croton'a döndüklerinden beri babasının onunla ilk normal konuşması olduğunu düşündü. Akşam yemeği için üstlerini değiştirmek üzere odalarına gittiklerinde de Olivia'ya söyledi.

Olivia, "Öyle söyleme," diye azarladı kardeşini. "Babam artık gayet iyi."

Victoria sessizce, "Benimle yalnız olduğu zamanlar değil. Bence beni asla affetmeyecek," dedi. Olivia'nın, yemekte giyecekleri elbiseleri seçmesini bekliyordu.

Olivia sertçe, "Saçmalıyorsun," dedi. Ama babalarının her zamankinden daha sessiz olduğunu o da fark etmişti. Victoria ise çok daha uysallaşmıştı. Bu günlerde pek az konuşuyor ve hiçbir yere gitmiyordu. Kadın hareketine olan ilgisi çok azalmış, toplantılara katılmaktan vazgeçmişti. Tobias Whitticomb'un neden olduğu kalp kırıklığı, bir bakıma yumuşamasını sağlamıştı. Kendine eskisi kadar güvenmiyordu artık. Serüven merakı da azalmıştı. Victoria, kendine güvenerek ve bir bütün olarak dünyaya açılmış, iki ay sonra da kırılmış olarak geri dönmüştü sanki. Şimdi Olivia'nın tek istediği, kardeşinin ve babasının eski hallerine geri dönmeleriydi. Bunun zamanla olacağını biliyordu; ama şu sırada, ikisiyle de birlikte olmak kolay değildi. Bu ilişkinin tek olumlu yanı, ikiz kardeşiyle hiç olmadıkları kadar yakınlaşmalarıydı. Birden, yine çocukluklarındaki gibi ayrılmaz olmuşlardı. Sözcüklere dökülmemişti, ama sanki Victoria'nın ona deli gibi ihtiyacı vardı. Bunu kendi de biliyordu. Olivia kardeşiyle birlikte olmaktan hiç bu kadar mutlu olmamıştı. Artık bir an bile ayrılmıyorlardı. Neyse ki, şimdilik Victoria'nın tatsız macerası Croton'da duyulmamıştı.

O akşam babalarıyla yemek yedikten sonra her zamanki gibi, erkenden yatmaya gittiler. Olivia kütüphaneye gitmiş ve her ikisi için de kitaplar almış, *Ey Öncüler (O Pioneers)* adlı kitabı okurken de kitap elinde uyuyakalmıştı. Vakit gece yarısıydı. Victoria, ona sırtını dönmüş ve saat on buçukta uyumuştu. Sonra gecenin bir saatinde Olivia uyanmış ve ışığı söndürmüştü. Şöminede hâlâ ateş olduğu için oda ılıktı. Tam uykuya dalacağı sırada, yanından gelen hafif inlemeyi duyunca rüya gördüğünü sandı. Duyduğu ses ninni etkisi yaparak uyumasına neden oldu. Ama kısa bir süre sonra, Olivia daha önce hiç hissetmediği, bıçak saplanıyormuş gibi şiddetli bir acıyla soluksuz kalarak uyandı. Nefes almaya çalışırken içgüdüsel olarak kardeşine uzandı. Victoria'nın elini yakaladı; ama uyandığı anda da acının ona değil ikizine ait olduğunu anladı. Kendi acısı gibi hissetmişti, ama tamamen uyandığında acının yok olduğunu fark etti. O zaman, Victoria'nın yüzünün acıyla kasıldığını ve yatağın kenarını sımsıkı kavramış olduğunu gördü. Dizlerini karnına çekmişti. Olivia korkuyla ona doğru eğildiğinde, konuşamıyordu bile.

"Ne var? Ne oldu?" Daha önce de birbirlerinin ağrılarını hissetmişlerdi, ama Olivia böylesini hiç yaşamamıştı. Sanki vücudu bir bıçakla parçalanıyordu. Şu anda Victoria'nın çektiği acıyı çok iyi anlıyordu. Ne olduğunu anlamamıştı, ama üstündeki yorganı kenara itince her tarafın kan içinde olduğunu gördü. "Aman Tanrım... Victoria... konuş benimle..." Kanın nereden geldiğini bilmiyordu; ama her taraf kanlanmıştı. Hem de çok. Olivia'nın geceliği de kan içindeydi, ama bunun kendi kanı olmadığından emindi.

Victoria dönüp kardeşinin elini şiddetle sıkarken, kardeşinin yüzünün ölü gibi bembeyaz olduğunu gördü Olivia. Victoria o kadar acı çekiyordu ki, konuşamıyordu. Yine de zorlukla söylediği sözler gayet netti. "Sakın doktor çağırma."

"Neden?"

"Çağırma." Gözleri deli deli bakıyordu. Olivia, kardeşinin acısı karşısında çaresiz, onu izlerken, "Banyoya gitmeme yardım et," dedi Victoria.

Olivia onu banyoya taşırken, akan kan arkalarında iz bırakıyordu. Victoria'nın kanaması vardı ve Olivia durdurmak için ne yapacağını bilmiyordu. Acıdan iki büklüm olan Victoria, banyoda birden daha da büyük bir acıyla bağırarak yere yığıldı. İkizinin ölüyor olmasından korkan Olivia da onunla birlikte bağırıyordu.

"Söylesene, ne oluyor?" Victoria'nın bildiğini, ama ona söylemediğini sezince, "Söylemezsen Bertie'yi de, doktoru da çağırırım," dedi.

"Hamileyim." Ara ara, sanki karnı parçalanıyormuş gibi gelen sancılarla Victoria'nın yüzü acıyla kasıldı yine.

"Aman Tanrım... neden söylemedin bana?

Victoria dürüstçe, "Cesaret edemedim," dedi. Acı ve üzüntüden ağlıyordu.

"Ne yapmalıyım?" Olivia, yanında diz çökmüş, kardeşinin kanamadan ölmemesi için dua ediyordu. O gün attan düştüğü için böyle olmuştu herhalde. Annelerinin başına gelenleri hatırladı Olivia. Ama bunu düşünmek bile çok korkuttu onu. Zaten düşünmeye vakit yoktu şimdi. Birden, Victoria'nın banyoda ölüvereceğini düşündü dehşetle. "Birini çağırmam gerek Victoria. *Bırak* çağırayım."

"Hayır... sakın... burada kal... yanımda... kal... beni... bırakma..." Artık çığlıkları korkunç bir hal almış, kanaması da çok artmıştı. Olivia gerçekten paniğe kapılmaya başlamıştı ki Victoria mengene ile sıkıştırılıyormuş gibi bir acı hissetti ve ıstırabının kaynağı yavaşça terk etti onu. Başlangıçta her ikisi de ne olduğunu bilmiyorlardı, ama sonra olan biteni anladılar. Victoria'nın sancısı hiç bitmeyecekmiş gibiyken, yavaş yavaş yok oldu. Ve bacaklarının arasında, bebek olması gereken bir kütle belirdi. Victoria isterik bir şekilde ağlamaya başladı. Olivia kütleyi alarak kardeşini temizlemeye koyuldu. Kanama yavaş yavaş azalıyordu. Olivia, Victoria'yı battaniyeye sarmıştı. Havlularla ve eski bezlerle etrafı temizledi. Bu arada Victoria hâlâ yerde yatıyor, hıçkırıklarla sarsılıyor ve sarındığı battaniyeye rağmen öylesine titriyordu ki, dişleri birbirine çarpıyordu. Olivia her tarafı temizleyip geceliklerini de değiştirdiğinde saat altı olmuştu. Dikkatlice ve olağanüstü bir kuvvetle kardeşini kucağına aldı. Yatağa taşıyıp yatırdı ve bir bebek gibi üstünü örttü.

"Her şey geçti Victoria. Ben buradayım. Artık hiçbir şey olmayacak sana. Güvendesin ve seni seviyorum. Hepsi geçti." Az önce olanlar ve tanık oldukları dehşet hakkında, ikisi de bir tek söz etmediler. Victoria bebeği kaybetmese neler olabileceği hakkında da konuşmadılar. Toby Whitticomb'dan gayri meşru bir çocuk sahibi olması, hayatını sonsuza kadar mahveder, babalarını da öldürürdü. Artık böyle bir ihtimal yoktu. Bebek oluşumunu tamamlamıştı; ama doğum için daha çok erkendi.

Olivia ateşe odun attı; ikizinin üstüne bir battaniye daha örttü ve yanına oturarak uykuya dalmasını seyretti. Yüzü bembeyazdı. Bu arada, üzerlerinde bir lanet mi var diye düşünüyordu üzüntüyle. Doğdukları zaman annelerinin başına geleni düşününce, elinde olmadan merak etti. Acaba bir gün onlar da çocuk sahibi olabilecekler miydi? Bırakın çocuk doğurmayı, evleneceğini bile düşünemiyordu. Ama böyle bir ihtimal var mı diye düşünmek ilginçti. Belki de doğum sırasında ölebilirlerdi. Kimse bir şey söylememişti onlara.

Victoria derin bir uykuya dalmıştı. Olivia geceliğinin üzerine bir manto giyip, elinde koca bir kirli çarşaf yığınıyla alt kata indi. Onları yakacaktı. Ama ne yazık ki mutfaktakiler güne başlamışlardı bile. Saat sekize geliyordu ve dışarı çıktığı anda Bertie ile karşılaştı.

Bertie sevimli bir ifadeyle, "Elindeki ne öyle?" diye sordu. Olivia içgüdüsel olarak arkasını döndü ona.

"Bir şey değil. Ben... hallederim," dedi sertçe. Yaşlı kadın, kızın sesinde onu şaşırtan bir ton sezdi.

"Nedir o?"

Olivia, "Bir şey değil Bertie," dedi. İki kadın göz göze geldiler. Olivia sımsıkı tutuyordu elindeki yığını. "Yakacağım." Bertie ne olduğunu anlamaya çalışarak Olivia'nın gözlerine bakarken uzun bir sessizlik oldu. Sonra arkaya doğru küçük bir adım atarak başını salladı.

"Söyleyeyim de Petrie bahçede ateş yaksın senin için. Belki de bir kısmını gömmemiz gerekecektir." Olivia onaylayarak başını salladı. Elinde daha küçük bir yığın daha vardı. Bebek olacak kütleyi ayrıca sarmıştı; çünkü o da gömmeyi düşünüyordu.

Olivia'yla Bertie, Petrie'yi ciddi bir suratla izlediler. Çocuk önce bir çukur kazdı; sonra da ateş yaktı. Çarşafları ateşe attılar; geri kalanı da çukura. İki kadın, o kış sabahında titreyerek yan yana duruyorlardı. Hiç yaşanmaması gereken sessiz bir ayin gibiydi bu. Bertie elini şefkatle Olivia'nın omzuna attı.

"Sen iyi bir kızsın Olivia," dedi sessizce. Her şeyi anlamıştı. "O nasıl?"

Olivia dürüstçe, "Korkunç görünüyor," dedi. "Ama sana söylediğimi bilmesin lütfen. Yoksa öldürür beni."

"Ben bir şey söylemem. Ama bugün doktora görünmesi gerek. Enfeksiyon nedeniyle ölebilir." Bu sözler Olivia'nın yüreğini titretti ve başını salladı.

"O halde çağır doktoru. Ben Victoria'yı ikna ederim," dedi. Sonra kaygılı bir ifadeyle bakarak, "Babama ne diyeceğiz?" diye sordu.

Bertie içini çekerek, "Grip deriz herhalde," dedi. Böyle bir şeyin olacağından korkuyordu. Evdeki herkes gibi, fısıltıları ve anlatılan hikâyeleri o da duymuştu. "Ama onu tedirgin etmek doğru olmaz. Belki de anlatmalısın."

"Ah Bertie, yapamam." Olivia dehşete kapılmıştı. Babasına Victoria'nın hamile kaldığını nasıl söyleyebilirdi ki? "Ona ne diyeceğimi bilemem." Ama grip yüzünden telaşlanmasını da istemiyordu.

"Bir şey düşünürsün canım," dedi Bertie. Ama Olivia, daha sonra kardeşine bakmak için gittiğinde, kanamanın yine başladığını ve kızın kendinde olmadığını gördü. Öğleden sonra doktor geldi; ambulans çağırdı; Victoria'yı Tarrytown'daki hastaneye götürdü. Üç kez kan verildi genç kıza. Artık babalarından gizleme olanağı kalmamıştı tabii. Kolundan içeri şişelerce kan akarken, Victoria isterik bir şekilde hıçkıra hıçkıra ağlıyordu. Olivia yanında oturmuş, sakinleştirmeye çalışıyordu onu. Ama durum umutsuzdu. Suçluluk ve mutsuzluktan deliye dönmüştü Victoria. Hâlâ sancısı vardı; güçsüzdü ve kafası karışmıştı. Üstelik, Victoria doğru olmadığına yemin etse de, onun Toby'yi hâlâ sevdiğini ve özlediğini biliyordu Olivia.

Babaları bekleme odasında saatlerce oturdu. Victoria'nın nihayet uyuduğunu söylemek üzere gelen Olivia'ya soğuk bir ifadeyle baktı. Doktor, onun zamanla düzeleceğini söylemişti. Ameliyat etmemeye karar vermişlerdi. Onun yine çocuk sahibi olabileceğinden emin olduğunu söyledi. Düşürdüğü bebeğin, o aşamada olması gerekenden daha büyük olduğu anlaşılmıştı. Hatta ikiz bile olabilirdi. Düşük yaptığı sırada da olağanüstü kan kay-

betmişti. Artık hastanedekilere de evdekilere de, Victoria'nın grip olduğu yalanını söyleyemezlerdi. Doktor, Edward Henderson'a, her şeyi mümkün olduğu kadar sessizce halledeceğine söz vermişti. Ama Edward, ne yaparlarsa yapsınlar, sonunda haberin yayılacağını biliyordu. Artık bütün New York, Victoria'nın, Toby Whitticomb'un bebeğini düşürdüğünü öğrenecekti. Daha önce duydukları bütün dedikoduların doğruluğu da böylece kanıtlanmış olacaktı. Bu da, zaten yok olmuş olan itibarına son darbeyi indirecekti.

Henderson, eve gitmeden önce, bekleme odasında Olivia'yla otururken, mutsuz bir ifadeyle, "Victoria'yı başından vursa daha iyiydi," dedi. Olivia, kardeşinin yatağının ayak ucuna yerleştirilecek portatif bir karyolada, gerektiği sürece yatabileceğini söylemişti.

Genç kız tatlı tatlı azarladı babasını. "Öyle deme baba." Ama babasının gözlerine bakınca tüm bu olanların onu nasıl mahvettiğini görebiliyordu. Kızının itibarını kaybedeceğinden o kadar korkuyordu ki Edward.

"Doğru söylüyorum. Kızı mahvetti. Tabii suçun bir kısmı da kardeşine ait. Victoria kendi kendini mahvetti. İnanılmayacak kadar aptalca davrandı. Keşke biri engel olabilseydi ona," dedi. Kimseyi hedef almamıştı; ama Olivia, ona sitem ettiğini hissederek derhal cevap verdi.

"Denedim baba," dedi yumuşak bir sesle.

Edward, dişlerinin arasından konuşarak, "Eminim denemişsindir," dedi. Dudakları o kadar incelmişti ki neredeyse görünmüyordu. Sinirlendiği zamanlar hep öyle olurdu. Üstelik bu kez sadece sinirli değildi. Kızı için endişeleniyordu. Kısa süren aptalca ilişkisi yüzünden, kendine ve ailesine yaptıklarına da kızıyordu. Derken, düşünceli bir yüzle büyük kızına baktı. "Kesinlikle evlenmesi gerek. Böylece durum biraz düzelebilir. Hikâye uygun bir sonla noktalanırsa, insanlar çenelerini tutabilirler."

Olivia, "Toby onunla evlenemez," dedi sessizce. Eğer evleneceğini sanıyorsa babası da Victoria kadar yanılıyordu. Toby bir Astor'la evliydi.

"Toby evlenemez." Babası da aynı fikirdeydi. "Ama başka biri evlenebilir. Tabii bütün bu olanlardan sonra isteyen olursa. Victoria için en iyisi bu bence."

Olivia, "*Kimseyle* evlenmek istemiyor o," dedi. Sanki babası anlamıyormuş gibi açıklamaya çalışıyordu. "Asla evlenmeyeceğini ve bir daha başka bir erkek görmek istemediğini söylüyor. Bence bu kez çok ciddi."

"Başına gelenlerden sonra anlaşılabilir bir şey bu." Ayrıntılar anlatılmamıştı ona, ama bir gece önce olanların pek hoş şeyler olmadığından emindi. Belki bu da bir ders olabilirdi Victoria'ya. "Eminim daha sonra düşüncesi değişecektir." Ayrıca, değişip değişmemesi de pek umurunda değildi Edward'ın. Sonuçta, hepsini incitecek bir şey yapmıştı Victoria. Şimdi, verdiği zararı onarması gerekiyordu. "Endişelenme canım." Olivia'yı dalgın bir şekilde öptü. Onu kardeşinin yanında bırakıp eve dönerken kaşları çatıktı.

Gecenin geç saatlerinde Victoria'ya bir kez daha kan verdiler. Hatta bir ara, ameliyat edilmesi ihtimali de belirdi. Ama sabah olduğunda, son derece güçsüz olmakla birlikte biraz iyileşmişti genç kız. Yatağının içinde oturabilmesi için iki gün geçmesi gerekti. Ondan iki gün sonra da yürüyordu. O haftanın sonunda artık evde, kendi yatağında yatıyordu. Olivia'yla Bertie'nin özenli bakımları sonucunda, o gün arkasını yastıklarla destekleyip yemeğini yedirirlerken, biraz daha kendine gelmiş gibi görünüyordu. O eve döndüğünde, babası işleriyle ilgilenmek için New York'a gitmişti. Fabrika hakkında konuşmak için avukatlarıyla buluşması gerekiyordu. John Watson ve Charles Dawson'la yemek yemeğe Üniversite Kulübü'ne gittiklerinde Toby Whitticomb'a rastladı, ama kendini tuttu. John Watson, Edward'ı dikkatle süzdükten sonra, ona iyi olup olmadığını sordu. Edward sadece başını salladı. Neyse ki Toby birkaç dakika sonra bir grup arkadaşıyla birlikte çıkıp gitti. Henderson'a hiçbir şey söylememiş; John Watson'la göz göze gelmemeye çalışmıştı.

Edward iki gün sonra Croton'a döndü. New York'ta yapması gereken her şeyi hallettiği için memnundu. Bu sefer Waldorf-Astoria'da kalmıştı. Evi bir daha görmek bile istemiyordu. Geçmişte ve yakında çok fazla şey olmuştu orada. Hem yanında hiç hizmetçi de getirmemişti zaten. Sadece, arabasıyla Donovan oradaydı. İhtiyacı olan her şeyi de otel sağlıyordu.

Şükran Günü'nden on gün önce döndü. Eve geldiğinde, Victoria kardeşinin kolunda, bahçede yavaş yavaş dolaşıyordu. Babası evden giderken olduğundan çok daha sağlıklı görünüyordu genç kız. Edward, kızının bir iki gün sonra tamamen iyileşeceğinden emindi. Ona söylemek için o güne kadar beklemeye karar verdi.

İkisine aynı anda açıkladı. Olivia'dan hiçbir şeyi gizlemezdi; üstelik onun desteğine ihtiyacı vardı. Ama razı olsa da olmasa da, her şey ayarlanmış ve kararlaştırılmıştı. Pazar günü öğleden sonra iki kızına da, onunla birlikte kütüphaneye gelmelerini söyledi. Olivia o an babasının onlara bildireceği bir şey olduğunu hissetti. İçinde tuhaf bir duygu vardı. Victoria'nın Toby'yi aklından çıkarması için, babasının, onları bir süreliğine bir yere göndereceğini düşünüyordu. Belki Avrupa'ya. Aslında Victoria, New York'tan geldiklerinden beri Toby'den hiç söz etmemişti, ama... Hatta, hastanede onun hakkında konuşmayı bile reddetmişti. Olivia, kardeşinin onu henüz unutamadığını, ama kendini hâlâ çok aldatılmış hissettiği için ondan söz etmeye dayanamadığını biliyordu.

Babası, "Kızlar," diye söze başladı. "Size bir şey söyleyeceğim." Onlara bakışı biraz vahşiceydi. Victoria, söyleyeceklerinin ne olduğunu merak ederken, Olivia başını salladı. Victoria, bu konuşmanın, onun günahıyla ilgili olacağını kolayca tahmin edebiliyordu.

Babası onu doğrularcasına, konuşmaya devam ederken dosdoğru Victoria'ya bakıyordu. "New York'ta dedikodu başlamış Victoria. İlgilenmemek ya da inkâr etmek dışında, bu konuda yapabileceğimiz pek az şey var. Şu anda verebileceğimiz en iyi cevabın sessiz kalmak olduğunu düşünüyorum. Geçenlerde hastaneye yaptığın yolculuktan sonra, yakında burada da dedikodu başlayacaktır. Ne yazık ki, iki hikâye birleştirildiği zaman ortaya daha da çirkin bir hikâye çıkıyor. Bay Whitticomb'un körüklemesiyle, senin çok ahlaksız ve sadece terbiyesiz değil, aynı zamanda kalpsiz bir kız olduğunu söylüyorlar. Anlaşılan, senin onu baştan çıkarmaya çalıştığın masalını anlatıyor. Ona inanmayanlar da var tabii. Umarım sayıları az değildir. Ama adam ne derse desin, insanlar inansın, ya da inanmasın, ne yazık ki gerçek hikâye de güzel değil."

Victoria bir kez daha suçunu kabul ederek, "Aptallık ettim baba," dedi. Babasının anlattıklarını dinlemek, kendini yeniden güçsüz hissetmesine neden olmuştu. "Hata yaptım... ahlaksızlık ettim de diyebiliriz... ama onun beni sevdiğine inanmıştım."

Edward, "Bu da kalpsiz değil, aptal olduğunu gösterir," dedi acımasızca. Aslında öyle bir adam değildi, ama kızının son birkaç haftaki davranışlarından hiç hoşlanmamıştı. Üstelik durumu düzeltebilmek için yapabileceği pek az şey olduğunu fark etmek de canını sıkıyordu. Yapabileceği bir tek şey vardı ve şimdi onu yapmaya kararlıydı. "Ne yazık ki, anlatılanları fazla değiştiremeyeceğimiz gibi, Bay Whitticomb'u da susturamayız. Ama hiç olmazsa, seni yeniden saygın biri haline getirebiliriz. Bu sayede kendimizi de. Bence bize bu kadarını borçlusun."

"Ne yapabilirim, söyler misin baba? Ne gerekiyorsa yapacağımı biliyorsun." O anda babasını memnun etmek için her şeyi yapabilirdi. Onu düş kırıklığına uğratmış olmanın ağırlığına dayanamıyordu artık.

"Bunu duyduğuma memnun oldum. Evlenebilirsin Victoria. Evleneceksin de. Böylece, zamanla dedikodular sona erer; insanlara düşünecekleri başka bir konu çıkar. Aptal bir genç kız olarak bir alçağın kurbanı olmana rağmen, bir gün saygıdeğer, evli bir kadın olursun hiç olmazsa. Ayıplanmazsın artık. Ve zamanla öbür hikâye de unutulur gider. O saygınlığı elde edemezsen," kaşlarını çatıp gözlerinde korkunç bir ifadeyle ona bakarak, "anlatılacak bir tek hikâye olur. O da hoş bir şey olmaz. Yıllar boyunca hep

onu dinler ve anlatırlar. Sen de toplum dışı kalır, fahişe muamelesi görürsün," diye devam etti. Meseleyi bütün açıklığıyla ortaya koymuştu. Kızların ikisi de şaşkınlıkla bakıyordu; ama cevap veren Victoria oldu.

"Ama benimle evlenmez baba. Biliyorsun bunu. Bana yalan söylemiş, kendi açıkladı. Benimle evlenmeyi hiçbir zaman düşünmemiş. Onun için her şey bir oyunmuş." Son görüşmelerinde Toby'nin ona söylediklerini anlattı. "Ayrıca, ilkbaharda Evangeline'in bir çocuğu daha olacakmış. Toby'nin ondan ayrılması mümkün değil."

"Umarım ayrılmaz." Babası dehşete kapılmıştı. "Hayır, Tobias Whitticomb seninle evlenmez Victoria. O belli artık. Ama Charles Dawson evlenecek. Bu konuyu uzun uzun konuştuk. Aklı başında, zeki bir adam. Nazik ve iyi ahlaklı olduğuna inanıyorum. Ayrıca durumu da anlıyor. Onunla ilgili duyguların hakkında hayale kapılmıyor. Ayrıntıları bilmemekle birlikte, New York'ta bulunduğumuz sırada talihsiz bir olayla karşılaştığımızın farkında. Adam dul; çok sevdiği karısını kaybetmiş. Kalbinde karısının yerini alacak birini aramıyor. Ama küçük bir oğlu var ve ona bir anne gerek."

Babası konuşurken Victoria büyük bir şaşkınlıkla bakakalmıştı ona. "Başvurmak zorunda olduğum bir iş falan mı bu? Oğlunun annesi olacağım, ama kalbinin eşi olmayacağım, öyle mi? Baba, nasıl yaptın böyle bir şeyi?"

"Nasıl mı yaptım? *Nasıl* mı?" Edward Henderson, ikizlerin küçüğüne korkunç bir sesle haykırdı. İkisi de hayatları boyunca babalarından böyle bir şey duymamışlardı. Bu kez emirleri babaları veriyordu. "Bana böyle bir soruyu sormaya nasıl *cüret* ediyorsun? Hem de bütün New York'un önünde evli bir adamla flört edip, üstelik onun piçine hamile kalarak bizi rezil ettikten sonra! Victoria, *bu ne cüret*?! Şimdi hiç itiraz etmeden, ne dersem yapacaksın. Aksi halde seni bir manastıra kapatırım, ya da tek kuruşsuz ortada bırakırım."

"Yap o zaman." Victoria ayağa kalkıp bağırdı babasına. Kardeşi dehşete kapılmıştı. Aileleri birdenbire ne hale gelmişti? "Hiç tanımadığım, âşık olmadığım ve bana âşık olmayan bir adamla evlenmeye zorlayamazsın beni. Bir mobilya parçası, bir nesne gibi, esir gibi satamazsın beni! Benden bu şekilde kurtulmaya, avukatınla anlaşma yapmaya, ona benimle evlenmesini *emretmeye* hiç hakkın yok. Ona para da ödeyecek misin?" dedi Victoria. Son derece yaralanmış ve şoka girmişti. Ayrıca, Charles Dawson'dan hoşlanmıyordu bile. Bunu nasıl yaparlardı ona?

"Kimseye para ödemiyorum Victoria. Charles durumu gayet iyi anladı. Belki senden bile daha iyi anladı. Beyaz Atlı Prensin gelmesini bekleyecek konumda değilsin. Hatta burada, Croton'da benimle ve kardeşinle bile kalamazsın. Sen bu iğrenç durumu düzeltmeden, hiçbirimiz New York'a bir daha adım atmaya cüret edemeyiz. Şimdi senin sorumluluğun, bulaştığın bu pisliği temizleyerek bize verdiğin zararı onarmaktır."

"Saçlarımı kes, kafamı kes, beni kilit altında tut... Ne istersen yapabilirsin bana. Ama verdiğim zararı onarmam için adamın birine satamazsın beni." Victoria gibi biri için en büyük hakaretti bu. "1913 yılındayız baba; 1812'de değil. Böyle bir şey *yapamazsın*."

"Yaparım. Sen de yapacaksın. Konu kapanmıştır Victoria. Aksi halde, çok samimiyim, şu andan itibaren seni evlatlıktan da, mirasımdan da reddederim. Sırf inatçı ve dik başlı olduğun için kendini ve Olivia'yı mahvetmene izin vermeyeceğim. O iyi bir adam; böyle bir şeye razı olduğu için de çok şanslısın. Açıkçası, çocuğu olmasa bunu kabul etmeyebilirdi bence. Bu yüzden ne kadar şanslı olduğun için dua etsen iyi olur."

"Sen ciddi misin?" Victoria duyduklarına inanamıyordu. Yanındaki koltukta oturan Olivia da onun gibi şoktaydı. Tabii başka nedenlerle. "Onunla evlenmezsem gerçekten evlatlıktan mı reddedeceksin beni?"

"Edeceğim. Ciddiyim Victoria. Ama *evleneceksin*. Aptallığının bedelini ödemek zorundasın. Bu da ağır bir bedel değil. New York'ta çok rahat bir hayat süreceksin. Charles dürüst bir adam; iyi bir mesleğe, saygın bir geleceğe sahip. Sen de, Olivia ile birlikte, size bırakacaklarıma sahip olacaksın bir gün. Bu da çok daha özgür olmanı sağlayacak. Aksi halde, herhangi bir pansiyonda yer silerken bulursun kendini. Çok ciddiyim. Bunu hepimiz için yapacaksın. Benim için, kendin için ve kardeşin için. Eğer hiçbir şey aklını başına getirmeyecekse de, Olivia için yap bunu. Yapmazsan, kardeşin bir daha asla New York'u göremez. Victoria, Charles Dawson'la evlenmek *zorundasın*. Şu anda ya da bu hafta olması şart değil. Birkaç ay bekleyebilirsin. Hatta istersen bahara kadar bekle. Böylece kimse senin zorla evlendiğini düşünmez... yani... belli nedenlerle. Ama nişanlandığını hemen Şükran Günü'nden sonra açıklayacağız." Victoria oturduğu koltuktan kalkıp pencerenin önünde durdu. Dışarıya bakarken hasta gibi görünüyordu. Edward, "Beni anladın mı?" diye sordu. Bu, konuşmanın sona erdiğine işaret ediyordu.

Victoria babasına bakmadan, "Evet baba; hem de çok iyi," dedi. Ondan nefret ediyordu. Toby'den ve şimdi de Charles'dan ettiği kadar. Bütün erkekler aynıydı. Köle taciriydi hepsi. Kadının bedenini kullanıyorlardı. Kadın onlar için sandalyeden farksızdı. Önüne dönüp de Olivia'nın ağladığını görünce şaşırdı. Artık sonsuza kadar ayrılacaklarını düşündüğü için ağladığından emindi. New York, çok değilse de epeyce uzaktı. Birbirlerini pek göremeyeceklerdi. Babasının Olivia'yı onun yanına göndermeyeceğinden hiç kuşkusu yoktu.

Edward daha nazik bir ifadeyle, "Bu konuya seni de bulaştırdığım için özür dilerim," dedi ve Olivia'nın omzunu okşadı. Onun canını sıktığı için çok üzülmüştü. "Ama kardeşinin aklını başına getirmek için senin mantığına ihtiyacımız olabileceğini düşünmüştüm. Başka çaresi olmadığını anladığından emin olmak istiyorum."

Olivia, "Anlıyorum baba," dedi sessizce. "Herkesin iyiliğini düşünüyorsun." Ama işin tuhafı, Edward'ın Victoria'ya indirdiği acımasız darbe Olivia için daha acımasızdı. Charles Dawson'dan hoşlanan oydu. Victoria ise onu sıkıcı buluyor, onun konuşma zahmetine bile katlanmaya değmeyeceğini düşünüyordu. Ne acı bir tesadüftü ki, babaları iki kızını birden aynı kılıçla, ölümcül bir şekilde yaralamıştı; ama bundan haberi bile yoktu. Adaletin kör tanrıçası.

Edward bir öneride bulundu. "Belki odanıza gidip bu konuda biraz konuşmak istersiniz." Şu an için yeterince yol almış olduklarını düşünüyordu. Tavrını açıkça ortaya koymuştu ve şu sırada Victoria'nın ondan nefret ettiğini biliyordu. Ama sözünü dinleyeceğinden de emindi.

Kızlar uyuşmuş ve sersemlemiş bir halde kütüphaneden çıkıp yatak odalarına gittiler. Victoria, kapı kapandıktan sonra öfkeyle haykırıp ağlamaya başladı. İnanamıyordu.

"Bunu nasıl yapabildi bana? New York'a gidip beni o küçük solucana nasıl satabildi? Ne cesaretle?"

"O solucan değil." Olivia gözyaşları arasında gülümsedi kardeşine. "Aklı başında, nazik ve zeki. Ondan hoşlanacaksın."

"Ay, yapma!" Victoria tükürür gibi konuştu. "Aynen babam gibi konuşuyorsun."

"Belki haklıdır. Belki gerçekten başka çaren yok. Belki yitirdiğin saygıyı tekrar kazanmanın tek yolu Charles Dawson'la evlenmek."

"Benim saygıdeğer olmak gibi bir derdim yok. En iyisi hemen

bu akşam bir gemiye atlayıp İngiltere'ye gitmek. Orada çalışır, Pankhurst'lere katılırım."

"Üç yıl cezaevinde kalmayacak mı onlar? Yoksa biri mi kalacaktı? Yanılmıyorsam, geçen yaz sen söylemiştin. Hem gemi ücretini nasıl ödeyeceksin? Bence babam haklı Victoria. Başka çaren yok."

"Bu şekilde evleneceği bir eşi hangi erkek ister? Nasıl yapar bunu?"

"Babamın dediğini duydun. Oğluna bir anne istiyor." Olivia'ya da tuhaf geliyordu bu. Üstelik adamı tanıyordu. Daha doğrusu, onunla Victoria'dan daha çok konuşmuştu. Belki de tek başına idare edemiyordu. Garip bir durumdu; ama belki de yapılacak en iyi şeydi. En azından kendileri için öyleydi. Ama Olivia'nın elinde hiçbir şey kalmıyordu. "Victoria, hiç olmazsa sevmeye çalış onu. Kendi iyiliğin için." Charles'tan ne kadar hoşlandığını kimseye açıklamamıştı Olivia. İkizine bile. Neyse ki, Victoria kardeşinin duygularının ne kadar güçlü olduğundan habersizdi. Zaten bütün öğleden sonra kendine acımakla öyle meşguldü ki, Olivia'nın ne kadar üzgün olduğunu fark etmedi bile. Akşam olunca da, babalarıyla birlikte yemek yemeği reddederek aşağı inmedi.

Olivia yemeğe yalnız gelince Edward sakin bir şekilde, "Victoria nasıl?" diye sordu.

"Sinirli, şokta. Son birkaç haftada zor günler geçirdi. Alışır. Biraz zaman tanı." Cevap olarak başını sallamakla yetindi Edward. Yemek sona ererken de üzüntüyle bakarak Olivia'nın elini okşadı.

"Bu durumda sadece ikimiz kalacağız burada. Çok yalnızlık çeker misin?"

Olivia, gözleri dolu dolu, "Onu müthiş özleyeceğim," dedi. Artık ikizinden ayrı kalacağını düşünmeye dayanamıyordu. Charles'ı sonsuza kadar Victoria'ya kaptırmış olması da genç kızlık hayallerine ölümcül bir darbe olmuştu. "Ama senden ayrılmayacağım baba; söz veriyorum."

"Belki bir gün ayrılman gerekir. Belki ortalık yatıştıktan, kardeşin Charles'la evlendikten sonra New York'a tekrar gitmeye cesaret edebiliriz. Belki yakışıklı bir prensle tanışabilirsin." Kızına tatlı tatlı gülümsedi. Ona ne kadar acı vermiş olduğundan haberi yoktu.

"Yakışıklı bir prens istemiyorum baba. Sen varsın ya... Hem ben buraya aidim. Evlenmek isteyebileceğim kimse yok." Mutlak bir inançla söylemişti bunları. Olivia'nın yaşlı bir kız olarak kalmasına izin vermek üzerdi Edward'ı. Ama bir yanıyla ve bencilce, yanında kalmasını istiyordu. Evini o kadar iyi idare ediyor ve ona öyle destek oluyordu ki... Hem de Victoria'nın hiç olmadığı kadar. Acaba yapılacak en iyi şey bu mu, diye merak etti.

"Sana her zaman bakacağım; ben de söz veriyorum. Sonra bir gün bunların hepsi senin olacak. Henderson Malikânesi senin olacak Olivia. Hayatının geri kalanını burada geçirebilirsin. Victoria'yı da ihmal etmem tabii. O da New York'taki eve sahip olur ben ölünce. Charles'la birlikte orada otururlar. Sana gerekmez o ev." İkisinin hayatını da düzenlemişti. Her şey ayarlanmıştı. Olivia orada kalıp babası yaşadığı sürece ona bakacaktı; Victoria ise Charles'a sahip olacaktı. Olivia, başına böyle bir şeyin gelmesi için hangi tanrıları kızdırmış olduğunu merak etti. Charles'a sahip olmayı hayal bile etmemişti; ama onun bir tepsi üzerinde kardeşine sunulmasını da hiç beklemiyordu doğrusu. İşin en acayip tarafı da Charles'ın, Victoria'ya günahlarının cezası olarak verilmesiydi.

Olivia, "Onu görmeye New York'a yollayacak mısın beni?" diye sordu ve nefesini tutarak babasının cevabını bekledi. İkisini birden kaybetmesi iki kat acı olurdu. Biri, sahip olmadığı ama hayal ettiği; diğeri, şiddetle sevdiği ve ayrı kalmaya dayanamayacağı iki kişiyi kaybetmesi.

"Elbette canım," dedi babası. "Birbirinizden ayrı kalmanızı hiç istemem. Sadece Victoria'nın başımıza açtığı bu korkunç pisliği temizlemesini istiyorum." Olivia, Victoria'yı Toby'den uzak tutmayı başarabilmiş olmayı her zamankinden daha çok istiyordu. Kısacık zamanda hayatlarını nasıl da harabeye çevirmişti adam. "Ne zaman istersen onu görmeye gidebilirsin. Tabii beni tamamen terk etmediğin sürece." Kızına gülümsedi; Olivia babasına sarıldı. Gözyaşları sessizce yanaklarından süzülüp babasının omzuna damlıyordu. Artık dileyeceği, isteyeceği, hayal edeceği hiçbir şey kalmamıştı. Artık hep babasına ait olacaktı. Sanki hayatı sona ermiş gibi geliyordu Olivia'ya.

SEKİZ

Charles ve Geoffrey Dawson, Croton-Hudson"a Kasım sonlarında aydınlık bir sonbahar gününde geldiler. Hava soğuktu. Bazı yerlerde ateş yanıyordu. Havada kış kokusu vardı. Gelmelerinden az önce, aşçı hindiyi kesmişti. Şükran Günü arifesiydi.

Babaları bir iş için Tarrytown'a gitmiş; Victoria da günlerdir yaptığı gibi, tek başına atla dolaşmaya çıkmıştı. Baba oğul eve yaklaştıklarında, sanki kimse yokmuş gibi görünüyordu. Olivia mutfak penceresinden dışarı baktığı sırada gördü onları. Ellerini önlüğüne sildi; mantosunu bile giymeden koşarak yanlarına gitti. Hiç düşünmeden, Charles'ın boynuna sarılıp öpmek istiyordu. Onu gördüğüne o kadar sevinmişti ki. Merak etti; acaba bir gün ağabey-kardeş olduklarında bunu yapabilecek miydi? Çok garip bir duyguydu bu. Sarılıp öpmek yerine ona gülümsedi, elini sıktı ve geldiklerine ne kadar memnun olduğunu söyledi. Sonra Geoffrey'e baktı. Ona bakarken yüreğinde bir sıcaklık hissetti. Sanki çocuk bir yerlerde Olivia'nın hayatının bir parçası olmuştu; onu tanıyordu genç kız. Bu karşılaşma, kaçınılmaz bir şeymiş gibi geldi ona. Hafifçe ona doğru eğildi ve büyük bir ciddiyetle elini sıktı.

"Merhaba Geoffrey. Ben Olivia. Victoria'nın kardeşiyim." Ama Charles'a bakar bakmaz, onun çocuğa henüz bir şey anlatmamış olduğunu anladı. Önce Victoria'yla konuşmak, bu işi gerçekten yapıp yapamayacaklarını görmek istiyordu. "Biz ikiziz," diye açıkladığı anda, çocuğun bundan ne kadar etkilendiği belli oluyordu.

"Birbirimize tıpatıp benziyoruz. Bahse girerim, onu da gördüğün zaman, bizi birbirimizden asla ayırt edemeyeceksin."

Geoffrey cesur bir ifadeyle, "Ederim," dedi. Sapsarı saçları, muzip ve yaramaz bakan yeşil gözleri vardı. Charles'a çok benziyordu; ama birinin havası daha vardı onda. Olivia, bunun Susan'dan başkası olamayacağını düşündü. İşin garibi, onlara bakarken Susan'ı kendine yakın hissetmişti. Sanki baba-oğlun koruyucu meleği olmuş huzurlu bir ruhtu o. Kimseye açıklamaya cesaret edemeyeceği tuhaf bir duyguydu bu. Hatta belki kardeşine bile.

"Eğer iyi arkadaş olursak bir gün sana sırrımızı anlatırım. Yani bizi kesinlikle nasıl ayırt edebileceğini," dedi fısıldayarak. Fırından yeni çıkmış kurabiyelerden vermek üzere onu arka kapıdan mutfağa götürdü.

Charles, "O sırrı bilseydim siz New York'tayken çok işime yarardı," diyerek güldü. "Bana niye söylemedin?"

"Bugüne kadar kimseye söylemedik. Ama Geoffrey özel biri," dedi. Çocuğa baktı; şefkatle elini omzuna koydu. Bunu neden yaptığını bile bilmiyordu. Ama kendini tuhaf bir şekilde yakın hissediyordu ona. Sanki çocuğun onun yanına gelmesinin bir nedeni varmış gibi. Belki de Olivia için bir teselli ödülüydü o. Ruhunu aydınlatacak çocuktu. Artık kendi çocuğu asla olmayacaktı ya... Babası öldüğü zaman, evlenmesi ve çocuk sahibi olması için çok geç olacaktı. Bir hafta içinde hem kardeşini, hem de geleceğini kaybetmişti. Burada babasının yanında kalmayı daha önce de düşünmüştü; ama çok ciddi değildi. Oysa şimdi kesinleşmişti.

"Yani başka kimse bilmiyor mu?" Çocuk gerçekten merak etmiş ve biraz da onurlanmış gibi görünüyordu.

"Bertie biliyor," diye açıkladı Olivia. Bayan Peabody mutfağa gelince de onları tanıştırdı. Bertie, Charles Dawson'la tanıştığına çok sevinmişti. Birkaç dakika sonra onları odalarına götürüp eşyalarını yerleştirdi. Yarım saat sonra Charles tekrar aşağıdaydı. Bu kez yalnızdı. Geoffrey, Bertie'ye yardım ediyordu. Olivia sımsıcak bir gülümsemeyle, "Harika bir çocuk," dedi. Charles uzun süre öylece durdu. Hiçbir şey söylemeden ona bakıyordu. Sonra dönüp pencereye giderek üzgün bir şekilde dışarı bakmaya başladı. Ne düşündüğünü anlamak zordu. Charles, "Annesine çok benziyor," dedi sessizce. Olivia'ya döndü. "New York'tan ayrıldığınızdan beri nasılsın?" Bu soruyu sorarken, sanki onunla gerçekten ilgileniyormuş gibiydi. Bu daha çok yaraladı Olivia'yı. Diğerlerinin de bir an önce gelip onlara katılmasını diledi.

"İyiyim. Çok meşgulduk." Victoria'nın hastalandığından söz etmedi. Ama Charles'in bilip bilmediğini merak ediyordu.

Charles, "Kardeşinin hapse düşmesini engellemekle mi?" deyince, ikisi de gülmeye başladılar. O sırada binici giysisiyle Victoria girdi içeri. Çizmeleri çamurluydu; saçları başının çevresinde siyah bir hale gibiydi.

Victoria onlara bakarak, "Bence hiç komik değil," dedi.

Olivia biraz sinirli, "Charles geldi," dedi. Victoria kardeşine tiksintiyle bakıyordu.

"Görüyorum. New York'taki şu yürüyüş hikâyesini komik bulmuyorum artık."

Charles'la Olivia, azarlanan iki yaramaz çocuk gibi bakıştılar.

Charles nazikçe, "Özür dilerim Victoria," dedikten sonra onun yanına gidip elini sıktı. "Atla gezintin nasıldı?" Victoria'yı tanımak için içtenlikle çaba gösterdiği belliydi. Ama kızın cevabı kısa ve soğuk oldu. Sonra da akşam yemeği için üstünü değiştirmek üzere üst kata çıktı. Charles, "Bugünlerde pek mutlu görünmüyor," dedi dürüstçe. Durumu öylesine hafife alan bir ifadeydi ki bu, Olivia neredeyse gülecekti.

"Sanırım öyle de denebilir. New York'tan öyle aceleyle ayrıldığımızdan bu yana oldukça zor günler geçirdi." Charles'ın ne kadarını bildiğinden emin değildi; ondan duymasını da istemiyordu. "Bir de hastalandı geçenlerde." Kahramanca, kardeşi adına bahaneler uydurmaya çalışıyordu.

Charles, "Olanlar onun için hiç de kolay değil herhalde," dedi açıkça. Olivia hayret etti. Genç adam, "Benim için de biraz şaşırtıcı oldu," diye açıkladı samimiyetle. "Ama Geoffrey için iyi olacağını düşünüyorum."

"Bu yüzden mi yapıyorsun bunu?" Ona, tek nedenin bu olup olmadığını sormak istiyordu; ama cesaret edemedi. Onu fazla tanımıyordu.

Charles, "Bir annesi olmayınca, doğru dürüst çocuk yetiştiremem," dedi. Bunu söylerken huzursuz bir şekilde etrafına bakınıyordu.

Olivia, "Babam başardı," dedi sessizce. Charles güldü.

"Kardeşinle evlenmememi mi söylüyorsun yani?"

Olivia buna cesaret edebilmeyi isterdi.

"Hayır." Ona gülümsedi. "Sadece başka nedenler de olmalı diyorum."

"Emininim, birbirimizi daha iyi tanıyınca, olacaktır."

Başlarını salladılar. O sırada merdivenlerden sesler geldi. Victoria, Geoffrey ile birlikte aşağı iniyordu.

"Aynen ona benziyorsun," diyordu Geoffrey. Tam arkasından aşağı inen siyah saçlı kız büyülemişti onu.

"Evet, biliyorum. Peki adın ne senin?"

"Geoffrey," dedi. Hiç çekingenlik hissetmiyordu.

"Kaç yaşındasın?" Aslında hiç umurunda değildi; çocuk da biliyordu bunu. Bu tür şeyleri sezerdi. Birden merak etti; Victoria'yla Olivia aslında birbirlerine o kadar da benzemiyorlar mıydı acaba?

"Dokuz." Victoria'nın sorusunu en alt basamağa geldiklerinde cevapladı Geoffrey. Ama genç kız, onun elini sıkmak ya da ona dokunmak için kımıldamadı bile.

"Yaşına göre boyun kısa mı?" Yaşının daha büyük olmamasına şaşırmıştı.

Geoffrey sabırlı bir ifadeyle, "Hayır, uzunum," dedi.

"Çocuklar hakkında fazla bir şey bilmem."

"Olivia biliyor. Onu sevdim."

"Ben de severim." Geoffrey ile birlikte kütüphaneye girince, ikizlerin küçüğü gülümsedi. Sonra gidip Olivia'nın yanında durdu. İşte o an benzerlikleri olağanüstüydü. Aynı insanın iki kopyası gibiydiler. Saçları, gözleri, ağızları, giyim biçimleri, ayakkabıları, elleri, gülümseyişleri... Geoffrey gözlerini kısarak uzun süre süzdü onları. Sonra herkesi şaşkınlık içinde bırakarak başını salladı.

"Bence hiç de aynı görünmüyorsunuz," dedi ciddiyetle. Odadaki bütün yetişkinler güldü. Babası da.

"Pazartesi günü onu gözlük almaya götürüyorum," dedi Charles. İkizler kıkırdıyorlardı. Ama Geoffrey ısrar etti.

"Benzemiyorlar baba. Baksana."

"Baktım. Hem de birkaç kere. Her seferinde de komik duruma düştüm. Eğer onları ayırt edebiliyorsan seni tebrik ederim. Ben başaramıyorum." Aslında, bazen tuhaf bir şekilde o da başarıyordu. Bunun farkındaydı. Her zaman değilse de, bazen. Onu farklı şekillerde etkiliyorlardı; tabii izin verirse. Ama hiç düşünmeden, ya da onları "hissetmeden" bakarsa, o zaman ayırt edemiyordu. Geoffrey'nin sözünü ettiği özellik de buydu işte. Charles için içsel ve cinsel bir şeydi; en azından bazı zamanlar. Ama Geoffrey için durum çok daha basitti. Onları tanıyordu işte.

Hiç tereddütsüz doğru kişiyi işaret ederek, "Bu Olivia," dedi. "Bu da Victoria." Doğruydu. Sonra kızlar yer değiştirdiler; çocuk yine tahminde bulundu; yine doğruydu. Derken Olivia, Victoria'nın elini tutarak çocuğun etrafında dans etmeye başladı. Kafası karışan çocuk bu kez hata yaptı. Ama sonra yine doğru bildi. Hepsi çok şaşırmışlardı; her zaman ısrarla, çocuklardan nefret ettiğini söyleyen Victoria bile. Olivia, o gece bu nefretten hiç söz etmemesini önermişti kardeşine.

Victoria kötü kötü bakarak, "Neden? Belki de benimle evlenmez," demişti.

"O zaman babam seni Sibirya'da bir manastıra yollar. Ya da Alaska'da bir balıkçıyla evlendirir. Lütfen Victoria," diye yalvarmıştı Olivia. "Onları gücendirme."

"Peki tamam, yapmam," diye razı olmuştu Victoria. Yapmadı da. Neredeyse hiç konuşmadı. Babaları eve geldikten ve dördü yemeğe oturduktan sonra bile. Konuşan, daha çok Charles'la Olivia'ydı.

Geç vakit yataklarına yattıklarında Victoria, "Sen niye evlenmiyorsun Charles'la?" diye sordu. "Onunla konuşmakta hiç zorlanmıyorsun."

"İtibarını kazanması gereken ben değilim. Ayrıca, babam evini benim idare etmemi istiyor," dedi Olivia açıkça. Babaları, durumu ve onlardan ne beklediğini gayet net koymuştu ortaya. Charles'la Olivia'nın evlenmesi pazarlığa dahil değildi. Rahat konuşabilmeleri hiçbir şeyi değiştirmezdi. Bir örnek gecelikleriyle yatakta yan yana yatarlarken Olivia, "Geoffrey çok sevimli, değil mi?" dedi.

"Bilmem. Hiç fark etmedim. Çocuklarla ilgilenmem, bilirsin."

Çocuğun onları tanımaya çalışmasını hatırlayarak, "Bize bayıldı," dedi ve gülümsedi Olivia. Üstelik çoğu kez de tanıyabilmişti. Olivia'nın, onunla aralarında adı konmamış bir bağ olduğunu hissetmesi gibi, o da aynı şeyi hissediyordu sanki. Ama iki kardeş hakkında da öyle hissediyor olabilirdi. Victoria onunla pek ilgilenmemiş olsa da, çocuk ondan da hoşlanmış görünüyordu.

Geoffrey akşam yemeğini Bertie'yle birlikte kahvaltı odasında yemişti. Evde yeniden bir çocuğun olması Bertie'yi sevinçten çıldırtmıştı. Babalarını da öyle. Ertesi gün, Edward öğle yemeğinden önce onunla uzun bir yürüyüşe çıktı. Daha sonra Olivia da katıldı onlara. Victoria'nın Charles'la birlikte çıktığını görmüş, onları rahatsız etmek istememişti. Şimdi birbirleriyle konuşacak çok şeyleri vardı. Kardeşinin kavgaya son vermesini ve Charles'ı kırmamasını diledi. Eğer Charles kırılır ve onunla evlenmeyi reddederse, babaları şimdi olduğundan çok daha fazla sinirlenirdi.

Çiçek bahçesinde yavaş yavaş yürürlerken Charles, "Bütün bu olanlar biraz olağandışı, öyle değil mi?" diye sordu. "Sana ne diyeceğimi pek bilemiyorum. Baban benimle konuştuğu zaman biraz şaşırmıştım. Ama işin doğrusu, bu fikir hoşuma gidiyor. Bana son derece mantıklı geliyor, Geoffrey'i düşününce."

Victoria, "Kabul etmenin tek nedeni bu mu?" diye açıkça sordu. Bir erkeğin, onu sevmeyen bir eş istemesinin nedenini anlayamıyordu.

Charles, "Büyük ölçüde," dedi dürüstçe. "Benim böyle yalnız olmam ona haksızlık oluyor. Kardeşin bile aynı şeyleri söylemişti New York'tayken. Üstelik bizi tanımıyordu bile."

"Annesine âşıktım," diye devam etti. Bunu söylerken acı çektiği belliydi. "Bir daha onun gibi biri asla olmayacak. Birbirimizi çok gençken tanımıştık. Biraz vahşi ve çok kaçık bir kadındı. Hep gülerdi. İradesi çok güçlüydü." Sonra Victoria'ya gülümsedi. "Bir bakıma, senin gibiydi." Derken, gözleri yine bulutlandı. "Sonunda bu yüzden öldü. Çok inatçıydı ve çocukları tutkuyla severdi."

Victoria duygusuzca, "Babam *Titanik*'de öldüğünü söyledi," dedi. İlgileniyordu, ama kardeşi kadar acımıyordu adama. Tuhaftı; ama bu sayede Charles anlatacaklarını daha kolay anlatabiliyordu ona. Oysa Olivia'yla konuşurken bazen gözleri doluyordu. Onun çok duyarlı ve şefkatli bir yanı vardı.

"Doğru. Anlaşılan, Geoff'le birlikte cankurtaran sandalına binmek üzereymiş; ama etrafta birkaç çocuk da varmış. Yerini o çocuklardan birine vermiş. Ona yer kalmamış olduğuna, o sandala binemediğine inanmakta güçlük çekiyorum. Ama çocukların son sandala ve sallara binmelerine yardımcı olabilmek için gemide kalmış. Hatta can yeleğini bile onlardan birine vermiş. Onu gören son kişi, kucağında bir çocuk olduğunu söyledi. Tanrı'ya şükür, Geoffrey değilmiş." Uzun bir sessizlikten sonra, "Olağanüstü bir kadındı." dedi.

Victoria yumuşak bir sesle, "Çok üzüldüm," diye mırıldandı. Bu kez samimiydi.

Charles ona bakarak, "Senin de bu tür bir şey yapabileceğini tahmin ediyorum," dedi. Ama Victoria onun söylediklerine katılmayarak başını salladı. Kendini çok iyi tanıyordu.

"Olivia yapabilir; ama ben yapacağımı sanmıyorum. Fazla bencilim ben. Çocuklarla da aram iyi değildir."

Charles, "Alışırsın," dedi nazik bir ifadeyle. "Biraz da sen anlat. Şu bozulan nişan örneğin. Anladığım kadarıyla, daha resmiyet kazanmamıştı."

“Öyle de denebilir.” Evli bir adamla yatıyordu; ama Charles çok daha kibarca ifade etmişti durumu. “Babam öyle mi söyledi?”

“Pek sayılmaz,” diyerek gülümsedi Charles. Kızın duygularını incitmek istemiyordu. Edward olabildiğince dürüst davranmıştı. “Anlaşılan, iş çok daha tatsız bir hal almış. Aramızda romantik bir ilişki olacakmış gibi bir kuruntuya sahip değilim. Bence iyi arkadaş olabiliriz. Geoff için bir anne gerekiyor; sana da, şu anda içinde bulunduğun fırtınadan kurtulmak için, sığınabileceğin bir liman.” New York’tayken, Victoria’yla Toby hakkında yapılan bazı dedikoduları duymuştu. Ama tam olarak neler olduğunu hâlâ bilmiyordu. Evli bir adamla flört ettiğinden, ona verilen sözlerin

tutulmadığından ve kızın kalbinin kırıldığından haberi vardı. Ama düşüncesizliği sonucunda yaşadıklarının ayrıntılarından ve neredeyse ölümüne neden olacak bir düşük yaptığından habersizdi. “Aslında birçok kişiden daha şanslı bir başlangıç yapıyoruz; çünkü kendimizi aldatmıyoruz. Düş kırıklıkları, ya da kırık kalpler yok. Yerine getirilmeyen sözler yok. Çok iyi arkadaş olabiliriz. Şu anda istediğim tek şey bu.” Bir daha âşık olabileceğini asla düşünmüyordu Charles. Hatta Victoria’ya karşı duyduğu belli belirsiz heyecandan da hiç hoşlanmıyordu.

Victoria dürüstçe, “Neden bir kâhya tutmuyorsun çocuk için?” diye sordu. “Bertie gibi biri olabilir örneğin.” Charles, önerinin basitliğine gülerek Victoria’ya baktı. Eğlendiği belliydi.

“Bana âşık olmayan bir kadınla evleneceğim için çok acayip biri olduğumu düşünüyor olmalısın. Ama ben bir daha âşık olmak istemiyorum. Sevdiğim birini bir kez daha kaybetmeyi asla istemiyorum. Buna dayanamam.”

“Peki ya zamanla birbirimize âşık olursak?” Sırf karşıt görüş olsun diye sormuştu bu soruyu; mümkün olabileceğini düşündüğü için değil.

Charles, kızın ona olan ilgisizliğinin tamamen farkında olmasına rağmen, “Böyle bir eğilimin mi var?” diye sordu. “Beni dayanılmaz mı buluyorsun? Bana çabucak âşık olacağını mı düşünüyorsun?”

Victoria gülerek, "Hiç de değil," dedi. Charles'tan hoşlandığını fark ederek şaşırmıştı. Ona göre çekici bir adam değildi, ama çok sevimliydi. "Merak etme, tehlikede değilsin."

"Harika. Ayrıca, ben bir kâhya tutarsam sen kocasız kalırsın. Ya da en azından, kocan ben olmam. O zaman da başka bir koca bulmak için bir sürü zahmete girmen gerekir. Oysa bu çok daha basit. Ama bir şey var," dedi Charles ihtiyatla.

Victoria apaçık bir kuşkuyla, "Nedir o?" diye sordu. Ona cevap verirken, Charles'ın gözlerinde bir pırıltı belirdi.

"Tutuklanmamaya gayret edersen sevinirim. En azından, çok sık olmazsa. Bir avukat olduğum için yakışık almaz da..."

"Elimden geleni yaparım," dedi Victoria hafifçe gülümseyerek. Yine New York'ta oturmanın ve Toby'ye rastlamanın nasıl bir şey olacağını düşündü. Şu an için ondan nefret ediyordu. Ve onu bir daha gördüğünde gözlerini oymak, ya da gırtlaklamak geliyordu içinden. Toby onu öldürmekten beter etmişti. Sonra Charles'a ciddi bir ifadeyle baktı ve lafını sakınmadan konuştu. "Toplantılara katılmaktan vazgeçmem. Ben feministim ve kadınlara oy hakkından yanayım. Eğer bu seni rahatsız ediyorsa, özür dilerim."

"Hayır kesinlikle. Bence çok ilginç. Politik görüşlerine engel olmam için hiçbir neden yok. Kendi fikirlerine sahip olman çok normal."

Victoria ona bakarak, "Bunu neden yaptığını anlamıyorum," dedi. Charles'ın onu ne kadar hoş bulduğundan habersizdi. Adam da aptaldı. Kızın ne kadar vahşi olduğunu çok iyi biliyordu, ama onu ehlileştirmek isteyen bir yanı da vardı. Bir bakıma, onun için bir meydan okuma, bir mücadeleydi bu. Özellikle de kız onu sevmediği için. İlginç bir birliktelik olacaktı onlarınki.

Charles, "Ben de neden yaptığımı bilmiyorum," dedi dürüstçe. "Belki de bir sürü tuhaf neden vardır. Tehlikeli olmayan, aptalca nedenler." Sonra yavaş yavaş eve doğru yürürlerken, ona son sorusunu sordu. Sanki bir iş anlaşması yapıyor gibiydiler. İkisi de bayılmıyordu bu duruma, ama denemeye değer diye düşünüyorlardı. "Ne zaman olmasını istersin?" Mümkün olduğunca geç, demek isterdi; ama demedi.

"Hemen değil. Acelemiz yok." Hem böylece, kimse, hamile olduğu için evlendiğini düşünmezdi. "Haziran nasıl?"

"Gayet makul. Geoff'in okulu da tatile girmiş olur. Seni tanımak için yeterince zaman da var. Balayı için ne düşünürsün?" Charles ifadesiz bir yüzle sormuştu bu soruyu. Hayatlarının en garip konuşmasını yapıyorlardı. Delilikti bu. "Bir yere gitmek ister misin?"

Victoria kayıtsızca, "Evet, aslında isterim," dedi.

"Kaliforniya'ya ne dersin?" diye bir öneri getirdi Charles. Yine iş anlaşmasına dönmüşlerdi. Ama Victoria onun teklifini geri çevirdi ve karşı teklif getirdi.

"Avrupa."

Charles, "Gemiye binmek istemiyorum," diye karşılık verdi. Bunun nedeni açıktı. Ama Victoria ondan daha inatçıydı.

"Kaliforniya'ya gitmek istemiyorum."

"Daha sonra konuşuruz."

Victoria, "Peki," dedi. Birbirlerine baktılar. Hiçbir heyecan yoktu; hiçbir romantizm, hiçbir duygu... Victoria açısından aşk da yoktu. Charles'ın aklında ise sadece belli belirsiz bir tensel çekim vardı. İki kişinin birbiriyle evlenmesi için en tuhaf nedenlerdi bunlar. Olmayan bir temel üzerine bir hayat kuruyorlardı. Ama Charles'a çocuğu için bir anne gerekiyordu; Victoria'nın da itibarını iade edecek bir kocaya ihtiyacı vardı. Aslında birbirlerine sunabilecekleri başka bir şey de yoktu. Eve dönene kadar hiç konuşmadılar.

Tuhaf başlamış olmasına rağmen, hafta sonu şaşılacak kadar hoş geçti. Victoria uysal görünüyordu. Edward bile, hiç sorun çıkmamasına ve kızının istekli görünmesine şaşırmış gibiydi. Victoria, Charles'la pek az konuşmuş, Geoff'le hiç konuşmamıştı. Ama Geoff, Olivia'ya âşık olmuştu. Charles da müstakbel kayınpederini daha iyi tanıma fırsatı bulmuş ve anlattığı mesleki hikâyelerden çok keyif almıştı.

Charles'la vakit geçirmek Olivia'ya acı verse de, Geoffrey'e bayılmıştı genç kız. Cumartesi günü onu ata bindirdi; çocuğun çok hoşuna gitti bu. Olivia, ona en sevdiği atı Sunny'yi vermişti. Pazar günü de tarlalardan birindeki bir kayanın üstünde otururlar ve bekçinin köpeği yanlarında oynarken, Geoff'e lekesini gösterdi. Sağ avucunda, parmaklarının arasına doğru, ancak gözlerini kısarak görebileceği minicik bir şeydi. Hiç kimseye, babasına bile söylemeyeceğine söz verdirdi. Hatta elini kaldırıp, Victoria'yla birlikte çocukken öğrenmiş oldukları eski bir Kızılderili melodisini mırıldanarak yemin ettirdi.

"Biz senin yaşındayken bazen insanları kandırmak için birbirimizin yerine geçerdik. Ben Victoria olurdum, o da ben. Çok eğlenirdik. Yani çoğu zaman. Bertie'den başka kimse anlamazdı ne yaptığımızı."

"Babama da yapacak mısınız?" diye merakla sordu Geoffrey. Olivia güldü.

"Tabii ki hayır. Alçaklık olur bu. Sadece çocukken yapardık."

"O zamandan beri bir daha hiç yapmadınız mı?" Şaşırmıştı ve pek inanmış görünmüyordu. Yaşına göre çok zeki bir çocuktu. Evlilik yoluyla sahip olduğu yeni teyzesine de bayılıyordu. Babasıyla Victoria'nın evleneceklerini bir gün önce söylemişlerdi ona. Şaşırmıştı, ama çok kaygılanmış görünmüyordu.

Olivia, "Aslında büyüdükten sonra da birkaç kez birbirimizin yerine geçtik," diye itiraf etti. "Genellikle hoşlanmadığımız kişiler olunca, ya da birimizden biri gerçekten nefret ettiğimiz bir şey yapmak zorunda kalınca yaparız bunu."

Geoffrey ilgiyle, "Örneğin dişçiye giderken mi?" diye sordu.

"Hayır, dişçiye giderken birbirimizin yerine geçmeyiz. Birimizin kabul ettiği ama gitmek istemediği çok sıkıcı bir yemek davetinde yapabiliriz örneğin. Ama öyle yerlere çoğu kez birlikte gideriz."

“Victoria bizimle oturmaya gelince onu çok özleyecek misin?”

Olivia üzüntüyle, “Evet özleyeceğim,” dedi. O an için bunu düşünemiyordu bile. “Hem de çok. Buraya beni görmeye gelmelisiniz; özellikle de sen.” Ona gülümsedi. “Şükran Günü için gelmene çok sevindim.”

Geoffrey, “Ben de öyle,” dedi ve Olivia’nın elini tuttu. Onu sahiden sevmişti. “Elindeki lekeyi kimseye anlatmayacağım.”

Olivia, “Anlatmasan iyi olur,” dedi ve ona sımsıkı sarıldı. Onun annesi olmak nasıl bir şey olabilir diye tuhaf bir düşünce geçti kafasından. Victoria’nın iki kat şanslı olduğunu düşündü.

Yavaş yavaş eve yürüdüler. Akşamüstü Charles onu alıp New York’a döndü. Ama Noel’de gelmeye söz vermişlerdi. Bunun üzerine Geoffrey çok heyecanlanmış, Olivia da onlara bir yemek sözü vermişti. Gelecek hafta nişanın açıklanmasının ardından verecekleri ilk yemek daveti olacaktı bu. Olivia, Hudson’da tanıdıkları kim varsa hepsini davet edecekti.

Charles gittikten sonra babaları memnun görünüyordu; Victoria ise çok yorgun. Oldukça gerilmişti; ama korktuğu kadar da kötü geçmemişti hafta sonu. O akşam erken yattı. Olivia ise saatlerce ateşin başında oturup Geoffrey ile babasını düşündü.

Victoria’yı, Charles ve Geoffrey’i düşünmek tuhaf geliyordu. Artık birbirlerine aitti onlar. Birdenbire aile olmuşlardı. Oysa o, bir gece içinde, evde kalmış bir kız haline gelmişti.

DOKUZ

Victoria Elizabeth Henderson ile Charles Westerbrook Dawson'ın nişanlandıkları, Şükran Günü'nden sonraki Çarşamba günü yayımlanan *New York Times* gazetesinde duyuruldu. Düğünün Haziran ayında yapılacağı, ama kesin tarihin henüz saptanmadığı yazıyordu. Edward Henderson, gazeteyi katlayıp çalışma masasının üstüne bırakırken memnun görünüyordu. Başarmışlardı.

Bu haber, her zaman olduğu gibi heyecan yaratmıştı; ama bu kez o kadar şiddetli değildi. Victoria'ya, New York'tan bazı telefonlar ve birkaç mektup geldi. Şehirde ise dedikodu küçük dalgalar halinde yayılıyordu. Ama korkulan olmadı; zararsızdı edilen laflar. Charles olmasaydı, Victoria'nın aptallığının sonucu bir felaket olabilirdi. Onun Toby Whitticomb'la ciddi olarak flört ettiği ve onunla birlikte hiç de uygun olmayan yerlerde görüldüğü söyleniyordu. Ama kesinlikle söylenebilecek pek fazla bir şey yoktu. Gerçeği tek bilen kişi Toby'ydi; onun da şu anda konuşması, onu istediğinden çok daha kötü bir duruma düşürebilirdi. Victoria emniyetteydi. Babasının gözünde, ancak Bayan Charles Westerbrook Dawson olduğu zaman güvende olacaktı.

Victoria akşamüstü oturmuş gazete okurken, habere hayretle bakakaldı. Bunu nasıl yapabilirlerdi? Ve neden? Sırf Toby'ye ümitsizce âşık olduğu ve ona inandığı için. Şimdi ceza olarak, hiç ilgisini çekmeyen bir adamın kölesi olmak üzere satılması gerekiyordu. Toby'yle yaptığı şeyleri Charles'la da yapması gerekecekti. Ama heyecanlanacağı yerde, uyuşmuş gibiydi ve tiksiniyordu bu sefer. Nasıl yapabileceğini merak ediyordu. Charles iyi arkadaş olacaklarını söylemişti. Ondan aşk beklemediğini de. Arkadaşlık ve Geoffrey'ye annelik dışında hiçbir şey beklemiyordu. Çocuğu düşünmek bile isyan etmesine neden oluyordu. O kimsenin annesi olmak istemiyordu; asla istemeyeceğini de biliyordu. Geoffrey'yi düşünmek, ona, kaybettiği bebeği hatırlattı. Epeyce sarsılmıştı. Charles'la evlendikten sonra, kadınlar bebekleri olmasın diye ne yapıyorlarsa, onu yapmaya kesin kararlıydı. Ne olduğunu bilmiyordu; ama bir şeyler yapıldığından emindi. Hem belki de Charles ondan böyle bir şey beklemez, diye ümit ediyordu. *Arkadaş* olduklarını söylemişti; arkadaşlıkta öyle şeyler olmazdı. Belki de ondan fiziksel olarak hiçbir şey beklemezdi. Büyük bir heyecanla öyle olmasını umuyordu. Charles'ın, ona Toby'nin yaptığı gibi dokunduğunu düşünmek bütün tüylerini diken diken etti.

Olivia, kollarının arasında temiz havlularla odaya girince, "Neden bu kadar ciddisin?" diye sordu. Havluları hizmetçilerden biri yukarı çıkarıyordu; ama Olivia ona yardım etmeyi önermişti. Oturmuş gazeteye bakan Victoria'nın derin üzüntüsünü görünce, neden olduğunu anladı ve şefkatle gülümsedi ona. "Onunla mutlu olacaksın Victoria... o iyi bir adam... üstelik New York'ta canın ne isterse yapabileceksin... bir düşünsene..." Bu da bir şeydi. Victoria kardeşine dalgın dalgın bakıp başını salladı. Kendi çaresizliği ile öyle meşguldü ki, Olivia'nın üzüntüsünü hissetmedi bile.

O günden sonra Victoria, öğleden sonraları uzun yürüyüşlere çıkmaya başladı. Kardeşi ortadan kaybolup Croton'a, Dobbs Ferry'ye, hatta Ossining'e gittiği zamanlar, Olivia artık bir şey söylemiyordu ona. Fırsat buldukça diğer kadınlarla toplantılara gittiğini biliyordu. Victoria'nın artık daha aksi olduğunu fark ediyordu. Erkeklere karşı gerçek bir öfke içindeydi; nefretin sınırında bir öfke. Çoğu zaman dilini kontrol edebiliyordu; ama bir fırsat çıktığında, ya da biri bir şey söylediğinde, Victoria fikirlerini gayet sertçe ifade etmekte geç kalmıyordu. Bu fikirlerin çoğu sanki politikmiş gibiydi; bir zamanlar gerçekten de öyleydi. Ama Olivia bir şeyi çok iyi biliyordu artık. Victoria'nın erkeklere karşı olan duygularının nedeni Toby Whitticomb, hatta Charles Dawson'dı. Kadınların, genelde hükümetlerin, özelde erkeklerin kurbanı olduklarını savunmasının nedeni de onlardı. Charles'ı, Toby'yi sevdiği için onu cezalandırmak isteyen babasıyla işbirliği yaparak çocuk kaçıran biri gibi görüyordu.

Ne yazık ki, Olivia'nın kardeşi için planladığı parti Victoria'nın hiç ilgisini çekmiyordu. Genç kız ona konuk listesini okurken, dinlemedi bile. Kimlerin geleceğinin umurunda bile olmadığını söyledi. Ayrıca, Rockefeller'lar ile Clark'ların gelmeyi kabul etmiş olmaları ona hiç de büyük bir başarı gibi gelmiyordu. Gelecek tüm konuklar için üzülüyordu. Kutlanacak bir şey yoktu ki. Basit bir anlaşmaydı bu.

Dawson'ların Noel için Croton'a gelmelerinden bir gün önce, Victoria ona bunları anlattığında, Olivia mutsuz bir ifadeyle, "Öyle söyleme Victoria," dedi. "Kötü bir niyet yok. İkiniz de birbirinize önemli bir şey sunuyorsunuz. Charles seni, hakkında söylenebilecek çirkin şeylerden kurtardı. Bir de küçük Geoffrey'yi düşün. Ona annelik yapman ne kadar mutlu edecek onu."

Victoria sinirli bir şekilde, "Ona annelik yapmak istemiyorum ki," dedi. Şükran Günü'nden beri ne kadar çaresiz durumda olduğunu düşünmekten başka bir şey yapmamıştı. "Nasıl annelik yapacağımı bilmiyorum. Ayrıca beni sevmiyor bile."

"Tabii ki seviyor; aptallaşma."

Victoria sertçe, "Seni seviyor," dedi. "Üstelik haklı. Aramızdaki farkı biliyor. Sanırım, benim çocukları sevmediğimi de hissediyor." Bir konuda haklıydı. Olivia ona açıklamak istemese de, Geoffrey Dawson'ın esrarengiz bir hüneri vardı. Olivia'nın ona gösterdiği ünlü lekeyi görmeden de ayırt edebiliyordu onları.

"İkimizi de seviyor. Eminim, çok kısa sürede sen de onu sevmeye başlayacaksın."

Ama Victoria buna zorlandığını düşünüyordu. Ve bu zorunluluktan nefret ediyordu. Artık tek istediği, Charles'la uygar bir anlaşma yaparak New York'ta bazı arkadaşlarını görme fırsatına sahip olmak ve politik gösteri ve toplantılara katılabilmekti. Bir gün politikaya atılmayı bile düşlüyordu. Hatta bazı din adamlarına gelen çağrı gibi o da politikaya girmesi için bir çağrı aldığından emindi. Kendini bir tür Jan Dark gibi görüyordu; idealleri uğruna hayatını feda edebilecek biri gibi.

Olivia onu ne zaman dinlese, ikizinin gitmekte olduğu aşırı uçlar onu çok şaşırtıyordu. "Sıradan şeyleri biraz daha fazla düşünmelisin Victoria. Örneğin kocanı, evini, düğününü." Ama Charles'tan, kardeşinin "kocası" diye söz etmek ruhunu incitti ve söyler söylemez, yaşadığı bu şoktan geri adım attı. Bu şekilde tepki vermesinin günah olduğunu biliyordu. Sadece çok nazik olduğu ve onunla sohbet etmeye bayıldığı için kardeşinin kocasına imrenmesi çok kötüydü. Artık onun hakkında böyle şeyler düşünmeye hakkı yoktu. Hiçbir zaman hakkı olmamıştı; ama New York'ta oldukları sırada genç kızlara özgü hayallere kapılması öyle kolaydı ki. Artık iki kardeşin de genç kızlık günleri sona ermişti. Yakında yirmi bir yaşında olacaklardı. Farklı biçimlerde ve farklı amaçlarla, her ikisi de kadın olmuşlardı. Victoria, gayri meşru da olsa, cinsel aşkı tanımıştı ve yakında evlenecekti. Olivia ise artık tamamen babasına aitti. Bundan sonraki on ya da yirmi, hatta babası daha uzun yaşarsa belki de otuz yılı onun hizmetinde geçirecekti. Victoria'nın hayatı uzlaşmayla geçecekti; onunki ise fedakârlık ve inkârla. Her ikisi de önlerindeki geleceğe razı olmak zorunda kalacaklardı. Ya da öyle olacağını sanıyorlardı.

Olivia kardeşiyle yine parti hakkında konuştu ve bu kez onu dinlemesi için zorladı. Kalın siyah kadifeden, kısa kuyruklu yeni elbiseler sipariş etmişti. Örneği, Paris'teki Callot kardeşlerin tasarımlarından alınan çok modern ve son moda kıyafetlerdi.

Victoria sevgiyle gülümseyerek, "Paris'e gittiğim zaman," diye söze başladı, her zaman söylemese de, Olivia'nın onun için yaptıklarını takdir ediyordu, "o çok sevdiğin tasarımcıların birinden 'gerçek' bir şey alacağım sana. Hangisi olsun? Beer mi? Worth mü? Poiret mi? Bana bir liste ver; ona göre alışveriş yapayım senin için." Birlikte olmayacakları bir zamanın geleceğini düşünmek, artık ikisine de ıstırap veriyordu. Bazen Olivia düşünmeyi bile reddediyordu. Victoria'nın evlenip uzaklara gideceğini düşünmek başka; artık kardeşinin yanında olmamasının vereceği acıyı hissetmek başka bir şeydi. Gece gündüz, nereye giderlerse gitsinler birlikte olduğu kardeşinden ayrılmanın acısını hissetmek. Hayatları boyunca, birkaç saat dışında, ayrı kaldıkları bir tek gün olmamıştı. Bunun, bir organını, ya da tüm organlarını kaybetmek gibi bir şey olacağından korkuyordu Olivia. Ne zaman bunu düşünse, belli belirsiz bir acıyla içinin çekildiğini hissediyordu. Gidip Victoria'ya sarıldı ve ayrıldıkları zaman onu çok özleyeceğini söyledi. Dayanılır gibi değildi bu.

Victoria doğal bir ifadeyle, "Gelip bizimle oturmak zorundasın," dedi. Bunu çok düşünmüştü ve Olivia'nın gelmesini istiyordu.

Olivia sahte bir gülücükle, "Eminim Charles bayılır buna," dedi. Charles'ın çatısının altında yaşayıp da hayalini kurduğu şeyi asla elde edememek, onun için tam bir işkence olurdu.

Victoria, "Bir taşla iki kuş vurmuş olur," dedi hafifçe. "Sen de Geoff'le ilgilenirsin." Sırıttı ve yatak odalarında olmasına rağmen, bir sigara yaktı. Olivia suratını asarak bir pencere açtı. "Mükemmel olur."

Olivia, "Bertie seni sigara içerken yakalarsa öldürür," diye uyardıktan sonra buna engel olmak için kapıyı kilitledi. "Seninle gelirsem babam ne olacak? O da mı gelecek?" Victoria'ya acıklı acıklı sırıttı. Şu anda istedikleri her şey olacakmış gibi yapabilirlerdi; ama zamanla, gerçeklerle yüz yüze gelmeleri gerekecekti. Balayıyla başlayarak, sonsuza kadar ayrı hayatlar süreceklerdi. "Babam, ne zaman istersem beni New York'a göndereceğini söyledi."

"Aynı şey değil ki Ollie; sen de biliyorsun."

Olivia, "Hayır," diye içini çekti. "Ama şu anda yapabileceğim en iyi şey." Sonra başka bir şey geldi aklına. Küçük de olsa bir teselli sayılabilirdi bu. "Peki Geoff ne olacak? Balayına onu da götürecek misiniz?"

"Tanrım, umarım götürmeyiz." Victoria sigarasından bir nefes daha alırken yüzünü buruşturdu. Olivia elini sallayarak dumanı uzaklaştırdı.

"Bu çok iğrenç bir şey. Keşke içmesen."

Victoria, kardeşine gülerek, "Sigara içmek Avrupalı kadınlar arasında çok moda," dedi.

"İnek sağmak da öyle. Ama bu kadar kötü kokmadığı halde onu da yapmak istemezdim. Her neyse; Geoff ne olacak? Onu da götürecek misiniz?"

"Charles'la o konuyu konuşmadık; ama götürmek isteyeceğini sanmıyorum. Ben Avrupa'ya gitmek istiyorum." Olivia bunu duyunca kalbinde yine bir ağrı hissetti. Artık Victoria'nın hayatının bir parçası olmayacaktı.

"Belki Geoff burada benimle kalabilir. Onun için iyi olur; ben de çok sevinirim."

"Harika bir fikir." Victoria sırıttı. Çocuğu Croton'da bırakmaktan daha iyi bir fikir olamazdı. Gemide, daha da kötüsü bütün Avrupa'da çocuk peşinde koşmak, istediği en son şeydi. Aslında Charles, balaylarında Avrupa'ya gitmeye henüz razı olmamıştı. Hâlâ Kaliforniya'dan söz ediyordu. Ama Victoria bu konuda hoşgörülü değildi; onu ikna edeceğinden emindi. Kesinlikle Kaliforniya'ya gitmeyecekti. Duyduklarına bakılırsa, orası uygar olmayan, rahatsız edici ve berbat bir şehirdi.

Olivia pencereyi kaparken, "Buraya geldiklerinde Charles'a öneririm bunu. Yoksa sen mi sormak istersin?" diye sordu. Dışarıda dondurucu bir soğuk vardı. Şükran Günü'nden beri de iki kez kar yağmıştı.

Victoria, "Sen sor. Ben Avrupa üzerinde çalışayım," diyerek gülümsedi. Biraz sonra da iki kardeş kol kola aşağı kata indiler. Kendilerini biraz daha iyi hissediyorlardı. Victoria, balayını ve

Londra'da görmek istediği kadınları düşünüyordu. Onlara daha önce mektup da yazmıştı. Hatta Olivia'nın haberi olmadan, cezaevindeki Emmeline Pankhurst'e bile mektup göndermişti. Olivia da mutluydu. Geoff'in yazın onlarla birlikte olacağını düşünüyordu. Kardeşinin yanında olmamasına karşılık küçük bir teselli sayılabilirdi bu.

Ertesi gün, Dawson'lar New York'tan, Charles'ın yeni Packard'ı ile geldiler. Geoff o kadar heyecanlıydı ki, geldikleri anda arabadan uçarak, dışarıda onları beklemekte olan Victoria'nın yanından geçip gitti. Bu arada da ona sesleniyordu. "Ollie nerede?"

"Mutfakta," diye cevap verdi genç kız. Çocuk koşarak arka kapıya gitti. Babası Victoria'ya ihtiyatla ve mahcup bir gülümsemeyle bakıyordu. Kendini biraz beceriksiz hissetmişti. Oğlu gibi keskin gözlere sahip olabilmeyi isterdi; ama değildi.

"Doğru mu söyledi? Sen Victoria mısın?" Nişanlısının hangisi olduğunu bilememek saçmaydı; ama gerçekten bilmiyordu işte. Başlangıçta, Victoria'nın hangisi olduğunu hissedebildiğini düşünmüştü. Ama oraya son gelişinden beri artık emin değildi. Onun yanındayken, Victoria'nın da Olivia kadar utangaç olduğu zamanlar oluyordu. Bazen de, Charles artık aileden biri olduğu için, Olivia'nın rahatladığı ve bir zamanlar Victoria'nın olduğu kadar cüretli olduğu görülüyordu. Onları daha iyi tanıdıkça durum kolaylaşacağına daha da karmaşıklaşmıştı. Aralarındaki farklar artık eskisi kadar belirgin gelmiyordu ona. Ama onun yanında kendilerini daha rahat hissetmeye başlamalarıyla birlikte, ikisinin de benzer mizah duygusuna sahip olduklarını ve çoğunlukla aynı şeylere güldüklerini öğrendi. Gülümsemeleri aynı, kahkahaları aynı, tavırları aynıydı. Hapşırmaları bile aynıydı. Şimdi, başlangıçta olduğundan daha da karışıktı kafası.

Victoria açıkça gülüyordu ona. Başını sallayarak, gerçekten de onun müstakbel eşi olduğunu onayladı. Charles rahatlayarak genç kızın yanağına masum bir öpücük kondurdu ve onu gördüğüne ne kadar sevindiğini söyledi.

"Size, üzerlerinde isimlerinizin baş harfi olan birer şık elmas broş hediye etmeliyim diye düşünüyorum. Yoksa buraya her gelişimde kendimi aptal durumuna düşüreceğim." Gülüştüler. Victoria, Charles'ın koluna girerek, onunla birlikte Henderson Malikânesi'nin girişteki holüne doğru yürüdü.

Victoria ona bakarak, "Bu çok iyi bir fikir," dedi. Onunla birazcık oynamak için içi gidiyordu. Dayanılmaz bir istekti bu. Onu kim olduğuna ikna ettikten sonra durumu tersine çevirerek, nasıl bir tepki göstereceğini görmenin komik olacağını düşündü birden.

Masum bir ifadeyle, "Benim aslında Ollie olmadığımı nereden biliyorsun?" diye sordu. Charles'ın birden şaşırdığını görünce gerektiğinden fazla eğlendi.

"Ollie misin?" Hemen uzaklaştı genç kızdan. Bu kadar yakın davrandığı için mahcup olmuştu. Victoria, kardeşiymiş gibi yaparak, başını salladı. Ama tam o sırada yanakları pembe pembe, saçları karman çorman, zıplayarak Geoffrey geldi mutfaktan. Olivia'nın elini tutmuştu.

Çocuk, "Merhaba Victoria," dedi ilgisiz bir şekilde. Charles, Victoria'nın ona oynadığı oyuna biraz kızmış görünüyordu. Yoksa çocuk da mı karıştırmıştı onları? Charles ikizlere tek tek baktı; ayırt edemedi. Ama Olivia kardeşine parmağını sallamaya başladı. Victoria'nın ne yaptığını hemen anlamıştı.

Kardeşini suçlayarak, "Charles'a işkence mi yapıyordun?" diye sordu. Onu çok iyi tanıyordu. Yer değiştirmeyi asıl seven hep Victoria olmuştu.

Charles, "Evet," dedi. Yüzü kıpkırmızı olmuştu. Oyuna bu kadar çabuk son verdiği için müstakbel baldızına minnettarlıkla baktı. "Onu sen sanmam için uğraşıyordu," diye açıkladı. Geoffrey babasına güldü. "Ve bir an için şaşkına çevirdi beni."

Geoffrey, iki kadın arasındaki farkı görmediği için babasının epeyce ahmak olduğunu düşünüyordu.

Charles, hafif sinirli bir ifadeyle, "Peki sen nasıl bu kadar emin olabiliyorsun?" diye sordu oğluna. İkisi arasındaki farkı o kadar küçük bir çocuğun ayırt edebilmesi, ama onun başaramaması hayret vericiydi. Acaba duyguları yüzünden şaşırıyor olabilir miydi?

"Bilmem." Geoffrey omzunu silkti. "Bence farklı görünüyorlar."

"Aramızdaki farkı görebilen tek kişi o. Bertie'nin dışında tabii." Olivia çocuğa gülümsedi ve Charles'a elini uzattı. Charles onun elini sıktıktan sonra nişanlısına döndü. Victoria yaptığı şeyi hâlâ komik buluyordu. Charles'ın kendine güvenini sarsmak ve dengesini bozmak hoşuna gidiyordu. Charles da bunu hissediyordu.

"Bir daha sana asla güvenmeyeceğim Victoria Henderson," dedi. Bu kez doğru ikize hitap etmişti. Olivia güldü.

"Çok akıllıca olur Charles. Bunu hiç unutmamanı öneririm!"

"Neler oluyor burada?" Edward Henderson hole geldi. Onları gördüğüne sevinmişti.

O akşam, New York'tan ve Edward'ın iş anlaşmalarından konuşarak neşeli bir yemek yediler. Çelik fabrikası sonunda satılmıştı. Edward sonuçtan ve Charles'ın işi halletme biçiminden son derece memnundu. Sessiz bir adamdı Charles; ama işinde ustaydı.

Yemek bitince, Edward'la Olivia nihayet yalnız bıraktılar onları. Olivia, Geoffe'e bakmak için yukarı çıktı. Edward da yorgun olduğunu ve erken yatmak istediğini söyledi. Olivia'yla babası kol kola, yavaş yavaş çıktılar merdivenleri. Fısıltıyla, her şeyin ne kadar iyi gittiğini konuşuyorlardı. Olan bitenler Edward'ı çok rahatlatmıştı. Olivia da babasına katılarak başını salladı. Ama karışık duygulara sahipti.

Yukarıda Geoff'i görür görmez hepsini unuttu Olivia. Bertie onu yatağına yatırmış, ama çocuk daha uyumamıştı. Kocaman konuk yataklarından birinde, kollarının arasında yıpranmış, parçalanmış bir maymunla yatıyordu.

Olivia yanına otururken ilgiyle, "Kim bu?" diye sordu.

Geoffrey, "Henry. Çok yaşlıdır. Benim yaşımda. Okul dışında her yere götürürüm onu," dedi. Maymunu koltuğunun altına alıp Olivia'ya gülümsedi. Koskoca yatağın içinde küçücük görünüyordu çocuk. Olivia eğilip onu öpmek istedi; ama henüz bunu yapacak kadar iyi tanımıyordu onu.

Olivia gayet ciddi, "Çok yakışıklıymış," dedi. "Isırır mı? Biliyorsun, maymunlar bazen ısırırlar."

Geoffrey, "Tabii ki ısırmaz," dedi sırıtarak. Olivia'yı güzel ve komik buluyordu. "Keşke benim de ikizim olsaydı. Victoria'nın babama yaptığı gibi, biz de herkese oyunlar oynardık. Onu gerçekten sen sandı babam. Sonra da çok utandı." Bunu çok komik bulmuştu.

Olivia merakla, "Sen bizi nasıl ayırt ediyorsun?" diye sordu. Geoff'in, başkalarının görmediği neyi gördüğünü merak ediyordu. Bir çocuk saflığına sahip olmasının sonucunda, biraz daha kuvvetli bir algılama gücü vardı.

"Farklı düşünüyorsunuz," dedi basitçe. "Bunu görebiliyorum."

"Nasıl düşündüğümüzü mü görebiliyorsun?" Olivia çok şaşırmıştı. Yaşına göre çok zeki bir çocuktu Geoffrey.. Her zaman öyle miydi, yoksa annesini kaybedince mi böyle olmuştu, diye merak etti genç kız.

Olivia'nın sorusunu, "Bazen," diye cevapladı Geoffrey. Sonra onu daha da şaşırttı. "Victoria beni sevmiyor."

"Tabii ki seviyor!" Olivia hemen ekledi. "Sadece çocuklara pek alışık değildir."

"Senin alışık olduğun her şeye o da alışık. Ama çocukları sevmiyor. Benimle, senin yaptığın gibi konuşmuyor. Babamı sahiden seviyor mu?" O yaşta bir çocuk için acı verecek kadar dolaysız bir soruydu bu. Olivia bir an için nasıl cevap vereceğini bilemedi.

"Bence babanı çok seviyor Geoff. Daha birbirlerini pek iyi tanımıyorlar; ama zamanla tanıyacaklardır."

"Peki birbirlerini iyi tanımıyorlarsa, neden evleniyorlar? Çok aptalca." Dediği çok da yanlış değildi. Ama hayat bundan daha karmaşıktı. Tabii bunu ona açıklayamazdı Olivia.

"Bazen insanlar evlenmenin iyi bir şey olduğunu bildikleri icin evlenirler. Zamanla da birbirlerine âşık olurlar. Bazen en iyi evlilikler öyle olur. Arkadaş olarak başlarsın; bir ömür boyunca daha da güçlenir arkadaşlığın." Olivia'ya, söyledikleri mantıklı gelmişti; ama Geoff kuşkuyla bakıyordu ona.

"Annem bizi dünyadaki her şeyden daha çok sevdiğini söylerdi. Babamla evlendiği zaman, onu herkesten daha çok sevdiğini söylemişti. Annesiyle babasından bile daha çok. Sonra ben doğunca, beni de babamı sevdiği kadar sevmiş," dedikten sonra sesini bir sır paylaşırcasına alçaltarak, "aslında beni daha çok sevdiğini söylemişti. Ama babamın kalbi kırılmasın diye onun duymasını istememişti," diye devam etti.

"Buna inanırım," dedi Olivia. Ona çok acımıştı. Kaybettiği annesi ve artık hiç geri gelmeyecek, paramparça olmuş çocukluğu için. "Seni çok, çok sevmiş olmalı."

Geoffrey üzüntüyle, "Severdi," dedi ve annesini düşünerek sessizliğe gömüldü. Onu sık sık düşünüyordu; çoğu kez de rüyasında görüyordu. Üzerinde hep beyaz bir elbise oluyordu ve ona doğru yürürken gülümsüyordu. Ama her seferinde, tam yanına geleceği sırada uyanıyordu. "Ben de onu severdim," dedi. Olivia'nın elini sımsıkı tutuyordu. "Öyle güzeldi ki. Çok da gülerdi... senin gibi..." Olivia hiçbir şey söylemeden eğilip yanağından öptü onu. Ve bir an sarıldı ona. Artık hiç sahip olamayacağı çocuktu o. Beklemediği bir şekilde ona verilmiş olan bir armağandı. Kardeşinin yerine bir çocuk gelmişti işte.

"Seni seviyorum Geoffy," dedi yumuşak bir sesle. Son derece ciddiydi. Çocuğun saçlarını okşarken ona gülümseyerek bakıyordu. Çocuk da ona gülümsedi. Huzurluydu.

"Annem Geoffy derdi bana... ama ziyanı yok... sen de diyebilirsin. Herhalde onun da hoşuna giderdi."

"Teşekkür ederim."

Sonra ona bir hikâye anlattı. Küçükken, Victoria'yla birlikte okuldaki bütün arkadaşlarına bir çay partisi vermişlerdi. Birbirlerinin yerine geçerek hepsiyle dalga geçmişlerdi. Sonra her şey iyice karışmıştı; çünkü herkes, bilmedikleri bir sürü şeyi bilmelerini bekliyordu onlardan. Geoff dinlediklerine bayılarak kahkahayla güldü. Olivia onun yanında bir saatten fazla oturdu. Çocuk bir süre sonra uykuya daldığında Olivia'nın elini tutuyordu ve maymunu yanındaki yastığın üzerindeydi. Olivia onu tekrar öptükten sonra sessizce odadan çıktı. Geoff'i ve annesini düşünüyordu. Annesine garip bir yakınlık duyuyordu; sanki onu tanıyormuş gibi.

Victoria odalarına dönmüştü bile. Sigara içiyordu ve pencereyi açma zahmetine bile katlanmamıştı.

"Buradan ayrılmanı sabırsızlıkla bekliyorum." Olivia gözlerini devirerek, sanki odadaki dumandan boğuluyormuş gibi yaptı. Victoria güldü. O kadar iyi arkadaştılar ve birlikte o kadar mutluydular ki. Olivia, onun gideceğini düşünmekten nefret ediyordu.

"Neredeydin?"

"Geoff'in yanında. Zavallı çocuk. Bence annesini çok özlüyor." Victoria onaylayarak başını salladı; ama bir yorum yapmadı.

"Charles, balayımızda Avrupa'ya gitmeye razı oldu." Kendinden hoşnut görünüyordu. Olivia gülümseyerek başını iki yana salladı.

"Zavallı adam. Sen bir canavarsın. Sigara içtiğini biliyor mu?" Victoria olumsuz anlamda başını sallayınca ikisi birden güldüler. "Ona söylemen gerekir herhalde. Ya da daha iyisi, bırak sigarayı."

"Belki de onun sigaraya başlaması gerekir."

"Aman ne hoş," dedi Olivia. ağır ağır soyunurken, Charles'ı bir ağabeyden başka bir şekilde düşünmemeye çalışıyordu.

"Senin, Geoffrey'in burada kalmasını istediğini söyledim. Fikir hoşuna gitti. Onu Avrupa'ya götürmek istemiyor. Gemide tedirgin olacağını düşünüyor."

Çocuğun az önce söylediklerini hatırlayan Olivia, "Bence haklı," dedi. Anıları henüz çok tazeydi kafasında. Daha iki yıl bile olmamıştı. Gerçi babasıyla Victoria evlendiklerinde olacaktı ama... "Tarihi saptadınız mı?"

Victoria başını salladı; ama memnun görünmüyordu. Daha yeni konuşmuşlardı. "20 Haziran. *Aquatania* New York'tan yirmi birinde hareket ediyormuş. İlk seferinin dönüşü olacakmış." Victoria memnuniyetle gülümsedi. Ama memnuniyeti yolculukla ilgiliydi; düğünle değil. Olivia kardeşini dinlerken kaygılı görünüyordu.

"Sence Charles da biraz sarsılmayacak mı?" diye sordu. Victoria bir an duraksadı ve omzunu silkti.

"Gemide onun yanında değilmiş ki. Karısı Geoff'le birlikte İngiltere'den dönüyormuş. Charles gemiye binmemiş."

Olivia, düşünceli bir şekilde, "Ama çok acı çekmiş olmalı. Yolculukta ona çok şefkatli davranmalısın," dedi. Victoria'nın canı sıkıldı.

"Belki de benim yerime sen gitmelisin onunla. Değişikliğin farkına bile varmaz."

Olivia yavaşça, "Varmayabilir," dedi. Ama Geoff varırdı.

Ertesi gün Charles durumu kendi düzeltti. Öğle yemeğinden önce Victoria'yla yürüyüşe çıkmışlardı. Hudson'a bakan bir bankta bir süre sessizce oturdular.

Charles, "Burası o kadar güzel ki. Nasıl ayrılabiliyorsun bilmiyorum," dedi. Victoria, onu babasının zorladığını söylememek için zor tuttu kendini. Söylemeyecek kadar akıllıydı tabii.

"Aslında ben New York'u tercih ediyorum zaten. Burası inanılmayacak kadar sıkıcı. Olivia sever burayı. Ben biraz daha heyecan arıyorum."

Charles, "Öyle mi?" diyerek takıldı ona. İki kardeşi birbirlerinden her zaman ayıramasa da, Victoria'nın sandığından daha iyi tanıyordu onu. "Bak, bunu hiç tahmin edemezdim." Victoria güldü. Charles zeki bir adamdı; espriliydi. Bu hoşuna gidiyordu. Birliktelikleri hakkında da hiçbir hayale kapılmıyordu; ya da en azından öyle görünüyordu. "Aslında, New York'tayken iyi bir fikir geldi aklıma. Seni Olivia'dan ayırt edebilmek için bir sistem. Umarım hoşuna gider." Olivia, küçüklüklerinde taktıkları gibi komik kurdelelere benzer bir şey olacağını düşünerek, tam karşı çıkacağı sırada Charles elini tuttu. Öbür elini cebinden çıkardı ve tek söz söylemeden, çok şık elmas bir yüzük taktı kızın parmağına. Çok zarifti. Taşı pek büyük olmamasına rağmen, mükemmeldi. Charles'ın annesine ait bir yüzüktü. Annesi birkaç yıl önce ölmüş ve tüm mücevherleri oğluna kalmıştı. Bir kısmı, ölmeden önce Susan'ın olmuştu. Ama bu yüzüğü Susan'a vermemişti Charles. Evlendiklerinde annesi hâlâ hayattaydı ve yüzüğü takıyordu.

Victoria büyük bir hayretle bakıyordu yüzüğe. Şaşkınlıktan konuşamıyordu. Parmağına tam uymuştu ve eli titriyordu. Charles ise, epeyce uzun boyuyla öylece durmuş, gözlerinde nazik, sıcak ve umutlu bir ifadeyle aşağıya, kıza bakıyordu. Ama Toby'nin yaptığının tersine, kollarının arasına alıp onu ne kadar sevdiğini söylemedi. Sadece, "Annemindi," dedi. Victoria'yı öpecek cesarete sahip olabilmeyi diliyordu.

"Çok güzel... teşekkür ederim..." Victoria ona döndü ve bir an için keşke durum farklı olsaydı, diye düşündü.

Charles kızın elini tutarak, "Umarım bir gün mutlu oluruz," dedi. "İyi dostlar arasında yapılan evlilik harika bir şey olabilir."

Victoria üzüntüyle, "Başka şeyler de gerekmez mi?" diye sordu. Toby'yle paylaştığı kısa ama muhteşem dakikaları, ona duyduğu gerçek aşkı ve tutkuyu hatırlamıştı.

"Bazen. Eğer çok şanslıysan," diye cevap verdi Charles. Kendi geçmişini hatırlamıştı; ama hatırlamamış olmayı isterdi. Bu çok farklı olacaktı. Ama eğer Victoria'yı elde edebilirse, evcilleştirebilirse, o da iyi bir eş olabilirdi. Bunu denemek istiyordu; Geoff'in hatırı için. "Aşk tuhaf bir şey; öyle değil mi?" dedi, elini omzuna atarak. "Bazen hiç beklemediğin bir yerde bulursun onu. Seni incitmeyeceğim Victoria," diye devam etti şefkatli bir ifadeyle. "Senin dostun olacağım... ve senin için senin yanında olacağım; eğer izin verirsen." Ama Victoria'nın onu hâlâ belli bir uzaklıkta tuttuğunu ikisi de biliyordu. Bunun ne kadar süreceğinden emin değildi Charles. Ancak şu an için, genç kız vahşi bir kısrak gibiydi; ona daha fazla yaklaşamazdı. "Seni korkutmayacağım," dedi. Victoria onaylayarak başını salladı.

"Özür dilerim Charles." Gözlerindeki hüzün gerçekti; herkes

biliyordu bunu. Toby'nin ona verdiği acıyı unutması için ne kadar zaman gerekeceğini merak ediyordu Victoria. Tabii eğer unutabilirse.

Charles sessizce, "Dileme," dedi. İkisi de nişanlarının hangi koşullar altında yapıldığının farkındaydı; ikisi de hiçbir hayale kapılmıyorlardı. "Bana hiçbir borcun yok henüz." Ya sonra? diye merak etti Victoria. Sonra farklı mı olacaktı? Sırf beyaz bir elbise giydiği ve bir papazın laf salatasını dinlediği için. Birdenbire Charles'ı da, Toby'i istediği gibi isteyecek miydi? Ne değiştirecekti ki bütün bunlar?

Victoria, "Sanırım durum artık resmiyet kazandı," dedi ihtiyatla. Parmağındaki yüzüğe bakıyordu. "Nişanlıyız." Bunu, sanki tam olarak kavrayamıyormuş gibi söylemişti. Charles hafifçe güldü.

"Evet nişanlıyız. Haziranda da Bayan Charles Dawson olacaksın. Buna alışman için altı ayın var," dedi ve Victoria'ya dikkatlice yaklaştı. Çok nazik bir şekilde ellerini onun omuzlarına koydu. "Gelini biraz erken öpebilir miyim?" diye sordu. Ne yapacağını bilemeyen Victoria başını salladı.

Charles kızı kollarının arasına aldı ve son derece dikkatli bir şekilde öptü onu. Victoria'yı bu kadar yakınında hissetmek, anıların, aklına ve bedenine dalga dalga gelmesine neden oldu. Özlem ve arzu gibi duyguların hücumuna uğradı. Hem Susan'ı, hem Victoria'yı düşünüyordu. Duygularının akıntısına kapılmamak için mücadele etmesi gerekiyordu. İki yıldır dokunduğu ilk kadındı o. Ona sarılırken hüzün ve şefkatle dolmuştu; ama genç kız bunu anlamıyordu. Sadece sevmediği, ama evlenmeye zorlandığı bir adamın dudaklarını hissediyordu o. Charles onu bir süre daha kollarının arasında tuttu. Kızın, onun için hiçbir şey hissetmediğini biliyordu. Ama zamanla bunun değişeceğinden emindi. Yazı Avrupa'da geçirecek olmaları iyiydi.

Sevimli bir ifadeyle, "Dönelim mi?" diye sordu ve elini tuttu. Victoria'nın parmağına taktığı elması elinin altında hissediyordu.

Eve döndüklerinde Victoria hiçbir şey söylemedi. Olivia yüzüğü ilk gördüğünde öğle yemeğindeydiler. Victoria'nın parmağındaki yüzüğü görmek şaşırtmıştı onu. Birden gerçek oluvermişti; nişan, düğün, Victoria'nın yakında gideceği gerçeği ve onun da babasıyla yalnız kalacak olması... Olivia'nın gözleri doldu ve mahçup olarak bakışlarını kaçırdı. Victoria, kötü bir şey olduğunu o an anladı. Sonra eline baktı. Vicdan azabı duyuyordu ve özür dileme ihtiyacı içindeydi. Yemek biter bitmez kardeşine sarıldı. Kızların acı dolu bir sessizlik içinde birbirlerine sarılmalarını izlerken, Charles ne olduğunu anlamamıştı.

Sonunda yemek odasından çıktıklarında Olivia, "Seni çok özleyeceğim," diye fısıldadı.

Victoria gayet sert, "Benimle gelmen gerek," dedi.

Gözleri yeniden dolan Olivia, "Gelemeyeceğimi biliyorsun," diye karşılık verdis. Charles holde durmuş, ne konuştuklarını merak ederek uzaktan izliyordu kızları.

Victoria, "Asla senden başkasını sevmeyeceğim," dedi. Söylediklerinde son derece ciddiydi. Olivia cevap olarak başını iki yana salladı.

"Sevmelisin. Charles'a bunu borçlusun. Onu sevmeyi öğrenmelisin," diye fısıldadı. Sonra Charles'ın yanına giderek yüzüğün ne kadar güzel olduğunu söyledi. Genç adam memnun oldu. Ve üçü birlikte kol kola dışarı, kış güneşine doğru yürüdüler.

ON

Dawson'lar orada olduğu için, Victoria'nın tereddütlerine rağmen, Noel her zamankinden daha eğlenceli geçmişti. Hediyelerini açarken Geoff'in yüzünü seyretmeye bayılıyordu Olivia. Noel sabahı hep birlikte kızakla gezmeye gittiler. Noel Gecesi yoğun bir kar yağışı olmuştu; kiliseden döndükten sonra, Hudson'ın üstlerindeki tepeler kalın beyaz kadife bir örtüyle örtülmüştü.

Olivia kızağı Geoff'in sürmesine izin vermiş; sonra ikisi birlikte kar topları yapıp, Victoria'yla Charles'ı eve girene kadar topa tutmuşlardı. Daha sonra Olivia, çocuğun kardan adam yapmasına yardım etmişti. Akşam olana kadar da içeri girmemişlerdi. Hepsi için mükemmel bir gün olmuştu. Ama keyiflerini bozan bir şey vardı; Edward üşütmüş ve neredeyse yılbaşına kadar yataktan kalkamamıştı. Ancak yılbaşı gecesi, Olivia'nın, Victoria'yla Charles için düzenlediği partiye katılmak için kalkmıştı. Çok hoş bir akşam geçirmişlerdi. Güzel yemekler yemiş, çok miktarda şampanya içmişlerdi. Hepsi parti için çok şık giyinmişti. Olivia, müzisyenler de getirtmişti. Ön salonda dans edilmiş, herkes çok eğlenmişti.

Geoff'in, akşam yemeğinden önce aşağı inmesine izin verilmiş, konuklar onunla tanıştıkları için sevinmişlerdi. Victoria'yı içtenlikle kutlamışlar, en ufak bir skandal fısıltısı bile duyulmamıştı. Kızın itibarı kurtulmuş, geleceği garanti altına alınmıştı. Croton-Hudson'da her şey yolundaydı. Yılın ilk gününde de, Victoria'yla Charles artık birbirlerine alışmışlardı. Zaman zaman samimi konuşmalar yapıyorlar; âşık olmasalar da, en azından iyi dost olmuş gibi görünüyorlardı. Victoria'yı gerçekten huzursuz eden tek şey Geoffrey'di. Olivia bunun farkındaydı. Charles'ın da fark etmemesi için, çocuğu her fırsatta onları yanından uzaklaştırıyordu. Ama Victoria'ya, onu tanımaya çalışması için sürekli olarak ısrar ediyordu.

"Tanrı aşkına, o sadece bir çocuk. Dokuz yaşında bir çocuk. Ne zararı olabilir ki? Aptallık etme."

Victoria yalnızca, "Benden nefret ediyor," dedi.

"Nefret etmiyor. Seni seviyor." Yalandı bu. Ama Olivia, ikizinin çocuğu tanımasını çok istiyordu. "Sadece bana daha alışkın. Gerçekten aklımıza koysak ve birbirimizin yerine geçsek, bunu asla anlamaz." Ama bunun yalan olduğunu her ikisi de biliyordu. Olivia yılın ilk gününde de, kardeşinden uzak tutmak için Geoff'i yine dışarı çıkardı.

Yerdeki buza ve kara rağmen onu ata binmeye götürmeye karar verdi.

Seyis, "Dikkatli olun küçükhanım," diye uyardı. "Dışarısı güvenli değil." Yeni bir fırtınanın yaklaştığını Olivia da görebiliyordu.

"Fazla uzağa gitmeyiz Robert. Teşekkür ederim." Geoff'e en uysal atı verdi. Çocukken bindiği tatlı, ihtiyar bir binek atıydı bu. Onun yanında gitmek için de kendi atını aldı. O gün kendi kısrağı çok keyifliydi ve pek yerinde duramıyordu. Tatil süresince hava kötü olduğu için çok az hareket etmişti. Ama Olivia bu keyifli gezintiden çok hoşlandı. Geoffrey'yi tepelere çıkardı; çocukken çok sevdiği yerleri, ağaç evini ve ormanda Victoria'yla birlikte Bertie'den saklandıkları ağaçsız alanı gösterdi ona.

On iki yaşındayken okulda çok yaramazlık yaptıkları ve babalarının onları azarlayacağından korktukları için, bütün bir gece dışarıda kaldıkları günü anlattı. Şerif çağrılmış, köpekleriyle gelmişti ve tabii ki bulmuşlardı onları. Kızlar ağlamışlardı. Ama elbette ciddi bir şey gelmemişti başlarına. Babaları her zaman çok şefkatliydi. Hatta biraz yumuşaktı; Victoria'nın New York'taki son macerasına kadar. Orada hiçbir yumuşaklık söz konusu olmamıştı. Victoria'nın ve New York'taki dedikoduların insafına kalmışlardı. Tek çözüm, onun Charles Dawson'la evlenmesiydi. Ama Olivia bunu Geoffrey'ye açıklamadı.

"Hiç dayak yedin mi?" Geoffrey merakla sordu. Olivia başını iki yana salladı. Babaları onlara hiç dokunmamıştı. Geoffrey, "Ben de yemedim," deyince Olivia çok memnun oldu.

Sonra bir süre, at üstünde kovboyculuk ve kızılderilicilik oynadılar. Olivia'nın on değil de yirmi yaşında olduğuna inanmak zordu. Bayırların, su birikintilerinin ve donmuş derelerin üzerinden atlayarak birbirlerini kovaladılar. Olivia arada bir kütüklerin üzerinden de atlıyor, ama Geoffrey'yi tehlikeye sokacak bir şey yapmamaya dikkat ediyordu. Akşam olurken yavaş yavaş eve, ahıra doğru yola koyuldular. Olivia karın üzerinde birkaç tavşan kovaladı; Geoff çok güldü. Neredeyse eve varmak üzerelerken bir gök gürültüsü duyuldu; tam üstlerinde bir yerde şimşek çaktı. Olivia daha çocuğa bir şey söyleyemeden, Geoff'in atı ürktü. Genç kızın tek gördüğü, Geoff'in korku dolu gözleri ve atın buzlu zemin üzerinde, ahırla arasında bulunan tüm engellerin üzerinden atlayarak deli gibi koşuşuydu.

Olivia rüzgâra rağmen, "Geoff, sıkı dur!" diye bağırdı. Onu duyabilmesi için dua ediyordu. "Sımsıkı tutun! Sakın bırakma! Geliyorum!" Yıllardır pek az hareket etmiş olan ihtiyar at fazla hızlı koşamadığı için Olivia çabucak yetişti ona. Zarif kollarıyla uzanabildiği kadar uzandı ve bir eliyle kendi atının eyerine tutunurken, diğer eliyle öbür atın gemini yakaladı. İyi bir hareketti. Sağlam bir kavrayışla, yeni bir gökgürültüsü öncesinde atın hızını yavaşlatmayı başardı. Bu kez kuvvetle çekerek dizginlerden birini Geoff'den aldı ve sımsıkı tuttu. O sırada kendi atı ürküp koşmaya başladı. O zaman, onu da sürüklememek için Geoff'in dizginini bırakmak zorunda kaldı. Olivia'nın kısrağı şaha kalktı. Şimşek çakarken at sıçrıyor; Olivia onu kontrol etmek için bütün gücünü kullanıyordu. Geoff'in atının çok korktuğunu gördü. Ama bu kez kımıldamıyordu hayvan. Olivia yorgun düşmüştü. Bu kez mücadele eden Olivia'ydı. Ancak yeni bir gökgürültüsü, ürkmüş olan atının deliye dönmesine neden oldu. Önce yanlara, sonra ileriye doğru sıçramaya başladı. Birden iyice yükselip sıçrayarak çalıların üstünden atladı. At çalıların ötesinde gözden kayboldu; ama Olivia'yı Geoffrey'in yanına, yere fırlatmıştı. Çocuk bir bakışta kızın baygın olduğunu anladı.

"Olivia! Ollie!..." Geoffrey ağlamaya başladı. Ama, tekrar binemeyeceğini düşünerek atından inmeye korkuyordu. Bu yüzden çılgınca ağlayarak ahırlara doğru ilerledi. Yağmur başlamıştı.

Babası ve seyis, onun anlaşılmaz bir şekilde çığlık atıp el kol hareketleri yaparak geldiğini gördüler. Daha hiçbir şey açıklayamadan, Olivia'nın kısrağı çocuğun yanından dörtnala geçip dosdoğru ahırdaki bölmesine gitti. Binicisinin artık eyerin üzerinde olmadığını görmek zor değildi. Geoff çılgın gibi, neler olduğunu açıklamaya çalışıyordu... gök gürültüsü... şimşek... at... attan düşüş... çalılar. Robert, onu dinlerken kendi atına binmişti bile. "Ata binebilir misiniz?" diye sordu. Charles başını salladı. Oğlunun attan inmesine yardım ederek, yorgun ata kendi bindi. Hayvanın ahırdan ayrılmasını sağlamak çok zor oldu; ama başka bir atı çıkarıp eyerlemeye vakitleri yoktu.

Robert, Olivia'nın nerede olduğunu hemen anlamıştı. Şiddetli yağmurun altında Olivia'yı bulmaya giderlerken, Charles kalbinin atışını kulaklarında duyuyordu. Neredeyse onu görmeden geçip gidiyorlardı. Üzerinde kahverengi binici ceketi, uzun siyah saçları başının etrafına yayılmış bir halde, küçük bir kütle halinde yerde yatıyordu Olivia. Atından ilk inen seyis oldu. Charles adamın hemen arkasındaydı. Olivia ölü gibi bembeyazdı; iki adama da cansız gibi görünmüştü. Bu düşünce Charles'ın başını döndürdü. Eğer attan düştüğünde öldüyse, Geoff'e, Olivia'nın babasına ve kardeşine ne diyeceğini düşünmek korkuttu onu.

"Yoksa...?" diye fısıldadı. Ama şiddetli rüzgâr yüzünden Robert onu duymadı. Charles'a döndü; başını iki yana salladı ve geri gidip arabayı getirmesi gerektiğini söyledi. "Onunla kalın. On dakika sonra dönerim. Doktoru çağıracağım." Charles yanına gelip eğildiğinde kızın nefes aldığını gördü. Ama baygındı. Onu yağmurdan koruyabilmek için, ceketini kızın üzerinde küçük bir çadır yapmaya çalıştı. Yerde yanına diz çöktüğü sırada, Charles ağladığını fark ederek kendine çok şaştı. Zemin buzluyken dışarı çıkmalarının aptallık olduğunu düşünüyordu. Orada yatan Geoffrey de olabilirdi. Ama Olivia'nın buna asla izin vermeyeceğini de biliyordu. Aynı ata binmiş olduğu için, oğlunun bindiği atın yaşlılıktan neredeyse ölü gibi olduğunu ve ona zarar veremeyeceğini fark etmişti. Charles, Olivia'ya bakarken, içinde kımıldayan, ona ıstırap veren ılık bir duygu, Susan'ı hatırlattı. Genç kızla her konuştuğunda hissettiği şeydi bu. Ruhundaki o yumuşaklık, o şefkat, gözlerindeki neşe... Bunca acı veren de oydu. Kalbine bir kazık saplayan ve iki yıl önce kaybettiği şeyi hatırlatan oydu. Şimdi kıza bakarken buna dayanmak çok zordu. Oğlu haklıydı; ikizler aynı değildi; tamamen farklıydılar. Victoria, çok vahşi, çok özgür, ona karşı çok ilgisiz, çok doğal bir cinselliğe sahip, ama duyarsız bir kızdı. Onu ehlileştirmek, ona sahip olmak, direncini kırmak istiyordu. Ama yüreğinin derinliklerinde, ona asla âşık olmayacağını biliyordu. Oysa bu kadın bambaşkaydı. Ona bakarken hissettikleri, kaçıp kurtulmak isteği doğuruyordu. Sevdiği birini bir daha asla kaybetmeyecekti. Kalbini birine verip, kaderin onu çalmasına bir daha asla izin vermeyecekti. Victoria onun için kesinlikle çok daha tehlikesizdi... Olivia ise ıstırap verecek kadar daha değerli... ve eğer şimdi ölürse... eğer ölürse... eğer giderse... buna dayanamayacağını biliyordu. Bir kez daha olamazdı. Şimdi olamazdı. Haksızlıktı... doğru değildi ona olan duyguları. Ne olursa olsun, Olivia'nın kardeşiyle evleneceğini biliyordu.

"Olivia..." İyice eğildi. Kızın adını söylerken hafifçe saçlarını okşuyor ve boynunun kırılmamış olması için dua ediyordu. Hâlâ nefes aldığını görebiliyordu. "Olivia... konuş benimle... Ollie, lütfen..." dedi. Çocuk gibi ağlıyor; ona müthiş bir sevgi duyuyor, bu yüzden de kendinden nefret ediyordu. "Olivia..." Genç kız kımıldadı ve gözlerini açtı. Charles kendini toparlamaya çalıştı. Olivia ona yarı şuursuz, sanki tanımıyormuş gibi bakıyordu. "Kımıldama; çok kötü düşmüşsün," dedi Charles. Şiddetli bir rüzgâr esiyordu. Kızın vücudu sırılsıklamdı; ama Charles'ın tuttuğu ceket yüzünü koruyordu. Genç adamın yüzünden sular damlıyordu. Koyu kumral saçları başına yapışmıştı. Gözyaşları yüzündeki yağmur damlalarına karışıyordu. Olivia, onun az önce neler düşündüğünden habersizdi. Birden hatırladı.

"Geoff iyi mi?" Hâlâ zor konuşuyordu; soluğu kesilmişti. Görüşü bulanık olduğu için Charles'ı iyi göremiyordu. Önce kim olduğunu tam anlayamamış, sonra Charles olduğunu fark etmişti. Gülümsemeye çalıştı; ama çok acı çekiyordu.

"Gayet iyi. Bize haber vermeye geldi." Olivia başını sallamaya çalıştı; acıyla irkildi; sonra gözlerini kapadı. Charles yerde yatan kıza bakıyordu. Onun için hissettikleri yüzünden büyük bir korkuya kapılmıştı. Ama yine de Victoria'yla evlenmekle doğru bir şey yapacağını düşündü. Olivia gibi bir kadını sevmek çok tehlikeli olurdu. Kalbi ve ruhu, kabaran denizin dalgalarıyla yıkılan set gibi çökerdi. Olivia'ya hissettiklerini Susan'dan başka kimseye hissetmemişti. Victoria çok daha tehlikesizdi... kendine göre bir tehlikesi vardı, ama Charles için değildi. O sadece ilgi çekiciydi. Ama bu kadın, o şefkatli tavırlarıyla Charles'ı mahvedebilirdi.

Bir dakika sonra tekrar, "Kendini nasıl hissediyorsun?" diye sordu. Onu rüzgâr ve yağmurdan korumaya devam ediyor ve ona dokunma arzusuyla yanıyordu.

"Harika." Bitkin bir şekilde gülümsedi Olivia. Charles şefkatle onun yüzünü okşadıktan sonra elini çekmedi. Tüm duygularıyla mücadele ediyor, bunun bir hata, sadece anlık bir zaaf olduğunu hatırlatmaya çalışıyordu kendine. Olivia, "Kalkmama yardım eder misin?" diye sordu. Becerebileceğinden emin değildi.

"Bence kalkmamalısın. Robert arabayı getirmeye gitti. Şimdi gelir."

"Babamı üzmek istemiyorum."

"Eğer ölseydin hepimizi üzecektin Olivia. Gelecekte daha dikkatli olursan sana minnettar olurum." Geoffrey'nin bir trajediye daha ihtiyacı yoktu. Tabii Charles'ın da. Yanında diz çökmüş ona bakarken, kızı azarlaması mı, öpmesi mi gerektiğini bilemiyordu.

"İyiyim ben."

"İyi görünüyorsun." Olivia'ya gülümsedi. Ve çok şey anlatan bir bakışla, göz göze geldiler. Olivia, Charles'ın dışında her şeyi unutmuştu. Geçmişlerini, geleceklerini, her şeyi... Sadece o an vardı. Üzerlerine yağan yağmurun altında yerde yatan Olivia... Charles'ın şefkatle yanağına dokunan eli ve onu okşayan gözleri... Bir an için, acaba delirdim mi, diye merak etti Olivia.

"Atım iyi mi?"

"Önceliklerinden nefret ediyorum," dedi Charles. Olivia oturmaya çalışıyordu. "Atın gayet iyi. Senden çok daha iyi." Olivia tekrar yere yattı; başı çok acıyordu. Genç kız hareket ettiği sırada Robert arabayla tepenin üzerinde belirdi. Bir an, çılgınca bir düşünceyle, Charles kızı ondan saklamak, sonsuza kadar yanında tutmak istedi. İkisi de bir daha böyle bir anın yaşanmayacağını, sözünün bile edilmeyeceğini biliyorlardı. Unutulması gerekiyordu. Gözleri büyük bir açlıkla birbirlerinin ruhuna kadar ulaştı; sonra kapılar kapandı. Sonsuza kadar.

Robert arabadan inerken, "Nasıl?" diye sordu.

"Galiba daha iyi." Charles başını salladı ve dönüp bir kez daha baktı kıza. Sonra tek bir hareketle, dikkatlice ve kolayca kaldırıp, bebek gibi kucağına alarak arabaya götürdü Olivia'yı. Koltuğun üzerine yerleştirdi. Olivia inleyerek başını arkaya dayadı. Çok hasta görünüyordu. Herhangi bir yeri kırılmamıştı; ama belli ki ciddi bir sarsıntı geçirmişti. Charles da arabaya bindi ve karşısına oturdu. Robert, Charles'ın bindiği atı arabanın arkasına bağladı ve eve doğru hareket etti. Charles sessizce Olivia'yı seyrediyordu. Ona söylemek istediği o kadar çok şey vardı ki. Ama söyleyemeyeceğini biliyordu. Söylemenin hiçbir anlamı yoktu. Onun için çok tehlikeli olurdu. Bir yol ayrımına gelmiş ve ötesine geçmişti. Susan öldüğü zaman yolunu seçmişti. Victoria'yla evliliği ise Susan'a hissettiklerine karşı bir tehdit değildi. Ne olması gerekiyorsa tam tamına oydu; bir anlaşma. Bu, farklı bir şeydi. Kalbini dağlayacak ve parmaklarını yakacak bir ateşti. Victoria, bir kıvılcım ve cinsellikten ibaretti. Olivia ise, özlediği ve bir daha sahip olmayacağını, ya da sahip olmaya cüret edemeyeceğini bildiği bir şeydi. Bir zamanlar sahip olmuştu ve kaybedince nasıl harap olduğunu biliyordu. Aynı şeyi bir daha yaşamak istemiyordu.

Olivia, sanki onun düşündüklerini duyabiliyormuş gibi baktı ve başını salladı. Elini uzattı. Charles kızın buz gibi parmaklarını tuttu ve bırakmadı.

Genç adam yumuşacık bir sesle, "Çok üzgünüm," dedi. Sanki Olivia, düşündüğü ama söylemediği her şeyi anlamış gibi. Kız sadece gülümsedi ve gözlerini kapayıp tekrar arkasına yaslandı. Hepsi bir rüya gibiydi. Yanında olan Charles, fırtına, yağmur, çocuk... Elini tutan Charles'ın eli... Her şey çok karmaşık ve anlaşılması çok güçtü. Anlamadığı her şeyin bir nedeni var gibiydi. Sonra birden, Charles'ın yanında Victoria'yı gördü. Olması gerektiği gibi... Ardından Bertie'yi, babasını ve doktoru gördü. Başı dönüyordu.

Onu yatağına yatırdılar. Victoria yanına oturdu. Olivia ısrarla Geoffrey'yi görmek istediğini söylüyordu. Çocuğun korkmasını istemiyordu. Onu bu kadar kötü bir havada dışarı çıkarmasının aptallık olduğunu söyledi; Geoffrey anlayışla karşıladı. En kısa zamanda onu tekrar görmeye geleceğine söz verdi ve öptü. Ve Olivia'nın başka birini düşünmesine neden oldu. Kimliğini ve yerini hatırlayamıyordu ama... Sanki dakikalar, ya da yıllar önce gibiydi. Hangisi olduğundan emin değildi. İstemediği halde, uyuması için bir şey vermişlerdi. Uykuya dalarken Victoria yanında oturuyordu. Bertie onunla kalmak istemiş, ama Victoria izin vermemişti. Olivia'nın kardeşine bir şey söylemesi gerekiyordu. Çok önemli olduğunu biliyordu; söylemesi şarttı.

"Onu sevmek zorundasın Victoria. *Mecbursun*... Sana ihtiyacı var." Derken, Charles'la Victoria'yı düşünerek uykuya daldı. Hepsinin bir gemide olduğunu gördü. Victoria gelinlik giymişti; yanında Charles vardı. Ona bir şey söylemeye çalışıyordu; ama Olivia duyamıyordu. Geoff babasının yanında duruyordu ve annesinin elini tutuyordu. Susan onları seyrediyordu. Victoria ise anlamıyordu, hiçbir şey anlamıyordu. Hiçbiri anlamıyordu. Sonra gemi tam bir sessizlik içinde battı.

Olivia, ertesi gün öğleye doğru uyandığında başı ağrıdan çatlıyordu. Bütün gece cinler tarafından hırpalanarak uyuyamamış gibi hissediyordu kendini. Ama bunun doğru olmadığını biliyordu. Victoria, Dawson'ların gitmiş olduklarını söyledi. Geoffrey bir demet çiçek bırakmıştı Olivia'ya. Charles da kısa bir not yazmıştı. Attan düştüğü için ne kadar üzüldüğünü ve kendini daha iyi hissetmesini umduğunu söylüyordu. Yatağında yatarken notu bir kez daha okudu Olivia. Gördüklerinin gerçek mi, yoksa düş mü olduğunu merak ediyordu. Charles'ın yüzünde, daha önce hiç görmediği bir ifade görmüştü. Acaba görmüş müydü? Şu anda gerçeği hezeyandan ayırt etmesi imkânsızdı.

Victoria kardeşinin fincanına çay doldururken, "Kafana müthiş bir darbe almışsın kızım," dedi. Olivia, yüzünde acı ifadesiyle aldı fincanı.

"Öyle olmalı. Bütün gece çılgın rüyalar gördüm." Gerçek ya da hayal, hâlâ etkisi altındaydı.

"Hiç şaşırmadım. Doktor birkaç gün içinde iyileşeceğini söyledi. Şimdi kapa gözlerini ve uyu," dedi. Victoria'yı hayatta en çok ilgilendiren insan ikiz kardeşiydi. O gün saatlerce yanında oturdu. Onu seyretti; saçını düzeltti; uyanık olduğu zamanlar onunla konuştu. Olivia, o haftanın sonuna doğru biraz titrek bir şekilde ayağa kalktığında biliyordu ki, günler boyunca rüyalarında onu ziyaret eden hayaletlerin hepsi sadece... düş gücünün ürünleriydi... hepsi hayaldi. Bazıları utanç verici sayılabilirlerdi. Bazı rüyalarında aslında Charles'ı gördüğünü sanıyordu; genç adam ona bakıyor ve yüzüne dokunuyordu, bir arabanın içinde bir yere gidiyorlardı ve Charles ağlıyordu.

Akşam yemeğinde babalarına katılmak üzere ilk kez merdivenden indiği sırada, Victoria ona yardım ederken, "İyi misin?" diye sordu.

Olivia, "Oldukça," dedi. Tereddütlüydü; ama kendini toparlamaya kararlıydı. Bu saçmalıkla uğraşacak vakti yoktu. "Artık düğününle uğraşmamız gerek."

Victoria cevap vermedi. Olivia, bundan sonra yapması gerekenlerin dışında her şeyi kararlı bir şekilde attı kafasından. Yüreğinin belli belirsiz titremesinin hiç önemi yoktu.

Babası onu gördüğüne sevinerek, "Çok iyi görünüyorsun," dedi. Olivia da babasıyla birlikte olduğuna ve yatak odasında kalan düşlerden uzaklaştığına memnundu. Günlerdir onların tuzağından kurtulamamıştı; daha fazla dayanamayacaktı.

Yavaşça, "Teşekkür ederim baba," dedi. İki kardeş sessizce, babalarının iki yanındaki yerlerini alarak yemeğe oturdular.

ON BİR

Charles, ocak ya da şubatta Croton'a tekrar gelemeyecek kadar meşguldü. Hazırlanması gereken önemli bir duruşması ve müstakbel kayınpederi adına halletmesi gereken işler vardı. Ama Olivia, kardeşine gelinlik bakmak için şubat sonlarında New York'a gitmeyi planladı. Victoria razı olmuştu; ama Londra'dan gelen haberler çok daha fazla ilgisini çekiyordu. Emmeline Pankhurst bir yıl cezaevinde kaldıktan sonra serbest bırakılmış ve İçişleri Bakanı'nın Londra'daki bürosuna bir saldırı örgütlemişti. Büronun tüm camlarını kırdıktan sonra Lawn Tenis Kulübü'nü yakmışlardı. Bütün bunları kadın özgürlüğü adına yapıyorlardı.

Victoria haberi duyduğu zaman, coşku içinde, "Aferin onlara!" dedi. Aslında tam tersi olması gerekirken, nişanlandığından beri daha da feminist olmuştu.

Bu şiddetle şoke olan Olivia, "Victoria!" dedi. "Bence son derece iğrenç bir şey. Bu tür hareketleri nasıl hoş görebilirsin?" Pankhurst'ün son hapsedilme nedeni patlayıcı maddelerdi."

"İyi bir amaç için yapıyorlar Olivia. Savaş gibi bir şey bu. Hoş değil, ama bazen gerekiyor. Kadınların özgür olmaya hakları var."

"Saçmalama." Olivia ciddi olarak sinirlenmişti kardeşine. "Sanki kafeslerin içindeki sirk hayvanlarıymışız gibi konuşuyorsun. Tanrı aşkına yapma."

"Aynen öyle olduğumuzu görmüyor musun? Hayvanız. Erkeklerin canları istediğinde fırlatıp attıkları evcil hayvanlarız. Asıl *iğrenç* olan bu."

"Tanrı aşkına, sakın toplum içinde de böyle konuşmaya kalkma. Kimse duymasın böyle şeyler söylediğini." Kardeşine yatıştırıcı bir bakış attı ve konuyu kapadı. Onunla tartışmanın bir yararı olmadığını biliyordu. Victoria kadın hakları ve oy hakkı konularında çok ısrarlıydı.

Ona gelinlik modellerini göstermek daha kolaydı; çünkü hiçbir duygu uyandırmıyordu içinde. Olivia'ya, hangisini beğenir ve üstünde iyi duracağını düşünürse onu almasını söylemişti. Hatta Olivia'nın alışverişe yalnız gitmesini bile önermişti. Nasıl olsa ona ihtiyacı olmayacaktı.

"Hayır, uğursuzluk getirir, ayrıca hiç de eğlenceli olmaz. Yalnız gitmeyeceğim." Onunla düğün hakkında konuşmaya çalıştığı bazı zamanlarda, Olivia kardeşini boğmak istiyordu. Her zamanki gibi, her şeyi planlayan yine Olivia'ydı. Davetli listesi için Victoria'dan az sayıda ismi zorla alabilmişti. Charles kendi listesini hemen göndermişti. Birkaç kez, formalite gereği kısa, ama kibar yazışmalar yapmışlardı. Charles'ın davet etmek istediği yüz civarında kişi vardı; tabii eğer onlar için de uygunsa. Hiç akrabası yoktu; ama bazı dostları ve iş hayatından tanıdıkları vardı. Edward'ın iki yüz civarında, kızların da elli kadar davetlisi olacaktı. Listede toplam dört yüz kişi olmuştu. Olivia, bunların üç yüz kadarının geleceğinden emindi. Diğerleri ya çok yaşlıydılar, ya çok uzaklarda oturuyorlardı, ya da sadece nezaket gereği davet edilmişlerdi. Nikâh Croton-Hudson'da kıyılacak; düğün Henderson Malikânesi'nde yapılacaktı.

Olivia elbette Victoria'nın nedimesi olacak, Geoffrey ise yüzüğü taşıyacaktı. Victoria başka nedimelerin olmasına inatla karşı çıkmıştı.

Bir akşam geç bir vakitte, sigara dumanıyla dolu odada bu konuyu doksanıncı kez tartışırlarken, "Senin kadar sevdiğim başka kimse yok," dedi Victoria. Kesinlikle geri adım atmıyordu.

Olivia, "Sigaranı başka bir yerde içmeni tercih ederdim," diye homurdandı. Victoria bu günlerde sürekli sigara içiyordu; çok sinirliydi. "Ayrıca, okula birlikte gittiğimiz bir sürü hoş kız var. Seve seve nedimen olurlar."

"Ama ben onları istemiyorum. Hem sekiz yıldır okula gitmiyoruz. Öğretmenlerimizin hiçbirini de nedimem olarak düşünemiyorum." Bunun üzerine ikisi de güldüler. Öğretmenlerinin birçoğu yaşlı, bazıları neredeyse kel, at suratlı evlenmemiş kızlardı.

"Tamam, pes ediyorum. O zaman gelinliğinin çok güzel olması gerek."

Victoria haklı olarak, "Senin elbisenin de," dedi. Ama hâlâ düğünle fazla ilgilenmiyordu. Düğün düşüncesine tahammül etmesinin bir tek yolu vardı; daha sonrasını düşünmek. Avrupa'da gerçekleşecek olan balayı, yapmak istediği şeyler, orada görmek istediği kişiler; sonra New York'a dönerek bir miktar bağımsızlığa kavuşmak... Ama düğün hiç mi hiç ilgilendirmiyordu onu. "Neden ikimiz de gelinlik giymiyoruz?" Yaramaz bir ifadeyle sırıtarak düşüncesini açıkladı. "Böylece herkesin kafasını karıştırırız. Ne dersin?"

"Herhalde sigaranın yanında içki de içtin sen."

"Sadece bir fikirdi. Sence babam fark eder mi?"

"Hayır; ama Bertie fark eder. Bu yüzden, düşünme bile. Ayrıca, burayı sigara odası yapman yetmiyormuş gibi, bara da çevirmene izin vermeyeceğim." Olivia, Victoria'ya parmağını salladı. Ama kardeşinin artık orada olmayacağı, odayı sigara dumanına boğmayacağı ve ondan şikâyet etmesine neden olmayacağı ihtimalini düşününce de bir acı hissetti içinde. Victoria'dan ayrılma düşüncesine tahammül edemiyordu. Üstelik yalnızca dört ay kalmıştı.

Planlandığı gibi, Şubat sonunda New York'a gittiler. Olivia evi açmak zorunda kalmasın ve bir hizmetçi ordusuyla gitmeleri gerekmesin diye, Plaza'da kaldılar. Babaları, ele güne karşı Bayan Peabody'i de yanlarına almalarını önerdi. Ama Victoria ısrarla ona ihtiyaçları olmadığını söyledi. Oteldeki odalarına girdiklerinde de şapkasını havaya fırlattı. New York'ta yapayalnızdılar. Her istediklerini yapabileceklerdi. Victoria'nın ilk yaptığı şey, restorandan içki getirtmek oldu ve kardeşinin önünde bir sigara yaktı.

Olivia gayet sert, "Bu odada ne yaparsan yap; umurumda değil," dedi. "Ama otelin içinde, ya da New York'un herhangi bir yerinde adam gibi davranmazsan, önce babamı arar, sonra derhal eve götürürüm seni. Senin yüzünden, ayyaş olduğumun, ya da bütün gün sigara içtiğimin zannedilmesini istemiyorum. Yani davranışlarına dikkat et."

Victoria yaramazca gülümseyerek, "Peki Ollie," dedi. Kardeşiyle birlikte New York'ta olmak çok hoşuna gidiyordu; özellikle de yanlarında bir refakatçi olmadan. O akşam Charles'la yemeğe çıkacaktı. Ama akşamüstü Olivia'yla birlikte Bonwit Teller'a gelinlik bakmaya gideceklerdi. Sadece gelinlik ve Olivia'ya düğün elbisesi almayacaklardı. Balayında, hem gemide hem de Avrupa'da giyeceği giysilere de ihtiyacı vardı. Olivia onun için bazı modellerin örneğini çıkarmış ve diktirmişti bile. Ama bunlar yolculukta giyebileceği basit şeylerdi. Tuvaletleri ve abiye kılıkları New York'tan alacaklardı. Paris'te nerelere gitmesi gerektiğini de söylemişti Olivia. Ancak onlara en tuhaf gelen şey, bundan sonra her şeyi tek tek alacak olmalarıydı. Hayatlarında ilk kez, bir örnek giysiler almayacaklardı. Olivia'nın şık tuvaletlere ihtiyacı yoktu; birlikte bir yere gitmeyecekleri için de bir örnek giyinemeyeceklerdi. İlk verdiği tek elbise siparişi Olivia'yı çok üzmüştü. Ama buna mecbur olduğunu biliyordu. Artık Victoria'nın yoluna tek başına devam etmesinin zamanı gelmişti.

Otelde acele bir öğle yemeği yediler; sonra bir taksiye binip Saks'a gittiler. Ama her gittikleri yerde, restoranda, lobide, taksiden inerken, herkes onlara bakıyordu. İkisi de çok güzel ve son derece çarpıcıydılar. Görenler, ellerinde olmadan bakakalıyorlardı kızlara. B. Altman'a adım attıkları anda ani bir heyecan yarattılar. Bir tezgâhtar ordusu ve mağaza yöneticisi koşarak yardıma geldi. Olivia, yanında çizimlerle dergilerden kestiği resimler getirmişti. Birkaç tane de kendi çizdiği taslak vardı. En azından, gelinlik olarak nasıl bir şey istediğini çok iyi biliyordu. Verev kesilmiş beyaz saten parçaların üstünde metrelerce beyaz dantel ve kilisenin kapısına kadar uzayacak bir kuyruk istiyordu. Victoria başına annelerinin antika elmas tacını takacaktı. O da dantelle örtülecekti. Bunu dikebilecek birini bulabilirlerse, Olivia kardeşinin kraliçelere benzeyeceğini biliyordu. Bonwit Teller'ın yöneticisi ise hiç sorun olmayacağını söyledi. Oturup bir saat kadar konuştular; kumaş örneklerine baktılar; Olivia'nın aklındaki dantel konusunda tartıştılar. Bu arada Victoria şapka ve ayakkabı deniyor, onlarla hiç ilgilenmiyordu.

Olivia sonunda, "Ölçülerini alacaklar," dedi. Başarısından ötürü mutluydu.

Victoria gayet rahat, "Seninkileri alsınlar; nasıl olsa aynı," dedi. Olivia azarladı kardeşini.

"Hayır değil, sen de biliyorsun öyle olmadığını." Victoria'nın göğüsleri birazcık daha büyük, beli ise azıcık daha inceydi. Bu fark az da olsa belli oluyordu. "Hadi gel ve soyun."

"Tamam, peki." Victoria ölçü alınmasına da tahammül etti. Sonra Olivia, yöneticiyle kendi kıyafetini konuşmaya başladı. Hayal ettiği elbise, buz mavisi satenden, kardeşinin gelinliğine benzer bir modeldi. Ama onun kadar uzun değildi ve kuyruğuyla dantelleri yoktu. Sadece buz mavisi verev kesilmiş saten parçalardan oluşan son derece basit bir elbiseydi. Modeli çizerlerken, yönetici ısrarla, Victoria'nın muhteşem olacak gelinliğinin yanında bunu fazla basit kalacağını söyledi. Sonunda ona da küçük bir kuyruk eklediler. Elbisenin üstüne giyeceği açık mavi dantel bir mantosu ve bir örnek şapkası olacaktı. Şimdi kardeşinin giysisiyle onunki, tam bir uyum içindeydi artık. Olivia çizimlere bakıp gülümsedi ve onları kardeşine gösterdi. Victoria sevgiyle gülümseyerek saygısızca fısıldadı.

"Düğün günü niye yer değiştirmiyoruz? Asla fark edilmez."

Olivia sertçe, "Aklını başına topla,"dedi. Sonra başka tuvaletlere ve Victoria'ya gereken sayısız elbiseye bakmaya başladılar. Avrupa'da uzun bir yaz geçirecekti Victoria.

Olivia, oraya başka şeyler de almak ve provalar için tekrar gitmeleri gerektiğini fark etti. Ertesi gün Victoria olmadan gitmeye karar verdi ve yardımlarından dolayı, yöneticiye teşekkür etmek için ayağa kalktı. O sırada kardeşinin yeni gelen birilerine bakmakta olduğunu fark etti. Uzun boylu, siyah saçlı bir adam biriyle konuşuyordu. Olivia adamın kahkahalarını duydu. Tezgâhtar kızlar adamla yanındaki kadının etrafında toplanmışlardı. Kadın uzun boylu bir sarışındı. Bir çinçillaya bürünmüştü. Döndükleri zaman, Olivia onların Toby Whitticomb ile hamileliği epeyce ilerlemiş olan Evangeline olduklarını gördü. Kadının o halde toplum içine nasıl çıktığını anlayamamıştı; ama Evangeline umursamıyor gibi görünüyordu. Çinçilla mantosunu çıkarınca gri satenle kaplı kocaman karnı çıktı ortaya. En azından yedi aylık hamileydi. Olivia ona bakıp dururken, Evangeline'in gözü Victoria'ya takıldı. Genç kız yıldırım çarpmış gibiydi. Olivia yöneticiyle çabucak vedalaştı ve kardeşini kapıya doğru iteledi.

"Hadi gidelim Victoria; işimiz bitti," dedi tatlılıkla. Ama Victoria sanki kımıldayamıyordu. Durduğu yere mıhlanmış gibi, gözlerini Toby'den ayıramıyordu. Kızın bakışlarını hissetmişçesine, birden o da Victoria'ya baktı. Sonra da kardeşine. Tabii ki kimin kim olduğunu anlayamamıştı. Bu çift görüntü yüzünden biraz sarsıldığı için, çabucak gözlerini kaçırdı kızlardan. Evangeline'i mağazanın uzak bir köşesine doğru götürmeye çalıştı; ama o da görmüştü kızları. Görür görmez de kocasıyla tartışmaya başlamıştı. Olivia alçak sesle, ama gayet sert, "Victoria, lütfen..." dedi. Tezgâhtar kızlar onları seyrediyorlardı. Toby karısına hiddetle bir şey söylemiş, Evangeline ağlayarak ikiz kardeşlere bakmaya başlamıştı.

Bunun üzerine, Olivia kardeşinin kolunu yakaladı ve neredeyse sürükleyerek mağazadan dışarı çıkardı onu. Sokağa çıkınca bir taksi çağırdı. Neyse ki beklemekte olan bir tane vardı. Ama Olivia kardeşini önden itekler ve kendi de yanına düşer gibi otururken, Victoria'nın ağladığını gördü. Şoföre otellerinin adını söyledi. Victoria kontrolsüz bir şekilde ağlarken sesini çıkarmadı. Toby'nin bürosunun önündeki merdivenlerde yaşadığı korkunç sahneden beri, onu ilk kez görüyordu Victoria.

"Şu anda beş aylık hamile olabilirdim," diye ağlıyordu. Kasım ayında Croton'da bebeğini kaybettikten sonra ilk kez yüksek sesle ağlıyordu.

Olivia taksinin arka koltuğunda otururken dehşetle, "Evet, hayatın paramparça olmuş bir şekilde. Tanrı aşkına Victoria, sana ne yaptığına baksana. Seni önce perişan, sonra da inkâr etti. Lütfen ona hâlâ âşık olduğunu söyleme bana," diye fısıldadı. Ama Victoria başını sallayarak daha fazla ağlamaya başladı.

"Ondan nefret ediyorum. Temsil ettiği her şeyden, bana yaptığı her şeyden nefret ediyorum." Yine de, o kulübedeki saatleri düşündükçe hâlâ yüreği acıyordu. Ona söylediği her şeye inanmıştı. Karısını terk edeceğine, onu sevdiğine... Oysa şimdi Evangeline ortalıkta gösteriş yapıyor; Victoria'yı hafif kadın olmakla suçluyor ve Toby'nin bebeğini taşıyordu. Kendisini Charles Dawson'la evlenmeye zorladığı zaman babasının onu nelerden korumaya çalıştığını, acı da olsa anlamıştı şimdi. Onu koruduğu için Charles Dawson'a ilk kez minnettarlık duydu. Ama bu, asla ona âşık olmasını sağlamayacaktı.

Otele vardıklarında hâlâ ağlıyordu. Odalarına girdiklerinde yatağa uzanıp ağlamaya devam etti. O kadar çok ağladı ki, Olivia kardeşinin kalbinin parçalanacağını düşündü. Ama ne dediyse, ne yaptıysa susturamadı onu. Erkeklerin acımasızlığı konusunda acı bir ders olmuştu. Olivia, kardeşinin bunu asla unutamayacağını biliyordu.

Victoria saat altıda, nihayet ağlamayı bıraktı. Oturmuş kardeşine bakarken, yıpranmış ve yenilgiye uğramış bir hali vardı.

Olivia yumuşak bir sesle Victoria'yı ikna etmeye çalıştı. "Bir gün unutacaksın onu. Kesinlikle unutacaksın."

"Bir daha asla kimseye güvenmeyeceğim. Söylediği şeyleri tahmin edemezsin Ollie... aksi halde yapmazdım..." Yoksa yapar mıydı? Bunun cevabını bildiğinden bile emin değildi artık. Toby, hayal bile etmediği şeyleri yaptırmıştı ona. Bütün bunları Charles'a nasıl açıklayabilirdi ki? Toby'yi yeniden görünce, Charles'ın onunla gerçekten evleneceğine inanmak zorlaşmıştı. Daha büyük bir minnet duymaya başladı adama. "Ne aptalmışım," diye bir itirafta bulundu kardeşine. Olivia ona sarılıp, Charles gelene kadar öylece oturdu. Genç adam kızları olağanüstü sakin buldu; özellikle de nişanlısını.

Endişeyle, "Bir şey mi oldu?" diye sordu. "Hasta mısın?" Bakışları iki kız arasında gidip gelirken Olivia gülümsedi. Victoria sessizce başını iki yana salladı.

Olivia, "Sadece yorucu bir gündü; biraz da duygusal. Gelinlik almak bir kadının hayatındaki en önemli anlardan biridir," diye açıkladı. Ama Charles'ı pek ikna edememişti. Acaba birbirlerinden ayrılıyor olmanın acısını mı hissetmeye başladılar, diye merak etti Charles ve bunu düşününce de onlar için üzüldü. Birkaç dakika sonra Olivia'yı da yemeğe davet etti. Ritz-Carlton'a gideceklerdi; sonra da bir konsere. Ama Olivia yalnız gitmeleri için ısrar etti; onları rahatsız etmek istemiyordu. İki aydır birbirlerini görmemişlerdi. Birlikte vakit geçirmelerinin daha iyi olacağını düşünüyordu. Yemeğini otel odasında yalnız yiyecek ve kardeşi için biraz daha tuvalet modeli bakacaktı.

Victoria'nın hazırlanmasını beklerlerken Charles sessizce, "Emin misin?" diye sordu.

Olivia, "Kesinlikle," dedi yavaşça. Croton'da attan düştüğü akşamdan belli belirsiz ve anlaşılması zor bir şeyler hatırladı; ama ne olduğunu tam olarak çıkaramadı. "Bazen zor oluyor," diye açıklamaya çalıştı. Charles'ın, kardeşini sevmesini istiyordu. Olivia, Victoria'yı o kadar çok seviyordu ki, onu anlamayan bir erkekle birlikte olmasına dayanamazdı. Ama Charles'ın aklı başında ve şefkatli bir adam olduğunu ve aralarında ne geçerse geçsin, ona iyi davranacağını biliyordu. "Birbirimizi çok özleyeceğiz," dedi özlem dolu bir tebessümle. "Ama Geoff'in bu yaz benimle birlikte olacağına seviniyorum."

"O da kendinden geçmiş durumda." Sonra gözleri Olivia'nın gözlerini araştırdı; ama hiçbir cevap göremedi. Bazen onun kim olduğunu ve neden babasının hatırı için her şeyden vazgeçmeye hazır olduğunu merak ediyordu. O da en az ikizi kadar güzel bir kızdı. Neden babası için her şeyden vazgeçmeye razı oluyordu? Karanlık sırrı neydi? Geçen eylülde tanıştıkları zaman ona bu kadar çekingen biri gibi görünmemişti. Charles, konuyu değiştirmek amacıyla, "Paskalyada size gelmeyi düşünüyorduk," dedi ihtiyatlı bir ifadeyle. "Eğer fazla zahmet vermeyeceksek. Görüştüğümüz zaman baban sözünü etmişti."

Olivia, "Çok seviniriz," dedi. Memnun görünüyordu. O sırada Victoria geldi. Olivia'nın onun için seçtiği lacivert saten elbiseyi giymişti. Gece yarısı kraliçesi gibiydi. Babalarının verdiği safirler ve elmaslar kulaklarında titreşiyordu. Annelerine ait olan ve önemli günlerde paylaştıkları uzun inci kolyeyi takmıştı.

Charles ona gururla bakarak, "Çok hoş görünüyorsun," dedi. Harikulade bir genç kadındı Victoria. Üstelik iki tane olduklarını düşünmek daha da müthiş bir şeydi. Olivia onlarla gelmiyor diye bir an için yine üzüldü. Gelmesi hoşuna gidecekti. Ama onu ikna etmek mümkün değildi. Birkaç dakika sonra Charles'la Victoria çıktılar.

Restoran çok şıktı. Victoria içeri girdikten sonra birden tedirgin oldu. Ya Toby de karısıyla gelirse? Onu bir kez daha görmeye hazır değildi ve son derece sıkıntılıydı.

Siparişlerini verdikten sonra Victoria'nın elini tutarak, "Bu akşam çok sessizsin," dedi Charles. "Bir şey mi oldu?" Victoria başını iki yana salladı; ama Charles kızın gözlerinin yaşardığını görünce fazla üstelemek istemedi. Sonra başka konulardan konuştular; politika, çıkacakları yolculuk, düğünleri ve Avrupa'daki sorunlar... Victoria'nın dünya olaylarıyla ilgilenmesi ve bilgi sahibi olması hoşuna gidiyordu Charles'ın. Tabii fikirleri son derece liberaldi; neredeyse taşkınlık derecesindeydi. Ama Charles bazen hoşlanıyordu bundan.

O akşam Victoria'yı bazı tanıdıklarına tanıştırdı. Konserde, dostlarıyla birlikte bir locada oturdular. Otele döndüklerinde Victoria daha rahat görünüyordu. Lobinin yanındaki restoranda içki içerlerken bir sigara bile yaktı.

"Vay vay," dedi Charles. Victoria'nın eğlenerek gülümsediğini görünce, kendi tepkisine güldü.

"Şoke mi oldun Charles?" Bu Victoria'nın hoşuna gitmişti. Gecenin sonunda nihayet kendine gelmişti.

"Şoke olmamı mı istiyorsun?" Viskisinden bir yudum alarak hayranlıkla baktı Victoria'ya. Güzelliğinin yanı sıra, çok cesur ve zeki bir kızdı. Hayatında ikinci kez şans yüzüne gülmüştü. Bu, Susan'la flörtünden farklı olamazdı.

"Olabilir. Belki de seni şoke etmek hoşuma gidiyor." Gülümsedi ve sigarasının dumanını ona doğru üfledi.

Charles düşünceli bir şekilde, "Öyle olduğundan kuşkulanıyordum zaten," dedi. "Bu durumda çok ilginç bir hayatımız olacak demektir; öyle değil mi?" Sonra viskinin dilini çözmesiyle, merak ettiği bir şeyi sormaya cüret etti. "Ona çok mu âşıktın? Nişanınızı bozan adama?" Victoria'ya dikkatle bakarak bekledi.

Genç kız tereddüt etti. Tanımış olduğu Toby'yi hatırladı. Deli gibi sevdiği, daha o sabah gördüğü... bürosunun merdivenlerinde onu inkâr eden... babasına, onu baştan çıkaranın kızı olduğunu söyleyen adamı hatırladı... "Öyleydim. Bir zamanlar. Ama artık değilim. Hatta bazı zamanlar ondan nefret ettiğimi düşünüyorum."

"Bu sadece aşkın öteki yanı; öyle değil mi?"

"Sanırım." O sabah onu gördüğünde neredeyse ölüyordu. "Biz nişanlı değildik." Dimdik gözlerinin içine baktı, onu aldatmak istemiyordu. Charles onu kurtarıyordu ya, bu yeterdi. Ona da yalan söylemesi gerekmiyordu. Ama genç adam başını salladı.

"Biliyorum. Sadece ifadede kolaylık olsun diye öyle dedim. Baban, olan biteni birazcık anlatmıştı. Çok gençtin. Hâlâ gençsin." Ona şefkatle gülümsedi Charles. Aralarında bir şeyler daha olabilseydi keşke, diye düşündü. Ama olmadığı için de rahatladı sonra. Victoria onu inanılmayacak kadar tahrik ediyordu; ama bu bambaşka bir konuydu. "Seni kullanmış olması büyük bir haksızlık. Genç kızlar kolayca bu duruma düşürülebilirler. Hiçbir beyefendi böyle bir şey yapmamalı. Baban, adamın sana evlenme sözü vererek yalan söylediğini anlattı." Victoria başını salladı. Onun zaten bildiği bir şeyi tekrarlamak istemiyordu. Hem bu kadarı bile yeterdi. Charles yine de onunla evlenmeye istekliydi. Nedenini anlayabilmek zordu. Belki de sadece kaderdi bu.

Victoria üzüntüyle, "İnsanların birbirlerine yaptıklarını anlamak zor," dedi. "Bir daha böyle bir şey olmayacak," diye ekledi ve onu uyarırcasına bir bakış attı.

"Umarım olmaz," diyerek gülümsedi Charles. Ama onun ne kastettiğini anlamıştı. Ona asla güvenmeyeceğini söylüyordu genç kız. Ama bunun önemi yoktu; Victoria'yı kesinlikle incitmeyecekti. "Seni aldatmayacağım Victoria. Eğer korktuğun buysa, sana yalan söylemeyeceğim. Bildiğim kadarıyla, hayatımda kimseyi aldatmadım. Ben dürüst bir adamım. Belki sıkıcıyım... ama doğru sözlüyüm. Bunun da yararları var."

"Ben... ben..." O gün Toby'yi gördükten sonra Charles'a neler borçlu olduğunu çok iyi anlamıştı. "Bana yaptıkların için teşekkür ederim," dedi. Ona bakarken gözleri dolu doluydu. "Mecbur değildin."

Charles, "Hayır. Ama sen de değilsin," dedi tatlılıkla. "Başka bir çözüm bulunabilirdi. Belki ikimiz de istiyoruz; ama nasıl yapabileceğimizi bilmiyoruz." Buna inanmak isterdi. Kadehini masaya bırakırken gülümsedi; Victoria da sigarasını söndürdü. Sonra Charles hafifçe öptü onu. "Benden korkma Victoria. Yemin ediyorum, seni incitmeyeceğim." Bunun üzerine Victoria öpmesine izin verdi. Ama hiçbir şey hissetmediğini fark etmek kalbini sızlattı. Ve merak etti; acaba Charles da anlamış mıydı bunu?

Kısa süre sonra Charles, Victoria'yı yukarı çıkardı. Olivia bekliyordu. Victoria'nın hâlâ üzgün, ama uzun zamandan beri ilk kez bu kadar huzurlu olduğunu gördü. O gün Toby ile karısını görmesi bir bakıma iyi olmuştu. Olivia, bunun kardeşini Charles'a yaklaştırmış olduğunu umdu. Victoria artık geleceğiyle daha barışık görünüyordu.

Charles oradan hemen ayrıldı ve ertesi gün alışveriş arasında, onları Della Robbia'ya öğle yemeğine götürdü. Olivia, anlattığı alışveriş hikâyeleriyle eğlendirdi Charles'ı. Victoria çok az konuştu. Ama restorandan ayrılıp da alışverişe devam etmeleri için onları Bonwit'e bıraktığında, Charles'a iyi davrandı. Onunla bir daha görüşmeden, o akşam Croton'a döndüler. Donovan, kararlaştırılan saatte arabayla otele gelerek onları aldı ve Hudson'a götürdü. Olivia, Geoff'i göremediği için üzülmüştü; ama hiç vakit bulamamışlardı. Geri kalan alışverişi yapmak üzere martta geri geldiklerinde onu göreceğine söz verdi.

Ama şubat sonunda babaları hastalanıp da bütün bir ay gripten yatınca, planları değişti. Olivia, hastalığın zatürreeye çevireceğinden çok korkmuştu; ama olmadı. Edward çok hastaydı. Genç kız birkaç saatten fazla yalnız bırakamıyordu babasını. 1 Nisan'da nihayet yatak odasından çıktı Edward. İki hafta sonra da Dawson'lar, söz verdikleri gibi, Paskalya için geldiler. Olivia'nın Geoffrey'ye harika bir sürprizi vardı: Yumurtadan yeni çıkmış iki tane civciv ile minicik beyaz bir tavşan.

Olivia hayvanları verdiği zaman, "Vay canına! *Vay canına!* Baba, gördün mü?!" dedi çocuk. Genç kız, onları Geoff'e Victoria'nın vermesi için uğraşmış, ama kardeşi, hayvanları çocuklardan bile daha az sevdiğini söylemişti. Olivia hep, isteksiz bir ilkokul öğrencisine ödevlerini yapmayı öğretiyormuş gibi hissediyordu kendini. Ama durum biraz olsun düzeliyor gibiydi. Bu kez en azından Charles'ı gördüğüne sevinmişti. Eh, bu da bir şeydi.

Civardaki evlerde onlar için birkaç parti düzenlendi. Rockefeller'larda ise, herkesin izlemeye gittiği güzel bir konser vardı. Henüz tanışmamış olanlara Charles'ı tanıştırmak için mükemmel bir fırsattı bu. Herkese çok nazik davranıyordu genç adam. Herkes çok hoşlandı ondan. Olivia kardeşine, bir cenaze değil, düğün hazırlığı içinde olduklarını hatırlatıyordu durmadan.

"*Lütfen* biraz heyecanlan artık!" Davetli listesinin üzerinden bir kez daha geçerlerken kardeşini azarladı. Mönü hakkında konuşabilmesini sağlamak üç ayını almıştı. Artık hediyeler de gelmeye başladığı için, onları kardeşinin yerine Olivia açıyor ve listesini çıkarıyordu. Victoria bakmıyordu bile. Teşekkür mektuplarını bile, kardeşinin asla yazmayacağı korkusuyla, çaresizlik içinde Olivia yazıyordu.

Victoria, Olivia'ya göre, kadın hakları savunucusundan çok şımarık bir çocuk gibi davranarak, "Hepsi saçma sapan şeyler," dedi. "Anlamsız, ve gereksiz savurganlık. Hediyeler için harcadıkları parayı cezaevlerindeki kadınlara gönderseler daha iyi olur."

Olivia gözlerini devirerek, "Aman ne hoş," dedi. "Eminim bu fikre bayılırlar. Nasıl yapacaklarını açıklayan küçük kabartma notlar yollayabiliriz onlara."

"Tamam, tamam." Victoria kardeşine güldü. Artık tek düşüncesi, onu ne kadar özleyeceği idi. Bu yüzden, düğünden giderek daha da nefret ediyordu. Charles'la evleniyor olmak eskisi kadar rahatsız etmiyordu onu; mantıklı buluyordu. Bunun, kendi akılsızlığının doğurduğu bir sonuç olduğunu biliyordu. Ayrıca, evlenip New York'ta yaşamanın ona sağlayacağı özgürlük hoşuna gidiyordu. Ama Ollie'den o kadar uzak kalma düşüncesinden nefret ediyordu. Bir çözüm bulmak için çaresizce uğraşıyordu. "Geoff'le benden çok daha iyi anlaşıyorsun," dedi heyecanla. Bunun, Olivia'nın New York'a gelip onlarla oturması için zorlayıcı bir neden olduğunu düşünüyordu.

"Seninle evlenmesinin nedeni Geoff. Yani güya." Olivia, bundan çok daha ilginç nedenler de olduğundan emindi. "Seninle evlendiğine göre, oğluyla ilgilenmek için evinde beni istemez. Ayrıca babamdan ayrılamayacağımı biliyorsun. Geçen ayı hatırlasana. Ben burada olmasam ona kim bakardı?"

Victoria neşeyle, "Bertie," dedi.

Olivia, "Aynı şey değil, sen de biliyorsun," diye karşılık verdi,

Victoria gerçekçi bir şekilde, "Evlenirsen ne olacak?" diye sordu. "O zaman sensiz idare etmek zorunda."

Olivia sessizce, "Evlenmem," dedi. "Bunu o da biliyor. Her neyse. Peki, düğününde tatlı olarak ne istiyorsun?"

Victoria çığlık atacakmış gibi yaptı. Birkaç dakika sonra, Charles onu kurtararak nehir kıyısında yürüyüşe götürdü.

Evden çıkmadan önce, "Kardeşim düğünümüzle çıldırtmak üzere beni," diyerek gülümsedi Charles'a. Geçen birkaç ayda, bunun her ikisi için de mükemmel bir çözüm olduğuna kendilerini ikna etmeyi başarabilmişlerdi. Bu yüzden artık daha mutlu görünüyorlardı.

Olivia, "Bana asla cevap vermek istemiyor," diye şikâyet etti. "Herhangi bir işi yaptırabilmek için onu sopayla dövmen gerekecek," diyerek uyardı Charles'ı.

"Kocaman bir sopa alayım bari. Yoksa bir kırbaç mı alsam?" Müstakbel karısıyla baldızına gülümsedi ve Victoria'yla çıkıp, Geoff'i Ollie ile bıraktı. Çocuk uzun süredir ona "Ollie Teyze" demeye başlamıştı.

Geoff, Paskalyadan sonra, tavşanı ve civcivleri New York'a götürdü. Ama birkaç hafta sonra, Olivia ona başka bir hediye daha verdi. Son birkaç işi tamamlamak için New York'a gitmişti. Alması gereken ufak tefek şeyler vardı. Tuvaletlerin hepsi gönderilmişti. Gelinlik, Croton-Hudson'da özel bir odaya konmuş, büyük günü bekliyordu.

Olivia, New York'tan telefon edince Charles şaşırmış, Geoffrey'ye aldığı doğum günü hediyesiyle eve gelince de onu gördüğüne memnun olmuştu. Kızların doğum günüyle Geoff'inki hemen hemen aynı günlerdeydi. Onlar da yirmi birinci yaşlarını yeni doldurmuşlardı. Charles, müstakbel geline çok şık bir altın bilezik, Olivia'ya ise bir şişe parfüm hediye etmişti. Ama Olivia, Geoff'e çok daha ilginç bir şey getirmişti. Bir süre önce Charles'dan izin istemişti. O da isteksizce razı olmuş, aradan geçen zamanda da bunu tamamen unutmuştu. Olivia, Geoff'e benekli bir "cocker spaniel" yavrusu getirmişti. Geoffrey kendinden geçti köpeği görünce. Olivia yavruyu kutusundan çıkarıp nazikçe ona uzattığında, çocuğun gözleri faltaşı gibi açıldı ve ona sarıldı. Hem köpek, hem de sahibi, heyecan dolu çığlıklar atıyorlardı. Olivia başını kaldırıp Charles'a baktı ve ona teşekkür eden genç adamın gözlerindeki şefkat gözyaşlarını fark etti.

"Ona öyle iyi davranıyorsun ki. Buna ihtiyacı var. Annesi olmadan geçirdiği iki yıl çok zordu." Nisanda, *Titanik* batalı tam iki yıl olmuştu.

Olivia, "Harika bir çocuk o. Müthiş bir yaz geçireceğiz birlikte," dedi iyimserlikle. Kardeşini kaybedeceğini düşünmemeye çalışıyordu. İkisi de paniğe kapılmaya başlamışlardı.

Charles, sanki ne düşündüğünü hissetmiş gibi, "Sana Avrupa'dan mektup yollarız," dedi. Ama aynı şey değildi ki; hepsi biliyordu bunu. Belki de Victoria haklıydı; New York'a gelip onlarla birlikte oturmalıydı. Bunu düşündüğü anda kendi korkusuna güldü.

"Bizi merak etmeyin," dedi Charles'a. O sırada, Geoff yavru köpekle birlikte koşarak odaya geri geldi. "Ona ne isim koyacaksın?"

Geoff nefes nefese, "Daha bilmiyorum," dedi. Yeşil gözleri heyecan içindeydi. "Belki Jack... George... Harry... Bilmiyorum."

"Chip'e ne dersin?" dedi Olivia. Çocuğun heyecanı karşısında, Charles'la birlikte keyifle gülümsüyorlardı.

"Chip!" Geoff coşkuyla bağırdı. "Beğendim!" Yavru da beğenmişti. Varla yok arası minicik kuyruğunu sallıyor, yere düşüp yuvarlanıyor, Olivia'nın o güne dek hiç duymadığı kadar ince bir sesle havlıyor, herkesi güldürüyordu. Geoffrey onu aşçıyla hizmetçiye göstermeye gitti. Doğu Yakası'nda, nehir manzaralı, mütevazı ve hoş bir evleri vardı. Kesinlikle göz alıcı değildi; ama büyüktü. Victoria, oraya taşınmak, ya da orada bazı değişiklikler yapmak konusunda bir şey söylememişti henüz. Kardeşinin tersine, onun ilgi alanı evi kapsamıyordu. Olivia olsaydı, çeşitli bitkiler, yeni kumaşlar, ayak tabureleri, yeni yastıklar ve bir piyano almak için oraya buraya koşuşturuyor olurdu şimdi. Bazı bakımlardan böylesi daha kolaydı. Victoria'nın ev hayatlarıyla fazla ilgisi yoktu; hiçbir değişiklik yapmayı da düşünmüyordu. O kendine ait bir hayat istiyordu; özellikle de politik çevrelerde.

Olivia orada çok az kaldı. Yapması gereken bin tane işi vardı. Ama Charles onu, akşam yemeği için tekrar gelmeye ikna edebilmeyi başardı. Üçü birlikte sessiz sinema oynayarak, gülerek, sohbet ederek ve yavru köpekle oynaşarak çok eğlendiler.

Charles gülümseyerek, "Victoria haklı," dedi. Aşçı, Geoff'i yeni köpeği ile birlikte yatmaya götürmüştü. "Belki sen de gelip burada oturmalısın."

"O saçmalıkla seni de mi rahatsız etti?" Olivia neşeli görünüyor; pencereden görünen nehirdeki bir römorköre bakıyordu. "Zaten sizi ziyarete gelmemden bıkacaksın. Ama şu anda babamı bırakamam, Victoria da biliyor bunu."

Charles üzüntüyle, "Sana göre bir hayat değil o Olivia," dedi. Kardeşini ondan uzaklaştırdığı için suçluluk duyuyordu. Victoria ayrıldıktan sonra kızın hayatında ne kalacaktı ki? Altmış yaşındaki bir kadının hayatını yaşayacaktı. Ne yapıyorlardı?

"Bazen olur böyle şeyler. Her şeyin istediğimiz gibi olmasını sağlayamayız. Öyle oluverir işte. Örneğin kendini düşün. Son iki yılını. Senin için de kolay olduğu söylenemez," dedi Olivia nazikçe.

Charles, "Değildi," dedi. Gözleri Olivia'nın gözlerini aradı ve gördüğü hüzünle ürktü birden. Ona birazcık yaklaşmak bile, sıcak bir sobaya değerek parmaklarını yakmak gibiydi. Duyguları ateşli ve yoğundu ve Olivia'nın yüreği öylesine sıcaktı ki, kızın ne hissediyor olması gerektiğini düşünmeye bile dayanamıyordu Charles. "Victoria'yı senden uzaklaştırdığım için üzülüyorum." Olivia onaylayarak başını salladı. Cevap olarak söyleyebileceği pek az şey vardı. Bunun iki kıza da ne kadar acı vereceğini anlamaya başlamıştı artık Charles. Olivia'nın tek umudu, Charles'ın Victoria'yı yaz boyunca Avrupa'daki balaylarında gereğince avutabilmesiydi.

Geoffrey'yi yatağında öperken, Henry çocuğun koltuğunun altında, Chip ise yanı başındaydı. Geoff'in ağzı kulaklarındaydı. Olivia onu görünce güldü.

Geoffrey'yi, "Beni görmeye geldiğin zaman onu da getirmeyi unutma sakın," diye uyardı. Çocuk Chip'i bir an bile bırakmayacağına, okul dışında nereye giderse götüreceğine yemin etti. Hatta öğretmeni okula götürmesine bile izin verebilirdi belki. Olivia, "Bundan kuşkuluyum," dedi ve yakında görüşeceklerine söz vererek alt kata, Charles'ın yanına indi.

Charles onu otele götürmek için ısrar etti ve lobide yavaş yavaş yürürlerken, "Seni düğüne kadar bir daha görebileceğimi sanmıyorum," dedi. Yüzünde tuhaf bir ifade vardı. Yeniden evleneceğini düşünmek çok garip geliyordu. Bir anlamda, Susan'a ihanet ettiğini düşünüyordu. Ama Geoff'in hatırı için bunu yapması gerektiğini de biliyordu. Çocuk için, kadınsız bir hayat iyi değildi. Olivia'nın kısacık ziyaretleri bile kanıtlıyordu bunu. Geoff onu gördüğü zaman küçük bir çiçek gibi açıyordu. Victoria onun üzerinde aynı etkiyi yaratmıyordu. Ama zamanla bunun da olacağından emindi Charles. Sonuç olarak, Olivia ve Victoria tek yumurta ikiziydiler.

Olivia, "Mavi elbise giyen ben olacağım," diye hatırlattı. "Karıştırırsan diye söylüyorum." Genç kız gülümsüyordu.

Charles, sürekli olarak şaşırıyor olmasına gülerek, "Kimin kim olduğunu, annemin nişan yüzüğünü görmeye çalışmadan anlayabileceğim bir gün olacak herhalde," dedi.

Olivia, "Geoff'e sor," diye takıldı Charles'a. "O sana söyler." Sonra genç adama baktı; bir dahaki sefere her şeyin daha farklı olacağını biliyordu. Sadece arkadaştılar; ama Charles yakında evli bir adam olacaktı. Hem de kardeşinin kocası. "Düğünde görüşürüz," diye fısıldadı. Charles başını sallarken yüzünde hüzünlü bir ifade vardı.

Olivia'yı yanağından öptü; arkasını döndü ve lobide hızla yürüyüp gitti.

ON İKİ

Victoria'nın alıştığı o odadaki son gecesi ikisi için de tuhaftı. Victoria'nın bir daha asla orada uyumayacağını ikisi de biliyorlardı. Babasının evine bir daha geldiğinde, kocasıyla birlikte başka bir odada yatacaktı. Kardeşler bir daha asla aynı şekilde birlikte olamayacaklardı. Birbirlerinden ayrılmak ise, tenin tenden, kalbin ruhtan, organın bedenden ayrılması gibiydi. İkisi de buna tahammül edemeyeceklerini düşünüyordu. Sonunda Victoria, her zaman yaptığı gibi, yana dönüp kıvrılarak uyudu. Olivia ise kardeşinin yanına uzanıp onu seyretti. Tıpkı kendininkine benzeyen uzun, siyah, ipek gibi saçlarını ve yanağını okşadı. Elini tuttu ve kardeşine sıkıca sarılarak yattı. Sabah olmasın diye dua ediyordu. Ama kalktığında güneşli, harika bir günle karşılaştı.

Olivia hiç uyumamıştı. Orada öylece yatıp kardeşini seyretmiş ve sonunda Victoria kımıldayıp dönerek ona gülümseyince, hatırlamıştı; acı-tatlı bir sevinç günü olacaktı o gün. Bir bedel ödenecek, bir söz verilecek; yeni bir hayata başlanacak; gemi bir kıyıdan uzaklaşacaktı. Bütün bunların başlarına geleceğini düşünmek o sabah yüreğini acıtıyordu.

İkisi birden aynı anda yataktan kalktıkları sırada, Olivia büyük bir ciddiyetle, "Bugün düğün günün," dedi. Sık sık aynı anda, aynı şekilde hareket ederlerdi, ama bunun pek farkına varmazlardı. İçlerinden birinin evleniyor olduğunu düşünmek, bunu dile getirmek çok acayip geliyordu. Olivia biraz da öfkeyle, Victoria dokuz ay önce New York'ta o kadar aptalca davranmasa belki de bunların hiçbiri olmayacaktı, diye düşünmekten kendini alamadı.

Pek az konuşarak banyo yaptılar, yavaşça giyindiler. Sözcüklere ihtiyaçları yoktu. Aynen çocukluklarında olduğu gibi, düşündüklerini hissediyorlardı. Birbirlerini kafalarının içinde duyuyorlardı. Çok küçükken kendilerine özgü bir dilleri vardı. Bazen de hiç konuşmazlardı bile; birbirlerine iletmek istedikleri mesajlar, dile getirilmekten çok hissedilirdi.

Sonunda saçları yapılmıştı. İkisi de saçlarını arkaya toplayıp topuz yapmışlardı. İpek çorap ve saten iç çamaşırı giymişler, gözlerini belli belirsiz boyamış, dudaklarına çok hafif ruj sürmüşlerdi. Her şeyleri bir örnekti; tıpatıp aynıydılar. O sabah kesinlikle kimse birbirlerinden ayırt edemezdi onları. Charles'ın annesinin yüzüğü de tuvalet masalarının üstünde duruyordu.

"Hâlâ çok geç değil," diyerek gülümsedi Victoria. "Senin düğünün olabilir bu." Olivia güldü kardeşine. Bir an için, o özel yakınlıklarını, kendilerinden başka kimsenin girmediği o dünyayı hissettiler. "Onlara meydan okuyabiliriz. Gelinin hangimiz olduğunu tahmin etmelerini isteyebiliriz. Charles'ın bile bizi ayırt edebileceğinden kuşkuluyum."

Olivia gayet sakin, "Ayırt edebilir," dedi. "Bugün senin günün... ve Charles'ın... bir de Geoffrey'nin... Sevgili Victoria, ne kadar seviyorum seni," derken gözleri doldu. "Umarım çok mutlu olursun." Birbirlerine sımsıkı sarıldılar. Victoria'nın da gözleri dolmuştu. Sonra geri çekildi ve Olivia'ya baktı.

"Ya olmazsam?" Korku dolu bir fısıltıydı bu.

"Olacaksın. Olacağını biliyorum. Ona fırsat ver. Seni seviyor." En azından sevdiğini umuyordu.

Victoria oturdu ve başını kaldırarak kardeşine baktı. "Eğer mutlu olmazsam Ollie," dedi, "ondan boşanırım. Toby buna cesaret edememiş olabilir; ama ben ederim. Eğer mutlu olmazsam onunla kalamam."

Olivia onu dinlerken suratını astı. "Evliliğe böyle başlanmaz.

Bütün kalbini koy ortaya. Charles'ın seni düş kırıklığına uğratmayacağını biliyorum."

Victoria biraz da alaycı bir tavırla, "Ya ben onu düş kırıklığına uğratırsam? İkimiz de öyle tuhaf bir şekilde başlıyoruz ki bu evliliğe. O, peşinde karısının hayaleti ile, ben de korkunç günahımla," dedi. "... Toby ile."

"Toby yok artık. O konu kapandı," diye hatırlattı Olivia. "Bu senin hayatın. Ve Charles'ın. Karısını kaybedeli iki yıl olmuş, artık zamanıdır. İkiniz için de doğrusunun bu olduğunu biliyorum. Hissediyorum."

"Öyle mi?" Victoria mutsuzca fısıldadı. "Peki ben neden his-

setmiyorum? Ollie, onun yanındayken hiçbir şey hissetmiyorum." İşin kötüsü, onun yanındayken Olivia çok fazla şey hissediyordu ve Charles'ın bunu fark ettiğinden korkuyordu hep.

"Ona henüz bir fırsat tanımadın ki. Bir süre yalnız kalana kadar, çevrenizde kimse olmayana kadar bekle." Olivia özlemle baktı kardeşine. "Çok romantik olacak."

Victoria, "Ama ben romantik değilim," dedi ve kardeşine bezgin bir ifadeyle baktı. "Bazen bunu kesinlikle yapamayacağımı düşünüyorum. İşin en kötü yanı da ne biliyor musun? Henüz başlamadık bile."

"Bir fırsat tanı... lütfen... Charles için... kendin için... Geoff'in hatırı için."

"Benden kurtulmaya çalışıyorsun, değil mi?" Victoria hüzünle gülümsedi kardeşine. "Kıyafetlerimi istiyorsun."

"Yeşil tüylü sarı şapkanı istiyorum aslında." Yıllar önce bir kır panayırında satın aldıkları korkunç bir şeydi. Sadece bir tane olduğu için Victoria almıştı.

"Veriyorum. Bugün takabilirsin! Düğünde giyeceğin elbiseye çok yakışabilir." Hazırlanmamak için oyalanıyorlardı; ikisi de biliyorlardı bunu. Birkaç dakika sonra Bertie onları kontrol etmeye geldi ve henüz giyinmemiş oldukları için azarladı kızları.

"Bir tek elbiselerimizi giyeceğiz Bertie," dedi Olivia. "Aslında hazırız. Ayakkabılarımızı bile giydik."

"Ama kiliseye bu şekilde gidemezsiniz. Acele edin, çabuk giyinin..." Önce Olivia giyindi. Buz mavisi, vücudunu sımsıkı saran muhteşem bir elbiseydi. Annesinin akuamarin kolyesini, bileziğini ve küpelerini taktı. Dantel mantoyu giyip şapkayı da takınca, birden tam bir yetişkin gibi oldu. Victoria, beyaz ipek çorapları ve beyaz saten ayakkabılarıyla öylece durmuş, gülümsüyordu kardeşine.

"Keşke evlenen sen olsaydın Ollie," dedi hafif sesle. Kardeşi başını salladı.

"Keşke... ama bugün senin günün bebeğim." Minicik çocuk oldukları günlerden beri ona böyle hitap etmemişti. Sonra el ele bitişik odaya geçtiler ve Olivia, Victoria'nın gelinliğini giymesine yardım etti. Upuzun kuyruğunu düzeltti; başına tacını taktı ve üzerine duvağını iliştirdi. Olivia hayatı boyunca böyle bir şey görmediğini düşünüyordu. Bertie içeri girdi ve ağlamaya başladı. Kızlar tıpkı annelerinin modeliydiler.

Tek diyebildiği, "Ah canlarım," oldu. Kızların elbiselerini düzeltti; Victoria'nın duvağını onuncu kez yerleştirdi ve öylece durup baktı. Gerçekten masalsı bir güzellikleri vardı ikizlerin. Sonra koşarak çiçekleri getirmeye gitti. Her iki kız da, aralarına inciçiçeği serpiştirilmiş, kucak dolusu beyaz orkide alacaklardı ellerine. Çiçekler nefis kokuyordu. Ollie, Victoria'nın arkasından hole çıktı ve orada babalarını gördüler. Edward durduğu yerde kalakaldı. Kızlar bir an için, babaları onları görünce bayılacak diye korktular. Ama bayılmadı. Orada durup mutluluktan ağladı. Bertie, Edward'ın o anda ne düşündüğünü çok iyi biliyordu. İkizler annelerine o kadar benziyorlardı ki. Üstelik öldüğü zaman tam da onların yaşındaydı. Onun ikiz hayalini görüyor gibiydi. Yavaşça onlara doğru yürüdü.

"Eh, hiç olmazsa bugün kimin kim olduğunu biliyorum," dedi boğuk bir sesle. Sonra mendiliyle gözlerini sildi; kızlara gülümsedi. Annelerini düşünmemeye çalışıyordu. "Yoksa yine oyun mu oynuyorsunuz? Zavallı Charles bugün kilisede doğru gelini mi alacak?"

Cevabı Victoria verdi. "Kim bilebilir baba?" Üçü de güldüler. Hep birlikte merdivenlerden inerken, Olivia gelinliğin kuyruğunu taşıyordu. Daha önce hiç bu kadar güzel bir kıyafet görmemiş olduklarında hepsi hemfikirdiler.

Kuyruğu, gelinliği ve duvağı arabaya yerleştirmeleri on dakika sürdü. Bertie yardımcı olurken, Donovan da sabırla bekliyordu. Sonunda kiliseye doğru hareket ettiler. Bertie, Petrie'nin kullandığı Ford'la geliyordu. Olivia, Geoff'i de yanlarına almayı önermişti, ama Charles bir gece önce otelde oğluyla birlikte olmak istemişti. Kiliseye de oradan gideceklerdi.

Kiliseye giderlerken, yanlarından geçtikleri kişiler durup bakıyor, arabalar korna çalıyor, çocuklar el sallıyordu. Bu kadar güzel bir gelin görmek uğur getirirdi. Ama Victoria, onlara öylesine bakarken derin düşüncelere dalmıştı. Charles'ı, onları bu noktaya getiren aptallık ve şanssızlıkları düşünüyordu. Bu, hiç de Tanrının lütfu gibi gelmiyordu ona. Büyük bir hataydı sanki. Tek düşündüğü, o sabah kardeşine söylediği şeylerdi. Kiliseye vardıklarında, neredeyse babasına dönüp, bu işi yapamayacağını, onu Fransa'da, Sibirya'da, ya da daha kötü bir yerde bir manastıra göndermesi gerektiğini söylemek üzereydi. Ama daha konuşamadan, Olivia onun arabadan çıkmasına yardım ederek, duvağını düzeltmeye başladı. Victoria fırsatı kaçırmıştı.

Hemen kilisenin arka tarafına götürüldüler. Victoria kardeşiyle bir an yalnız kalmayı çok istiyordu. Ortalık yatışana kadar bir on dakika daha geçti. Victoria paniğe kapıldığında, müzik çalmaya başlamıştı bile.

Babasıyla birlikte, koltukların arasındaki koridorda yürümeye başlamadan önce, Olivia'nın kolunu sımsıkı tutup fısıldayarak, "Yapamayacağım!..." dedi. "Yapamam Ollie... kurtar beni."

Ollie sertçe, "*Mecbursun!*" diye fısıldadı. Victoria'nın bembeyaz kesildiğini ve korku içinde olduğunu görebiliyordu. "Yapmak zorundasın. Şu anda vazgeçemezsin. Bitir şu işi; asla pişman olmayacaksın."

"Peki ya olursam? Hiç çıkış yolu yok. Ya benden boşanmazsa?"

"Şu anda bunu düşünemezsin Victoria. Bu evliliği yürütmek zorundasın. Charles için... Geoff için... kendin için... ne olur, lütfen bebeğim... yap şu işi."

Victoria'nın gözleri dolu doluydu. Keder ve korkudan nutku tutulmuştu. Kapı açıldı; orgun sesi duyuldu; Olivia yavaşça önden süzüldü ve Victoria hiçbir şey yapamadı. Babasının koluna sımsıkı yapıştı ve ciddi bir ifadeyle yürümeye başladılar. Durmak, arkasını dönüp kaçmak, çok geç olmadan oradan uzaklaşmak istiyordu. Ama geç kalmıştı artık; o da biliyordu. Dört yüz kişinin ortasında, kardeşinin arkasından mihraba doğru yavaşça yürürken, sanki ölümüne doğru ilerliyor gibiydi. Oraya vardıklarında, babası elini sıkıca kavrayıp bıraktı ve yanından ayrıldı. Edward'ın yanaklarından gözyaşları süzülüyordu. Victoria başını kaldırdı ve onu gördü. Charles, upuzun boyuyla, gururlu ve nazik bir şekilde bekliyordu. Büyük bir çaba gösteriyor, Victoria'ya sevgiyle bakıyor, en doğru şeyi yapmayı çok istiyordu. Frak ve çizgili pantolon giymişti. Çok yakışıklı görünüyordu. Ve Victoria'ya bakan gözleri şefkat doluydu. Victoria, neredeyse ilişkilerinin çok iyi olacağına inanacaktı. Öyle olmasını istiyordu. İkisi de istiyorlardı bunu. Charles yanında durup da elini tuttuğunda, Victoria'nın çılgınca titrediğini hissederek onu sakinleştirmeye çalıştı. Genç kıza iyice yaklaşarak kolunu tuttu. Her zaman koruması altında olacağını bilmesini istiyordu. Ona vermek isteyebileceği şeylerden daha azdı bu. Bir zamanlar paylaştığı şeylerden de azdı. Ama şu anda vermesi gereken tek şeydi. Victoria sessizce başını kaldırıp Charles'a baktı ve onu anladı. Yıllar önce olsa, ikisinin de hiç istemeyecekleri bir birliktelikti onlarınki. Ama şu an için doğru olan buydu. Bir anlaşmaydı; kutsal bir yemindi. Birbirini anlayan iki kişinin arasında bir onur alışverişiydi. Bir zamanlar düşlediklerinden çok daha azını kabul etmeye ikisi de hazırdı.

Birbirlerine yüzüklerini taktılar; yeminler ettiler; sözler verdiler ve Victoria'nın titremesi durdu. Koridorda Charles'ın yanında yürürken gülümsüyordu. Olivia babasının kolunda ve Geoff'in elini sımsıkı tutarak, tam arkalarından geliyordu. Kaybetme duygusu, acı, neşe ve sevgiyi aynı anda hissediyordu Olivia. Artık sahip olduğu, sadece babası ve bu küçük çocuktu. Büyük bir kayıp yaşamış olan bu çocuk.

ON ÜÇ

Düğün büyük bir başarı, tam bir zaferdi. Olivia her zamanki gibi, tüm ayrıntılarla bizzat ilgilenmişti. Aylar süren özenli planlaması işe yaramıştı. Yiyecekler enfes, dekorasyon son derece güzel, çiçek düzenlemeleri o güne kadar kimsenin görmediği kadar özenliydi. Buzdan heykeller ise sanki gerçek gibiydi ve neredeyse tüm parti boyunca erimeden kaldı. Orkestra New York'tan gelmişti ve herkesin sevdiği dans müziklerini çaldı. Konuklar çok güzel giyinmişlerdi. Herkes, o güne dek bu kadar güzel bir gelin görmediği konusunda hemfikirdi. Evet, bazı dedikodular olmuştu. Ama bu durumda söylenenlere inanmak çok zordu. Herkes Victoria'nın ne kadar saygın, vakur ve yakışıklı kocasına ne kadar âşık bir kadın olduğunu görüyordu. Charles'ın, gelinle "Mavi Tuna" valsi eşliğinde yaptığı ilk dansı dört yüz kişi alkışladı. Victoria'nın her zarif hareketiyle, gelinliği bir dantel denizi gibi dalgalanıyordu çevresinde. O gün her ne kadar daha az dikkat çekiyorsa da, Olivia da aynı güzellikteydi tabii. Önce babasıyla dans etti, sonra Charles'la, sonra da Geoffrey'le. Herkes onun çok hoş göründüğünü düşünüyordu.

Olivia, Charles'la bir kez daha dans ettiğinde gün ilerlemişti. Az sonra Victoria'nın, gelinliğini çıkarıp balayı kıyafetini giyeceğini ve şehre doğru yola çıkacağını biliyordu. Bir gece Waldorf-Astoria'da kalacaklar; ertesi sabah *Aquatania*'ya bineceklerdi. Babası ve Geoff'le birlikte New York'a gidip onları yolcu etmekten söz etmişlerdi. Ama çocuk, babasının gemiyle gitmesinden ötürü çok sinirliydi. Onun gemiyi görmemesi gerektiğini ilk kabul eden Olivia oldu. Bu yüzden yeni evlilere burada, Croton'da veda edeceklerdi.

Charles, "İnanılmaz bir iş başardın Olivia," dedi. Gerçekten de mükemmel bir düğün olmuştu. "Bu işi çok iyi yapıyorsun."

Olivia, "Yıllardır babamın evini idare ediyorum," diyerek gülümsedi. "Ama düğünün bu kadar iyi geçmesine sevindim." O da memnundu. Sonra geriye çekilip gözlerini kısarak, Charles'ı inceliyormuş gibi yaptı. Bakışları duygularını gizlemiyordu. "Ee, tekrar evli bir erkek olarak kendini değişmiş hissediyor musun?"

"Kesinlikle. Dans edişimden anlayamadın mı? Ayak bileğime takılmış olan pranga gerçekten çok şeyi değiştiriyor."

Olivia gülerek, "Çok kötüsün," dedi. Ama Charles'ı bu kadar mutlu görmek pek hoştu.

Victoria da rahatlamış görünüyordu. Olmuş bitmişti işte. Yapmıştı. Kilisede mihraba doğru yürümeden hemen önce, neredeyse haykırarak kaçacaktı; ama artık hepsi geçmişti. Kendinden çok hoşnut görünüyordu. Konuklarıyla selamlaşıp babasının yaşlı dostlarıyla ve kocasının arkadaşlarıyla dans ederken son derece rahattı. Olivia, Charles'la dans pistindeyken, Victoria ona gelmesini işaret etti. Gelinliğini çıkarıp yolculuk kıyafetini giyme vakti gelmişti. Olivia, Charles'a durumu açıklayarak ondan ayrıldı. Charles arkadaşlarıyla konuşurken, Geoffrey de yanında duruyordu. Çocuk, babasından o kadar uzun zaman ayrı kalacağı için tedirgindi. Ama Olivia ona çok iyi bakacağına ve onu mutlu edeceğine söz vermişti.

Victoria merdivenlerin başında gülerek bekliyordu onu. Olivia, sabahki halini düşününce, ondaki değişikliğe inanamadı.

El ele yukarı çıkarlarken, "Ne oldu?" diye fısıldadı. Kıyafetleri farklıydı, ama her zamankinden daha çok benziyorlardı birbirlerine. Yüzleri, elleri, saçları ve tüm mimikleri tıpatıp aynıydı o gün. "Bu durum birden hoşuna gitmeye başlamış gibi görünüyor." Olivia hayranlıkla bakıyordu kardeşine.

Victoria dürüstçe, "Bilemiyorum," dedi. "Emin değilim. Sadece gerekeni yapmaya ve artık canımı sıkmamaya karar verdim. Herhalde gerisini daha sonra hallederiz." Bunu düşünceli bir tavırla söylemişti. Olivia, onun içki içmiş olduğunu fark etti. Ama fazla içmemişti; sadece biraz rahatlayacak kadar.

Olivia rahatlatıcı bir tavırla, "Aferin sana. Gayet iyi olacaksın," dedi. Victoria muhteşem gelinliğini çıkarıyordu. Dikkatlice yatağın üzerine yerleştirdiler gelinliği. Olivia, sırf o gün için New York'ta diktirdikleri beyaz ipek tayyörü getirmeye gitti. Kıyafete uygun, beyaz ipekten, çan şeklinde bir de şapkası vardı. Şapkayı giyip kardeşine bakarken Victoria'nın gözleri kocaman olmuştu.

"Sensiz ne yapacağım ben?" Victoria fısıltıyla sormuştu bu soruyu. Olivia aynen, ikizinin o sabah hissettiğini hissetti. Paniğe kapıldı.

"Bunu düşünme," diye fısıldadı. Gözyaşlarını zor tutuyordu. "Ben burada, Geoffrey'le birlikte sizi bekliyor olacağım."

Victoria'nın tek söyleyebildiği, "Aman tanrım, Ollie," oldu. Sonra birbirlerinin kollarına atılıp sımsıkı sarıldılar. "Senden ayrılamam."

"Biliyorum... biliyorum..." Ollie cesur olmaya çalışıyordu, ama bu sefer beceremiyordu. "Ama galiba mecbursun. Balayına yerine Geoffrey'yi gönderir ve benimle Croton'da kalırsan, Charles'ın canı sıkılır."

"Bir deneyelim; belki de fark etmez." Gözyaşlarının arasında gülmeye çalıştılar. Ama bu, hayatlarının en kötü anıydı. Tekrar aşağı indiklerinde yarım saat geçmişti. Gözlerinin etrafı, kuşku uyandıracak kadar pembeydi; burunlarını özenle pudralamışlardı.

Charles'ın yanında duran babaları, "Nerede kaldınız?" diye sordu. Kızlar pek de anlaşılmayan bahaneler uydurdular. Victoria'nın elindeki buketi atma vakti gelmişti. Victoria, dışarıdaki taş merdivenlerin tepesinde durarak, bahçede heyecan içinde bekleşen bir grup bekâr genç kıza doğru fırlattı buketi. İlgilendiği için değil, ama görev gereği, Olivia da kızların arasındaydı. Victoria dikkatlice ikizini hedef aldı ve ona doğru attı. Olivia da yakalamak zorunda kaldı, aksi halde ona çarpacaktı buket. Kahkahalar ve çığlıklar birbirine karıştı: "Sayılmaz", "Haksızlık", "Hile var!" Ama aslında kimse pek rahatsız olmamıştı. Birden, Charles'la Victoria arabanın yanında belirdiler. Olivia babasının yanında kalmıştı. Boğazına bir şey düğümlendi ve Victoria'yla birbirlerine koştular. Sessizce sarılıp kaldılar. Charles'ın gözleri doldu; başını başka tarafa çevirdi. Sonra babalarına baktı. Edward da kızlar kadar mutsuz görünüyordu.

"Seni seviyorum, kendine iyi bak!" diye fısıldadı Olivia. Utanmayı bırakmış ağlıyordu artık. Konuklar önce seyrettiler; sonra bakışlarını başka tarafa çevirdiler. Seyretmek çok acıydı.

Victoria konuşamıyordu bile. Sadece başını sallayıp babasını öptü ve arabaya bindi. Geoffrey'ye hiçbir şey söylemedi. Charles oğlunu bir süre sımsıkı tuttu; onun da gözleri dolmuştu. Sonra kayınpederinin elini sıktı ve teşekkür etti. Ardından yeni kız kardeşine bir an sarıldı.

Olivia, "Ona iyi bak," diye fısıldadı. Hâlâ ağlıyordu. Charles geri çekilip, uzun zamandır içine gömülü olan tüm duygularla ona baktı.

"Bakacağım. Tanrı seni korusun Olivia. Bize bir şey olursa oğlum sana emanet."

"Bir şey olmayacak," dedi Olivia. Gözyaşlarının arasından gülümsedi genç adama; sonra onun arabaya girip kardeşinin yanına oturmasını izledi.

Araba hareket ederken el salladılar. Geride kalanlar orada öylece duruyorlardı. Bir işe yaramaz, terk edilmiş, sanki batan bir geminin yolcuları kurtarıldıktan sonra ıssız bir adada kalmış tayfalar gibiydiler. Hiç konuşmadan Geoffrey'ye sarılmış olan Olivia, çocukla birlikte el ele, diğerlerinin yanına gitti. Artık Charles'la Victoria'nın eve dönüşlerini beklemekten başka yapacağı bir şey kalmamıştı. Bu yaz uzun sürecekti.

Yoldaki ilk virajı dönerlerken, Charles tek söz söylemeden bir mendil uzattı karısına. Onun ne kadar acı çektiğini görebiliyordu. Onu yatıştırmak için yapabileceği pek az şey olduğunu biliyordu. Daha önceki konuşmalarından, kızların hayatları boyunca birbirlerinden birkaç saatten fazla ayrı kalmadıklarını da biliyordu. Son aylarda da, aralarındaki bağın ne kadar değerli ve güçlü olduğunu anlamıştı.

Endişeyle, "İyi misin?" diye sordu. Victoria burnunu üçüncü kez silmiş, ağlamaya devam ediyordu.

"Sanırım." Ona bakıp gülümsemeye çalıştı. Ama bu, daha da çok ağlamasına neden oldu. Hiç bu kadar mutsuz olmamıştı; Toby'yi kaybettiğinde bile.

Charles, "Başlangıçta ikiniz için de zor olacak," dedi dürüstçe. Acı veren tatsız konularda bile yalan söylemeyen bir adamdı. "Ama alışacaksınız. Başka ikizler de evlenip birbirlerinden ayrılmak zorunda kalıyorlar. Kimseye bunu sordun mu?" Victoria başını iki yana salladı ve kocasından güç almak için biraz yanına yaklaştı. Bu, onun o güne kadar yaptığı her şeyden daha çok dokundu Charles'a. Victoria, Olivia yanında olmayınca öyle kırılgan, öyle küçük ve öyle kendine güvensiz görünüyordu ki. Bütün o aşırılıkları yok olmuş gibiydi. Söyleyecek başka bir şey bulamadığı için, "Gemide eğleneceksin," dedi. "Hiç gemiye binmiş miydin?" Victoria başını iki yana sallayarak iç geçirdi. Elinden geleni yapıyordu Charles. Oysa o, Ollie'siz çok yalnız hissediyordu kendini; Charles'ın suçu yoktu.

Victoria ona bakarak, "Özür dilerim," dedi. Ve bir kez daha, Charles'in ne kadar yakışıklı olduğunu fark etti. Ama yine de Toby'ye hiç benzemiyordu. Ona olan duyguları da farklıydı tabii. "Böyle olacağını hiç düşünmemiştim." Olivia'dan ayrılmanın ona bu kadar acı vereceğini hayal bile edemezdi.

Charles şefkatle, "Ziyanı yok," dedi. "Ziyanı yok Victoria." Elini karısının omzuna attı. New York'a kadar pek az konuştular. O gece otelde yataklarına yattıkları zaman, Victoria o günkü duyguları yüzünden öyle sinirli ve bitkindi ki, daha Charles banyodan çıkmadan uyumuştu bile.

Charles'ın ısmarlamış olduğu şampanya, diğer odada bir buz kovasının içinde duruyordu. Ama genç adam Victoria'yı görünce kendi kendine gülümsedi.

"İyi geceler küçük kız," diye fısıldayıp üstünü örttü onun. Victoria kedi gibi hafifçe mırıldanıyordu. "Önümüzde uzun bir hayat var. Bir sürü şampanya içeceğimiz başka bir günler olacaktır." Diğer odaya geçti; kendine bir bardak şampanya aldı; oğlunu, Olivia'yı ve nasıl olduklarını düşünmeye başladı.

Olivia da uyumuştu. Geoff de öyle. Olivia'nın yatağında birbirlerine sarılmışlardı. Maymun Henry ile yavru köpek Chip de yanlarındaydı. Onları görebilse, Charles'ın içi ısınırdı. Genç adam yatak odasına doğru yavaşça yürüdü; uyuyan yeni karısına baktı ve onunla evli olmanın nasıl olacağını merak etti. Bu evlilik bir açıdan heyecanlandırıyordu onu, ama başka bir açıdan da çok korkutuyordu. Aslında tahmin yürütmek zordu.

ON DÖRT

Ertesi gün, Victoria uyandığında Charles kalkmış ve giyinmişti. Saat dokuzda, tıraş olmuş, duş almış, giyinmiş ve kahve ile gazeteyi ısmarlamıştı bile.

Victoria, hâlâ uykulu bir halde sabahlığıyla odaya girdiğinde, "Günaydın Uyuyan Güzel," dedi gülümseyerek. Charles fark etmemişti; ama Victoria bir gün önce çok içmişti. Gece olduğunda da içki etkisini göstermişti. "İyi uyudun mu?"

Victoria, "Çok," dedi ve bir fincan kahve aldı. El çantasını arayıp buldu ve bir sigara çıkarıp yaktı.

Charles gazetesinin üstünden hayretle bakarak, "Günün bu saatinde hep sigara içer misin?" diye sordu. Hoşuna gitmişti. Her zaman tahmin ettiği gibi tam bir asiydi genç kadın.

"Yakalanmamayı başarabildiğim zamanlar," diyerek gülümsedi Victoria. "İçebilir miyim?"

"Olabilir, tabii daha ilk kahvemi içmeden yüzüme duman üflemezsen. Kokusuna bayıldığımı söyleyemem, ama eğer mecbursam tahammül edebilirim herhalde."

"İyi." Victoria, aralarındaki ilk engeli başarıyla aşmanın memnuniyetiyle gülümsedi. Sıra ikincideydi. Charles'la birlikte gazeteye göz atarak, İtalya'daki ayaklanmalar ve Mary Richardson'ın İngiltere'de cezaevinde başladığı açlık grevi hakkında fikir yürüttü. Gazetenin yazdığına göre, onu zorla beslemek zorunda kalmışlardı.

Charles merakla, "Bu tür şeylere bayılıyorsun, değil mi?" diye sordu. Artık onunla yalnız kalmış olmak çok ilginçti. Birbirlerine her şeyi sorabilir; canları ne isterse yapabilirlerdi.

Victoria, "Ben özgürlüğe bayılıyorum," dedi dürüstçe. "Ve özgürlüğü elde etmek, korumak için yapılan şeylere. Haksızlığa uğrayanların özgürlüğe kavuşmasına. Haksızlığa uğrayan her kim olursa olsun. Ayrıca kadın özgürlüğüne de şiddetle inanıyorum." Charles'ın bakışlarına açıkça karşılık verdi. Victoria'nın hiç farkında olmadığı cinselliği kocasını yine etkilemişti.

"Peki neden evlendin?" diye sordu Charles. Sohbet hoşuna gitmişti.

"Çünkü bu da özgürlüğe giden bir yol. Seninle evli olunca, babamla yaşadığım zaman olduğumdan daha özgür olacağım."

"Nereden biliyorsun?" Victoria'nın cevabına güldü.

"Çünkü artık bir yetişkinim. Düne kadar çocuktum ve babamın her istediğini yapmak zorundaydım."

"Şimdi de benim her istediğimi yapmak zorundasın," dedi. Tavrı bir despot gibiydi. Victoria, onun ciddi olup olmadığını anlamak için dikkatle gözlerine baktı; ama Charles hemen rahatlattı onu. "Hayır Victoria, ben bir canavar değilim. Geri döndüğümüz zaman, canın ne isterse yapabilirsin. Tabii beni toplum içinde küçük düşürmediğin, ya da bir şekilde kendini tehlikeye atmadığın sürece. Sana daha önce de söylemiştim; tutuklanmaktan kaçınmanı tercih ederim. Ama bunun dışında her şeye kendin karar vereceksin. Eğer açlık grevlerini desteklemek, politik gruplarınla mitinglere ve toplantılara katılmak, başka kadınlarla oturup erkeklerin ne kadar kötü olduklarını tartışarak vakit geçirmek istersen, benden sana izin var." Kocasının verdiği cevap Victoria'yı memnun etmişti. Babası haklı çıkmıştı. Charles son derece mantıklı bir adamdı. Şu an için de ondan hiçbir şey istemiyordu.

"Teşekkür ederim," dedi yumuşak bir ifadeyle. Parmaklarının

arasındaki sigarayla çok küçük görünüyordu. Bir dakika öncesine göre de daha az cüretkâr bir hali vardı.

"Artık giyinsen iyi olur; yoksa gemiye geç kalacağız." Charles saatine baktı; on olmuştu. On bir buçukta orada olmaları gerekiyordu. Kibarca, "Kahvaltı ister misin?" diye sordu. Victora, çok nazik bir arkadaşına misafirliğe gitmiş gibiydi. İlgili, saygılı ve çok kibar bir adamdı Charles. Onu korkutacak, ya da üzecek hiçbir şey yapmamıştı.

"Aç değilim," dedi ihtiyatla. O gece onunla yatsaydı nasıl olurdu acaba, diye düşündü. Karısı uyuduktan sonra gelmişti yatağa; bu sabah da, o uyanmadan odadan çıkmıştı. Geceyi onunla birlikte geçirmiş olmak, ama bunun farkına bile varmamak çok garipti. Hiç de kocası gibi hissetmiyordu onu. Bu, Toby'yle paylaştıklarına hiç mi hiç benzemiyordu. Burada ondan beklenebilecek şeyin ne olduğunu biliyordu; ama bunu Charles'la düşünemiyordu bile. Hatta dehşete kapılıyordu. Ama şu ana kadar Charles tam bir beyefendi gibi davranmış ve ona âşık herhangi bir adamın davranışı içine girmemişti.

Giyinmeye gitti ve bir saat sonra süitin oturma odasına geri döndü. Olivia'nın onun için seçtiği kırmızı elbise ve ona uygun ceketini giymişti. Saçını yine topuz yapmıştı. Başında, elbisesiyle bir örnek çan şeklinde bir şapka vardı. O çarpıcı kıyafetin içinde müthiş etkileyiciydi. Charles'la yalnız olmak garip geliyordu ona. Artık bir çiftin öbür yarısı olmamak ve yanı başında tıpatıp bir benzerinin bulunmaması çok tuhaftı. Ama otelden birlikte ayrılırlarken herkesin Charles'ı selamlaması pek hoşuna gitti. Genç adam, saygı duyulan ve sevilen biriydi. Dışarıda bekleyen arabaya doğru yol gösteren kocasının ona gayet iyi davrandığını düşündü. Sandıkları *Aquatania*'ya önceden gönderilmişti; kamaralarına bırakılacaktı.

Elli dört numaralı rıhtımda bekleyen koca gemiye ulaştıklarında, bir orkestranın çaldığını, her tarafta konfetilerin uçuştuğunu, şık giyimli insanların kamaralarını bulmak, ya da yola çıkacak olan dostlarını uğurlamak için gemiye binmekte olduklarını gördü. Korkunç bir kalabalık vardı. Çevresindeki heyecanı görünce Victoria'nın gözleri faltaşı gibi açıldı. Olivia'nın da yanında olup görebilmesini çok isterdi. Charles, Victoria'nın gözlerinden bir an gelip geçen hüzün ifadesini gördü ve onun ne düşündüğünü anladı.

"Belki bir dahaki sefere o da bizimle gelebilir," dedi tatlı bir ifadeyle. Victoria ona bakıp gülümsedi, kocasının bu yüce davranışına minnettardı.

B güvertesindeki kamaraları şık, büyük ve şaşırtıcı bir şekilde güneşliydi. Eski İngiliz bahçelerine benzeyen Bahçe Salonu'nun yakınındaydı. Gemiyi dolaşırlarken Victoria, Adam Salonu'ndaki mermer şömine tablasından ve geminin zarif üslubundan çok etkilendi. Diğer kadınların üzerindeki giysilere de hayran oldu. Olivia'nın moda dergilerinden birine bakıyormuş gibiydi. Kardeşinin, onu zorlayarak, bütün tuvaletlerini götürmesini sağladığına memnun oldu. Hepsi sandıklara dikkatlice yerleştirilmişti; kadın kamarot sandıkları boşaltmaya başlamıştı bile.

Victoria çocuk gibi ellerini çırparak, "Ay ne kadar eğlenceli," dedi. Charles da kolunu karısının omzuna attı. Daha önce de gemilere binmiş ve hep çok hoşuna gitmişti. Ama karısının başına gelenlerden sonra, bir daha hiçbir gemide mutlu olamayacağından emindi. Oysa Victoria değiştirmişti bunu.

Gemiyi dolaşmaya devam ederek yüzme havuzuna baktılar. Sonra gemi hareket etmeden önce tekrar ana güverteye döndüler. Müziğin sesi iyice yükselmiş, geminin düdükleri çalmaya başlamıştı. Ve gemi rıhtımdan yavaşça uzaklaşarak limandan ayrıldı. Rıhtımda kalanlar çılgın gibi el sallıyorlardı. Victoria şapkasını çıkardığı anda saçları konfetilerle kaplandı. *Aquatania* ilk seferini bir hafta önce yapmış ve New York'a gelmişti. İlk geri dönüş yolculuğuydu bu. Charles, bu geminin, kuzeni *Titanic*'den daha şanslı olduğunu ümit ediyordu. Bunun daha iyi bir gemi olması gerekiyordu; gerektiği kadar cankurtaran sandalı vardı. Ama kamaralarına dönerlerken, her şeye rağmen ciddileşmişti genç adam. Kaçınılmaz olarak, Susan'ı düşünüyordu.

Victoria pat diye sordu. "Nasıl bir kadındı?" Bir de sigara yaktı, ama Charles karşı çıkmadı. Onun yanında rahat etmesini istiyordu.

Dürüstçe, "Mükemmel desem haksızlık olur," dedi. "Çünkü değildi. Ama benim için doğru insandı ve onu çok sevmiştim. Bu şekilde gitmesine alışmak çok zor oldu. Artık seninle evli olduğumuza göre belki her şey değişir." Bunu söylerken umut doluydu. Sanki yakalandığı uzun süreli bir hastalığın iyileşmesini umuyordu, ama emin değildi henüz.

Victoria, "Çok cesur davrandın," dedi sessizce. "Aslında beni tanımıyorsun."

"Tanıdığımı sanıyorum. Ayrıca, zor durumdayız ve ikimizin de yardıma ihtiyacımız var."

Victoria bununla yetinmeyerek birdenbire, "Evlenmek için acayip bir neden; öyle değil mi?" diye sordu. Charles bir kadehe şampanya doldurup ona verdi. Victoria, artık evlenmiş olduğu için kendini çok büyümüş hissediyor ve bu durumun sağladığı ayrıcalıklardan keyif alıyordu.

"Evlenmek zaten acayip bir şey. Değil mi? Yani iki insanın ömür boyu birlikteliği. Göze alınacak büyük bir risk bu; ama bence değer," dedi. Sonra Victoria'nın yanına oturarak ona baktı.

"Peki ya sonuç başarısız olursa?" Victoria dimdik gözlerinin içine bakıyordu. Karısının sorusuyla bu kez Charles şaşırmıştı.

"Başarılı olmasını istersen böyle bir tehlike söz konusu olmaz," dedi kararlı bir ifadeyle. "Ama bunu gerçekten istemelisin." Sonra Victoria'nın gözlerinin içine bakarak ona çok zor bir soru sordu. "İstiyor musun?" Uzun bir sessizlik oldu.

Ve sonunda, "Galiba. Dün çok korkmuştum. Tam düğünden önce neredeyse kaçıp gidecektim," diye itiraf etti Victoria. Sonra kendi korkusuna gülmeye başladı.

"Bu anlaşılabilir bir şey. İnsanlar dürüst olsa, çoğu, tam düğünlerinden önce kaçmak istediklerini söylerdi. Ben de istedim bunu; yarım dakika kadar."

Victoria, "Benimki biraz daha uzun sürdü," dedi yumuşak bir sesle.

Charles, "Peki ya şimdi?" diye sorarken ona biraz daha yaklaştı. Hayranlıkla bakıyordu genç kadına. Cinsel cazibesini bir kez daha hissetti. Olivia'da olmayan bu nitelik onu çıldırtıyordu. "Hâlâ kaçmak istiyor musun?" diye sordu ve iyice yaklaştı karısına. Victoria, onun gözlerinin içine bakarak başını iki yana salladı. Ne istediğini bilmiyordu henüz; ama kaçmak istemediğini biliyordu. Charles, "Gemide fazla uzağa kaçamazsın," dedi kısık bir sesle. Şampanya bardağını elinden bıraktı ve tam yanına oturdu. Sonra başka bir şey söylemeden ona sarıldı ve öptü. Victoria bir an için nefessiz kaldı; derken öpücüğe karşılık verdi. Hem de Charles'ın beklediğinden çok daha şiddetli ve güçlü bir şekilde. Victoria tam da Charles'ın kuşkulandığı gibi biriydi. Asla ehlileştiremeyeceği, ama Charles'ın veremeyeceği hiçbir şeyi istemeyecek yabani bir attı genç kadın. "Çok güzelsin Victoria," diye fısıldadı Charles. Karısının ne kadar tecrübeli olduğundan emin değildi. Tamamen masum olmadığını biliyordu. Ama babası tüm ayrıntıları anlatmamış, o da öğrenmek istememişti.

Charles, Victoria'nın kırmızı ceketini dikkatlice çıkardı ve tekrar kollarının arasına aldı onu. Kamaralarının oturma odasındaki divana oturdular. Odalar son derece lükstü. Charles da karısını şımartmak için hiçbir masraftan kaçınmamıştı.

Victoria sinirli bir halde bir sigara daha yaktı. Ama Charles bu kez sigarayı söndürdü ve onu öptü. Dudaklarındaki sigara tadını almış, ama pek rahatsız olmamıştı. Victoria'yla ilgili her şey tahrik ediyordu onu. Tam yanında otururken de yavaşça öptü genç kadını. O da Charles'ı öptü. Sanki saatlerce sürmüş gibi geldi genç adama. Sonunda karısını kucaklayarak yatak odalarına taşıdı.

Artık denize açılmışlardı; ama lombarlardan hâlâ martıların uçtuğu görülüyordu. Yakınlarında kimse yoktu. Onları rahatsız edecek herkesten uzak, yapayalnızdılar. Charles, Victoria'nın kırmızı elbisesini üstünden çıkarıp yatağın yanına yere attı. Karısının uzun bacakları, dar kalçaları, incecik beli ve dolgun göğüslerine baktı hayranlıkla. Onu görünce nefesi kesilmişti. Sonra kendi giysilerini de çıkardı. Tamamen soyunmadan önce perdeleri kapadı ve Victoria'nın yanına, yorganın altına giriverdi. Karısının ve kendi üstündekilerin geri kalanını da orada çıkardı. Victoria'nın sıcaklığını ve uzun zamandır özlem duyduğu ipeksi tenini hissedebiliyordu. Bedeni onu ilk kez bu kadar arzuluyordu. Susan'dan beri hayatına hiç kadın girmemişti. Istırap dolu iki uzun yıl geçirmişti. Karısına doğru uzandığı sırada, onun birden geri çekilerek titremeye başladığını hissetti.

"Korkma," diye fısıldadı Victoria'nın saçlarının arasından. Ona dokunurken, içinde olabilmek için kıvranıyordu. "Canını acıtmayacağım, söz veriyorum." Ama Victoria öbür tarafa dönmüş, kocasının kolları arasında şiddetle titriyor, buna engel olamıyordu. Charles karısını uzun zaman kollarının arasında öylece tuttu. Sonra onu kendine doğru çevirerek yüzüne bakmaya zorladı.

"İstemediğin bir şeyi yapmaya zorlamayacağım seni Victoria. Benden korkmana gerek yok. Bunun senin için zor olduğunu biliyorum." Susan'la evliliklerinin ilk gecesini hatırladı. O kadar genç ve masumdu ve kocasından o kadar utanıyordu ki. Victoria'dan bile daha çok utanıyordu. Oysa Victoria ondan çok daha cüretkâr gibi görünüyordu. Ama değildi. Yirmi bir yaşındaydı ve Charles onun, kalbi kırılmış olsa da, hâlâ bakire olduğunu tahmin ediyordu. Ondan on altı yaş büyüktü. Vakti vardı. Ona duyduğu arzuya rağmen, sabırlı davranmaya hazırdı.

Victoria, "Yapamam," dedi yüzünü Charles'ın göğsüne bastırarak. Aynen düğünden önce olduğu gibi paniğe kapılmıştı. Tek düşünebildiği, bir zamanlar âşık olduğu adamla yaşadığı sonsuz heyecan ve banyoda son bulan şiddetli ıstıraptı. "Bunu seninle yapamam...."

"Mecbur değilsin... şu anda değilsin... birlikte bir ömür geçireceğiz." Ama bu sözleri duyunca Victoria ağlamaya başladı. Tek istediği, kardeşiydi.

"Özür dilerim," dedi mutsuz bir ifadeyle. "Çok özür dilerim... bunu yapamam..."

Charles, "Sussss..." dedi ve sarıldı ona. Dizini acıttığında, ya da büyük bir düş kırıklığı yaşadığında Geoffrey'ye nasıl sarılırsa, aynen öyle sarıldı. O vaziyette saatler geçmiş gibi geldi sanki. Sonunda, Victoria kollarının arasında kıvrılıp uyuyakaldı. O uyurken Charles kalkıp ropdöşambrını giydi. Victoria'nın onu çıplak görürse korkmasını istemiyordu. İkisi için çay ısmarladı. Akşamüstü Victoria uyandığında Charles onu bekliyordu. Karısına çay ve kurabiye ikram etti.

Victoria, keşke her şey farklı olsaydı, diye düşünerek, "Bu davranışı hak etmiyorum," dedi mutsuz mutsuz. Charles'ın verdiği çayı bile almak istemiyordu. Onun umudunu kırdığını düşünüyordu. Evden bir telgraf aldıkları zaman, iyice kötü hissetti kendini.

"Sizi seviyoruz. İyi yolculuklar ve mutlu bir balayı dileriz. Babanız, Olivia ve Geoffrey." Onları düşünmek evini özlemesine neden oldu. Yerinden bir tavşan gibi fırlayıp banyoya doğru koştu. Charles ona bakmamaya çalışıyordu; ama o kadar hoştu ki kendine engel olamadı.

Biraz sonra geri gelip yanına oturdu. Olivia'nın satın aldığı eflatun ipek sabahlığını giymişti.

Charles, "Endişelenme," diye bir kez daha rahatlatarak nazikçe öptü onu. Asla açıklayamazdı; ama karısına duyduğu arzu onu çıldırtıyordu. Yine de, bir daha baştan çıkarmaya çalışmadı Victoria'yı. Biraz sonra akşam yemeği için giyinmeye başladılar.

Victoria, vücudunu sımsıkı saran beyaz ipek bir tuvalet giydi. Elbisenin sırtı o kadar açıktı ki, neredeyse poposu görülebiliyordu.

"Ee, bu kıyafet kesinlikle erkeklerin dikkatini çekecektir." Charles mutlulukla gülümsedi ve onun peşinden kamaradan çıktı. O akşam Kaptan Turner'ın masasında oturdular. Müzik başlar başlamaz Charles karısını dans pistine götürdü. Bir tango çalıyordu. Dans ederken karısının, kollarının arasında ihtirasla kımıldandığını hissediyordu. Onu kapıp kamaraya götürmemek için kendini zor tutuyordu.

Müzik dururken Charles, "Seni bir daha dışarı bırakabileceğimi sanmıyorum," dedi. "Bütün erkekleri çılgına çeviriyorsun." Victoria güldü, yarattığı heyecana aldırmadığı belliydi. Ama Charles'a gelince... Victoria korkuyordu. O kadar tuhaftı ki; kocası kesinlikle anlamıyordu.

O gece yanında yatarken Charles, Victoria'ya baktı. Ona dokunmaya korkuyordu neredeyse. Ama elinde değildi işte. Üstelik Victoria da başına gelecekleri biliyordu. Sonsuza kadar bu şekilde süremezdi. Charles, karısının geceliğini sıyırdı. Victoria, kocasının kollarının arasında ölü gibi, ama çok güzel bir şekilde yatıyordu. Charles, onun ne kadar korktuğunu biliyor, hissedebiliyordu. Onu zorlamamaya kararlıydı. Victoria'nın ona yaptığı gibi, o da Victoria'yı çılgına çevirmek istiyor; onu değişik zevklerle tanıştırmak istiyordu.

Çok kibar ve çok yavaş bir şekilde başladı. Ama ona olan arzusu arttıkça, giderek daha tutkuyla hareket etmeye başladı. Aslında, Victoria'yı daha kaba bir şekilde kullanmış olan Toby'den çok daha nazik ve tecrübeli bir âşıktı. Ama iki adamın arasında bir fark vardı; Victoria Toby'ye âşıktı. Ona duyduğu arzu öyle büyüktü ki, yaptıkları hiçbir şey onu rahatsız etmemiş, onunla beraberken hiçbir şeyden korkmamıştı. Paylaştıkları her şeyi o da istemişti. Şimdi Charles'la birlikteyken de aynı şeylere arzu duymak istiyordu. Onun beklediği gibi bir eş olmak istiyordu. Ama yine de, kocası kollarının arasında titreyip, sonra da bitkin bir şekilde düşüp yattığında, hiçbir şey hissetmedi.

Charles kendini çabucak toparlayıp Victoria'ya baktı; adını söyledi; öptü ve ondan çok hoşlandığını tekrarladı. Onu bir kez daha korkutmuş olmaktan korkuyordu. Derken ne olduğunu anladı. Birden, Victoria'nın bildiği, ama kendinin bilmediği şeyi fark etti.

Yüzünü karısının göğüslerinin arasına bastırarak boğuk bir sesle, "Bu ilk değildi; öyle değil mi?" diye sordu. Başını kaldırıp onun yüzüne baktığında, Victoria mutsuzlukla başını iki yana salladı. "Bana söyleyebilirdin Victoria. Canını acıtacağım diye çok korktum."

Victoria sessizce, "Acıtmadın," dedi. Kocası tutkuyla kendinden geçtiğinde o hiçbir şey hissetmemişti. Kendini ona daha yakın hissediyordu; ama sırf ona acıdığı ve ona verebileceği hiçbir şey olmadığı için. Artık söylenenlere de inanmıyordu. Böyle şeyler öğrenilmiyordu. Birini sevmek, zaman içinde gelişen bir duygu değildi. İnsan ya seviyordu, ya sevmiyordu. Aldatıldığını da biliyordu. O da Charles'ı aldatmıştı. Onların arasında hiçbir duygu gelişmeyecekti. Bir ömür birlikte olacaklardı; ancak iki yabancı gibi.

"Ona âşıktın, öyle değil mi?" Charles artık her şeyi öğrenmek istiyordu.

Victoria, "Evet," dedi dürüstçe. Bu kez gözlerini kaçırmadı kocasından. Ona söylememek haksızlık olurdu. "Ona âşıktım."

"Ne kadar sürdü?"

"İki ay kadar." Charles başını salladı, hiç olmazsa bir ya da iki yıl sürmemişti. Pek de önemi yoktu ya. "Bana yalan söyledi. Her konuda. Aslında beni hiç sevmemiş. Bana, sevgisiz bir evlilik kapanının içinde olduğunu, karısından ayrılıp boşanacağını söylemişti. Ben de inandım. Yoksa asla onunla birlikte olmazdım." Sonra biraz düşündü. "Belki de olurdum. Bilemiyorum." Çok üzgün görünüyordu, ama en azından yalan söylemiyordu. Bu da bir şeydi. "Sonra herkese anlatmaya, alay etmeye başladı. Ona sorduklarında da, onu benim baştan çıkardığımı söyledi. Onun için hiçbir şey ifade etmediğimi, sadece eğlendiğini söyledi. Karısını terk edip benimle evlenmeye hiç niyeti yokmuş. Üstelik ben ona âşık olduğum sırada karısı hamileymiş."

"Alçak herif. Şimdi bana da güvenmiyorsun, değil mi?"

Victoria parmaklarıyla Charles'ın yüzüne dokunarak, "Sorun o değil," dedi üzgün bir ifadeyle. "Ne olduğunu bilemiyorum. Olmuyor işte. Sanki aramızda bir duvar var gibi. Benimle herkesin arasında... bütün erkeklerin... bana kimsenin dokunmasını istemiyorum." Gelecekleri için kesinlikle hayra alâmet değildi bu.

"Bana anlatmadığın başka bir şey oldu mu Victoria?" Daha

karısı anlatmadan kuşkulanmıştı Charles. Victoria başını iki yana sallamaya başladı; sonra kocasına baktı ve omzunu silkti. Ona kesinlikle anlatmak istemediği tek şeydi bu.

"Hiçbir şey olmadı..."

Bu kez onun yalan söylediğini anlamıştı Charles. Karısının göğsünü avcuna aldı ve onun kendisini arzulamasını diledi. Ama Victoria üzüntüyle baktı ona.

"Hamile kaldım," dedi. Sesi zor duyuluyordu.

"Tahmin etmiştim."

"Croton'a yeni dönmüştük. Bir gün attan düştüm ve düşük yaptım. Olivia da yanımdaydı; ama ona bir şey söylememiştim. Beni o kurtardı. Kanamam vardı, korkunçtu, neredeyse ölüyordum sandım. Beni ambulansla hastaneye kaldırdılar". Charles elini tutarken, gözyaşları yanaklarından süzülüyordu. Keşke her şey farklı olsaydı, diye düşündü. "Asla çocuk sahibi olmak istemiyorum."

"O şekilde olması gerekmiyor. Dehşet verici, korkunç ya da yanlış olması gerekmiyor... banyonun zemininde tek başına, seni sevmeyen bir adamın bebeği ile." Ama Victoria'ya onu sevdiğini söyleyemiyordu. Dürüstçe olmazdı bu; o da farkındaydı. Zaten söylese de bir şey fark etmezdi; Victoria onu sevmiyordu.

"Annem beni doğururken ölmüş. Onu ben öldürdüm," dedi Victoria. Yine gözyaşları akmaya başladı yanaklarından. Charles ona sarıldı.

"Bu doğru olamaz. Bundan eminim," dedi. Hikâyenin devamının da olduğundan hiç kuşkusu yoktu.

"Olivia doğduğunda gayet iyiymiş. Ben o kadar büyükmüşüm ki, beni doğurur doğurmaz ölmüş. Ben Ollie'den on bir dakika sonra doğmuşum."

"Ama onu sen öldürmedin," dedi Charles. Victoria, bir çocuk düşürdüğü halde, bazı bakımlardan çok saftı. "Başka bir çocuğum olmamasının bir sakıncası yok bence," dedi Charles. "Ama çocuk doğurmaman gerektiğini düşünmeni istemiyorum. Geoff'in doğumu, Susan'ın hayatının en mutlu anıydı; yani en azından doğum sonrası," diyerek gülümsedi. Susan için de kolay olmamıştı. Geoff de büyük bir bebekti. Ama çocukları doğduktan sonra karısını ilk gördüğü zamanki yüz ifadesini hâlâ hatırlıyordu Charles. Bebek annesinin göğsünde yatıyor, meme emiyordu. O güne dek bu kadar tatlı bir şey görmemişti. Onları görünce ağlamıştı. O manzarayı unutmak çok zordu. Bugün, on yıl sonra bile hâlâ hatırlıyordu. "Bir gün bir bebeğin olmalı Victoria. Zamanla her şey değişecektir. Birbirimize alışacağız. İkimiz de bir zamanlar sevdiğimiz insanları unutacağız. Ya da, üzüntüleri ve bizi inciten davranışlarıyla birlikte onları da uzaklaştıracağız hayatımızdan."

Victoria şaşırarak, "Karın seni incitecek ne yaptı ki?" diye sordu. Bir gün her şeyin değişeceğine inanabilmeyi diliyordu. Ama inanmıyordu. Birbirlerine çok uzaklardı. Gerçek şuydu ki, sempati dışında hiçbir şey hissetmiyordu kocasına karşı.

Charles, "Öldü," dedi açıkça. "O lanet gemiyle birlikte battı. Beni inciten davranışı bu işte. Yerini bir çocuğa verdi. Hiç tanımadığım ve beni ilgilendirmeyen birine. Ve beni terk etti." Charles'ın gözleri doldu. Acıyı, üzüntüyü, kaybı ve öfkeyi tanımıştı. Şiddetli ıstırap çekmişti; ama artık atlatmıştı. Victoria'ya elini uzatmak ve ona katılmasını sağlamak istiyordu. Ama bir gerçek vardı; Victoria istemiyordu. "Pes edemeyiz," dedi sessizce. "Geriye dönüp hayatlarımızdan çıkan insanlara bakamayız. Seni çok incitmiş, aldatmış olsa bile, unutman gerek."

"Henüz unutamıyorum."

"Zamanla unutursun. Ben beklerim."

Victoria endişeyle, "Peki o zamana kadar ne olacak?" diye sordu. Şu anda araları kesinlikle mükemmel değildi. Ama Charles'ın yıllardır yaşadıklarından çok daha iyi durumdaydılar. O da şimdilik bununla yetinmeye razıydı.

"Elimizden geleni yaparız... bekleriz... dost oluruz. Mecbur kalmadıkça seni üzmemeye çalışırım." Victoria, onu reddetmeye hakkı olmadığını biliyordu. Ama yine de onu istemiyordu; bunu Charles da biliyordu. "Göreceğiz... Yapabileceğimiz en iyi şey bu Victoria. Evliyiz biz."

Victoria, "Sana vereceklerimden çok daha fazlasını hak ediyorsun Charles," dedi. Bu konuda ciddiydi.

"Bu doğruysa, bir gün hak ettiğim şeye kavuşurum nasıl olsa. Sen de öyle. O zamana kadar yapacak bir şey yok..." Düşünceli düşünceli gülümsedi karısına. Onu olduğu gibi kabul etmeye razıydı. Onu ruhunun derinliklerine kadar etkileyen güzel, genç bir kadındı; ama sevmiyordu kocasını. Onun çok genç olduğunun farkındaydı Charles. Zamanla Toby'yi unutacaktı Victoria. Evlendiği adamı arzulamaya başlayacaktı. O gün geldiğinde, Charles bekliyor olacaktı.

ON BEŞ

Balayı hiç de Charles'ın umduğu gibi geçmiyordu. Victoria'nın ona karşı direncinde yolculuk boyunca hiçbir düzelme görülmedi. 26 Haziran'da Avrupa'ya ulaştılar. İki gün sonra da yedi genç Sırp milliyetçisi, Avusturya imparatorunun yeğeni Arşidük Franz Ferdinand ile karısına Saraybosna'da saldırıp onları öldürdü.

Başlangıçta bölgesel bir olay gibi görünmekle birlikte, birkaç gün içinde Avrupa'da ciddi kaygılar yarattı. O sırada Victoria'yla Charles, Londra'da Claridge'de kalıyor ve dost ziyaretleri yapıyorlardı. Victoria daha çok, Birleşik Devletler'de, Washington'da yapılan kadın yürüyüşüyle ve kadınlara oy hakkı talepleriyle ilgileniyordu. Charles'ın Londra'daki dostları arasında da birkaç kadın hakları savunucusu ile tanışmış ve orada olan bitenlere hayran olmuştu. Ama Pankhurst'leri cezaevinde ziyaret etmeyi çok istediği halde, bu arzusu muhalefetle karşılanmıştı. Charles ısrarla karşı çıkmıştı. Karısının, hapisteki birilerini ziyaret etmesini istemiyordu. Şiddetle tartışmışlar, ama Victoria kocasını ikna edememişti. Charles hoşgörülü olmaya razıydı, ama sınırlarının zorlanmasını da istemiyordu.

Victoria, sanki kocasının bakış açısı değişebilirmiş gibi, "Ama onlarla mektuplaşmıştım Charles," dedi.

"Bana ne. İstersen telepatiyle ilişki kurmuş ol. O kadınları cezaevinde ziyaret etmen söz konusu bile olamaz. Kendini bir tür kara listeye aldırıp bizi İngiltere'den attıracaksın."

Victoria, "Saçma. Buradakiler çok daha açık fikirli insanlar," dedi safça.

"Nedense bundan kuşkuluyum." Charles hiç de eğleniyor gibi görünmüyordu. Üstelik bugünlerde hırçındı; bunun nedenini ikisi de biliyorlardı. Fiziksel yaşamlarını rayına oturtmak için tüm çabaları başarısızlıkla sonuçlanmıştı.

Bir hafta sonra Paris'e gittiklerinde, artık Charles ona her dokunduğunda Victoria'nın tüyleri ürperiyordu. Neden öyle hissettiğini bilmiyordu. Bütün bedenini etkileyen bir duyguydu bu. Bir daha hiçbir erkeğin ona dokunmasını istemiyordu. Daha önce hissettiklerinin hiç birini bir daha hissetmek istemiyordu. Kimseye güvenmek istemiyordu. Ve kesinlikle çocuk doğurmak istemiyordu. Kocasına bunu söylediğinde Charles, alınabilecek önlemler olduğu konusunda temin etti onu. Hatta bunların bazılarından kendi de yararlanmıştı. Ama asla o noktaya ulaşmadılar. Kocası ona her dokunduğunda Victoria ağlayıp titremeye başlıyordu. Charles ona sabır göstermeye çalışmakla birlikte, artık sinirlenmeye başlamıştı.

Paris'te bir akşam geç vakit tekrar denedikten sonra, "Madem böyle hissediyorsun, neden daha önce bir şey söylemedin?" diye ona serzenişte bulundu. Bu durum artık onu da etkilemeye başlıyordu. Victoria'yı ne kadar çok arzulasa da, ağlayan ya da titreyen bir kadınla sevişmeyi sürdürmek istemiyordu. Kendini tecavüzcü gibi hissediyordu ve giderek isteksizliği artıyordu.

Victoria iki hıçkırık arasında, "Böyle olacağını bilmiyordum," dedi. Ritz Otel'deydiler. Otelin en iyi süiti bir işe yaramamıştı. Paris'in romantizmi ise, sadece Victoria'nın daha sinirli olmasına neden oluyordu. Burada kocasıyla tek başına kapana kısılmak istemiyordu. Politika konuşmak, kadın hakları savunucularıyla buluşmak, toplantılara katılmak istiyordu. Charles, Victoria'nın istediği son şeyin bir koca olduğunu düşünmeye başlamıştı. Derken Victoria birden ağzından kaçırdı, "Toby'yle böyle olmuyordu," dedi. Sonunda, tahammül sınırlarını aşmış ve anlatılamayacak kadar aşağılanmış olan Charles odadan fırlayıp çıktı. Paris sokaklarında uzun ve yalnız bir yürüyüş yaptı. Geri döndüğünde, Victoria özür dileyip durdu ve o gece kendini affettirmek için samimi bir gayret gösterdi. Genç, seksi ve çok heyecan verici bir kadındı. Charles, karısının ona karşılık verdiğini hissetti; ama Victoria bir anda korku ve iğrenmeyle geri çekildi.

Charles tutku ateşi içinde, "Hamile kalmayacaksın Victoria," diyerek ikna etmeye çalıştı onu. Debelenip yuvarlanırken karısını kollarının arasında hissediyordu; ama genç kadın sanki aslında orada değilmiş gibiydi. Bir parçası ölmüştü; Charles ne yaparsa yapsın onu hayata döndüremiyordu. "Ben doktor ya da sihirbaz değilim," dedi çaresizlik içinde. Daha önce böyle bir tecrübesi olmamıştı hiç. Onu bu kadar heyecanlandıran, ama hiçbir şey hissetmiyormuş gibi görünen bir kadınla karşılaşmamıştı. İşkenceydi bu. Temmuz ayına geldiklerinde durumda hiçbir gelişme olmamıştı.

O güne kadar Olivia'dan birkaç haber almışlardı. Victoria, kardeşinden gelecek haberler, ya da gazetelerde yer alan, kadınlara oy hakkı ile ilgili yazıları okumak için yaşıyordu sanki. Bunun dışında pek az şey ilgilendiriyordu onu. O günlerde, çevresindeki kadınların yanında çok daha rahat ediyordu. Charles, onun erkeklerden hoşlanıp hoşlanmadığını bile merak etmeye başlamıştı artık. Belki de kimsenin hayal bile edemeyeceği bir sorun vardı. Edward Henderson'ın ona kazık atarak nasıl bir kâbus yaşatacağını bilip bilmediğini merak ediyordu sadece. Bildiğini düşünmek hoşuna gitmiyordu.

Olivia iyi olduklarını söylüyordu. Hudson Nehri kıyıları mevsim normallerinin üstünde sıcaktı. Babalarının sağlığı o günlerde iyiydi; Geoffrey ise Croton-Hudson'da serpiliyordu. Ata binmeyi çok iyi öğrenmişti. Charles'ı, başka talihsizliklerle karşılaşmadıkları konusunda rahatlatıyordu genç kız. Hatta Geoffrey ata bu kadar iyi binmeye devam ederse, Olivia ona yeni bir at almayı düşünüyordu. Mükemmelliğe ulaşmasına uygun olacak bir at. Atı Croton'da bırakabilirler; Geoff onları ziyarete geldiğinde binebilirdi.

Belki merak ederler diye, Chip'in de çok iyi olduğunu söylüyordu. Köpek bütün mobilyaları kemiriyordu ve yatak odasındaki iki halıyı da yemek için saldırılarda bulunmuştu.

Olivia onların da iyi olduğunu, mutlu olduklarını, işlerin yolunda gittiğini ve Saraybosna'daki o saçma olayın onları tedirgin etmediğini umuyordu. Haberleri kendileri de duymuşlardı; ama çatışmanın daha da büyüyeceğine inanmak için hiçbir neden yoktu. Avusturyalılar sinirlenmişlerdi hiç kuşkusuz. Ancak dünyanın geri kalan bölümü etkilenmemiş görünüyordu.

Charles onun düşüncesine tamamen katılıyordu. Hatta Temmuzun son haftasında güney Fransa'da bulundukları sırada, Avusturya'nın Sırbistan'a savaş ilân ettiğini duydukları zaman bile. Bu duruma pek şaşırmamışlardı. Onları asıl şaşırtan ve rahatsız eden, dört gün sonra Almanya'nın Rusya'ya, ondan iki gün sonra da Fransa'ya savaş ilân etmesi oldu. Avrupa'da durum hızla kötüye gidiyordu.

O sırada Nice'de Hotel d'Angleterre'deydiler. Charles hemen İngiltere'ye dönmek istedi.

Victoria bağırarak karşı çıktı. "Ama saçmalık bu Charles," dedi. Fransa'yı çok seviyordu ve henüz ayrılmak istemiyordu. Birkaç gün sonra da İtalya'ya gitmeyi planlamışlardı. "Saçmasapan bir Avrupa ülkesi sinir krizi geçiriyor diye bütün planlarımı değiştiremem." Charles'a çok kızgın bir ifadeyle baktı.

"O sinir krizine savaş deniyor. Şu anda savaşta olan bir ülkedeyiz. Ayrıca, Almanya 'saçmasapan' olmadığı gibi, her an saldırabilir. Valizlerini topla. Gidiyoruz."

"Ben gitmiyorum." Victoria kollarını kavuşturdu ve otel süitlerindeki kanepeye sakin bir şekilde oturdu.

"Delisin sen. Ben gidiyoruz diyorsam sen de gidiyorsun demektir." Victoria çok zor bir kadındı ve Charles artık usanmaya başlamıştı. Çok uzun bir yaz olmuştu bu.

Ertesi gün Alman askerleri Belçika'yı işgal ettiğinde, onlar hâlâ bu konuyu tartışıyorlardı. Victoria bu kez, kocasının herhangi bir baskısı olmadan anladı durumu. Eşyaları topladı ve ertesi gün Nice'den ayrıldılar. O gün Karadağ, Avusturya'ya savaş ilan etmişti. Avrupa hızla deklarasyonlar ve suçlamalar düğümü haline geliyordu.

Tekrar Claridge Oteli'ne gittiler. Bir hafta boyunca, büyülenmiş gibi, Sırpların Almanya'ya, Avusturyalıların Rusya'ya, Karadağlıların da Almanya'ya savaş ilan etmesini izlediler. Ve sonunda 12 Ağustos'ta hem Britanya, hem de Fransa Avusturya'ya savaş ilan etti. Londra'da manşetlere çıkmıştı bu haber.

Charles, haberi duyar duymaz hemen oteldeki süitlerine geldi. Biletlerini değiştirmişti bile. Avrupa'da bir hafta daha kalmayı planlamışlardı; ama artık mümkün değildi bu. En kısa zamanda Victoria'yı Birleşik Devletler'e geri götürmek istiyordu. Ertesi gün yine *Aquatania* ile döneceklerdi. Victoria alışverişten geldiğinde valizler hazırlanmış, planlar yapılmış ve Olivia'ya telgraf çekilmişti bile. Charles, mantosunu çıkarmakta olan Victoria'ya her şeyi anlattı.

"Öyle mi? Gidiyor muyuz?" Victoria bu haberi duyduğunda şoke olmuştu. "Yani benim düşüncemi bile almadan..."

"Doğru. Almanya, Britanya'ya savaş ilan etti. Burada kalıp etrafta kurşunların uçuşmaya başlamasını beklemeyeceğim. Karımı alıp Amerika'ya, güvenli bir yere gideceğim."

"Hiç tartışmadan paketleyip götürebileceğin bir *mal* değilim ben Charles."

"Bugünlerde çok fazla tartışıyoruz Victoria. Aslına bakarsan, bundan bıktım artık. Bence zaman kaybı ve oldukça yorucu."

Victoria, gayet mutsuz, "Bunu duyduğuma üzüldüm," dedi. Gün boyunca, canı çok sıkkındı ve başı ağrıyordu. Bir gece önce yine talihsiz gecelerden birini yaşamışlardı. Sonuçta ikisi de öfkeli ve tatminsizdi. Victoria nasıl bir sorunları olduğunu bilmiyordu; ama kocası ona yaklaştığı anda bütün vücudu kasılıyordu. Charles ise pelte gibi oluyordu. Victoria'nın kıyaslama yapabileceği pek az tecrübesi vardı; ama tek bildiği, bunun Toby'yle birlikteyken hiç olmadığıydı. Charles, bunu bir daha duymak istemediğini söylemişti. Susan'la birlikteyken onun da başına hiç böyle bir şey gelmediğine inandırmaya çalışmıştı Victoria'yı. Bu durumda her ikisi de kendilerini öfkeli, dışlanmış, sinirli ve çok yalnız hissediyorlardı. Susan da, Toby de yanlarında olmadığı için, birbirlerinden başka kimseleri yoktu artık.

Charles gayet soğuk, "Yarın sabah saat onda gidiyoruz," dedi. Balaylarının bir kâbusa dönüştüğünü düşünüyordu.

"Sen gidiyor olabilirsin Charles," dedi Victoria. Yine ona karşı çıkmaya cüret etmişti; ama işin kötüsü, bu yaptığından hoşlandığını fark etti. Charles'a eziyet etmek heyecanlandırıyordu onu. Buna engel olamıyordu. "Ama ben gitmiyorum. Ben burada kalıyorum."

"Avrupa'da mı? Savaş sırasında mı? Cesedimi çiğnemen gerek. Benimle geliyorsun."

"Belki burada öğrenilecek bir şey vardır Charles. Belki şu anda burada olmamızın bir nedeni vardır." Victoria'nın gözleri heyecanla parlıyordu. Charles'ı korkutuyordu bu. Ama daha da kötüsü, bu haliyle bile Victoria'yı arzuluyordu. Ruhuna nasıl bir şeytanın girdiğini ve onu bu kadar tahrik eden, ama onun pek mutlu edemediği bir eş verdiğini merak etti. "Savaş çıktığı sırada Avrupa'da olmamız, bize kaderimizin bir oyunu olabilir." Victoria genç ve güzel görünüyordu. Hatta Charles'a göre, birazcık deli bile sayılabilirdi. İçinde, mantığı reddeden, isyankâr ve maceracı bir yan vardı. Belki de Edward Henderson'ın onu evlendirmeye bu kadar hevesli olmasının nedeni buydu. Gayet mantıklı bir şekilde, akıllı olan kızı kendine saklamıştı. Ama ona en kızdığı zamanlarda bile, Victoria'nın deli olmadığını biliyordu Charles. Sadece geçinmesi zor bir insandı. Ve onunla her an, her konuda tartışmak için fazla yaşlı hissediyordu kendini. İşin en kötü tarafı, Victoria buna bayılıyordu. Bunu görebiliyordu Charles. Kocasına işkence etmeye, eziyet çektirmeye, onunla kavga etmeye, en basit bir şeyi yapmayı bile reddetmeye, sonra da tehlikeli ve aptalca bir şeyi yapmak için ısrar etmeye bayılıyordu Victoria. Örneğin Avrupa'da kalmak gibi.

Charles sakin olmaya çalışarak, "Bunun sana sıkıcı geleceğini biliyorum Victoria," dedi. Genç kadın, kocasının sınırlarını zorlamaya başlamıştı. "Ama savaş ilan etmiş, ya da başka bir ülkenin savaş açtığı bir yerde kalmak hiç mantıklı değil. Seni burada bırakırsam baban öldürür beni. Yani, hoşuna gitse de gitmese de, benimle aynı fikirde olsan da olmasan da, şu sırada burada bulunmamız kaderimiz de olsa, tesadüf de olsa, yarın sabah seni New York'a götürüyorum. Eğer bunu kesinlikle dayanılmaz buluyorsan, kardeşini düşünmeni öneririm. Burada kalırsan endişeden hasta olur Olivia. Tabii baban da. Bana gelince, ben eve gidiyorum; çünkü on yaşında bir oğlum var. Zaten annesini kaybetti. Benim de, burada kalıp bir kaza kurşunuyla boşu boşuna ölmeye niyetim yok. Bütün bunlar durumu yeterince açıklamaya yetti mi acaba?" Victoria bu kez sesini çıkarmadan başını salladı. Olivia'dan söz edilmesi, bakış açısını değiştirmişti nihayet. Charles'a itiraf etmeyecek olsa da biliyordu ki Olivia da aynen onun söylediklerini söylerdi. Ama yine de, Charles'ın şu anda eve dönme fikri son derece ahmakçaydı. Neler olacağını görmek için İngiltere'de kalmak muhteşem bir şey olurdu.

O gece Charles yattıktan sonra uzun süre oturdu ve onlara ne olduğunu düşündü. Onları bir araya getiren kaderin acayipliğini ve Toby'yle ilişkisinden beri peşini bırakmıyor gibi görünen kötü talihini... kaybettiği bebeğini... yok ettiği saygınlığını... Charles'la evlenmeye ve kardeşinden ayrılmaya zorlanmış olmasını... şimdi de, yerine getirmesi beklenen, ama artık tahammül edemediği bedensel yükümlülüklerini. Mutlu bir gelecek hayal etmek mümkün değildi. Bir an geldi ki, Charles'tan kaçmayı ve asla eve gitmemeyi düşündü. Ama bunu yapamayacağını biliyordu. Her şeyin ötesinde, Olivia'yı görmesi gerekiyordu. Oysa şu anda New York'a dönmekten çok korkuyordu. Charles'la ve oğluyla yeni bir hayata başlamak ve bu hayatın getireceği bütün sorumluluklar, ona acı verecek kadar kasvetli görünüyordu. Avrupa'da, asıl istediklerinin tadını almaya başlamıştı. O, heyecan, politika ve özgürlük istiyordu.

Bu adamla arasında gerçek bir bağ yoktu. Ne bedensel, ne ruhsal, ne de yürekten bir bağla bağlıydı ona. İki aylık beraberliklerinin ardından, Charles ne kadar nazik, akıllı, ya da sabırlı olsa da, aralarında asla bir bağ kurulamayacağını anlamıştı. Bunu charles da anlamıştı. Ama Victoria onun kabul etmeye hazır olmadığını da biliyordu. Belki de hiç etmeyecekti. Peki o zaman ne yapacaktı Victoria? Daha Croton'dalarken Olivia'ya, cesaretle boşanmaktan söz etmişti. Ama Charles'ın buna asla razı olmayacağını biliyordu. Kapana kısılmıştı. Kaderi Charles'ınkiyle birlikte yazılmıştı. Ona mecburdu ve sonunda birlikte batacaklarını biliyordu. Hiçbir şey olmasa bile, sevmediği bir adama bağlı olarak sürdüreceği bu bunaltıcı hayat onu öldürecekti. Olivia'yla bu konuyu konuşması gerektiğini biliyordu; ama söyleyecek pek bir şey de yok gibiydi. Anlaşma yapmış, yemin etmişler; kumar oynamış, kaybetmişlerdi. İşin doğrusu, birbirleri hakkında hiçbir şey bilmiyorlardı.

Charles, "Bu gece yatacak mısın?" dedi. Victoria onun sesini duyunca yerinden sıçradı. Kocası yatak odasının kapısında duruyordu. Genç kadın ona tereddütle baktı; sonra başını salladı. Yine denemek mi yoksa sözünü dinletmek mi istiyor, merak etti. Her iki durumda da seçenekler hoşuna gitmedi.

Ama birkaç dakika sonra yatağa girdiğinde, Charles'ın ona sadece sarıldığını görerek şaşırdı.

Charles üzgün bir şekilde, "Sana nasıl ulaşacağımı bilmiyorum Victoria," dedi. "Orada bir yerde kilitli kaldığını biliyorum, ama seni bulamıyorum." Bir karısı olduğunu biliyordu; ama henüz onunla tanışmamıştı. Acaba bir gün tanışabilecek miydi, merak ediyordu artık. Victoria gibi o da umudunu yitirmeye başlıyordu. İki aydır evliydiler. Çok uzun bir zaman değildi bu, ama sanki yüzyıllar geçmiş gibi geliyordu ona.

Victoria mutsuz bir ifadeyle, "Ben de kendimi bulamıyorum Charles," dedi. Okyanustaki gemi enkazı gibi birbirlerine sımsıkı sarıldılar.

"Belki bir gün buluruz. Yeterince beklersek. Ben pes etmeyeceğim, biliyor musun? Susan'ın öldüğüne inanmam aylar almıştı. Hep onu bulacaklarını düşünüyordum."

Victoria başını salladı. Kocasının anlattıklarıyla bir bakıma rahatlamıştı. Onu sevmek çok daha kolay olabilirdi. Bunu istiyordu, ama nasıl yapacağını bilmiyordu. O tür duygularını da yitirmiş gibiydi. Yüreğinde bir aşk duymuyordu Charles'a. En kötüsü de bunu onun da biliyor olmasıydı.

Hafif sesle, "Benden ümidini kesme Charles," dedi Victoria. "Henüz kesme." Yanında Olivia olmayınca korkuyordu.

Onu sımsıkı tutarak, "Kesmem," diye fısıldadı Charles. "Uzun süre kesmem. Çok uzun süre." Ona sarılmış uykuya dalarken, sonuçta balayının o kadar da korkunç sayılmayacağını düşünüyordu. Belki zamanla her şey düzelebilirdi. Victoria ise, kocasının kolları arasında yatarken özgürlüğü hayal ediyordu.

ON ALTI

Aquatania ile dönüş, geliş yolculuğundan iki kat daha uzun sürüyor gibiydi sanki. Victoria'yla Charles güvertedeki şezlonglarda yan yana oturuyorlardı. Charles uyuyor, Victoria okuyordu. Gemide Andrea Hamilton'a rastlamak onu şaşırtmıştı. Kadın hareketiyle ilgili son teorilerini tartışarak epeyce vakit geçirmişlerdi. Charles, bu konunun hâlâ kendi ilgisini de çekiyor olmasını çok isterdi. Görünen oydu ki karısı, kadın hakları ve kadınların meselelerine fena halde kafasını takmıştı. Onun için gelip geçici bir merak, ya da biraz eksantrik bir sohbet konusu değildi bu. Uğrunda yaşadığı ve soluk aldığı bir şeydi. Onun bu konuya olan ilgisini daha önceden de bildiği halde, hastalığın ne kadar ilerlemiş olduğunu o zamanlar fark etmemişti Charles. Victoria'nın tek okuduğu, konuştuğu, ilgilendiği ve takip ettiği konu buydu. Genç adam karısının bu tutkusunu çok sıkıcı buluyordu; âdeta işkenceydi onun için.

Tek gözünü açarak yanındaki şezlongda yatan karısına, "Bu akşam kaptanın masasında oturacağız," dedi uykulu uykulu. "Haber vereyim dedim."

Victoria pek de ilgilenmeden, "Ne nazik bir adam," dedi. "Yüzmeye gidelim mi?" Bazen aralarındaki yaş farkını hissediyordu Charles. O, burada, güneşin altında yatmaktan mutluydu; oysa karısı hep bir şeyler yapmak istiyordu. Ama Victoria'yı memnun etmek de hoşuna gidiyordu.

Yarım saat sonra havuza indiler. Charles, karısının vücudunu düşünmemek için zor tutuyordu kendini. Victoria siyah bir mayo giymişti. Havuzda bir uçtan öbür uca yüzüp dururken, stiline ve uzun, kıvrak bedenine hayranlık duymamak elde değildi. Sonra Charles da katıldı Victoria'ya. Yan yana yüzdüler; sonunda genç kadın durup gülümsedi kocasına. Kendini daha iyi hissediyor gibiydi.

Charles hayranlıkla, "Müthiş bir kızsın," dedi. Victoria iki aydır onu iyice zorlamış ve her zaman hoş sayılmayacak biçimde meydan okumuştu ona. Charles bazen karısını daha iyi tanımış olmayı diliyordu; bazen de onunla hiç tanışmamış olmayı. Ona bu açıdan bakınca da ikizini hatırlıyordu. Victoria'yla iki ay birlikte yaşadıktan sonra, artık kızları birbirlerinden ayırt etmenin daha kolay olup olamayacağını merak ediyordu. Birçok yönden, son aylarda sanki kendini ondan soyutlamış gibiydi. Hiç de onun beklediği gibi çıkmamıştı Victoria.

Kurulandıktan sonra havuzun etrafındaki koltuklarda oturup diğer yüzenleri seyrederlerken, "Olivia'yı çok özledin mi?" diye sordu Charles.

Victoria özlem dolu bir bakışla, "Hem de nasıl," dedi dürüstçe. "Onsuz yaşayabileceğimi asla düşünemezdim. Küçükken, ondan uzaklaştırılırsam öleceğimi düşünürdüm." Charles, bir zamanlar Susan için aynı şeyleri hissetmiş olduğunu söylemedi ona.

"Ya şimdi?" diye sordu. Gerçekten merak etmişti. Onlarla ilgili merak ettiği o kadar çok şey vardı ki. Aralarındaki iletişim biçimi, birbirleriyle ilgili içgüdüleri...

"Onsuz da yaşayabileceğimi biliyorum artık," dedi Victoria. "Ama bunu hiç istemiyorum. Keşke New York'a gelip bizimle oturabilse. Babamı bırakmayacağını biliyorum. Zaten babam da bırakmasını istemiyor. Olivia'yı, ona bakması için orada tutuyor. Kıza haksızlık oluyor, ama babam bunu görmüyor." Bunu Charles da düşünmüştü. Geoff'e köpek yavrusunu getirdiği zaman Olivia'ya da söylemişti.

"Belki eve döndüğümüzde Olivia'yı ikna edebiliriz. En azından uzun misafirliklere razı ederiz belki. Geoff bayılır buna."

"Onun bizimle oturmasının sence bir sakıncası var mı?" diye sordu Victoria. Charles'ın son söylediklerine şaşırmıştı. Tıpkı, Victoria'nın babası hakkında söylediklerine onun şaşırmış olduğu gibi. Edward bencil ihtiyarın biriydi. Her istediğini yaptırıyordu, çünkü kızları buna razı oluyorlardı. Ama bedelini Olivia ödüyordu, buna tanık olmak da Charles'ı çok rahatsız ediyordu.

Charles, "Hayır yok," diye cevapladı Victoria'nın sorusunu. Düşünceli bir şekilde, "Zeki, kibar ve son derece nazik bir kız. Çok da yardımsever," dedi. Ve karısının yüzündeki ifadeyi fark etti. İşin tuhafı, onu hâlâ karısı gibi görmüyordu. İki aydan sonra bile, birbirlerine yabancı gibiydiler.

Victoria gayet ters, "Belki de onunla evlenmeliydin," dedi.

"O önerilmedi bana," diye cevabı yapıştırdı Charles. Kendisine söylenmeyen birçok şey olduğu için bazen hâlâ kızıyordu. Victoria'nın, romantik bir ilişki yüzünden kalbi kırılmamıştı. Evli bir adamla ilişkiye girmiş, iyice kullanılmış, hatta hamile kalmıştı. Bu, aynı şey değildi. Gerçi artık bu saatten sonra Charles bu durumu kabullenmeye razıydı ya...

Victoria ters ters, "Belki bir gün senin için yer değiştiririz," dedi. Ama Charles bu fikri beğenmeyerek kaşlarını çattı.

"Hiç de komik değil." Kızlar tarafından kandırılabileceğini, ya da birinden birine söylememesi gereken bir şeyi söyleyeceğini düşünmek hep rahatsız etmişti onu. Aslında oldukça sinir bozucuydu bu. Sonunda, "Yukarı çıkalım mı artık?" diye sordu, Victoria başını salladı. O günlerde durmadan tartışıyorlardı; istemeseler de.

Akşam yemeği için giyindiler ve kaptanın davetine frak ve tuvaletle katıldılar. O akşam, Avrupa'daki savaştan başka bir şey konuşulmadı. Victoria buna bayılmıştı. Birçok radikal ama ilginç fikir ileri sürdü. Charles onu dinlerken gurur duyuyordu. Victoria kesinlikle çok zekiydi; yazık ki geçinmesi kolay biri değildi.

Sonunda kamaralarına doğru yavaş yavaş yürümeye başladılar. Bir süre dans etmişlerdi, ama ikisi de havalarında değillerdi. Kuzey Atlantik'te güzel bir akşamdı. Victoria bir sigara yaktı, Charles'ın yanında durup denize bakarak sessizce sigarasını içti.

Charles acı bir tebessümle, "Ee?" dedi. "İyi bir balayı oldu mu, olmadı mı? Eğlendin mi?" Bu bile bir şey sayılabilirdi.

"İşte sorularının cevabı: evet, bazen ve henüz bilmiyorum. İyi miydi, değil miydi? Sen ne düşünüyorsun?"

"Bence ilginçti, ama kolay değildi." Ne tuhaftı ki, Avrupa'dan dönerlerken, savaşın ayak sesleri peşlerinden geliyordu. "Şu aşamada belki de hayatın böyle olması gerekiyor. İnsan belki de hayatında bir kez şansı yakalıyor. Henüz emin değilim." Susan'ı kastediyordu; Victoria da farkındaydı bunun. Onun da Toby'si vardı; kesinlikle bir hayal değildi o. Ama onu deli gibi sevmişti. "Belki sadece zamana ihtiyacımız var. Dedikleri gibi, birbirimizi zamanla sevmeye başlayabiliriz. Oluyor böyle şeyler." Ama ikisi de bundan emin değillerdi.

"Peki şimdi ne olacak? Ev hanımı mı olacağım?"

"Başka planlarınız mı var Bayan Dawson? Doktor ya da avukat olmayı mı planlıyorsunuz?"

"Sanmıyorum. Politika." Zaten Avrupa'daki savaş büyülemişti onu. "Geri dönüp orada neler olduğunu araştırmak, belki bir şekilde katılmak isterdim. Bir işe yaramak isterdim."

"Nasıl örneğin?" Charles'ın yüzünde dehşet ifadesi vardı. "Ambulans şoförlüğü yaparak falan mı?"

Victoria, düşünceli bir şekilde, "Olabilir," diye cevap verdi.

"Hele bir dene," dedi Charles. Çok ciddiydi. "Kadınların gösterileri yeterince kötü zaten. Bir de savaşla uğraşmak istemiyorum, çok teşekkür ederim." Ama Victoria merak etti. Gerçekten Avrupa'ya dönmek istese, Charles onu durdurabilir miydi acaba? Olivia'nın da onaylamayacağını biliyordu. Onun için bu konuyu kardeşiyle tartışması söz konusu bile olamazdı. Babasıyla da tabii. Ama Southampton'dan yola çıktıklarından beri bunu ciddi olarak düşünüyordu. Birleşik Devletler'e geri dönerek bir şeyleri kaçırdığı hissine kapılıyordu. Bütün heyecanı arkalarında bırakıyorlardı. "Peki ya Geoff? Faaliyetlerinin arasında onun yeri ne olacak? Ona zaman ayıracak mısın?" Victoria bunun Charles için ne kadar önemli olduğunu biliyordu. Kocasının yüzünde kaygılı bir ifade gördü.

"Onunla ilgilenirim. Merak etme."

"İyi." Bu konuda ciddi olduğunu gördüğü için memnun olarak gülümsedi karısına. Sonra lüks kamaralarına gittiler. O kadar sıcaktı ki lombarlardan ikisini açık bıraktılar. Ama Charles o gece Victoria'ya dokunmadı. Buna gücü de yoktu, cesareti de.

Ertesi sabah saat dokuzda, cankurtaran sandalı tatbikatı yapıldı. Savaş ilan edilmiş olduğu için olağanüstü ciddi bir uygulamaydı bu. Victoria, acaba Charles'ı rahatsız edip ona Susan'ı hatırlatır mı, diye bir an merak etti. Ama tatbikattan sonra iyi görünüyordu genç adam. Kahvaltı için odalarına geri döndüklerinde de gülümsedi ve hiçbir şey söylemeden öptü onu.

Victoria şaşırarak, "Niyeydi bu?" diye sordu. Charles sırıttı.

"Benimle evli olduğun için. Birbirimize pek de iyi davranmadık. Eve döndüğümüz zaman daha iyi olmaya çalışacağım. Belki normal hayata geri dönmek ikimize de iyi gelecektir. Belki balayları fazla stresli oluyor." Üstü kapalı olarak, başarısız cinsel yaşamlarından söz ediyordu. Victoria başını salladı. Ama o gece bir kez daha denediler. Bu sefer, içine girmesine ve karısının da bir çaba göstermesine rağmen, bunun Victoria için önceki seferlerden daha iyi olmadığını anlamıştı Charles. Bu durum derin bir endişeye kapılmasına neden oldu. Hayatının bir döneminde cinsellik harika olmuştu Charles için. Geoff, bu dönemin sonucunda doğmuştu. Şimdi Victoria'yla yaşadıkları, kendini yalnız ve bomboş hissetmesine neden oluyordu. Victoria uyuduktan sonra yattığı yerden ona bakarak, aralarında gerçek bir ilişki umudu olup olmadığını düşündü. Eve döndüklerinde anlaşılacaktı bu. Ama eskisi kadar iyimser değildi artık.

Gemi, Özgürlük Heykelinin yanından geçerken Victoria ile

Charles güvertedeydiler. Güneşin doğuşunu seyrediyor ve iki aydır ilk kez kendilerini birbirlerine bu kadar yakın hissediyorlardı. Eve gittikleri için ikisi de heyecanlıydılar. Victoria ikizini, Charles da Geoff'i göreceği için. Olivia onları New York'ta karşılayacaklarını söylemişti. Dev gemi saat onda rıhtıma yanaşır yanaşmaz, iskeleyi gözleriyle taramaya başladılar. Derken Victoria bir çığlık attı; onları görmüştü. Gemiden çılgınca el sallamaya başladılar. Bir dakika sonra Olivia da onları gördü ve ağlayarak yerinde zıplamaya başladı. Geoff'in elinden tutuyordu. Babası da gelmişti. Yavru köpeği bile getirmişlerdi. Köpek çok büyümüştü; yavru sayılmazdı artık.

Victoria aşağı inip onların yanına koşarken heyecanını engelleyemiyordu. Kardeşinin kollarına atıldığı zaman, ilk aşkının kim olduğunu görmek zor değildi. Kızlar birbirlerine sarılarak dönmeye başladılar; gülüyor, ağlıyorlardı. Oluşturdukları görüntü net değildi. Bacaklardan, kollardan ve tebessümlerden başka bir şey seçilemiyordu. Durdukları zaman Charles onlara baktı ve bir an için ayırt edemedi. İki aylık ayrılıktan sonra bile birbirlerine o kadar benziyorlardı ki. Victoria'nın kırmızı bir elbise giydiğini hatırladı. Ama Olivia'nın elbisesi de kırmızıydı. Bir örnek giyinmişlerdi; ama birbirlerinden habersiz ve planlamadan. Olivia, onu görebilsinler diye kırmızı giymişti. Charles, ikizlerden hangisini karısı olduğunu anlayabilmek için, Victoria'nın parmağındaki yüzüğü görmeye çalıştı. Ürkütücü bir durumdu bu.

Charles gülerek, "Ee, bazı şeyler hiç değişmiyor galiba," dedi. Kızlar yine fırıl fırıl dönerek sarmaş dolaş olmuşlardı. Olivia, kardeşi yanında olmadığı zaman öleceğini düşündüğünü itiraf etti.

Çocuğa gururla bakarak, "Ama Geoff benimle çok ilgilendi," dedi. Harika bir çocuktu; birlikte güzel bir yaz geçirmişlerdi.

Kızların babası, "Balayı nasıl geçti?" diye sordu. Charles çabucak cevap verdi.

"Çok iyi. Avrupa'daki savaş dışında tabii. Sonunda savaş olmasa daha iyi olurdu. Ama hemen ayrıldık oradan."

Edward ilgiyle, "Görünüşe bakılırsa, korkunç bir karmaşa var orada," dedi. O sırada gümrük görevlileri sandıklarına bakmaya başlamışlardı. Pasaportları sabah gemide kontrol edilmişti.

Olivia Beşinci Cadde'deki evi açmıştı. Birkaç gün orada kalacaklardı. Hem yeni evlileri ziyaret edecekler, hem de babası işleriyle ilgilenecekti. Geoff nerede kalmak istediği konusunda kararsızdı. Babasını tekrar görmeyi çok istiyordu, ama Olivia'dan ayrılmaktan da nefret ediyordu. Annesi gibi olmuştu genç kız.

Sandıkları Ford'a yüklemelerine yardım ederken, Charles'a, "Bana öyle iyi davrandı ki baba. Her gün ata bindik, yüzdük, piknik yaptık. Her yere gittik. Bana bir at bile aldı," diye anlatıyordu Geoff. Edward, onları ve eşyalarını taşımak için iki arabayı da getirtmişti. Charles'ın Doğu Yakası'ndaki evine ulaştıklarında, Olivia'nın hünerli ellerinin izini orada da gördüler. Evi onlar gelmeden açmış, hizmetçilerini ayarlamış ve ona neler yapması gerektiğini söylemişti. Ev havalandırılmış, temiz çarşaflar ve örtüler serilmişti. Her tarafta çiçekler vardı. Aynı ev gibi görünmüyordu. Ayrıca Charles'la Victoria için küçük hediyeler de vardı. Geoff'in odasında da birkaç oyuncak ve yavru köpeği için yeni bir yatak bekliyordu onu.

"Bütün bunları kim yapmış?" Charles etrafına bakarken sersemе dönmüştü. Oysa Victoria biliyordu. Ama bu durumun hoşuna gittiğinden pek emin değildi. Burası artık onun eviydi. Ne yapmak istediğine o karar verecekti. Olivia'nın, ev idaresindeki hünerini göstererek hayatlarına yanlış bir adımla başlamalarına neden olmasını ve onu zor duruma düşürmesini istemiyordu. Onun adımlarını izlemeye hiç niyeti yoktu Victoria'nın.

"Eminim Olivia yapmıştır," dedi sessizce.

Charles minnettarlıkla, "O zaman bizi daha sık ziyaret etmesini sağla," dedi ve şakacı bir ifadeyle karısına baktı.

"Ben böyle şeyler yapmam Charles. Başka şeyler yaparım. Birbirimizden çok farklıyız biz."

"Size bakınca hiç belli olmuyor bu," diye dalga geçti Charles.

Tekrar alt kata indiklerinde de bu söylediğini kanıtlayan bir şey yaptı; hiç öyle bir niyeti olmadığı halde. Saygılı bir şekilde karısının yanağını öptü ve onları karşılamak için bütün yaptıklarına teşekkür etti. Onu Olivia sanmıştı. Hepsi güldüler; Victoria kıkırdadı.

Hizmetçi, Olivia'nın verdiği talimatla onlara limonata yapmıştı. Erkekler oturma odasında oturup savaşı konuşurlarken, Geoff köpeğiyle bahçeye koştu. Olivia, bavulları boşaltmasına yardım etmek için ikiziyle birlikte üst kata çıktı. Victoria, nihayet rahatlayıp oturdu ve gülümseyerek kardeşine bakmaya başladı.

"Bunu yapabileceğimi asla düşünemezdim... senden böyle ayrılabileceğimi... korkunçtu."

"Sana inanmıyorum." Olivia gülümsedi, ama o da ıstırap çekmişti. Ayrı oldukları her saat, bir ömür gibi gelmişti. Tereddütlü bir şekilde, "Çok iyi vakit geçirdin mi?" diye sordu Olivia. Burnunu sokmak istemiyordu; ama kardeşinin mutlu olup olmadığını öğrenmeye ihtiyacı vardı. Victoria cevap vermeden önce uzun uzun baktı ona. Konuştuğu zaman da verdiği cevap Olivia'yı şoke etti.

Kimsenin duymaması için çok alçak sesle konuşuyordu Victoria. "Bu evliliği yürütebileceğimden emin değilim Ollie. Bilemiyorum. Elimden geldiği kadar uğraşacağım, ama bunu hiç yapmamalıymışız. Sanırım o da biliyor bunu ve her şeyin en iyisini yapmak istiyor. Ama o kadar yanlış ki. Hâlâ Susan'a âşık. Ben de Toby'yi unutamıyorum; iyi yanlarını da, kötü yanlarını da. Durmadan aramıza giriyor."

"Onun gibi bir adamın, evliliğini mahvetmesine izin veremezsin Victoria." Olivia'nın yüzünde dehşet ifadesi vardı. Kardeşinin yanına oturdu ve ellerini tuttu. "Onu tamamen kafandan atmak zorundasın."

"Ya Susan? Charles hâlâ ona âşık. Ayrıca Ollie," kardeşine söylediği şeyden ötürü üzgün görünüyordu, ama kalbi kırılmış gibi değildi, "bana âşık değil. Hiç olmadı, hiçbir zaman da olmayacak. İnsanların birbirlerini zamanla sevmeye başlayacağı da saçmalıktan başka bir şey değil. Bir yabancı nasıl sevilebilir ki?"

“Birbirinize alışırsınız. Biraz zaman tanı. Geoffrey de yardım eder sana.”

“O benden nefret ediyor. İkisi de nefret ediyorlar.”

“Böyle konuşma.” Kardeşini dinlerken Olivia’nın gözleri dolmuştu. Böyle bir şeyi hiç beklemiyordu. Bir iki kez, onun keyifsizliğini hisseder gibi olmuştu; ama bu kadarını tahmin etmemişti. Victoria’nın eve gelip ona böyle şeyler söyleyeceğini hiç düşünmemişti. “Biraz zaman tanı. Söz ver bana. Aptalca bir şey yapmamalısın.”

Victoria, “Ne yapacağımı düşünmeye bile başlayamıyorum,” dedi dürüstçe. Olivia, onun birdenbire daha yetişkin, daha kadınsı bir görünüm kazandığını düşündü. Ama belki sadece bir yanılsamaydı bu. Alışık olmayan gözlere hiç farklı görünmüyorlardı. Gerçekten de sanki her zamankinden daha fazla benziyorlardı birbirlerine.

“Kendimi hiç bu kadar çaresiz hissetmemiştim,” diye devam etti Victoria. “Ne yapacağım Ollie?”

“Ona iyi bir eş ol, sabırlı davran, oğluna şefkat göster. En azından, düğün günü ona yapacağına söz verdiğin şeyleri yapmaya çalış.”

Victoria saygısızca, “Sevmeye, saygı göstermeye ve sözünü dinlemeye mi? İnsana ne kadar onursuzca geliyor, öyle değil mi? Bütün bunlarda insanı aşağılayan bir şey var,” dedi ve bir sigara yaktı. Burası onun eviydi artık.

“Böyle bir şeyi nasıl söyleyebilirsin?” Olivia şoke olmuştu, kaşlarını çattı. Bu kız adam olmayacaktı. Onu ne kadar sevse de, zor bir eş olacağını rahatlıkla görebiliyordu. Endişeyle, “Charles burada sigara içmene bir şey demez mi?” diye sordu. Kardeşi güldü.

“Umarım demez. Artık ben de burada yaşıyorum.” Oysa daha öyle hissetmiyordu. Yabancı bir evde, yabancıların arasında yaşıyor gibiydi. Çok tuhaftı, eve dönüş değildi bu. Tek istediği, babasıyla ve kardeşiyle evine gitmekti. Ama sormasına bile gerek yoktu. Olivia'nın buna izin vermeyeceğini biliyordu. Babalarının da öyle. Endişeli bir şekilde, "New York'ta birkaç gün kalacak mısınız?" diye sordu. Olivia başını sallayınca rahatladı. Kendini kaybetmişçesine, "Nereden başlayacağımı bile bilmiyorum," dedi. Olivia gülümsedi kardeşine.

"Sen yerleşene kadar her gün gelirim."

"Peki sonra ne olacak?" Victoria acıyla ellerini ovuşturdu. Sırtını dayayabileceği kardeşi yine yanında olduğuna göre, artık bütün duygularını açığa vurabilirdi. Şimdi de dehşetle ağzından dökülmeye başlamıştı hepsi. "Sonra ne yapacağım? Ona nasıl eş olunacağını bile bilmiyorum. Ya beceremezsem?"

"Becerirsin, sadece canın sıkkın." Olivia kolunu kardeşinin omzuna attı. Victoria hemen etkilendi. Bu, eve, anneye dönmek gibi bir şeydi sanki. Başını kardeşinin omzuna dayayarak hıçkırmaya başladı.

"Yapamayacağım Ollie, biliyorum. Avrupa'da korkunç günler geçirdim." Victoria'nın bütün olgunluğu ve o yetişkin tavırları birden yok olmuştu. Kardeşinin kollarının arasında kendini yine çocuk gibi hissediyordu. Geoffrey yaşlarında bir çocuk.

Olivia yatıştırıcı bir ifadeyle, "Susss... yapabilirsin," dedi. "Uslu bir kız ol ve sakinleş. Endişelenmeyi bırak artık. Bunu birlikte başaracağız." Victoria burnunu sildi. Tekrar alt kata indiklerinde, beylerden ikisi de hangisinin hangisi olduğunu anlayamadı. Sonunda babaları Olivia'ya dönüp, Beşinci Cadde'deki eve gitme zamanının geldiğini söyleyince, kızların ikisi birden cevap verdi. Hep birlikte güldüler. Umutsuz bir durumdu.

Charles sevimli bir ifadeyle, "Bu evde birlikte oldukları zaman onlara birer işaret taktıracağım," dedi. Evde olmaktan memnun, oğlunu tekrar görmekten mutluydu. Evde bir kadının olması ve her tarafın çiçeklerle donatılması birden kendini eski günlerdeki gibi hissetmesine neden olmuştu. Tam olarak anlamadığı bir tek şey vardı. Çiçekleri yerleştiren ve onun için eve canlılık evlendiği kadın, onun aldığı kadın değildi.

Ayrılırlarken Olivia, Victoria'yı öptü ve ertesi sabah erkenden gelip eve yerleşmesine yardım edeceğine söz verdi. Sonra Geoff'i de öpüp sarıldı.

Hafif bir sesle, "Seni çok özleyeceğim. Chip'e ve Henry'ye iyi bak." dedi.

Kederli bir ifadeyle, "Çabuk gel," dedi Geoff. Hep birlikte evin önündeki basamakta durup el salladılar. Sonra Dawson'lar birer birer içeri girip kapıyı arkalarından kapatarak, birlikte geçirecekleri hayata başladılar.

ON YEDİ

Olivia, New York'ta bir hafta kalarak Victoria'nın, eşyaları boşaltıp Doğu Yakası'ndaki eve yerleşmesine yardım etti. Hayat dolu, mutlu bir evdi. Ama Victoria, oranın rahat olmadığını söylüyor, kardeşiyle paylaştığı, alışkın olduğu çevreye özlem duyuyordu. Charles'la birlikte geniş, güneşli bir odayı paylaşıyorlardı; ama Victoria, Geoffrey'nin fazla yakınlarında olduğunu düşünüyordu. Odası tam holün karşısındaydı. Ve çocuk, top arabaları, otomobilleri, köpeği, topları ve bilyeleriyle hep ayak altındaydı.

"Tanrım, okul dışında hiçbir yere gitmez mi bu çocuk?" diye şikâyet etti Victoria. Geoff okula o hafta başlamıştı; ama koşarak eve gelip onlarla vakit geçirmek istiyordu. İki aydır evden uzak kaldığı için kendi evinde, kendi eşyalarının arasında olmaktan mutluydu. Babasını her akşam, evin önündeki basamaklarda bekliyordu. Victoria da, kocasını karşılamak için sanki sırada beklemesi gerekiyormuş gibi hissediyordu.

Hangi yemeklerden hoşlandıkları hakkında hiçbir fikri yoktu Onlar için yaptırdığı ilk akşam yemeğinden ikisi de nefret etmişti. Nazik davranmaya çalışmışlar, ama hemen hemen hiçbir şey yiyememişlerdi. Victoria ertesi gün Olivia'ya bundan yakınınca kardeşi, Geoff'in en sevdiği ve bütün yaz boyunca onun için pişirdikleri yemeklerin listesini verdi ona.

Victoria, "Belki de burada kalıp sen yapmalısın," dedi huysuzca. Ama ciddi gibiydi.

Olivia, "Böyle konuşma," diye azarladı kardeşini. Victoria'nın kendine güvenmediğini görebiliyordu. Üstelik ev işlerinden de hoşlanmazdı. Bu tür şeylerin kendini alçalttığını hissediyordu; bu da Olivia'ya son derece aptalca geliyordu.

"Nasıl olsa Charles bizi ayırt edemiyor. Neden benimle bir süre yer değiştirmeyesin ki?" dedi Victoria. Şaka yapıyordu; ama bunu söylerken kardeşinin gözlerinde yakaladığı bir ifadeyi Olivia hiç sevmedi. Sonuca ulaşmayacak bir fikirdi bu. Ama Victoria'nın bundan bir daha hiç söz etmemesi kardeşini rahatlattı. O haftanın sonunda her şey biraz daha yoluna girmiş gibi görünüyordu.

Charles'ın keyfi yerindeydi. Akşam yemekleri iyiydi; büroda işlerini yeniden kontrol altına alıyordu ve o hafta kayınpederi için yeni işlere başlamıştı. Geoff de gayet iyi davranıyordu. Victoria'nın tek hoşuna gitmeyen, ev idare etmenin bütün gününü alması ve başka hiçbir şey yapmaya vaktinin kalmamasıydı.

Olivia ona bir fikir verdi. "Bir iki hafta evle ilgilen," dedi. "Evi kontrolün altına aldıktan sonra, yapmak istediğin başka şeyleri de yapabilirsin. Örneğin, alışverişe çıkarsın, arkadaşlarınla öğle yemekleri yersin," ya da toplantılara, gösterilere, yürüyüşlere katılırsın." Victoria, basın kulübünde bazı haber toplantıları olacağını gazetede okumuştu. Avrupa'daki savaş hakkında daha fazla bilgi edinmek için ilk fırsatta onlara katılmak istiyordu. Haberleri yutarcasına okuyordu genç kadın. Ama olan bitenin karmaşıklığını anlamasına yetmiyordu bu haberler. Charles da akşamları bürodan eve geldiğinde, ona anlatamayacak kadar yorgun oluyordu.

Sonunda Olivia babalarıyla birlikte Croton'a geri döndü. Kardeşine yardım edebilecek kadar kalmıştı New York'ta. Bir süre sonra babası yorgun olduğundan yakınıp eve dönmek istediğini söylemişti. Olivia da onu götürmek zorunda kalmıştı. Ama yakında tekrar geleceğine söz vermişti. Victoria'yla Charles da birkaç hafta sonra Croton'a gelip hafta sonunu geçireceklerini söylemişlerdi. Ama birden işler yoğunlaşmıştı. Çok meşgul insanların her zaman başına gelirdi bu. Charles, hazırlanması gereken bir davası olduğunu öğrendi; Geoff okulda çok meşguldü; Victoria da kendini toplantılarına vermişti. Bir iki kez Olivia'yı aradı. Neredeyse her gün birbirlerine mektup yazıyorlardı. Ama artık Eylül sonu olmuştu ve dünyanın çehresi değişmişti. Tabii kendi hayatları da.

Ağustos sonunda Japonya, Avusturya ile Almanya'ya savaş ilan etmişti. Marne Çarpışması, Almanların Fransa'da ilerlemelerini durdurmuş, ama Almanlar Paris'e hava saldırıları başlatmışlardı. Ruslar da Masurian Göllerinde ve Prusya'da büyük yenilgiye uğramışlardı. Victoria, olan biteni takip etmekte zorluk çekiyordu, ama uğraşıyordu. Hatta bu savaş, kadın hareketine olan ilgisini gölgelemeye bile başlıyordu. Her nasılsa, şu an için, bu konu çok daha acil gibi görünüyordu. O kadar ki, artık neredeyse hiç evde durmuyordu. İlk birkaç hafta Olivia'nın tavsiyesini uygulamış, Charles'ın evini idare etmiş, sonra eski hayatına geri dönmüştü. Artık bütün zamanını, kendi ilgilendiği konuların peşinde koşarak geçiriyordu. O günlerde, politik konuşmalar yapan birkaç çok ilginç konuşmacı vardı. Victoria daha çok şey öğrenebilmek için gidebileceği her yere gidiyordu. Charles akşamları eve geldiğinde, karısıyla konuşmak çok daha ilginç olmaya başlamıştı. Tabii onun ilgisini çeken konularda konuşacak enerjisi olduğu zamanlarda. Ama bu pek sık olmuyordu. Charles'ı asıl kaygılandıran, Olivia gittikten sonra Victoria'nın, evlilik hayatının getirdiği sorumluluklardan hiç haberi yokmuş gibi davranmasıydı. Ona yol gösteren, ya da onun yerine bütün işleri yapan Olivia olmayınca, Victoria hiçbir şeyle ilgilenmiyordu. Birkaç gün içinde ev bakımsız ve darmadağınık bir hale gelmiş, bahçe harap olmuştu. Charles'ın komşulardan duyduğuna göre, Geoff de bütün vaktini sokakta oynayarak geçiriyordu. Çünkü Victoria hiç evde olmadığı için, ona göz kulak olamıyordu.

Charles, "Anlaşmamız böyle değildi," diye hatırlattı ona. Victoria kocasının sözünü dinlemeye ve ondan bekleneni yapmaya çalışıyor, ama nedense yapamıyordu işte. Aralarındaki özel durum ise eve geldiklerinden beri daha da kötüye gitmişti. Artık hiç sevişmiyorlardı. Victoria açıkça iğreniyordu bundan ve Geoff duyacak diye de ödü patlıyordu. Charles, yolculuğa çıkmadan öncekinden daha çok içki içiyordu artık. Victoria da durmadan sigara içiyordu ve sigara dumanı kocasını deli ediyordu. Charles'ın evde, eşte ve evlilikte istemediği ne varsa, hepsi vardı burada.

Olivia, oradan ayrıldıktan altı hafta sonra onları ziyarete geldiğinde, Victoria'yı korkunç bir halde buldu. Kocası daha beter bir durumdaydı. Oraya gelmeden önce belli belirsiz bir keyifsizlik hissetmişti; ama nedenini bilmiyordu. Oysa bir mıknatıs gibi New York'a çekilmişti. Bir otelde kalıyordu. Onları ziyarete geldiğinde, birbirleriyle neredeyse hiç konuşmadıklarını fark etti.

Olivia, birkaç gün yanında kalmaları için, Geoff'i, Henry'yi ve köpeği alıp otele götürdü. Kardeşine de, kocasıyla arasını düzeltmek için ne gerekiyorsa yapmasını sıkı sıkı tembih etti.

Ama ertesi gün onları gördüğünde, durum daha da kötüye gitmişti sanki.

Olivia bağırarak, "Neler oluyor? Ne yapıyorsun burada?" diye sordu. Victoria da kardeşi kadar öfkeli görünüyordu.

"Bu bir evlilik değil Olivia. Bir 'anlaşma'. Hepsi bundan ibaret. Başından beri de öyleydi. Beni, hizmetçi, kâhya ve Geoff'e mürebbiye olarak kiraladı. Burada tek yaptığım bu."

Olivia, "Çok saçma," diyerek karşı çıktı. Güneşli oturma odasını turlayarak azarlıyordu 'küçük' kardeşini. İkisi de aynı yaşta olmalarına rağmen, Olivia yine kardeşinden çok daha fazla sorumluluk sahibiydi. Lafını sakınmadan, "Şımarık bir velet gibi davranıyorsun," dedi. "Sana adını vererek koruma sağladı. Başına sardığın belanın neden olacağı felaketten kurtardı seni. Sana evini, oğlunu verdi; çok hoş bir hayat sundu. Ama sen, onun evini idare etmek ve aşçının ona adam gibi bir yemek sunmasını sağlamak zorunda olduğun için kızıyorsun. Hayır Victoria, o seni hizmetçi olarak kiralamadı. Ama senin de onun karısı olmak istediğin söylenemez."

Victoria'nın tepesi atmıştı. "*Hiçbir şey* bilmiyorsun," dedi. Olivia'nın, suçlamalarında gerçeğe bu kadar yaklaşmış olmasına kızıyordu.

Olivia daha sakin bir şekilde, "Ne kadar bencil olabileceğini biliyorum," dedi. Ona ulaşabilmek ve değişmesine yardımcı olmak istiyordu. Onu hâlâ çok özlüyordu. Ama aptalca bir şey yapıp Charles'ı terk etmesini isteyecek kadar değil. Bunun ne feci bir şey olacağını ve sadece Charles'ı değil, Geoffrey'yi de mahvedeceğini biliyordu. "Bir çaba göstermelisin Victoria. Charles bunu hak ediyor... Geoff de. Biraz zaman tanı, alışırsın. Evi idare etmene ben yardım ederim," dedi. Bakışlarıyla, aptalca bir şey yapmaması için yalvarıyordu kardeşine.

"Ben ev idare etmek istemiyorum. Ne onunkini, ne de başkasınınkini. Hiçbir zaman istemedim. Bu tamamen babamın fikriydi. Toby'yle yaptıklarımın cezasıydı." Ama Olivia asıl cezanın çok daha önce, Croton'daki banyolarında yaşadıkları olay olduğunu biliyordu. Victoria'nın katlanması gereken bir zorunluluktu bu. Kendini adamak zorunda olduğu hayat buydu. Ancak genç kadın, kafesinde çırpınan bir kuş gibiydi. Kanatları da kafesin tellerine sıkışıyordu. Artık uçamıyordu ve bu durumdan nefret ediyordu. Asık suratla, "Burada olmaktansa ölmeyi tercih ederim Olivia," dedi sonunda. Bir koltuğa oturdu ve mutsuz bir ifadeyle ikiz kardeşine baktı. Ama Olivia onun bu gösterisinden hiç mi hiç hoşlanmamıştı.

"Bir daha böyle bir şey söylediğini duymak istemiyorum."

"Ben ciddiyim. Avrupa'da süregelen bir savaş var. Binlerce insan ölüyor; masum insanlar öldürülüyor. Burada Geoffrey'ye göz kulak olarak hayatımı ziyan etmek yerine, orada yararlı olabileceğim bir şeyler yapsam benim için çok daha iyi olur."

"Geoff'in sana ihtiyacı var Victoria," dedi Olivia. Gözleri dolmuştu. Bir an için, kardeşini değiştirebilmeyi diledi. Her zaman çılgınca fikirlere; uğrunda yaşamak ya da ölmek istediği, sözde değerli amaçlara sahip olmuştu. Ama kendi dünyasıyla ilgili hiçbir şeyi, kapısının tam önünde durup ona ihtiyaç duyan insanları umursamıyor gibiydi. "Charles'ın da var." Olivia bakışlarıyla, onu dinlemesini rica ediyordu. Ama Victoria başını iki yana salladı ve pencereye yürüyerek düzensiz bahçeye bakmaya başladı. İngiltere'den döndüklerinden beri bahçıvanla konuşmamıştı bile.

"Hayır," diyerek tekrar kardeşine döndü. "Charles'ın Susan'a ihtiyacı var; o da burada değil. Asla geri dönmeyecek. Belki de kadın şanslı," dedi Victoria. Olivia'nın iyice canı sıkıldı. Victoria'nın artık sakinleşip evliliğine uyum sağlaması gerekiyordu. "Bizim onunla herhangi bir hayatımız yok. Ne demek istediğimi anlıyor musun, bilmem. Hiç de olmadı. İlk andan itibaren aramızda hiçbir şey doğru gitmedi. Sanıyorum hâlâ Susan'ı hayal ediyor. Ben de... yapamıyorum... Toby'yle olanlardan sonra." Bu kez Victoria'nın gözleri doldu. Başını eğdi; tamamen yenilmiş gibi görünüyordu. Olivia ona bakınca, gördüğünün hiç de kardeşine benzemediğini fark etti. Victoria pes etmezdi; bir şeyi yapamayacağını düşünmezdi. Kardeşinin, küçük bir çabayla her şeyi yerli yerine oturtabileceğini çok iyi biliyordu Olivia. Ama bunu istemesi gerekiyordu.

Olivia yumuşak bir sesle, "Belki de onunla yalnız kalmaya ihtiyacın var," dedi. Söylediği şeyden hafif utanıyor gibiydi. Ama utangaçlığın zamanı değildi şimdi. Durum çok ciddiydi ve o da biliyordu bunu.

Victoria umutsuzca, "Avrupa'da iki ay yalnızdık," dedi. Bütün dürüstlüğü ile, orada da yürümediğini anlattı Olivia'ya.

"O zaman farklıydı," dedi Olivia. Şimdi bir anne gibi konuşuyordu. "Birbirinizi pek tanımıyordunuz. Belki tanımak için burada biraz zamana ihtiyacınız var." Olivia'nın yüzü hafif kızarınca Victoria gülümsedi. Olivia o kadar masumdu ki, durumun karmaşıklığı hakkında hiçbir fikri yoktu. Charles'ın kollarının arasında yatmanın ne kadar acı verdiğinin, her dokunuşunda titremenin, ondan beklediklerini verememenin ve pek gizlemediği tepkisi karşısında Charles'ın artık hiçbir şey yapamamasının ne demek olduğunu bilmiyordu. "Bu ev senin için yeni bir yer. Charles da yeni biri. Belki burada biraz yalnız kalsanız, örneğin Geoff olmasa, birbirinizle daha rahat etmeye başlayabilirsiniz."

Victoria pek inanmasa da, "Olabilir," dedi. Ama Charles'la ilgili duyguları değişmemişti. Onunla evlenmeye zorlandığı duygusu, Charles'ın, karısını ne kadar özlediğini sezmesi, bedenini arzulamakla birlikte, gerçekte Victoria'yı hiç sevmiyor olması, aslında hiç kimseyi sevmediği gerçeği değişmemişti ki. Charles ondan her şeyi gizliyordu, Victoria da biliyordu bunu. Toby hiç olmazsa yalan söylemişti. Çok sevildiğini hissettirmişti ona, inanmasını sağlamıştı. Toby'nin onu sevdiğinden bir an bile kuşkuya düşmemişti Victoria. Charles'a gelince, Victoria'ya ne kadar düşünceli ve kibar davransa da, ne kadar terbiyeli olsa da, genç kadın, ruhunun derinliklerinde biliyordu ki, kocası onu sevmiyordu. "Büyük bir hata bu Olivia. İnan bana. Biliyorum."

"Buna henüz karar veremezsin. Charles'la üç aydır evlisin. Üstelik daha önce de pek tanımıyordun onu."

Victoria, "Ya bir yıl sonra da aynı şeyi söylersem sana? O zaman ne diyeceksin?" diye sordu kardeşine. Yaşına göre bilgece bir ifadesi olan gözleri, sonucun ne olacağını çoktan bildiğini söylüyordu. Kocasıyla yan yana bir ömür geçirmek zorunda kalabilirlerdi. Ama birbirlerini asla sevmeyeceklerinden, nefes aldığını bildiği kadar emindi Victoria. "O zaman ondan boşanabileceğimi söyleyecek misin bana?" Babalarının böyle bir şeyi duymak bile istemeyeceğini ikisi de biliyordu. Bu fikir Olivia'yı bile şoke etmişti. Ama Victoria buna sonsuza kadar dayanamayacağını biliyordu. "Burada çürüyüp yok olana kadar kalmayacağım Olivia. Kalamam. Yoksa ölürüm."

Olivia hiddetle, "Buna *mecbursun*," dedi. "En azından, hem kendi yüreğindeki duyguları, hem de onunkileri iyice anlamana yetecek kadar bir süre kalmalısın. Şu anda herhangi bir karar veremezsin. Daha çok erken." Zaman geçince, eğer gerçekten çok mutsuzsa, belki Croton'a dönüp orada yaşayabilirdi. Boşanmadan. Ama bunun da Victoria'yı mahvedeceğini biliyordu Olivia. Onun, hayatında çok daha fazla şeye ihtiyacı vardı. Düşünce, politika ve yöneleceği yeni ufuklar gerekiyordu ona. Evde oturup, Olivia'nın yaptığı gibi, babalarının çoraplarını onarmaya razı olamazdı o. Olivia, bir yandan da Victoria'nın eve döneceğini umuyordu sanki. Böylece yine birlikte olabilirlerdi. Ama bencil olmayan yanı da, Victoria'nın Charles'la kalıp mutlu olmasını çok istiyordu. "Geoff'i birkaç gün yanıma alsam diyorum. Bir iki gün okula gitmeyebilir. Onu Croton'a götürürüm. Böylece ikiniz biraz yalnız kalırsınız. Mucizeler yaratabilir bu."

"Çok hayalcisin Ollie," dedi Victoria. İkizinin, durumun umutsuzluğunu tam olarak anlayamadığını biliyordu. Victoria yüreğinin derinliklerinde, evliliğinin nereye doğru gittiğini biliyordu zaten. Ama Geoffrey'den birkaç günlüğüne kurtulmanın onu rahatlatacağını kabul etmeliydi. Çocuğun söylediği gibi, ondan nefret etmiyordu. Sadece onunla ilgilenmek, onun için endişelenmek, oyuncaklarını toplamak ya da köpeği kendi yatak odasından kovalamak istemiyordu. Başka bir insandan sorumlu olmak istemiyordu. Daha önce bunun bu kadar vakit alan, ya da sinir bozan bir şey olduğunu bilemezdi. "Belki Geoff'i bir iki günlüğüne götürebilirsin." O zaman hiç olmazsa toplantılarına katılabilirdi. Düşünceli bir şekilde, "Sanırım, o benim çocuğum olsaydı," dedi; "daha farklı olabilirdi. Ama değil. Üstelik çocuk sahibi olmak nasıl bir şeydir, düşünemiyorum bile." İşte bu da ona hitap etmeyen başka bir konuydu. Evliliğe zorlanmış olsa da, Charles'a çocuk istemediğini gayet sert bir şekilde ifade etmişti. Olivia kardeşini dinlerken, Geoff kendi çocuğu olsaydı bile onu daha fazla sevemeyeceğini fark ederek şaşırdı. Onunla tanıştığı günden beri sık sık, keşke Geoff benim çocuğum olsaydı demişti. Yüreğinde ve aklında, artık hiç sahip olamayacağı çocuklarının yerini alacaktı o.

Olivia gayet sakin, "Onu Croton'a götürmekten mutlu olurum," dedi. "Ama vaktini Charles'la geçirmeni istiyorum; şu kadın hakları savunucularınla eski kiliselerde, karanlık koridorlarda buluşmanı değil."

Victoria, "Çok pis bir şeymiş gibi bahsediyorsun," diyerek güldü. Ama Geoffrey'den birkaç gün için bile olsa kurtulduğuna seviniyordu. "Yemin ederim, öyle değil. Benimle gelmiş olsaydın kendin de görürdün. Ama son zamanlarda zaten çok meşguldüm. Avrupa'daki savaşta neler olduğunu öğrenmeye çalışıyorum."

Olivia sertçe, "Onun yerine kocanı tanımaya çalışmanı tavsiye ederim," dedi. Victoria yanına geldi ve sarılıp öptü onu.

"Beni her zaman kurtarırsın," dedi. Olivia'nın kollarının arasında yine küçük bir kız çocuğu gibi konuşuyordu. Victoria onu o kadar özlüyordu ki... Özellikle de geceleri, kocaman yataklarında yatarken. Şimdi ona arkadaşlık edecek Geoff de yoktu, yavru köpeği de.

Olivia dürüstçe, "Bu kez kurtarabilir miyim, emin değilim," dedi. "Bu konuyla kendin uğraşmak zorundasın."

Victoria arsızca, "Biliyor musun, yer değiştirsek işim çok daha kolay olurdu," dedi. Ama Olivia bundan hoşlanmamış görünüyordu. Evlilikte yer değiştirilmezdi.

"Öyle mi olurdu? Croton'da oturup babamla ilgilenmekten ne kadar hoşlanırdın acaba?" Victoria daha büyük bir dünyanın tadını almıştı artık. Olivia, onun Croton'da da tatmin olmayacağını biliyordu. Victoria bundan çok daha fazlasına açtı. Olivia sadece, Charles'ın ona bunları verebilmesini diliyordu. Belki kendi çocukları olsa da kardeşi durulup otursa, sorun çözülebilirdi.

Olivia o gün öğleden sonra Geoff'i okuldan aldı. Valizi, köpeği, eskimiş maymunu da arabadaydı. Çocuk, Croton'a gideceklerini duyunca çok sevindi. Yine atına binebileceği, Olivia'yla birlikte olacağı ve artık "dede" dediği Edward'ı göreceği için heyecanlıydı.

Ama Charles eve gelip de çocuğun Croton'a gitmiş olduğunu

öğrenince çok şaşırdı. Belli belirsiz bir dehşet ifadesiyle, "Peki ya okul?" diye sordu Victoria'ya.

"Birkaç gün gitmeyebilir. Daha on yaşında." Victoria konuyu geçiştiriyordu. Ağustos ayındaki Brüksel Çarpışması hakkında bir konferansa gitmiş ve ilginç bir gün geçirmişti. Olivia'nın haberi olsa hiç memnun olmazdı.

"Bana sorabilirdin," dedi Charles. Yorgun ve sinirli görünüyordu. Ama bir yandan da Victoria'yla yalnız olduğunun farkındaydı. Üstelik karısı çok güzel görünüyordu. Bakışları heyecanlı ve cıvıl cıvıldı. Olağanüstü vücudu, kardeşinin getirdiği yeni elbiseyle iyice ortaya çıkmıştı. Siyah, parlak bir kumaştan yapılmış, uzun, en son Paris modasına uygun bir elbiseydi.

Victoria, "Onun annesi olmamı istediğini sanıyordum," diyerek cevabı yapıştırdı. Charles, karısının onunla konuşma biçiminden hoşlanmamıştı. Ama genç kadının gözlerindeki ateş onu daha çekici hale getiriyordu.

Biraz daha nazik bir şekilde, "Doğru, ama ben senden daha yaşlı ve daha akıllıyım," dedi Charles. "Ziyanı yok. Birkaç gün açık havada kalmak iyi gelir ona. Bize de iyi gelebilir. Belki hafta sonunda biz de gideriz." Victoria, Croton'u pek sevmezdi, ama kardeşini ziyarete gitmek her zaman hoşuna giderdi.

Öte yandan, Croton'a şimdi giderlerse, Olivia'nın Geoffrey'yi de götürmesinin hiçbir anlamı kalmazdı.

Victoria belirsiz bir ifadeyle, "Belki başka bir zaman," dedi. "Geoffrey'i burada bırakıp, Olivia'yla babamı görmeye yalnız gidebiliriz."

"Geoff'i almadan mı?" Charles şaşırmış görünüyordu. "Bizi asla bağışlamaz." Sonra mutsuz bir ifadeyle ona baktı. "Onunla birlikte olmaktan hoşlanmıyorsun, değil mi Victoria?"

"Nasıl birlikte olacağımı bilmiyorum," dedi Victoria. Bir sigara yaktı ve odanın karşısındaki kocasına baktı. Charles'ın yanında hep geriliyordu. Kardeşinin onda gördüğü tüm değerleri o da görebilmek isterdi. Ama onunla olmak, Victoria için bir yabancıyla birlikte olmak gibiydi hâlâ. "Çocuklara alışık değilim ben."

"O kadar rahat bir çocuk ki," dedi Charles. Çocuğun hakkı olan ve Susan'ın bol bol verdiği anne sevgisini düşünüyordu. Victoria'yı Susan'la kıyaslamamak, Charles için hiç de kolay değildi. Tabii Victoria'ya da ikizinin dışında kimse annelik yapmamıştı. Onu yetiştirip büyüten Olivia olmuştu. Victoria'ya hep bebekmiş gibi davranılmıştı. "Keşke birbirinizi daha iyi tanıyabilseniz." Charles, yazı üçünün birlikte Newport'ta geçirmelerini istemiş, oysa Victoria Avrupa'da iki aylık bir balayında ısrar etmişti.

"Olivia da aynı şeyi söylüyor." Karısı, sigara dumanının arasından gülümsedi ona.

Charles, biraz mutsuz, "Ona şikâyet mi ettin?" diye sordu. Aile sorunlarını gizli tutmaktan hoşlanırdı; ama ikizler arasında hiç sır olmadığından uzun zamandır kuşkulanıyordu. Özel yaşamlarında hâlâ geçerli olan tuhaflığı göz önüne alınca, bu ihtimal rahatsız etti onu. "Bu yüzden mi Geoff'i götürdü? Yalnız kalmamız için mi?"

Victoria belli belirsiz, "Sadece bütün bunlara alışmakta zorluk çektiğimi söyledim," dedi. Ama Charles karısının bakışlarındaki ifadeden, kardeşine muhtemelen her şeyi anlatmış olduğunu anladı.

"Keşke onunla özel konuları konuşmasan Victoria," dedi Charles. Kaşlarını hafifçe çatarak ona doğru yaklaştı. "Bunu yapman pek doğru değil." Victoria başını salladı; hiçbir şey söylemedi. O sırada aşçı onları yemeğe çağırdı.

Yemek odasında geçirdikleri bir saat biraz gerilimliydi. Daha sonra Charles bazı belgelere bakmak için üst kattaki çalışma odasına gitti. Victoria yatak odalarında *Penrod* okurken, geç vakit Charles geldi. Eve geldiklerinden beri çok çalışıyordu. Karısına bakarken, yorgun ve biraz da kırılgan bir hali vardı. Orada oturmuş dergisini okuyan Victoria çok tatlı ve çok genç görünüyordu. Bu, onunla evlenmeye neden razı olduğunu ve neden bazı zamanlar ona neredeyse âşık olduğunu hatırlattı Charles'a. Kalbinin dizginlerini asla tümüyle vermemişti ona. Bunu bir daha hiç yapmayacağından da emindi. Ama karısının bu akşamki görüntüsü; uzun siyah saçlarının, dantel geceliğinin içindeki dolgun göğüslerinin üzerine dökülüşü, direncini neredeyse kıracaktı.

Charles gülümseyerek, "Geç oldu, hâlâ uyanıksın," dedi ve soyunmaya başladı. Ropdöşambrı ve pijamalarıyla geri geldiğinde Victoria hâlâ okuyordu.

Victoria'nın yanında çıplak yatmıyordu. Oysa Susan'la birlikteyken yatardı. Üstelik bugünlerde aralarında yeterli mesafe bırakmaya dikkat ediyordu. Birkaç başarısız denemeleri daha olmuştu. Victoria geceleri kocasıyla olan bedensel teması son derece sevimsiz buluyordu.

Charles yatağın içine girince, Victoria saygılı bir şekilde kitabını kaldırdı ve ışığı söndürdü. Bir süre uyanık vaziyette, yan yana, hiç konuşmadan öylece yattılar.

"Burada yalnız olmak tuhaf, değil mi? Yani Geoff'in olmaması." Oğlunun yanında olduğunu bilmek Charles'ın hep hoşuna giderdi. Ama Victoria'yla birlikte olmaktan da hoşlanıyordu. Evin üst katının tamamen kendilerine ait olduğunu düşünmek onu tahrik etmeye başlamıştı. Victoria yanında yatıyor, hiçbir şey söylemiyordu. Her nedense, kardeşini, onu ne kadar özlediğini düşünüyordu. Yine evde onun yanında olabilmeyi, Charles'la evlenmemiş olmayı, Geoffrey'yi düşünmek zorunda kalmamayı ne kadar isterdi. Durum çok zor ve çok yorucuydu; beklediğinden çok daha dayanılmazdı.

Böyle olacağını bilseydi Charles'la asla evlenmez, babasının onu bir manastıra göndermesine razı olurdu. Charles dönüp kolunun üzerine yaslandı ve ona bakarak fısıldadı. "Ne düşünüyorsun?"

Victoria düşüncelerinden utanarak, "Dini," dedi ve şeytanca gülümsedi. Charles inanmadı.

"Korkunç bir yalan bu. Sana şaşıyorum. Çok kötü bir şey düşünüyordun herhalde."

Olivia bütün masumiyetiyle, "Doğru," dedi. Bir bakıma dosttular; bir bakıma da hiç öyle sayılmazlardı.

Sonra Charles hafifçe yanağına dokundu Victoria'nın. Keşke

doğru bir başlangıç yapabilseydik, diye düşünüyordu. Şimdiye kadar berbat bir ilişkileri olmuştu; ikisi için de tuhaf ve ıstırap vericiydi. Özellikle de Victoria için. Çünkü kendi dik kafalılığıyla ve Charles'ın, reddedildikten sonra ortaya çıkan beklenmedik, ama son derece anlaşılabilir sorunuyla nasıl başa çıkacağını bilmiyordu.

Charles, "Öyle güzelsin ki," diye fısıldadı ve yavaşça Victoria'ya doğru yaklaştı. Karısının kasıldığını gördü. "Victoria... yapma... lütfen... güven bana..." Ama ona bakarken Victoria'nın tek düşündüğü Toby'ydi... ayrıca, Toby'nin bebeğini kaybettiği gece içini dağlayan acıyı hâlâ hissediyordu. "Canını yakmak istemiyorum."

"Beni sevmiyorsun," dedi Victoria. Sözleri kendini bile şaşırttı. Böyle bir şey söylemeyi hiç düşünmemişti.

"Bırak öğreneyim sevmeyi... bunu yaparsak belki birbirimize yakınlaşırız." Ama Victoria için geçerli değildi bu. Victoria sevişmeden önce, hatta sevişmeyi istemek için bile, kendini ona yakın hissetmek zorundaydı. Erkeklerle kadınlar arasındaki başlıca farklılık buydu. "Artık birbirimizi sevmeye başlamalıyız... birbirimize güvenmeliyiz..." Ama Charles ona yalan söylediğini biliyordu. Hiçbir kadının ölüp onu terk etmeyeceğine güvenemiyordu. Olivia'nın attan düştüğü akşam onun için de aynı şeyi hissetmişti. O kadar zayıf ve kırılgan görünüyordu ki, eğer ölseydi... Artık başka birine asla böyle şeyler hissetmeyecekti; buna izin vermeyecekti. Olivia'nın kardeşine bile. Susan, Charles'ın o yanını da alıp götürmüştü. "Bırak seni sevmeyi öğreneyim," diye fısıldadı Charles. Ama Victoria içgüdüleriyle, kocasının tek istediğinin, bedeni ve hayatı olduğunu anlamıştı. Sevmek, saygı göstermek ve itaat etmek. Victoria hiçbir erkeğe itaat etmeyecekti; Charles'a bile.

Charles o gece Victoria'yla mümkün olduğunca yumuşak bir şekilde sevişti ve bu sefer öncekiler kadar kötü olmadı. Ama karısının ona ilişkin duygularında bir değişiklik olduğu ya da aralarında bir bağ oluştuğu gibi bir hayale de kapılmadı tabii. Böyle bir şey yoktu; ikisi de biliyordu bunu. Sık olmasa da tekrar tekrar çabalamaları, onları iyice uzaklaştırıyordu birbirlerinden. Charles, o gece bile aralarında hiçbir büyü olmadığını fark etti. Yatağın iki kenarında, tam bir sessizlik içinde uykuya daldılar.

Olivia'nın onlara vermiş olduğu zamanı, Victoria toplantılarda ve kütüphanede, Charles da büroda geçirdi. Ertesi akşam John Watson ve ortaklarıyla kulüpte yemek yiyen Charles, bütün hafta sonunu da bir duruşmaya hazırlanarak geçirdi. Birbirlerini neredeyse hiç görmediler. Görüştükleri zaman da hiç konuşmadılar. Birbirlerine kızgın değillerdi; sadece sevgisizlerdi ve aralarındaki mesafeyi kapatamıyorlardı. Pazar akşamı Donovan, Geoff'i getirince evde yeniden sesler duyulması ikisini de rahatlatmış ve Charles konuşabileceği birine kavuşmuştu.

Olivia, Geoffrey'i eve yollarken ona yeni oyuncaklar, yolda içsin diye bir termos dolusu sıcak kakao ve koca bir kutu dolusu birlikte yaptıkları kurabiyelerden vermişti. Kardeşinin, o çok iyi tanıdığı tipik belirtilerini görmek, Victoria'nın kalbini sızlattı. Geoff'in cebinde, üzerinde Olivia'nın kullandığı parfümün kokusu olan bir mendil bile vardı. Çocuğun sadece birkaç saat önce onunla birlikte olduğunu düşünmek, yüreğini acıtıyordu. Çocuğu kıskandı ve çok kırıcı bir ifadeyle, Olivia'nın neden onunla birlikte gelmediğini sordu.

"Gelmek istiyordu," dedi Geoff. Victoria'nın sesindeki suçlayıcı ton onu üzmüştü. Sanki Olivia'yı getirmeyen oymuş gibi... "Ama dede yine öksürüyor. Olivia Teyze de onu yalnız bırakmaması gerektiğini düşündü. Doktor, zatürree değil, dedi. Sadece bronşitmiş. Dedeye bir sürü çorba yaptık; ama Olivia Teyze bir de özel bir takı mı ne yapmak istedi."

Babası sırıtarak, "Yakı," diye düzeltti. Ama Victoria büyük bir düş kırıklığı yaşıyordu. İkizini görmeyi ümit etmişti, şimdi onun bir daha ne zaman geleceğini bilmiyordu. Özellikle de babaları hastaysa. O da sanki daha sık hastalanıyordu artık.

Babasının öksürüğü devam etti ve Olivia onu hiç bırakamadı.

Victoria'nın Charles'ı bırakıp Croton'a gelmesini de onaylamıyordu. İkizler Şükran Günü'ne kadar göremediler birbirlerini.

Babaları zayıflamış ve solgun olmakla birlikte, artık ayağa kalkmış ve Dawson'ları gördüğüne çok sevinmişti. Edward ona soyadıyla hitap ettiğinde, Victoria hep başkasından söz edildiğini sanıyordu. Kendi adından başka bir ada sahip olmaya alışamıyordu. Kadınların, sırf evlendikleri için erkeğin soyadını almalarının nedenini asla anlamıyordu.

Orada kaldıkları sürece hava muhteşemdi. Geoff her gün Olivia'yla birlikte atına biniyordu. Şükran Günü sabahı bile bindiler. Olivia onunla gurur duyuyordu; oldukça usta bir binici olmuştu. Geoff o gün, Charles'a neler yapabildiğini gösterdi ve büyüyünce polo oynayacağını söyledi.

Akşamüstü, Şükran Günü yemeğine oturduklarında hepsinin keyfi yerindeydi; Victoria dışında. O gergin görünüyordu. Sabahın büyük kısmını mutfakta Bertie'yle konuşarak geçirmişti. Onun, insanı rahatlatan bir yanı vardı. Victoria da eski ev yaşamından geride bıraktıklarına hasretti. Charles'la birlikte konuk odasında uyuyordu. Oysa onun tek yapmak istediği, Olivia ve Geoff'le birlikte yatağa atlamaktı. Ama çocuk onun yerine el koymuştu. Aslında herkesin ilgi odağıydı Geoff; Olivia'nın, Bertie'nin, Charles'ın, hatta babalarının bile. O gece çocuk yattıktan sonra, hepsi onun ne kadar iyi davrandığını söyleyince, Victoria öfkeli bir çıkış yaparak herkesi şaşırttı.

"Ay, Tanrı aşkına, ihtiyar kediler gibi ciyaklayıp durmayın çocuk hakkında. Neredeyse on bir yaşında artık. Tabii ki terbiyeli olacak. Bunda şaşıracak ne var ki?" diye patladı. Uzun bir sessizlik oldu; sonra o bile mahcup olarak, "Özür dilerim," dedi ve hızla masadan kalktı. Babası ona bakıyordu. Victoria'nın Geoffrey hakkında söyledikleri Charles'ı son derece üzmüştü.

Olivia ilk fırsatta kardeşinin yanına gitti. Onu, Olivia'nın yanına gelmesini beklerken, maymunu ve köpeğiyle birlikte huzurlu bir şekilde uyuyakalmış olan Geoff'in yattığı kendi odalarında buldu.

"Kusura bakma." Victoria başını kaldırıp kardeşine baktı. Yaptığından utanç duyuyordu. "Ne oldu, bilmiyorum. Sadece, ne kadar sevimli bir çocuk olduğunu duymaktan fenalık geldi içime." Kardeşinin Geoff'i kıskandığını fark etmek Olivia'yı çok şaşırtmıştı.

Tatlı bir ifadeyle, "Charles'tan özür dilemelisin," dedi. İkisi için de üzülmüştü. Çok acı çekiyorlardı. Geoff bile söylemişti bunu. Babasıyla Victoria'nın, her sabah kahvaltıda ve her akşam yemekte kavga ettiklerini anlatmıştı. Çocuk buna şaşırmıyordu bile, yaptıkları herhangi bir şey gibi anlatmıştı. Yemek öncesi dua etmek ya da şarkı söylemek gibi bir şeydi sanki bu.

"Tamam özür dilerim." Sonra içini çekti; başını koltuğun arkasına dayadı ve yorgun bir ifadeyle ikizine baktı. "Herhalde sonsuza kadar hep böyle olacak. Küçük bir evde, oldukça sinir bozucu bir çocukla kapana kısılmış ve hiçbir ortak noktaları olmayan iki yabancı..."

Olivia kardeşinin söyledikleri karşısında elinde olmadan gülümsedi. Epeyce abartılı gelmişti ona; ama belli ki Victoria öyle görüyordu. "Kesinlikle hoş bir tablo çiziyorsunuz."

"Öyle değil Ollie. Bir an için bile değil. Neden birlikteyiz, hiç bilmiyorum. O da bilmiyor. Tabii eğer dürüst olabiliyorsa."

"Bu konuyu biraz daha düşünebilirsin belki," dedi Olivia. Sonra el ele alt kata, Charles'la babalarının yanına indiler. Odaya girdiklerinde Charles dosdoğru Olivia'nın gözlerinin içine bakıp hüzünle gülümsedi. Bu bakışıyla genç kızın kalbini sızlattı.

Olivia yanına yaklaşınca, "Daha iyisin ya?" diye sordu.

"Ben... evet..." Ne diyeceğini bilememişti. Victoria bu karışıklığa gülmeye başladı.

"O gayet iyi. Evli olduğun korkunç kadın benim. Ve o kötü davranışımdan dolayı özür diliyorum." Charles'ın, kızları karıştırmış olması ortamı neşelendirmişti. Ne olduğunu anlayınca Olivia'nın yanakları kızardı. Her zaman olduğu gibi yine bir örnek giyinmişler ve saçlarını tıpatıp aynı şekilde yapmışlardı.

Kızları karıştırmak hâlâ çok kolaydı. Karısının yeni bir özelliği olan asık suratlılık da, kardeşinin yanında olduğu an yok oluyordu. Oysa o haliyle Charles kolayca tanıyabilirdi onu.

Daha sonra herkesin keyfi yerine geldi ve hep birlikte çok hoş bir hafta sonu geçirdiler. Ama eve gitme zamanı geldiğinde, Victoria epeyce solgun görünüyordu. Saatler boyu babasıyla Fransa'daki Ypres Çarpışması hakkında konuşmuşlardı. Burada onunla ve Olivia'yla birlikte o kadar rahat etmişti ki. Şimdi eve giderek onlardan ayrılmaktan nefret ediyordu.

Victoria, Charles'ın yanına Packard'ın önüne oturdu. Geoff ise, Chip ve maymun Henry'le birlikte arkaya, bavulların yanına oturdu. Olivia uzun süre onlara baktı. Hepsini sonsuza kadar orada tutabilmeyi istiyordu.

"Uslu bir kız ol," diye fısıldadı ikizine. "Yoksa seni dövmek için şehre gelirim."

"Geleceğine söz ver." Victoria gülümsedi. Olivia'nın da onlarla gelmesini istiyor ve yine çok üzgün görünüyordu. Birbirlerinden her ayrıldıklarında, bir parçasının öldüğünü hissediyordu. Ollie de öyle. Charles sessizce onları izlerken, aralarındaki bağı hissedebiliyordu. Karısıyla yüz yıl birlikte yaşasalar bile, onu hep büyülemiş olan bu bağa asla sahip olamayacağını biliyordu. Her ikisiyle de başka hiç kimsenin kuramayacağı bir bağdı bu. İkisinin arasında, doğumlarından çok daha önce oluşmuş bir şeydi ve daha çok uzun süre devam edecekti. Tıpkı, söküğü, yırtığı olmayan aynı top kumaştan biçilmiş iki elbise gibiydiler. Birinin başlayıp diğerinin bittiği bir nokta yoktu. Her ne kadar farklı görünseler, ya da farklı olduklarını söyleseler de, Charles'ın gözünde bazen sanki aynı insanmış gibiydiler. Yine de, yanında onunla New York'a gelen kadında, kardeşinin tatlı yumuşaklığından eser yoktu. Çok ilginç, ama çok da farklı bir insanın parlak düşünceleri ve katı fikirlerine sahipti o. Örneğin bir paranın iki yüzü gibi. Yazı gelirse kazanırsın... tura gelirse kaybedersin... Charles daha parayı havaya fırlatırken kaybettiğini biliyordu. Victoria'yla işler asla kolay olmayacaktı.

Şakacı bir tavırla, "Arabada yanımda oturanın ikizlerden hangisi olduğunu nasıl anlayacağım?" dedi eve doğru giderlerken. Çok hoş bir Şükran Günü'nün ardından keyfi yerine gelmişti. Olivia onlar için çok zahmete girmişti. Şükran Günü yemeği olağanüstüydü; aslında bütün yemekler ve şaraplar öyleydi ya. Odaları onlar için kusursuzca hazırlanmıştı. Uşaklar, eve vardıkları andan ayrıldıkları ana kadar her ihtiyaçlarını karşılamışlardı. Olivia mükemmel bir ev idare ediyordu.

"Hangisi olduğunu bilmiyorsun. İşin eğlenceli yanı da bu." Victoria onunla eğleniyordu; gülüştüler. Şükran Günü gecesi onları karıştırmış olduğu için hâlâ utanıyordu Charles. Bunun gibi, hatta daha kötü bir hata yapmanın ne kadar utanç verici bir şey olduğunu düşünürdü hep. Croton'da, ya da New York'ta kendi evinde, iki kızın bir arada oldukları zamanlar özellikle dikkatli olmaya çalışırdı. Bir pot kırarsa rezil olurdu; ayrıca Olivia'yı da mahcup etmek istemezdi. Ama Victoria insanları zor duruma düşürmekten hoşlanıyordu. Charles'a, çocukken okulda birbirlerinin yerine geçtikleri bir başka çılgınca hikâyelerini anlattı.

Charles, "Neden bu kadar komik olduğunu düşünüyorsun bilmiyorum," diye azarladı onu. "Bence utanç verici ve gerçekten kötü bir şey. Ya duymak istemediğin bir şey söyleseydi biri?" Bunu düşünmek bile sinirlendirmişti Charles'ı.

"Olivia'yla aramızda hiç sır yoktur."

"Umarım bu durum hâlâ geçerli değildir." Dikkatle ona baktı; Victoria gülümseyerek omzunu silkti. Derken Geoff arkadan lafa girdi ve Olivia'nın, gelecek yaz yapılacak bir at gösterisine katılabileceğini söylediğini anlatmaya başladı babasına.

Şükran Günü'nden sonraki haftalar Noel hazırlıklarıyla uçar gibi geçti. Hediyeler alındı; çeşitli işler yapıldı ve bazı partilere gidildi. Astor'lardaki bir partiye gittiklerinde, Toby ile karısının da orada olduğunu görmeleri biraz rahatsız edici oldu. Ama bahçede birkaç dakika yalnız kalmalarının dışında, Victoria onu hiç görmemeyi başardı.

Toby onunla konuşmaya çalışmış, sessizce sigara içmekte olan Victoria dönüp onu görmüştü. Hemen yanından uzaklaşmaya çalışmış, ama Toby kolunu yakalayıp genç kadını kendine doğru çekmişti. Sadece dokunuşu bile Victoria'nın zevkten titremesine yetmişti.

"Toby, yapma... lütfen..." Gözleri dolu dolu yalvarıyordu Victoria. Adam zaten Victoria'nın evliliğini mahvetmişti, ama bundan haberi bile yoktu.

"Sadece konuşmak istiyorum..." Her zamankinden daha yakışıklıydı ve içki içtiği belli oluyordu. "Onunla neden evlendin?" diye sordu Toby. Kırgın görünüyordu. Victoria, ciğerlerini patlatırcasına bağırmak ve ona vurmak istiyordu. Hepsi onun suçuydu. Eğer konuşmamış olsaydı her şey farklı olabilirdi.

"Bana başka çare bırakmadın," dedi Victoria. Soğuk davranmaya çalışıyordu. Oysa bir yıldır hissetmediği şeyleri hissediyor, bunları hissetmek istemiyordu.

"Bu da ne demek oluyor? Yani sen..." Toby'nin kafası karışmış gibiydi. Bebek hakkında hiçbir şey duymamıştı. Ayrıca Victoria'nın ilk birkaç ay içinde evlenmediğini de biliyordu. Yazık olmuştu. İşler böyle gelişmişti. Zevkli bir dönemdi... onun için.

"Herkese seni baştan çıkardığımı söylemişsin," dedi Victoria. İncinmiş görünüyordu. Toby'nin gözlerinin içine bakarken de o acıyı yine hissediyor, ondan nefret etmek istiyordu.

"Sadece bir şakaydı o."

"Hiç de hoş bir şaka değildi." Omzunu silkti ve Toby'den uzaklaştı. Oturma odasına doğru yürüdü ve orada kendisini bekleyen Charles'ı gördü. Genç adam, Victoria'nın arkasından gelen Toby'yi görünce şaşırdı; ama eve dönerlerken arabada hiç soru sormadı. Bilmek istemiyordu. Zaten Victoria'nın ona anlatacağı hiçbir şey yoktu. Şaka ona yapılmıştı. Toby'nin, ruhuna ve itibarına verdiği zararla birlikte yaşamak zorundaydı artık.

Toby'den yine haber alınca Victoria şaşırdı. Astor'ların partisinde karşılaştıkları günün ertesinde Toby ona çiçek gönderdi.

Tabii ki adını yazmamıştı; ama Victoria onun gönderdiğini anlamıştı. İki düzine uzun saplı gül. Onları yollayabilecek başka kimse yoktu ki hayatında. Toby'ye karşı hâlâ hissettiği fiziksel duyarlığa rağmen çiçekleri alıp çöpe attı. Adam daha sonra sadece "T" diye imzaladığı bir not göndererek onunla buluşmasını istedi, ama Victoria bu nota da cevap vermedi. Ona olan duyguları ne olursa olsun, Toby'yle yeniden bir ilişkiye başlamak istemiyordu. O zamanlar yaşadığı her neyse, artık kesinlikle bitmişti.

Her zamanki gibi, o ve Charles kendi yollarında gittiler ve Victoria'nın Toby'ye rastlamış olması hiç konuşulmadı. Noel için Croton'a giderlerken gayet keyifliydiler. Arabayı hediyelerle ve yiyeceklerle doldurdular. Victoria, Geoff'e hediye almayı unutmadı. Karmaşık bir oyun almıştı. Dükkândaki kadın, on yaşındaki bir çocuğun Noel hediyesi olarak en çok isteyeceği şeyin bu olduğuna ikna etmişti Victoria'yı.

Victoria'yla Charles, Croton'a gidene kadar yol boyu savaştan söz ettiler. Kadın haklarından sonra Victoria'yı en çok büyüleyen konu olmuştu savaş. Bu konuda son derece bilgiliydi; bu da Charles'ı etkiliyordu. Ama o, bu konuda konuşmaktan karısı kadar zevk almıyordu. O sırada Batı Cephesi, Avrupa'da, Kuzey Denizi'nden İsviçre Alpleri'ne kadar uzanan dört yüz millik bir siperde tahkim edilmişti. Fransızlar, İngilizler ve Belçikalılar, Almanlarla savaşıyorlardı.

Charles gayet pratik bir şekilde, "Biz asla savaşa girmeyiz Victoria. Girmememiz bizim için daha kârlı olur zaten," dedi. Amerikalılar, satın alacak herkese, savaş gereçleri ve silah satıyorlardı.

Victoria öfkeyle, "Bence iğrenç bir şey bu," dedi. "Bari gidip insanları kendimiz öldürelim. Yani iki yüzlü bir şekilde evlerimizde oturup sanki ellerimiz temizmiş gibi yapmaktansa..."

"Tanrı aşkına, bu kadar saf olma," dedi Charles. Karısının böyle düşünmesine şaşırmıştı. "İnsanların nasıl servet edindiğini sanıyorsun ki? Babanın çelik fabrikasında ne yapılıyordu sence?"

Victoria camdan dışarı bakarak, "Bunu düşününce midem bulanıyor," dedi. Noel'i Avrupa'daki siperlerde geçiren adamları düşünüyordu. Almanların onlara neler yaptığını bile bile Noel'i kutlamak yanlış geliyordu ona. Ama burada bunu kimse anlamıyor gibiydi sanki. "Neyse ki sattı fabrikayı," dedi sessizce. Charles'ın, tutkularını paylaşmamasına üzülüyordu. Kocası çok daha gerçekçiydi ve ayakları yere basıyordu. Hukuki işleriyle ilgileniyor ve hep Geoffrey'yi düşünüyordu.

Croton'a vardıklarında, Victoria babalarının yine hasta olduğunu öğrendi. İki hafta önce yakalandığı soğuk algınlığı, zatürreeye çevirmişti. Halsiz ve zayıflamış görünüyordu. Sadece Noel sabahı kısa bir süre için alt kata indi. Hediyelerini açıyorlardı. Edward, kızlarına çok güzel, bir örnek elmas kolyeler verdi. İkizler kolyelere bayıldılar ve hemen bir örnek sabahlıklarının üzerine taktılar. Charles, bunlarla kafaları iyice karıştıracaklarını, doğru kadına yanlış hediye vermekten korktuğunu söyledi. Karısına çok hoş bir göğüslük ve babalarının hediye ettiği kolyeye çok uyan bir çift elmas küpe hediye etti. Olivia'nın yanağına masum bir öpücük kondurarak, onu sıcak tutacak bir atkı ve bir şiir kitabı verdi. Victoria, daha sonra kitabın Susan'a ait olduğunu görerek irkildi.

"Bunu sana neden veriyor?" Victoria şaşırmış görünüyordu.

"Belki çok üzüldüğü için kitabın kendinde kalmasını istemedi. Sen de şiirden nefret ettiğine göre sana veremezdi, değil mi?" Olivia, kendini biraz tuhaf hissederek gülümsedi. Ama bildiği ve çok sevdiği bir kitaptı. Ayrıca ithaf yazısı onu duygulandırmıştı. Olivia'nın neyi seveceğini çok iyi biliyordu Charles. Anlaşılan Susan'ın çok sevdiği bir kitaptı bu.

Ama asıl kıyamet, Olivia, Geoffrey'ye iki küçük tabanca, antika bir top arabası ve küçük askerlerden oluşan bir ordu verdiği zaman, koptu. Askerlerin üniformaları gerçeğe uygundu; Fransız, Alman, İngiliz ve Avustralya askerleriydi bunlar. Genç kız aylar önce ısmarlamıştı. Geoffrey kendinden geçti. Victoria ise kardeşine çok kötü bakıyordu.

"Ona böyle bir şeyi *nasıl* verebildin?" dedi. Sesi Noel sabahı için fazla yüksek çıkıyordu. Tir tir titriyordu. "Ona nasıl bu kadar iğrenç bir şey verebildin? Tanrı aşkına, bari bir de kana bulasaydın onları. Öyle yapsaydın çok daha dürüstçe davranmış olurdun." Gözleri dolmuştu; kardeşinin hediyesi onu gerçekten üzmüştü. Geoff, Victoria'nın aldığı oyunu, anlaşılması olanaksız ve çok sıkıcı bulunca durum iyice kötüleşti.

"Karşı çıkacağını hiç düşünemedim..." Olivia yılgın görünüyordu. "Bunlar sadece oyuncak Victoria. Askercilik oynamaya bayılıyor Geoff."

"Neye bayıldığını bilemem; umurumda da değil. Avrupa'nın her yanında, siperlerde binlerce adam ölüyor. Bu bir oyun değil; eğlence değil. Birilerinin sevdiği adamlar onlar... oysa sen onları küçük oyuncaklar haline getiriyorsun. Buna tahammül edemiyorum." Gözleri dolu dolu başını öbür tarafa çevirdi. Geoffrey endişeli bir fısıltıyla babasına, onları Ollie Teyze'ye geri verip vermemesi gerektiğini sordu. Charles oğlunu rahatlatıcı bir tavırla başını iki yana salladı. Bir süre sonra da giyinip Victoria'yla birlikte yürüyüşe çıktılar ve Victoria'nın annesinin gömülü olduğu yere gittiler.

Charles tatlılıkla, "Bu kadar canını sıkmana gerek yok diye düşünüyorum," dedi. "Kardeşinin kötü bir niyeti yoktu. Duygularındaki şiddeti anladığını sanmıyorum." Gerçi o da anlamıyordu ya... Aslında Victoria hakkında hemen hemen hiçbir şeyi anlamıyordu. Bunu ikisi de biliyordu.

Charles'a mutsuz bir ifadeyle bakarak, "Bunu daha fazla sürdüremeyeceğim," dedi Victoria. "Senin karın olamıyorum. Buna uygun değilim Charles. Senden başka herkes görüyor bunu. Geoff bile anlıyor." Aldığı hediye yüzünden kötü hissediyordu kendini. Charles'ın, kardeşine vermiş olduğu kitap yüzünden de. Onu kıskanıyor değildi; sadece sürekli olarak, yanlış ayakkabıların içinde olduğunu düşünüyordu. Artık bu durumdan bıkmıştı. "Babamın beni evliliğe zorlamasına izin vermem hataymış. Beni bir yerlere gönderip unutmasına izin vermeliydim. Evliliği beceremiyorum işte," diyerek ağlamaya başladı. Charles son derece mutsuz görünüyordu. Derken Astor'lardaki partiden beri merak ettiği şeyi sordu ona.

Açıkça, "Onunla yine mi görüşmeye başladın? Sorun bu mu?" diye sordu. Victoria, Charles'a bakakaldı. Onun, Toby'nin hayatına yeniden girmeye çalıştığını nasıl öğrendiğini merak ediyordu. Aslında buna izin vermesi işleri kolaylaştırırdı; ama artık bunu da istemiyordu.

Gayet soğuk, "Hayır, sorun bu değil," dedi. "Öyle olduğunu mu sanıyorsun? Seni aldattığımı mı düşünüyorsun? Keşke aldatsaydım, daha eğlenceli olurdu." Ama bunu söylediğine de pişman oldu. Her şeyden pişmandı; ama beceremiyordu işte. Annesinin mezarının yanında öylece dururlarken, Charles hiçbir şey söylemedi. Victoria ağlıyor ve kendini son derece çaresiz hissediyordu.

"Ne diyeceğimi bilemiyorum." Toby'den söz ettiğine pişmandı Charles. Ama aşçı, Victoria'nın attığı gülleri anlattığı zaman merak etmişti. Kadın, bunun büyük bir ziyan olduğunu düşünmüş, kimin yaptığını tahmin edememişti. Başka biri söylemeden önce de Charles'a kendi anlatmak istemişti. Üzerinde sadece, "Lütfen buluş benimle" yazan kartı kurtarabilmişti. O kart Charles'a her şeyi anlatmıştı. Ya da anladığını sanmıştı; ama anlaşılan yanılmıştı. Bütün bunlar, yine de Victoria'nın söylediklerini değiştirmiyordu tabii.

"Gitmemi mi istiyorsun?" Victoria, Charles'a dönüp çaresizlik içinde baktı. Charles karısının yanına giderek kolunu onun omzuna attı.

"Tabii ki hayır. Kalmanı istiyorum. Bir yolunu buluruz. Daha sadece altı ay oldu. Her evliliğin en zor yılı ilk yıldır derler." Ama Charles'ın ilk evliliğinde öyle olmamıştı. Susan'la ilk yılı mükemmel geçmişti. "Ben daha makul olmaya çalışırım; sen de daha sabırlı olmaya çalış. Geoffrey'nin küçük ordusu konusunda ne yapmak istiyorsun? Çocuğun onları geri vermeye istekli olduğunu sanmıyorum. Ama eğer istersen onunla konuşurum."

"Hayır." Victoria, Charles'ın mendiliyle burnunu sildi ve keşke bir sigara olsaydı, diye düşündü. "Bu yüzden benden nefret eder; hem de şimdi ettiğinden daha fazla. Ona öyle aptal bir oyun almışım ki. Nelerden hoşlandığını bilmiyorum; dükkândaki kadın da buna bayılacağını söyledi. Oyununun nasıl oynanacağını ben bile anlamadım."

"Ben de öyle," diye güldü Charles. Tatlı bir ifadeyle, "Ama öğrenirim. Her şeyi öğrenebilirim ben," dedi. "Eğer öğretirsen." Oysa Victoria ona hiçbir şey öğretmek istemiyordu. Kaçıp gitmek istiyordu. Tek düşüncesi buydu.

Sonra yavaşça eve doğru yürüdüler. İkisi de epeyce sakinleşmiş görünüyordu. Öğleden sonra Victoria, Bertie'yle birlikte bazı örtüleri ayırmakta olan Olivia'nın yanına gitti.

Bertie çıkarken, "Silahlar için özür dilerim," dedi Olivia. Gerçekten pişman görünüyordu. "Seni bu kadar üzeceğini düşünemedim." Bir örnek yeşil elbiseleri ve zümrüt küpeleri vardı. Yine birlikte oldukları için çok seviniyorlardı. Birbirlerine sessizce gülümsediler; ama bu tebessüm çok şey anlatıyordu.

"Ziyanı yok. Belki de aptalım. Orada olup bitenlere çok kaptırdım kendimi. O kadar gerçek ki benim için. Bazen bizim işin içinde olmadığımızı unutuyorum. Hiç olmazsa babam çelik fabrikasını sattı diye seviniyorum. Ama bahse girerim, o memnun değildir. Satmasaydı, herhalde fabrikanın önünde gösteri yapıp tutuklanırdım." Victoria'nın dürüstlüğüne ikisi de güldüler. Sonra Victoria, Olivia'nın yanındaki koltuğa oturdu. Olivia o an, ikizi daha tek kelime etmeden, onun bir şey isteyeceğini anlamıştı. Bir dakika sonra Victoria kederli bir ifadeyle ona baktı ve kimsenin duymamasını istercesine, fısıltıyla konuştu. "Beni bu durumdan kurtarmak zorundasın Ollie. En azından kısa bir süre için. Yoksa tamamen aklımı kaçıracağım. Beceremiyorum işte."

Olivia rahatsız bir ifadeyle baktı. Victoria'nın isteyeceği şey tedirgin ediyordu onu. Ne söyleyeceğini biliyordu ve duymak istemiyordu. "Sorunu sormadan mı "hayır" desem, yoksa sormanı bekleyip, ondan sonra mı duymak istemediğimi söylesem?"

Victoria sesini iyice alçalttı. "Ollie... lütfen benimle yer değiştir... bir süre için... bırak bir yerlere gideyim; düşünmek için. Ne yaptığımı bilmiyorum ben." Gözleriyle, onu dinlemesi için ikizine yalvarıyordu. Olivia, kardeşinin çektiği acıyı gayet iyi görebiliyordu. Ama yer değiştirmenin çözüm olmadığından emindi. Victoria'nın bu duruma katlanması gerekiyordu. Bir anlaşma yapmıştı. Charles iyi bir adamdı; Victoria'nın buna kendini alıştırması gerekiyordu. Kaçıp gitmek hiçbir şeyi düzeltmezdi. Olivia onu dinlerken başını salladı.

"Haklısın, ne yaptığını bilmiyorsun," diye fısıldadı. "Yer değiştirmemiz bir felakete yol açabilir. Ya Charles öğrenirse? O zaman ne yaparım ben? Karısıymış gibi davranamam. Hemen anlar. Hem anlamasa bile, böyle bir şey yapmamız yanlış olur. Böyle bir şey yapmam Victoria," dedi. Victoria, Olivia'nın ciddi olduğunu anlamıştı. Gözleri doldu; kardeşinin elini yakaladı ve ona yalvardı.

"Yanlış olduğunu biliyorum. Ama okuldayken yaptıklarımız da yanlıştı. Benim için yalan söyleyerek, ben olmadığım halde sanki benmişim gibi davranman da öyle. Binlerce kez yaptık bunu. Yemin ederim, asla anlamaz Charles. Bizi ayırt edemiyor; sen de biliyorsun."

"Zamanla anlayacaktır. Ya da Geoff anlar. Bu konuyu tartışmam bile. *Hayır!* Duyuyor musun beni?" Ona gerçekten kızmamıştı. Ama böyle bir seçeneği olmadığını Victoria'nın anladığından emin olmak istiyordu. Kardeşi onunla tartışmadı bile. Sadece başını salladı ve ayağa kalktı; çaresizlik içinde Olivia'ya baktı. Bu daha da kötü olmuştu. Sonra yavaşça kardeşinin yanından uzaklaştı.

ON SEKİZ

Dawson'lar orada kaldıkları sürece, kızlar yer değiştirme konusunu bir daha konuşmadılar. Ama giderlerken Victoria olağanüstü uysal görünüyordu. Olivia onun için endişelendi. Bir iki hafta sonra şehre gidip nasıl olduğunu görmek istedi, ama babaları yine kötüleşti ve zatürree büyük bir şiddetle geri döndü. Edward kıl payı kurtuldu. Sonra da Olivia ağır bir griple yatağa düştü. Genç kız nihayet şehre gidebildiğinde Şubat sonu gelmişti. Charles'la Victoria arasında hiçbir şey değişmemişti. Üstelik Victoria daha alıngan olmuş; herkesi daha kolay azarlamaya başlamıştı. Charles ise ondan daha kötü görünüyordu. Olivia'nın oradaki ikinci gününde Geoff ateşlendi.

Olivia bunu fark ettiğinde Victoria evde değildi. Akşamüstü çocuk sayıklamaya başlayınca Olivia doktor çağırdı. Charles'ı bürodan aradı; o da Geoff'i görmek için hemen eve geldi.

Charles, "Nerede o?" diye Victoria'yı sordu. Olivia bunu yapmaktan nefret etse de, hiçbir fikri olmadığını itiraf etmek zorunda kaldı. Bu arada Geoff korkunç öksürmeye başlamış ve vücudunda benekler oluşmuştu. Doktor, ağır bir kızamık olduğunu söyledi.

Victoria o akşam eve saat yedide geldi. İngiliz Konsolosluğu'nda, Alman denizaltılarının vahşeti hakkında ilginç bir konferansa gitmişti. Almanlar, Britanya'yı denizden abluka altına almışlardı. Konferansın ardından çay ikram edilmiş, Victoria da uzun süren sohbetlere dalmıştı. Eve telefon edip Charles'a, yemeğe geç kalacağını bildirmeyi bile düşünmemişti. Onun da eve geç geleceğini umuyordu. Ama şanssızlık bu ya, Charles bütün öğleden sonrayı evde, Geoff'in yanında geçirmişti.

İçeri girdiğinde, Olivia sessizce çocuğun alnını siliyordu. Evin içinde, ancak ölüm ya da ağır hastalık durumunda rastlanan bir sessizlik vardı.

Victoria çocuğu görünce, kapı aralığından, "Ne oldu ona?" diye fısıldadı kardeşine. Olivia, parmak uçlarında yürüyerek onun yanına geldi. Sanki ona yaklaşan, aynadaki görüntüsü gibiydi.

"Kızamık olmuş. Zavallı çocuk. Gerçekten çok hasta. Keşke Croton'da olsaydık. Bertie'yi getirtmeyi düşünüyorum. Bir iki hafta yatması gerekecek. Zaten herhalde kendini çok kötü hissedecektir. İstersen kalabilirim." Victoria'ya bir göz attı; ama cevabının ne olacağını biliyordu.

"Aman Tanrım... lütfen... Charles nasıl?" Kızgın olup olmadığını öğrenmek istiyordu.

"Galiba senin için endişeleniyordu." Geç kaldığı için çok sinirlendiğini ve gittiği yer hakkında kuşku duyduğunu söylemenin kibar bir şekliydi bu. Ama o gece yatak odalarında, bütün bunları Charles söyledi zaten.

Kötü bir ifadeyle, "Neredeydim demiştin?" diye ikinci kez sordu. Victoria'yla onun hiç de alışık olmadığı bir tonla konuşuyordu.

"Söyledim ya. İngiliz Konsolosluğu'nda. Denizaltılarla ilgili bir konuşma vardı."

"Aman ne ilginç. Oğlumun kırk derece ateşi var, ama sen denizaltılar hakkında bilgi alıyorsun. Harika."

Victoria gayet sakin, "Müneccim değilim Charles. Bugün hasta olacağını bilmiyordum," dedi. Hissettiğinden daha sakin görünüyordu. Sekiz aydır kavgada uzman olmuşlardı. Hiç kuşku yok ki, denizaltıların kaptanlarından daha iyiydiler. Kesinlikle onlar kadar da öldürücü.

"Geoff için burada olman gerekiyor," diye bağırdı Charles. "Kimse annesini bulamıyor diye benim bürodan ayrılıp eve gelmem gerekmemeli."

Olivia soğuk bir ifadeyle, "Onun annesi öldü Charles. Ben sadece annesinin yedeğiyim," dedi.

"Çok başarılı olmadığını eklemeliyim. Kardeşin onunla senden daha çok ilgileniyor."

"O halde onunla evlenseydin. O çok daha iyi bir eş olurdu. O, ev işlerinde benden daha beceriklidir."

Charles mutsuz bir şekilde, "Baban onu teklif etmedi; seni etti," dedi. Ona söylediği şeyler yüzünden kendinden nefret ediyordu. Ama birlikte yaşadıkları hayat ikisi için de öyle büyük bir düş kırıklığı olmuştu ki, bu konuda ne yapacaklarını bilemiyorlardı. Hiç bir çıkış yolu yoktu. Bu ilişki onları öldürene kadar birlikte yaşamak zorundaydılar. Victoria, ona boşanmaktan söz etmişti; ama Charles için söz konusu bile değildi bu.

"Belki tekrar babama gidersen bizi değiş tokuş etmek isteyebilir. Ayağa olmayan ayakkabılar gibi. Niye sormuyorsun ona?" diye hırladı Victoria. Aynen Charles gibi, o da kendini kapana kısılmış hissediyordu. Artık aralarında hiçbir fiziksel ilişki olmaması da, oluşabilecek herhangi bir ilişki ihtimalini tamamen ortadan kaldırmıştı. Boşa çıkan son sevişme çabaları Ocak ayındaydı. Her ikisi de sessizce, bir daha asla denememeye yemin etmişti. Ve denememişlerdi. Aksi halde, düş kırıklığına uğruyorlar ve moralleri bozuluyordu. Her sevişme denemesi, huysuzluklarının aynası gibiydi. Aralarında hiç var olmayan ve asla olmayacak şeylerin yansımasıydı. Charles ona bir daha asla dokunmamaya kararlıydı; bu, hayatının geri kalanında perhiz yapması anlamına geliyor olsa bile. Uğraşmaya değmezdi. Victoria da aynı şekilde düşünüyordu. Charles'ı da, kendini de boşu boşuna sıkıntıya sokmaya hiç niyeti yoktu.

Charles ümitsizce, "Önerilerini hiç de komik bulmuyorum," dedi karısına. "Davranışlarını da. Seni her gün burada, oğlumuzun yanında görmek istiyorum. Diyelim ki, oğlum iyileşene kadar, elini onun alnında görmek istiyorum. Ona çorba içirmeni istiyorum. İyice anlaşıldı mı?"

"Evet efendim," dedi Victoria. Broadway'deki bir Fransız komedisindeki hizmetçi gibi reverans yaptı kocasına. Sonra ciddileşerek, "Kardeşimin bana yardım etmek için burada kalmasının bir sakıncası var mı?"

Charles hırçın bir şekilde, "Senin yerine Geoff'e bakmak için yani," dedi. Victoria'nın da bildiği gibi, doğruydu bu. Hasta çocuklara nasıl bakılacağı hakkında bir fikri yoktu Victoria'nın. "Ona hanginizin bakacağı umurumda değil. Zaten sizi ayırt edemiyorum bile," dedi Charles. Çok üzgün görünüyordu. "Yeter ki biriniz bakın."

Victoria, "Ben bunu hallederim," dedi ve kardeşini bulmak için odadan çıktı. O akşam Olivia'yla uyuyabilmeyi isterdi; ama bunun Charles'ı iyice sinirlendireceğini biliyordu. Ona dokunmaya hiç niyeti olmamasına rağmen, aralarındaki sorunları başkalarının öğrenmesinden hoşlanmıyordu; özellikle de kardeşinin.

"O nasıl?" Olivia, Geoff'in ayak ucunda durarak sessizce Charles'ı sordu. Çocuk uyuyordu; ateşi daha düşmemişti.

"En hafif ifadeyle, memnun değil," diyerek gülümsedi Victoria. Bu koşullar altında bile birlikte olmak iyiydi. Kardeşinin yanında olmak, onunla konuşabilmek, hatta ona, cesaret edebildiği kadar açılabilmek öyle rahatlatıyordu ki Victoria'yı. Evliliklerinin ne kadar kötüye gittiğini itiraf etmek aslında utanç vericiydi. Ama Olivia'nın bunu zaten bildiğini hissedebiliyordu. Ayrıca Charles'ın bağırdığını da duymuştu.

Sonuç olarak, East River'daki küçük evde bir ay kadar birlikte oldular. Geoffrey'nin hastalığı üç hafta sürdü ve Olivia onu bir an bile yalnız bırakmadı. Charles bunun farkındaydı. Ama Victoria'nın da çocukla hiç olmazsa birazcık ilgilendiğini düşünüyordu. Zaman zaman Geoff'in yatağının yanında otururken görmüştü onu. Bu da içini rahatlatmıştı. Ancak bilmediği bir şey vardı. O gördüğü kişi hep Olivia'ydı. Ama genç kız, Charles'ın onu kardeşi sanmasına izin veriyordu. Razı olabileceği aldatmaca ancak bu kadardı. Neyse ki, Victoria Noel'de yaptığı gibi yer değiştirmelerini istememişti bir daha. Olivia, kardeşinin bu konuda mantıklı düşünmeye başladığını zannederek rahatlamıştı.

Victoria'yla Charles'ın arasındaki ilişki gergin görünüyordu. Ama Olivia, zamanla ve iki tarafın da sevgisiyle, başaracaklarına inanıyordu hâlâ. Hatta belki çocukları bile olurdu. Victoria, böyle bir ihtimal olmadığını ve asla olmayacağını söylememişti ona.

Geçenlerde Charles'ın, Toby'le görüştüğünü düşünerek onu suçladığını da söylememişti kardeşine. Daha önce kendinden geçip bir erkek için onca tehlikeye giren bir kadının, şimdi her şeyden vazgeçip rahibe hayatı yaşayabileceğine inanmakta güçlük çekiyordu Charles. Özellikle de, karısının nerelerde olduğunu, nerelere gittiğini hiçbir zaman bilmediği için. Victoria'nın yaptığı her şey zararsızdı aslında. Ama ne yaptığının Charles'ı hiç ilgilendirmediğini düşünüyordu. Hele son zamanlarda buluştuğu tipler söz konusu olunca. Fransız elçiliğinde bir generalle, Britanya Kulübünde de birkaç albayla tanışmıştı. Onlar da, Avrupa'ya gelip, ölmekte olan insanlara yardım için ne gerekiyorsa yapabilecek insanlara büyük bir ihtiyaç olduğunu Victoria'nın kafasına sokmuşlardı. Yalvarmaları hiç aklından çıkmıyordu. Ama bu konuda Olivia'ya da hiçbir şey söylemedi.

Mart sonunda nihayet evine döndüğünde, Olivia son derece bitkindi. O küçük evde Charles ve Victoria'yla birlikte olmak germişti onu. Geoffrey'e bakmak ve onunla sürekli ilgilenmek de bütün enerjisini tüketmişti. Tekrar temiz havaya çıkmak ve ata binmek onu çok rahatlattı. Kardeşini ne kadar severse sevsin, onu ve ailesini Paskalya'ya kadar görmeyecek olması Olivia'ya iyi geldi. Paskalya'da Croton'a geldiler. Bu yıl hepsi daha sakindi. Victoria'yla Charles, sanki on aydır savaşıyormuş gibi hissediyorlardı kendilerini. Geoffrey ise, kızamığın ardından hâlâ biraz bitkindi. Olivia ona çok iyi bakmıştı. Bu yüzden çocuk tamamen iyileşmişti. Ama sınıfındaki iki küçük kız salgın yüzünden ölmüştü.

Bunu duyunca, Geoff kurtulduğu için şükretti Olivia. Charles da, bir öğleden sonra yürüyüş yaparlarken ona teşekkür etmeyi unutmadı. Sessizce Hudson nehrine bakarlarken Olivia genç adama çok acıdı. İçinde müthiş bir keder olduğunu hissetti. Charles ne yaptığını biliyordu. Bir zamanlar aşka sahip olmuş, ama bir aptallık anında daha azına kabul etmişti. Bunu oğlu için yaptığını düşünmüştü. Ama aslında kendini de gelecekteki acılardan korumak istemişti. Hata etmişti.

Uzun uzun Olivia'ya baktı ve ona hiçbir şey söylemedi. Sonra geri dönüp eve gittiler. Olivia koluna girmişti. Genç kızın onun duygularını benimsediğini hissetmek Charles'ı heyecanlandırdı ve nazikçe uzaklaştı ondan. Birine yakın olmak acı veriyordu artık; özellikle de karısından çok daha şefkatli olan kardeşine. Evliliğinde eksik olan şeyin hatırlatılmasını istemiyordu. Charles'ın uzaklaşması onu incitmiş olsa da, Olivia içgüdüsel olarak anlamıştı nedenini.

Genç kız, kardeşinin de kendini kadere teslim ettiğini düşünmeye başlıyordu ki, gitmeden bir gün önce Victoria eski yatak odalarına süzülüverdi; Olivia'ya uzun uzun ve ciddi bir şekilde baktı

"Seninle konuşmam gerek," dedi. Gergin görünüyordu. Olivia bir an çılgınca bir umutla, kardeşinin hamile olduğunu söylemesini bekledi. Bu, her şeyin çözümü ve onları nihayet birleştirecek bir bağ olabilirdi. Oysa kardeşinin söylediklerine hiç hazırlıklı değildi. Victoria, Olivia'ya iyice yaklaşıp gözlerinin içine baktı ve parmaklarıyla onun yüzüne dokundu.

"Ben gidiyorum."

"Ne?"

"Ne dediğimi duydun. Mecburum Olivia. Bir dakika daha tahammül edemeyeceğim."

"Onlara bunu yapamazsın. Nasıl bu kadar bencil olabiliyorsun?" Olivia daha kendini bile düşünmemişti. Victoria'nın gitmesinin onun için ne demek olduğunu da tabii. Şu anda tek düşüncesi Charles'la Geoffrey'di.

"Kalmam ölümüme neden olacak; bundan kesinlikle eminim Ollie." Odada dolaşmaya başladı. Arada sırada kardeşine göz atıyordu. Sonra durdu ve baktı ona. "Lütfen benimle yer değiştir. Her iki halde de gideceğim... ama o zaman hiç olmazsa sen yanlarında olursun. Madem onlar için bu kadar endişeleniyorsun."

"İyi de nereye gideceksin?" Olivia duyduklarından dehşete kapılmıştı.

Victoria kendinden emin, "Avrupa'ya," dedi. "Herhalde Fransa'ya. Cephe gerisinde çalışabilirim. Mecbur kalırsam ambulans şoförlüğü yaparım; bayağı iyi bir şoförüm."

Olivia gözyaşları içinde, "Bunu babama söyle," dedi. "Ayrıca Fransızcan korkunçtur senin. Bütün sınavlarına ben girmiştim," dedi. Kardeşini kaybetme düşüncesiyle açık açık ağlamaya başlamıştı.

"Öğrenirim.. Ah Ollie, n'olur ağlama... benim için yap işte bunu. Son bir kez. Üç ay. Bütün istediğim o kadar. Vapurla üç haftada oraya giderim; yaz sonunda da dönerim. Bunu yapmak zorundayım. Hayatım boyunca bir sürü şey okudum; toplantılara gittim; yüce amaçlarım oldu; hiçbir zaman sorumluluk almadım; asla önemli bir şey yapmadım. Kimse için bir şey yapmadım; senin gibi olamadım. Sen küçücük şeyler yapıyorsun, ama öyle önemli bir fark doğuyor ki. Ben hiçbir şey yapmadım." O kadar kararlı görünüyordu ki kardeşini korkuttu bu. Olivia, gerçekten de çok farklı olduklarını bir kez daha anladı.

"Burada kal ve örtüleri katlamama yardım et. Hiç bir yere gitmek zorunda değilsin. Bahçeyi düzenlememe de yardım edersin... ah Victoria," diye hıçkırdı. "Gitme... n'olur... ya başına bir şey gelirse?" Bunun düşüncesine bile tahammül edemiyordu. Onu bir gün, bir saat bile kaybetmeye dayanamazdı; hele sonsuza kadar... New York'ta yaşamasına alışmak bile yeterince zor olmuştu zaten. Ama orası hiç olmazsa bir saatlik mesafedeydi. Sürekli olarak kardeşiyle birlikte olamamak Olivia'nın bütün özdenetimini yok ediyordu.

"Başıma hiçbir şey gelmeyecek; yemin ederim." İki kardeş, Victoria'nın düğününe kadar yirmi yıl boyunca birlikte uyudukları odada birbirlerine sımsıkı sarıldılar. Victoria olmayınca artık oda bile bomboş gibi geliyordu Olivia'ya. "Artık bu şekilde yaşayamam. Birbirimiz için hiç uygun değiliz. Sonunda ayrılmak zorunda kalacağız. Belki de ben gittikten sonra her şey değişir."

Olivia gayet mantıklı, "Neden ona söylemiyorsun bunu?" dedi. Mendiliyle burnunu sildi. "Neden ona açıklamıyorsun? Zeki bir adam o; anlayabilir."

Victoria kesin bir tavırla, "Asla gitmeme izin vermez," dedi. Olivia dürüst davranıp, onunla aynı fikirde olmadığını söyleyemedi kardeşine.

"Peki ya senin yerine geçersem?" Düşünceli bir ifadeyle baktı ona. "O zaman benim gittiğimi mi sanacaklar?" Olivia birden ürkmüştü. Onun yapacağı bir şey değildi bu.

"Bensiz yaşamak senin için çok zor olduğu için, düşünmek üzere birkaç aylığına California'ya gittiğini söyleyebiliriz."

Olivia yine başını iki yana sallayarak, "Babamı bıraktığım için herkes benim bir canavar olduğumu düşünür. Ben de öyle. Babam da," dedi. Kesinlikle yapamazdı. Ama Victoria, bu konuyu düşünmeye zorladı onu.

Umutla, "Bence babam anlayacaktır," dedi. Konuşmanın buraya kadar varmış olmasına hayret etmiş ve birden çok heyecanlanmıştı. Derken Olivia ona baktı ve başını iki yana salladı. Aklına başka bir şey gelmişti. Mümkün değildi. Kardeşi için böyle bir şey yapmayacaktı. Ama Victoria onun ne düşündüğünü anlamıştı. "Sana dokunmaz. Artık aramızda hiçbir şey yok. Aylardır yok. Bir daha da olmayacak. İkimiz de istemiyoruz." Olivia bunu duyunca çok şaşırdı. Bunca zamandır bir bebekleri olmasını ümit ediyordu.

"Neden?" Charles öyle hayat dolu, öyle canlı, öyle sıcak görünüyordu ki... Üstelik hâlâ çok gençti. Anlayamıyordu. Birden merak etti; acaba kardeşi mi öyle buyurmuştu.

Victoria düşünceli bir şekilde, "Nedenini bilmiyorum," dedi. "Çok fazla hayalet var... Susan... Toby... aramızda yanlış olan bir şey var; ikimiz de biliyoruz bunu. Galiba sorun birbirimizi sevmememiz."

Olivia sert bir şekilde, "Buna inanmıyorum," dedi.

Victoria ona ters ters bakarak, "Ama doğru," dedi. "Sevmiyoruz. Onu sevmiyorum Ollie. Bir gün seveceğimi de hiç sanmıyorum. Böyle bir ihtimal yok ve asla olmayacak."

"Peki geri döndüğünde? O zaman ne değişecek?"

"Belki onu gerçekten terk edecek cesaretim olur." Olivia bunu duyunca mahvoldu.

"Ya senin yerine geçmezsem?"

"Yine de gideceğim. Ona nereye gittiğimi söylemeyeceğim; beni bulmasını istemiyorum. Hazır olduğum zaman geri döneceğim. Sana yazdığım mektupları Beşinci Caddedeki eve yollarım. Oradan rahatça alabilirisin; kimsenin haberi olmaz." Bu konuyu iyice düşünmüştü. Olivia onu dinledikçe daha çok şaşırıyordu. Onun için en büyük engel babalarıydı. Kalbini kırmaktan korkuyordu. Yine de ikizler arasındaki bağ, babasıyla olan bağından daha güçlüydü; bunu Olivia bile biliyordu. Kardeşinin tüm isteklerine her zaman uymak zorunda hissederdi kendini. Ama bu tam bir çılgınlıktı; bunun farkındaydı. Bir kocası, bir de üvey oğlu varken onun yerini alamazdı. Böyle bir şey yapmak delilik olurdu. Sonra aklına Geoffrey geldi.

"O anlar Victoria. Bertie dışında kandıramayacağımız tek kişi o."

"İstersen onu da kandırabilirsin. Biraz daha benim gibi davranırsın. Ona o kadar iyi davranma," diyerek sırıttı. Olivia parmağını salladı ona.

"Ne ayıp. Nasıl böyle konuşuyorsun?"

"Çünkü berbat biriyim ve seni seviyorum... Peki. Önümüzdeki üç hafta ona daha iyi davranırım. Charles'a da. Böylece sen benim yerime geçince onlar için büyük bir değişiklik olmaz. Sigarayı tamamen bırakırım... aman Tanrım, neler düşünüyorum..." Sırıttı. "Çok az şeri içerim; o da sadece Charles ikram ettiği zamanlar." Ağzı kulaklarındaydı. Olivia ise, kardeşine öfkeyle bakarken dik kafalı bir geline benziyordu.

Alaycı bir tavırla, "Çok büyük fedakârlıklar bunlar," dedi.

Sonra ciddileşerek kardeşine baktı. Cilveli bir şekilde, "Kabul edeceğimi nereden çıkardın?" dedi.

"Bilmem."

"Düşünecek misin?"

"Belki." Olivia için onlarla birlikte olma şansıydı bu. Daha da önemlisi, Victoria'nın, evliliğini tamamen mahvetmesini engelleme fırsatıydı. Olivia onun yerini alırsa, Charles'ın, karısının gittiğini öğrenmesine kesinlikle engel olabilirdi. Sonra Victoria geri döner ve aklı başına geldiği için, kaldığı yerden sürdürebilirdi evliliğini. Charles da ne olduğunu asla öğrenmemiş olurdu.

Ama Olivia kardeşinin yerine geçmezse, Victoria üç hafta sonra hiç aldırmadan kapıyı arkasından çarparak kapatır, çekip giderdi. Onun bunu yapmasına engel olmak belki de babalarına bakmaktan çok daha önemliydi. Ayrıca yakınında olacaktı. New York'da. Babasının ona ne zaman ihtiyacı olsa buraya gelebilirdi. Aynı şey olmayacağını biliyordu; ama eğer Victoria'nın evliliğini kurtaracaksa, yapabileceği en iyi şeydi bu.

"Yapacak mısın?" Victoria ona bakarken düşündüğü her şeyi anlıyordu. "Babam idare eder; sen de uzakta olmayacaksın zaten."

Olivia üzüntüyle, "Hayır olmayacağım. Ama onu hiç düşünmeden kaçıp gittiğimi düşünecek. Yapılacak en korkunç şey bu," dedi.

Victoria çok daha acımasızca, "Belki de bunu hak ediyor," dedi. "Hayatının sonuna kadar ona bakman için seni burada tutup koca bulmanı engellerken hiç düşünmüyor." Bunda bir miktar doğruluk payı vardı; ama Victoria'nın söyleyiş tarzı Olivia'yı güldürdü.

"Ben koca istemiyorum, teşekkür ederim," dedi sertçe. "Böyle iyiyim." Ama durum farklı olup da Victoria, Charles'la evlenmemiş olsaydı, Charles'la birlikte olmak Olivia'nın çok hoşuna gidebilirdi. Artık bunu öğrenmesi mümkün değildi. Bu düşünceyi kafasından atmalıydı. Kardeşinin yerini alsa bile bu, kısa bir süre için olacaktı ve amaç hepsine yardımcı olmaktı. Kendi çıkarı için, ya da sırf Charles'la olmak için yapmayacaktı bunu. Yoksa sadece o nedenle olsa asla yapmazdı. Böyle düşündü ve bu fikre umutsuzca inandırmaya çalıştı kendini. Birden, bu düşüncenin çok çekici olduğundan korkmaya başlamıştı.

Victoria mutlu bir ifadeyle, "Kocamı alabilirsin," dedi. "Hem de istediğin sürece. Üç ay, ya da sonsuza kadar." Ona takılıyordu; ama dediğinde gerçek payı da vardı. Olivia şoke olmuştu. Victoria, onun bir zamanlar Charles'dan çok hoşlandığını unutmamıştı. Ama bu çoktan geçmişte kalmıştı. Hem Olivia'nın asla kocasını elinden almaya çalışmayacağını da bilirdi. Böyle bir şey yapmayacak kadar terbiyeli, sadık ve dürüsttü kardeşi. Zaten duyguları da tamamen kontrol altındaydı artık. Victoria'yla evlendikleri günden beri Charles'ı romantik duygularla düşünmemişti. Kardeşiyle mutlu olmasını gerçekten istiyordu.

Olivia üstüne basa basa, "Yaz sonunda gelsen iyi olur. Yoksa herkese gerçeği anlatır; oraya gelip kendim getiririm seni," dedi. Victoria güldü.

"Herhalde ikimizi de hapse atarlar."

"Sen de bayılırsın buna." Olivia bunu düşününce inledi.

"Olabilir." Victoria yine güldü ve kardeşine sarıldı. İstediğini yapması için dua ediyordu. Toby'le yaşadığı feci ilişkiden beri önüne çıkan ilk özgürlük ihtimaliydi bu. İşlediği günahın bedelini ağır ödemişti. Artık özgürlüğünü istiyordu. "Lütfen yapacağını söyle Olivia. N'olur... hayatımın sonuna kadar iyi davranacağım; yemin ediyorum. Senin için dantel örerim; ayakkabılarını boyarım; bir daha asla yerime geçmeni istemem. N'olur yap şunu benim için..."

"Ancak geri dönüp örnek bir eş ve anne olacağına söz verirsen."

Ama bu istek karşısında Victoria'nın tebessümü yok oldu ve genç kadın düşünceye daldı. "Bu sözü veremem. Ne olacağını bilemiyorum. Belki de beni geri almak istemeyecektir," dedi. Yüksek sesle düşünüyordu.

Olivia hafifçe, "O zaman gittiğini asla öğrenmemeli," dedi. "Ne zaman gidiyorsun?"

"1 Mayıs'ta." Üç hafta vardı. Victoria'nın yerini almadan önce babalarını hazırlamak ve yapması gereken her şeyi yapmaya ancak yeterdi bu süre. Acı bir ifadeyle birbirlerine uzun uzun baktılar; sonra Olivia yavaşça başını salladı. Victoria galibiyet sevinciyle haykırdı; sarıldılar ve bir an, Olivia aslında memnun olduğunu fark ederek irkildi. Ahlâksızca bir plan yapmış olan iki yaramaz çocuk gibi heyecanla bu konuyu birkaç dakika daha konuştular. Olivia başına nasıl bir iş açtığını merak ediyordu. Bir iki hafta boyunca kuşkular yaşayacağından emindi. Ama geri adım atmasına Victoria'nın artık asla izin vermeyeceğinden de emindi.

Kol kola alt kata indiler. Geoffrey holde top arabasıyla oynuyordu. Kızlar, birbirlerine tek kelime etmeden, içgüdüsel bir şekilde, ne yapmaları gerektiğini anladılar. Victoria, çocuk nikâh yüzüğünü görmesin diye, sol elini cebine soktu ve ona içtenlikle gülümsedi.

Sevinçli bir ifadeyle, "Harika bir oyuna benziyor," dedi ve hafifçe saçlarını karıştırdı çocuğun. "Limonata ve kurabiyeyle ilgilenmeni sağlayabilir miyim acaba?" Geoffrey ona hayranlıkla gülümsedi; sonra on iki küçük askerini topuyla vurdu ve yere devirdi. Olivia kaşlarını çatarak bakıyordu.

Yanından gayet soğuk bir şekilde geçerken, "Keşke bu oyunu oynamasan. O kadar aptalca bir şey ki," dedi. Ona inanıp inanmadığını görmeye çalışıyordu. Ama çocuk ona ilgisizce şöyle bir baktı ve homurdanarak özür dileyip oyununa geri döndü.

"Af edersin Victoria. Babam oynayabileceğimi söyledi..." Sonra Ollie olduğunu sandığı kadına göz kırptı ve birlikte mutfağa gittiler. Olivia hayretler içindeydi. Geoffrey'i ilk kez kandırabilmişlerdi.

Olivia, Geoffrey'in bardağına limonata koyarken Victoria, "Bir sorun çıkmayacak," diye fısıldadı. Olivia ise, çocuğun babasıyla da bu kadar şanslı olup olamayacağını merak ediyordu.

ON DOKUZ

Olivia için ayrılmanın en zor tarafı, babasına ne diyeceğini bulmaktı. Edward bu günlerde, aylardır olduğundan çok daha iyi hissediyordu kendini. Daha da güçlüydü. Hatta kızını ziyaret etmeye New York'a gitmeyi bile tasarlıyordu. Ama Olivia, henüz gitmemesi gerektiğini düşündüğünü söyledi ona. Giderse işler karışırdı. Victoria'yla Geoff'in Haziran'da gelip bir ay kalacaklarını hatırlattı babasına. Gelmelerine sadece bir ay kalmıştı. Babasının, bu arada Croton'da kalıp rahatça evinde oturması çok daha iyi olurdu.

O yaz Charles onlara deniz kenarında bir ev kiralayacaktı. Geoff ile Victoria, Temmuz ve Ağustosta Newport'ta olacaklardı. Charles, Olivia'yı da davet etmişti. Onun artık hep yanlarında olacağını bilmiyordu tabii. Olivia, New York'a döndükleri zaman gerçek Victoria'nın artık Avrupa'dan gelmiş olacağını umuyordu. Genç kız pasaportunu almış ve kardeşine vermek üzere sağlam bir yere saklamıştı.

Bir gün Edward, "Sence araları nasıl?" diyerek Olivia'yı şaşırttı. Genç kız tam da o sırada, babasına, California'ya gittiğini bildirmek için yazması gereken mektubu düşünüyordu. Ona, bunun bir inziva olduğunu söyleyecek ve ona inanması için dua edecekti. Edward dürüstçe, "Bazen onun için endişeleniyorum," dedi. "Charles iyi bir adam. Ama zaman zaman, Victoria'nın onunla mutlu olmadığı hissediliyor." Olivia babasının gözlemleri karşısında çok şaşırdı.

"Bundan emin değilim." Yapacakları şeyi düşününce, şu anda bunu inkâr etmek daha doğruydu. "Bence oldukça iyi bir anlaşma oldu. Charles karısını çok severmiş. Eminim, onun için de, Geoff için de zor olmuştur..." Ama babasının haklı olduğunu o da biliyordu.

"Umarım haklısındır. Victoria buradayken çok huzursuz görünüyordu. Çok da sinirliydi." Aman Tanrım... Olivia, gözleri dolduğu için başını çevirmek zorunda kaldı. Birkaç gün sonra babasının kalbini kıracağını düşünmekten nefret ediyordu. Tekrar ona doğru döndüğünde babası daha da çok şaşırttı kızını. "Peki ya sen canım? Kardeşin olmayınca, burada benim yanımda çok yalnızlık çekmiyorsun ya?"

"Bazen onu özlüyorum... korkunç özlüyorum..." dedi. Çok duygulandığı için sesi boğuk çıkıyordu. "Ama seni seviyorum baba... nerede olursam olayım seni hep seveceğim." Edward kızının gözlerinde tuhaf bir şey gördü. Daha önce de gördüğü bir şeydi bu. Ama konuşmamanın daha iyi olduğunu düşündü.

"Sen iyi bir kızsın," dedi ve kızının elini, hafifçe vurarak okşadı. "Ben de seni seviyorum," diyerek bahçeye çıktı.

Olivia o akşam yazdığı mektupta aynı sözcükleri tekrarladı babasına. Mektubu New York'a götürecek; Victoria gittikten sonra da sanki kardeşiymiş gibi, buraya getirecekti. Komiklik derecesinde karışıktı; ama aklına gelen tek yol da buydu. Mektubu şimdi Bertie'ye bırakıp, babasına üç gün sonra vermesini söylemesi mümkün değildi.

Sonunda tek söyleyebildiği şu oldu: Babasının da tahmin ettiği gibi, Victoria'nın olmaması onun için çok zordu ve artık yolunu kendi başına bulmayı öğrenmesi gerekiyordu. Kendini de bulmalıydı. Bunu yapmak için de birkaç aylığına uzaklaşmıştı. Arkadaşlarını ziyaret edecek ve California'da inzivaya çekilecekti. Kendine bile çılgınlık gibi geliyordu bu; ama babasına başka ne diyeceğini bilememişti. Merak edecek bir şey olmadığına, onlara mektup yazacağına ve yaz sonunda geri döneceğine inandırmaya çalıştı onu. Okuldan bir arkadaşının onu davet ettiğini söylemişti. Ama Victoria da, o da son on yıldır okula gitmemiş oldukları için, biraz acayip bir hikâye olmuştu bu. Babasının fark etmeyeceğini umuyordu. En çok da, onu ne kadar sevdiğine, onun, Olivia'nın evden uzaklaşmasına neden olacak hiçbir şey yapmadığına inanmasını istiyordu. Yalnız kalabileceği bir zamana ihtiyacı vardı. Daha iyi, daha güçlü ve babasına her zamankinden daha sadık bir şekilde geri dönecekti. Aslında kardeşi için aynen böyle olmasını umuyordu. Mektubu yazarken gözyaşları kâğıda damlayıp duruyordu. O kadar bulanık görüyordu ki, imzasını zor attı. Sonra bir mektup da Geoff'e yazdı; mühürledi. Bertie'ye de kısacık bir şey yazdı. Sadece şöyle diyordu: "Yakında döneceğim. Babama iyi bak. Seni seviyorum... Ollie." Bu kadarı yetmişti; artık zor nefes alıyordu. Ayrılmadan önceki gece yatağında yatarken, onları ele geçirmiş olan çılgınlığa şaşıyordu. Victoria böyle bir şey yaptığı için deliydi; ama onunla yer değiştirdiği için belli ki Olivia ondan daha deliydi. Sadece, bunun bir işe yaramasını; babasının sağlık durumunun bozulmamasını; Charles'ın, Victoria'nın ne yaptığını anlayıp onu boşamamasını umuyordu. Olivia'nın omuzlarında çok ağır bir yük vardı. Ertesi sabah uyandığında Victoria'yı vazgeçirmeye kararlıydı. Ama ikizini o kadar iyi tanıyordu ki, onun vazgeçmektense ölmeyi tercih edeceğini biliyordu.

Olivia, gitmeden önce babasına bir veda öpücüğü verdi. Boynuna sarıldı; yanağını babasının yanağına dayadı ve durdu. Keşke burada sonsuza kadar onun yanında kalabilseydi. İyi bir hayatı vardı. Bir zamanlar başka şeylere de özlem duymuş olsa bile, artık durumu kabullenmişti ve babasını gerçekten özleyecekti.

Edward kızını bağrına basarak, "New York'da iyi eğlenceler sana. Ayrıca, ikiniz için de güzel bir şeyler satın al," dedi. Olivia babasına sarılmışken, suçluluk duygusunun bir bıçak gibi kalbini dilimlediğini hissetti.

"Seni seviyorum babacığım," diye fısıldadı. Ona yıllardır böyle hitap etmemişti. Babası onu öptü ve bahçede yürüyüşe çıktı.

New York yolunda olağanüstü sessizdi Olivia. Sonradan Donovan bile bunun dikkatini çektiğini söyledi. Ama en sonunda herkes, Olivia'nın yaptığının gayet makul olduğunu düşündü. California'ya kaçtığı için suçluluk duyuyordu. Hâlâ New York'ta olduğu, açık açık Charles Dawson'la birlikte yaşadığı ve kardeşiymiş gibi davrandığı kimsenin aklına gelemezdi. Herkesin hayallerinin ötesinde bir şeydi bu.

Olivia eve saat üçte, Geoff okuldan gelmeden önce ulaştı. Victoria onu bekliyordu. Gayet ciddi ve soğukkanlı görünüyordu; ama Olivia onun çok da heyecanlı olduğunu anlamıştı. Ertesi sabah Avrupa'ya gidiyordu. Olivia birkaç gün önce gelmeyi düşün-

müştü, ama fazla heyecanlı olacakları ve bunun da kuşku uyandıracağı konusunda aynı fikirdeydiler. Ayrıca, babasıyla mümkün olduğu kadar çok vakit geçirmek istemişti.

Victoria'ya pasaportunu verdi. Genç kadın, Victoria Dawson değil, Olivia Henderson olarak seyahat edecekti. Fotoğrafın bir sorun yaratmayacağı belliydi. Başka belgeler, bazı anahtarlar, uşakların isimlerinin ve Olivia'nın bilmesi gereken şeylerin yazılı olduğu notlar da vardı. Meselâ, Charles'ın sekreterinin ve Geoff'in öğretmeninin adları gibi. Ama bunların hepsi şaşılacak kadar kolaydı. O kadar az ayrıntı, yapacak o kadar az şey vardı ki. Olivia'nın tek yapacağı, ertesi sabah kardeşinin yerine geçmekti. Bunu düşünmek bile ödünü patlatıyordu. Geoff okuldan geldiğinde Olivia hâlâ allak bullak görünüyordu.

"Bir şey mi oldu Ollie teyze?" diye sordu Geoff. Kaygılanmıştı. "Dedem hasta mı?"

"Hayır, gayet iyi. Bir süredir olduğundan daha iyi. Son ziyaretiniz onu çok sevindirdi." Olivia gülümsedi. Ertesi günden itibaren onunla ilişkisine dikkat etmesi gerektiğini düşünüyordu. Ama Victoria'nın da, yapacakları değişikliğe hazırlık olarak, bu günlerde ona daha sıcak davrandığını fark etti. Bu, kardeşinin de başarabileceğini gösterdi Olivia'ya. Geoff ödevini yapmak için yukarı çıktığında Victoria'ya da aynı şeyi söyledi. "Bak; sen de benim kadar iyi davranıyorsun ona."

"Senmişim gibi yapınca oluyor." Victoria sırıttı. "Diğer zamanlarda hiç düşünmüyorum bile."

Olivia anlamlı bir ifadeyle, "Döndüğün zaman düşünmeye başlamak zorunda kalabilirsin," dedi. Şimdiden geleceği planlıyordu. Hatta bu kısa aranın gerçekten de evliliklerini düzelteceği kanısındaydı. Düşlerinde, Victoria, Charles'a minnettarlık duyarak, onu çok özlemiş olarak ve Geoff gibi bir çocuğa sahip olduğu için şükrederek geri dönüyordu. Hepsini kucaklıyordu; Olivia da Croton'a geri dönüyordu. Kimse zarar görmemişti. Sonra da hepsi sonsuza kadar mutlu yaşıyordu. Artık Victoria'nın başaracağından emindi. Victoria tarafından büyülenmiş şekilde, binlerce mutlu resim çizmişti kafasında. Ama Charles eve geldiğinde, Victoria hiç beklemediği bir anda onu yer değiştirmeye kışkırtınca, Olivia birazcık sarsıldı. Charles'a soğuk davrandı, ama onu hiç şaşırtmamışa benziyordu bu. Genç adama gününün nasıl geçtiğini sordu ve gazetelerde okuduğu bir şeyden söz etti. Birkaç dakika sonra Charles üst kattaki çalışma odasına gitti. On dakikadır karısıyla değil de Olivia'yla konuştuğunu anlamamıştı bile.

"Görüyorsun ne kadar kolay," dedi Victoria. "Her zaman nasılsa aynen öyle. Hiç bir fark yok." Gerçekten de öyleydi; bu da şaşırtmıştı onu. O akşam Olivia, Geoff'in odasındaki daracık yatakta ona sarılarak uyudu. Ona bol bol şefkat gösterebileceği son fırsattı bu. Tadını çıkardı. Ertesi günden itibaren Victoria olarak daha soğuk davranması gerekecekti. Ama belki zamanla, Victoria kimliğinde de birbirlerine yakınlaşabilirlerdi. Hiç haber vermeden Kaliforniya'ya gittiğini ve yazı orada geçireceğini öğrenmesinin Geoffrey'e indireceği darbe de kaygılandırıyordu onu. O gün, bir arkadaşını ziyarete gidecek olan çocuğun giyinmesine yardım ederken, ona bir şeyler söylemek istedi. Cumartesiydi ve Victoria çok önceden ayarlamıştı bunu. Olivia, Geoff'in kravatını düzeltirken ona dolu gözlerle baktı ve fark etmemesi için dua etti.

"Seni çok, çok seviyorum," dedi. "Ne olursa olsun. Şunu bil ki, eğer bir süre uzaklara gidersem bile geri dönerim. Yani..." Kelimeler boğazına tıkandı; ama devam etti. Söylemesi gerekiyordu. "... annen gibi olmaz." Ona geri döneceğini, onu terk etmeyeceğini bilmesini istiyordu çocuğun.

"Bir yere mi gidiyorsun?" Geoff şaşırmış görünüyordu. Olivia'ya baktı ve gözyaşlarını gördü. "Ağlıyor musun Ollie teyze?"

"Hayır, üşütmüşüm. Ama seni çok seviyorum ve aptal, duygusal, yaşlı bir kadınım ben."

Geoff, "Yaa," diyerek sırıttı; sonra Chip'i gezdirmek için aşağı indi. Daha sonra kahvaltı masasında tekrar bir araya geldiler. Olivia, Victoria'yı onlarla yalnız bırakmak istemişti. Belki kendine göre sessizce veda etmek isteyebilirdi onlara. Ama Victoria'nın hiç böyle bir ihtiyacı yok gibi görünüyordu. Olivia onu daha önce hiç bu kadar neşeli görmemişti. Son derece keyifliydi; cıvıl cıvıl konuşuyor, gülüyor ve savaş haberleri veriyordu. Hatta alışılmamış bir şey yaparak, arkadaşının evine giden Geoffrey'i bile öptü. Gerçekten bir çaba gösteriyordu. Onları üç ay görmeyeceği için o kadar mutluydu ki, neredeyse zevkten çığlık atacaktı. Ayrıca üç haftalık baskının ardından, öğleden sonra sigara içiyor olacaktı.

Charles, Cumartesi günleri de sık sık yaptığı gibi, bürosuna gitmek üzere çıktıktan sonra Victoria biraz daha sakinleşmişti. Genç adam Ollie'ye hoşça kal derken gülümseyerek el salladı.

"Fazla yaramazlık yapmamaya çalışın kızlar. Bu öğleden sonra çok işim var." Victoria, geminin Cumartesi günü yola çıkacağını öğrendiğinde biraz da buna güvenmişti. Eğer Charles o gün evde kalmaya karar verseydi Victoria'nın başı belâya girerdi. Ama kocasını iyi tanıyordu. Tabii evde kalsaydı bile Victoria yine bir yolunu bulurdu. Kararlıydı.

Hafif alaycı bir sesle, "İyi eğlenceler," dedi. Charles basamaklardan aceleyle indi. Victoria'nın kocasını son görüşüydü bu. Charles gittikten sonra kızlar yukarı çıktılar; Victoria'nın yatak odasına girip kapıyı kilitlediler. Victoria, nikâh yüzüğü ile Charles'ın annesinin nişan yüzüğünü Olivia'ya verdi. Olivia yüzükleri yavaşça parmağına taktı. İkisi de tam uydu; parmakları da tıpatıp aynıydı. Victoria etrafına baktı; sonra da kardeşine. "Evet, tamam herhalde."

"Bu kadar basit mi? Tamam mı?" Olivia'nın hüzünlü bir ifadesi vardı. Victoria başını salladı. Öyle mutluydu ki, bunu gizleyemiyordu. Her zaman olduğu gibi, ikizinden ayrıldığı için üzgündü. Birkaç saat bile ayrılsalar üzülürdü. Ama New York'taki hayatını terk ettiği ve Charles'ı ardında bıraktığı için öyle ferahlamıştı ki. On bir ay önce bilmeyi dilediği şeyi şimdi biliyordu artık. Babası onu zorlamak için ne yapmış olursa olsun, Charles'-la asla evlenmemesi gerekiyordu.

"Kendine iyi bak," dedi Olivia'ya. "Seni seviyorum." Ona sımsıkı sarıldı; sonra geri çekildi. Olivia endişeli görünüyordu.

"Sen de kendine iyi bak. Eğer sana bir şey olursa..." Cümlesini tamamlayamadı. Göz yaşlarıyla tıkanmıştı.

"Hiçbir şey olmayacak. Önümüzdeki üç ay boyunca sargı saracağım; yıkanmamış adamlara kahve ikram edeceğim. Cephenin iyice gerisinde olacağım," dedi Victoria. Olivia suratını buruşturdu.

"Aman ne hoş. Neden böyle bir şey yapmak istediğini anlayamıyorum." Burada Charles ve Geoff'le birlikte güvenli ve rahat olmak varken... Kimseye makul gelecek bir şey değildi; Victoria dışında tabii. Onlardan ayrılıp hayatını tehlikeye atarak, önemli ve yararlı olduğunu düşündüğü bir şeyi yapmaya hazırdı o.

Victoria sakin bir şekilde, "Birinin yapması gerek," dedi. Basit siyah bir elbise giydi ve odadan çıkarak tavan arasına gitti. Tek uygun bavulunu oraya saklamıştı. Onu alıp aşağı indi. Kasvetli bir görüntüsü olan, kalın siyah tüllü, siyah bir şapka çıkardı dolabından.

"O niye?" Olivia'nın kafası karışmıştı. Hiç Victoria'ya uygun bir şey olmadığını ve inanılmayacak kadar çirkin olduğunu düşündü. Belli ki dullar için tasarlanmıştı. Şapkanın tülü o kadar kalındı ki, Victoria'nın yüzü neredeyse hiç görünmüyordu. O kalın tülle tamamen gözlerde gizlemişti kendini.

“Gemide fotoğrafçılar olacaktır. Duyduğuma göre oldukça güzel bir gemiymiş. *Aquatania*’dan bile güzelmiş.” Bu yolculuk balayından daha iyi olacaktı onun için. Özgürlüğe yolculuğuydu. Birinci sınıfta basit bir kamara ayırtmıştı. *Aquatania*’da Charles’la kaldıkları kamaraya hiç benzemiyordu. Evlendiği zaman babasının verdiği paranın bir kısmını da bankadan çekmişti. Charles hiçbir şeyden kuşkulanmamıştı. Üzerinde nakit olarak beş yüz İngiliz lirası (sterlin) vardı. Ama siperlerin arkasında çalışırken çok paraya ihtiyacı olacağını sanmıyordu. Yanına, onu sıcak tutacak kalın giysiler almıştı. Tabii gemide giymek için birkaç doğru dürüst kıyafeti de vardı. Yolculuğun büyük bir kısmını kamarasında geçirmeyi tasarlıyordu. Ne olur ne olmaz, belki biri onu tanır; sonra da herkese anlatırdı.

Olivia üzüntüyle, “Her şeyi düşündün, değil mi?” dedi. Gidişini görmek onu çok üzüyordu; bu kadar neşeli olduğunu görmek ise daha da kötüydü.

Bir taksiye binip On dördüncü Sokaktaki elli dört numaralı iskeleye gittiler. Olivia’yla Victoria, taksinin içinde heyecanlı bir şekilde el ele oturuyorlardı.

Geminin çevresinde, olağan hareketliliğin şiddetli uğultusu vardı. Avaz avaz bir müzik çalıyor; insanlar gülüyor ve arkadaşlarına bağırıyor; birinci sınıf yolcuları gemiye bindikçe şampanyalar patlatılıyordu. Yüzü kalın tülle örtülü dul, arkasında kardeşiyle, hızla iskele tahtasından gemiye çıktı. Kamarayı kolayca buldular. Hamal bavulunu kamaraya bırakmıştı bile.

Uzun uzun bakıştılar. Artık söyleyecek hiçbir şey kalmamıştı. Sözcüklere gerek yoktu. Victoria hayatını kardeşinin ellerine teslim etmiş savaşa gidiyordu şimdi. O yokken Olivia her şeyi hallederdi. Ama kardeşi ondan ayrılmaya dayanamıyordu. Gitmemesi için yalvarmak istiyordu; ama ikizinin asla söz dinlemeyeceğini de biliyordu.

Karnını göstererek, “Yaptığın her şeyden haberim olacağını biliyorsun. Tam buramda,” dedi. “Onun için beni telâştan deliye döndürme sakın. Lütfen.”

Victoria, "Gayret ederim," diyerek güldü. Bunun ne kadar doğru olduğunu biliyordu. Aralarında hep gizemli bir telepati olmuştu. "Hiç olmazsa Charles'ın yanında güvende olduğunu bileceğim. Onunla gece gündüz kavga etmeyi unutma; yoksa beni özler," diye takıldı kardeşine. Olivia sımsıkı kucakladı onu.

"Sağ salim geleceğine yemin et."

Victoria büyük bir ciddiyetle, "Yemin ediyorum," dedi. O sırada geminin düdüğü çaldı ve uğurlamaya gelenlerin kıyıya inmeleri için bir uyarı yapıldı. Olivia kalbinin küt küt attığını hissediyordu.

"Seni bırakamam," dedi. Kısacık bir an için çok ciddiydi. Birdenbire Victoria'yı sıkıca tutup gitmesine engel olmak istedi.

Victoria gayet sakin, "Evet bırakabilirsin," dedi. "Balayına gidişimden pek farkı yok." Olivia onaylayarak başını salladı. Victoria o gülünç, siyah tüllü şapkasıyla, kardeşini iskele tahtasına kadar geçirdi. Olivia tam ayrılmadan önce şapkaya bakıp gülümsedi.

"Seni seviyorum aptal kız. Bunu yapmana neden izin verdiğimi de bilmiyorum."

"Çünkü mecbur olduğumu biliyorsun." İşin doğrusu, biliyordu. Olivia, kardeşinin ne olursa olsun gideceğini biliyordu. Bu şekilde olması daha iyiydi. Son bir kez kucaklaştılar; daha önce hiç yapmadıkları kadar sımsıkı sarıldılar. Olivia, kalın tülün ardından Victoria'nın gözlerini görebiliyordu. İkisi de ağlıyordu. Bu hiç de kolay değildi.

Olivia bir kez daha "Seni seviyorum," dedi. Victoria ona kemiklerini kırarcasına sarıldı.

"Seni seviyorum. Tanrım! Ollie, hayatımı bana geri verdiğin için sana teşekkür ederim."

Olivia kardeşini son kez öptü ve fısıldadı. "Tanrı seninle olsun." Sonra yavaşça *Lusitania*'dan indi ve Victoria'yı terk etti.

YİRMİ

Olivia bütün öğleden sonra kendini uyuşmuş gibi hissetti. Ne yapacağını bilemiyordu; odadan odaya amaçsızca dolaşıp dururken, sürekli olarak Victoria'yı düşünüyordu. Geminin artık denize açılmış olduğunu biliyordu. Onları görmekten ürkmesine rağmen, kendini bu kadar yalnız hissetmemek için, Geoffrey ile Charles'ın eve gelmelerini istiyordu. İkizi yanında olmayınca öyle eksik hissediyordu ki kendini. Onsuz olmaya bir türlü alışamamıştı; süresi ne kadar olursa olsun. Victoria için çok daha kolaydı. Olivia, ikiz kardeşi olmadan asla uzaklara gitmezdi. Oysa Victoria daha önce bir kez balayına gitmişti. Şimdi yine gidiyordu. Ama o olmayınca Olivia kendini kayıp hissediyordu.

Charles'la Geoffrey eve döndükleri zaman, hayatının en büyük gösterisini yapması gerektiğini biliyordu. Geoff'e ve babasına yazdığı mektuplar hazırdı. Kendine de bir mektup yazmıştı. Her şeyi, California'ya neden kaçtığını açıklarmış gibi yaptığı bir mektup. O öğleden sonra, Liverpool'a giden *Lusitania*'ya binmek yerine, California'ya giden trene binmiş olması gerekiyordu.

Charles eve geldiğinde Olivia hazırdı artık. Yatak odalarına girip de karısının yüzünü görünce genç adam çok şaşırdı. O an, başına korkunç bir şey gelmiş olduğunu anladı. Aralarındaki bütün anlaşmazlıkları unutarak hemen ona koştu.

"Hasta mısın?" Olivia, yüzü ölü gibi bembeyaz, boş bir ifadeyle, bir koltuğa uzanmıştı. "Ne oldu?"

Genç kız hafifçe, "Ollie," dedi. Bir kaza geçirmiş olamayacağını anlamıştı Charles; yoksa karısı hastanede onun yanında olurdu. Zaman zaman başkalarına kalpsiz gibi görünse de, Victoria'nın kardeşine taptığını biliyordu. "Gitti."

"Eve mi gitti?" Charles şaşırmış görünüyordu. "Hepsi bu mu?" Victoria'nın, ya da karısı sandığı kadının hali, sanki biri ölmüş gibiydi. Oysa Olivia sadece Croton'a geri dönmüştü. Ama, hayır başka bir şey daha olmuştu. "Tartıştınız mı?" Victoria bu günlerde herkesle kavga ediyordu; Ollie'yle bile etmiş olabilirdi. Ama gerçek Olivia ona bakarak başını iki yana salladı. Artık kardeşini o kadar özlüyordu ki, harap olmuş gibi görünmesi kolaydı. Kusacakmış gibi hissediyordu; öyle de görünüyordu. "Baban mı hastaymış?" Olivia yine başını salladı ve ona, kardeşine yazdığı farz edilen mektubu uzattı. Gerçekten de kendi el yazısıyla, sözde Victoria'ya yazılmıştı. Aslında el yazılarını kimse ayırt edemezdi; Bertie bile.

Mektup her şeyi basit bir şekilde açıklıyordu. Kalbi parçalansa da birkaç aylığına uzaklaşması gerektiğini hissetmişti. Şu sırada hayatı taşıyamıyordu. Victoria gittiği için kendini çok yalnız hissediyordu. Ona çok fazla bağımlı olduğunu fark etmişti. Croton'daki hayatının anlamsızlığından bunalmıştı. Bütün bunları düşünmek için birkaç aya ve onlardan uzaklaşmaya ihtiyacı vardı. Asla evlenmeyeceğini bildiği için, bir manastıra girmeyi bile düşündüğünü söylüyordu.

"Aman Tanrım." Charles dehşet içinde Olivia'ya baktı. "Berbat bir durum bu." Sonra ceplerini karıştırmaya başladı ve cüzdanını çıkarıp hemen içine baktı. "Eve ne kadar para getirdiğime bakmak istedim. Bu akşam Chicago'ya gidip ona engel olurum. Bunu yapamaz. Babanın ölümüne neden olur yoksa." Olivia da bundan korkuyordu. Charles'ın kehanetinin yanlış çıkmasını diledi.

Gayet pratik bir tavırla, "Sen Chicago'ya vardığında," dedi, "o California treninde olacaktır." Kardeşini düşünmüyor gibi görünüyordu, ama o Avrupa'ya giden bir geminin birinci sınıf kamarasında rahatça otururken, Charles'ın, onun peşinden boşu boşuna ülkeyi dolaşmasını istemiyordu. "Onu asla bulamazsın." Charles, ne demek istediğini anlayarak sıkıntılı bir şekilde yanına oturdu. Olivia'nın böyle bir şey yapmasına çok şaşırmıştı; yapacağını da hiç tahmin etmezdi. Oysa onun gözlerinin tam içine bakıyordu, ama farkında değildi. Eğer karısını daha iyi tanısaydı, bütün bu olanlarda onun parmağı olduğunu anlardı; ama tanımıyordu.

"Nereye gitmiş olabileceğini biliyor musun? Kime gitmiş olabileceğini? Hangi arkadaşına?" Charles çılgına dönmüştü. Hikâyenin doğru olduğunu bilse Olivia da aynen onun gibi davranırdı. Karısının kardeşiyle bu kadar ilgilendiği için genç adama çok acıdı.

Olivia, "Çok ketumdur," dedi ve ondan üç aylığına uzaklaşmakta olan kardeşini düşünerek ağlamaya başladı. Onun gidişinden ne kadar nefret ettiğini ve onu şimdiden özlediğini düşününce ağlamak kolaydı.

Charles hemen kolunu Olivia'nın omzuna atarak, "Ah canım," dedi ve onu çok şaşırttı. Genç kız bunu hiç beklemiyordu. "Çok üzüldüm. Belki de fikrini değiştirir ve birkaç gün sonra geri gelir. Babana bir süre hiçbir şey söylemesen iyi olur. Bekleyip ne olacağını görmelisin."

Olivia, "Onun ne kadar inatçı olduğunu bilemezsin Charles," diye inandırıcı bir şekilde şikâyet etti. "Göründüğü gibi değildir her zaman."

"Öyle anlaşılıyor," dedi Charles. Hem kaygılı, hem de onaylamayan bir hali vardı. "Acaba sen ayrıldıktan sonra baban ona çok mu katı davrandı? Olivia'nın orada onunla kapana kısılmış olmasının haksızlık olduğunu düşündüm hep. Kendine ait bir hayatı yok. Arkadaşları, sosyal yaşamı, damat adayları yok. Hiçbir yere gitmiyor. Bu da babanın umurunda bile değil. Olivia ona bakmak için yanında olsun yeter. İşte sonucu bu oldu," dedi üzüntüyle.

"Olabilir." Olivia tam olarak böyle düşünmemişti hiçbir zaman. Oysa Charles hiç haksız değildi. Babasının da sorunu böyle mi göreceğini merak ederek suçluluk duydu. Ama buna ihtimal vermiyordu. "Eğer birkaç ay diyorsa, eminim niyeti öyledir. Babama da bir mektup bırakmış. Yarın götürmeyi düşünüyordum." Ertesi gün Pazardı.

"Birkaç gün beklememiz gerektiğini düşünmüyor musun?" Charles çok endişeliydi.

"İnan Charles; onu iyi tanıyorum. Babama söylemenin doğru olacağını düşünüyorum."

Charles gayet ciddi, "Seni ben götürürüm," dedi; Olivia başını salladı. "Dün akşam sana bir şey söyledi mi? Yapacağı şeyi hiç çıtlatmadı mı?"

"Hiçbir şey söylemedi," dedi Olivia. Hâlâ kendini eksik hissediyordu. Charles, intihar edenlerin de böyle davrandığını söylemedi ona. Aptalca bir şey yapmasındansa, sadece bir süreliğine kaçmış olması daha iyiydi belki de. Ama aylardan beri ilk kez karısı için üzülüyordu. Hiç beklemediği bir şekilde, o kadar kırılgan, o kadar ezik görünüyordu ki, Olivia'yı hatırlatıyordu Charles'a.

Geoff arkadaşından döndüğü zaman da, daha çok onun için kaygılandılar. Olivia'nın gitmiş olduğunu söylediklerinde, Geoff açıkça hıçkıra hıçkıra ağlamaya başladı. Ona bıraktığı mektubu okuduktan sonra da daha kötü oldu.

Babasının kolları arasında hıçkırırken, "Aynen annem gibi," dedi. Geoff'e bakarken Olivia'nın da yanaklarından yaşlar süzülmeye başlamıştı. "Asla geri dönmeyecek; biliyorum."

Olivia gözyaşları içinde, "Evet, dönecek," dedi sertçe. "Sana ne dediğini unutma. Nereye giderse gitsin mutlaka geri dönecek ve seni her zaman sevecek." Daha o sabah, çocuk giyinirken ona kendi söylemişti bu sözleri. Geoffrey, onun bunları nereden bildiğini sorgulamadı. Ama Olivia o an, daha dikkatli olması gerektiğini hatırladı.

Sevecen bir ifadeyle, "Yalan söylemiyor Geoff," dedi. Kardeşinden çok kendi konuşuyor gibiydi. "Olivia seni gerçekten seviyor; oğlu gibisin onun. Sahip olmadığı ve asla olamayacağı oğlu gibi. Artık onun geri dönmesini beklemek zorundayız." Ama Geoff onun döneceğine inanmayı reddediyordu. O akşam geç saatlerde Olivia ona, eğer mümkün olsaydı annesinin de geri döneceğini söyledi. Geoff'in yatağına uzanmış köpekle oynuyordu. Parmağında Victoria'nın yüzüklerini hissedince çok yadırgadı.

Geoff kızgın bir ifadeyle, "Annem geri dönebilirdi; ama dönmedi," dedi. Onu terk ettiği için Olivia'ya da kızmıştı. Genç kız onu suçlamıyordu. Ama annesi hakkında söyledikleri onu şaşırtmıştı.

"Ne demek istiyorsun Geoff?" diye sordu. Kafası karışmıştı. Susan ölmüştü; onu terk etmemişti ki.

"Yerini birine vermek zorunda değildi. Benimle birlikte sandala binebilirdi."

"Ama başka birinin hayatını kurtarmış. Bu çok kahramanca bir şey." Geoff kararsız bir şekilde baktı ona; sonra omzunu silkti. Yanaklarından iki damla yaş süzüldü.

"Onu hâlâ özlüyorum," diye fısıldadı. Normal olarak, Victoria'ya itiraf edeceği bir şey değildi bu. Ama Olivia yüzünden o kadar üzülmüştü ki, kendini koyuvermişti. Olivia elini uzatıp çocuğun parmaklarına dokundu.

"Bunu biliyorum," dedi şefkatle. "Ollie'yi özlediğini de biliyorum. Ben de özlüyorum, ama belki seninle arkadaş olabiliriz artık." Geoff, Olivia'ya garip bir şekilde baktı. Bakışlarında bir soru vardı. Ama Olivia başını çevirdi ve daha ileri gitmemesi gerektiğini düşündü. Birkaç dakika sonra da onu öperek odasından çıktı ve yatak odalarında olan Charles'ın yanına gitti. Son derece zor bir akşam olmuştu; bunun için kardeşine teşekkür etmiyordu.

Charles, "Geoff nasıl?" diye sordu. Bakışları sıkıntılıydı. Oğlunun, hayatındaki bir başka anne figürünü kaybetmiş olmasına üzülüyordu. Şu ana kadar geçen bir yıl boyunca da, Victoria ona pek az destek olmuştu. Buna rağmen, bu akşam aylardır olduğundan daha nazik davranmıştı. Eğer çocuğu acı içinde bıraksaydı ona müthiş öfkelenirdi. Hiç olmazsa biraz olsun insanlık vardı genç kadında.

Olivia sessizce, "Çok üzgün," dedi. "Onu suçlayamam. Olivia'ya ne oldu bilmiyorum. Geoffrey için olduğu kadar benim için de anlaşılmaz bir şey." Yatağa oturdu. Gerçekten yorgun görünüyordu. O anda Victoria'yı şiddetle deniz tutmuş olmasını diledi. Hak etmişti. Böyle bir şeyi yapmakla ne büyük bir çılgınlık ettiğini bir kez daha fark etti. Yarın da babasına anlatması gerekiyordu.

"Acaba birine âşıktı da kimse bilmiyor muydu?" Olivia, Charles'ın ileri sürdüğü fikre güldü. Kesinlikle yaratıcı bir fikirdi. Uzaktan uzağa sevdiği tek erkek Charles'dı; o da kardeşiyle evliydi. Charles'ın da, başkalarının da böyle bir fikre kapılmamasını diledi. Böyle bir şey onu küçük düşürürdü; feci olurdu.

Olivia safça, "Nasıl âşık olabilir, anlamıyorum. Öyle şeylerle ilgilenmez o. Çok utangaçtır," dedi. Charles tuhaf bir şekilde baktı ona.

Olivia'yı iğneleyerek, "Senin gibi canım," dedi. Olivia ürktü.

"Ne demek oluyor bu?" Bu, Victoria'nın söyleyeceği gibi bir şeydi; Olivia biliyordu. O yüzden söylemişti.

"Ne demek olduğunu biliyorsun. Romantik bir hayatımız olduğu söylenemez; öyle değil mi?"

"Öyle bir beklentin olduğunu bilmiyordum." Olivia biraz tereddüt ettikten sonra ona ters bir cevap vermeye çalıştı. Charles bunu gayet normal karşılamış gibiydi.

Üzüntüyle, "Kesin olan bir şey var ki, şu an geldiğimiz noktaya varacağımızı beklemiyordum. Ama sanıyorum, sen de beklemiyordun bunu," dedi Charles. Olivia ona acıyarak baktı. Charles, karısının gözlerindeki ifadeyi görünce hayret etti. Bunun üzerine, konuyu değiştirmeye karar verdi. Karısı bugünlük yeterince sıkıntı çekmişti. Kavga etmeseler de olurdu. Zaten kavganın bir anlamı olmadığını da biliyordu. O bakımdan evlilikleri sona ermişti. "Babanı görmeye yarın kaçta gitmek istiyorsun?"

"Yol uzun; sabah gitmemiz gerek. Beni götürmenin bir sakıncası yok ya?" Olmadığını umuyordu; çünkü Victoria'nın tersine, Olivia araba kullanmayı bilmiyordu. Aksi halde, çok üzgün olduğu için Croton'a kadar araba kullanamayacağını söyleyip Donovan'ı çağırması gerekecekti.

“Memnuniyetle götürürüm. Peki sence Geoff’i de götürmemizin bir sakıncası var mı?” Ona sorması gerektiğini düşünmüştü. Çocuğun, karısının sinirine dokunduğunu biliyordu. Zaten kardeşi yüzünden de altüst olmuştu. Ama Olivia hemen cevap verdi.

“Tabii ki yok.”

Akşam boyunca karısında kolay algılanmayan bir değişiklik hissetmişti. Olivia’nın kaçmış olması onu belli belirsiz yumuşatmış gibiydi. Daha kırılgan görünüyordu. Charles onda daha önce hiç hissetmediği bir şey sezdi; ama bunu nasıl ifade edeceğini bilemiyordu. Daha uysal ve biraz daha küçülmüş gibiydi. Fiziksel olarak değil tabii. Ama biraz garip, gözle görülemeyen, manevi bir şekilde. Eskisine göre belli belirsiz bir yumuşama vardı.

Olivia o gece uzun süre uyanık yattı. Victoria’nın geceliğini giymiş, onun yatağında yatmış, Charles’dan olabildiğince uzağa kaçmıştı. Olivia hayatında ilk kez bir erkekle yatıyordu. Bu kadar korkmasa, durumu komik bile bulabilirdi. Charles’ın, birbirlerinin yerine geçtiklerini her an anlayacağından ve onu, üstünde kardeşinin geceliği ile, evinden atacağından korkuyordu. Ama öyle bir şey yapmadı Charles. Sadece karanlıkta ona bakarak yattı. Merak ediyordu; acaba ona uzanmalı mıydı? Ama cüret edemedi; karısı sırtını ona dönmüştü. Charles, onun ağladığından kuşkulandı. Sonunda elini şefkatle Olivia’nın omzuna koydu.

“Uyanık mısın?” diye fısıldadı. Olivia başını salladı; ama cevap vermedi. “İyi misin?” diye tekrar fısıldadı. Olivia gülümsedi; ama Charles göremedi bunu.

Yumuşak bir sesle, “Eh,” dedi. “Durmadan onu düşünüyorum.” Doğruydu. O sabahtan beri sadece kardeşini düşünüyordu.

Charles, mantıklı bir şekilde, “Eminim iyidir. Çok becerikli bir kız o,” dedi. “Hazır olduğu zaman da geri gelecektir. Sonsuza kadar yok olmayacak ya.” Hakkında konuştuğu kadının karısı olduğunu fark etmemişti. Olivia üzüntüyle, böylesi daha iyi, diye düşündü.

Olivia, "Ya yaralanırsa?" diyerek korkularını Charles'la paylaştı. O da Olivia'ya birazcık daha yaklaşmaya cüret etti.

"Yaralanmaz. Oradaki kızılderililer bir hayli ehlileşmiş durumdalar artık. Hatta birçoğu sirklere ve gösterilere çıkıyor. Ayrıca dokuz yıldır deprem de olmadı orada. Bence yazı çıkarır." Charles güdü; ama ona dokunmadı.

"Ya gene deprem olursa? Yangın çıkarsa? Ya da savaş..." Aklına başka bir şey gelmedi.

"California'da mı? California'yla savaşa girmemiz ihtimali olduğunu sanmıyorum." Sonra Olivia'yı kendine doğru çevirdi. Tahmin ettiği gibi ağlıyordu. Ay ışığında çok güzel bir çocuk gibi görünüyordu. "Kaygılanmayı bırakıp uyusana. Belki baban peşinden dedektifler gönderir; onlar da birkaç gün sonra Olivia'yı eve getirirler." Ama Olivia onu bulamayacaklarını söyleyemedi Charles'a. Victoria uzaklarda olacaktı; California'dan çok uzakta. Keşke gitmesine izin vermeseydim, diye düşündü. Gemiye bir telgraf çekip, fikrini değiştirdiğini ve hemen eve gelmesi gerektiğini söylemeyi düşünüyordu. Onlar daha Liverpool'a varmadan telgrafı çekebileceğini biliyordu. Bunu düşünürken, İngiliz limanlarının açığında olduğunu duyduğu Alman denizaltılarını hatırladı. Victoria'nın Avrupa'ya gitmesine razı olduğunda ne düşündüğünü merak etti. Sırf bu düşünce bile daha çok ağlamasına neden oldu. Ve tehlikeli olacağını dikkate almadan, Charles'ın, onu yanına çekip sarılmasına izin verdi. Genç adam sabun ve tıraş losyonu kokuyordu. Belli ki yatmadan önce tıraş olmuştu. Olivia, bunun şaşırtıcı bir hoşluk olduğunu düşündü. Daha önce hiç aklına gelmeyen bir şeydi. Ona sarılışındaki kuvvet ve içtenliğe de şaşırdı. Sonunda geri çekilip utanarak Charles'a baktı. O bilmiyordu; ama sadece eniştesiydi; kocası değil.

Mahcup bir tavırla, "Özür dilerim," dedi.

"Ziyanı yok." Charles da şaşırmış görünüyordu. Hoşuna gittiğini söylemedi Olivia'ya. Genç kız tekrar kendi tarafına geçti ve bir süre sonra ikisi de uyudular; sabaha kadar.

Ayrı ayrı kalkıp giyindiler. Charles'ın son derece kibar, aralarındaki anlaşmanın da çok uygarca olduğunu görmek Olivia'yı rahatlattı. Genç adam ona aşırı samimi davranmıyordu. Bir daha görüştüklerinde, Charles tamamen giyinmiş ve kahvaltıya inmişti. Victoria haklıydı; bazı yönlerden bu iş kolaydı. Geoffrey, anlaşılabilir bir şekilde hâlâ hüzünlüydü. Croton'a bile gitmek istemedi, ama gitmek zorundaydı. Hizmetçi de, aşçı da izinliydi; onu bırakabilecekleri başka yer de yoktu. Ama Ollie olmayınca, dedesini görmek için bile Croton'a gitmek istemediğini söyledi çocuk.

Uzun, sessiz yolculuk boyunca, Olivia babasına ne diyeceğini düşündü. Bin kez prova etmişti; ama yine de, haberi aldığı zaman babasının yüzünde gördüğü kedere hazırlıklı değildi. Olivia ona ateş edip vurmuş olsa, daha az incinir, daha az acı çekebilirdi. Yanında olduğu için Charles'a minnettardı genç kız. Edward'ı bir koltuğa oturttular. Charles ona bir konyak verdi. Babası konyağı yudumlarken ikisine de umutsuzlukla baktı. Sonra bakışlarını doğrudan doğruya kızına yöneltti.

Düşünceli bir şekilde, "Bunu sen mi yaptın Olivia'ya? Ona daha geçen gün sormuştum," dedi. "Onu çok mutsuz edip etmediğimi sordum. Genç bir kıza uygun bir hayat tarzı değil bu. Ama her zaman tek istediğinin bu olduğunu söylerdi. Ben de razı oldum; çünkü benim için o kadar kolaydı ki. Benden ayrılırsa onu müthiş özleyeceğimi düşündüm hep. Şimdi gitti işte..." Edward ağlıyordu. Olivia'nın kalbi parçalandı. Sonra babası dosdoğru Charles'a baktı ve Olivia'yı serseme çevirdi. "İzin verseydik sana âşık olabilirdi bence. Ama vermedik." Charles gözlerini kaçırdı. Olan biteni hepsi anlamıştı. Gerçek Olivia soluksuz kalmıştı.

"Baba, bu dediğinin doğru olmadığından eminim. Hiçbir şey söylemedi bana." Çok mahcup olmuştu; yüzünün kızardığından da emindi; ama kimse fark etmedi.

Edward, "Söylemesi gerekmezdi," diye sözünü kesti. Gözlerini silip bir yudum konyak daha aldı. "Belli oluyordu. Ben bir erkeğim; anlarım. Ama o sırada seni kurtarmak daha önemliydi.

Ben de bunu görmezlikten gelmeyi tercih ettim." Charles'ın dudakları gerilmiş, incecik olmuştu. Yorum yapmadı. Olivia bir süre ona bakmaya cesaret edemedi.

"Bence yanılıyorsun. Bana söylerdi," dedi Olivia. Yokluğunda tehlikeye düşmüş olan saygınlığını korumaya çalışıyordu.

Edward, "Böyle bir şey yapacağını anlatmış mıydı sana?" diye gürledi. Olivia perişan bir halde başını iki yana salladı. Gerçekten çok mutsuzdu. "O halde her şeyi bildiğini sanma Victoria Dawson." Charles'ın, Olivia'nın onu sevdiği için kaçtığını düşünmesi ihtimali dehşete kaptırmıştı genç kızı. Bu korkunç bir şey olurdu. Kendi iyiliği için, bu fikri bir an önce çürütmesi gerektiğini biliyordu. Ama Charles da onun gibi düşünüyordu.

"Bence insanların neden böyle şeyler yaptıklarını anlamak olanaksız efendim. Akıl gizemli bir şey; kalp daha da gizemli. İkizlerin arasında ise olağan dışı bir bağ var; ikimiz de biliyoruz bunu. İkizlerin birbirlerine ne kadar yakın olduklarına, birbirlerini ne kadar iyi tanıdıklarına, başkalarının tahmin bile edemediği şeyleri nasıl hissettiklerine dair hikâyeler dinlemişizdir hepimiz. Belki Victoria'nın artık kendine ait bir hayatı olmasını kaldıramadı Olivia. Belki de kendini bulmaya ve kendi kişiliğini kazanmaya çalışıyor."

"Bir manastırda mı?" Edward ürkmüş görünüyordu. Kızı için istediği gelecek bu değildi. Victoria olduğunu sandığı ikize bakarak mutsuz bir ifadeyle, "Seni manastıra yollamakla tehdit etmiştim," dedi. "Ama aslında ciddi değildim."

Olivia dürüstçe, "Ben ciddi olduğunu sanmıştım," dedi. Victoria da öyle sanmıştı.

"Sana öyle bir şey yapamazdım." Ama bunu yapmak yerine, Victoria'yı evlenmeye zorlamıştı. O da bu yüzden kaçmıştı işte. İşin doğrusu buydu. Ancak bunu söyleyemezdi babasına.

Charles'ın dediği gibi, Edward kızının peşinden dedektifler yollayacağına yemin etti ve Pazartesi sabahı bu işi Charles'ın halletmesini istedi. Charles adamlara versin diye Victoria'nın yazdığı bütün mektupları topladılar. Olivia da, Kaliforniya'da oturan biri olup olmadığını öğrenmek üzere, on yıl önce birlikte okula gittikleri kızların adlarını hatırlamak için kafa patlatmaya söz verdi. Tabii ki kimseyi bulamayacaklardı.

Akşamüstü kütüphaneden çıktıklarında, Bertie, Geoff'le birlikte mutfaktaydı. İkisi de ağlıyordu. Bertie de mektubunu almış ve aklı başından gitmişti. O kadar ki, karşısında duran ikize dikkatlice bakmadı bile. Olivia onu aceleyle yanağından öpüp beklemek için dışarı çıktı. Bertie'nin yanında gerektiğinden fazla kalmak istemiyordu. Kendi odasına bile gitmedi. Giderse, içlerinden birinin bir şey anlayabileceğinden korkuyordu. Artık çok dikkatli olması gerekiyordu.

Edward Henderson geceyi orada geçirmelerini teklif etti; ama Charles geri dönmeleri gerektiğini söyledi. Her durumda dönecekti o; ertesi sabah mahkemede olması gerekiyordu. Ayrıca Pazartesi günü dedektiflerle hemen temas kurmak istiyordu. Victoria'ya, Geoff'le birlikte orada kalabileceklerini söyledi. Ama Olivia istemedi. İkizi yokken Henderson Malikânesinde olmak onu çok üzüyordu. Açıkçası, sakinleştikten sonra Bertie'nin, kim olduğunu fark etmesinden korkuyordu. Ayrıca Olivia'nın, bu kandırmacayı kusursuz hale getirmek için zamana ihtiyacı vardı. Şimdilik Dawson'ların ikisi de neler olduğundan kuşkulanmamıştı.

Kızıyla vedalaşıp öpüşürken Edward yine ağladı. Olivia kendini berbat hissetti. Bertie, babasının yanında duruyordu. Araba uzaklaşırken Edward onlara el salladı. Geoff atına binmek bile istememişti. Sadece bakmak için ahıra gitmişti.

Yolda ilerlerken Charles, "Acaba onun yüzünden herkesin bu kadar perişan olacağını tahmin edebilir miydi?" dedi. Edward için üzülüyordu. Ama haberi, Charles'ın beklediğinden daha iyi karşılamıştı yaşlı adam. Edward'ın, Olivia'nın ona âşık olduğu fikri hakkında hiçbir yorum yapmadı Charles. Yaşlı bir adamın kuruntusu olarak kabul edip kafasından attı.

Olivia, "Hepimizi ne kadar üzeceğini tahmin etmiş olabileceğini sanmıyorum; yoksa böyle bir şey yapmazdı," dedi. Sözde kendinden bahsediyordu, ama aslında kardeşini düşünüyordu. Onu feci özlüyordu. Birbirlerinden uzaklaştıkları her gün acısı artıyordu. Ona bir telgraf çekip hemen eve dönmesini söyleme düşüncelerini giderek daha çok benimsemeye başlıyordu.

Eve vardıklarında akşam dokuzu geçiyordu. Henüz akşam yemeği yememişlerdi. Olivia, Geoff'e, pijamalarını giyip çorba içmek için mutfağa gelmesini söyledi. Sonra önüne bir önlük taktı ve kilerde neler olduğuna bakmaya gitti. On dakika sonra ocağın üstünde sebzeli tavuk çorbası vardı. Ayrıca, tereyağlı kalın ekmek dilimleri ve salata da hazırlamıştı.

"Bu kadar çabuk nasıl hazırladın bunları?" Charles şaşırmıştı. "Benden sır saklıyordun demek." İhtiyatlı bir şekilde gülümsedi; Victoria'nın mizah duygusundan da, öfkesinden de hiç emin olamıyordu.

Olivia gülümseyerek, "Bildiğinden daha çok sırrım var," dedi. Ama Charles bu söylediğinden hoşlanmışa benzemiyordu; sessizce yemeğe oturdu. O sırada Geoff aşağı indi. Biraz canlanmıştı. Çorba içip kızarmış ekmeğini ve salatasını yedikten sonra bir tabak salata daha aldı.

"Güzel olmuş Victoria," dedi. Şaşırmıştı. Ona utangaç bir tebessümle göz attı. Ama Olivia bu akşam ona fazla sıcak davranmayacaktı. Kim olduğunu keşfetmesinden korkuyordu. Arkasını döndü; sonra ona bir tabak dolusu çikolatalı kurabiye verdi.

"Bunları sen mi yaptın?" Çocuk iyice şaşırmıştı. Ama bu kez Olivia güldü ve başını iki yana salladı.

"Hayır, aşçı yaptı," dedi dürüstçe.

Geoff hapır hupur yerken, "Ollie'nin yaptıklarını daha çok seviyorum," dedi. Bir yandan da yavru köpeği ile oynuyordu.

Charles, Geoff'i yatmaya götürünce Olivia mutfağı temizledi. Yarım saat sonra da yukarı çıkıp onlara katıldı. Geoff çoktan yatmıştı. Olivia kapı aralığında durup ona bakarken, kardeşinin ne kadar şanslı olduğunu düşünmeden edemedi. Ama o bunun farkında bile değildi. Kim bilir nerede olan bir gemide, Tanrı bilir nereye doğru gidiyordu. Oysa evinde, kocası ve üvey oğluyla birlikte bu sıcacık evde olabilirdi.

"Yorganını şiltenin altına sıkıştırabilir miyim?" diye sordu. Geoff omzunu silkti. Hâlâ üzgün görünüyordu; ama biraz daha iyiydi. Yol boyunca, yaz sonunda Olivia'nın eve geleceğinden söz etmişti. Şimdiden ileriye bakıyor ve Olivia'nın, söz verdiği gibi, geri döneceğine inanmaya başlıyordu.

"Tabii," dedi Geoff. Maymununu kenara itti ve yataktan aşağı atlamasın diye Chip'i tuttu. Ama köpek kuyruğunu sallayarak Olivia'nın elini yaladı. Onu seviyordu.

Olivia çocuğun kulağına, "İyi uykular," diye fısıldadı; sonra

kendi yatak odasına gitti. Yorucu bir gün olmuştu ve Croton'a gidip gelirken arabada oturmaktan sırtı ağrımıştı.

Saçını açarken, "Yarın mahkemede mi olacaksın?" diye sordu. Charles hayretle baktı. Victoria ilk kez işiyle ilgili bir şey soruyordu. Başını salladı.

"Önemli bir dava değil," dedi ve elindeki evrakları okumaya devam etti. Sonra başını kaldırıp Olivia'ya tekrar baktı. "Yemek için teşekkür ederim." Olivia ne diyeceğini bilemedi ve gülümsedi. Onun için gayet normaldi, ama anlaşılan Victoria'nın pek sık yapmadığı bir şeydi bu. "Neler olduğu düşünülürse, bugün babanın gayet iyi idare ettiğini düşünüyorum."

Olivia üzüntüyle, "Ben de öyle," dedi.

"Yarın büroma dönünce, onun için bazı dedektifleri arayacağım. Olivia'nın bunu yaptığına hâlâ inanamıyorum. Çok sorumluluk sahibi bir kızdı. Kaçıp gitmek ona hiç uymayan bir davranış. Böyle yapması için korkunç mutsuz olması gerekir."

Olivia, "Biliyorum," dedi hafif bir sesle.

Aslında bu, Charles'ın haftalardır karısıyla yaptığı en uzun sohbetti. Tabii tartışmalarının dışında.

Giyinme odalarında, ayrı ayrı üstlerini değiştiler; her zamanki gibi. O akşam birbirlerine sırtlarını dönerek yattılar. Olivia uykuya dalarken, Charles'la Victoria'nın böyle nasıl yaşadıklarını merak etti. O kadar yalnız ve mutsuz bir hayattı ki.

Ertesi sabah kalkıp Charles'la Geoff'e kahvaltı hazırladı. Genellikle hizmetçi yapardı bunu; ama Olivia aldırmadığını söyledi. Victoria'nın yapmayacağı hiçbir şeyi yapmaması gerektiğini biliyordu, ama bu, onlar için yapılacak küçücük bir şey gibi gelmişti Olivia'ya. Yapmamak olmazdı. Ama Charles, kardeşi gittiğinden beri onda bir değişiklik olduğunu fark etmişti. Aniden onlarla ilgilenme ihtiyacı duymaya başlamıştı sanki. İtiraf etmeliydi ki hoşuna gidiyordu bu. Ama Geoff, Olivia'ya tuhaf bir şekilde baktı. Olivia, çocuğun içgüdüsel bir şekilde, eline baktığını fark etti. Ama sıcak tabakları tutmak için aldığı havlu Geoff'in, elini görmesine engel oldu. Olivia onun ne görmek istediğini anlamıştı; bunu engellemeye kararlıydı. Zaten o kadar küçüktü ki, genç kız dikkatsiz davranmadığı taktirde göremezdi.

"İyi dersler" dedi ilgisizce ve bilinçli bir şekilde, onu öpmeye çalışmadı. Charles işe giderken, ona da hiçbir şey söylemedi. Dikkatli olması gerektiğini biliyordu. Victoria'nın onlarla pek konuşmadığını hissetmişti. Belki sabahları hiç görüşmüyorlardı bile.

Charles eve döndüğünde Olivia'yı görünce şaşırdı. Geoff de, okuldan gelip onun mutfakta oturmuş babasının çoraplarını onardığını gördüğünde, çok şaşırmıştı.

"Ne yapıyorsun?" Şoke olmuştu. Cevap verirken Olivia'nın yanakları kızardı.

"Nasıl yapılacağını Ollie öğretmişti."

"Daha önce böyle bir şey yaptığını hiç görmemiştim."

"Ee, yapmazsam baban işe çıplak ayakla gitmek zorunda kalacak." Gülümsedi. Geoff de güldü; sonra süt ve kurabiye aldı ve gönülsüzce, ödevini yapmak üzere yukarı çıktı. Okulun kapanmasına sadece bir ay kalmıştı; yaz tatilini dört gözle bekliyordu.

O hafta olaysız geçti. Olivia onlarla pek az konuştu. Söylediği ve yaptığı şeylere çok dikkat ediyordu. Onları daha iyi tanıyana kadar tedbirli olmak istiyordu. Sürekli onlarla birlikte yaşamak, ziyaret etmekten çok farklıydı. Kim olduğunu açığa çıkaracak korkunç bir yanlış adım atmayacağından emin olmak istiyordu.

Cuma günü çok rahatladı. Geoff bir arkadaşının evinde kalmak istemiş, Charles da şehir dışından gelen müşterileriyle bütün öğleden sonra sürecek toplantıları olduğunu söylemişti. Akşam da onlarla yemek yemeği tasarlıyordu. Victoria'nın bu tür şeylerden nasıl nefret ettiğini bildiği için de onu davet etmedi.

Olivia biraz yalnız kalabildiği için mutlu olmuştu. Böylece kardeşinin eşyalarına göz atabilecekti. Victoria'nın okumak istediği kitaplara, kesip sakladığı yazılara, New York'taki bazı tanıdıklardan gelen mektuplara ve katılmayı kabul ettiği çağrılara daha dikkatlice bakmak istiyordu. İki hafta sonra Ogden Mills'de bir şey vardı. Olivia, Victoria'nın ona bahsetmemiş olabileceği her-

hangi bir şey var mı diye merak ediyordu. Ama birçoğundan haberi vardı. O sabah saat dokuzu yeni geçmişti ki, çok acayip bir duyguya kapıldı. Bir dengesizlik hissetti; neredeyse düşecek gibi oldu. Hatta kendini çok hasta hissetti ve bütün gün sürdü bu. Hava karardığında şiddetli bir baş ağrısı başladı. Neden hasta olduğunu bilemiyordu. Ateşi yoktu; üşütmemişti; o sabah kalktığında da gayet iyiydi. Charles eve geldiğinde Olivia yataktaydı. Yattığı yerde, giderek artan bir panik duygusu içindeydi. Charles ona bakıp ne kadar solgun olduğunu görünce şaşırdı. Gerçekten berbat görünüyordu.

Çok da fazla ilgilenmeden, "Yediğin bir şeyden olabilir mi?" diye sordu. Yorucu bir gün geçirmişti, ama görüşmeler iyi gitmişti ve yeni bir müşterisi vardı artık.

Olivia zayıf bir sesle, "Bilemiyorum," dedi. Korkunç başı dönüyordu. Oda, etrafında dönüp duruyordu sanki. Neredeyse öğle saatlerinden beri böyleydi.

İğneleyici bir tavırla, "Hamile olmadığını biliyoruz hiç olmazsa," dedi Charles. Olivia cevap vermedi. Artık cevap veremeyecek kadar kötü hissediyordu kendini. O gece saatlerce acı çekerek öylece yattı. Nihayet uykuya daldığında da, sanki boğuluyormuş gibi korkunç bir duyguya kapıldı. Yatağında doğruldu; soluk almaya çalıştı; alamayınca yataktan fırladı. Hareket ettiği anda Charles kımıldadı; yatağın içinde oturup ona bakmaya başladı.

Uykulu bir sesle, "İyi misin?" diye sordu. Olivia hâlâ soluk almaya çalışarak başını iki yana salladı. Charles ona hemen bir bardak su getirdi.

Olivia bir yudum aldı; öksürdü; sonra Charles onu bir koltuğa oturttu. "Ne olduğunu anlamadım... korkunç bir kâbus gördüm." Sonra ansızın paniğe kapıldı; kardeşinin başına bir şey geldiğini anlamıştı. Başını kaldırıp Charles'a baktı. Gözlerinden, Olivia'nın ne düşündüğünü anladı Charles.

Yatıştırıcı bir ifadeyle, "Sadece sinirlerin bozuk," dedi. İkizlerin arasındaki bağ karşısında bir kez daha hayrete düşmüştü. Sanki asla birbirlerinden ayrılmamaları gerekiyordu; çok fazla sarsılıyorlardı. Gayet sakin, "Eminim gayet iyidir. Her neredeyse," dedi.

Ama Olivia, yüzünde dehşet ifadesiyle Charles'ın kolunu sımsıkı yakalamıştı. "Charles, iyi olmadığını biliyorum."

Charles sakin bir sesle, "Hayır, bilmiyorsun," dedi ve onu tekrar yatağa götürmeye çalıştı. Ama Olivia gelmedi.

"Nefes alamıyorum," dedi. Sesi korku doluydu. Onun gibi bir gemide olamaz diye düşünüyordu; ama ya bir şey olmuşsa? Ya... ya hastaysa?... Olivia, bunu hissedebileceğini biliyordu. Charles da ona çok garip bir şeyler olduğunu görüyordu. Olivia ağlamaya başladı; kendine engel olamıyordu. Charles ona bakarken, karısının sinirleri bozuluyor diye korktu.

"Doktor çağırayım mı Victoria?" diye sordu. Olivia, kardeşinin adını duyunca âdeta yerinden fırladı.

"Bilmiyorum," dedi. Boğazının sıkıldığını hissediyordu. Sonra Charles'a bakıp tekrar ağlamaya başladı. "Ah Charles... öyle korkuyorum ki..." Charles yanına gelip diz çöktü. Onu daha önce hiç böyle görmemişti; onun için ne yapabileceğini de bilmiyordu. Yanında oturup elini tuttu ve sonunda yatağa gelip yanında yatmaya ikna etti onu. Ama Olivia gözlerini her kapadığında, kendini boğuluyormuş gibi hissettiğini söylüyordu. "Kusura bakma," dedi sonunda. "Bu kadar sorun çıkarmak istemezdim." Ama hâlâ hafif hafif ağlıyordu. "Başına korkunç bir şey geldiğini hissediyorum."

“Eminim yanılıyorsundur,” dedi Charles. Hâlâ elini tutuyor; onu teselli etmek istiyordu. Yanında yatarken ne kadar nazik ve çaresiz göründüğüne hayret etti. Olivia bir daha uyuyamadı; ama sabah olduğunda sakinleşmişti. Hiç kıpırdamadan yatıyordu. Charles onunla konuştuğunda, sanki transa girmiş gibiydi. “Çay ister misin Victoria?” diye sordu Charles. Hâlâ hasta göründüğünü düşünüyordu. Biraz sonra doktor çağırmaya karar verdi. Karısı, on bir aylık beraberlikleri süresinde ilk kez hastalanmıştı; buna biraz şaşırdı. Normal olarak, gayet dengeli ve çok sağlıklıydı. Geçen hafta ikizinin kaçmasının yarattığı şokun biraz aklını karıştırdığını düşünmeye başladı.

Aşağı indi ve Olivia'ya çay yaptı. Ama daha ona götüremeden Olivia aşağı indi ve çıplak ayakla mutfakta dolaşmaya başladı. Biraz daha güçlenmiş gibi görünüyordu. Oturdu; gazeteyi aldı. Bunun, kafasını dağıtıp kardeşi için kaygılanmasına engel olabileceğini düşünmüştü. Ama açar açmaz nefesi kesildi ve gazeteye bakakaldı. Kocaman puntolarla yazılmış bir manşet bütün sayfayı kaplıyordu. Okurken soluksuz kaldı. *Lusitania* İrlanda kıyılarının on üç mil açığında torpillenmiş ve on sekiz dakikadan kısa bir süre içinde batmıştı. Eldeki tek bilgi, karadan görenlerin aktardığıydı. Ama büyük can kaybından korkuluyordu. Hayatta kalanların listesi yapılmamıştı henüz. Gazeteye göre her yerde cesetler vardı ve gemi, denizaltılar tarafından tamamen yok edilmişti.

Olivia, Charles'a bakarak, “Aman Tanrım!” dedi. “Aman Tanrım Charles!” Charles'ın hayret dolu bakışları altında yavaşça yere doğru kaydı. Tam bayıldığı sırada onu tutmayı başardı Charles.

Mutfak hizmetçisi yeni gelmişti. Charles ona seslendi ve hemen telefon edip doktor çağırmasını söyledi. Bayan Dawson çok hastaydı ve şu anda bayılmıştı.

Olivia daha kendine gelmeden Charles onu üst kata taşıdı ve yatağa yatırdı. Genç kız bir dakika sonra ayıldı; Charles ona amonyak ruhu koklatıyordu. Banyodaki dolapta çok eskiden kalmış bir şişe vardı. Susan, Geoffrey'e hamileyken kullanırdı.

"Ben... ah... ne... aman Tanrım... Charles..." Gemi batmıştı; kardeşi de o gemideydi. Öldü mü, hayatta mı, bilmiyordu. Öğrenmenin bir yolu da yoktu. Hatta ne olduğunu Charles'a bile anlatamazdı. Tek yapabildiği ağlamaktı. Doktoru beklerlerken, Charles feci endişeliydi.

"Konuşma Victoria. Kapa gözlerini." Olivia'yı sakinleştirmeye çalışıyordun, ama allak bullak olmuştu. Yirmi dakika sonra merdivende doktorun ayak sesini duyunca rahatladı Charles. Geoffrey'in evde olmamasına da memnundu. O yaştaki bir çocuğun, üvey annesini böyle bir durumda görmesi onu çok rahatsız ederdi.

Doktor neşeli bir sesle, "Ne oldu burada?" dedi; ama Bayan Dawson'ın son derece rahatsız ve ağlamış olduğunu hemen fark etti.

Olivia, "Af edersiniz doktor bey," diye özür diledi ve yine ağlamaya başladı. Charles karısına bakıp dururken, onda bir tuhaflık olduğunu düşünüyordu. Olivia gittiğinden beri sanki bambaşka bir insan olduğu kanısındaydı. Şimdi de sinir krizi geçirdiğini düşünmeye başlamıştı. Olivia doktora neler hissettiğini anlatmaya çalıştı. Ama şu anda hepsi de son derece saçma geliyordu ona. Artık buna neyin sebep olduğunu biliyordu tabii. Tam geminin battığı anda kendini kötü hissetmeye başlamıştı; o andan beri de berbat durumdaydı. Victoria'nın hayatta olup olmadığını bilmiyordu. Tek istediği, onun yaşadığını öğrenmekti; bunu da kimse söyleyemezdi ona.

Doktor, daha sonra Charles'la yalnız görüştü. Charles ona, bir hafta önce Victoria'nın ikizinin evden kaçtığını anlattı. Genç kızın durumu konusunda ikisi de aynı fikirdeydi. Victoria'nın sinirleri bozulmuştu; ikizlerin birbirlerinden ayrıldıklarında rastlanan bir isteri nöbeti geçiriyordu. Aslında bunun balaylarında olmadığına şaşırmıştı Charles; şimdi olmasına ise hiç şaşırmıyordu. Hatta doktorun dediğine göre, geride bırakılan, ya da hayatta kalan ikizlerin kafalarının karıştığı ve diğer ikizin kimliğine, ya da kişiliğine büründükleri bazı örnekler de görülmüştü. Bu da Charles'a, karısının son zamanlardaki belli belirsiz yumuşaklığının nedenini açıklamış oldu. Victoria, Ollie'ye birazcık daha benzemeye başlamıştı ansızın.

Doktor ona mutlak istirahat tavsiye etti ve zamanla iyileşeceğini umduğunu söyledi. Ama bu arada onu kesinlikle hiçbir şeyin üzmemesini istiyordu. Hiç bir rahatsız edici haberle ve hoş olmayan bir şeyle karşılaşmamalıydı. Charles, karısı *Lusitania*'yla ilgili haberi okuyunca ne olduğunu anlatmıştı doktora.

"Korkunç bir şey, değil mi? Olacak iş değil. Rezil Almanlar." Doktor birden, Charles'ın *Titanik*'te karısını kaybettiğini; neredeyse oğlunu da kaybedecek olduğunu hatırladı. Haberin onu da

rahatsız ettiğini düşünerek konuyu değiştirdi. Charles'a, Victoria sakinleşene kadar Geoff'i bir iki gün evden uzak tutmasını önerdi. Sonra oldukça ihtiyatlı bir şekilde, karısının hamile olması ihtimalini sordu ona. Charles şaşırdı ve tahmin etmediğini söyledi. Ama birden merak etmeye başlamıştı.

İfadesiz bir yüzle, "Onunla konuşurum. Bence olabilir," dedi. Doktor onu görmek için Pazartesi günü tekrar geleceğine söz verdi. Charles'a, Victoria'nın mümkün olduğunca sakin kalmasını önerdi ve uyuyabilmesi için yatıştırıcı ilaç bıraktı. Ama Olivia ilaçları almayacağını söyledi.

Güçsüz bir şekilde, "Düzelirim," dedi. Ortalığı telâşa verdiği için mahcup olmuştu. Ama artık tek istediği, *Lusitania*'dan haber almaktı. Kendini zor tutuyordu. O sırada Charles sıkıntılı bir ifadeyle yanına oturdu. Olivia yumuşak bir sesle, "Bir şey mi oldu?" diye sordu. Başka bir şey daha mı oldu, diye merak etmişti. Charles öğrenmiş miydi? Ya da tahmin mi etmişti? Yoksa denizcilik şirketi Cunard'dan telefon mu gelmişti? Charles'a bakarken kalbi küt küt atıyordu.

Charles, "Pek sayılmaz," dedi yavaşça. "En azından, öyle umuyorum. Doktor bir soru sordu, ama cevap veremeyeceğimi fark ettim."

"Ne sordu?" Kim olduğumu mu? Ne sorusu? Korkudan deliye dönmüştü, ama belli etmemeye çalışıyordu.

"Hamile olabilir mi diye sordu." Olivia dehşetle bakakaldı Charles'a. Kardeşi, Charles'la aralarında artık hiçbir fiziksel ilişki kalmadığını söylemişti. Hamile misin, diye sorarak ne demek istiyordu?

Olivia merakla ve zor duyulur bir sesle, "Tabii ki değilim," dedi.

"Benden hamile olmadığını kesin olarak biliyorum. Tabii bir Meryem Ana durumu söz konusu değilse. Bunun mümkün olması da çok zayıf bir ihtimal. Ama Toby'le ilişkiniz yeniden başladı mı, diye merak ediyordum. Sana çiçek yolladığını biliyorum, ama onunla ne kadar yakın olduğunu bilmiyorum. Hâlâ beni ilgilendirmediğini düşünüyor olabilirsin tabii." Karısı akşamüstleri oldukça geç geliyordu ve kimseye, nerede olduğunu, ya da nereye gideceğini söylemiyordu. Olivia duydukları karşısında dehşete kapılmıştı.

"Bana böyle bir şeyi nasıl söylersin?" Çok kızmıştı. Ama Toby Whitticomb'un, kardeşine çiçek gönderecek kadar yüzsüz olmasına da çok şaşırmıştı. "Beni böyle bir şeyle suçlamaya nasıl cüret edersin? Onu bir daha hiç görmedim ki," dedi. Doğru söylemiş olduğunu umuyordu. Ama kardeşinin, Toby'nin tuzağına tekrar düşecek kadar salak olduğunu tahmin etmiyordu. Böyle bir şey yapmayacağından emindi. "Hayır Charles," dedi dehşet içinde. "Onunla bir ilişkim yok; hamile de değilim." Kardeşinin de hamile olmadığından emindi. Victoria geçmişinde çok incinmişti; şimdi de tüm erkeklere çok kızgındı ve özgürlüğüne susamıştı. Olivia, Toby'nin ihanetinden sonra, Victoria'nın ona geri dönmektense ölmeyi tercih edeceğini, ruhunun derinliklerinde hissediyordu. Kardeşini o kadar iyi tanıyordu ki. Kendinin de hamile olmadığını biliyordu. Olamazdı; o bakireydi.

"Sana hakaret gibi geldiyse, özür dilerim. Ama kabul etmelisin ki, olmayacak bir şey değil bu. Bir kez pençesine düşmüştün; yine düşebilirdin," dedi. Charles biraz rahatlamış görünüyordu. Her nedense, karısının yalan söylediğini düşünmüyordu; ona inandı.

Olivia soğuk bir ifadeyle, "Safça davranmış olabilirim," dedi. Victoria'nın ona nasıl cevap verebileceğini düşündü ve öyle davranmaya çalıştı. "Ama aptal değilim."

Charles, "Umarım değilsindir," dedi ve odadan çıktı. Onu fazla üzmemiş olduğunu umuyordu; ama Olivia daha canlı görünüyordu. Daha sonra onu kontrol etmek için geri geldiğinde, Olivia yine ağlıyordu. *Lusitania* yüzünden çılgına dönmüştü. Öğleden sonra Charles dışarı çıktığında, Olivia gizlice aşağı indi ve talihsiz gemi hakkında okuyabileceği her şeyi okudu. Hatta hizmetçiyi göndererek akşam gazetesini bile aldırdı ve eklenen az sayıdaki haberi de okudu. İrlanda'nın Queenstown açıklarında yüzlerce kişinin boğulduğundan başka hiçbir şey bilinmiyordu henüz. Cesetler sahile vurmaya başlamıştı bile. Bunları okurken Olivia yine dizlerinin boşaldığını hissetti. Ama şu anda tek yapabileceğinin, Pazartesiye kadar beklemek olduğunu biliyordu. Sonra Cunard'a giderek hayatta kalanların listesini bulmayı umuyordu. Şimdi, kardeşinin de hayatta kalanlar arasında olduğu gibi küçücük bir umuda sarılmaktan başka çaresi yoktu. Bu arada da Charles'ı kendinden uzak tutup onun, Victoria'nın tamamen aklını kaçırdığını düşünmemesi için dua etmeliydi.

YİRMİ BİR

Olivia'nın görmediği, ama kardeşinin gördüğü bir şey vardı.
Victoria'nın denize açıldığı gün, Alman Elçiliği hem Washington, hem de New York gazetelerine küçük bir ilan vermişti. Gemiyle Atlantik'i geçecek olan yolculara, Almanya ile Britanya ve müttefikleri arasında savaş hali olduğu hatırlatılıyordu. Britanya Adalarının çevresindeki sular da savaş bölgesi içindeydi. Büyük Britanya ya da müttefiklerinin bayrağını taşıyan tüm gemiler, o sularda imha edilme ihtimali taşıyordu. O bölgede İngiliz gemileriyle yolculuk edenler, tehlikeyi göze alacaklardı. İlan 22 Nisan 1915 tarihini taşıyordu. Altında, Alman İmparatorluğu Elçiliği, Washington yazıyordu ve hayli resmi bir havası vardı.

Ama aynı derecede iyi bilinen bir gerçek daha vardı. Devletler hukukuna göre, hangi bayrağı taşırsa taşısın, bir gemi, uyarılmadan ve içindeki sivil yolcular çıkarılmadan batırılamazdı. Bu koşullar altında da, *Lusitania*'nın yolcuları kendileri için bir tehlike olmadığını biliyorlardı. Victoria, Amerikan gemisi *New York*'la gidebileceğini de biliyordu. Ama o, bu kadar güzel bir gemi değildi ve bir Cunard gemisiyle yolculuk yapma fikri daha çok hoşuna gitmişti. *Lusitania*, *New York*'tan çok daha hızlı bir gemiydi ve Victoria onun bir denizaltını geçmekte daha başarılı olacağını düşünmüştü.

O sıralarda *Lusitania*, Liverpool'dan New York'a ayda bir sefer yapıyordu ve Almanlardan korunmak için, ne bir ulusal bayrak, ne de şirket bayrağı taşıyordu. İyice sağlama almak için de, geminin ve bağlı olduğu limanın adı bile silinmişti. Su sızdırmaz kapılar bütün yolculuk boyunca kapalı tutulmuş; İrlanda Denizine gelindiğinde cankurtaran sandalları sallandırılmış ve gözcülerin sayısı iki katına çıkarılmıştı. Gemiyi korumak için her şey yapılmıştı. *Lusitania*'nın yolcuları da, Almanlar karşısında herkes kadar emniyette olduklarını düşünüyorlardı. Ayrıca çok büyük bir gemiydi. Kırmızı ve siyaha boyanmış dört bacası ve yedisi su düzeyinin üstünde, üçü altında olmak üzere, toplam on güvertesi vardı. Sekiz yıl boyunca son derece güvenilir bir gemi olduğunu da kanıtlamıştı. Victoria bindiğinde, gemi iki yüz ikinci seferine çıkıyordu. *Lusitania*, *Titanik* değildi.

Kesinlikle bir risk söz konusu değildi. Gemide tam karartma uygulanıyordu. Akşamları bütün kamaralarda perdeler kapatılmak zorundaydı ve beylerin güvertede sigara içmemeleri talep edilmişti. Victoria'nın durumunda, hanımların da tabii.

Denize açıldıkları gece Victoria gemide son derece rahattı ve Lady Mackworth'ü, yani evlenmeden önceki adıyla Margaret Thomas'ı gördüğü için çok heyecanlanmıştı. Görür görmez tanımıştı. Onun, Kadınların Sosyal ve Siyasal Birliği'nin faal bir üyesi olmanın yanı sıra, Pankhurst'lerin yakın arkadaşı olduğunu da biliyordu. Bir postanede yangın çıkarmış ve bir süre cezaevinde yatmıştı. Saygın bir liberal milletvekili olan babası dehşete kapılmıştı tabii.

Bir süre New York'ta kalmış olan Lady Mackworth, gemide çok formda görünüyordu. Victoria onunla, gemideki ilk gecesinde güvertede tanıştı.

"Şu sırada Avrupa'ya yolculuk yapmanız cesaret ister," dedi Lady Mackworth. Victoria dul olduğunu ve Fransa'da Müttefiklerle birlikte cephe gerisinde çalışmak için gönüllü olacağını söyledi. Kızıl Haç'ta ve Fransız ordusunda bağlantı kurabileceği birkaç kişinin ismini almıştı.

"İngiltere'de de yararlanabiliriz sizden." Victoria'nın heyecanından etkilenerek gülümsedi ona. Lady Mackworth daha sonra babasıyla birlikte yemeğe gitti. Victoria ise kamarasında yalnız yemeği tercih etti.

Ama onu ertesi akşam birlikte olmaya ikna ettiler. Birinci sınıfın yemek salonu harikuladeydi. İki kat yüksekliğindeydi; her tarafta sütunlar vardı; tavanı çok süslü bir kubbeydi. Bir kütüphane, sigara içenler için odalar ve çocuklar için kocaman bir kreş de vardı. Çocuklar için oyunlar ve yetişkinlerin yanı sıra gençler için de bir sürü eğlence düşünülmüştü. Savaşa rağmen herkesin neşeli olduğunu ve savaştan pek az söz ettiğini görmek Victoria'yı şaşırtmıştı.

Elbette erkekler her gün haberleri konuşuyordu; özellikle de sigara içmek için bir araya geldiklerinde. Victoria ile az sayıda birkaç kadın da öyle. Ama üzerinde fazla durmuyorlardı. Kimse denizaltılar hakkında herhangi bir şey demiyordu.

Victoria, Alfred Vanderbilt'in de gemide olduğunu fark etmişti. Ama kocasını tanıdığı için, ondan uzak durmaya gayret ediyordu. Aşağı yukarı Charles'la aynı yaşta olan adamla kocasının tanıştıklarını ve o kış bir kez birlikte öğle yemeği yediklerini hatırlıyordu. Birinin, Victoria'nın nereye gittiğini Charles'a söyleyerek "Olivia"nın California'da olduğu" masalını mahvetmesini istemiyordu. Olivia Henderson olarak yolculuk etmesine rağmen, iki kızdan herhangi birini tanıyan olabilir ve eğer kardeşinin tanıdığı birileri çıkarsa, Victoria onların kim olduğunu bilemezdi. Bu yüzden dikkatli davranıyordu. Toplum içine her zamankinden az karışıyordu. Hatırı sayılır bir zamanı kütüphanede, güvertede ya da kamarasında geçiyordu. Tiyatro patronu Charles Frohman da gemideydi. Yanında arkadaşları de vardı, ama o, diğerlerine göre çok yaşlıydı. Londra'ya, James Barrie'nin yeni oyunu *The Rosy Rapture*'ı görmeye gidiyordu. Oyunu Broadway'de sahnelemek istiyordu. Oyun yazarı Charles Klein, zamanının çoğunu onunla konuşarak geçirmiş, hatta üzerinde çalışmak üzere yeni oyununu da getirmişti. Ama Victoria onlarla tanışmaktan memnun olacağı halde, yolculuğun büyük kısmını yalnız başına geçirmişti. Kaptanın yemek davetini bile geri çevirmişti. Kaptan Turner onu güvertede görmüş ve insanın aklını başından alacak kadar çekici olduğunu düşünmüştü.

Aslında Victoria gemide kendini hayret edilecek bir şekilde özgür hissetmişti. Charles'la birlikte geçirdiği bir yıldan sonra yalnız olmak büyük bir rahatlıktı şimdi. Deli gibi özlediği tek kişi, ikiz kardeşiydi. Durmadan onu düşünüyor ve sırlarını açıklamamış olması için dua ediyordu. Ama ona sonsuz güveni vardı. Aynen ikizi gibi, o da ayrılık acısı çekiyordu. Kardeşi hiç aklından çıkmıyordu.

Yolculuk boyunca hava güzeldi; hiç fırtınaya tutulmadılar. Haftanın sonuna doğru herkes dört gözle karaya varmayı bekliyordu artık. Cuma günü Victoria çantalarını sabahtan hazırlamıştı. Öğle vakti Lady Mackworth'le tekrar karşılaştığı için memnun oldu. Kadın Victoria'ya Newport'daki adresini verdi ve onu mutlaka aramasını istedi. Victoria, Liverpool'dan Dover'a gidecekti; oradan da feribotla Calais'ye. Oraya varınca, elinde isimleri olan kişilerle bağlantı kurması ve yavaş yavaş siperlere doğru ilerlemesi gerekiyordu.

O gün öğle yemeğini yalnız yedi. Kelt Denizine girdikleri sırada, hava sıcaklığı mevsim normallerinin üstündeydi. Kamarotlar, yemek salonundaki ve birinci sınıf kamaralardaki bütün lombarları açtılar. Öğle yemeğinden sonra herkes üstünü değiştirmek için kamarasına gidiyordu. Kara görünmüştü; kıyının sadece on iki mil açığında, İrlanda'nın Old Kinsale fenerinin tam güneyindeydiler. Heyecanlı bir tören havası vardı. Başarmışlardı.

Victoria yemekten sonra güverteye çıktı. Parmaklığa dayanmış denize bakıyordu. Liverpool'a doğru hareket ederlerken, denizin hemen altından, geminin sancak tarafına doğru gelen ince beyaz bir iz göründü. Victoria, "Mavi Tuna"nın neşeli ezgisini dinlerken tesadüfen aşağıya baktı ve gördüğünün, onlara doğru gelen bir tür balık olup olamayacağını merak etti. Olivia'nın ona yıllar önce aldığı kırmızı elbisesi vardı üzerinde. Şapkasını aşağıda bırakmıştı; parlak güneşin altında duruyordu. Ansızın bütün gemi sarsıldı ve Victoria parmaklıklara doğru savruldu. Su sütun gibi köprü güvertesine kadar fışkırdı. Geminin baş tarafı havaya dikildi. O güne kadar gördüğü en olağanüstü şeydi bu. Parmaklığa sıkı sıkı tutunarak manzaraya bakakaldı. Güverteden denize düşmüş olabileceğini düşündü, ama düşmemişti. Ayağında topuklu pabuçlar vardı; sendeledi. Koca geminin baş kısmı yeniden suya daldı. O sırada ortalık bir buhar bulutuyla kaplandı. Göz gözü görmüyordu. Gemi dosdoğru, ilerideki fenere doğru gitmeye başladı.

İnsanlar gördükleri manzara karşısında çığlıklar atarken, gemi birkaç dakika içinde sancak tarafına doğru şiddetle yatmaya başladı. Victoria'nın kamarası B güvertesindeydi. Tek düşünebildiği, can yeleğini ve parasını alabilmek için oraya ulaşmaktı. Ama ansızın her taraf insanlarla dolmuştu. Tam alt kata ineceği sırada gemi iyice yana yatmaya başladı. Artık yürümek son derece zorlaşmıştı.

Birinin, "Vurulduk!..." dediğini duydu. "Torpil!" Bir yerden alarm sesi geldi; kulakları sağır edecek bir sesti. Ama müzik sesini de hâlâ duyabiliyordu. Birden, *Titanik*'deki Susan'ı hatırladı.

Telaşla aşağıya inerken, "Şimdi olmaz," dedi kendi kendine. Geminin duvarlarına çarpa çarpa ilerlerken dengesini korumaya çalışıyordu. Gemi yavaşça yana yatıyordu. Ama kamarasına tam zamanında ulaşıp can yeleğini, cüzdanını ve pasaportunu kaptı. Başka hiçbir şey almadı. Hiç bir mücevherini getirmemişti; pasaportunun ve geçimini sağlayacak kadar paranın dışında, değerli hiçbir şeyi yoktu.

Kamarasından çıkıp tekrar yukarı koştururken can yeleğini giymeye çabalıyordu. Uzaktan, çığlık atan insanların seslerini duyuyordu. Etrafında panik halinde insanlar vardı. Merdivenlere ulaştığında, az kalsın mücevher kasasını taşıyan Alfred Vanderbilt'le çarpışıyordu.

Adam son derece sakin bir şekilde, "İyi misiniz?" diye sordu.

Victoria, Alfred'in onu tanıyıp tanımadığından emin olamadı. Adam her zamanki gibi gülümsüyordu ve nazikti. Hiç de telâşlı görünmüyordu. Yanında uşağı da vardı.

Victoria, "Sanırım," diye cevap verdi. "Neler oluyor?" Paniğe kapılmaya bile vakti olmamıştı. Kafası son derece karışmıştı. Ama konuşurlarken, aşağılardan gelen bir patlama sesi daha duydular.

Alfred gayet sevimli bir tavırla, "Torpil," dedi. "Bir sürü torpil. Bir an önce güverteye çıksanız iyi olur." Victoria'yı ileri doğru itti; o da adamın önüne geçti ve sonra onu gözden kaybetti. Sandallar mataforalara asılmıştı bile. Ama gemi durmadan sancak tarafına doğru yattığı için, iskele tarafındaki sandallar işe yaramıyordu. Geminin üzerinde tehlikeli bir şekilde sallanıp duruyorlardı. Sancak tarafındakiler ise hızla suya doğru alçalıyorlardı. *Lusitania,* banyo küvetinde tamamen yan dönmek üzere olan bir oyuncak gemiye benziyordu. Ama oyuncak değildi ve gerçek bir felakete yol açabilecek kadar açık sulardaydılar. Victoria kıyıya doğru baktı ve oraya kadar yüzüp yüzemeyeceğini merak etti. Bulundukları yerden kıyıyı görebiliyorlardı. Queenstown halkı da, *Lusitania*'nın baş tarafının şiddetle suya battığını ve kıç tarafının havaya dikildiğini görüyordu. Gemideki çığlıklar sanki martı sesleri gibi geliyordu.

Gemi aşağı doğru kayarken açılmış olan birçok lombar, su sızdırmayan kapıları etkisiz hale getirmiş ve sular hızla içeri dolmaya başlamıştı.

Victoria, etrafındaki kargaşayı seyrediyordu. Topuklu pabuçları bir yana fırlamış; çoraplı ayakları güvertedeki kurum bulaşmıştı. Birden, soluk almakta güçlük çekmeye başladı. Bunun, duman yüzünden mi, yoksa panik yüzünden mi olduğundan emin değildi. Geminin burnu iyice suya batmıştı. Dengesini korumak için çok uğraşması gerekiyordu. Birileri denize düşüyorlardı. O sırada telsiz anteni devrildi; neredeyse birkaç kişinin ölümüne neden olacaktı. İnsanlar gemiden atlıyor, sonra imdat diye bağırıyor, çocuklar ağlıyor, anneler deli gibi, onları cankurtaran sandallarına bindirmeye çalışıyordu. Sonra Alfred Vanderbilt'i yine gördü. Üzerindeki can yeleğini çıkarıp küçük bir kıza verdiğini fark etti. Onu bakarken de, cüzdanını, can yeleğinin sıkıştırdığı elbisesinin içine sokuşturdu.

Victoria cankurtaran sandallarının indirilişine bakarken, ilk ikisinin devrildiğini gördü ve insanların çığlıklarını duydu. O sırada dev bacalardan biri devrildi ve kadınların birini içine çekti. Cehennemi bir manzaraydı. Küçük bir kız, tam bacaklarının yanından kayarak güverteden denize düştü. Victoria bir çığlık atarak çocuğa uzandı, ama çok geç kalmıştı. Kız suya yuvarlandı ve Victoria'nın gözleri önünde boğuldu.

Victoria, "Aman Tanrım! Aman Tanrım!" diye haykırarak bu dehşet verici sahneyi görmemek için başını çevirdi. Sarı saçları sadece bir an suya dalıp çıkan çocuk denizin üstünde yüzükoyun yatarken, arkasından gelen bir ses Victoria'ya, cankurtaran sandalına binmesini söyledi. Ne garipti ki, kardeşinin sesine benziyordu bu. Ama sesin kime ait olduğunu hiç anlayamadı. Sandallara doğru ilerlerken korkunç bir gümbürtü duyuldu. Vuruldukalarından beri sadece beş dakika geçmişti, ama gemi hızla batıyordu. Victoria cankurtaran sandallarına yetişti. Bir an sanki ona yer kalmamış gibiydi. Yalnız iki sandal kalmıştı ve çevrede sadece çocuklar vardı.

Yolcuların çılgınca sallanan sandallara binmesine yardım eden genç subaya, "Onları alın; beni değil," diye bağırdı.

Subay, "Yüzme biliyor musunuz?" diye seslendi. Victoria onaylayarak başını sallayınca, adam ona tekrar bağırdı. "Bir şezlong kapın; bir dakikaya kadar batıyoruz," dedi ve onu orada bırakıp gitti. Victoria onun tavsiyesine uyarak bir şezlong aldı ve üzerine yatarak denize doğru kaydı. Bir saniye sonra da gemi suya gömüldü. Victoria kendini, suya batıp çıkan şilteler, tahta parçaları, heykeller, şezlonglar ve cesetlerin yüzdüğü denizin içinde buldu. Gemi, bir dizi boğuk, korkunç patlamayla dibe vurunca yukarı fırlamış olan şeylerle doluydu çevresi. İğrenç bir yığındı bu. İki cesetle çarpışınca çığlık attı. Ne yana baksa, haykıran, ölen, ağlayan insanlar, yanından sürüklenerek geçen çocuklar, bağıran kadınlar görüyordu. Ölü bebeğine sıkıca sarılmış bir kadının boğulmasını izledi. Akla gelebilecek her şeyin ötesinde bir görüntüydü bu. Birkaç kez suya battı, ama her seferinde, tekrar su yüzüne çıkmayı başarıp bir dehşete daha tanık oluyordu. Sonunda şezlongu, üzerinde mavi kadife takım elbiseli bir oğlan çocuğunun yattığı bir başka şezlongun yanına sürüklendi. Çocuk, uyuyan kusursuz bir küçük prense benziyordu; ancak ölmüştü. Annesi de öyle. Victoria'nın hayatı boyunca gördüğü, ya da hayal ettiği en korkunç şeydi bu. Gözünü kapayıp bu kâbusun sona ermesini dileyip duruyordu. Ama hiçbir işe yaramıyordu. Bir şezlonga tutunmuş Kaptan Turner'ı ve onun yakınında başka bir şezlonga yapışmış Lady Mackworth'ü görünce gözlerine inanamadı. Biraz uzakta da, geminin subaylarından biri ile yaşlı bir kadın vardı. Büyük bir piyanonun üstüne oturmuşlardı.

Etraflarında herkes çığlık atıyor; her tarafta insanlar boğuluyordu. Bir süre sonra Victoria daha fazla dayanamaz hale geldi. Öyle feciydi ki, bacakları buz gibi olmuştu ve yaşadığı şoktan ötürü nefes alamıyordu. Etrafındaki herkes ölüyordu. Şezlonguna, dayanabildiği kadar tutundu ve sonunda suyun dibine doğru süzülerek çevresindeki korkunç görüntülerden kurtuldu.

YİRMİ İKİ

Victoria, korkunç gıcırtılar, haykıran insan sesleri ve kuşların yukarılardan gelen acı çığlıklarını duyuyordu; cehennem seslerini. O sırada, birinin onu ayaklarından sürüklediğini hissetti. Her çekilişinde başını bir yerlere çarpıyordu. Bağırmak istiyor, bağıramıyordu. Ölmüş olması gerektiğini biliyor, ama pek de emin olamıyordu; çünkü vücudunun her noktası acıyordu. Acı içinde gözlerini açtı. Onu kimin çektiğini görmek istiyordu. Sonra onu bir tabutun içine koymaya çalışan bir adamın yüzünü gördü.

"Aman Tanrım! Sean, bu yaşıyor! Kımıldıyor!" Victoria korkunç bir öksürüğün ardından kustu. Sanki litrelerce su boşaldı ağzından. Saçları birbirine dolaşmış, dudakları çatlamıştı. Gözleri ağrıyordu; ciğerleri sanki patlayacakmış gibiydi. Çevresine bakındı. Geceydi. Her yanı tabutlarla doluydu. Etrafta ölüm ve okyanus kokusu vardı. Havada kuşlar daire çiziyordu. Adamlar ona yardım ettikleri halde, Victoria'nın oturmaya bile gücü yoktu. Adam özür dilercesine, "Öldüğünü sandık," dedi. "Öyle görünüyordun."

Victoria, "Öyle hissediyorum," dedi ve yine kusacak gibi oldu. Diğerlerine ne olduğunu merak ediyordu. Ama bunu görmek çok kolaydı. Çoğu çocuklara ait olan sanki binlerce ceset, etrafında sıralanmıştı. Bunu görünce yüreği sızladı. O kadar şirindiler ki. Ölü olmalarına rağmen hâlâ öyle güzeldiler ki. Bazılarının gözleri açık, bazılarının kapalıydı. Orada burada ağlayan anneler vardı.

Sean denen adam, "Almanlar geminizi vurdu," diye açıkladı. "Altını tamamen patlattılar. On sekiz dakikada battı. Beş saat önce. Kardeşimle birlikte seni limanın hemen dışında bulduk. Hepimiz yolcuları kurtarmaya gitmiştik. Ama hayatta kalan pek az kişi var," dedi. Başka bir zaman olsa Victoria'yı çok eğlendirebilecek bir İrlanda aksanıyla konuşuyordu. "Denizaltılar haftalardır orada; biliyorsun. Rezil piçler. Limanın girişinde bekliyorlar." Kaptan Turner'ın bunu bilip bilmediğini merak etti Victoria.

"Hadi gel," dedi Sean. "Ayağa kalkmana yardım edeyim. Şanslı bir kızsın," diyerek onu yavaşça ayağa kaldırdı. Victoria'nın ayakları çıplaktı. İpek çorapları yok olmuştu; elbisesinin büyük bir bölümü de. Sadece kombinezon ve külota benzeyen bir şey vardı üzerinde. Bir de, can yeleğinin altında kalan kemeriyle kırmızı bluzu. El yordamıyla cüzdanını aradı ve hâlâ orada olduğunu hissetti. Genç denizci onu yarı sürükleyerek yarı kucağında taşıyarak, hayatta kalanları yerleştirdikleri mahalle birahanesine götürürken hiç utanmadı bile. Kiliseyi de açmışlardı; Queen's Oteli'ni, belediye binasını, Queenstown ve Kraliyet Deniz Hastanesini de. İstasyonda ise sıcak çay tezgâhı kurulmuştu. Hayatta kalan yolcular için ellerinden gelen her şeyi yapıyorlardı. Cunard da iki bin tabut ısmarlamıştı.

Victoria, Sean'ın yardımıyla bara girince etrafına baktı ve bir iki tanıdık yüze rastladı. Kaptan da onların arasındaydı. Queenstown'a *Bluebell* adlı küçük bir vapurla gelmişti. Margaret Mackworth'ü de aynı vapur almıştı.

Başını kaldırıp Victoria'ya bakan bir kadın, ekşi bir suratla, "Güzel elbise," dedi. İki çocuğu da yanında olan ender kadınlardandı. Ama üçü de çıplaktı. Odanın diğer köşelerinde kadınlar, kaybettikleri kocaları ve bebekleri için hıçkıra hıçkıra ağlıyorlardı. Onların, geminin güvertesinde kollarının arasından kayıp gittiğini, düştüklerini ya da enkazın altında kaldıklarını, veya buz gibi suda boğulduklarını görmüşlerdi. İnanılır gibi değildi. Victoria'nın o güne dek okuduğu ya da hayal ettiği her şeyin ötesindeydi tanık olduğu şeyler. Şimdi tek düşüncesi, kardeşine telgraf çekmekti. Onunla bağlantı kurmasının tehlikeli olduğunu biliyordu, ama başka çaresi olmadığını da biliyordu. Olivia'ya, hayatta olduğunu, felaketten kurtulduğunu haber vermesi gerekiyordu.

Gece yarısı Amerikan konsolosu Wesley Frost, kazazedelerin yerleştirildikleri bütün mekânları dolaşarak, herkese tek tek ne yapabileceğini sordu. Victoria, Olvia'nın adı ve adresiyle birlikte şifreli bir mesaj verdi ona. Ne demek olduğunu onun anlayacağını biliyordu. Konsolosun, mesajı gönderdiğini ona da bildirmesini istedi; adam da söz verdi. O akşam işi başından aşkındı. Gemide yüz seksen dokuz Amerikalı vardı. Kaçının ölmüş olduğunu bilebilmek henüz mümkün değildi. Ama etraf, her milletten kontrolünü yitirmiş insanlarla doluydu. Çoğu ağır yaralıydı. Ve hayatta kalabilmiş olan herkes, akrabalarıyla bağlantı kurmak, onları rahatlatmak istiyordu.

Konsolos Victoria'ya, "İlk fırsatta hallederim Bayan Henderson," diye söz verdi ve yöre kadınlarının verdiği battaniyelerden birini ona uzattı Etraf, paçavralar içinde insanlarla doluydu. Bir kısmı tamamen çıplaktı; ama bunu kimse önemsemiyordu

"Zahmet olacak. Teşekkür ederim," dedi Victoria. Dişleri şiddetle takırdıyordu ve nefes almakta hâlâ zorluk çekiyordu. Çok su yutmuştu. Yerde, iç çamaşırlarıyla, sırtını duvara dayamış otururken, neler olup bittiğini, bütün gördüklerini, o katıksız dehşeti düşündü ve Alfred Vanderbilt'in kurtulup kurtulmadığını merak etti. Henüz görmemişti onu. Bir de, *Titanik*'te benzer bir felaketten kurtulmuş ve annesinin gemiyle birlikte battığını görmüş olan Geoffrey'i düşündü. Birden çocuğun yaşadıklarını çok daha iyi anladı ve o anda, keşke onu ve Olivia'yı kollarımın arasına alabilsem, diye düşündü. Sonra, sanki çevresindeki manzarayı görmek istemezmiş gibi gözlerini kapadı. Özellikle de haykırarak doğum yaptığını anlatan kadını görmek istemiyordu. Ama gözlerini kapadığında tek gördüğü, New York'taki yatak odasında yatağın üzerinde oturan Olivia'ydı. Victoria, keşke uzanıp ona dokunabilsem, diye düşündü. Bütün varlığıyla konsantre olmaya çalışarak, ona iyi olduğunu söylemeye uğraştı. Ve Olivia'nın bunu anlaması için gönülden dua etti.

YİRMİ ÜÇ

10 Mayıs Pazartesi günü Olivia, Charles'la Geoffrey'i kahvaltı ederlerken izlediği sırada, eğer bir dakika sonra kahvaltılarını bitirmezlerse çığlık atacağını düşünüyordu. Hâlâ kötü hissediyordu kendini ve Charles'la, gazete okuma konusunda şiddetli bir kavga etmişti.

Charles gazeteyi elinden kaparak, "Doktor kendini üzmemen gerektiğini söyledi," diye hatırlattı ona. Olivia da onun elinden kaptı gazeteyi.

Kendinin bile tanımadığı bir sesle, "Ver onu bana Charles!" diye bağırdı. Charles hayretle ona baktı ve Olivia özür dilerken gazeteyi ona verdi. "Af edersin. Kendimde değilim. Sadece bir şeyler okuyup Olivia'yı kafamdan atmak istiyorum; o kadar."

Charles kısaca, "Çok iyi anlıyorum," dedi. Sonunda, neyse ki işe gitti.

O gün Geoff bile ağırdan alıyor, bir türlü okula gitmiyordu. Çocuk gider gitmez Olivia şapkasıyla çantasını aldı; koşarak kapıdan çıkıp bir taksiye bindi ve şoföre, State sokağındaki Cunard bürosunun adresini verdi. Ama orada karşılaştığı şeye hiç hazırlıklı değildi. Tam anlamıyla bir insan deniziydi. Öfkeyle bağıran insanlar çığlık çığlığa bir şeyler fırlatıyor, küfürler ediyor, ağlıyor, bilgi almak için yalvarıyor; ama alamayınca da çirkin davranışlar içine giriyorlardı. Denizcilik şirketinin görevlileri, polisin de yardımıyla, kalabalığı uzaklaştırmak için ellerinden geleni yapıyorlardı. Ama sonunda, çok az bilgiye sahip oldukları anlaşıldı. Kayıp sayısı şaşırtıcı bir rakama ulaşmıştı. Bini aşmış olduğundan korkuyorlardı. Belki de çok daha fazlaydı. Frohman'ın cesedi, Queenstown yakınlarında suyun üstünde yüzerken bulunmuştu. Ama bunun dışında, ancak bölük pörçük bazı bilgiler vardı ve dehşet verici söylentiler dolaşıyordu. Ayrıca, Almanya'da denizaltının zaferini kutladıkları haberi gelmişti. Bu, kalabalığı daha da öfkelendirdi.

Yedi saat bekledikten sonra, Olivia hâlâ oraya gitmesinin nedeni olan şeyi elde edememişti; hayatta kalanların listesini. Ertesi gün için söz verdiler. Saat dört buçukta oradan çıkarken kalbi kurşun gibi ağırdı. Bütün gün ayakta durmuş, hiçbir şey yememiş ve en ufak bir bilgi kırıntısını yakalayabilmek için elinden geleni yapmıştı. Az sayıda isim vardı; hayatını kaybeden bazı yolcuların listesi. Genç bir adam, şirketin, daha sonra kimlik tespiti yapabilmek için, Queenstown'daki cesetlerin fotoğraflarını çektiğini söylemişti. Bunun düşüncesi bile Olivia'yı ürpertti. Hiç ses çıkarmadığı zamanlarda, sanki Victoria'nın onunla konuştuğunu duyuyor gibi oluyordu. Onun öldüğünü hissetmiyordu; bu nasıl bir his ise! Belki o da ölürdü o zaman. Belki o şekilde anlayabilirdi. O kadar yorgundu ki, ta East River'daki eve kadar yürürken kendini uyuşmuş gibi hissediyordu.

Ön basamaklardan çıkarken vücudu da beyni kadar ağrıyordu artık. Üniformalı bir gencin yaklaştığını fark etti. Üzerinde Western Union üniforması vardı. Ona bakarken kalbinin duracağını zannetti ve aceleyle basamaklardan inip ona doğru gitti. Hiç düşünmeden çocuğun kolunu yakaladı ve sıkıca tuttu. Deli gibiydi.

"Bana telgraf var mı? Victoria Dawson'a?" Victoria telgrafı oraya çekmeye cesaret ettiyse, o isme geleceğini biliyordu. Eğer hayattaysa, kardeşinin onu habersiz bırakacak kadar acımasız olmadığından emindi. Çocuk başını sallayınca da haklı olduğuna şükretti.

Oğlan "Evet... ben... buyurun," dedi ve neredeyse kaçarak uzaklaştı Olivia'dan. Telgrafı çocuğun elinden kapıp yırtarak açarken, Olivia kendini cadı gibi hissetti. Elleri öyle feci titriyordu ki, yazılanları zar zor okudu. Okurken de hıçkırıklara boğuldu. Bu kız deliydi. Tam anlamıyla çıldırmıştı. Ama hayattaydı. Queenstown'daydı.

"Yolculuk gümbürtüyle başladı. Stop," yazıyordu. "Bay Bridgeman için Tanrıya şükret. Stop. Queenstown'da her şey yolunda. Stop. Seni seviyorum. Stop." Bay Bridgeman, Croton'daki yaşlı yüzme öğretmenleriydi. Olivia, basamaklarda durmuş, neşeyle bağırıp ağlayarak okuyordu telgrafı. Onu kimin duyacağı umurunda bile değildi. Başka hiçbir bilgi yoktu; ne bir adres, ne ona nasıl ulaşabileceği, ya da onu bulabileceği bir yer vardı. Ama Olivia, ikizinin yaşadığını ve iyi olduğunu, batan *Lusitania*'dan kurtulduğunu biliyordu. Şimdilik tek bilmek istediği buydu. Telgrafı avucunda buruşturdu; sonra aceleyle eve girdi ve kâğıdı fırında yaktı. Bir an, saklaması gerektiğini düşündü, ama bu çok tehlikeli olurdu. Biri bulabilir ve onun aslında nerede olduğunu anlayabilirdi.

Olivia hayatının en kötü üç gününü geçirmişti ve böyle bir şeyi bir daha asla yaşamak zorunda kalmayacağını umuyordu. Çok bitkindi. Banyo yapmaya karar verdi; küveti sıcak su ve köpükle doldurdu. Kutlamak için ne yapacağını bilmiyordu. Dans mı etsin, şarkı mı söylesin, yoksa ağlasın mı bilemiyordu. Geoff'in odasına koştu ve onu bağrına bastı. Çocuk çok garipsedi bunu. Victoria'nın kesinlikle delirmiş olduğunu düşündü. Babası, sinirleriyle ilgili bir şeyler söylemişti. Geoff, Victoria'nın kafasının karışmış olduğunu düşünüyordu. Ama onu daha önce hiç bu kadar neşeli görmemişti.

Olivia mutlulukla, tek ayağının üzerinde döndü ve ona sırıttı. "Bugün ne oldu sana?" diye sordu Geoff. Kardeşime kavuştum, demek istiyordu Olivia. O yaşıyor. Gayet iyi. Queenstown'da. *Lusitania*'da ölmemiş. "Çok mutlu görünüyorsun."

Olivia, Geoff'e sevinçle gülümseyerek, "Öyleyim. Harika bir gündü," dedi. "Sen nasılsın? Okulda günün iyi geçti mi?"

Geoff gayet gerçekçi, "Hayır," dedi. "Oldukça sıkıcıydı. Babam nerede?"

"Daha gelmedi." Sonra çocuğun yanından ayrılıp küvete girdi ve akşam yemeğine, yeni bir elbiseyle yepyeni bir insanmış gibi indi. Charles kapıdan içeri o anda girmişti; yorgun ve somurtkan görünüyordu. Ellerini yıkadı ve dosdoğru yemeğe geldi.

"Neden bu kadar mutlusun?" Mutsuz bir ifadeyle Olivia'ya baktı; sonra Geoff'e göz attı. Sanki bir açıklama bekliyor gibiydi.

"Sadece kendimi daha iyi hissediyorum."

"Önsezilerin yatıştı mı?"

"Belki de," dedi Olivia. Kâbus gibi hafta sonundan dolayı mahcuptu; bittiği için de inanılmayacak kadar rahatlamıştı. Ama tabii ki Charles bunu bilmiyordu. "Kendimi daha iyi hissediyorum; o kadar." Olivia'ya bakarken, onun ne dolaplar çevirdiğini, gerçekten bir ilişkisi olup olmadığını merak etti Charles. Ama Olivia ona çok hoş davranıyordu. Hatta Geoffe'e bile sevimli davranıyordu o akşam. Yemekten sonra aşçı kahveleri verdiği sırada, Charles artık biraz yatışmıştı.

Geoff ödevini bitirmek için yukarıya çıkınca, "Bugün bir dedektifle konuştum," dedi yavaşça. "Olivia'yı gelecek hafta Kaliforniya'da aramaya başlayacak. Orada çok iyi bağlantıları olduğunu söylüyor," diyerek güven verdi karısına. O da teşekkür etti. Ama Charles'a her baktığında, elinde olmadan gülümsüyordu.

"Seni bu kadar neşelendirecek ne halt ettin bugün Victoria? Ne yazık ki senden çok kuşkulanıyorum." Ama o akşam Olivia o kadar güzel ve genç görünüyordu ki, ona kızmaya yüreği dayanmadı. Kızması gerekir mi, diye de merak etti.

Olivia, "Sadece daha iyiyim artık. Rahatladığımı hissediyorum," diye açıklamaya çalıştı; ancak cesaret edebileceği kadar ileri giderek. "Sanki artık Olivia'nın iyi olduğunu biliyormuşum gibi bir duygu bu. Açıklayamıyorum." Ama Charles, anlamasa bile, iki kızın arasındaki telepatiye büyük saygı duyuyordu.

"Haklı olabilirsin," dedi sessizce. "Umarım öyledir." Olivia kendini nihayet daha iyi hissettiği için mutluydu. Hafta sonu tam bir kâbustu; karısının gerçekten sinir krizi geçirdiğini düşünmeye başlamıştı.

"O kadar sorun çıkardığım için özür dilerim."

Charles neredeyse utangaç bir tavırla, "Üzülme; sorun çıkarmadın. Sadece kaygılandım senin için," dedi ve ona bir göz attı. Karısı ona karşı eskisinden çok daha içten davranıyordu. Olivia'nın bu kadar ani gidişi onu değiştirdi mi acaba, diye merak etti. Yoksa doktor haklı mıydı? Olivia'nın kaybolmasından sonra, karısı onun kişiliğini mi üstleniyordu? Victoria'nın durumu söz konusu olduğunda, bu kesin bir iyileşme sayılırdı. Olivia'nın yokluğunda Victoria, Charles'a, hiç olmadığı kadar bağımlı olmuştu. Kardeşinin kaybolmasından öncesine göre, onunla ilişki kurmaya daha istekliydi. Ona sıkı sıkı yapışıp korktuğunu söylediği Cuma akşamını hatırladı. Karısına biraz daha farklı bir gözle bakmasını sağlamıştı bu. Yine de fazla iyimser olmak istemiyordu. Tam olarak on bir aydır evliydiler ve artık evliliklerinden umudunu kesmişti Charles.

Olivia sessizce, "Başına bir daha bela olmamaya çalışacağım," dedi ve birkaç mektup yazmak için yukarıya çıktı. Victoria'ya da yazabilmek istiyordu; ama tabii ki yazamazdı. En azından şimdilik. Ama ikizi, gideceği son yer olan siperlere ulaştığı zaman, ona yazacaktı. Victoria'nın da, mümkünse kısa bir süre sonra, anlaşmış oldukları gibi, babasının Beşinci Caddedeki evine bir mektup yollamasını umuyordu. Olivia, *Lusitania*'da olan biten her şeyi öğrenmek istiyordu.

Charles yatmadan önce bir süre kitap okudu. Her ikisi de Geoff'i öpmüşlerdi. Sonra yatak odasına gelen Charles, Olivia'ya *Lusitania* hakkında bir şey söyledi. "Almanların o gemiyi batırmaları korkunç bir şey. Anlaşılan çok büyük can kaybı varmış; *Titanik*'ten beter. Geoff'in çok fazla şey duymasını istemedim. Ona annesini hatırlatacağını düşündüm." Olivia ona uzun uzun baktı; sonra başını salladı.

Tatlılıkla, "Ya sen Charles?" diye sordu. "Sen iyi misin... sana da onu hatırlattı mı?" Olivia'nın şefkatli tavrı Charles'a büyük bir darbe oldu. Bir an cevap veremedi. Ondan beklemediği bir tavırdı bu. Öylesine düşmanca bir ilişkileri vardı ki. Karısının ters bir söz söylemek, ya da sinirli bir cevap vermek yerine gösterdiği bu incelik garip gelmişti ona.

"Hatırlattı," dedi sonunda. "Hafta sonunu zor geçirdim." Olivia acı çekerken Charles da acı çekmiş, ama genç kadın bunu fark etmemişti bile.

"Çok üzgünüm Charles," dedi Olivia. Genç adam bakışlarını kaçırarak başını salladı. Onunla bir daha konuşmadı; bir süre sonra da yatmaya gittiler. Aralarında büyük bir mesafe bırakarak kendi taraflarında yatmaya özen gösterdiler.

Charles karanlığın içinde birdenbire, "Çok nazik bir davranıştı," diyerek şaşırttı Olivia'yı. "Yani, nasıl hissettiğimi sorman... Susan hakkında... ve şu batan gemi hakkında. Bazen bu gibi şeyleri insanın hatırlaması çok tuhaf oluyor. Haber beklemek, çaresizlik içinde bilgi almaya çalışmak inanılmayacak kadar korkunçtu. White Star'dakileri tam anlamıyla deli etmiştim. Hâlâ hiçbir şey bilmiyorlardı. Sonra rıhtımda, yağmur altında *Carpathia*'nın gelmesini beklemek... o ana kadar hayatta olup olmadıklarını bile bilmiyordum," dedi. Sesi kısıldı. "İkisinin de kurtulamadığını sanıyordum. Sonra onu gördüm. Tayfalardan birinin kucağındaydı Geoff. Onun arkasında, her yerde Susan'ı aramaya başladı gözlerim. Ama o yoktu. O zaman anladım. Çocuğu tayfadan aldım ve eve gittik. Geoff aylarca hiçbir şey anlatmadı. Başından geçenleri hayat boyu unutulabileceğini sanmıyorum." Victoria da bu yaşadıklarını asla unutamayacaktı.

Olivia sevecen bir ifadeyle, "Böyle bir şey yaşamak zorunda kaldığın için çok üzüldüm," dedi. Elini şefkatle Charles'a uzatıp omzuna dokundu. "İkinize de haksızlık olmuş. Bunu hak etmiyorsunuz." Olivia ikisi için de o kadar üzülmüştü ki, kalbi parçalanıyordu. Charles, dışarıdan gelen ay ışığının loşluğunda Olivia'ya bakarken bir şey gördü. Daha önce olsa onu korkuturdu. Ama ansızın korkmadığını fark etti.

Nazikçe, "Belki de hayatta başımıza gelen her şeyin bir nedeni vardır. Eğer öyle bir şey olmasaydı, sen burada olmazdın," dedi. Olivia üzüntüyle gülümsedi. Neler geçirdiklerinin gayet iyi farkındaydı.

"Burada olmasaydım çok daha mutlu olurdunuz." Charles'la Geoffrey'i terk ettiği için kardeşine hâlâ kızgındı. Hele şu olanlardan sonra. Yolculuğun tehlikeli olduğu kesinlikle kanıtlanmıştı. Victoria'nın hiçbir şeyi ciddiye almayan tavrıyla yazdığı, "yolculuk gümbürtüyle başladı" cümlesi hiç de abartılı değildi.

"Öyle söyleme," dedi Charles. "Belki Susan'ın bizden uzaklaştırılmasının bir nedeni vardır. Bazen öyle düşünüyorum. Bazı şeylerin neden olduğunu bilmek imkânsız."

Olivia tatlılıkla, "Seni tanıdığım için çok şanslı olduğumu düşünüyorum," dedi. Bu konuda ciddiydi. Ona böyle bir şey söylemenin tuhaf olduğunu fark etmedi. Olivia hâlâ çok saftı. Charles o gece onun gözlerine baktığında, işte bunu gördü ve şaşırdı.

"Bunu söylemen çok hoş," dedi tatlılıkla. Onu gerçekten tanımış olup olmadığını merak etti. Yoksa sadece tanıdığını mı sanmıştı? Birdenbire çok farklı görünmeye başlamıştı karısı. Ona başka bir şey söylemeden yavaşça yanına doğru kaydı ve öptü. Yüzünü özenle ellerinin arasına aldı ve son derece yumuşak bir şekilde dudaklarından öptü. Onu ürkütmekten korkuyordu. Aralarındaki eski sorunları yeniden başlatmak istemiyordu. Ona söyledikleri için minnettar olduğunu anlatmak istiyordu sadece. Hiç değilse, dostluğu için. Ama onu öptüğü zaman içinde bir şeylerin kıpırdadığını hissetti. Daha önce böyle bir şeye hiç neden olmamıştı karısı. Anlayamıyordu. Onu bir kez daha öptü ve bunu yapmaması gerektiğini söylemeye çalıştı kendine. Boğuk bir sesle, "Bunu yapmamız doğru mu?" diye fısıldadı. Olivia başını iki yana salladı. İçinden, durması gerektiğini söylese de durmak istemiyordu. Ama Charles onu tekrar tekrar öperken, aralarındaki ilişkinin ne olduğunu tamamen unuttu genç kız. Kollarının, Charles'ın boynuna sarıldığını, bedeninin onunkine yaslandığını fark etti. Charles; ona dokunduğu anda canlandı. Kısık bir sesle, "Victoria, istemediğin bir şey yapmak istemiyorum," dedi. Daha önce de yaşamışlardı bunu ve her seferinde pişmanlık duymuşlardı. Gerçi aylardır olmamıştı, ama cinsel hayatları ikisini de mutsuz etmekten başka bir şeye yaramamıştı.

"Charles, bilemiyorum... ben..." Ona durmasını söylemek istiyordu. Bunun ne kadar yanlış olduğunu biliyordu. O, kardeşinin kocasıydı. Ama Victoria ölülerin arasından geri gelmiş ve kendi hayatına dönmüştü. Olivia ise orada, uzun zamandır sevdiği adamın kolları arasındaydı. Artık duramazdı. "Seni seviyorum," diye fısıldadı. Bunu daha önce hiç söylememişti ona. Charles ona şefkat dolu bir hayretle baktı.

"Ah tatlı kız," dedi. Yüreğinin sevgiyle dolduğunu hissetti. Ondan sakınmaya çalıştığı her şeyi vermek istiyordu karısına. Birdenbire aralarındaki yanlışın ne olduğunu anladı. Onu sevmeye asla cesaret edememişti. Neredeyse kendine rağmen, "Seni o kadar seviyorum ki," dedi. Sonra, sanki ilk sefermiş gibi –ki Olivia için öyleydi; ama Charles fark etmedi- karısıyla son derece yumuşak bir şekilde sevişti. Başta acı hissetmesine rağmen, Olivia kendini tamamen ona verdi. Hiç sakınmadan ve mutlak bir teslimiyet içinde. Daha sonra ona bakınca, Charles kendini yeniden doğmuş gibi hissetti. Bu, her ikisi için de yeni bir başlangıç, yeni bir hayattı. Hiç yaşamadıkları ve ikisinin de arzuladığı balayıydı.

Charles saatlerce Olivia'nın kollarının arasında yattı. Onu okşuyor, her yanını yeni baştan keşfettiğini düşünüyordu. Ama aslında ilk kez yapıyordu bunu. Sonunda Olivia'ya yaslanarak uyudu. Olivia onu kollarının arasında tutarken, Victoria döndüğü zaman ne yapacaklarını düşünüyordu. Charles, hayatı boyunca sahip olduğu en büyük sevinç kaynağıydı. Ama aynı zamanda da en feci ihanetiydi. Eve döndüğünde kardeşine ne diyeceğini bilemiyordu. Ama o anda biliyordu ki, Charles'dan ayrılamazdı.

YİRMİ DÖRT

 Queenstown'daki Amerikan konsolosu Victoria'ya bir elbise ve giyebileceği bir çift ayakkabı bulduktan sonra, genç kadın Pazar günü, Queenstown'dan Dublin'e giden trene bindi. Orada bir Cunard temsilcisi tarafından karşılandı. Sonra Liverpool'da Lime Street İstasyonuna giden tren vapuruna bindi. Trende, onunla birlikte başka kazazedeler de vardı. Lime Street İstasyonunda onlarla röportaj yapmak için bekleyen basın mensuplarını görünce ürktü Victoria. *New York Tribune*'dan Vance Pitney, önce Queenstown'a gitmiş, sonra Liverpool'a gelmişti; oradan da Londra'ya gidecekti. *Titanik*'ten beri, gazeteler için en büyük haberdi bu. Hatta daha büyüktü, çünkü dev gemi Almanlar tarafından torpillenmişti. Bu yalnızca, binden fazla hayata mal olmuş bir trajedi değil, bir savaş haberiydi. Victoria istasyondan ayrılırken basından uzak durmaya özen gösterdi. Bundan sonra ne yapması gerektiğini düşünmek üzere Otel Adelphi'ye gitti. Pazar akşamüstü oraya vardığında, hâlâ allak bullaktı.

Üzerindeki elbise berbat görünüyordu. Odasına girince bir sigara yaktı. Oturup etrafına bakınırken de, keşke Croton'daki evimde olsaydım, diye düşünüp ağlamaya başladı. Geri dönmek için fazla geç değildi. Ama feci bir başlangıç olmuştu.

O akşam otelciler odasına bir tepsi gönderdiler. Kim olduğunu ve neden orada bulunduğunu biliyorlardı. Geldiği zaman lobide fısıldaşmalar olmuştu. Resepsiyon görevlisine durumunu açıklamıştı. Akreditifinin yanı sıra, banka defteri ve İngiliz paraları bile ıslanmıştı. Pazartesi günü, onları değiştirmek için bankaya gitmesi gerekiyordu. Ama mümkün olduğunca dikkat çekmemeye çalışıyordu. O akşam ne yaparsa yapsın, gemi batarken gördüğü dehşet verici şeyleri kafasından atamadı. Önce baş tarafın batışı, sonra çevresinde ölen insanlar. Cankurtaran sandalına binemediğinde, ona hemen bir şezlong kapmasını söyleyen genç tayfanın yüzünü hâlâ hatırlıyordu. Onun tavsiyesi hayatını kurtarmıştı.

Bütün gece uyanık kaldı. Ertesi sabah kalktığında çok kötü görünüyordu. Ama bir şeyler yedikten ve kocaman bir fincan sıcak kahve içtikten sonra kendini daha iyi hissetti. Daha sonra bankaya gitti; para işlerini halletti. En yakın dükkâna gidip birkaç elbise, kazak, bir pantolon, iki çift ayakkabı aldı. Siperlere gittiği zaman giyebileceği bir çift çizme de aldı. Ona üniforma verip vermeyeceklerini bilmiyordu, ama böylece, oraya vardığında giyecek bir şeyleri olmuştu. İç çamaşırı, çorap, gecelik, makyaj malzemesi ve saç fırçasına da ihtiyacı vardı. Kesinlikle hiçbir şeyi kalmamıştı; Queenstown'da bırakmış olduğu kırmızı elbisesinin parçaları bile.

Dükkândaki kadın kıkırdayarak, "Evden mi kaçıyorsun?" diye sordu. Ama Victoria henüz hiçbir şeye gülemiyordu. Kadına öylece baktı ve olumsuz anlamda başını salladı.

Gayet ciddi, "Battığı sırada *Lusitania*'daydım," dedi. Kadının soluğu kesildi. Dünyadaki herkes gibi, o da duymuştu haberi.

"Hayatta kaldığın için şanslısın canikom," diye fısıldadı kadın. Ve ona dua etti. Victoria üzüntüyle gülümsedi ve paketini alıp otele döndü. Diğer yolcular hâlâ aklından çıkmıyordu. Hayatı boyunca hep böyle mi olacak diye merak etti. Özellikle de, suyun içinde, sevimli suratları ve görmeyen gözleriyle çevresinde yüzen çocukları görüyordu hep. Denizde sürüklenen şezlongun üzerinde ölmüş olan mavi kadife takım elbiseli oğlan çocuğunu düşünüp duruyordu. Çocuğun yakasında *Lusitania*'nın anı rozeti vardı. Almanlardan sonsuza kadar nefret etmeye yeterliydi bu.

Akşamüstüne doğru Victoria yavaş yavaş canlanmaya ve Fransa'ya nasıl gideceğini düşünmeye başladı. En azından, planlarını değişmek durumundaydı artık. Ama oteldeki resepsiyon görevlisi, Dover'a nasıl gidebileceğini ve sonra ne yapması gerektiğini anlattı. Calais'ye giden küçük feribota binmesi gerekiyordu. O da tehlikeliydi. Fransa ile İngiltere arasındaki İngiliz Kanalında pusuya yatmış denizaltılar vardı. Onları düşününce ürperiyordu artık.

Victoria gergin bir şekilde sırıtarak, "Belki de bir tek mayo alıp bu kadar dertten kurtulmalıydım," dedi. Resepsiyon görevlisi onun bu tutumu karşısında gülümsedi.

"Çok cesursunuz küçük hanım," dedi. "Başınıza gelenlerden sonra, ben sizin yerinizde olsam yine dener miydim, emin değilim."

Victoria düşünceli bir ifadeyle, "Fransa'ya gitmek istiyorsam fazla seçeneğim yok; öyle değil mi?" dedi. Bunu yapması gerektiğini biliyordu. Bu yüzden buraya gelmişti. Kimse de kolay olacağını söylememişti zaten.

Almanlar, iki hafta önceki Ypres Çarpışmasında ilk kez klor gazı kullanmışlardı. Victoria'nın duyduklarına bakılırsa, çarpışma hâlâ bütün şiddetiyle devam ediyordu. O ana kadar da tam bir katliam yapılmıştı. Asıl sorun, mümkün olan en yakın noktaya nasıl gideceği ve bağlantı kuracağı kişilere nasıl ulaşacağıydı. Reims'de üslenmişlerdi. Yapabileceği en iyi şey, Calais'ye varınca onlarla temas kurmaya uğraşmaktı. Tabii telefonlar, çalışıyorsa. Bunu oraya gidince anlayacaktı. Bir maceraydı bu; yapması gerektiğini düşündüğü bir hac yolculuğuydu. Buraya gelmesinin hata olmadığını umuyordu. Ama şu ana kadar ki belirtiler kesinlikle bu umudunu desteklemiyordu.

Salı sabahı, oteldeki herkese teşekkür ederek Liverpool'dan ayrıldı. İki gün boyunca insanlar, *Lusitania*'dan kurtulduğuna memnun olduklarını göstermek için ona ufak bir şeyler getirmişlerdi; küçük hediyeler, pastalar, meyveler, minik dini simgeler..

Taksiyle tekrar Lime Street İstasyonuna gitti; oradan Dover

trenine bindi. Rıhtıma varınca da feribota geçti. Bunlar küçük vapurlardı ve güneşli bir mayıs gününde oldukça zararsız görünüyorlardı. Ama Kelt Denizinde yaşadığı tecrübeden sonra artık denizaltıların ne kadar hain olduklarını biliyor ve bir başka denizaltıya rastlamak istemiyordu.

Yol ücretini feribotun kaptanıyla görüştü. Kaptan onu vapura aldığında, Victoria içeride bir avuç yolcu olduğunu gördü. Öğleden sonra masmavi, bulutsuz bir gökyüzü vardı. Ama Victoria tüm yolculuk boyunca, tam bir dehşet içinde, parmaklıkları sıkı sıkı kavramıştı. Her an ölmeye hazırdı.

"*Vous avez bien peur, mademoiselle.*" Adam Victoria'ya gülümsedi. Bu kadar güzel ve bu kadar korkmuş bir kıza az rastlamıştı. Onun bu yolculuktan korktuğunu düşündüğünü söyledi. Victoria sadece başını salladı ve bir tek kelime söyledi. Gözleri suya çivilenmiş denizaltıları kolluyor ve *Lusitania* vurulmadan hemen önceki beyaz izi bekliyordu.

"*Lusitania,*" dedi. Adamın anlayacağını biliyordu. Bütün dünya biliyordu; Victoria gazetelerde okumuştu. Her okuduğu yazı, korkudan sinmesine neden oluyordu. Çünkü zavallı Olivia'yı düşünüyor ve onun neler hissettiğini tahmin edebiliyordu.

Küçük feribottaki denizci onu çok iyi anlamıştı. Calais'ye gidene kadar ki kısa yolculukta ona başka bir şey söylemedi. Oraya vardıklarında da Victoria'nın çantalarını taşıdı ve onu arabalı bir adama teslim etti. Adam Victoria'yı en yakın otele götürdü ve para almayı reddetti. Otelde, biraz sohbetin ardından, Victoria'ya denize bakan güzel, küçük bir oda verdiler.

Genç kadın telefon etmek için izin istedi ve New York'taki Fransız Konsolosluğundan verilen isimlerden birini aradı. Paris'te, Kızıl Haç için gönüllüleri örgütleyen bir kadındı bu. Victoria'ya, oradan nereye gideceğini, ona nerede ihtiyaç duyulduğunu söyleyecekti. Ama ne yazık ki kadın orada değildi ve İngilizce konuşan hiç kimse yoktu.

"*Rappelez demain, mademoiselle.*" Tek anlayabildiği "yarın" oldu.

O akşam odasında tek başına oturdu; sigara içip çıktığı yolculuğu ve buraya gelmek uğruna yaptıklarını düşündü. Kocasını aldatmış, babasıyla ikizini terk etmiş, batan bir gemiden kurtulmuştu. Şimdi onu burada neyin beklediğini de ancak Tanrı bilirdi. Ne kadar azimli olduğuna kendisi bile hayret etse yeriydi. Onu hiçbir şey durduramamıştı. Ertesi gün, onunla konuşamayacak kadar meşgul olduklarını ve bir sonraki gün tekrar aramasını söyleyen, Paris'teki sevimsiz kadın bile durduramadı.

Victoria hemen, "Hayır!" diye haykırdı telefonda. Bir kez daha reddedilmemeye kararlıydı. Burada zaman kaybediyordu. "Hayır, *şu anda* biriyle konuşmam gerek... *maintenant...*" Sonra, ne olacağını görmek için, şu sihirli sözcükleri ekledi. "*Lusitania*'dan geliyorum." Kısa bir sessizlik oldu. Derken telefonun öbür ucundan gelen boğuk sesler duydu Victoria. Bir sessizlik daha oldu; sonra telefona bir adam geldi ve adının ne olduğunu sordu. "Olivia Henderson. Adınızı, daha doğrusu hanımın adını, New York'taki Fransız konsolosluğundan aldım. Cephede gönüllü olmak için geldim buraya. Amerikalıyım ve şu anda Calais'deyim."

"*Lusitania*'da mıydınız?" Adamın sesinde biraz merakla karışık bir saygı vardı. Victoria gemiden söz ettiğine memnun oldu.

"Evet."

"Aman Tanrım... yarın saat beşte Reims'de olabilir misiniz?"

Victoria dürüstçe, "Bilmiyorum," dedi. "Sanırım. Nerede Reims?"

"Bulunduğunuz yerin yaklaşık 150 mil güneydoğusunda. Oraya sizi arabayla götürecek birini bulabilirseniz, dosdoğru şehrin arkasındaki varoşlara gidebilirsiniz. Orada savaş var, ama hemen yanında bulunan Soissons'daki kadar şiddetli değil. Yine de epeyce dikkatli olmalısınız." Sonra telefona gülümsedi adam. Hükümetinin hiçbir rol üstlenmek istemediği bir savaşa katılmak için, Victoria'nın bu kadar uzaklara neden geldiğini merak ediyordu. Başkan Wilson, her ne pahasına olursa olsun, hâlâ savaşın dışında kalmaya kararlıydı. Şu ana kadar inanılmaz şeylere mal olmuştu bu savaş. Önceki yaz savaş ilan edildiğinden bu yana beş milyon kişi ölmüştü. Yedi milyon kişi de yaralanmıştı. Telefonun öbür ucundaki ses, "Arabası olan birini bulun," diye devam etti. "Ve başarabilirseniz, oraya gidin. Yarın, gönüllülerden oluşan bir heyet gidiyor. Hemşire misiniz?" diye umutla sordu.

Victoria, "Ne yazık ki hayır," diye özür diledi. Onu yine de isterler mi acaba, diye merak ediyordu.

"Araba kullanıyor musunuz?"

"Evet."

"İyi. Ambulans ya da kamyon kullanırsınız; artık size ne söylerlerse. Yarın mutlaka orada olun," dedi adam. Tam telefonu kapatacağı sırada Victoria engel oldu.

"Adınız nedir?" diye sordu. Adam onun saflığına gülümsedi. Bu işte çok yeni olduğu belliydi. Başka ülkelerin savaşında yer almak için hayatını tehlikeye atarak neden buraya geldiğini bir kez daha merak etti. Başkaları da gelmişti. Ama çoğu daha yaşlıydı ve başlarından karışık olaylar geçmişti. Bu kızın sesi, çocuk gibi gelmişti ona. Adının önemli olmadığını söyledi; o orada olmayacaktı. "Peki orada kimi bulacağım?"

Yine sinirli bir sesle konuştu adam. "Kanaması olan herhangi birini. Maalesef çok kişi bulacaksınız. Oraya vardığınızda uygun bir görev verirler size. Bölgeden sorumlu yüzbaşıyı sorun. O sizi hastaneye, ya da eğer biz oradaysak, Kızıl Haç'a gönderir. Merak etmeyin; bizi bulursunuz. Çok kişinin dahil olduğu küçük bir savaş bu. Bizi bulamamanız mümkün değil." Sonra telefonu kapadı. Victoria resepsiyondakilere teşekkür edip odasına döndü.

O akşam güzel bir yemek yedi. Otel sahibi onun için bir şoförle görüşmüştü. Eski bir Renault'su olan genç bir çocuktu şoför. Ama Victoria'yı arka yollardan gideceği yere götürebileceğini, yolculuğun bütün gün süreceğini söyledi. Sabah erkenden hareket etmek istiyordu. Victoria ona bakarken, çocuğun kendinden genç olduğunu tahmin etti. Adı Yves'di. İstediğini yerine getirip parasını peşin ödedi. Yves, Victoria'ya, kalın giysiler ve sağlam ayakkabılar giymesini söyledi. Yola çıktıkları sırada hava soğuk olabilirdi. Araba bozulursa da, ayağındaki topuklu pabuçlar yüzünden onu Reims'e kadar kucağında taşımak istemiyordu. Victoria çocuğun söylediklerine bozuldu, ama o yine de güldü. Bunun üzerine Victoria ona açıkça, arabanın sık sık bozulup bozulmadığını sordu.

"Gerektiğinden fazla değil. Araba kullanmasını biliyor musun?" diye sordu Yves. Victoria başını salladı. Çocuk, sabah görüşeceklerini söyleyerek gitti.

Victoria bütün gece yatağında uyumadan yattı. O kadar heyecanlıydı ki, uyuyamıyordu. Bu yüzden gelmişti buraya. Ama ertesi sabah bunu hatırlamak daha zor oldu. Hava soğuk ve rutubetliydi; bütün gece de uyumamıştı. Oteldekilerin, onlara yemek paketi hazırlamış olduklarına sevindi. Çocuk da annesinin verdiği bir termos dolusu kahve getirmişti.

"Niye geldin buraya?" diye sordu Yves. Doullens yolundaki ilk mola yerlerine doğru yol alırlarken, Victoria da ilk kahvesini doldurdu fincana. Uzun bir yolculuk olacaktı.

"Bana burada ihtiyaç duyulduğunu düşündüğüm için geldim," dedi. Ona açıklayabilir miydi acaba? Bugünlerde kendine açıklayabilmesi bile zor oluyordu. Dilini zar zor konuşan Calais'li bir çocuğa nasıl anlatacaktı ki? "Bulunduğum yerde bir işe yaramadığımı hissettim. Çünkü kimse için bir şey yapmıyordum. Bu daha önemli gibi geldi." Yves başını salladı. Onu anlamıştı. Çok soylu bir davranıştı bu. Böyle ifade edince Victoria'ya bile öyle görünüyordu.

"Ailen yok demek ki," dedi Yves. Öyle olduğunu sanmıştı. Victoria, geride bıraktığı bir kocası ve bir üvey oğlu olduğunu söylemedi ona. Aksi halde, onun gerçekten deli olduğunu düşünürdü çocuk; ya da en azından berbat biri olduğunu.

"Ben ikizim," dedi. "*Jumelle.*" Bu daha ilginçti; üstelik hemen hemen her dildeki karşılığını biliyordu. İnsanları her zaman neşelendiren bir sözcüktü. Öyle de oldu; Yves, Victoria'ya bir göz attı.

Merakla "*Identique?*" diye sordu.

"*Oui.*" Victoria başını salladı.

"*Très amusant.*" Yves onaylayarak başını salladı. "Seninle gelmek istemedi mi?"

Victoria sertçe, "Hayır," dedi. Buraya gelebilmek için uydurduğu yalanı söyledi. "O evli; gelemedi." Yves anladığını belirterek başını salladı. Aslında işin ne kadar karışık olduğundan haberi yoktu. Sadece anladığını sanıyordu.

Sonra uzun süre sessizce yol aldılar. Çiftliklerin, kiliselerin, bazı taşra okullarının ve o yıl ekilmemiş tarlaların önünden geçtiler. Tarlada çalışacak genç erkek yoktu ki. Yves bunu işaretlerle anlatmaya çalıştı; Victoria anladı. Sonra yine bir süre sessizce yola devam ettiler. Victoria bir sigara yaktı ve bir fincan kahve daha içti.

"*Vous fumez?*" Çocuk etkilenmiş görünüyordu. Onun sınıfından Fransız kadınları sigara içmezdi. Ama Victoria başını salladı."*Très moderne.*" Yves başını sallayarak güldü. Victoria, New York'ta bile "*très moderne*"di. Hatta biraz fazla modern.

Sonra Montdidier'den, daha sonra da Senlis'den geçtiler. Sonunda Reims'e ulaştıklarında hava çoktan kararmıştı. Victoria'nın Kızıl Haç'la saat beşteki randevusu çoktan kaçmıştı. Kahveleri ve yiyecekleri de bitmişti. Uzaktan gelen silah seslerini duyabiliyorlardı. Gerçekte olduğundan daha yakınmış gibi geliyordu sesler. Arada sırada da makineli tüfeklerin tarrakası duyuluyordu.

Yves ürkek bir şekilde, "Burada olmamız hiç iyi değil," dedi. Etrafına bir göz attı. Châlons-sur-Marne'a yaklaşıyorlardı. Onlara söyleneni aynen yapmışlardı. Birkaç dakika sonra bir sahra hastanesi gördüler ve Victoria, Yves'e orada durmasını söyledi. Sedyeler içeri ve dışarı taşınıyor, üzerlerinde kanlı önlükleri olan bazı adamlar, gruplar halinde konuşuyorlar, hemşireler, ölmekte olan askerlere, ya da yaralılara yardım için koşturuyorlardı. Yves rahatsız görünüyordu. Victoria ise orada öylece durmuş, etrafındaki harekete bakakalmıştı. Sanki günlerdir uyumamış ve bütün hayatı tepe taklak olmuş gibi hissediyordu kendini. Yine de, sırf orada olduğu için, ani bir heyecan dalgasına kapılmıştı.

Orada duran birilerine, Kızıl Haç'tan kimse var mı, diye sordu. Sadece gülümseyerek yürüyüp gittiler. Oysa İngilizce konuştuklarından emindi. Yves artık gitmesi gerektiğini söyledi. Onu orada bırakıp gidecek, Victoria işini kendi başına halledecekti. Yves'i özel şoförü olarak, savaş boyunca ona rehberlik etmesi için tutmamıştı tabii. Çocuk arabaya binip ona el salladı. Araba hareket edince Victoria, "*Merci*" diye bağırdı. Ama belli ki, Châlons-sur-Marne'dan uzaklaşmak için acele ediyordu Yves. Victoria onu suçlayamazdı. Orada kalakalan genç kadın şimdi ne yapacağını bilemiyordu.

Telaşla çadıra girip çıkanlardan birkaçı, gözlerini dikmiş ona bakıyorlardı. Orada valiziyle ve biraz mahzun bir ifadeyle dururken, öyle temiz ve el değmemiş gibi görünüyordu ki. Sonunda, ne yapacağını bilemeyerek hastabakıcılardan birine, hemşire merkezinin nerede olduğunu sordu.

Adam belli belirsiz bir şekilde omzunun gerisini işaret ederek, "Şurada," dedi. Koca bir çöp torbasını sürüklüyordu. Victoria torbanın içinde neler olduğunu düşününce ürperdi.

Hemşireler onunla konuşamayacak kadar meşguldü. Yeni bir yaralı grubu gelmişti ve kimsenin bir acemiyle kaybedecek zamanı yoktu.

Hastabakıcılardan biri, "Al," diyerek bir önlük fırlattı ona. Son hemşire de köşede bağıran bir adama koşmuştu. "Sana ihtiyacım var. Benimle gel." Yere dizilmiş iki yüz sedyenin arasından aceleyle ilerledi. Sedyeler otuz santim arayla yerleştirilmişti. Victoria, üzerlerine basmamak için olabildiğince dikkatli, ama hızlı yürüyordu. İleride, ameliyathane olarak kullanılan daha küçük bir çadır vardı. Yerde, içeri taşınmayı bekleyen adamlar yatıyordu. Bir kısmı hafif hafif inliyor, bir kısmı feryat ediyordu. Bazıları da neyse ki baygındı.

Victoria gergin bir ifadeyle, "Ne yapmam gerektiğini bilmiyorum," dedi. Oysa beklentisi bambaşkaydı. Birileriyle tanışacak, onlar da ona her şeyi açıklayacaklardı. Belki ambulans kullanacak, belki de yapabileceğini bildiği başka bir şey yapacaktı. Burada, patlamalar, mermiler ve şarapnel parçalarıyla vahşice yaralanmış adamların arasında olmayacaktı. Adamların iğrenç yanıkları vardı. Birçoğu da, Almanların saldırılarda kullandığı fosgen ve klor gazından zehirlenmişti. Bu, o kadar yeni ve gaddarca bir şeydi ki, Müttefiklerin, karşı koymak için, bunlarla kıyaslanabilecek hiçbir silahları yoktu.

Peşinden gittiği hastabakıcı kısa boylu ve sırım gibi bir adamdı. Parlak kızıl saçları vardı. Victoria, yanlarından geçtikleri birinin ona Didier diye seslendiğini duymuştu. Adamın İngilizce konuşmasına çok sevinmişti. Didier'nin Victoria'dan beklediği şeyin, siperlerden henüz getirilmiş olan askerlerle ilgilenirken ona yardım etmesi olduğunu fark edince, neredeyse bayılacaktı genç kadın. Hepsi gazdan ağır biçimde zehirlenmişti; çoğu da kendinde değildi. Didier, aralarından bir kısmını işaret ederek, alçak sesle İngilizce konuştu.

Cehennemi bir gürültünün arasında sessizce, "Şunlar için ne yapabilirsen yap," dedi. Victoria birden, *Lusitania* batarken etrafında gördüğü insanları hatırladı. Ama bu çok daha beterdi. Üstelik bunlar hâlâ yaşıyorlardı. "Bu geceyi çıkaramazlar. Fazla gaz solumuşlar. Onlara yardım edemeyiz." Victoria'nın ayaklarının dibinde, ağzından burnundan yeşil kusmuk gelen bir adam vardı. Genç kadın yanından uzaklaşmakta olan Didier'nin kolunu yakalayıp sımsıkı tuttu.

Kusmamak için kendini zor tutarak, "Ben hemşire değilim," dedi. Bu kadarı da fazlaydı. Yapamazdı. Buraya hiç gelmemesi gerektiğini anlamıştı artık. "Yapamam..."

Didier sertçe, "Ben de hemşire değilim," dedi. "Müzisyenim. Kalacak mısın, kalmayacak mısın?" diye açıkça sordu. Bu onun hayatının sınavıydı. Hep yapmak istediğini söylediği şeydi. "Kalmayacaksan git. Uğraşacak vaktim yok." Didier ona kızmış görünüyordu. Sanki Victoria buraya boşuna, vakit geçirmek, arkadaşlarına hava atmak için gelmişti. Didier'nin gözlerindeki ifade onu kışkırttı ve Victoria başını salladı.

Boğuk bir sesle, "Kalıyorum," dedi ve yavaşça en yakınındaki adama doğru eğildi. Adamın sargıları kanlanmıştı, ama ameliyathanedeki doktorlar onunla zaman kaybetmek istememişlerdi. Onunla saatlerce uğraşmalarına değmeyecek kadar kötü durumdaydı adam. Doğru dürüst bir hastanede olsa uğraşılabilirdi belki, ama burada değil. Asla kurtulamayacaktı. Birkaç saat içinde ölecekti.

Adam, "Merhaba... adın ne?" diye sordu. Sesinde şimdiden ölümün soğukluğu hissediliyordu. "Ben Mark." İngiliz'di.

"Ben de Olivia," diye cevap verdi. Ona, şimdi kullanmak zorunda olduğu ismi söylemişti. Kendini çaresiz hissediyordu. Çocuğun elini tuttu ve parmaklarını sımsıkı kavradı. Yarasını görmemek için ona bakmamaya çalışıyordu.

Yorkshire aksanıyla ve yumuşak bir sesle, "Amerikalısın," dedi. "Bir zamanlar Amerika'ya gitmiştim..."

"New York'luyum." Sanki fark edermiş gibi...

"Buraya ne zaman geldin?" Hayata sıkı sıkı yapışıyor, Victoria'ya tutunuyordu. Onunla konuşursa bu geceyi atlatacağını düşünüyordu. Ama öyle olmayacağını ikisi de biliyordu.

Ona gülümseyerek, "Bu akşam," dedi Victoria. Yine midesi bulanmaya başlamıştı. O sırada başka bir çocuk önlüğünü çekiştirdi.

"Amerika'dan... ne zaman geldin?" diye sordu Mark.

Victoria uyuşmuş bir şekilde, "Geçen hafta sonu; *Lusitania* ile," dedi. O kadar çoktular ki. Tek duyduğu ses, hıçkırıkları ve çığlıklarıydı. Aynen gemi batarken olduğu gibi.

Mark, "Boktan bir şey yaptı Almanlar... kadınlar, çocuklar... hayvan herifler," dedi. Hayvan oldukları ona yaptıklarından da belliydi. Sonra onu çağıran diğer askere döndü. Adam annesini istiyordu ve susamıştı. On yedi yaşındaydı ve Hampshire'lıydı. Yirmi dakika sonra, Victoria'nın elini tutarak öldü. O gece yüzlerce askerle konuştu genç kadın. Düzinelercesi de gözünün önünde öldü. Onlar için özel bir şey yapmadı. Ellerini tuttu, sigara yaktı, elinden gelen her şeyi yapmaya çalıştı. İçmemeleri gerektiği halde, su verdi onlara. Nasıl olsa bir şey fark etmeyecekti. Bir kısmının midesi, dudağı yoktu ya da ciğerleri gazla dolmuştu. Durum inanılmayacak kadar korkunçtu. Sabah olduğunda, sendeleyerek çadırdan çıkarken, bir işe yarayıp yaramadığını merak ediyordu. Üstü başı kusmuk, kan ve tükürükle kaplanmıştı. Nereye gideceği hakkında hiçbir fikri yoktu. Bavulunun nerede olduğunu da bilmiyordu. Ona seslenen, elini tutan, ya da kollarının arasında, gözlerinin önünde ölen çocukların yanında diz çöktüğünde, her şeyle birlikte bavulunu da unutmuştu. Didier'nin ölenleri sedyeyle dışarı taşıyıp yere yatırmasına yardım etmişti. Başka adamlar gelip onları alacak ve gömeceklerdi. Binlerce ölü vardı artık. Hepsi çok gençti. Tepelerin yamaçlarına gömülmüşlerdi.

"Şuradaki çadırda yiyecek var." Didier, yeni malzeme almak için yanından geçerken daha büyük bir çadırı işaret etti. Epeyce uzaktaydı Victoria oraya ulaşmayı başarıp başaramayacağını merak etti. Bütün gece uyumamıştı; vücudunun her noktası ağrıyordu. Ama gülümseyerek ona bakarken Didier hiç yorgun görünmüyordu. "Geldiğine pişman oldun mu Olivia?" diye sordu. O kadar yorgundu ki, neredeyse Olivia'nın, kardeşi olduğunu ağzından kaçıracaktı. Ama burada olduğu sürece Olivia onun adıydı artık.

Yorgun bir tebessümle, "Hayır," diye yalan söyledi. Ama Didier yalan söylediğini biliyordu. Bu gece çok çalışmıştı genç kadın; burada bulunması yararlı olabilirdi. Tabii kalırsa. Birçok gönüllü kalmak istemiyordu. Birkaç gün sonra, gördüklerinden dehşete kapılarak kaçıyor, tekrar evlerine gittikleri için mutlu oluyorlardı. Diğerleri, yani dayanıklı olanlar, tahammül edebilenler sonuna kadar kalıyorlardı. Ama onlar sayıca azdı. Bazı gönüllüler, başından beri onlarla birlikteydiler. Neredeyse bir yıl olmuştu artık. Victoria'nın onlardan biri olabileceğini sanmıyordu Didier. Fazla genç ve güzeldi. Muhtemelen sadece heyecan için gelmiştir, diye düşündü.

"Alışırsın. Kışa kadar bekle; o zaman bayılırsın." Aylarca, kalçalarına kadar çamurun içinde kalmışlardı. Yağmur acımasızca yağmıştı. Ama Rusların başına gelenden daha iyiydi. Onlar Galiçya'da donmuşlardı. Victoria, Didier'yi dinlerken, kışın burada olmayacağını düşündü. New York'a dönmüş olacaktı; Charles ve Geoffrey'le birlikte olacaktı yine. Şu anda öylesine uzaktaymışlar gibi geliyordu ki ona. Sanki artık yaşamıyorlardı. Hâlâ gerçekmiş gibi gelen tek kişi Olivia'ydı. Sanki ruhunda yaşıyor gibiydi o. Geceleri bazen Olivia'nın onunla konuştuğunu duyuyordu neredeyse. Gizemli bir durumdu bu.

Didier'nin yanından ayrılarak onun, yemekhane olduğunu söylediği çadıra doğru sendeleyerek yürümeye başladı. Yaklaştıkça, kahve ve hiç tanımadığı yemeklerin kokusu gelmeye başladı. Ansızın, tanık olduğu kıyıma rağmen, kurt gibi acıktığını fark etti. Yumurta tozuyla, içinde daha çok kıkırdak bulunan yahniden aldı. Bir de, kalın bir dilim, tahta gibi bayat ekmek. Yine de yahnisinin içinde yumuşatarak yedi. Sonra iki kocaman fincan dolusu koyu, sütsüz kahve içti. Birkaç hemşire ile hastabakıcıların bazıları ona merhaba dediler. Ama herkes ya meşguldü, ya da bitkin. Orada koca bir şehir kurmuşa benziyorlardı; çadırlardan oluşan bir kışla, hastane, malzeme deposu, yemekhane. Epeyce arkalarda, kıdemli subayların yerleştirildiği küçük bir şato vardı. Komutanları olan general de orada kalıyordu. Diğer kıdemli subaylar için bir çiftlik evi vardı. Geri kalan askerler kışlada kalıyordu. Victoria hâlâ nereye yerleştirileceğini bilmiyordu.

Sevimli, tıknaz bir kız, "Kızıl Haç ekibinden misin?" diye sordu. Üzerinde hemşire üniforması vardı. Tamamen kan lekeleriyle kaplı olmasına rağmen, dopdolu bir kahvaltı tabağındakileri yemekle meşguldü. On iki saat önce olsa, Victoria dehşete kapılırdı. Ama şimdi birden normal görünmeye başlamıştı.

"Öyle olacaktım," diye açıkladı Victoria. Kız, adının Rosie olduğunu söyledi. Buradaki birçok kişi gibi, o da İngiliz'di. "Ama dün onları kaçırdım galiba. Ne oldu, bilmiyorum."

Rosie, "Sanırım ben biliyorum," diyerek garip bir ifadeyle ona baktı. "Arabaları Meaux'da isabet almış. Üç kişiymişler. Dün öğleden sonra buraya gelirken hepsi ölmüş." Onlarla Paris'te buluşmak için uğraşsa, o da aralarında olabilirdi. Bunu düşününce dehşete kapıldı Victoria. Şükürler olsun ki öyle bir şey yapmamıştı. Rosie yavaşça, "Ne yapacaksın?" diye sordu. Victoria uzun uzun düşündü. Kalacağından bile emin değildi henüz. Durum beklediğinden çok daha kötüydü. New York'tayken ve konsolosluklarda savaş hakkında verilen konferansları dinlerken her şey çok temiz, çok net görünüyordu. Düşünsel planda her şey çok saf, sorunlar ise çok basit gibiydi. Onlar için şoförlük yapacaktı. Peki ne taşıyacaktı? Ölmekte olan askerleri mi? Geçici morga ceset mi? Buraya gelene kadar tam olarak kavrayamamıştı. Ama isterse yararlı olabileceğini de biliyordu artık.

Kararsız bir şekilde, "Emin değilim," dedi. "Eğitimli bir hemşire falan değilim. Nasıl yararlı olabileceğimi bilemiyorum." Victoria, Rosie'ye ürkek bir şekilde baktı. Ona hiç uymayan bir tavırdı bu. "Kiminle görüşmem gerek?"

Rosie gülümseyerek, "Çavuş Morrison'la," dedi. "Gönüllülerden o sorumludur. Ayrıca kendini kandırma kızım. Her türlü yardımcıya ihtiyacımız var; eğitimli ya da eğitimsiz. Tabii dayanabilirsen." Asıl sorun buydu.

Victoria dikkatli bir şekilde, "Onu nasıl bulurum?" diye sordu. Hâlâ kalıp kalmayacağına karar vermeye çalışıyordu.

Rosie bu soruya güldü ve kendine bir fincan kahve daha aldı. "On dakika kadar bekle; o seni bulur. Çavuş Morrison'ın, buradaki her şeyden haberi olur. Ayrıca bu bir uyarıdır sana." Sırıttı. Yanılmıyordu. Beş dakika bile geçmemişti ki, üniformalı dev gibi bir kadın, uzun adımlarla hızla onlara doğru geldi. Gözleriyle Victoria'yı tartıyordu sanki. Yeni gelen biri olduğunu Didier'den duymuştu. Çavuş Morrison 1.83 boyunda, sarışın, mavi gözlü bir Avustralyalıydı. Melbourn'dan gelmişti ve yaklaşık bir yıldır Fransa'daydı. Yaralanmıştı bile. Gönüllülerini köle gibi çalıştırıyordu. Rosie'ye bakılırsa, aptalca davranışlara tahammülü yoktu.

Sevimli bir ifadeyle, "Anladığım kadarıyla sizi hemen işe koşmuşlar dün akşam," dedi Victoria'ya. Genç Amerikalı başını kaldırıp hayretle ona bakarken titrediğini hissetti.

Yerinde doğrulup dimdik oturarak, "Evet, öyle oldu," dedi. Ansızın kendini bir er gibi hissetmişti. Burada olmak çok garipti. Bir karmaşanın tam ortasındalardı, ama her şey çok düzenli ve uygardı. Herkes ne yapacağını ve kendilerinden ne beklendiğini biliyordu.

Çavuş Morrison açıkça, "Hoşunuza gitti mi?" diye sordu.

Victoria dikkatlice, " 'Hoşuna gitmek' tanımının doğru olduğundan emin değilim," dedi. Rosie onlardan ayrılıp ameliyathaneye dönmüştü. On iki saat daha çalışması gerekiyordu. Yirmi dört saatlik vardiyayla, ya da düşüp bayılana kadar çalışıyorlardı. Artık hangisi önce olursa. Bir keresinde tam otuz saat çalışmıştı. Victoria yumuşak bir sesle, "Dün gece ilgilendiğim askerlerin çoğu sabah olmadan ölmüştü," dedi. Penny Morrison sertçe başını salladı. Ama gözlerindeki ifade duygudan yoksun değildi.

"Burada çok olur öyle şeyler. Bu konuda ne hissediyorsunuz Bayan Henderson?" Adını hatırlamıştı; kim olduğunu biliyordu. Victoria henüz bilmiyordu; ama Çavuş bavulunu çoktan kışlaya göndermiş, ona kadınlar bölümünde bir yatak bile ayarlamıştı. "Burada sizden yararlanabiliriz," dedi dürüstçe. "Neden geldiğinizi bilmiyorum; aslında umurumda da değil. Ama eğer tahammül edebilirseniz, size çok ihtiyacımız var. Askerler korkunç bir yenilgiye uğruyorlar." Bunu o gece Victoria da görmüştü. Ona bile bir gaz maskesi verilmişti; durum kötüye gider, siperler yarılır ve Almanlar sınırı aşarsa diye.

"Kalmak isterim," dedi Victoria. Buna kendi bile şaşırmıştı. Neden böyle dediğini bilmiyordu. Sorulan soruya sanki kendi sesi değil, başka bir ses cevap vermişti.

"İyi." Çavuş Morrison ağaya kalktı ve saatine baktı. İlgileneceği başka işler vardı. Sabahın sonraki saatlerinde şatoda bir personel toplantısı yapılacaktı. Gönüllülerden sorumlu çavuş olarak onun da katılması istenmişti. Toplantıdaki tek kadın olacağını varsayıyordu; bu da doğruydu. "Haa." Bir şey söylemeyi unutmuş gibi geri döndü. "Kadınların çadırındasın. Dün akşam bavulunu oraya gönderdim. Nerede olduğunu gösterirler. On dakika sonra da sağlık çadırında göreve başlaman gerekiyor."

"Şimdi mi?" Victoria afallamıştı. Bütün gece uyumamıştı ve şimdi yatmaya hazırdı. Ama çavuşa göre, öyle olmayacaktı.

"Görevin akşam sekizde bitecek," diyerek gülümsedi çavuş. "Sana söylemiştim Henderson; yardımına ihtiyacımız var burada. Güzellik uykunu sonra telafi edersin. Bu arada," derken, ona biraz sertçe baktı. Ama bakışları candan ve ilgiliydi. Victoria işe geri dönmesi gerektiğine hâlâ inanamıyordu. Kadın zorbanın biriydi. Ama hemşirelerini koruyor, gönüllüleri kullanmayı yeğliyordu. "Saçını topla," dedi ve gözden kayboldu. Victoria arkasından bakakaldı. Sonra bir fincan kahve daha içti ve görevde bir on iki saati daha düşünmeye başladı. Becerip beceremeyeceğini merak ediyordu. Ama artık başka çaresi yoktu.

Victoria'yı tekrar gördüğünde Didier, "Bu kadar çabuk mu döndün? Çavuş Morrison'a rastlamış olmalısın," diye takıldı ona. O da hâlâ görevdeydi. Victoria temiz bir önlük aldı. Çavuş Morrison'ın dediği gibi, saçını arkaya topladı ve bir zamanlar steril olan bir kep bulup başına taktı. Müttefik Kuvvetler onlara olabildiğince malzeme gönderiyordu, ama ihtiyaç duydukları yla kıyaslandığında, acınacak kadar azdı bunlar. Victoria tekrar işine döndü.

Sonraki on iki saat de aynı şekilde geçti. Ölen çocuklar, haykıran adamlar, parçalanmış organlar, kör olmuş gözler, zehirli gazla dolmuş ciğerler... Bu sefer çadırdan ayrılırken âdeta yalpalıyordu. O kadar yorgundu ki, kusacağını sandı. Birine kadınların çadırını sordu. Oraya vardığında da bavulunu bile aramadı; en yakındaki yatağa yattı. Uykuya dalarken sanki ölüyormuş gibi hissediyordu kendini. Hayatı boyunca hiç bu kadar yorulmamıştı. Bu kez rüyasında kardeşini bile görmedi. Ertesi gün akşamüstüne kadar da uyanmadı. Kalkınca, geçici olarak bu amaç için hazırlanmış çadırda duşunu yaptı; saçını yıkadı ve yemekhane çadırına kahvaltıya gitti. Ama neredeyse akşam yemeği saatiydi. Mayıs ayında muhteşem bir akşamüstüydü. Kendini yine insan gibi hissediyordu sanki. Biraz yemek aldı; daha çok da sert, sütsüz kahve. Oradakilerin hepsi kahveyle yaşıyor gibiydiler. Arabaların yakıtı gibiydi kahve; onsuz çalışamıyorlardı.

Yemeğini yerken, hastane çadırındaki görevine ne zaman dönmesi gerektiğini merak etti. Programının nasıl olacağı hakkında bir fikri yoktu; kimse de bir şey söylememişti. Tabağındaki, artık alışmış olduğu yahniyi bitirdiği sırada Didier'yi görüp ona sordu. Otuz altı saatlik bir çalışmadan geliyordu; halinden de belli oluyordu zaten.

"Seni akşamdan önce beklediklerini sanmıyorum. Programın çadırınızda asılı olması gerekiyor. Morrison biraz uykuya ihtiyacın olduğunu düşündü herhalde."

Victoria acıma duygusuyla, "Senin de var," dedi. Kendini onlardan biri gibi hissetmeye başlıyordu. Aslında çok hoş bir duyguydu bu. "Teşekkürler Didier. Sonra görüşürüz."

Didier, "*Salut!*" dedi ve elinde teneke bir kahve kupasıyla yürüyüp gitti. Kahvenin uyumasına engel olmayacağını biliyordu. Bombalar, ya da çekiçli adamlar bile engel olamazdı. Bitkinliğin ötesine geçmişti. Yine de giderken Victoria'ya gülümsedi. Ondan hoşlanmıştı. Kızın neden burada olduğunu bilmiyordu. Birçok kişinin kendine özgü nedenleri vardı. Niye geldiklerini kimseye pek anlatmazlardı; yakın arkadaş olmadıkça. Birçok kişi mutsuz hayatından kaçıyordu; ya da yüksek idealleri vardı. Buraya gelmelerinin nedeni her neyse, burada kalma nedenleriyle asla aynı değildi.

Victoria çadıra geri döndü ve programını buldu. İki saat sonra tekrar işe başlayacaktı. Yatağında bir süre yatıp dinlendi. Sonra kampta biraz dolaştı ve neyin nerede olduğunu öğrendi. Olivia'ya mektup yazmayı düşündü; ama işe başlamadan önce vakti olmadığına karar verdi. Bunun yerine, sağlık çadırına birazcık erken gitti. Bu kez hiç tanıdık sima yoktu; Çavuş Morrison dışında, ki o da Victoria'yı kontrol etmek için biraz sonra geldi. Saçının şeklinden memnun olmuş görünüyordu. Ona bazı üniformalar verdi. Asker üniformalarına benziyordu; ama uzun etekleri vardı. Victoria üniformasının üzerine beyaz bir önlük taktı; başına da, üzerinde kızıl haç olan beyaz bir kep. Soğuk havalar için de kırmızı bir pelerini vardı. Acayip bir giysi karmaşasıydı, ama yardımına ihtiyacı olanların, onun kim olduğunu ve ne iş yaptığını anlamalarını sağlıyordu. Sonra Çavuş, işlerin nasıl gittiğini sordu ona.

Victoria ihtiyatlı bir şekilde, "İyi galiba," dedi. Ne kadar becerikli olduğundan emin değildi, ama gayret ediyordu.

Morrison kuru bir sesle, "Bunu duyduğuma sevindim. Kimlik kartını personel çadırından alabilirsin. Dünkü toplantıda kalışın onaylandı," dedi. "Bence çok başarılı olacaksın." Victoria bu övgüye şaşırdı. Birkaç dakika sonra çavuş gitti ve Victoria'nın düşünmeye bile vakti olmadı. O akşam Berry au Bac'da bir çarpışma vardı. Sedyeler üstünde adamlar dalgalar halinde getiriliyordu.

Victoria hiç durmadan on dört saat çalıştı. İşi bıraktığında o kadar yorgundu ve o kadar midesi bulanmıştı ki, yemek bile yiyemeyecekti. Yavaş yavaş çadırına doğru yürüdü. Ölen çocukları düşünmemek mümkün değildi. Onca yorgunluğuna rağmen, *Lusitania*'da ölürken gördüğü çocukları düşünmeye başladı. Her şey öylesine anlamsız görünüyordu ki. Güneş yükselmişti; Fransa'da mayıs ayıydı. Kuşlar ötüyor, etrafında insanlar ölüyordu. İçeri girmek yerine çadırın biraz ilerisine doğru yürüdü. Orada küçük bir açıklık vardı. Sırtını bir ağaca dayayarak yere oturdu ve bir sigara yaktı. Birkaç dakika düşünceleriyle baş başa kalmaya ihtiyacı vardı. Etrafında her an insanlar olmasına, hiç tek başına kalmamaya ve ondan bu kadar çok şey talep edilmesine alışık değildi. Bütün bunların onu tüketebileceğini düşünmemişti. Ağaca yaslandı; sigarası elinde, gözlerini kapadı. Güneşin sıcaklığını yüzünde hissediyordu. Orada öylece otururken, bin yaşındaymış gibi hissediyordu kendini.

Tam önünde bir sesin, "Çok hoş bronzlaşabilirsiniz," dediğini duydu. "Ama tatil için buradan daha iyi yerler sıralayabilirim size." Ses bir Fransız'a aitti. Bir erkek sesiydi. Ama bunları İngilizce söylemişti. Victoria gözlerini açıp oturduğu yerden baktığında, adamın boyu, sırtını dayadığı ağaç kadar uzun görünüyordu. Kırlaşmaya başlamış sarı saçları vardı. Başka bir yer ve zamanda, onun çok yakışıklı olduğunu düşünebilirdi Victoria.

"İngilizce konuştuğumu nereden anladınız?" diye merakla sordu. Ama gülümsemiyordu.

"Dün belgelerinizi onayladım," dedi adam. Soğuk bir ifadeyle Victoria'nın gözlerine baktı. O da gülümsemiyordu. Karşılıklı birbirlerini keşfediyorlardı. "Üniformadan ve tariften tanıdım." Penny Morrison, *Lusitania* ile gelmiş ve orada muhtemelen on dakika kadar kalacak olan, çok güzel genç bir Amerikalı olduğunu söylemişti. Ama ona bakmakta olan adam Victoria'ya anlatmadı bunu.

"Ayağa kalkıp size selam vermem gerekiyor mu?" diye sordu Victoria. Henüz protokolü öğrenmemişti. Ama şu anda, yüzbaşı ve tıbbi asistandan çok, kadın ve erkek gibi görünüyorlardı.

Yüzbaşı, bu kez Victoria'nın sorduğu soruya gülümsedi. "Orduya katılmadığınız sürece gerekmiyor. Zaten katılmasanız daha iyi olur bence. Şu anda yaptığınızla yetinebilirsiniz. Tabii rütbeye ihtiyacınız olduğunu düşünmediğiniz sürece. Ama sanıyorum hemşire değilsiniz; o zaman da sadece er olabilirsiniz. Açıkçası, ben olsam o zahmete girmezdim." İngilizcesi mükemmeldi. Oxford ve Harvard'da okumuştu. Victoria'ya, Charles'dan büyükmüş gibi geldi; ama ne kadar büyük olduğundan emin değildi. Aslında otuz dokuz yaşındaydı ve çok çekici bir adamdı. Son derece aristokrat bir görünüşü vardı. "Bu arada, ben Yüzbaşı Edouard de Bonneville." Artık gülümsüyordu. Genç kadının gözlerinde, New York'tan ayrıldığından beri olmayan bir ışık belirmişti. *Lusitania*'da, Lady Mackworth dışında konuşabileceği pek az kişi olmuştu. O zamandan beri de yarım yamalak konuşmuştu. Ama bu adam farklı görünüyordu.

"Buranın kumandanı siz misiniz?" diye sordu Victoria. "Ayağa kalkmam gerektiğini sanıyorum, ama gerçeği söylemek gerekirse, bacaklarımın beni taşıyacağından emin değilim." Gözleri yorgun görünüyordu; tebessümü hüzünlü.

"İşte ordu mensubu olmamanın bir avantajı daha. Ayağa kalkıp selam vermeniz, ya da hazırolda durmanız gerekmiyor. Askere yazılmamanızı şiddetle tavsiye ederim," diye takıldı Victoria'ya. Bir kütüğün üzerine oturup ona baktı. "Hayır, ben kesinlikle kumandan değilim. Üçüncü ya da dördüncü sıradayım ve hiçbir önem taşımıyorum."

"Eğer dün belgelerimi siz imzaladıysanız, buna inanmam mümkün değil."

"Gerçeğe oldukça yakın." Ama aslında değildi. Soylular ve beyefendiler için bir süvari okulu olan Saumur'a gitmişti. Meslekten askerdi. Her şey yolunda giderse, sonunda general olacaktı. Ama o, kendi tarihiyle değil, Victoria'yla ilgiliydi. Son iki gündür, birkaç kişiden onu dinlemişti. Genç kadın, Penny Morrison'ın da ilgisini çekmişti. Belli ki iyi eğitilmişti. Çok genç ve güzeldi. Buraya neden geldiğini kimse tahmin edemiyordu. Yazlarını, saten tuvaletler giyip partilere giderek ve dans ederek geçirecek bir kıza benziyordu. "*Lusitania* ile geldiğinizi duydum," dedi. Dikkatle gözlerine bakıyordu Victoria'nın. Bütün hüznünü ve acısını görebiliyordu gözlerinde. "Yolculuğunuz pek iyi başlamamış ne yazık ki," diyerek âdeta şeytanca sırıttı; "sonu da pek iyi sayılmaz ya. Daha hoş bir yere giderken yolunuzu mu kaybettiniz, yoksa bunu kendinize kasten mi yaptınız?" Victoria güldü. Adamı tanımasa bile hoşlanmıştı ondan. Açık sözlü bir yanı vardı; hatta birazcık sivri dilliydi. Ama hoşuna gitmişti bu.

"Kasten yaptım. Öyle olmasaydı bayağı korkunç oldurdu." Victoria da güldü; sonra onunla göz göze geldi. Gözleri neredeyse aynı renkti. Oysa Victoria'nın saçı simsiyahken, yüzbaşınınki açık renkti. Onlara bakan biri, güzel bir çift olacaklarını düşünürdü; yüzbaşı ondan çok büyük olmasına rağmen. Teknik olarak, otuz dokuz yaşındaki bu adam, babası olabilirdi. "İngilizceyi neden bu kadar iyi konuşuyorsunuz?"

"Sorbonne'dan sonra bir yıl Oxford'a gittim. Sonra aksanımı mükemmelleştirmek için," diyerek sırıttı ve kusursuz bir Boston aksanıyla devam etti. "Bir yıl Harvard'a gittim. Sonra da Saumur'a. Bir sürü atın olduğu, aptal bir Fransız askeri okuludur." Tarifine bayılmıştı Victoria. Okulu o bile duymuştu; çok seçkin bir okul olduğunu biliyordu. Amerika'daki West Point'ın karşılığıydı. Ama burada atlar vardı. "Şimdi de buradayım," diyerek o da bir sigara yaktı. O arada Victoria'nın sigarası bitmiş, bir tane daha yakmıştı. "Ve açıkçası, keşke olmasaydım diyorum." Adamın dürüstlüğüne güldü Victoria. Erkeklerin çoğu bu durumda aynı şeyi söylerdi. Victoria'nın, sırf burada olmak istediği için, üç bin mil uzaktan geldiğini düşünmek şaşırtıyordu onu. "Eğer biraz aklınız olsaydı, yine bir gemiye biner, geldiğiniz yere geri dönerdiniz. Üstelik bu kez bir *Amerikan* gemisine. Çünkü sizin ülkeniz bütün bunların dışında kalacak kadar mantıklı. Sahi, nereden gelmiştiniz?" Onun Amerikalı olduğunu biliyordu, ama başka bir şey bilmiyordu. Bir de adının Olivia Henderson olduğunu biliyordu. En azından, öyle olduğunu sanıyordu.

"New York'tan," diye cevap verdi Victoria.

"Zalim bir ana-babadan mı kaçtınız?" Pasaportuna bakıp yirmi iki yaşında olduğunu öğrenmişti. Hâlâ ailesiyle yaşayacak, ya da herhangi bir nedenle onlardan kaçmak isteyecek kadar gençti. Belki de kırık bir kalp getirmişti onu buraya. Mümkündü; ama son derece saçma bir şey olurdu bu.

"Hayır." Başını iki yana salladı. "Çok iyi kalpli bir babam var."

Edouard buna şaşırmış görünüyordu. "Peki buraya gelmenize izin mi verdi? Ne tuhaf bir adam." Victoria cevap olarak başını salladı. Olumsuz anlamda. Onunla konuşmak hoşuna gitmişti. Aksanının acayip karışımı da öyle. Daha çok Fransız, biraz da İngiliz aksanı. "Kızımın böyle bir şey yapmasına izin vereceğimi sanmıyorum. Eminim vermezdim. Tabii kızım olsaydı ki, Tanrıya şükür, yok." Victoria, Edouard'ın eline baktı; nikâh yüzüğü yoktu. Ama kendi elinde de yoktu; oysa Charles'la evliydi. Yüzüğünü, onun yerine Olivia takıyordu.

Victoria dürüstçe, "Burada olduğumu bilmiyor," dedi. "California'da olduğumu sanıyor."

"Böyle bir şey yapmanız hiç hoş değil." Victoria'ya samimi bir hoşnutsuzlukla baktı. Ya başına bir şey gelseydi? Peki ya gemi? "Burada olduğunuzu kimse bilmiyor mu?" Yirmi iki yaşında bir kız için çok gözü pekti. Çok cesur ve çok akılsız.

Victoria tekrar ağaca yaslanarak, "Kız kardeşim biliyor," diye cevap verdi. Yüzbaşıyla konuşmak hoşuna gitmişti; ama çok yorgundu. Yine de, onda öyle bir şey vardı ki, anlatıp anlatmaması gerektiğinden emin olmadığı şeyleri ona anlatma isteği doğuruyordu içinde. Ama onu geri gönderemezdi artık. Belgeleri kendindeydi. Üstelik yirmi bir yaşını geçmişti. Ona engel olmak için ne yapabilirdi ki? "Biz ikiziz," dedi sessizce.

"Tek yumurta ikizi mi?" Yüzbaşının çok ilgisini çekmeye başlamıştı. Victoria başını salladı. "Tamamen." Başını salladı. "Biz ayna ikiziyiz. Benim sol tarafımda olan her şey, onda sağ tarafta; bende de tam tersi. Şu leke gibi meselâ." Victoria sol elini uzattı. Yüzbaşı, avucunun içinde, tam parmaklarının arasında minicik bir nokta gördü. Bir göz attı ve başını salladı. İkisini bir arada görmediğine göre, bu bilgiye ve kimlik teşhis etme yöntemine aslında hiç ihtiyacı yoktu. Ama bunun epeyce sorun yaratabileceğini tahmin edebiliyordu. "Küçükken bize bakan kadının dışında kimse ayırt edemez bizi; babamız bile." Yaramaz bir ifadeyle sırıttı. Yüzbaşı, onun yaratmış olabileceği bütün kargaşayı ve bundan ne kadar zevk aldığını tahmin edebiliyordu.

"Bu durum çok karışıklık yaratabilir," dedi. Olabilecekleri gözünde canlandırdı ve gülümsedi. "Özellikle de erkekler için; değil mi? Tanıdığınız herkesi şaşırttınız mı?" Çok akıllı bir adamdı; hem de hiç düşünmeyeceğini kadar. Victoria güldü. Genç kadın henüz bilmiyordu, ama güzelliği karşısında, Edouard de Bonneville'in gözleri kamaşmıştı. Kızdan söz edildiğini duymuştu. Ama söylenen sözler hiç de yeterli değildi ona göre. Kız muhteşemdi.

"Sadece bazılarını," diye itiraf etti Victoria. Çok masum görünüyordu, ama yüzbaşı bir an bile inanmadı buna.

"Vah zavallıcıklar. Ne korkunç. İyi ki ikinizi birlikte tanımadım. Yine de kabul etmeliyim ki, ikinizi birden görmek hoşuma giderdi. Kardeşinizin adı ne?" diye sordu Edouard. Victoria bir saniye tereddüt etti.

"Victoria," dedi sadece.

Yüzbaşı, "Olivia ile Victoria. Mükemmel. Evet Olivia," diye devam etti. "Buraya gelişin bir sır; sadece kardeşin biliyor. Peki bizimle ne kadar kalacaksın? Sonuna kadar mı?" Bundan kuşkuluydu. Niye kalacaktı ki? Belli ki iyi bir aileden geliyordu; iyi eğitilmişti; hoş sohbetti; zekiydi ve çok güzeldi. Ne zaman isterse eve dönebilirdi. Oradaki tehlikeden ve rahatsızlıktan bezdiği anda da gideceğinden emindi Edouard. Zaten bundan daha bol bir şey yoktu burada. Kızın burada çok fazla kalacağını sanmıyordu.

"Bilmiyorum." Victoria dürüstçe baktı. Gözleri, henüz anlamadığı bir hikâyeyi anlatıyordu Edouard'a. Belki de bir şeyden kaçıyordu. "Kalabildiğim kadar kalacağım. Kardeşime bağlı."

"Kardeşine mi?" İşte bu şaşırtmıştı Edouard'ı. Kaşını kaldırıp Victoria'ya baktı. "Neden ona bağlı?" Az rastlanan, tuhaf bir yaratıktı bu kız. Bütün günü, onunla konuşarak ve onu tanımaya çalışarak geçirmek çok hoş olabilirdi.

"İşlerimi o hallediyor."

Edouard dikkatli ve nazik bir şekilde, "Durum karışık görünüyor," dedi.

"Öyle." Victoria, gözlerinde tuhaf bir ifadeyle başını salladı.

"Belki bir gün anlatırsın bana." Victoria, Châlons-sur-Marne'da olduğu sürece, onun meslek yaşamını izleyeceğine yemin etti Edouard. İlginç olacaktı; bundan emindi.

Victoria yavaşça yerinden kalktı. Kemiklerinin ağrıdığını hissediyordu; aynen sağlık çadırından çıktığı sırada olduğu gibi. Yüzbaşıdan ayrılmak istemiyordu. Oysa daha fazla uyanık kalamayacağını biliyordu. Ama yüzbaşı onu şaşırttı ve onunla birlikte kadınların çadırına kadar yavaş yavaş yürüdü. Onun, mevkice düşük bir gönüllüyle görülmek istemeyeceğinden emindi Victoria, ama Edouard buna aldırmıyor gibiydi.

Hatta ertesi hafta sık sık sağlık çadırına geldi ve onu seyretti. Gazla zehirlendiği için, içi boşalana kadar kusan birinin yanında diz çöktüğünü; ya da askerler öldükleri sırada, onların ellerini tutup ağladığını gördü. Bir iki kez de yemekhane çadırına geldi ve onunla kahve içti. Bir seferinde, Victoria on dakikalık bir molada yemek yerken yanında oturdu. Çadırdaki görevine dönmeden önce yemeğini ancak yutacak kadar vakti vardı. Artık hepsinin alıştığı, silah gürültülerine ve arada bir gelen ıslık sesine rağmen konuşmayı başardılar. O ıslık sesi Victoria'ya hep *Lusitania*'ya çarpan ilk torpili hatırlatıyordu. Dangemarck'a isabet edip duran yeşil-sarı gaz bulutundan ve sakatlanan, öldürülen, kötürüm edilen binlerce askerden söz ettiler. Bütün bunların arasında, saçma sapan şeylerden de konuştular; çim tenisi, yazlık yatlar, Edouard'ı süvari olmaya yönlendirilen at sevgisi, Boston'da geçirdiği günler gibi. Newport'ta ortak tanıdıkları olduğunu bile fark ettiler. Burada böyle şeyler konuşmak çok tuhaftı, ama çoğu zaman, sadece o gün neler yaptıklarından söz ediyorlardı.

Victoria'yı görmek için zaman zaman çadıra da uğruyordu yüzbaşı. Onu ilk kez bir yere davet ettiğinde, Victoria oraya gideli bir ay olmuştu. Şatoda, generalin kıdemli subaylar için vereceği küçük bir yemek olacaktı. Edouard, Victoria'nın ona eşlik etmesini istedi.

"Burada mı?" Victoria çok şaşırmış görünüyordu. Giyecek hiçbir şeyi yoktu. Her şeyini gemide kaybetmişti. Liverpool'dan aldıkları da işe yarayan, ama çirkin şeylerdi. Sadece üniformaları ve kolalı önlükleri vardı.

"Maalesef söz konusu olan Paris'teki Maxim değil." Edouard eğleniyordu. Bir ay boyunca onu kanlı önlüklerle ve cephe gerisindeki geçici morga ambulans kullanırken gördükten sonra, ansızın tam bir kadın gibi konuşmaya başlamıştı Victoria.

"Üniformamdan başka giyecek bir şeyim yok," diye sızlandı. Edouard onu davet ettiği için gururu okşanmış, ama şaşırmıştı da. Geçen bir ay süresince arkadaş olmuşlardı. Ama yüzbaşının ondan hoşlanabileceği hiç aklına gelmemişti. Ondan yaşlıydı; yüksek rütbeliydi; burası da bir aşk macerası için uygun bir yere benzemiyordu. Yine de burada romantik ilişkileri olan başka birilerini tanıyordu. Bazı koşullarda, çevrelerindeki ıstırap insanları yakınlaştırıyordu; başka koşullarda da mesafeyi korumak daha mantıklı geliyordu insana. Edouard'ın ikinci yolu seçtiğini farz etmişti.

"Benim de üniformamdan başka giyeceğim bir şey yok Olivia." Eğleniyordu. Edouard kardeşinin adını her söylediğinde Victoria gülümsüyordu. Artık o isme rahatça karşılık veriyordu. Ama Edouard söz konusu olduğunda, gerçekten yer değiştirmiş gibi hissediyordu kendini. Bir iki kez ona anlatmayı düşünmüştü. Ama başının derde gireceğinden korkuyordu. Sonuç olarak, bir savaş bölgesinde başkasının pasaportuyla yolculuk ediyordu. Edouard, "Hiç önemli değil," diyerek rahatlattı Victoria'yı. Onu yedide alacağını söyledi.

Victoria, o saatte işten ayrılmak için özel izin alması gerektiğini biliyordu. Ama Didier onu idare edeceğini söyledi. Victoria nedenini anlatınca, Didier kaşını kaldırarak ona baktı.

"Bunun ne zaman olacağını merak ediyordum," dedi onaylayarak. Geçen bir ay boyunca Victoria'yı gerçekten sevmeye başlamıştı. Çok çalışıyordu; ona karşı hep dürüsttü ve ne zaman ihtiyaç olsa, hiç şikâyet etmeden fazladan nöbet tutuyordu. Genellikle nöbet süresinden fazla çalışıyordu ve hiç söylenmiyordu.

Didier'nin ima ettiği şeye gülerek, "Sadece arkadaşız," dedi Victoria.

"Sana öyle geliyor. Fransız erkeklerini tanımıyorsun." Didier güldü.

Victoria, "Saçmalama," dedi ve hızla çadırına koştu. Yemek o geceydi. Hiç olmazsa temiz bir üniforma giyecekti Edouard için. O akşam, kadın olarak kendine bir tek ayrıcalık tanıdı. Saçını açtı ve çabucak fırçaladı. Hiç makyaj malzemesi yoktu. Hepsi *Lusitania* ile birlikte batmıştı. Sonra da yenilerini alma zahmetine girmemişti. O sırada çok önemsiz gelmişti ona. Şimdi hayıflanıyordu.

Edouard onu bir kamyonla aldı çadırından. Sadece birkaç kafa döndü. Geri kalan herkes ya akşam yemeğindeydi, ya siperlerde, ya da işte.

Edouard içtenlikle, "Çok hoş görünüyorsun Olivia," dedi. Victoria, artık o isme tepki bile vermeyerek güldü ve teşekkür etti.

"Tuvaletimi beğendin mi?" Üstünü başını düzeltir gibi yaptı. "Paris'te diktirdim. Ya saçım?" Saçlarını bir manken gibi gösterip Edouard'a baktı ve sırıttı. "Yapmak saatlerimi aldı."

"Sen bir canavarsın. Ailenin seni neden buraya gönderdiği anlaşıldı. Eminim senden kurtulmaya can atıyorlardı."

"Doğru," dedi. Üzüntüyle Charles ve Geoff'i düşündü. İşin doğrusu, buraya geldiğinden beri bir kez bile özlememişti onları.

"Geldiğinden beri kardeşinden haber aldın mı?"

"Evet. İki kez. Ben de ona yazdım. Ama mektuplarım öyle acayip ki. Bütün olan biteni, burada olmayan birine açıklamak çok zor. Mektupları yolladım; ama son derece yapmacık geldi bana."

Şatoya ulaştıklarında, "İçinde olmadıkça savaşı anlamak zordur," dedi Edouard. Victoria saçını tekrar düzeltti. Edouard'ın yanında içeri doğru yürürken birden tedirgin oldu. İçeride iki kadın daha vardı. Şatonun, aynı arazinin içindeki küçük bir evde yaşayan sahibesi, bir kontesti. Victoria'nın annesi olacak yaştaydı. Çok hoş ve kibardı. Öbür kadın, albaylardan birinin karısıydı. Londra'dan onu görmeye gelmişti. Hiç alışılmamış bir şeydi bu; ama albay aylardır buradan kurtulamadığı için, onun gelmesine izin vermişti.

Küçük ve gayri resmi bir yemekti. Sohbet konuları, ilk başta daha çok savaş ve Galiçya'daki acımasız mücadeleydi. Geçen ay bir milyondan fazla Polonyalı ölmüştü. Victoria için algılanması güç bir şeydi bu. Düşününce, buraya geldiğinden beri belki de bin kişinin ölümüne tanık olduğunu fark etti.

Sonunda sohbet konuları değişti. General, Victoria'ya son derece cana yakın davranıyordu. Herkes kusursuz İngilizce konuşuyordu. Victoria'nın Fransızcası da ilerliyordu tabii. Saat onda, Victoria'yla Edouard, kadınların çadırına doğru gitmek üzere yola koyuldular. Yüzbaşı, Victoria'yla gurur duymuştu, ama bir şey söylemedi. Generalin de, kontesin de etkilendiklerini görmüştü. Oysa Victoria hiç farkında değildi. Yol boyu Edouard'la konuşup

durdu. Uzaktan, o tanıdık ıslık ve silah sesleri duyuluyordu. Victoria, hiç olmazsa o gece az kayıp verilmesi için dua ediyordu.

Sessizce, "Bunun sonu nereye varacak?" diye sordu. Edouard, kışlaya gelmeden biraz önce kamyonu kenara çekti. Konuşmak için gidebilecekleri başka bir yer yoktu. Yemekhane her saat kalabalık oluyordu. Yalnız kalabilecekleri hiçbir yer yoktu. Sakin sohbetler için bir yer bulmak zordu; çoğu zaman insanlarla çevrelenmiş oluyorlardı. Ama bu sefer Edouard onunla yalnız kalmak istemişti. Ona söylemek istediği bazı şeyler vardı.

"Savaşlar bizi asla daha iyi yerlere götürmez," dedi filozofça. "Tarihe, tâ Pön Savaşlarına bakarsan görürsün ki, sonunda herkes kaybediyor."

"Hadi koşup onlara da söyleyelim bunu." Victoria gülümsedi. Edouard ona sigara ikram etti; Victoria aldı. Artık Gitanes içiyordu. "Herkesi bir sürü dertten kurtarabiliriz."

"Unutma; haberci her zaman vurulur," dedi Edouard. Altın bir çakmakla Victoria'nın sigarasını yaktı. "Bu gece çok iyi vakit geçirdim," dedi. Ona bakarken, New York'ta arkasında ne bıraktığını merak ediyordu. Bir yığın kırık kalp bırakmamış olmasına inanmak zordu. Ama bir aydır onu dikkatle gözlüyordu; hiç de dertli bir halini görmemişti. "Çok iyi bir arkadaşsın Olivia. Seninle bir ara yine çıkmak isterim," dedi. Tekrar Paris'te olabilmeyi isterdi. Orada hayat öyle farklı olurdu ki. Onunla öyle çok şey yapabilirdi ki. Onu Chinon'daki şatosuna, Dordogne'da ava götürebilir, bütün arkadaşlarıyla tanıştırabilirdi. Biraz da güney Fransa'da vakit geçirebilirlerdi. Müthiş bir şey olurdu. Ama şu anda sadece, Streenstraat ile Poelcapelle arasındaki siperler ve fosgen gazından ölen adamlar vardı. Doğru dürüst flört edemiyorlardı.

Victoria rahatlıkla, "Ben de iyi vakit geçirdim," dedi. Fransız sigarasının ve Edouard'ın arkadaşlığının tadını çıkarıyordu. Onunla birlikte olmaktan zevk alıyordu. "General müthiş bir adam." Edouard'a gülümsedi ve Victoria'nın elini tutup öptü.

"Sen de öylesin." Sonra Victoria'nın elini nazik bir şekilde bıraktı. Ona söyleyeceği şeye nasıl bir tepki göstereceğinden emin değildi. "Sana söylemek istediğim bir şey var Olivia. Aramızda herhangi bir yanlış anlama olsun istemiyorum." Edouard'ın sözlerini dinlerken, Victoria kalbinde tanıdık bir acı duydu. Tam daha önce yaralanmış olduğu yerde. Bütün bedeninin kasıldığını hissetti.

Edouard'ın yerine Victoria konuştu. Onu mahvetmesini beklemedi. Bir daha başına aynı şeyin gelmesine asla izin vermeyecekti. Kendini bütün erkeklerden sonsuza kadar koruyacağını biliyordu. Son derece duygusuz bir şekilde, "Evlisin," dedi. Yüreğini ondan tamamen gizleyerek, dikkatle Edouard'ın gözlerini inceliyordu.

"Bunu nasıl anladın?" Edouard çok şaşırmıştı. Victoria tahmin ettiğinden daha akıllıydı. Başından ne geçmiş olabileceğini merak etti. Gözlerindeki acıyı görebiliyordu şimdi. Vahşiydi ve hâlâ hayat doluydu.

"Anladım işte. Daha önce anlamamıştım... ama demin söylediğini duyunca... Başka ne olabilir ki?"

"Aa... birçok şey... insanlar yanlarında her türlü bagajı taşırlar. Bu da benimki. Gerçek bir evlilik değil," dedi Edouard. Victoria haşin bir şekilde sözünü kesti.

"Tabii değil. Sevgisiz bir evlilik. Onunla hiç evlenmemeliydin ve savaştan sonra ondan ayrılabilirsin. Ama ayrılamayabilirsin de..." Sesi kısıldı. Bakışlarını ondan kaçırıp camdan dışarı bakarken, gözlerinde çok incinmiş bir ifade vardı.

"Tam olarak öyle değil. Karım beni beş yıl önce terk etti. Ve evet, sevgisiz bir evlilikti. İkimiz açısından da. Şu anda nerede olduğunu bile bilmiyorum. Muhtemelen İsviçre'dedir. En iyi dostumla kaçtı. Ama açıkçası, benim için kurtuluş oldu bu. Üç yıldır evliydik ve birbirimizden nefret ediyorduk. Ama boşanamıyorum; burası Katolik bir ülke. Bunu bilmeni istedim. Bu durum akla birçok şey getirebilir. Eminim, hepsi de saçma sapan, mantıksız şeyler olacaktır. Ama sana anlatmak için daha fazla beklemek istemedim. Yasalara ve Kiliseye göre, ben evliyim. Gerisi, ne yazık ki biraz daha belirsiz." Victoria hayretle dönüp Edouard'a baktı. Hikâyesi beklediğinden farklıydı. Ya da belki aynı şeydi de, bu Fransız versiyonuydu. İnanıp inanmamak konusunda kuşkuları vardı. Ona bakarken de bu kararsızlığı belli oluyordu.

"Seni terk mi etti?" Bu soruyu sorarken çok genç görünüyordu. Onun bu tedbirli ifadesi Edouard'ı gülümsetti.

Başını salladı; hiç rahatsız olmamış görünüyordu. Üzerinden uzun zaman geçmişti. O zamandan beri bir iki kadınla ilgilenmişti. Ama sürekli biri olmamıştı. Son zamanlarda ise kimse yoktu. Bir yıldan beri yoktu. "Yaklaşık altı yıl önce," diye açıkladı. "Şefkat duygunu harekete geçirmek için, onun kalbimi kırdığını söylemeliydim. Ama ne yazık ki bunu yapamam. Gitmesi müthiş rahatlattı beni. Bu yüzden Georges'a hayatımı borçluyum. Bir gün ona doğru dürüst teşekkür etmeliyim. Zavallıcık, belki de hep suçlu hissetmiştir kendini." Victoria'ya gülümsüyordu. O da Edourd'ın söylediklerine gülmeden edemedi.

"Neden ondan bu kadar nefret ettin?"

"Çünkü şımarık, huysuz ve hayli çekilmez bir kadındı. Gerçekten, son derece kötü bir insandı. Bugüne kadar yaşamış olan en bencil kadındı. Geçinilmesi olanaksızdı."

"Niye evlendin onunla? Çok mu güzel?" Victoria, Edouard'ı merak ediyordu. Hem de o an için kabul edebileceğinden bile daha çok merak ediyordu. İlgi çekici bir adamdı Edouard.

Yüzbaşı, "Çok güzel," dedi dürüstçe. Güzelliğe her zaman zaafı olmuştu. "Ama nedeni o değildi. En azından, öyle olmadığını umuyorum. Kardeşimle nişanlıydı. Ama ne yazık ki, kardeşim bir av kazasında öldü. Birkaç hafta sonra evleneceklerdi. Kardeşim, aptallık edip hamile bırakmış onu." Özür dileyen bir ifadeyle baktı Victoria'ya. "Kusura bakma; çok uzun bir süredir cephedeyim. Böyle konuşmamalıydım." Ama Victoria elini salladı ve onun sigaralarından bir tane daha aldı. İlgiyle dinliyordu Edouard'ı. Kendi hikâyesinden çok da farklı değildi. "Her neyse, soylu bir davranış olduğunu düşündüğüm şeyi yaptım. Kardeşimin yerini alıp onunla evlendim. Üç hafta sonra düşük yaptı. Ya da öyle söyledi. Aslında, hamile olduğuna bile ikna olmuş değilim ya. Bence onu tuzağa düşürdü. Kardeşim de ona inanacak kadar saf davrandı. Açıkçası, eğer onunla evlenmiş olsaydı, karısını öldürürdü bence. O benim kadar sabırlı değildi.

Üç yıl sonra Georges'la gitti. Önce bir yıl kadar flört etmiş onunla. Birlikteliklerini garantiye almış. Benim haberim yoktu. Georges'dan önce de iki üç kişi olmuş galiba. Onlar gittikten sonra, artık hayatım hayret edilecek kadar huzurlu. Tek sorun şu: Eğer Georges çok zengin olmazsa -ki fazla zeki bir adam olmadığı için bundan kuşkuluyum- ya da karım bir başka adamla tanışmazsa, benden boşanmaz. Ona büyük miktarda para bağlatabilirim; bunun için uğraştım da. Ama şimdilik unvanı tercih ediyor."

"Unvan mı?" Victoria kaşını kaldırdı. Edouard, sanki bir örümcek ağını dağıtmak istermiş gibi, elini şöyle bir salladı.

"Ne yazık ki karım şu anda bir barones. Kardeşimle evlenmiş olsaydı hiçbir şeye sahip olmayacaktı. O, ailenin küçük oğluydu. Ne yazık ki, Heloise unvanlara epeyce düşkündür. Şimdi bize gerek olan, daha iyi bir unvan. Örneğin marki, ya da vikont." Çok komik anlatıyordu; Victoria gülümsedi. Durum, ilk anlatıldığı ana göre daha az korkutucuydu artık. Şimdi karanlıkta ona bakıyordu Edouard. Gözleri epeydir alışmıştı karanlığa ve ilk anlattığında Victoria''ın yüzünde beliren her ifadeyi görmüştü. "Şimdi sıra sende. Kalbini kıran adamı anlatmak zorundasın. Galiba 'sevgisiz evlilik' deyince bam teline dokundum. Anlatmak ister misin?" diye sordu nazikçe. Sonra uzanıp elini tuttu. Ona söylemesi gerekenleri söylediği için rahatlamıştı. Kimseye, evlenmek için özgür olduğu izlenimini vermek istemiyordu; çünkü değildi. Özgürdü; ama evlenmek için değil. Victoria'yla tanışıncaya kadar da buna hiç aldırmamıştı. Sadece çocuğu olmadığı için üzgündü. Ama Heloise'den çocuk sahibi olmak düşüncesi kâbus gibi geliyordu.

Victoria önce, "Anlatacak pek bir şey yok," diye kibarca yalan söyledi. "Sahiden, çok önemli değil."

Edouard tatlı bir ifadeyle, "Buraya gelecek kadar önemli mi?" diye sordu. "Yoksa sorun başka bir şey miydi?"

Victoria, "Birçok şeydi," dedi dürüstçe. Artık o da bir şey anlatmak zorunda hissediyordu kendini; madem Edouard ona o kadar açık davranmıştı. En azından, öyle olduğunu sanıyordu. Ama hikâyesi doğru gibi gelmişti. "Evet, biri vardı," dedi sonunda. "Çok genç ve çok aptaldım. İki yıl önceydi. Yirmi yaşındaydım. İnanılmayacak kadar da saftım. Aslında," bir an utandığı belli oldu. Edouard, cesaret verircesine gülümsedi. "Şu anda öyle önemsiz geliyor ki. O sırada, korkunç önemli gibi görünüyordu. Ona âşık oldum; ayaklarımı yerden kesti. Çok kısa sürede bir sürü ahmaklıklar yaptım. Bir iki ay için New York'a gitmiştik. Benden yaşlıydı ve büyüleyici bir adamdı... Ne yazık ki evliydi. Üç çocuğu vardı. Ama karısından nefret ettiğini söyledi bana. Evliliklerinin bir anlaşmadan başka bir şey olmadığını ve karısını her an terk etmeyi tasarladığını söyledi. Boşanacaklardı. Ben sabırla beklersem, mutlaka evlenecektik. Tabii ki. hepsi boş lafmış... ben... ben..." Sözcükler ağzından çıkmıyordu. Edouard'ın anlattıklarından sonra çok utanç vericiydi. "Söylediklerine inandım," dedi ve kendini anlatmaya zorladı. "Ve ona deli gibi âşık oldum. Ben... onurumu tehlikeye attım. Biri babama anlatmış. Babam da karşısına dikilmiş. O zaman demiş ki..." Edouard ona bakarken, gözlerindeki ifadenin sertleştiğini gördü. "onu *benim* baştan çıkardığımı söylemiş. Beni tamamen inkâr etti. Verdiği sözlerin hepsini inkâr etti. Aslında karısından ayrılmaya asla niyeti olmadığını söyledi bana. Hatta karısı hamileymiş." Sonra, eğer Edouard'ı şoke edecekse şimdi tam zamanıdır, diye karar verdi. Henüz kaybedeceği hiçbir şey yoktu. Bunları bir başkasına anlatırsa Edouard'dan nefret ederdi. Ama içinden bir ses, ona güvenebileceğini söylüyordu. "Karısı bebek bekliyormuş," dedi yumuşak bir sesle. "Ben de öyle. Oturduğumuz yere, Croton-Hudson'a döndük. Birkaç hafta sonra attan düştüm ve bebeği kaybettim. Hastaneye yatmam gerekti. Neredeyse ölüyormuşum. Çok kan kaybetmişim. Ama iyileştim. Babam büyük gürültü çıkardı. New York'ta herkesin benden bahsettiğini söyledi. Âşık olduğum adam herkese benim ne yaptığımı anlatıyormuş. Herhalde çok komik olduğunu düşünüyordu. Ama babam, adımı temize çıkarmak için bir şey yapmam gerektiğini söyledi. Babamın ve kardeşimin adını da. Yaptığım şeyle herkesi kötü duruma düşürdüğümü ve bir daha asla evden dışarı adımımızı atamayacağımızı söyledi. Öyle şeyler işte," dedi Victoria. Camdan dışarı bakarken, o günlerin ne berbat olduğunu ve babasının dediklerini dinlerken kendini ne kadar çaresiz hissettiğini hatırlayarak içini çekti. Sonra hüzünlü bir tebessümle Edouard'a döndü. "Beni avukatlarından biriyle evlenmeye zorladı. Başka seçeneğim olmadığını söyledi. Ailem için bunu yapmak zorunda olduğumu belirtti. Ben de inandım ona. Asla evlenmek istemediğimi düşünürdüm. Sadece kadınlara oy hakkı için uğraşmak, açlık grevlerine katılmak, hapse girip tutuklanmak istiyordum," dedi. Gözleri yine alev alevdi. Edouard meraklı bir ifadeyle güldü.

"Bu da bir seçenek tabii. Benim ille de önereceğim bir şey değil ama." Victoria'nın elini dudaklarına götürüp parmaklarını öptü. "İki yıl önce senin kolay dizginlenebilir biri olduğunu düşünemiyorum bile. Belki de hiçbir zaman değildin ya."

Victoria, bunun doğru olduğunu belirten bir tavırla gülümsedi. "Belki değildim. Her neyse, söz dinledim. Onunla evlendim. Dul bir adamdı; bir oğlu vardı. Karısı *Titanik*'te ölmüş. Oğlu için bir anne istiyordu."

Edouard daha büyük bir merakla, "Peki annelik yaptın mı?" diye sordu. Genç kadının hikâyesi, tahmin ettiğinden çok daha karmaşıktı. Ama buraya nedensiz gelmemişti.

Victoria dürüstçe, "Hayır," diye cevap verdi. "Annelik yapmadım. Charles'a da eşlik yapmadım. Çocuk benden nefret ediyordu. Babasının da nefret ettiğini sanıyorum. Karısı gibi değildim ben. Charles da... benim âşık olduğum adam gibi değildi. Onun istediği gibi biri olamaz, yapmamı istediği şeyleri yapamazdım. Her şeyden nefret ediyordum; ondan da..." Sesi kısıldı. Edouard ona bakıyordu. Victoria üzüntüyle, "Ona karşı hiçbir şey hissetmiyordum," dedi. "Bunu o da biliyordu."

"O da kötü bir adam mı?"

"Hayır." Başını sallayarak Edouard'a bakarken gözleri doldu "Hayır değil. Sadece onu sevmiyordum." Sorun bundan ibaretti. Onu hiç sevmemişti; hiç sevmeyecekti. Edouard anladı bunu.

Yumuşak bir sesle, "Peki şimdi nerede?" diye sordu. Ayak bağı olan tek kişi o değildi.

Victoria, "New York'ta," diye fısıldadı.

"Onunla hâlâ evlisin sanıyorum." Sesinde düş kırıklığı vardı. Beklemediği bir şeydi bu.

"Evet, evliyim." Edouard'a kocaman, hüzünlü gözlerle baktı.

"Buraya gelmene izin verdiğine göre, belki de seni tahmin ettiğinden daha çok seviyor." Çok soylu bir davranıştı bu. Edouard, Charles'a bu yüzden hayran olmuştu. Kendi karısına böyle davranamayacağını biliyordu; ne denli dik başlı ve bağımsız olursa olsun.

Victoria onu iyice şaşırttı. "Burada olduğumu bilmiyor," dedi yavaşça. Ona her şeyi anlatması gerektiğinin farkındaydı. Ne kadar tehlikeli olursa olsun, artık gizleyemezdi. Ona güvenmesi gerekiyordu. Güvenmek istiyordu. İki yıldır ilk kez bir erkeğe güveniyordu. Ve bu erkeğin onu incitmeyeceğini biliyordu.

"Senin nerede olduğunu sanıyor?" diye sordu Edouard. Dehşete kapılmıştı. Victoria birden gülümsedi ona. Aslında korkunç bir şeydi, ama birden ona çok komik geldi. O kadar komikti ki, açıklamaya nasıl başlayacağını bilemiyordu.

"Onunla birlikte evde olduğumu sanıyor."

"Ne demek istiyorsun?" Kafası tamamen karışmış gibiydi. Victoria'ya bakakaldı. Ağzı hayretle açılmıştı. "Aman Tanrım! Kardeşin! Doğru mu? Kocan sanıyor ki..."

"Umarım sanıyordur."

"Kardeşinle yer mi değiştirdiniz?" Edouard şoka girmişti. Victoria birden, kimliğini açığa vuracağından korktu. Ne de olsa pasaportunda ev adresi vardı. Ya onlara yazıp anlatırsa? "Böyle bir şey yaptığına inanamıyorum. Ama eminim. Ama... bir erkek ve bir kadın... bir karı koca..."

"En başında vazgeçtik bundan. Korkunçtu. Birbirimizde nefret ettiğimiz her şey, sanki kocaman bir kaya gibi aramıza girip yakınlaşmamıza engel oluyordu. Kardeşimin yapacağı tek şey, onun evini yönetmek. Charles asla fark etmeyecektir"

"Bundan emin misin?" Edouard, buraya gelmek için göze aldığı cüretkârlığa şaşarak bakıyordu ona.

"Kesinlikle. Aksi halde, kardeşimden böyle bir şey yapmasını kesinlikle istemezdim. Çok tatlı ve nazik bir kızdır. Hiç benim gibi değildir. Çocuk da tapıyor ona."

"Çocuk anlar mı?"

"Sanmıyorum. Kardeşim dikkatli davranırsa anlamaz."

Edouard arkasına yaslandı. Victoria'nın ona anlattıklarını hazmetmeye çalışıyordu. "Arkanda tam bir düğüm bırakmışsın; öyle değil mi Olivia?" Victoria yine gülümsedi ve başını iki yana salladı. Parmağını Edouard'ın dudaklarına dokundurdu.

"Victoria," diye fısıldadı.

"Victoria mı? Ama pasaportunda..."

"O kardeşimin pasaportu."

"Seni cadı. Elbette! isimlerinizi bile değiştirmiş olmalısınız. Zavallı adam; ona çok acıdım. Anlattığın zaman kendini nasıl hissedecek acaba? Peki anlatacak mısın?" Belki de savaştan bıktığı zaman kocasının hayatına tekrar süzülecekti. Ama Edouard bunu da şimdi öğrenmek istiyordu. Öğrenmeye hakkı olduğunu umuyordu.

"Geri döndüğüm zaman ona her şeyi anlatmam gerek. Mektupla anlatmayı düşündüm; ama korkaklık gibi geldi. Ayrıca Olivia'ya haksızlık olurdu. Bunu, oradan ayrıldığımdan beri düşünüyorum. Artık ne yapmam gerektiğini biliyorum. Ona geri dönemem. Sonunda eve gideceğim; ama ona değil. Bunu yapamam Edouard. Onu sevmiyorum. Bu işe girişmem hataydı zaten. Babamın beni zorlamasına asla izin vermemeliydim. Ama onun en doğrusunu bildiğini sandım. Bazı insanlar öyle yaşayabilirler; ben yaşayamam. Geri dönüp kardeşimle birlikte otururum. Ya da belki burada kalırım. Henüz bilmiyorum. Ama ondan beni boşamasını isteyeceğim."

"Ya boşamazsa?" Edouard merakla sordu.

"O zaman ondan ayrı yaşarım; sadece yasal olarak evli kalırım," dedi gayet sakin. "Hiç umurumda değil. Yeter ki ona geri dönmek zorunda kalmayayım. Bunu yapmayacağım. O da daha iyisini hak ediyor. Olivia'yla evlenmeliydi; onun için mükemmel olurdu Olivia."

"Belki sen buradayken kocan ona âşık olur," dedi Edouard. İşin komik yanı, dinlediği hikâye eğlendiriyordu onu. Kesinlikle komikti. Racine, ya da Molière'in en iyi Fransız farsları gibiydi. Hayret verici olan, Victoria'nın böyle bir şey yapmış olmasıydı. Çok cesur ve epeyce utanmazdı.

"Birbirlerine âşık olacaklarını sanmıyorum. Olivia fazla dürüsttür. Zavallıcık; onlarla ilgilenmek ve benmişim gibi davranmak çok eğlenceli olamaz onun için. Bunu kabul ettiği için bir melek olmalı. Benimle bir süre yer değiştirmezse öleceğimi söyledim ona. Çocukken çok yapardık. Beni hep belâdan kurtarırdı." Olivia'yı düşünerek gülümsedi. Edouard, Victoria'nın anlattığı hikâyeye hayretle gülmekten başka bir şey yapamıyordu.

Anlamlı bir şekilde, "Oysa sen," dedi, "bir melek değil, şeytansın bayan Victoria Henderson. Rezil bir şey yapmışsın." Aslında eğleniyordu. Öylesine ahlâksızca bir şeydi ki. Sonra, sormayı unuttuğu, onun da söylemediği bir şeyi hatırladı. "Olivia sana ne kadar süre verdi?"

Victoria cevap vermeden önce bir an tereddüt etti. Edouard'ın sorularla dolu gözleriyle buluşan gözleri kocaman açılmıştı. "Üç ay," dedi sessizce.

"Evden ayrılalı bir ay oldu; öyle değil mi?"

Victoria, "Beş hafta," diye cevap verdi.

"Bu durumda fazla zamanımız yok demektir." Ama hayatta hiçbir şeyin kesin olmadığını ikisi de biliyordu. Her şeyin belirsiz olduğu bir zamanda yaşıyorlardı. Hiç bir şeyin, bir saat, bir gün, hatta bir an bile bir anlam ifade etmediği bir yerdeydiler. Edouard dürüstçe, "Evli bir adamla vakit geçirmek konusunda ne hissediyorsun?" diye sordu.

Bunun üzerine Victoria gülümsedi. "Evli bir kadınla vakit geçirmek konusunda sen ne hissediyorsun?"

"Birbirimize layık olduğumuzu söyleyebilirim canım. Sence de öyle değil mi?" İşin doğrusu, ikisi de kendilerine sunulandan çok daha fazlasına lâyıktılar. Edouard başka bir şey söylemeden, oturduğu yerden uzandı; Victoria'yı kollarının arasına aldı ve öptü.

YİRMİ BEŞ

Olivia, Haziran'da Croton'da babasıyla kalacağına söz vermiş olduğu halde, gitme zamanı geldiğinde, Charles'la Geoffrey'den ayrılmayı başaramayacağını fark etti. Geçen birkaç ay boyunca hayatları tamamen değişmişti. Olivia'nın, kardeşinin hayatta olduğunu öğrendiği günün gecesinde ona yaklaştığından beri, Charles karısından uzak kalmayı becerememişti. Hayatları, hiç yaşayamadıkları balayına dönüşmüştü. Geoffrey'i dışlamak yerine, Olivia kendini ona daha da yakın hissetmeye başlamıştı. Hayatı boyunca düşlediği her şeye sahip olmuştu. Tek sorun, hepsinin kardeşinden ödünç alınmış olmasıydı. Kocası, üvey oğlu, hatta nikâh yüzüğü bile aslında Victoria'nındı. Ama şimdi tek yapabileceği, onların üzerine titremek ve kardeşinin kocası ile üvey oğluna bütün sevgisini sunmaktı. Onlara verdiği her şeyin sonunda Victoria'ya mal edileceğini düşünüyordu. Bu yüzden, bir anlamda, ona verebileceği en büyük hediyeydi bu. Ama bazen de, bunun ne kadar yanlış olduğunun bilincine vararak, suçluluk duygusuyla tüketiyordu kendini. Tâ ki Charles onu tekrar kollarının arasına alana, ya da geceleri yatakta uzanıp ona dokunana kadar. Tutkuları, Charles'ın daha önce hiç yaşamadığı doruklara ulaşmıştı. Genç adam, Victoria'nın böyle bir eğilimi olabileceğinden hiç kuşkulanmamıştı; en başta bile. Karısının cinselliği, önceleri göründüğünden daha farklıydı. Başlangıçta düşündüğünün tersine, Victoria o kadar da vahşi, ya da dizginlenemez değildi. Aksine, duyguları çok yoğundu. İlk karşılaştıklarında Olivia'nın yapmasından korktuğu gibi, Victoria da ruhunu açmıştı Charles'a. Olivia'yla yüz yüze gelmek zorunda olmayışı Charles'ı bir anlamda rahatlatıyordu. Ona olan duyguları hep kafasını karıştırmıştı. Ama artık böyle bir şey olmuyordu. Sadece sabahları işe gitmek için evden ayrılmak zor geliyordu.

Yataklarından kalkmak için çabalarken çocuklar gibi gülüyorlar, akşamları yatağa geri dönmek için acele ediyorlardı. Hatta, son zamanlarda giderek daha erken yatmaya başlamışlardı. Sonunda, hiç olmazsa Geoffrey yatana kadar beklemeye zorlamışlardı kendilerini.

Olivia, bir sabah çaresiz bir şekilde, "Ne kadar reziliz," diye kıkırdadı. Charles onun peşinden banyoya, sonra da küvetin içine kadar gelmişti. Onu yavaşça sıcak suyun içine doğru çekerken Olivia, inandırıcı olmayan bir tavırla, "Müstehcenlik bu," dedi. Orada Charles'la birlikte yatarken inledi. Yarım saat sonra kahvaltı hazırlarken dalgın gözlerle bakıyordu. Charles işe giderken, şakacı bir tavırla karısının poposuna vurdu. Ama ev yeniden sessizliğe büründüğünde, Olivia oturma odasında hareketsiz bir şekilde durdu; ondan nasıl ayrılabileceğini düşünmeye başladı. Victoria'nın eve dönüp kocasını geri istemesine iki ay kalmıştı. İşin en korkunç yanı şuydu: Olivia, kardeşinin onu sevmediğini kesinlikle biliyordu. Charles'ın anlattığı olaylar, yaptığı yorumlar, Geoff'in ağzından aldığı laflar, Victoria'nın söylediğini aynen doğruluyordu. Onlarınki, varolmayan bir evlilikti. Bütün sorun, bunun gerçek ve bağlayıcı bir evlilik olması ve onun Victoria olmadığını, Charles'ın kesinlikle bilmemesiydi. Sonunda Victoria ona geri dönecekti. Tabii ki Charles da ne olduğunu merak edecekti. Olivia'nın, bu sorunu nasıl çözeceği hakkında hiçbir fikri yoktu. Bu arada tek yapabileceği, Charles'ın yanında kalmak, ona ve Geoff'e büyük bir özen göstermek ve onları sevmekti.

Charles ise, ölüp cennete gittiğini düşünüyordu. Karısıyla şimdi yaşadıkları, onunla evlendiği zaman yapmayı umduğu şeylerdi. Üstelik, Susan'la yaşadıklarının çok, hem de çok ötesindeydi. Oysa bunu dile getirmeye hâlâ çekiniyordu.

Seviştikten sonra sarılmış yatarlarken Charles, Olivia'ya takılarak, "Birbirimize uyum sağlamamız sadece bir yıl aldı," dedi bir gece. "Uzun bir süre sayılmaz, değil mi?"

Olivia dürüstçe, "Olur mu? Hem de çok uzundu," dedi. Charles yaklaşıp ona baktı.

"Durumu değiştirecek ne oldu sence?" Olivia'nın gözlerinin içine bakarken orada gördüğü bir şey, bir anlamda ödünü patlattı. Fazla netti; fazla değerliydi; yüreğinin kapıları ardına kadar açıktı. Charles ondan uzaklaşarak bakışlarını tavana dikti. "Sanırım sadece minnettar olmalı ve kaderi çok fazla sorgulamamalıyım." O bunu söylerken, Olivia tuhaf bir hisse kapıldı. Sanki farkında olmadan biliyor gibiydi Charles. Ama kısa bir süre sonra genç adam huzurlu bir şekilde uykuya daldı ve bir daha hiçbir şeyi sorgulamadı. Hatta faturaları nerede sakladığı, aletlerini nereye koyduğu gibi, karısının hatırlaması gereken küçük ayrıntıları Olivia hatırlamadığı zaman bile. Bu yüzden Geoff'in de sabrı taşıyordu bazen. Ama Olivia'nın bu günlerde keyfi o kadar iyiydi ki, çocuk fazla soru sormak istemiyordu.

Haziranın ilk haftasının sonunda, Geoffrey'in okulu kapanır kapanmaz Croton-Hudson'a gittiler. Olivia gözyaşlarını zor tutuyordu. Charles her hafta sonu oraya gideceğine söz verdi. Sözünü tuttu ve o yıl Pazar gününe denk gelen evlilik yıldönümlerinde, gece geç vakte kadar kaldı. Ertesi gün işe gitmeyip, yıldönümlerini karısıyla birlikte kutlamak için o gece Croton'da kalmaya karar vermişti. Onları bu kadar mutlu görünce Olivia'nın babası da memnun olmuştu. Mutluluklarını herkes görüyordu; Bertie bile Bertie, birçok kez Olivia'ya kuşkuyla gözlerini dikip bakmıştı.

Daha o gün, "Ondan bir şey istiyor olmalısın; meselâ yeni, büyük bir ev," diye takılmıştı Olivia'ya. Çünkü genç kadın kocasına çok iyi davranıyordu. Ama artık New York'da yaşadığı için, şehirdeki evin Victoria'ya kalacağını her ikisi de biliyordu. Olivia'ya da Henderson Malikânesi kalacaktı. Oysa Olivia bunu düşünmekten nefret ediyordu. Ama geçen yıldan beri, babasının sağlığı mükemmel sayılmazdı. Victoria'nın kayboluşundan beri daha da kötülemişti. Son birkaç gündür geçici bir rahatlama görülüyordu. Ciğerleri temizdi ve keyfi yerindeydi. O akşam, yıldönümleri şerefine bir şişe şampanya açtı; sonra her zaman yaptığı gibi, erkenden yatmaya gitti.

Geoffrey, artık hep Olivia'nın eski odasında uyuyordu. O odaya girmek Olivia'ya hâlâ acı veriyordu. Yirmi bir yıl boyunca ikiziyle paylaştığı yatağı görmek bile onu özlemesine neden oluyordu. O zamana kadar Victoria'dan iki mektup almıştı. Dediği gibi, onları Beşinci Caddedeki eve yollamıştı. Olivia'nın tek bildiği, onun Châlons-sur-Marne'da olduğu, bir sahra hastanesinde çalıştığı ve ölmekte olan askerlerle ilgilendiğiydi. Olivia'ya çok ürkütücü gelmişti. Bu kesinlikle bir tatil değildi; hele nasıl başladığı düşünülürse. Ama anlattıklarına bakılırsa, Victoria yaptığı işe bayılıyordu. Orada olmasının nedenleri ne olursa olsun, Olivia ikizini çok özlüyordu. Ama kısa bir süre için olsa da, onun gitmiş olmasına memnun olduğunu itiraf etmek zorundaydı. Victoria ona, Geoff ve Charles'la birlikte olabileceği bu değerli dakikaları vermişti. Yıldönümlerini kutladıkları o gece, sevişmeleri özellikle sevgi doluydu.

Charles daha sonra, *Aquatania*'da geçirdikleri günlerden söz etti. İkisinin de ne kadar yalnız, mutsuz ve düş kırıklığı içinde olduğunu söyledi. Olivia ona çok acıdı. Hatırlıyormuş, ya da en azından, neden söz ettiğini biliyormuş numarası yaptı. Oysa bilmiyordu. Charles'ın anlattıklarından çıkardığı tek şey, ikisinin de ne kadar mutsuz olduklarıydı. Sonra tekrar seviştiler. Bu kez biraz daha farklı oldu. Yüreklerinin ve ruhlarının birbirine karıştığını hissetti. Daha önce hiç böyle bir şey olmamıştı. Charles'ın yanında yatarken, parmağında Victoria'nın yüzükleriyle, kendini gerçekten evli gibi hissetti.

Charles da sanki ona karşı başka şeyler hissediyordu. Onunla daha farklı konuşuyordu artık. Fiziksel bir birleşmenin sonucu olarak aralarında çok daha mahrem bir ilişki başlamış gibiydi artık. Ertesi gün oradan ayrılırken, Charles kendini adetâ koparmak zorunda kaldı karısından. Gözlerini onun yüzünden ayıramıyordu. Newburg'e ulaştığında neredeyse geri dönecekti. Sonunda haline gülmeye başladı ve o gece Olivia'ya bir mektup yazdı. Sırf onun için ne anlam ifade etmeye başladığını ve onu ne kadar çok sevdiğini söylemek için. Olivia, mektubu alınca ağladı. Hayat bu kadar mükemmel olamazdı.

Croton'da her gün Geoff'le ata biniyorlardı. Çocuğun stili çok gelişmişti. Charles'ın, Geoff için çok yüksek olduğundan korktuğu engellerin üzerinden atlamayı da öğretiyordu Olivia. Dikkatle izliyor ve Geoff'in başardığını görüyordu. Çocuk, üvey annesinin onunla bu kadar çok ata binmesine şaşırmıştı. Onun, atları kardeşi kadar sevmediğini biliyordu. Ama Victoria son iki aydır çok değişmişti; Geoff de onun bir çaba gösterdiğine inanmak istiyordu. Bugünlerde ona Olivia'yı daha çok hatırlatıyordu. Ama ruh hali hâlâ değişkendi. Olivia arada bir her ikisine de bağırmaya özen gösteriyordu ki, onları aldattığını anlamasınlar. Kardeşiyle aralarındaki tek fark, Olivia'nın, bunu yapar yapmaz suçluluk duygusuyla kendini tüketmesiydi. Sonra günün geri kalan kısmında da, nazik jestler ve sevgi sözcükleriyle telafi etmeye çalışıyordu. Geoff'in hoşuna gidiyordu bu. Olivia'nın yok olmasının şokunu hâlâ atlatamamış olsa da, üvey annesiyle vakit geçirmeyi seviyordu artık. Arada bir Olivia'dan söz ediyordu. Ama onun kaybı da annesinin kaybı gibi, yüreğinde hâlâ aynı acıyı duymasına neden oluyordu. Olivia buna çok üzülüyordu. Ama durumu değiştirmek için yapabileceği hiçbir şey yoktu; onu sevmekten başka. O da seviyordu; her zamankinden daha fazla.

Charles Haziranın son haftasını onlarla birlikte geçirecekti. Gelişinden bir gün önce Olivia'yla Geoff, her zamanki gibi ata biniyorlardı. Eve dönerlerken, Olivia küçük bir derenin üzerinden atladığı sırada atı dengesini kaybetti ve tökezledi. Olivia düşmedi; ama at hafif topallamaya başladığı için inip atının yanında eve kadar yürüdü. Geoff kendi atının üzerindeydi. Ahıra geldikleri zaman, Olivia atın nalının arasına sıkışmış kocaman bir taş gördü. Bir kazma bulup taşı çıkarmaya çalıştığı sırada, başka bir kısrağın hareketi Olivia'nın atını ürküttü ve hayvan hızla kaçtı. Kazma Olivia'nın sağ eline, parmaklarının arasına saplandı; her taraf kan içinde kaldı. Seyis yamaklarından biri havlu getirmek için koşarken, yaşlı seyis Robert atı tutup taşı çıkardı. Hızla ahırdan çıkarlarken Geoff neredeyse ağlamak üzereydi. Olivia temizlemek için elini tulumbanın altına tuttu.

Seyislerden biri kaygıyla, "Bir iki dikiş atılması gerekebilir Bayan Victoria," dedi. Ama Olivia kahramanca, gerekmediğini iddia etti. Elinin acısından ve o kadar çok kan görmekten, kendini birazcık güçsüz hissediyordu. Geoff oturması için bir kasa getirdi.

"İyi misin Victoria?" dedi heyecanla. Onun da içi fena olmuştu. Suyla birlikte akıp giden kanı görmemek için başını çevirdi.

"İyiyim," dedi Olivia. Oturması için getirdiği sandığa memnun olmuştu. Üstünü temizlemek için eğildi. Geoff temiz bir havluyla bekliyordu. Olivia yarasının üzerine yeterince su akıttığını düşünüp elini çocuğa uzattı ve doktorculuk oynamasına izin verdi. "Sımsıkı bağla lütfen," dedi. Tek elle kendi yapamazdı bunu. Ama Geoff gözünü dikip Olivia'nın sağ eline bakarken soluğu kesildi. Gözlerini Olivia'ya çevirdi. Bütün dünyası tepe taklak olmuştu. Olivia bunu hiç düşünememişti; ama Geoff, elindeki lekeyi görmüştü. Artık onun kim olduğunu ve kim olmadığını gayet iyi biliyordu.

"Ollie teyze..." diye fısıldadı. İnanamıyordu. Olivia'nın eline bakakaldı. Onda bir farklılık olduğunu fark etmişti. Ama yer değiştirmiş olduklarını asla düşünemezdi. Hem de bu kadar uzun bir süre. "Peki o nerede..." diye söze başladı; o sırada seyis Robert yanlarına geldi.

Endişeyle, "Nasıl görünüyor?" diye sordu. "Yaşlı doktoru çağırayım mı?"

"Hayır, elim iyi," dedi Olivia. O da görecek diye korkuyordu.

Belki aralarındaki farkı o da biliyordu. Bertie'nin bildiği kesindi. Artık kimseye gösteremezdi; bunun farkındaydı. "Bir şeyim yok. Sadece boş bulundum."

Robert başını sallayarak, "İyi ki elinizi delip geçmedi Bayan Victoria," dedi. Yarayı sıkıca sarmakta olan Geoff'e de, "Bakımını iyi yapın. Temiz tutun. İyice sarın," dedi. Çocuk, üvey annesinin elindeki bir şeyi gizlemek istiyor gibiydi sanki. Ama yalnız kaldıkları anda gülümsemeye başladı. Olivia geri dönmüştü. Demek ki onu hiç kaybetmemişti. Olivia, o güne kadar böylesine mutlulukla gülen bir çocuk görmediğini düşündü. Onu kollarının arasına alıp sarıldı.

Çocuğun saçlarının arasından, "Seni asla terk etmeyeceğimi söylemiştim," diye fısıldadı.

"Babam biliyor mu?" Olivia başını iki yana sallayıp ona bakınca Geoff'in kafası iyice karıştı.

"Kimse bilmiyor Geoff. Şimdi bir tek sen biliyorsun. Kimseye söyleyemezsin. Yemin et. Babana bile söylemeyeceksin."

"Söz veriyorum." Olivia, çocuğun bunu içtenlikle söylediğini biliyordu. Cezası, gerçek üvey annesinin geri gelmesi olabilirdi. Geoff de şiddetle karşıydı buna. Victoria ona çok kötü davranmıyordu; ama çocuk onu sevmiyordu işte. Ollie değildi o. Sonra aklına bir şey geldi. "Babam öğrenince kızar mı?"

Olivia, "Kızabilir," dedi dürüstçe. Çocuğa gerektiğinden fazla yalan söylemek istemiyordu.

"Seni evden gönderir mi?"

"Bilmiyorum. Bu konuda çok sessiz kalmamız gerekecek. Mümkün olduğu sürece tadını çıkaralım. Çok ciddiyim Geoff; bunu tek bir kişiye bile söylememen gerekir." Olivia, ona inanması için gözleriyle yalvarıyordu Geoff'e.

"Söylemem." Olivia'nın bunu tekrar söylemesini hakaret gibi almıştı. Sonra kolunu genç kızın beline attı ve eve doğru yürüdüler; Olivia'nın sargılı eli ve sırlarıyla.

YİRMİ ALTI

Charles, söylediği gibi, Haziranın son haftasını Croton'da, Olivia ve Geoff'le birlikte geçirdi. Olivia'nın eli iyileşmiş, Geoff de sözünü tutmuş, o gün Olivia'nın elinde gördüğü şey hakkında tek kelime bile etmemişti. Bir sır sakladığı da hiç belli olmuyordu. Olivia birkaç gün boyunca kaygılanmıştı ama sonunda rahatladı. Croton'dan ayrıldıklarında ise her şey yeniden yoluna girmişti. Babası iyi görünüyordu; Bertie, gittikleri için üzgündü. Dawson'lar ise, deniz kenarına gidecekleri için heyecanlıydılar. Charles, New Port, Rhode Island'da bir yazlık ev kiralamıştı.

Goelet'ler, her zamanki gibi bu yıl da oradaydılar. Vanderbilt'ler de öyle. Alçak gönüllülükle, "kulübe" dedikleri görkemli evlerde her gece partiler veriliyordu. Hava da enfesti. Geoff, Olivia'yla yüzmeye bayılıyordu; Charles da hiç olmadığı kadar mutluydu. Birkaç kez Olivia'yı kumsalda kovaladı ve çocuklar gibi güldüler.

4 Temmuz'da, Sahil Kulübünde havai fişekleri izlediler. Kiraladıkları ev çok hoş ve rahattı. Bütün Temmuzu onlarla birlikte geçirdikten sonra, Charles 1 Ağustos'ta şehre döndü. Haziran'da Croton'da yaptığı gibi, hafta sonları buraya da gelecekti. Cuma öğleden sonra Olivia dört gözle onu bekliyordu. Hafta boyunca Geoff'le yalnız kalmıştı. Çocuk, yalnız olduklarında bile ona asla Olivia demiyor; sırlarından söz etmiyordu. Bunun, hiç dile getirilmemesi gereken, açığa vurulmayacak bir şey olduğunu biliyordu. On bir yaşında olmasına rağmen, bunu anlayacak kadar olgundu.

Kumsalda uzun yürüyüşler yaptılar; dostlarıyla çay içtiler; sık sık Yat Kulübüne gittiler ve deniz kabuğu topladılar. Olivia'yla Geoff, Charles'a kolajlar yaptılar. Hatta minik kabuklarla ona bir gemici kolyesi bile hazırladılar. Sahici gibi olmuştu. Olivia, bütün nezaketini, sevgisini ve yeteneklerini onlarla paylaşıyordu. Charles, Cuma akşamı geç vakit Rhode Island'a geldiğinde, Olivia'yı görmek için bu kadar uzun yolu kat etmeye değdiğini düşünüyordu.

Yemekten sonra Olivia'ya, "Bütün hafta sensiz olmaya nasıl dayandığımı bilmiyorum," dedi. Ciddi söylüyordu. Olivia'sız günleri renksiz ve boştu artık. New York'taki ev Olivia olmayınca çok ıssız geliyordu ona. Artık sadece onunla birlikteyken yaşadığını hissediyordu.

Olivia'yı öperken, "Seninle tanışmadan önce sensiz ne yapıyordum acaba?" dedi. Yatak odalarının balkonunda, ay ışığında, birbirlerine sarılmış duruyorlardı. Mükemmel bir geceydi ve her zaman olduğu gibi, karısını çok arzuluyordu. Oysa ona bu kadar düşkün olmak hiç hoşuna gitmiyordu. Onunla konuşmaktan, ona sarılmaktan, birlikte olmaktan hoşlanıyordu. Ama yatak odalarına döner dönmez daha fazla direnemedi. Victoria'nın ona yüz vermediği, her dokunduğunda ürperdiği ilk yıllarıyla bugün arasında büyük fark vardı. Artık cinselliğe son derece yatkındı. Aslında her zaman öyle olduğunu biliyordu Charles. Ama ona daha önce ulaşmayı başaramamıştı bir türlü. Onu sevdiğini kendine itiraf ettiği andan itibaren her şey değişmişti.

O gece yine birlikte yatarlarken Charles, Olivia'ya sarılıp parmaklarıyla yanağını okşadı. Ondan istediği bir şey daha vardı şimdi; ama bunu istemeye asla cesaret edemezdi. Karısının o konudaki hassasiyetini biliyordu. Ama madem bazı şeyler değişmişti; sonunda bu da değişebilirdi. İki aydan beri kadın toplantılarının lafını bile etmemişti. Yine de büyük bir hevesle gazeteleri okuyor, Avrupa'daki savaş hakkında hiçbir şeyi kaçırmak istemiyordu. Ayrıca verdiği sözü tutmuş ve bir daha sigara içmemişti. Onun için çok büyük bir fedakârlık olduğunu biliyordu, ama buna değdiğini düşünüyordu. Sigara içmek hiç de hanımlara yakışan bir şey değildi. Gerçi kabul etmeliydi ki, önceleri bunu eğlenceli bulmuştu. Ama bir süre sonra bıkmıştı ve sonunda onun da bıktığına memnun olmuştu. Her şey bir yana, berbat kokuyordu. Şimdi, Olivia yanında kıvrılmış yatarken, uyuma tarzının da öncekinden değişik olduğunu fark etti. Eskiden onunla temas etmekten çekinir, mümkün olduğunca uzakta uyurdu. Oysa şimdi, kedi gibi sokulup yatıyordu. Charles da buna bayılıyordu.

Geldiğinin ertesi günü, her zamanki gibi, hep birlikte kumsala gittiler ve kumların üzerinde piknik yaptılar. Eve dönerlerken de alışveriş yapmak için durdular. Olivia, yeni bir güneş şemsiyesine ihtiyacı olduğunu söyledi. Son günlerde güneş çok güçlüydü; başının dönmesine neden oluyordu. Geoff'in de yeni ayakkabılara ihtiyacı vardı. Yaz boyunca o kadar büyümüştü ki, eski ayakkabıları olmuyordu. Eve dönüş yolunda hep birlikte cıvıl cıvıl sohbet ederlerken, Olivia'nın gözü yola takıldı. Küçük bir kızın bir topun peşinde, iki at arabasının arasından yola fırladığını gördü. Çocuk bir anda atların bacaklarının arasında kaldı. Atlardan biri şaha kalktı; kızın annesi çığlık attı, ama kimse kızı kurtarmak için bir şey yapmadı. Charles, kıza doğru hamle etmek üzere kımıldayamadan, Olivia önünden fırladı; çocuğu yakaladı ve onunla birlikte güvenli bir yere koştu. Çocuk iki ya da üç yaşından fazla olamazdı. Olivia kendini onun bedenine siper etmişti. O sırada, şaha kalkmış olan at ön ayaklarını tekrar yere indirirken, Olivia'yı sıyırıp geçti. Genç kadın, yine de yolun karşı tarafına geçmeyi başarmıştı. Çocuk zarar görmemiş, ama biraz sersemlemişti. İnsanlar bağırarak çevresinde koşturup duruyorlardı. Atları tuttular. Çocuğun annesi gözyaşlarına boğulmuştu. Dadısı ona bağırıyor, küçük kız da ağlıyordu. Charles bütün bunların farkında olmadan, hemen arkasındaki Geoff'le birlikte yolu geçip Olivia'ya doğru koştu.

"Tanrım. Kendini öldürmeye mi çalışıyorsun?" diye bağırdı

Olivia'ya. Karısının kıl payı kurtulduğunun farkındaydı. Olivia'dan daha çok farkındaydı, çünkü o olanları görmemişti. Sadece duruma tepki göstermişti ve her şey birdenbire olup bitmişti.

"Ama Charles... çocuk... o küçük kız..." Charles'a faltaşı gibi açılmış gözlerle baktı. Olivia onunla konuşurken, Charles sanki çok uzaklarda gibiydi. Benzi yavaş yavaş soluyordu. Olivia onun söylediği her şeyi duyabiliyor, dudaklarının kımıldadığını görebiliyordu. Ama Charles'ın ağzından hiç ses çıkmıyordu. Sanki küçülüyor ve yüzü grileşiyordu. Olivia ona şaşkın bir ifadeyle baktı. Charles ona dehşetle bakarken Olivia, erimiş pekmez gibi kaldırıma doğru kaymaya başladı. Genç adam, tam yere çarpmadan yakaladı karısını. Birden o da bağırmaya başladı. Atın ayağının Olivia'yı sıyırıp geçtiğini sanmıştı sadece, ama belki de tahmininden daha kötüydü durum. Birine doktor çağırması için bağırırken korku içindeydi.

Bir kadın, "Ne oldu?... Ne oldu?..." diye sordu. "Nesi var?"

Charles etraflarında olan biten hiçbir şeyle ilgilenmeyerek, "Bilmiyorum," dedi. Gözü, arkasında duran Geoff'e takıldığında, çocuğun gözlerinin dolu dolu olduğunu gördü ve onu rahatlatmak için kendini toparlamaya çalıştı. Ama karısı olduğunu sandığı kadın için paniğe kapılmıştı. Oysa Geoff onun Olivia olduğunu biliyordu. Bütün yaşadıklarından sonra onu kaybedemezdi Charles. "İyileşecek oğlum," dedi Geoff'e. Biri doktor çağırmaya gitti. Charles, Olivia'yı kaldırıma yatırdı ve Geoff'in paketini başının altına yerleştirdi. Ama Olivia'nın bilinci yerine gelmemişti. Baygındı.

"İyileşmeyecek baba. Öldü o," dedi Geoff. Açık açık ağlıyordu artık. Çevrelerine giderek daha fazla insan toplandı. Charles, Olivia'nın yanında diz çökmüş, karısının hava alabilmesi için kalabalığa çekilmelerini söylüyordu. Sonunda, doktor olduğunu söyleyen bir adam geldi. Olivia'yı yakındaki bir restorana taşıttı ve muayene edebilmek için bir bankın üzerine yatırdı. Yarası beresi yoktu; başına darbe almış gibi görünmüyordu. Doktor, Olivia'nın gözlerine bakarak, beyin sarsıntısı geçirdiğini sanmadığını söyledi. Ama kesinlikle bilinçsizdi. Ellerini ovaladı; ensesine ve şakaklarına buz koydu. Derken Olivia yavaş yavaş kendine gelmeye başladı. Charles'ı gördü. Ne olduğunu sorarken oldukça solgun görünüyordu.

"Küçük bir kızı kurtardın; seni budala. İki atın tepmesi yüzünden ölecektin neredeyse," dedi. Korku, rahatlama ve öfke arasında gidip geliyordu. Karısının elini öperken, "Kahramanlığı başkalarına bıraksan iyi olur aşkım," dedi. Geoff gözyaşlarını siliyordu. Ağladığı için utanmıştı.

Olivia güçsüz bir sesle, "Özür dilerim," dedi ve doktora baktı.
O sırada adam kalbini dinliyordu ve durumdan memnun kalmıştı. Pek bir terslik yok gibi görünüyordu. Yine de onu hastaneye götürmek isteyip istemeyeceklerini sordu. Olivia eve gitmek istediğini söyledi. Ama ayağa kalktığı anda neredeyse tekrar bayılıyordu. Charles'a güçsüz bir sesle, kendini berbat hissettiğini itiraf etti. Öyle olduğu belliydi zaten. Olivia'yı tekrar bankın üzerine yatırırken, neredeyse Charles da ağlamak üzereydi.

Doktor sevimli bir tavırla, "Karınız eve gidip bir süre yatarsa iyileşebilir bence. Muhtemelen sıcaktan ve heyecandandır. Bana ihtiyacı olursa akşam arayabilirsiniz beni," dedi ve Charles'a kartını verdi. Birkaç dakika sonra da, Charles onu Geoff'le birlikte bırakarak arabayı getirmeye gitti. Çocuk uysal bir ifadeyle Olivia'ya baktı.

"Ollie, iyi misin?" diye fısıldadı.

Sanki çevrede onları duyacak kimse varmış gibi, "Geoff, hayır!" dedi Olivia. "Sana ne dediğimi unutma."

"Biliyorum, ama o kadar korktum ki, ölmüş gibiydin." Çocuğun gözleri doldu; Olivia onun elini alıp sımsıkı tuttu.

"Ama ölmedim. Bana bir daha Ollie dersen seni öldürürüm." Ona sırıttı; sonra ikisi de güldüler. O sırada Charles, Olivia'yı almaya geldi. Onu arabaya kadar kucağında taşımakta ısrar etti. Ama Olivia utanarak, artık iyi olduğunu söyledi. Oysa hâlâ çok solgun görünüyordu. O akşam yemek yememeğe karar verdi. Midesi bulanıyordu.

Geoff'le yemeklerini yedikten sonra Charles ona bakmaya geldiğinde, "Ben doktoru çağıracağım," dedi sertçe. "Görünüşünü beğenmiyorum."

Olivia, "Ne kadar kabasın Charles," diyerek takıldı ona. Charles sırıttı. Onun bu yaramazca tavırlarına bayılıyordu. Eskiden olduğu kadar vahim değildi. Zaman içinde oldukça nazikleşmişti. Ama hâlâ muzipçe bir espri anlayışı vardı.

"Ne demek istediğimi biliyorsun." İçini çekerek oturdu ve ona baktı. "O lanet at seni tepelerken öleceğimi sandım. Tanrı aşkına, çılgınlıktı yaptığın."

"Küçük kız ölebilirdi," dedi Olivia. Hiç pişmanlık duymuyordu; nasıl olsa ikisi de yaralanmamışlardı.

"Sen de öyle."

Olivia, "Ben iyiyim," dedi ve Charles'ı dudaklarından hafifçe öptü. Ona söylemesi gereken bir şey vardı. Bu konuda ne yapacağını bilemiyordu. Kesinlikle olmasını istediği bir şey değildi ve durumu iyice zorlaştıracaktı. Ama deli gibi istiyordu; artık vazgeçmesi söz konusu olamazdı. Charles'a bakarak yumuşak bir sesle, "Aslında gayet iyiyim ben," dedi. Charles birden şaşırdı. Söyleyeceklerini öyle tatlı ifade ediyordu ki, bazen kafası karışıyordu Charles'ın.

"Ne demek oluyor bu?"

Olivia temkinli bir ifadeyle, "Sana ne diyeceğimi bilemiyorum," dedi. Charles'ın bu konuda ne hissedeceğini hiç bilmiyordu. Kardeşi asla çocuk istemiyordu. Charles da istemiyor olabilirdi.

"Bir sorun mu var?" diye sordu Charles. Endişeli görünüyordu. Ama Olivia başını iki yana sallamakla yetindi. Aşırı duygulanmış, göz yaşlarını zor tutuyordu. "Ah Victoria," dedi Charles. Böylece Olivia'ya, onu çalmış olduğunu ve bu mutluluğa hakkı olmadığını bir kez daha hatırlattı. Ama onu öyle çok seviyordu ki. "Canını sıkan nedir; söyle bana..." Karısını bu hale getirenin ne olabileceğini tahmin edemiyor ve onu rahatlatmayı çok istiyordu.

"Ben... ben... Charles..." Genç adam ona bakarken, öğleden sonra olanları hatırlayarak birden her şeyi anladı.

"Hamile misin Victoria?" diye sordu. Afallamıştı. Olivia başını salladı. Charles iki aydır son derece dikkatsiz davranmıştı. Ama karısı hiç şikâyet etmeyince işin ucunu bırakmıştı. Karısının bu konuda ne hissettiğini bildiği için, birden ona çok kızacağından korktu. O kötü günler geri gelecekti; hem de intikam duygusuyla birlikte. Ama ona bakınca, hiç de kızgın gibi görünmediğini, ağladığını fark etti.

Olivia, "Hamileyim," diye itiraf etti. Bunun, evlilik yıldönümlerinde olduğunu düşünüyordu. Bir kez doktora bile gitmişti; bebek mart sonunca bekleniyordu. İki aylık hamileydi. "Çok mu kızdın?

"Kızdım mı?" dedi Charles. Olivia'ya bakarken geçmişte ona neler dediğini hatırladı. Çocuk sahibi olmak istemediğini nasıl unutmuş olabilir, diye düşündü. "Nasıl kızabilirim? Asla çocuk sahibi olmak istemeyen sensin. *Sen* bana kızdın mı?" diye sordu. Kaygıyla bakıyordu karısına.

Olivia, "Hiç bu kadar mutlu olmamıştım," diye fısıldadı ve gözlerini kapayarak Charles'ı öptü. Ne kadar şanslı olduklarını düşünmek ve Charles için ne kadar değerli olduğunu görmek onu çok heyecanlandırmıştı.

"İnanamıyorum... ne zaman olacak?" diye sordu Charles.

Olivia yumuşak bir sesle, "Martta," dedi. Kardeşi eve dönüp de kocasını geri isteyince ne yapacağını merak ediyordu. Bebeğe ne olacaktı o zaman? Kimin bebeği olacaktı? Victoria ne diyecekti ona? Feci bir skandal olacaktı. Ama şu anda tek yapabileceği şey, Charles'a tutunmak ve günlerin hiç geçmemesi için dua etmekti. Victoria geldiği zaman tek kaybeden o olacaktı. Özellikle de, bebeği almaya karar verirlerse. Kendine engel olmadığı zaman, kafasında bir sürü dehşet verici senaryo yazıyordu. Ama çoğunlukla, bunları düşünmemeye zorluyordu kendini. Sadece Charles'la bebeği düşünüyordu.

Geoff'e, tam eve dönmeden önce söylediler. O da biraz şaşırdı; ama Olivia'ya hiç soru sormadı. Charles da, Geoff de, onunla antika bir cam parçası gibi ilgileniyorlardı. Olivia gülüyordu onlara; ama yaptıkları çok hoşuna gidiyordu. Charles artık onunla sevişmeye bile korkuyordu. Ama çok üzülse de, kendine engel olamadığını fark ediyordu. Her zamankinden daha sevdalıydı şimdi. Newport'taki doktor, Olivia'ya korkacak bir şey olmadığını söylemişti. Sağlıklıydı; gençti; sevişmenin bebeğe bir zararı olmazdı; tabii abartmadığı sürece.

New York'a döner dönmez, Olivia Beşinci Caddedeki eve koştu. İki aydır mektuplar birikiyordu orada. Cesaret edip de kimseye onları yollamasını söyleyememişti. Victoria'nın Fransa'da iyi olması için dua ediyordu. Kapı aralığında oturup mektupları açarken elleri titriyordu. Kardeşi Fransa'da hâlâ emniyetteydi. Aynı yerdeydi; hastanede çalışıyordu. Victoria'nın son mektubunu okurken Olivia kalakaldı. İlahi takdirdi bu. Bir an için yüreği parçalandı. Onu görmeye can atıyordu. Ama sonra hem kendi, hem Charles, hem de bebek için en iyisinin bu olduğunu düşündü. Victoria, bunu Olivia'ya açıklamasının çok zor olduğunu, ama orada ona ihtiyaç duyulduğunu söylüyordu. Hayatı oldukça karışık olmakla birlikte, hiç bu kadar mutlu olmamıştı. Olivia'ya daha sonra açıklayacağı nedenler yüzünden, planladıkları gibi, yaz sonunda dönmüyordu eve. Şu an için orada yaşaması gerekiyordu. Kardeşine, onu bağışlaması için yalvarıyordu. Olivia mektubu tekrar okurken kalbi küt küt atıyordu. Kardeşini deli gibi özlüyordu. Ama kendi iyiliği için böyle olması gerektiğini de biliyordu. Victoria'nın hayatta kalması, iyi olması ve yaptığı şey yüzünden, bir gün onu bağışlaması için dua etti.

YİRMİ YEDİ

Châlons-sur-Marne'da yaz hepsi için zor geçmişti. Çarpışmanın şiddeti, General Pétain komutasındaki Champagne'a kaymıştı. Ağaçsız çayırlarda, askerlerin saklanabilecekleri bir yer ve doğal savunma olanakları bulunmadığı için, "*poilus*" adı verilen Fransız askerleri siperler kazdılar, ama binlercesi bir katliama kurban gitti. Champagne'daki misyonlarının hedefi, Alman demiryolu hatlarını kesmekti. Ama Almanlar yükseklerde mevzilenerek onları izlediği için, Müttefikler kolay hedef oldular. Topçuların yaylım ateşi gece gündüz devam etti. Ta ki, piyadeler devreye girip de çocuklar oyuncak askerler gibi, birbiri ardına devrilip ölene kadar. Cesetleri, ya da parçalanan bedenleri, doktorlarla Victoria gibi kadınların ilgilenmeleri için sahra hastanelerine getirildi. Ama oraya ulaştıklarında çok az parçaları kalmıştı. Tam bir kıyımdı.

Eylül sonunda korkunç yağmurlarla karşı karşıya kaldılar. Gittikleri her yerde suya ve çamura batıyorlardı. Çocukların bazılarının çamurun içinde ölmesi korkunç bir görüntü oluşturuyordu. Su birikintilerinin içinde kan baloncukları çıkararak boğuluyorlardı. Bu dehşet veren olaylar ve şok yaratan kayıplar Ekimde de devam etti. Bir gece geç vakit, yanına gelen Victoria'yla birlikte kışlada otururken, Edouard da herkes kadar yorgun görünüyordu. Şatoya ait olan çiftlik evinde iki odası vardı. Biri yatak odası, diğeri çalışma odasıydı. Victoria çoğu zaman onunla orada kalıyordu. Ama herkes bunu bilmiyormuş gibi davranıyordu. Olivia'nın bazı eşyaları hâlâ kendi çadırındaydı.

Edouard uzanıp Victoria'yı öperken, "Bu savaş pek eğlenceli değil; öyle değil mi aşkım?" diye sordu. Victoria sırılsıklamdı. Hastaneden şakır şakır yağan yağmurun altında yürüyerek, biraz evvel gelmişti. Ama artık alışmıştı buna. Bir aydır ikisi de hep ıslaktı; giysileri, çadırları, çarşafları, her şeyleri ıslak ve küflüydü.

"Artık bıktın mı?" diye sordu Edouard. "Eve dönmeye hazır mısın?" Bir yanı gitmesini istiyordu; böylece onun emniyette olduğunu bilecekti. Bir yanı da hep yanında olmasını istiyordu. Victoria'da, daha önce hiç kimsede bulamadığı bir şey bulmuştu. Onunla eşit olan bir kadın, kendi kadar güçlü olan bir dost, sevgili, aynı zamanda da ortak. Mükemmel bir çifttiler.

"Artık evin neresi olduğundan emin değilim." Edouard'a yorgun bir şekilde gülümsedi ve on altı saatlik çalışmanın ardından yataklarının üzerine uzandı. "Evim burada, senin yanında değil mi? Öyle olduğunu sanıyordum," dedi yumuşak bir sesle. Edouard yanına yatıp öptü onu.

"Ben de öyle olduğuna inanıyorum," dedi ve bir kez daha öptü Victoria'yı. Sonra merakla baktı. "Kardeşine bizden bahsettin mi?" Bunu yapıp yapmayacağını merak ediyordu. Bu konuyu tekrar tekrar konuşmuşlardı. Ama Victoria kardeşini şoke etmekten korkuyordu. Ne de olsa ikisi de evliydi.

"Hayır, ama anlatacağım. Bence biliyordur. Benimle ilgili her şeyi bilir."

"İnsanın hayatında böyle biri olması ne tuhaf. Kardeşim ölmeden önce onunla çok yakındık. Ama birbirimizden çok farklıydık." Edouard, Victoria'yla konuşmaya bayılıyordu. Hayat hakkında, savaş hakkında, politika ve insanlar hakkında. O kadar çok ortak ilgi alanları vardı ki. O da hemen hemen Victoria kadar geniş görüşlüydü. Hemen hemen; tamamen değil. Oy hakkı peşinde olan kadınların fazla ileri gittiklerini düşünüyordu. Victoria'ya, eğer bir gün bıyık bırakırsa, ya da oy hakkı almak için açlık grevine girerse, onu döveceğini söylemişti.

Victoria, Edouard'ın Gitane'larından birini yakarak, "Olivia'yla ben de farklıyız," dedi. Sigara bulmak giderek daha zorlaştığı için, artık paylaşmaları gerekiyordu. "Ama madeni paranın iki yüzü gibi. Bazen sanki aynı insanmışız gibi hissediyoruz."

Edouard, "Belki de öylesinizdir," diye takıldı. Victoria'nın üzerine yuvarlanıp Gitane'ından bir nefes çekti. "Öbür yarına ne zaman sahip olacağım?" Güldü.

"Hiç bir zaman," diyerek sırıttı Victoria. "Elinde olanla yetinmen gerekecek. Artık büyüdük; birbirimizin yerine geçmek yok."

Edouard, Victoria'nın dediğine güldü ve yeniden yuvarlanarak üstünden indi. "Eminim kocan bunu duyduğuna sevinecektir," dedi muzipçe. "Zavallıcık. Buradaki dertler bitince eve dönüp durumu düzeltmen gerek; onların iyiliği için," dedi kibarca. Victoria uzun zaman önce bunu yapmaya razı olmuştu zaten. Eve gitme zamanı geldiğinde gidecek ve Charles'a kendi anlatacaktı. Kardeşi bu kadarını hak ediyordu.

"Belki de Olivia, Charles'a anlatmamı istemez."

"Kabul ediyorum; durum iyice karışabilir o zaman. Hiç olmazsa, aralarında fiziksel bir şey yok. Ya da sen öyle diyorsun. Ama eğer kardeşin aynen sana benziyorsa, buna inanmam zor olur. İkinize de beş haftadan fazla direnebilecek her adamın alnını karışlarım. Tanrı biliyor ya, ben direnemedim."

"Direnmeye uğraştın mı?" diye sordu Victoria. Yüzüne kötü bir ifade kondurmuştu, ama Edouard kıkır kıkır gülerken de kedi gibi mırladı. Victoria, çirkin, buruşuk üniformanın içinde bile seksi görünmeyi başarıyordu bir şekilde.

Edouard dürüstçe, "Hayır, bir an bile uğraşmadım," diye cevap verdi. "Sana asla direnemem aşkım," dedi ve dakikalar sonra da bunu kanıtladı.

Gece geç vakit, birkaç gün sonra yeni Fransız-İngiliz saldırısı için Artois'ya gitmek zorunda olduğu haberini verdi. Champagne'daki çarpışmayla aynı gün başlamıştı ama iyi gitmiyordu. *Poilus*'ler İngiliz komutan Sir John French'den nefret ediyorlar ve kendilerinden birini istiyorlardı. Sir John'ın yerine Sir Douglas Haig'i getirmek gibi bir hazırlık vardı. Ama o ana kadar henüz hiçbir şey yapılmamıştı. Zaten Fransızlar onu istemiyorlardı. Edouard bu yüzden, Artois'ya giderek moralleri yükseltmek için ne yapabileceğini görmeye ve çarpışmayı planlamaya söz vermişti.

Victoria uykulu bir şekilde, "Dikkatli ol aşkım," dedi. Ona söylemek istediği bir şey vardı; ama o kadar yorgundu ki, ne olduğunu hatırlayamadı bile. Ertesi sabah da Edouard gitmişti. Victoria ise yine sahra hastanesine gitmek zorundaydı. Günde on beş, hatta on sekiz saat çalışmaya bile aldırmıyordu. Artık hayatıydı bu onun.

New York'taki hayat, Châlons-sur-Marne'dakine göre, en hafif ifadeyle, çok daha uygardı. Ekim ayı parlak ve güneşli geçiyordu ve olağanüstü sıcaktı. Olivia'yla Charles da olağanüstü meşgullerdi. Birkaç kez Van Cortland'lara gittiler; Delmonico'da Charles'ın müvekkilleriyle akşam yemekleri yediler. Ekim sonunda da Astor'lardaki büyük partiye gitmeyi tasarlıyorlardı. Olivia o sırada dört aylık hamileydi. Giydiği elbisenin tarzı hamileliğini belli etmiyordu; ama vücudu şimdiden kalınlaşmaya başlamıştı bile. Çıplakken karnında, Charles'ın dokunmaya bayıldığı küçük, yuvarlak bir şişkinlik vardı. Onu o şekilde görmek öyle şirindi ki. Zaman zaman, Susan'ın Geoffrey'e hamile olduğu günleri hatırlatıyordu Charles'a. Artık daha yaşlanmış olduğu ve sevgisinin bedelini pahalı ödediği için, bu daha da değerli geliyordu ona. Charles kız istediğini söylemişti. Olivia aldırmıyordu; bebeğin sağlıklı olmasını istiyordu sadece.

Charles, karısını muntazaman doktora gitmeye zorluyordu. Bir seferinde de, biraz mahcup bir ifadeyle, doktora evlenmeden önceki düşüğünü anlatmasını hatırlatmıştı.

Olivia utanç içinde, "Bunu bilmesi gerekmiyor," dedi. Zaten düşük yapan o değildi, ama bunu Charles'a söyleyemezdi. Doktora onun anlatacağından da ödü kopuyordu.

Charles gayet ciddi, "Gerekiyor tabii," dedi. "Gerekiyor; çünkü neredeyse ölüyormuşsun. Bu sefer de kanaman olabilir. Ya da, daha da kötüsü, bebeği düşürebilirsin." Bundan ikisi de korkuyordu. Olivia kendini ne zaman fazla yorgun, ya da hasta hissetse, dinlenmek için eve gidiyordu. Ama bu çok sık olmuyordu. Olivia'nın sağlığı da, keyfi de yerindeydi.

Şu ana kadar, savaşın tüm iğrençliğine ve sonbaharda Champage ile Artois'da verilen ağır kayıplara rağmen, Victoria emniyetteydi ve sağlığı yerindeydi. Olivia, onun yazdıklarını okurken, ondan garip bir huzur duygusu alıyordu. Sanki kardeşi sonunda istediği şeyi bulmuş gibiydi. Edouard'dan hiç söz etmemişti; ama Olivia onun orada yalnız olmadığını seziyordu. Gözlerini kapayıp onu düşündüğü zaman, gizemli bir tatmin ve bütünleşme duygusuna kapılıyordu. Charles'la birlikte yaşayarak, onun bebeğini beklerken hissettiklerinden farklı bir şey değildi bu.

Astor'lara gittikleri gece, lavanta rengi ipek bir tuvalet ve bebeği olacağını duyunca babasının diktirttiği ermin mantoyu giymişti. Babası onunla gurur duyuyordu ve her şey bu kadar iyi gittiği için çok memnundu. Charles'la karısının ne kadar mutlu oldukları kolayca görülebiliyordu. Hepsinin tek ortak üzüntüsü, "Olivia"nın, söz verdiğinin aksine, yaz sonunda dönmemiş olmasıydı. Geoff dışında herkesin Victoria sandığı kadın, kardeşinden haber aldığını, onun iyi olduğunu, adres vermemekle birlikte, San Fransisco'da bir manastırda kaldığını ve bir gün eve döneceğini söyledi. Onu arama çabaları bir sonuç vermemişti. Dedektifler, ağustos sonunda çabalarından vazgeçmişlerdi. Ama Olivia, kardeşinin iyi olduğuna babasını ikna etti ve endişelenmemesini söyledi. O, bunu istiyordu; saygı göstermeliydiler. Edward, Olivia'nın kayboluşu konusunda hâlâ kendini suçluyordu. Gerçek Olivia'ya, kardeşinin Charles'a âşık olduğunu düşündüğünü itiraf etti. Gerçek Olivia da elbette bunu şiddetle inkâr etti.

Bunun dışında, onlar için her şey iyi gidiyordu. Astor'lardaki baloya gittikleri gece, Olivia çok güzel görünüyordu. Charles hep yanındaydı. Sadece eski bir arkadaşına rastlayınca kısa bir süre ayrıldı ve Olivia'yı, kardeşinin bir tanıdığıyla sohbet ederken bıraktı. Konuştuğunun Victoria olmadığından bir an bile kuşkulanmadı arkadaşı. Kimse kuşkulanmıyordu. Olivia artık alışmıştı bu duruma. Hoş bir sohbet oldu. Victoria'nın, briçte kaybettiği için arkadaşına hâlâ borcu olduğunu öğrenince şaşırdı. Bu sefer borcunu ödeyeceğine söz verirken gülümsedi. Çünkü Olivia aptalca bir şey olduğunu düşündüğü için, Victoria kumar oynamadığına yemin ederdi hep.

Olivia, odanın sıcağından ve gürültüden kaçmak için bahçeye çıktı. Sakin sakin gül ağaçlarına bakarken, arkasından gelen bir sesle irkildi.

"Sigara?" diyen sesi tanımadı. Reddetmek üzereyken, sesin sahibinin Toby olduğunu gördü.

Gayet soğuk, "Hayır, teşekkür ederim," dedi. Toby her zamanki gibi yakışıklıydı. Ama onunla ilk tanıştığı iki yıl öncesine göre biraz daha yıpranmış olduğunu fark etti.

Oldukça anlamlı bir şekilde, "Görmeyeli nasılsın?" diye sordu Toby. Yaklaşarak neredeyse yaslandı Olivia'ya. Genç kadın, onun içmiş olduğunu hem gördü, hem de kokusundan anladı.

"Çok iyiyim; teşekkür ederim," dedi. Ondan uzaklaşmak üzereyken Toby kolunu yakaladı ve durdurmak için kendine doğru çekti.

"Benden böyle kaçma Victoria. Korkmana gerek yok," dedi küstahça.

Olivia, Toby'i şaşırtacak kadar net bir tonla, "Senden korkmuyorum Toby," dedi. Birkaç adım arkalarında, görünmeden onları dinleyen adam da duydu bu sözleri. "Sadece seni sevmiyorum."

"Ben öyle hatırlamıyorum," dedi Toby. Yakışıklı bir yılana benziyordu. Olivia ona dönerek öfkeden parlayan gözlerle baktı.

"Hatırladığınız tam olarak nedir Bay Whitticomb? O kadar hoşunuza giden şey, beni mi aldatmanız, yoksa karınızı mı? Benim en iyi hatırladığım, masum bir genç kızı baştan çıkarmanız ve sonra babasına yalan söylemeniz. Sizin gibi adamların yeri hapishane olmalı; böyle salonlar değil, Toby Whitticomb. Bana bir daha çiçek ya da aşk mesajları yollama zahmetine girmeyin. Zamanınızı ziyan etmeyin. Sizin gibi adamların böyle saçmalıkları için fazla yaşlandım artık. Beni seven, benim de çok sevdiğim bir kocam var. Bir daha yanıma yaklaşırsanız, sadece ona değil, şehrin yarısına, bana tecavüz ettiğinizi söylerim."

"Tecavüz değildi. Ona..." diye başladı; ama daha sözünü bitiremeden, karanlığın içinden Charles çıkıp geldi. Son derece mutlu bir şekilde karısına gülümsüyordu. Onu aramaya gelmiş, tam o sırada Whitticomb'un onun peşinden terasa çıktığını görmüştü. Sonra da istemeyerek onları dinlemek durumunda kalmıştı. Ama karısının Toby'e söylediği her şeye bayılmıştı. Bunları duymak içini ısıtmıştı. Eski bir hayaletten kurtulmuştu. Karısıyla aralarındaki hayaletler yok olmuştu. Belki henüz Susan duruyordu; ama onun anısı bile yavaş yavaş uzaklaşıyordu. Olivia'nın çok iyi bildiği gibi, geride bir tane kalmıştı; o da kardeşiydi.

"Gidelim mi canım?" Charles, Olivia'ya kolunu uzattı ve tekrar salona döndüler. Karısına keyifli bir tebessümle bakıyordu. "Çok hoştu. Sana bir daha bulaşmamam gerektiğini hatırlat bana. Hançer gibi sözlerinle bu konuda ne kadar başarılı olduğunu unutmuşum." İşin doğrusu, gerçek Victoria ondan çok daha iyiydi; ama Charles bilmiyordu bunu.

"Dinliyor muydun?" Olivia hem mahcup olmuş, hem de çok şaşırmıştı.

"İstemeden oldu. Senin peşinden dışarı çıktığını gördüm ve seni sinirlendirmeyeceğinden emin olmak için ben de dışarı çıktım."

Olivia, "Kıskanmadığından emin misin?" diye takıldı ona. Charles'ın hafifçe kızardığını sandı. Charles cevap vermedi. "Kıskanmana gerek yok. İğrenç bir solucan o. Ona birinin bunu söylemesinin zamanı gelmişti artık."

Charles, "Bence bunu gayet iyi başardın," diyerek gülümsedi ve onu dans pistine götürürken yanağından öptü.

YİRMİ SEKİZ

O yıl Croton-Hudson'da, görünüşte Olivia'nın gitmiş olması yüzünden, tuhaf bir Şükran Günü oldu. Oysa aralarındaydı ama onlar bilmiyordu. Olivia, Victoria'nın yokluğunu yüreğinde feci şekilde hissediyordu. Bir bayram günü ilk kez hep birlikte değillerdi.

Babaları şükran duasını etti. Ama ağır bir hava vardı. Her biri geçmiş yılları düşünüyor, sevdikleri kişileri özlüyordu. Şu anda onları tek neşelendiren, gelişi yaklaşmış olan bebekti. Geoff, bunun biraz can sıkıcı olduğunu, ama eğlenceli de olabileceğini düşünüyordu. Olivia artık beş aylık hamileydi. Kıyafetlerini büyük bir özenle seçmesine rağmen, artık hamileliği belli olmaya başlamıştı. Ocak ayı geldiğinde pek dışarı çıkamayacağını biliyordu. Sadece yakın arkadaşlarına, ya da çok özel yemek davetlerine gidebilirdi. Bebek şimdiden oldukça iri gibiydi. İçin için, ikiz olmasını umuyordu; ama doktor, zannetmediğini söyledi. İkiz istediğini Charles'a da söylemişti. Genç adam gözlerini devirerek, buna gücünün yetebileceğinden emin olmadığını belirtmişti.

Gözleri sorularla dolu, "Belki bir dahaki sefere," dedi Charles. Olivia şu ana kadar kolay bir hamilelik geçirmişti. Susan'ın Geoff'e hamileliğine benzemiyordu. Daha önce bebek sahibi olmaktan hoşlanmadığı düşünülürse, şimdi bu konuda çok rahat görünüyordu. Daha önce Charles'a sözünü ettiği, annesinin çocuk doğururken ölmesinin neden olduğu korkudan bir daha hiç bahsetmemişti bile. Aslında hiç korkmuyor gibi görünüyordu ve çok mutluydu. Ama Charles, bundan sonra başka çocuklar da isteyip istemediğini sorunca, Olivia kararı ona bıraktı. Eğer karısı istemezse, bu bebekle yetinebileceğini biliyordu Charles. İkiz olursa mahvolabilirdi.

Fransa'da 1915 kışı çok çetin geçti. Her iki taraf da, kendilerini gelecek çarpışmalar için güçlendiriyordu. Yeni stoklar hazırlanıyor, yeni askerler geliyor, eskiler ise, dondurucu siperlerde, ellerinden geldiğince dinleniyorlardı. Gaz saldırıları devam ediyordu. Edouard, kasımda Artois'dan döndü; kışı Châlons-sur-Marne'da geçirecekti. Edouard'la Victoria, çiftlik evindeki iki odayı yuva edinmişlerdi. Son zamanlarda haklarında epeyce konuşulmuştu. Neler olup bittiği sır değildi artık. Ama kamptakiler bu ilişkiyi candan bir sevgiyle karşılıyorlardı. Çiftlik evini Edouard'la paylaşan subaylar, çoğu zaman onları yalnız bırakıyorlardı. Bir akşam geç vakit mutfakta, Victoria'nın hayatta gördüğü en küçük kuşu pişirirlerken, genç kadın gülüyordu.

İyimser olmaya çalışarak, "Huysuzluk etme. Bıldırcın olduğundan eminim," dedi Edouard.

Victoria kahkahayla gülerek, "Değil," dedi. Fırından çıkardıklarında bir fareden daha büyük değildi kuş. "Serçe."

Victoria'yı öpüp kendine doğru çekerken, "Hiç bir şey bilmiyorsun," dedi Edouard. İki günlüğüne, yakınlarda bulunan Verdun'e gitmiş ve Victoria'yı özlemişti. Hep özlüyordu. Artık onsuz olmaya dayanamıyordu. Eve dönmek konusu da açılmıyordu. Aslında, Victoria'ya ciddi olarak, eve gidip Charles'la ve kardeşiyle yüzleştikten sonra, onunla birlikte Paris'e taşınmasını teklif etmişti. Durumları tıpatıp aynıydı. İkisi de evlenemezdi. Edouard, kibar dünyayı şoke ederek, şatosunda günah içinde yaşamayı ve sonsuza kadar mutlu olmayı önermişti ona. "Belki bir gün, cadı, yani şimdiki barones öldüğü zaman, seni namuslu bir kadın yapabilirim."

Victoria büyük bir güvenle, "Ben zaten namuslu bir kadınım," dedi.

"Yapma lütfen! Kardeşin, zavallı kocanın yanında senin yerini almışken, pek öyle olduğunu sanmıyorum." Merhametsizce güldüler bu duruma. Victoria, hiç olmazsa utanacak kadar zarafet gösterdi. Châlons-sur-Marne'da herkes ona Olivia derken, Edouard'ın neden Victoria dediğini kimse anlayamıyordu. Bunun özel bir espri olduğunu düşünüyorlardı; Victoria da asla açıklamıyordu.

O akşam küçük kuşlarını yerlerken Victoria, Amerika'da Şükran Günü olduğunu söyledi Edouard'a.

Yüzbaşı nostaljik bir ifadeyle, "Harvard'da olduğum dönemden hatırlıyorum," dedi ve gülümsedi. "Hoşuma gitmişti. Bir sürü yemek ve hoş duygular. Biliyor musun, bir gün bütün bu sorunları aştığımız zaman babanla tanışmak isterim," dedi özlemle. Ama bunun ne zaman olabileceğini ne onlar, ne de dünyanın geri kalanı biliyordu. *Poilus*'ler siperlerden uzun zaman çıkamayacaklarmış gibi görünüyordu.

"Babam senden hoşlanırdı," dedi Victoria. Elma yiyordu. Hayatının en sade Şükran Günü yemeğiydi bu. Ama belki de en mutlu olanıydı. Edouard'a bakarken, kardeşini düşünmemeye çalıştı. Ondan uzak kalmak çok zordu. Ama Edouard'ın yanında, kendine ait bir hayatı olduğunu hissediyordu artık. Charles'la birlikteyken hiçbir şeyi yoktu. "Bir de Olivia'yla tanış bakalım," diyerek sırıttı.

"Bundan korkuyorum. İkinizi birlikte düşünmek gerçekten dehşet verici," dedi Edouard. Sonra birlikte onun yatağına yattılar ve çocuklukları, arkadaşları, sevdikleri yiyecekler, çocukken yapmaktan hoşlandıkları şeyler hakkında konuştular. Edouard kaybettiği kardeşini anlattığında Victoria, sevgilisinin onu içtenlikle sevmiş olduğunu anladı. Hem de sevmediği halde, hamile bıraktığı kızla, evlenecek kadar.

O gece seviştikten sonra uykuya dalacağı sırada Victoria, Edouard'ın onu hafif hafif okşadığını hissetti. Gözlerini açıp ona döndü. Yüzbaşının gözleri soru işaretleriyle doluydu.

"Konuşmamız gereken bir şey var mı Bayan Henderson?"

"Ne demek istediğini anlamadım," dedi Victoria. Gözlerinde gizemli bir tebessüm vardı.

Edouard kısık bir sesle, "Korkunç bir yalancısın," dedi. Ona biraz daha yaklaştı; tam arkasına dayanıp karnını tuttu. "Niye bir şey söylemedin?" Kırılmış gibiydi. Victoria içtenlikle üzüldü. Edouard'a doğru döndü; ona sarılmış olan adamın dudaklarını yumuşak bir şekilde öptü.

"Ben de daha üç hafta önce fark ettim. Senin ne düşüneceğinden de emin değildim." Edouard dayanamayıp güldü. Victoria'nın karnı, içindeki bebekleri yüzünden yuvarlaklaşmıştı bile. Kendinden olduğunu düşünüyordu. Victoria'nın bütün anlattıklarından sonra, Charles'dan olmadığı kesindi.

"O küçük *bonhomme*'u benden ne kadar saklayabileceğini sanıyordun?" Edouard gülümsüyordu. Kırk yaşına yeni girmişti ve hayatta sahip olduğu ilk çocuktu bu. Tüm olumsuz koşullara rağmen coşmuştu. Sonra birden kaygılı bir şekilde Victoria'ya baktı. Tatlılıkla, "Artık eve gitmelisin Victoria," dedi. Onu kaybetme düşüncesi canını acıtıyordu, ama artık emniyette olmasını daha çok istiyordu.

Victoria üzüntüyle, "Bu yüzden söylememiştim sana," dedi. "Bunu diyeceğini biliyordum. Ama gitmeyeceğim. Burada kalıyorum."

"Ben de çalıntı pasaport kullandığını açıklarım," dedi Edouard. Sesinin sert çıkmasını istemiş, ama başaramamıştı.

Victoria gülümseyerek, "Kanıtlayamazsın ki," dedi. "Vazgeç; hiçbir yere gitmiyorum."

"Bebeği burada doğuramazsın," dedi Edouard. Victoria'nın bunu düşünmesi bile dehşete düşürmüştü onu. Ama Avrupa'da hiçbir yer güvenli değildi; İsviçre dışında. Oraya gideceğine de eve gitse daha iyi olurdu. Ama Victoria'ya bakınca, gitmeyeceğini anladı. Bir yanı, onunla tartışmak istemiyordu.

"Bebeği burada doğuracağım," dedi Victoria. Tam bir kadın gibi görünüyordu ve çok güzeldi. Sahra hastanesindeki ağır işinden dolayı biraz fazla zayıftı, ama son zamanlarda iştahı feci açılmıştı.

Edouard sertçe, "Günde on beş saat ayakta kalmanı istemiyorum," dedi. "Albayla konuşacağım."

"Öyle bir şey yapmayacaksın Edouard de Bonneville." Victoria ona öfkeyle bakıyordu. "Eğer yaparsan, bana tecavüz ettiğini söylerim; sen de askeri mahkemede yargılanırsın," dedi ve yatağın içinde yuvarlandı. Yüzünde bir memnuniyet ifadesi vardı.

"Aman Tanrım. Sen bir canavarsın kadın. Daha iyi bir fikrim var. Şoförüm olmaya ne dersin?"

"Şoförün mü?" Victoria şaşırmıştı. "Ne iyi fikir. Direksiyonun önüne sığamayacağım hale gelene kadar yapabilirim bunu. Yapmama izin verirler mi?"

"Albaya rica edersem, verirler. Şu anda senin için çok daha iyi olur bu. Tabii araba kullanmana dayanabilirsem." Hep Victoria'nın hızlı araba kullandığından şikâyet ederdi. Victoria da onun korkak olduğunu söylerdi. Burası Fransa'ydı. Savaş zamanıydı. Edouard, bunların ikisinin de intihar için yeterli neden olmadığını, ama bebeklerinin hatırı için tehlikeyi göze almaya hazır olduğunu belirtti. Sonra ciddileşerek Victoria'ya baktı. Bu hafife alınacak bir konu değildi. "Bu konuda ciddi misin Victoria? Sahiden burada kalmak istiyor musun? Senin için çok zor olabilir." Ona anlattıklarından, Victoria'nın doğum yapmaktan korktuğunu da biliyordu. Kötü bir tecrübesi olmuştu; bir kez daha olabilirdi. Doğum sorunsuz olsa bile, Châlons-sur-Marne asla bebek doğuracak bir yer değildi.

Victoria yumuşak bir sesle, "Burada, seninle birlikte olmak istiyorum," dedi. "Gitmeyeceğim." Edouard ona bakınca, çarpışmaya bile girmeden savaşı kaybettiğini anladı. Victoria kalacaktı. Sonra ona önemli bir soru daha sordu.

"Evli olmamamız konusunda neler hissediyorsun?" Gayet ciddiydi. Victoria sırıttı. Pek ciddiye almadan, "Biz evliyiz *chéri*," dedi. "Ama başkalarıyla."

Edouard, "Çok ahlâksızsın," dedi ve büyük bir aşkla öptü onu. Victoria'yı, hayatı boyunca kimseyi sevmediği kadar seviyordu. Hafif sesle, "Ama çok da cesursun," dedi. Bu kez sevişirken, onu hamile bırakmak gibi bir kaygısı yoktu artık.

YİRMİ DOKUZ

Croton'da Noel, o yıl her zamankinden daha sakin, ama şaşırtıcı bir şekilde mutlulukla doluydu. Geoff, aldığı bütün hediyelere bayıldı. Charles hepsine son derece cömert davranmıştı. Edward da öyle. Ama iyi olmadığı, gün gibi ortadaydı. Aylardır kötü öksürüyordu ve o yıl zatürreeyle birkaç kez flört etmişti. Babasının çok daha yaşlı göründüğünü fark etmek Olivia'yı kaygılandırmıştı. Kardeşinin kaybolması buna neden olmuşmuydu, emin değildi. Artık enerjisi tükeniyor gibiydi. Doktor, kalbinin giderek güçsüzleştiğini söylemişti. Yine de onunla birlikte mutlu bir tatil geçirdiler. Yılbaşından kısa bir süre sonra da New York'a döndüler.

Eve döneli iki gün olmuştu ki Bertie, Olivia'yı aradı ve geri gelmesi gerektiğini söyledi. Babası aniden güçten düşmeye başlamıştı. Anlaşılan, onlar ayrıldıktan hemen sonra yine fena halde üşütmüş ve çok ateşlenmişti. Bütün öğleden sonra sayıklamıştı. Doktor, kalbinin uzun süre dayanabilecek kadar güçlü olduğundan emin değildi. Bertie, Donovan'ı yollayıp Olivia'yı aldıracaktı; ama Charles ısrarla, ertesi sabah kendi götürmek istedi onu. Olivia'nın, yanında o olmadan bir yere gitmesi fikrinden hoşlanmıyordu artık. Hamileliği altı ayı geçmiş ve karnı çok büyümüştü. Tek bir bebek taşıyan bir kadın için fazla büyüdüğünü düşünüyordu Olivia. Ama doktor emindi; bir tek kalp atışı duyabiliyordu. Adam bunu her söylediğinde, Olivia aptalca bir düş kırıklığı hissediyordu.

Geoff'i okula yollamadılar; onu da Croton'a gittiler. Olivia oraya varır varmaz geldiğine çok sevindi. Babası, onlar ayrıldığından beri geçen üç günde, sanki yirmi yıl yaşlanmış gibi görünüyordu.

"Ona ne oldu bilmiyorum." Bertie, göz yaşları içinde ellerini ovuşturuyordu. Sonra Olivia'ya tuhaf bir ifadeyle baktı. Ama hiçbir şey söylemedi. Burnunu sildi ve mutfağa döndü. Edward'ın artık emin ellerde olduğunu biliyordu. Sadece, keşke Olivia da burada olsaydı, diye düşündü. Bunun, Edward için ne demek olacağını biliyordu. Ama hiç olmazsa kızlarından biri yanındaydı.

Olivia bütün öğleden sonra babasının yanında oturdu. Charles ise Geoff'le ata binmeye gitti. Yapabileceği pek az şey vardı. Orada her şey gayet iyi yönetiliyordu. Onun yapabileceği bir şey yoktu. Tabii hasta odasından çıktığı zamanlar Olivia'ya arkadaşlık etmek dışında. Bürodakilere, birkaç gün sonra döneceğini söylemişti. Charles onun gidip gelişlerini sabırla beklerken, Olivia babasına yararlı olacağına inandığı otları kullanarak çorba ve çay yapıp duruyordu. Bu da, Bertie'nin onu daha dikkatle izlemesine neden oluyordu. Yaşlı kadın, gördüklerine kesinlikle inanamıyordu. Mümkün olamazdı; böyle bir şey yapmazlardı. Belli ki hayal gücü ona oyun oynuyordu.

Edward Henderson sonraki bir iki günde daha da kötüleşti. Oraya gittiklerinin üçüncü gününde de nefes almakta çok zorlanmaya başladı. Doktor hastaneye kaldırmak istedi; ama Edward kesinlikle reddetti ve Olivia'ya evde ölmek istediğini söyledi. Oraya aitti o.

"Ölmeyeceksin baba," dedi Olivia. Göz yaşlarını zor tutuyordu. "Sadece yine hastalandın. Birkaç güne kalmaz iyileşirsin." Ama bu sefer başını iki yana salladı Edward. Ateşi iyice yükselmişti. O gece Olivia sabaha kadar babasının yanında oturdu. Elini tuttu; onu seyretti; razı olduğu zamanlar dudaklarına su bardağını dokundurdu. Olivia'nın elleri yumuşak, sağlam ve sevgi doluydu. Babasıyla başka birinin ilgilenmesine izin vermiyordu.

Charles bu durumdan rahatsız olmuştu; ama karısı çok inatçıydı. Bunu baştan beri biliyordu.

Ertesi sabah erken saatlerde, Olivia birden babasının sonunun geldiğini anladı. Edward zorlukla nefes almaya çalışıyor, gözleri çılgın gibi bakıyordu. Olivia'ya, kardeşini bulup getirmesi için yalvardı.

"Victoria, kardeşini yukarıya getir... onu şimdi görmem gerek," dedi. Olivia'nın elini öyle sıkı kavradı ki, kızın canı yandı. Bir an için ne diyeceğini bilemedi. Sonra başını salladı ve odadan çıktı. Bir saniye sonra geri geldi. "Olivia sen misin?" diye sordu Edward. Olivia, gözyaşları sel gibi akarken başını salladı. Babasını kandırmaktan nefret ediyordu.

"Benim babacığım, benim, evdeyim artık."

"Neredeydin?"

Olivia, "Uzaklarda," dedi ve babasının yanına oturup elini tuttu. Onun hamile olduğunu bile görmüyordu Edward. "Bir süre düşünmeye ihtiyacım vardı. Ama döndüm artık. Ve seni çok seviyorum," diye fısıldadı. Duygularının esiri olmuştu. Kesin bir ifadeyle, "Artık iyileşmelisin," dedi. Ama Edward başını iki yana salladı. Bilincini yitirmemek için mücadele ediyordu.

"Ben gidiyorum, zamanı geldi artık, annen beni istiyor."

"Biz de istiyoruz seni," dedi Olivia. Babasının yanında oturmuş, hıçkıra hıçkıra ağlıyordu.

Edward hafif, ıstırap dolu bir sesle, ona sekiz aydır eziyet eden soruyu sordu kızına. "Onu Charles'la evlenmeye zorladığım için bana kızmış mıydın?"

Olivia, "Tabii ki kızmadım baba. Seni seviyorum," dedi yine ve babasının alnını okşadı. Ateşi çok yüksekti. Altüst olmuştu; son derece kaygılıydı.

"Onu seviyorsun, değil mi?" O zaman gülümsedi Olivia ve başını salladı. Belki de gerçeği bilmesi onun için daha iyiydi. Belki de sonunda böylece huzura ererdi.

"Victoria'yı onunla evlendirdiğim için beni bağışlayabilecek misin?"

"Bağışlanacak bir şey yok ki. Artık mutluyum. Bu yüzden uzaklara gitmiştim. Artık istediğim her şeye sahibim." Edward kızının gözlerine bakınca, söylediğinde ciddi olduğunu anladı. Sonra bir süre gözlerini kapadı; uykuya daldı. Derken gözlerini tekrar açtı ve gülümseyerek kızına baktı.

"Mutlu olduğuna sevindim Olivia. Annenle ben de çok mutluyuz. Bu gece birlikte bir konsere gideceğiz." Yine sayıklamaya başlamıştı. Bütün gün uykuyla uyanıklık arasında gidip geldi. Kızının kim olduğunu karıştırıyordu. Bazen onu Olivia sanıyordu; bazen de kardeşi. Akşam olduğunda, Olivia da neredeyse babası kadar kötü görünüyordu.

Charles onu koridorda Bertie'yle konuşurken görünce, gayet kızgın, "O odada bir saat daha kalmana izin vermiyorum Victoria," diye fısıldadı.

Olivia aynı kararlılıkla, "Mecburum. Bana ihtiyacı var," dedi ve tekrar odaya döndü. O gece, gizemli bir şekilde, babasının ateşi düştü. Olivia onun elini tutmuş yanında otururken, babasının sabaha kadar iyileşeceğine inanmıştı. Bir ara, gün ağarmadan hemen önce uyuya kaldı. Uykusunda, Victoria'yla annesini gördü. Kardeşinin görüntüsü o kadar netti ki, yanında olduğunu sandı. Uyandığı zaman, elini babasının alnına koydu; sonra ona baktı ve ölmüş olduğunu gördü. İki kızıyla da vedalaştığını zannederek, huzur içinde, karısıyla buluşmaya gitmişti.

Olivia odadan çıktığında ağlıyordu. Bertie onu görünce sarıldı. İki kadın, uzun süre ağlayarak durdular orada. Sonra Olivia, Charles'ın yanına gitti. Genç adam derin uykudaydı. Olivia yanına yattı ve kardeşini düşündü. Babalarının öldüğünü bir şekilde bilmesini istiyordu. Bilip bilmediğini merak etti. O gün bir mektup yazacaktı, ama Victoria'nın da yanlarında olamayışına üzülüyordu. Hiç olmazsa, babası orada olduğunu sanmıştı. Olivia bunun önemli olduğunu biliyordu. Nihayet babasına verebildiği tek armağan olmuştu bu.

"İyi misin?" Charles uyanmış, ona bakıyordu. Olivia o kadar solgun ve hareketsiz yatıyordu ki, kaygılanmıştı.

Olivia hafif sesle, "Babacığım öldü," dedi. Çocukluklarından beri ona böyle hitap etmemişlerdi. Ama onu kaybettikten sonra kendini yine çocuk gibi hissetmeye başlamıştı. Birden, herkesi kaybettiği kanısına kapıldı. Victoria gitmiş; babası ölmüştü. Yine de, çok sevdiği bu adam, onun oğlu ve bebekleri vardı. Ama sahip olduğu her şey, kardeşinden ödünç aldığı hediyelerdi. Charles şefkatle ona sarıldığı sırada bunların hiç birini bilmiyordu.

Victoria çok tuhaf bir hisle uyandığında saat sabahın ikisiydi. Önce bunun çocuk yüzünden olduğunu sandı. Ama elini karnına koyup onun kımıldadığını hissedince, ondan olmadığını anladı. Başka bir şeydi. Gözlerini kapadı; bir koltukta oturan Olivia'yı gördü. Ölümcül bir ciddiyet içindeydi. Hasta değildi; hiçbir şey söylemiyordu; öylece oturuyordu orada. Yine de, Victoria ona bir şey olduğunu anladı.

Edouard ona bakmak için yana dönerek, "İyi misin?" diye sordu. Victoria artık onun şoförlüğünü yapıyordu; Edouard da hep tedirgindi. Bozuk yollarda sallana sallana gitmek doğumu başlatabilirdi. Oysa daha sadece altı buçuk aylık hamileydi.

Victoria, "Bilmiyorum," dedi dürüstçe. "Bir sorun var."

"Bebekle mi ilgili?" Yatağın içinde oturdu; kaygılanmıştı. Ama Victoria başını salladı.

"Bebek iyi sanırım. Ne olduğunu bilmiyorum." Sanki Olivia yatağın tam yanında oturmuş, ona bir şey söylüyordu; ama Victoria duyamıyordu.

Edouard, yorgun, esneyerek, "Hadi uyu," dedi. Siperlerde özel bir faaliyet planlamak için iki saat sonra kalkması gerekiyordu. "Muhtemelen yediğin bir şey yüzündendir." Ya da yemediği. Bu günlerde yeterince yiyecek bulamıyorlardı. Oradakilerin çoğu hep açtı. Edouard kolunu Victoria'nın omzuna attı; Victoria yanına uzandı. Ama o gece bir daha uyumadı. Günlerce uyuyamadı. İçinde çok tuhaf bir his vardı.

Olivia'nın mektubu Fransa'ya geldiğinde Ekim ayının başlarıydı. O gece neler hissettiğini o zaman anladı. Babaları ölmüştü. Ölmeden önce onu göremediği için kendini çok kötü hissetti. Ama ölenin kardeşi olmamasına son derece sevinmiş ve rahatlamıştı.

Victoria durumu ona anlattığı zaman, "Çok garip bir şey olmalı bu," dedi Edouard. İkiziyle paylaştıkları şeye büyük saygı duyuyor; Victoria'nın anlattıklarını asla küçümsemiyordu. "Biriyle bu kadar yakın olabileceğimi düşünemiyorum bile. Tabii senin dışında," diyerek gülümsedi. "Bir de onun." Victoria'nın karnını işaret etti. Ama ikizlerin arasındaki ilişki anlayabileceğinin çok dışındaydı.

OTUZ

Baharın ilk gününde New York'da, Olivia sabah kahvaltısı için merdivenlerden aşağı inerken, sanki patlayacakmış gibi görünüyordu. Charles kendini tutamayıp sırıttı. Çok güzel görünüyordu, ama inanılmayacak kadar iriydi. Olivia'nın hamileliğinin keyfini birlikte çıkarıyorlardı. Doğacak bebek ikisini de heyecanlandırıyordu. Ama son birkaç haftadır Olivia neredeyse gülünç bir hale gelmişti. Artık hiç dışarı çıkmıyordu. Gitmeyi göze alabildiği en uzak yer bahçeydi. Göbeği kocaman, yuvarlak, bağımsız bir yaratık gibi, tam önünde gidiyordu. O kadar büyük, sert ve gergindi ki, artık bebeğin hareketlerini bile hissedemiyordu. Bir ay öncesinden çok farklıydı. O dönemde, sanki gece gündüz oradan oraya atlayıp zıplayıp duruyordu. Olivia bunu "ayağında patenler, başında şapkayla" diye ifade ediyordu. Büyük bir bebek olacağı inkâr edilemez bir gerçekti. Bu durum Charles'ı hafifçe kaygılandırıyordu, ama karısını korkutmak istemiyordu. Özellikle de annesi hakkında anlattıklarından sonra.

Olivia, ona ve Geoff'e sırıtarak, "Bence son derece kabasınız," dedi. Geoff de kıkır kıkır gülüyordu. Gerçekten komik görünüyordu artık. Ama kendini iyi hissediyordu. Bebeğin de hiç acelesi yok gibiydi. En iyi tahminle, o hafta doğuracağını düşünüyordu genç kadın. Ama doktor, asla belli olmaz demişti. Olivia, zamanının geldiğini anlayacak ve evde doğuracaktı. East River'daki küçük evlerinde. İstediği buydu. Hastaneye gitmeye gerek yoktu. Hastaneye hastalar gider, diyordu. Çocuk doğurmak ise hastalık değildi.

Olivia onun fincanına kahve doldururken Charles, "Bugün ne yapacaksın?" diye sordu. Olivia'ya yardım etmek için, Bertie o hafta Croton'dan gelmişti. Konuk odasında kalıyordu. Olivia, kocasının kahvaltısını kendi hazırlamakta inat ediyordu. Hâlâ, yardım almadan yapabildiği tek şey buydu. Banyo küvetine girmek için bile Charles'ın yardımına ihtiyacı vardı. Çıkmak içinse, neredeyse vinç gerekiyordu. Ama Bertie'nin şehre gelmesinin nedeni, Olivia doğum yaparken orada olmaktı. Gelmek için ısrar etmişti. Babasının ölümüyle, zaten Croton'da yapacağı hemen hemen hiçbir şey kalmamıştı. Bütün ilkbaharı onlarla geçirmeye razı olmuştu. Olivia, onun bebeğe yardım etmek için orada olmasına seviniyordu.

Olivia, "Bahçede biraz yürüyüp geri dönmeyi düşündüm," dedi sırıtarak. "Bir süre koltukta oturabilirim; sonra da kanepede." Yatmak tehlikeliydi. Sanki üzerine bir mobilya atılmış gibi oluyordu. Biri yardım etmezse, bir daha yerinden kalkamıyordu.

"Sana bir kitap getirmemi ister misin?" diye sordu Charles.

Olivia memnuniyetle, "Çok sevinirim," dedi. H.D.'nin yeni şiir kitabı *Seagarden* yeni çıkmıştı; Olivia onu okumayı çok istiyordu. "Eğer bir yerlerde rastlarsan, turp turşusu da isterim."

"Mutlaka bulmaya çalışırım," dedi Charles. Ona veda ederken karnına hafifçe vurdu. "Sakın ben yokken çıkmasın oğlan."

"Oğlan olacağına o kadar güvenme," dedi Olivia. Charles kız istediğini iddia etmesine rağmen, kız olursa, onun düş kırıklığına uğramasını istemiyordu Olivia.

Genç adam koşarak merdivenlerden inerken, "Eğer bu büyüklükte bir kızsa, ciddi bir sorunumuz var demektir," dedi gülerek. O gün yapacağı çok iş vardı ve eve erken dönmek istiyordu. Karısıyla vakit geçirmekten hoşlanıyordu; özellikle de doğuma bu kadar az kaldığı sırada. Olivia'nın, itiraf ettiğinden daha heyecanlı olduğunu biliyordu. Ya da öyle olduğunu sanıyordu. Ama aslında Olivia hiç heyecanlı değildi. Buna kendi de şaşıyordu ya. Bu kadar sakin olması tuhaftı. Doğumun çok kolay olacağına dair bir inancı vardı Bunu Bertie'ye de söylemişti; ama yaşlı kadın pek bir şey dememişti.

Charles'la Geoff gider gitmez Bertie aşağı indi ve bulaşıkları yıkadı. Olivia da yukarı, artık bebek odası olan odaya çıktı; odayı temizlemeye ve düzenlemeye başladı. Bertie tekrar yanına geldiğinde gülümsedi. Olivia mutlu ve meşgul görünüyordu. Öğleden sonranın büyük kısmını orada geçirdi; sonra bahçeye çıktı. Ama içeri dönerken, oturma odasının camlarının ne kadar kirli olduğunu gördü ve temizlemeye başladı. Bertie'nin bütün uyarılarına rağmen, bu işi kendi yapmakta inat etti. Camları ovdu, yıkadı. Charles eve geldiğinde de mutfağı temizliyor ve akşam yemeğini hazırlamaya başlayacağını söylüyordu.

"Ona ne oldu anlamadım," diye şikâyet etti Bertie. Aşçı gülümseyerek bakıyordu onlara. "Bütün gün evi temizledi. Köşe bucak."

Aşçı bilmişçe, "Hazırlık yapıyor," dedi. Bertie başını iki yana salladı. Olivia güldü ve çorap tamir etmek için dikiş sepetine gitti. Kendini hiç bu kadar iyi hissetmemişti. Haftalardır olduğundan daha enerjikti. Charles buna sevindi.

Olivia, Charles ve Geoff'le birlikte yemek yedi. Çocuk yattıktan sonra kâğıt oynadılar ve Charles yendi.

Olivia, "Hile yaptın," diye suçladı onu ve güldü. Sonra bir bardak süt almak için mutfağa gitti. Orada dururken, ayaklarının dibinde foşşş diye bir ses duydu. Farkına varmadan sütü yere döktüğünü sandı. Ama yere bakınca, her tarafın suyla dolduğunu gördü. Ne olduğunu anlaması bir dakika sürdü. Süt şişesini bıraktı; yeri temizlemek için bez ararken Charles geldi ve Olivia'nın ne yaptığını gördü.

"Ne oldu? Ne yapıyorsun? Victoria!" Artık bu isme alışmıştı; kendi ismiymiş gibi rahatça karşılık veriyordu. Hatta çok rahatça; çünkü on bir aydır kimse ona Olivia dememişti. "Yapma! Dur sana yardım edeyim." Yeri Charles sildi. Olivia artık hiç eğilemiyordu. Hallerine gülmeye başladı. Charles, onun ne yaptığını, yere ne döktüğünü anlamamıştı. Olivia orada öylece dururken, birden ilk sancının geldiğini hissederek Charles'ın kolunu yakaladı. Beklediğinden çok daha şiddetliydi. "Neyin var?" diye sordu Charles. Hâlâ anlamamıştı.

"Yerdeki benim suyumdu..." Mutfak sandalyelerinden birine oturdu; artık gülümsemiyordu. "Galiba doğuruyorum."

"Şimdi mi?" Charles şaşırmıştı; sanki bebeğin bu ay doğacağını ona kimse söylememiş gibi. Olivia ona yine gülümsedi.

"Şu saniyede değil belki, ama kısa süre içinde. Birkaç dakika izin ver bana." Ama bunu söyler söylemez kaşlarını çattı. Yine sancı gelmişti; bu seferki daha kötüydü. Kimse böyle bir şey olacağını söylememişti ona. Acaba bir sorun mu var, diye merak etti. Doğum hakkında tek bildiği, iki buçuk yıl önce, banyoda kardeşini izlerken gördükleriydi. Ne olacağını ona anlatacak bir annesi yoktu. Doktor da her şeyin iyi olacağını söylemişti. Çok kolay olacağından emindi. Asıl Victoria çok daha gerçekçi bir kızdı. Ama Olivia, her nedense, doğumun bu kadar ağrılı olacağını beklemiyordu.

Charles sakin bir tavırla, "Hadi yukarı çıkalım," dedi ve Olivia'nın sandalyeden kalkmasına yardım etti. Ama merdivenlerden çıkıp yatak odalarına ulaşmaları hemen hemen on dakika sürdü. Charles onu banyoda oturttu; soyunmasına yardım etti. Olivia hareket etmekte çok zorlanıyordu. Charles birkaç dakikalığına onun yanından ayrılıp Bertie'nin kapısını vurdu. Ne olduğunu anlattı ve doktoru çağırmasını istedi. Bertie hızla harekete geçti. Ama Charles yanına döndüğünde, Olivia güçlükle nefes almaya çalışıyordu ve paniğe kapılmıştı. Sancılar korkunçtu.

"Bir daha yanımdan ayrılma," dedi. Çaresizlik içinde Charles'ı sımsıkı tuttu. O sırada Bertie geldi; Olivia'yı yatağa götürdüler. Sağına soluna eski çarşafları ve havluları yaydılar. Bertie bu konuda tecrübeliydi, ama Charles değildi. Susan, Geoff'i on bir yıl önce doğurmuştu; yanında hanım akrabaları vardı. Charles da kayınbiraderiyle birlikte sarhoş olmaya gitmişti. Geri döndüğünde, bir bebek sahibiydi. Olivia'nın onu bırakmaya hiç niyeti yok gibiydi. Doktor geldiği sırada, her sancıyla birlikte Charles'ın kolunu sıkıyor, avaz avaz bağırmamaya çalışıyordu. Çünkü Geoff'in onu duymasından korkuyordu.

Doktora, "Bu korkunç bir şey," dedi. Doktorla Bertie gülümseyerek bakıştılar. Ama Charles karısı için çok kaygılı görünüyordu.

"Bu ne kadar sürer?" diye safça sordu. Geoff sanki bir ya da iki saat içinde doğmuştu. Belki de Charles çok içmişti; hatırlamıyordu.

Doktor sakin bir şekilde, "Muhtemelen bütün gece," dedi. Bunu duyduğu anda Olivia'nın gözlerinden yaşlar boşandı.

"Bunu yapamayacağım. Croton'a dönmek istiyorum." Çocuk gibi ağlıyordu. Aniden, kardeşinden başka bir şey düşünemez olmuştu. Victoria sanki hemen yanındaydı yine. Ama aynı sancıyı o da çekiyordu ve ikisi de sancıdan kurtulamıyordu. Hayatı boyunca gördüğü en feci kâbus gibiydi. Tabii, Victoria'nın *Lusitania*'da olduğu günler dışında. Ama bu, bir bakıma çok daha kötüydü. Olivia çok sancısı olduğu için doğru dürüst düşünemiyordu. Kendine hâkim olamıyordu. Bir süre sonra, elinde olmadan bağırmaya başladı. Sonunda, Bertie'nin Charles'ı uzaklaştırdığını gördü. Adam ağlayacak gibi görünüyordu. Olivia, Bertie'ye onu geri getirmesi için yalvarmaya başladı. Ama Bertie karşı çıktı.

Yatıştırıcı bir tavırla, "Sadece telaşlandırırsın onu," dedi. "Şu anda seni görmesini istemezsin... bu halde..."

Olivia çılgın gibi, "Evet istiyorum," dedi. "Şu anda onu istiyorum. Getir onu." Ama Bertie onu dinlemedi. Olivia, sancılar giderek şiddetlenip sıklaştıkça, yattığı yerde ağlamaya devam etti. Derken, artık dayanamaz hale geldi. Çok uzaklarda bir yerde, Bertie ve doktor, Olivia'nın bacaklarını tutmuşlar, ıkınarak bebeği dışarı itmesini söylüyorlardı. Ama yapamıyordu. Nefes alıp verirken bir ara, "Victoria'yı istiyorum," dedi. Bertie aniden başını kaldırıp ona baktı. Bir an sessizlik oldu. Sonra, gelen yeni bir sancı Olivia'yı sarstı. Genç kadın uzun süre onların dediklerini dinleyemedi; o kadar canı acıyordu ki. "Victoria," diye kardeşinin adını fısıldadı bir kez daha. Uzaklardan kardeşinin seslendiğini duyuyordu.

Bertie hafif sesle, "Söylediklerine dikkat et," dedi. Olivia'nın elini sertçe sıkarak, "Dikkatli ol," dedi yine. Ama Olivia, onun ne demek istediğini anlayamayacak kadar kendinden geçmiş, bağırıyor, ıkınıyordu. Gün ağarırken daha hiçbir şey olmamıştı. Olivia çektiği acıya inanamıyordu; üstelik hâlâ bebeği doğmamıştı.

Bertie bile yorgunluk belirtileri göstermeye başlamıştı. Charles, ona ve doktora kahve yapmıştı. Sonra kapıya hafifçe vurdu ve içeri girip karısının nasıl olduğunu sordu.

Onların yerine cevap veren Olivia, "Berbat," diye inledi. "Ah Charles," dedikten sonra hıçkırarak ağlamaya başladı. Charles, karısının eski korkularının haklı bir temele dayanıyor olup olmadığını merak etti. Belki onda da doğuştan gelen bir bozukluk vardı; aynen annesi gibi. Bebeklerini doğurmadan ölümüne neden olacak bir şey.

"Ah canım," dedi. Sinirleri bozuktu. Doktor, aşağıda, salonda beklerse daha rahat edebileceğini söyledi ona. O da endişelenmeye başlamıştı, ama belli etmiyordu. Sonra, daha Charles karısına bir şey söyleyemeden, sancılar tekrar başladı. Ikınmaya devam etmesini söylediler. Charles orada kaldı. Kimse fark etmemişti. Ama bir saat sonra durum gerçekten umutsuz gibi görünmeye başladı.

Doktor, "Buradan gitmenizi istiyorum," diye bağırdı. Ama herkesi şaşırtarak, Charles da ona bağırdı. "Gitmeyeceğim. O benim karım. Burada kalıyorum." Acı çekmesine rağmen, Charles'ın yanında olması, Olivia'nın moralini düzeltti. Charles karısının elini tuttu ve dedikleri zaman ıkınmasını söyledi. Ama yine bir şey olmadı. Nihayet, doktor elini Olivia'nın içine soktuktan sonra, bebeğin ters geldiğini bildirdi.

"Onu çevirmem gerekecek,"dedi. Olivia'nın bu seferki çığlığı Charles'ı neredeyse ağlatıyordu. Ama bebek yavaş yavaş kımıldamaya başladı. Ancak, tam da Charles'ın korktuğu gibi olmuştu. Bebek çok iri olmalıydı. Kolayca görülebiliyordu bu. Charles, Olivia'yı hastaneye gitmeye neden zorlamadıklarını düşündü. En azından uyarabilirlerdi onları. Ama doktor bunca aydır Olivia'yı rahatlatmaya özen göstermiş ve doğumun kolay olacağını söylemişti.

Olivia sancılarının arasında, perişan bir halde, "Daha fazla dayanamayacağım," dedi Charles'a. Sonra kustu ve daha çok ağlamaya başladı. Onu kollarının arasına alıp oradan kaçmak istiyordu Charles. Onunla sevişmiş olduğu için bile pişmandı. Sonra, ikisi de ağlarken, Olivia birden yüzünü feci şekilde buruşturup bir kez daha ıkındı. Bu sefer hafif bir ağlama sesi duyuldu ve Olivia'nın, son birkaç aydır kocaman bir top gibi olan karnından, minicik bir bebek çıktı. Doktorun elinde tuttuğu, küçük, tatlı, pembe ve kusursuz oluşmuş bir kızdı. Olivia'yla Charles şaşkınlıkla baktılar ona. Bebek Bertie'nin ellerindeyken, "Ah ne kadar güzel," dedi Olivia.

"Hiç de fena değildi," dedi doktor. Olivia yüzünü buruşturdu. Sonra gülümseyerek Charles'a baktı. Ama tebessümü anında acıya dönüştü. Charles dehşetle baktı.

Birden korkarak, "Neler oluyor?" diye sordu. Olivia sancıyla kasılıyordu yine. Halbuki bebeği doğurmuştu.

Doktor, "Bazen olur böyle," diye açıkladı. Alçak sesle, "Doğum sonrası sancıları. Bazen ağrı daha da şiddetli olur," dedi. Olivia yine bağırmaya başlamıştı. Bertie ona bakıyordu.

"Yine mi? Hayır! Lütfen!" Olivia yalvarıyordu. "Yeter artık!" Tekrar Charles'a baktı. Sanki amansız dalgalarla ondan uzaklara atılıyor gibiydi. Charles'ın tek düşünebildiği ise, başka çocuk istemediğiydi. Korkunç bir şeydi bu.

Bertie bilmişçe, "Sanmıyorum ki," diye söze başladı; ama doktor sözünü kesti.

"Bir dakika sonra plasenta çıkacak," dedi. Ama bunun yerine, Olivia'da ani ve yoğun bir kanama başladı. Sancıyla gerilmişti. Kimse bir şey söylemeden ıkınmaya başladı. Charles onu tutuyordu.

Boğazlanıyormuş gibi bir sesle, "Doktor, bu normal midir?" diye sordu Charles. Birden, birincinin çıktığı yerde küçük bir kafa daha belirdi. Bu bebek biraz daha büyüktü. Küçük bir surat onlara bakıp beklemeye başladı. Charles hayretle karısının bacaklarının arasına bakıyordu. "Victoria," dedi. Olivia yatakta gözleri kapalı yatıyor, Charles'a sımsıkı tutunarak nefes almaya çalışıyordu. Charles ona gülümsedi. "Hadi canım, ıkın. Bir bebeğimiz daha oluyor." Hem gülüyor, hem ağlıyordu. Bertie de öyle.

Olivia, "Ne? Aman Tanrım..." dedi; sonra anlayıp daha kuvvetli ıkındı. Ve ikinci bir kız bebek çıktı. Ondan bir dakika sonra da plasenta. Bebekler birbirine tıpatıp benziyordu; aynen Olivia'yla Victoria gibi. Olivia bebeğe gözünü dikip inanamayarak baktı. Sonra da Charles'a dönüp gülmeye başladı. Sabah saat onu yeni geçmişti. "Buna inanmıyorum. Bir tane daha mı?" Aniden hepsi birden gülmeye başladılar. Olivia bile çok kötü hissetmiyordu kendini. Kanama hemen hemen durmuştu. Bertie temiz çarşaf ve havluları örterken, her iki bebek de Olivia'nın kollarındaydı. Charles'ın da doğumda bulunması yüzünden şoktaydı Bertie. Ama aslında onun, doktordan daha çok yardımcı olduğunu düşünüyordu.

"Seni öyle çok seviyorum ki," diye fısıldadı Charles. Olivia'ya doğru eğildi; kollarının arasındaki iki bebeği alarak Geoff'e göstermeye götürdü. Bebeklere Geoff de inanamadı. Öyle kusursuz, öyle güzeldiler ki. Üstelik iki taneydiler. Yatak odasında doktor, neden tek kalp atışı duymuş olduğunu açıklıyordu.

Olivia'ya bir iki dikiş attı. Bertie, genç kadının vücudunu ve yüzünü serin, kokulu sularla yıkadı. Doktor gittikten sonra yalnız kaldıklarında, Olivia'ya baktı ve gülümsedi.

"Ne yaptın sen, aptal kız?" dedi. Olivia onun ne demek istediğini çok iyi anladı. Bertie'nin bu kadar uzun zamandır anlamamasına şaşıyordu zaten. Neredeyse bir yıl olmuştu.

"Beni o zorladı."

Bertie başını sallayarak güldü. "Ne yani? Buna da mı?"

Olivia, "Şey, pek sayılmaz," diyerek güldü. Mutluydu; bunca sancıdan sonra bile. Artık öyle önemsiz geliyordu ki bu.

Bertie tatlı bir ifadeyle, "Nerede o?" diye fısıldadı.

"Avrupa'da." Ama başka bir şey söylemesine fırsat kalmadan Charles, onu görmek isteyen Geoff'le birlikte içeri girdi.

"Çok şirinler Oli... Victoria..." Çocuk neredeyse ağzından kaçırıyordu. Panik içinde Olivia'ya baktı. Ama Olivia onu öperken gülümsüyordu.

Yumuşak bir ifadeyle, "Baban, aynen senin küçüklüğüne benzediklerini söyledi," dedi. Geoff utandı ve gidip komşulara anlatmak için odadan çıktı. Charles nihayet Olivia'yla yalnız kaldı. Bertie, yıkamak için bebekleri yandaki odaya götürmüştü.

"Sana bunca sıkıntı yaşattığım için üzgünüm," dedi Charles. Hem gururlu, hem de suçlu görünüyordu.

Olivia dürüstçe, "Aynı şeyleri yeni baştan yaşayabilirim," dedi. "O kadar da kötü değildi." Charles büyük bir şaşkınlıkla baktı.

Onu öperken, "Bunu nasıl söylersin?" dedi. Karısının ne kadar kötü olduğunu ondan daha iyi hatırlıyordu.

Olivia yumuşak bir sesle, "Değdi ama," dedi ve onu öptü. Yeni doğmuş olan iki küçük kızı düşündü. Aynen onunla kardeşi gibiydiler.

Charles yatakta Olivia'nın yanına otururken, bitik bir halde, "Yapacakları numaralarla başa çıkabileceğimi sanmıyorum," dedi. Olivia ve kardeşiyle beraber olmanın, bir zamanlar kafasını ne kadar karıştırmış olduğunu düşünüyordu. "Baban, sizi asla ayırt edemediğini söylemişti."

Olivia, "Ben sana öğretirim," dedi ve onu öptü. Birkaç dakika sonra Bertie bebeklerle birlikte geldi ve onları annelerinin kucağına verdi. Elinde olmadan, Victoria Avrupa'dan döndüğü zaman Olivia'nın ne yapacağını merak ediyordu.

O gece Châlons-sur-Marne'da, Victoria huzur içinde uyuyorken, Edouard'ın onu kızgın bir bıçakla defalarca bıçakladığını hissetti ve çığlık attı. Sonra bu çirkin rüyadan uyanmaya başlarken, bıçaklananın Olivia olduğunu ve onun çığlık attığını fark etti. Durmadan bağırıyor, kesinlikle susmuyordu. Victoria sonunda eliyle kulaklarını kapadı. Ama sancıları tekrar hissetmeye başladı. Yatakta kıvranıyordu. Kafası karışmış bir şekilde, sırılsıklam, şiddetli sancılar içinde, kardeşinin adını haykırıyordu. O sırada Edouard uyandırdı onu.

"*Eh... petite... arrête...* kâbus görüyorsun... *ce n'est qu'un cauchemar, ma chérie.*" Ama öylesine gerçek gibiydi ki, rüyadan uyanamıyordu. Edouard'a yapıştı; zorlukla nefes alıyordu. Yataklarının ıslak olduğunu ve sancıların gerçek olduğunu fark etti. Korkunç bir sancının yanı sıra, sanki bütün bedenini ezip geçen bir basınçla soluksuz kaldı.

Karanlığın içinde, "Ne oluyor, anlamıyorum..." diye fısıldadı. Edouard ışığı yaktı. O da şaşkındı. Sonra Victoria'yı gördü. Kanlı bir su birikintisinin içinde yatıyor ve karnını tutuyordu.

"*Ça vient maintenant?...* Şimdi mi geliyor?" Yarı uykudayken, genellikle Fransızca konuşurdu onunla. Ama şu anda dediklerini anlayabiliyordu Victoria. Başını salladı; dehşete kapılmıştı. Edouard derhal yataktan kalkıp pantolonunu kaptı. "Doktoru getireyim."

Victoria, "Hayır... yapma... beni bırakma," diye yalvardı. Çok sancısı vardı ve son derece korkmuştu. Olivia'nın aksine, Victoria doğum yapmaktan deli gibi korkardı. Şimdi tek istediği, Edouard'ın yanında kalmasıydı.

"Doktoru getirmem gerek Olivia... ben doğumdan hiç anlamam. Sadece atların doğurduğunu gördüm."

Victoria, "N'olur gitme," diye haykırdı; sonra karnına bir sancı daha saplanınca feci bir şekilde soluksuz kaldı. "Bebek geliyor. Geldiğini biliyorum. Edouard, gitme!" Tam bir panik içindeydi ve Edouard ona bakarken, gözleri çılgın gibiydi.

"Lütfen sevgilim; bırak, gidip sana yardımcı olacak birini getireyim; Chouinard'ı." Sahra hastanesinin en iyi cerrahıydı. "Onunla birlikte hemşirelerden birini de getiririm."

Victoria nefes nefese, "Onları istemiyorum," dedi ve yine sımsıkı tuttu Edouard'ı. Parmakları kıskaç gibi yakalamıştı. "Seni istiyorum."

İki sancı arasında bir an nefesini tutarken, "Olivia'nın doğum yaptığını görüyordum rüyamda," dedi. Victoria'nın rüyasının böylesine kardeşine yönelmiş olması, bu kez gülümsetti Edouard'ı.

Yumuşak bir şekilde, "Senin için yapamayacağı tek şey bu aşkım. Benim de öyle," dedi. Elini tutarak yanına diz çöktü. "Keşke çektiğin bütün acıyı senden alabilsem," dedi. Belli ki çok canı acıyordu, ama Edouard bunun saatler sürebileceğini biliyordu. Ona yardım etmesi için birini getirmeye kararlıydı. Gömleğini giymeye çalıştıysa da, Victoria buna izin vermedi.

"Şimdi geliyor Edouard... hissedebiliyorum... geliyor..." Korkunç bir baskı ve sancı hissediyordu. Edouard onun çevresindeki kanı görünce korktu. Bir dakika sonra Victoria çığlık attı. Şanssızlık bu ya, bütün gece, evde onlardan başka kimse yoktu. Herkes görevdeydi. Doktoru çağırmak için sahra telefonunu da kullanamazdı.

Bir kez daha, "Hemen dönerim," demeye çalıştı; ama Victoria onu bırakmıyordu. Çılgın gibiydi ve Edouard'ın onu bırakıp gitmesinden çok korkuyordu. Yüzbaşının tek yapabildiği, orada oturup Victoria'nın elini tutmaktı. İşte tam o dakikada New York'ta, Olivia yine sancılanmaya başladı. Bu kez hafif sancılardı. Charles'a söyledi. Genç adam bayılıyormuş gibi yapıp, olamaz; ne olur üçüz olmasın, dedi. Sonra Bertie odaya gelince, doğum sonrası sancılanmanın normal olduğunu söyledi. Olivia başını yastıklara dayadı ve birazcık uyudu. Ama rüyasında sadece kardeşini gördü.

"Edouard, lütfen..." Yine acıklı bir çığlık attı; birden yatağın içinde oturup kenara doğru ilerledi. Edouard, Victoria'nın ne yaptığını anlamadı. Genç kadın ona tutunup kesik kesik nefes alırken, "Ikınmam gerek," dedi. Ne yapacağını, ya da nereye gideceğini bilmiyordu. Ama bir güç tarafından yönlendiriliyordu; artık duramazdı.

"Bana tutun," dedi Edouard. Victoria onun ellerini sıkıca tuttu. Oturduğu yerde, hissettiği o güce karşı koyarak ıkındı. Sonra sırtüstü yatağa düştü. Bebeği içinden çıkarmak için ne yapması gerektiğini bilmiyordu. Ama çıkmak üzere olduğunu da hissediyordu. Edouard'ın aklına bir fikir geldi. Victoria'nın bacaklarından itecekti. Victoria'ya, sırtüstü yatmasını ve bacaklarıyla onu itmesini söyledi. Genç kadın bunu yapmayı denediğinde, korkunç sesler çıkarmakla birlikte, daha iyi hissetti kendini. Bir kez daha yaptı; sonra yine sırtüstü yatağa düştü. Bir kez daha ıkınınca, Edouard küçük bir öbek sarı saç belirdiğini gördü.

"Aman Tanrım!" dedi. Gördüğü şey çok şaşırtmıştı onu. "Aman Tanrım! Geliyor Victoria! Ikınmaya devam et." Victoria tekrar tekrar ıkındı. Edouard, ondan destek almasını sağlamak için bacaklarını tutmaya devam etti. Dakikalar sonra, Victoria'nın bacaklarının arasında küçük bir surat göründü. Annesine ciyak ciyak bağırıyordu. Edouard âdeta haykırarak, "Victoria!" dedi. İkisi de hem gülüyor, hem ağlıyordu. Victoria ıkındı. Bu ıkınmanın ardından, oğulları kıvranarak Victoria'nın canından ayrılmış, yatağın üstünde, ağlayarak yatıyordu. Edoluard, annesini görebilsin diye, bebeği elinden geldiği kadar dikkatlice havaya kaldırdı.

Victoria, "Ah... şuna bak..." diye bağırdı. Başlarına gelen şeye, hem de bu kadar çabuk olmasına inanmakta güçlük çekiyordu. Oğulları kusursuzdu ve tıpkı babasına benziyordu. Victoria, "Çok güzel bir bebek... ah, seni seviyorum," dedi ve Edouard'ı öptü. Genç adamın yanaklarından yaşlar süzülüyordu. Tanrının lütfuydu bu. Bu keder ve ölüm dolu yerde, bir melek tarafından ziyaret edilmişlerdi.

Edouard Fransızca olarak, "Hayatımda gördüğüm en güzel yaratık," dedi. Mutluluk gözyaşları dökerek, hiç utanmadan ağlıyordu. "Tabii annesinin dışında. *Je t'aime* Victoria. Hem de asla tahmin edemeyeceğin kadar." Sonra bebeği yavaşça annesinin göğsüne bıraktı ve onları temizlemek için havlu ve su getirmeye gitti. Hayatı boyunca gördüğü en olağanüstü şeydi bu. Üstelik küçük oğlan, annesi uyandığı andan itibaren bir saatten kısa sürede doğmuştu.

İkisini de temizledikten sonra, "Adı ne olacak?" diye sordu Edouard. Mükemmel bir amatör doktor ve ebe olduğunu kanıtlamıştı.

Olivia, "Çok başarılıydın," diyerek gülümsedi. Biraz mahcup görünüyordu. "O kadar korktuğum için özür dilerim. Çok şaşırmıştım. Ayrıca çok hızlı gelişti," dedi. Çabuk bitmesine rağmen, çok sancı çekmişti. Büyük bir bebekti. Ama kabul etmeliydi ki, doğum beklediğinden çok daha kolay olmuştu. Annesininki gibi uzun, acı veren bir doğum olacağından ve bir felaketle sonuçlanacağından korkuyordu. "Tanrıya şükür ikizlerimiz olmadı," dedi Victoria. Ferahlamış görünüyordu.

"Olsa, sevinirdim," dedi Edouard. Tam anlamıyla gururlu bir baba görüntüsü çiziyordu. Bir sigara yakıp Victoria'ya da ikram etti. Ama bu sefer reddetti Victoria. Hâlâ biraz allak bullaktı ve epeyce midesi bulanıyordu. Ama bebek meme emmeye başlamıştı bile. Victoria'ya bakarken Edouard'ın aklına, onun bir an önce eve gitmesi gerektiği geldi. Burası bebeğe uygun bir yer değildi. Sonra Victoria ona yine gülümsedi; yüzüne dökülmüş olan uzun siyah saçlarını geriye itti. Kucağında oğulları, üzerine sadece bir ordu battaniyesi örtülmüş olarak, çıplak yatıyordu. Edouard resmi bir ifadeyle, "Müstakbel baronun adı ne olacak peki?" diye sordu. Victoria düşünceli bir ifadeyle, bakışlarını oğlundan, oğlunun babasına çevirdi.

"Olivier Edouard'a ne dersin? Kardeşim, sen ve babam. Hepinizin adı bir arada. Dışarıda kalan tek isim Charles'ınki," diyerek sırıttı. "Bu koşullar altında da onun buna aldıracağını sanmıyorum."

“Ona doğum ilanı yollayacak mıyız? Yoksa zavallı adama bugünlerde mektup yazacak mısın?” Sonunda, en iyisinin bu olduğuna karar vermişlerdi. Aksi halde, Charles’ın yıllarca haberi olmayabilir, Olivia da kapana kısılıp, sonsuza kadar kardeşinin rolünü üstlenmek zorunda kalabilirdi. Victoria, Olivia’ya bir mektup yazıp anlatmayı tasarlıyordu. Charles kesinlikle çok sinirlenecekti, ama Olivia’nın rahatlayacağından emindi. Kardeşini bu zorlukla baş başa bırakmaktan nefret ediyordu. Ama artık Amerika’ya dönebileceğini düşünemiyordu bile. Her zaman olduğu gibi, Olivia’yı ne zaman düşünse, birkaç gün kafasından atamıyordu. Bebeğini ona gösterebilmeyi her şeyden çok istiyordu. O an, Olivia’yı kollarının arasına alıp sarılmak için her şeyini verebilirdi. Olivier’nin getirdiği mutluluğa rağmen, iki gün boyunca yatağında yatıp ağladı. Victoria on aydır ilk kez deli gibi sıla hasreti çekiyordu.

OTUZ BİR

En sonunda, Edouard'la Victoria'nın buldukları çözüm, bebeği şatonun sahibesine bırakmak oldu. Victoria'nın aylar önce tanıştığı kontes, şimdi generalin metresiydi. Evi güvenliydi; epeyce cephe gerisindeydi ve kontes orada, Müttefiklerin koruması altında yaşıyordu. Victoria'yla bebeğin, İsviçre'de güvende olduklarını bilmek Edouard'ı daha mutlu edecekti. Orada kalmalarına razı oldu. Hiç olmazsa birkaç ay boyunca Victoria bebeğe meme verdiği sürece. Genç kadın tekrar ayaklanana kadar, oğluyla birlikte birkaç hafta evde kaldı. Ama şaşılacak kadar kısa bir sürede kendini çok iyi hissetmeye başladı. Hemşirelerden bazıları onu ziyarete geldiler. Olivier kampın maskotu oldu; onu tanımayanlar için bile. Askerler ona hediyeler gönderdiler; tahtaları oyup, onun için küçük oyuncaklar yaptılar. Didier, ona minicik bir çift çorap ördü. Askerlerden biri de, Tanrı bilir nereden bulduysa, belki de birinin kız arkadaşından kalma bir oyuncak ayı verdi. Çocuğunu deli gibi seven babası ona bakarken, annesinin göğsünün üzerinde yatan Olivier Edouard de Bonneville çok mutlu bir bebek gibi görünüyordu. Oradaki herkes için, ölüm ve kül tarlalarının ortasında bir yaşam çiçeğiydi o.

Haziran ayında Victoria yeniden kendine gelmişti. Vücudu eski haline dönmüş; bu da kocasını çok memnun etmişti. Tekrar Edouard'ın cipini kullanmaya başlamıştı. Bebeğine sadece geceleri ve sabahları meme veriyordu. İşe giderlerken, onu kontese bırakıyorlardı. Eve dönerken de, onu görmeyi dört gözle bekleyen Victoria, bazen göğsünden süt damlayarak, meme vermek üzere kontesten alıyordu onu. Bebek çok iyi huyluydu; mecbur kaldığı zaman, keçi sütüne razı oluyordu. Özellikle de, çok uzaklara gitmeyi göze almışlar, ya da Edouard geceyi geçireceği bir yere gitmiş ve Victoria'yı da götürmüşse. Bu, mükemmel bir anlaşma olmuştu onlar için. Savaşın gerekleri düşünüldüğünde de, nasıl başardıklarına şaşmamak mümkün değildi. Ama Edouard'ın şansına, general onu seviyordu. Yüzbaşı son günlerde, yedi Amerikalı gönüllünün yer aldığı hava gücü Escadrille Américain'le randevulara koşturuyordu. Onlarla tanıştırmak için Victoria'yı da götürmüştü. Genç kadın için heyecan verici olmuştu bu. Onlar da başka bir Amerikalı gördükleri için sevinmişlerdi. İkisi New York'tan gelmişti. Yani bir ortak noktaları daha vardı. Ama zaten savaş yeterince bağlıyordu onları. Hepsi birlikteydiler savaşta.

Haziran'da, Victoria, Edouard'ın şoförlüğünü yaparken, Dawson'lar da bebeklerini vaftiz ettiriyorlardı. Olivia, kızlarına annesi ile Victoria'nın adlarını vermek için ısrar etmişti: Elizabeth ve Victoria. Charles'a Victoria'yı açıklamak daha zor olmuştu. Ama genç adam, karısının, kızlarından biriyle adaş olmak istediğini düşünmüştü. Elizabeth'in göbek adı babasının adından esinlenerek Charlotte olmuştu. Victoria'nınki ise Susan'dı.

Geoff ikisine de çıldırıyordu. Bertie ise çok meşguldü; onları giydiriyor, besliyor, yıkıyor, bezlerini değiştiriyordu. Olivia onları emzirmeye uğraşmış, ama iki çocuk ona fazla gelmişti. Yaptığı zor doğumdan sonra, doktor, çok güçsüz olduğunu, meme vermeye devam etmemesini söylemişti. Bu yüzden biberona geçmişlerdi. Artık beslenmelerine herkes yardımcı olabiliyordu.

Haziran ayında Olivia kendini harika hissediyordu artık. Sanki hiçbir şey olmamış gibiydi. İkinci evlilik yıldönümlerinden bir gün önce, Aziz Thomas Kilisesinde beklerlerken Olivia, yaşayan en mutlu kadınmış gibi hissediyordu kendini. Tabii bütün bunları kardeşinden ödünç aldığını biliyordu. Victoria döndüğü zaman ne yapacakları hakkında hiçbir fikri yoktu. Belki de bu oyunu sonsuza kadar sürdürmeleri gerekecekti. Sadece Victoria'nın, Charles'a deli gibi âşık olduğuna karar vermemiş olduğunu umuyordu. Ama Olivia'ya yazdığı mektuplarda bunu gösteren hiçbir belirti yoktu. Hayatında birinin varlığından da söz etmiyordu. Olivia bir şeyler olup bittiği izlenimine kapılmış, ama asla ne olduğunu anlayamamıştı. Victoria çoğunlukla, sansürün izin verdiği ölçüde, savaş haberleriyle sınırlandırmıştı mektuplarını. Ama Olivia, kardeşinin mutlu olduğunu biliyordu hiç olmazsa.

Haziran'da, Verdun Çarpışması sırasında Vaux Kalesi düştükten sonra, Edouard'la Victoria, Anscourt'da Müttefiklerle yapılan çok gizli bir toplantıdan eve dönüyorlardı. Bütün yüksek rütbeli subaylar oradaydılar. Yeni taburunu temsilen Churchill bile gelmişti. Verdun Çarpışmasının gidişatı herkesin moralini bozmuştu. Kıyım hiç bitmeyecek gibi görünüyordu. Toplantı çok gizliydi. Victoria diğer şoförlerle birlikte dışarıda beklemek zorunda kalmıştı. Edouard da, dönüş yolunda pek az şey anlatmıştı. Düşünüyor gibiydi ve yola pek dikkat etmiyordu. İkisi de iyi tanıyorlardı yolu. Victoria avucunun içi gibi biliyordu; yüz defa geçmişti oradan. O gece bebeğine ulaşmak için acele ediyordu. Her zamanki gibi göğüslerinden süt damlıyordu. Bu yüzden şatoya bir an önce gidip bebeğini alarak emzirmek istiyordu. Saatler geçtikçe sıkıntısı artıyor, dikkati dağılıyordu.

"Neydi o?" Yarı yolu geçtikleri sırada, Edouard yolun kenarındaki bir şeye baktı. Victoria ona gülümsedi. Yüzbaşı yorgundu ve gergin görünüyordu. Savaş, Müttefikler için hiç de iyi gitmiyordu. Victoria, Amerikalıların da savaşa katılmasını istiyordu; ama Başkan Wilson hâlâ direniyordu. Buraya gelip, Fransızlarla İngilizlerin, onların yardımına ne kadar ihtiyacı olduğunu bir görseler belki her şey değişirdi. Victoria bunları düşünürken, küçük bir tümseğe çarpıp yoldan çıkarak, neredeyse bir ağaca toslayacaktı. İkisi de yorgun ve gergindiler.

Epernay'i henüz geçmişler, neredeyse Châlons-sur-Marne'a

gelmek üzereydiler. Edouard yine bir şey gördüğünü sandığını söyledi. Victoria'nın yavaşlamasını istedi, ama o daha hızlı gitmek istiyordu. Bir dakika kadar bunu tartıştılar. Sonra Edouard, yarı şaka yarı ciddi, rütbesini kullandı ona karşı.

"Yavaşla Victoria; şuna bakmak istiyorum." Çalılıkların arasında bir şeyin kımıldadığını gördüğünden emindi. Eğer Almanlar bir şekilde arkadan yaklaşıyorlarsa, Château-Thierry'dekileri uyarmak istiyordu. Çünkü bu bir felaket olurdu. Ama bir dakikalığına durduktan sonra -ki Victoria bunun intihar demek olduğunu düşünüyordu- hiçbir şey olmadığını anlayıp tekrar hareket ettiler. Sonunda tam hız kazanmaya başlamışlardı ki, önlerine bir köpek fırladı. Victoria ona çarpmamak için cipi döndürdü; ama neredeyse bir ağaca tosluyorlardı. Sinirlerini yatıştırmaya çalışırken garip bir vızıltı duydu. Ve belli bir nedeni olmadığı halde *Lusitania*'yı hatırladı. Uzun, hafif bir ağlama sesi gibiydi. Bütün vücudu gerilmiş bir şekilde Edouard'a baktı. Birden Edouard'ın gözleri faltaşı gibi açıldı ve ona bağırdı.

"Eğil! *Baisse-toi...*" diye haykırdı. İkisi de olabildiğince aşağı eğildiler. Victoria cipi hâlâ hareket ettiriyordu. Ama dönüp Edouard'a baktığında, gözlerinde tuhaf bir ifade gördü ve birden, kanlar içinde olduğunu fark etti. Cipi kenara çekeceği sırada Edouard deli gibi başını sallayarak ona durmamasını söyledi. Ama bir anda cipe bir mermi daha isabet etti. Pusuya düşmüşlerdi. Victoria, cipi elinden geldiğince hızlı sürerek, mümkün olduğunca uzaklaştı oradan. Bu arada elini Edouard'a uzatmıştı; ama ne yapacağını bilemiyordu. Edouard'ın sahra telefonu yanındaydı, ama hâlâ onu kullanamayacakları kadar uzaktaydılar. Edouard kan tükürüyordu. Victoria, onun bilincini kaybetmeye başladığını fark etti. Onu sahra hastanesine yetiştirmeye çalışmakla, durup ilgilenmek arasında kararsız kalmıştı. Ama şu anda karar veremezdi. Edouard yere düştü. Victoria, onun ölmek üzere olduğunu görüyordu. cipi kenara çekecekti; başka çaresi yoktu.

"Edouard," dedi. Onu geriye doğru çekip kendine yasladı. Son on üç aydır binlerce böyle surat görmüştü. Ama Edouard'ın, ya da tanıdığı kişilerin suratı değildi onlar. Bu gerçek olamazdı; Edouard'ın başına geliyor olamazdı. Bugün olamazdı; şimdi olamazdı. Mümkün değildi. Adını haykırıyor, bilincini kaybetmemesi için sarsıp duruyordu onu. O zaman, Edouard'ın başının bir tarafının tamamen parçalandığını gördü. Ona sarıldığı sırada, hemen hemen ölmüş gibiydi. Victoria, Edouard'ın hâlâ nefes aldığına inanamıyordu. "Edouard!" diye bağırdı. Ağlıyor, hıçkırıyordu. "Dinle beni! Dinle beni!" Pusuya yatmış nişancıların duyup duyamayacaklarını merak etti. Düşman askerleri hâlâ kamptan uzaktaydılar. Henüz kampları için bir tehlike oluşturmuyorlardı. "Edouard, lütfen..."

Edouard gözlerini açtı ve ona gülümseyerek baktı. Victoria'nın elini, becerebildiği kadar kuvvetle sıktı. Fazla kuvveti kalmamıştı. "...*je t'aime*... her zaman... seninle olacağım..." Sonra Victoria'ya bir kez daha baktı. Sanki çok şaşırmış gibi, gözleri biraz daha açıldı; derken sabit bakmaya başladı. Nefes almıyordu artık. Her şey çok çabuk bitmişti.

Karanlıkta tek başına kalan Victoria, "Edouard," diye fısıldadı... "Sakın gitme! N'olur beni terk etme!" Ona dehşetle ve inanamayarak bakıyordu. Edouard'ın kanı, üstüne başına bulaşmıştı. Kendi sırtına, tam ensesinin altına isabet etmiş olan mermiyi hissetmemişti bile. Halbuki miğferinin yanından geçen vızıltıyı duymuştu. Edouard'ı yanındaki koltuğun üzerine yavaşça yatırdı. Ensesinden aşağıya doğru süzülen çok soğuk bir şey hissetti. Ayağını gaza dayadı ve yola fırlayıp son hızla ilerledi. Edouard'ı hastaneye yetiştirmesi gerekiyordu; belki ona yardım edebilirlerdi. Doktorlar bir şey yapardı onu uyandırırlardı, sadece uyuyordu; öyle dedi kendi kendine. Şoktaydı. Tek bildiği, onu geri alması gerektiğiydi. Edouard onun yüzbaşısıydı; o da onun şoförü. Onun yüzbaşısıydı. Ve... Paldır küldür kampa girdiğinde bir ağaca çarptı. Yemekhane çadırına gitmekte olan iki hemşireye çarpmaktan son anda kurtuldu. Hemşireler ona bağırdılar; biri terbiyesizce bir şeyler söyledi; sonra ona bakakaldı.

Victoria onlara boş boş bakarak, "Yaralı," dedi. Hemşireler tuhaf bir ifadeyle baktılar. Yüzleri Victoria'nın etrafında fırıl fırıl dönüyordu. "Bir şey yapsanıza; yaralı," diye haykırdı. Hemşireler, bakar bakmaz Yüzbaşı de Bonneville'in ölmüş olduğunu anlamışlardı. Ama sonra Victoria'nın ensesinden gömleğine damlayan kanı gördüler ve ne olduğunu anladılar.

Yumuşak bir sesle, "Sen de yaralısın," dedi biri. Kamyonun içine uzanıp ona dokunmak istedi. O anda, Victoria yavaşça karanlığın içine doğru süzüldü. Direksiyonun üzerine düşerken hemşireler yakaladılar onu. Sırtının kanla kaplı olduğunu gördüler.

Bir hemşire arkasındakilere, "Sedye getirin!" diye bağırdı. Bu arada, Victoria'nın çenesini yavaşça tutarak destek oldu. "Hastabakıcı!" diye bağırdı. İki adam koşarak geldiler. Biri Victoria'yı tanıdı ve Edouard'ı görünce başını iki yana salladı.

"Peki ya yüzbaşı?" diye sordu. Hemşire de başını iki yana salladı; onun durumu ümitsizdi. "Mermi isabet etmiş. Onu ameliyathaneye götürün. Bakın bakalım Chouinard orada mı. Ya da Dorsay, kim olursa." Mermi omurgasına isabet ettiyse, her şey olabilirdi. Hiç bir şey olmasa bile, enfeksiyon yüzünden ölebilirdi.

Hastabakıcılar Victoria'yla birlikte ameliyathaneye koştular. Sonra Edouard'ı almak için acele etmeden geldiler. İki asker onu morga taşıdı; bir başkası kamyonu götürüp Yüzbaşı de Bonneville'in öldüğünü haber vermek için karargâha gitti.

Victoria için, ameliyatla mermiyi çıkarmak dışında yapılabilecek fazla bir şey yoktu. Hayatta kalabilse bile, ki bu pek muhtemel görünmüyordu, bir daha asla yürüyemeyebilirdi. Mermi bütün vücudunda sektiği için verdiği zarar çok büyük olmuştu. Gece geç saatlerde, Victoria'nın birlikte çalıştığı hemşireler ve hastabakıcılar, onunla Edouard hakkında konuşuyorlardı. Çavuş Morrison evraklarını almaya geldi. Herkes onu New York'tan gelen Amerikalı Olivia Henderson olarak tanıyordu. Morrison uzun zaman önce, ev adresini ve en yakın akrabasının adını kaydetmişti. Victoria Dawson adında bir kadındı bu. Çavuş telgrafı kendi yazdı. Yazarken gözleri dolu doluydu.

OTUZ İKİ

Olivia'nın, ikizlerini bindirdiği bebek arabası, hayatında gördüğü en hantal ve antika sayılabilecek şeydi. Ama Bertie, onu Croton'dan getirmek için ısrar etmiş, özel olarak Donovan'a getirtmişti. Bir zamanlar Olivia'yla Victoria'ya ait olan kocaman bir şeydi. Annelerinin şikâyetlerine rağmen, ikizler arabanın içinde çok mutlu görünüyorlardı. Bir gece içinde, evleri de onlara küçük gelmeye başlamıştı. İkizler Bertie'yle aynı odayı paylaşıyorlardı. Olivia'yla Charles, birkaç kez, Edward'ın Beşinci Caddedeki evine taşınmaktan söz etmişlerdi. Charles'ın bildiği kadarıyla, artık Olivia'nındı o ev. Ama Olivia, evin kardeşine ait olduğunu biliyordu. Victoria Avrupa'dan gelmeden ve onunla konuşmadan oraya taşınmayı doğru bulmuyordu. Ona miras kalan ev Croton'dakiydi. Muhteşem bir evdi; ama o kadar kullanışlı değildi. Bu yüzden, şimdilik yerlerinden kımıldamıyor ve çok sıkışık bir mekânda yaşıyorlardı. Geceleri, bebeklerin ağladığını Olivia da, Charles da duyabiliyordu. Geoff sürekli olarak onların üstündeydi; genellikle Chip'le, hatta komşu çocuklarından biriyle. Charles çıldırmak üzereydi.

Son günlerde Olivia uykusuzluk çekiyordu. Çok yorgundu ve bütün vücudu ağrıyordu. Hasta olmamaya çalışıyordu.

Olivia evin önündeki basamaklarda kocaman bebek arabasıyla boğuşurken, Charles'ın haklı olduğunu, taşınmaları gerektiğini düşünmeye başlamıştı. Victoria'ya sonra da açıklayabilirdi.

Üniformalı bir adam, "Yardım edebilir miyim?" dedi. Olivia

teşekkür edip ona bakınca, elinde bir telgraf olduğunu gördü. Üzerinde kendi adı yazıyordu. Birden kalbi duracak gibi oldu. Günlerdir içinde tuhaf bir his vardı. Sonunda, iki bebekle ilgilenmek yüzünden uykusuzluk çektiği için sinirli olduğuna ikna etmişti kendini.

Boğuk bir sesle, "O bana mı?" diye sordu.

Sevimli bir ifadeyle, "Victoria Dawson mısınız?" diye sordu adam. Olivia başını salladı. "Evet, size." Telgrafı ona verdi; imzasını aldı; sonra bebek arabasını eve sokmasına yardım etti. Olivia'nın elleri titriyordu. Arabayı iterek hole götürdü. Bebekler hâlâ uyuyordu. Bir an bile beklemeden telgrafın zarfını yırtarak

açtı. Kalbi çelik bir mengeneyle sıkıştırılıyor gibiydi. Okuduğu anda sözcükler bulanıklaştı. Fransa'daki Müttefik Birliklere bağlı Çavuş Morrison adlı birinden gelen resmi bir duyuruydu. "Kardeşiniz Olivia Henderson'ın görev başında yaralanmış olduğunu bildirmekten üzüntü duyuyorum. Stop. Nakledilmesi mümkün değil. Stop. Ağır hasta. Stop. Yeni gelişmelerden haberdar edileceksiniz. Stop." Fransız Dördüncü Ordudan, gönüllülerden sorumlu Çavuş Penelope Morrison tarafından imzalanmıştı. Victoria daha önce ondan hiç söz etmemişti. Ama konu bu değildi şimdi. Kardeşi yaralanmıştı. Olivia, elinde telgraf, girişteki holde durmuş ağlıyordu. Buna inanmakta güçlük çekiyordu. Ama hissetmişti. Üzerindeki keyifsizliği, bebeklerin neden olduğu yorgunlukla izah etmek fazla kolay olmuştu. Hissettiği şeyin ne olduğunu şimdi anlamıştı. Victoria ya hastaydı, ya da yaralanmıştı.

Bertie mutfaktan çıkıp hole geldiğinde, Olivia deli gibi çevresine bakınıyordu. Yaşlı kadın, anında, korkunç bir şey olduğunu anladı.

"Ne oldu?" Derhal bebek arabasına doğru koştu. Bebeklerden birine bir şey oldu sanmıştı.

"Victoria... yaralanmış..."

"Aman Tanrım! Charles'a ne diyeceksin?" Yokluğunda, ondan adıyla söz etmeye cüret ediyordu. Oysa Charles'ın yanında asla yapmazdı bunu.

Olivia çılgın gibi, "Bilmiyorum," dedi. Uyumakta olan bebekleri uyandırmadan yukarı götürüp beşiklerine yatırdılar. O sırada Geoff merdivenlerden koşarak çıkıp ödevini yapmaya geldi. Ama Olivia ona bir şey söylemedi. Önce babasına anlatması gerekiyordu. Nereden başlayacağını bilmiyordu. Tüm gerçeği anlatmalı mıydı; yoksa sadece yarısını mı anlatsaydı? Ama ne olursa olsun, bir şey yapmalıydı. Derhal Victoria'nın yanına gidecekti. Ona katılıp katılmamak Charles'ın bileceği şeydi. Ama o gidiyordu. Dünyada hiçbir şey ona engel olamazdı.

Charles akşamüstü eve geldiğinde, Olivia onu oturma odasında bekliyordu. İki saatten fazla bir süreden beri odayı adımlayıp durmuştu. Korku ve endişeyle kendinden geçmişti.

Charles, Olivia'nın yüzünü gördüğü anda, öğleden sonra korkunç bir şey olduğunu anladı. Karısının yüzü bembeyazdı. Dehşet verici telgrafı katlayıp dururken elleri titriyordu. Ama aynen Bertie gibi, o da bebeklerinden birine bir şey olduğunu sandı.

"Victoria, ne oldu?"

Olivia nefes aldı ve ona sadece bir kısmını anlatmaya karar verdi. Bütün öğleden sonra, vereceği karar yüzünden eziyet çekmişti. "Kardeşim."

"Olivia mı? Nerede o? Ne oldu?" Karısının ne dediğini anlamamıştı.

"Avrupa'da. Yaralanmış." Aslında, bir başladıktan sonra, tahmin ettiğinden daha kolay olmuştu. Ama gerçeğin tamamını anlatmak asla böyle olmayacaktı. Kendini temize çıkarmamasına olanak yoktu. En büyük korkusu da Charles'ın onu boşamasıydı. Aslında buna gerek bile yoktu. Tek yapacağı, onu evden kovmaktı. Bu koşullar altında, Charles'ın bebekleri ona vermek zorunda olduğundan, ya da onları ziyaret etmesine izin vereceğinden bile emin değildi. Ama konu bebekler değildi şu anda. Henüz değildi. Konu kardeşiydi.

"Avrupa'da mı?" Tamamen aklı karışmış gibi görünüyordu. Oturup karısına dikti gözlerini. "Ne yapıyormuş orada?"

"Müttefik Kuvvetler için şoförlük yapıyormuş ve yaralanmış," dedi Olivia. Charles'ın karşısına oturdu ve korku içinde ona baktı. Charles, bir aldatmanın söz konusu olduğunu fark etmeye başlıyordu. Birden, anladı.

"Bundan haberin var mıydı?" diye sordu. Dikkatle Olivia'nın gözlerine bakıyor, onunla birlikte babasına da yalan söyleyip söylemediğini merak ediyordu. Soruya cevap olarak başını salladı Olivia. "Nasıl böyle bir şey yapar? Bunca zamandır hep orada mıydı?" Olivia yine başını salladı. Charles'ın başka şeyler de tahmin edeceğinden ödü kopuyordu. Ama ötekiler öylesine olmayacak şeylerdi ki, hiçbir şekilde akıl edemezdi. Olaylar on üç aydır çok fazla ileri gitmişti; Olivia biliyordu bunu. Acaba artık Victoria da anlamış mıydı, diye merak etti. Çok üzgündü. On üç ay, bir aldatmayı sürdürmek ve hayatları değiş tokuş etmek için uzun bir zamandı. Victoria anlaşmalarını fazlasıyla aşmıştı. Ama Olivia da aşmıştı ve bunun farkındaydı. "Niye hiçbir şey söylemedin Victoria?" Ansızın, kardeşinin adı kulaklarına bir suçlama gibi geldi. Ama durumu değiştirmek için çok geçti artık. Hiç çekinmeden cevap verdi.

"Kimsenin bilmesini istemedi. Bunu yapmayı deli gibi istiyordu Charles. Ona engel olmak haksızlık olur diye düşündüm."

"Haksızlık mı? Sence babanı öyle terk etmesi haksızlık değil miydi? Tanrı aşkına, babanın ölümüne neden oldu."

Charles konuşurken Olivia'nın gözleri doldu. "Tek neden o değildi. Hem bilmiyoruz ki. Yıllardır kalbi zayıftı babamın." Kendini savunmaya çalışıyordu, ama Charles etkilenmiş görünmüyordu; kızgındı.

Haşin bir tavırla, "Eminim bunun, durumuna hiç yararı olmadı," dedi. "Olivia'nın" bu şımarıkça aldatması onu dehşete düşürmüştü.

Gerçek Olivia güçsüz bir sesle, "Olabilir," dedi. Kendini katil gibi hissediyordu. Gerçi babasının ölüm döşeğinde oynadığı oyunla onu inandırmıştı ama, ufak bir teselliydi bu.

"Eskiden, politikayla ve radikal fikirlerle haşır neşir olduğun günlerde, böylesine çılgınca bir şeyi senin yapmanı anlayabilirdim. Ama Olivia... onu kesinlikle anlayamıyorum."

Olivia yumuşak bir sesle, "Peki ya ben gitseydim?" diye sordu. Charles esefle gülümsedi.

"Seni öldürürdüm. Saçlarından sürükleyerek geri getirir ve tavan arasına kilitlerdim." Belki de yapmalıydı. Onu geri getirmek için gereken buydu. Sonra daha ciddileşerek baktı Olivia'ya. "Şimdi ne yapacaksın?" diye sordu. Fransız Konsolosluğu, ya da Kızıl Haç'a gitmesini ve kardeşine yardım etmek için neler yapılabileceğini öğrenmesini bekliyordu. "Kötü mü yaralanmış?"

"Bilmiyorum. Emin değilim. Telgrafta 'ağır hasta' yazıyor." Sonra ona çok sert bir ifadeyle baktı ve bu sefer doğruyu söyledi. Ama Charles ona engel olamadı. "Ben gidiyorum Charles."

"*N'apıyorsun?*" Öfkeden köpürmüştü. "Avrupa'da savaş var; senin de ilgilenmen gereken üç çocuğun."

"Kardeşim o benim," dedi Olivia. Bu cümle onun için çok şey ifade ediyordu. Ama Charles'ın suratı mosmordu.

"Hayır, değil. *İkizin* o. Bunun ne demek olduğunu biliyorum. Başın her ağrıdığında onun sana bir mesaj yolladığını düşünüp, uğruna her şeyden vazgeçersin, demek. Ben buna katlanamayacağım artık. Olivia ikizin olabilir; ama ona gitmeni yasaklıyorum. Anlıyor musun? Burada, ait olduğun yerde kalacaksın. Bir yıl önce bütün ailesini terk edip, Avrupa'da kim bilir neyin peşinde koşan bir kadını kurtarmaya gitmek için dünyanın yarısını kat etmeyeceksin. *Gitmiyorsun*," dedi. Olivia'nın daha önce hiç duymadığı bir tonda konuşuyordu. Oturma odasında durmuş haykırıyordu. Ama Olivia da, Charles'ın daha önce hiç görmediği bir ifadeyle bakıyordu ona.

"Yapacağın *hiçbir şey* beni durduramaz Charles. Bu hafta bulabileceğim ilk vapura biniyorum ve ona gidiyorum; sen istesen de istemesen de. Çocuklarım burada güvendeler. Ben kardeşime gidiyorum."

"Açık denizde bir karımı kaybettim," diye bağırdı Charles. Evdekiler, onların seslerini duymuyormuş gibi yapıyorlardı; ama duymamak olanaksızdı. "Lanet olsun Victoria. Bir karımı daha kaybetmek istemiyorum." Charles'ın gözleri dolu doluydu; yanaklarından yaşlar süzülüyordu. Öfke ve korku içindeydi.

"Kusura bakma Charles." Olivia bu kez sakin konuşuyordu. "Ben ona gidiyorum. Eğer arzu edersen, senin de gelmeni isterim."

"Ya ikimiz de ölürsek? Ya yolda torpillenirsek? Çocuklarımıza kim bakar o zaman? Artık düşünmemiz gereken üç çocuğumuz var. Bunu hiç aklına getirdin mi?"

Olivia üzüntüyle, "O zaman sen kal," dedi. "Çocuklar senin yanında olurlar." Charles onu evden kovup da çocuklarını görmesine izin vermediğinde, zaten artık anneleri olmayacaktı. Şu anda tek düşünebildiği buydu. O akşam onları kollarının arasına aldığında, bunu bir daha hiç yapamayabileceği düşüncesi canını acıttı. Ama Victoria'ya gitmesi gerektiğini biliyordu. Varlığının her zerresi ve sezgileri, gitmesini söylüyordu.

Geoff'i yatağına yatırdı. Çocuk, tartışmalarını duymuştu; çok kaygılı görünüyordu. "Sorun Victoria, değil mi?" diye fısıldadı. Olivia başını salladı. "Babam biliyor mu artık?"

Olivia, "Hayır," diye fısıldadı. "Sen de sakın söyleme. Önce Victoria'yı görmeliyim. Sonra babana birlikte anlatırız. Victoria'yla konuşmak istiyorum."

Hüzünlü bir şekilde, "Sence bebeklere bozulacak mı?" diye sordu. Olivia tekrar öptü onu.

"Tabii ki hayır. Bayılacak onlara." Hissettiğinden daha sakin görünmeye çalışıyordu. Aslında kardeşi için deli gibi korkuyordu.

Geoff, "Peki o dönünce bizimle kalacak mısın? Artık buraya aitsin sen," dedi ısrarla. Olivia gülümsedi. Victoria'nın geri dönmesini umuyordu sadece. Ama onun, Charles'ın evine dönüp dönmeyeceğini kimse bilmiyordu şu anda.

"İşte bu yüzden Avrupa'ya gitmem gerekiyor. Onunla konuşup iyi olduğundan emin olmak ve bütün sorunları onunla birlikte halletmek için."

"Ölecek mi?" Ansızın şaşırmış ve birazcık korkmuş gibiydi.

"Tabii ki ölmeyecek," dedi Olivia. Buna inanmayı o da istiyordu. O gece Charles'ın yanında yatarken defalarca, Tanrım... lütfen, lütfen ölmesine izin verme, dedi kendi kendine. Uzun bir süre hiçbir şey söylemedi Charles. Sonra yatağın içinde döndü ve ona baktı. Olivia onun ne düşündüğünü kestiremiyordu.

"Senin inatçı olduğunu zaten biliyordum; evlendiğimiz zaman bile. Ama gitmekte ısrar edersen, ben de seninle gelirim Victoria." Olivia afalladı; ama rahatlamıştı da. Savaş halindeki Avrupa'ya onsuz gitmek korkunç olabilirdi. Charles'ın da geleceğini söylemesine çok memnun oldu.

"İşten kaçabilir misin?"

"Mecburum. Bu acil bir durum. Onlara, deli bir baldızım ve çekilmez bir karım olduğunu ve onlara yardım etmek için Avrupa'ya gitmem gerektiğini söylerim." Charles gülümsedi; Olivia onu öptü. Yapacağı şeye duyduğu minnettarlığı anlatmaya kelimeler yetersiz kalıyordu. Ama oraya gittikleri zaman ona söylemesi gereken şeye çok üzülüyordu. Kardeşini görene kadar ona daha fazla bir şey anlatmayacaktı. "Ama şunu söyleyeyim sana; bana *sizin* yaptığınız şeyleri, bitişik odadaki o iki yumurcak da yapmaya kalkacaksa; onları hemen şimdi, birbiriyle hiç ilgisi olmayan iki ayrı çocukla, ya da iki yavru köpekle değiştiririm." Olivia güldü. O gece ona korku içinde sarıldığında, Charles karısına sarıldı ve öptü.

Sonraki iki gün boyunca, Olivia deli gibi yolculuğa hazırlandı. Üçüncü gün Fransız gemisi *Espagne*'a bindiler. Yedi gün sonra Bordeaux'ya varacaklardı. Dört yıl önce Geoffrey'i *Titanic*'den kurtaran ve önceki hafta sefere çıkmış olan *Carpathia*'nın dışında, yolcu taşıyan tek gemi oydu.

B güvertesinde küçük bir kamaraları vardı. Lüks değildi; ama rahattı. Karartmaya özenle riayet ediyorlar ve zamanlarının çoğunu kamaralarında geçiriyorlardı. Olivia'nın artık tek düşündüğü ikiziydi. Charles onun ilgisini başka yöne çekmeye ve onu neşelendirmeye uğraşıyordu.

Bir akşam şakacı bir tavırla, "*Aquatania*'ya pek benzemiyor," dedi. Balaylarını hatırlamıştı. Olivia gülümsedi. Ama Charles'ın ne dediğini duyunca hayretler içinde kaldı. "Ne berbat bir yolculuktu o."

Olivia şaşırarak, "Neden?" diye sordu. Charles çok tuhaf baktı ona.

"Belki benim hafızam seninkinden daha iyidir. Ama artık söyleyebilirim; o ilk yıl, neredeyse ölümüme neden olacaktı. Eğer bir yıl önce durum değişmeseydi, belki de kendimi vurabilir, ya da bir manastıra gidebilirdim." Kardeşinin ona vaat etmiş olduğu bekârlığa değindiğini biliyordu. Kendini bir kez daha suçlu hissetmesine neden oldu bu. Birbirlerine açıklayacakları bir sürü şey vardı. Bunu düşünmek bile suskunlaştırıyordu onu.

Evlilik yıldönümlerinden iki gün önce Bordeaux'ya vardılar. Oradaki konsolos Charles'a, Châlons-sur-Marne'a nasıl gidileceğine dair tavsiyelerde bulundu. Bir araba kiraladılar. Öyle bir arabaydı ki, sanki iki adım öteye gidemeyecek gibi görünüyordu. Troyes'dan, yola onlarla birlikte devam edecek bir Kızıl Haç temsilcisini alacaklardı. Yolculuğun on dört saat sürmesi bekleniyordu. Normal olarak daha kısa sürerdi, ama etrafta çarpışmalar sürüp giderken, daha dolambaçlı yollardan gitmeleri gerekiyordu. Muhtemel tehlikelere karşı uyarılmışlardı. Gaz maskeleri, ufak çapta tıbbi malzeme ve su verilmişti yanlarına. Bu da, savaş bölgesinde olduklarını hatırlatmıştı ikisine de. Olivia gaz maskesini denemiş, onu takanların nasıl nefes alabildiğini anlayamamıştı. Ama maskeleri veren görevli, eğer Almanların o hafta kullandığı bilinen klor gazıyla karşılaşırlarsa, Olivia'nın müteşekkir olacağını söylemişti. Durumu görünce, Charles onunla gelmeye karar verdiği için memnun oldu. Karısı bunu tek başına asla başaramazdı. Ya da öyle sanıyordu. Tek başına olmasını Charles da istemezdi zaten. Ülkenin içlerine doğru ilerledikçe ve savaşın tahribatını gördükçe, onunla birlikte gelme akıllılığını gösterdiği için daha da memnun oldu.

Châlons-sur-Marne yolunu, Troyes'dan aldıkları Kızıl Haç görevlisi kadın tarif etti. Yolun yarısında lastikleri patladı. Ayrıca birkaç kez de askerler tarafından durdurulup dolambaçlı yollardan gitmeye zorlandılar. Kampa vardıklarında, vakit gece yarısını çoktan geçmişti. Üçü de bitkin düşmüşlerdi. Ama Olivia'nın tek istediği, saat kaç olursa olsun, kardeşini görmekti. Charles, ertesi güne kadar beklemesi için uğraştı, ama ona engel olmak mümkün değildi. Minik Renault'dan iner inmez, Olivia bir hastabakıcıya hastanenin nerede olduğunu sordu; adam da işaret etti. Hastaneden çıkmakta olan bir hemşireyi gören Olivia, ona Olivia Henderson'ı tanıyıp tanımadığını sordu. Sanki kendini soruyormuş gibiydi, ama kimi aradığını biliyordu. Bunun için uzun bir yol kat etmişti.

O sırada Charles tam arkasındaydı. Genç hemşirenin Olivia'ya, kardeşini nerede bulacağını söylediğini duydu. Sonra yavaşça onun peşinden çadıra girdi. İçerideki kötü koku yüzünden nefes alamadı. Gördüğü berbat manzara yüzünden neredeyse kusacaktı. Etrafta sakat, yaralı ve klor gazı yüzünden yeşil bir sıvı kusan adamlar vardı. Bunlar Victoria'nın bir yıldır görmeye alıştığı şeylerdi; ama Charles da, Olivia da tahmin bile edemezlerdi. Olivia başını çevirdiği sırada, yerde yatan bir çocuk ona elini uzatınca, o da şefkatle çocuğun elini tuttu. Geoff'i hatırlatmıştı ona. Bir gün Geoff'in başına böyle bir şey gelse, onun elini de birinin tutmasını isteyeceğini fark etti.

Avustralya aksanıyla, "Nerelisin?" diye sordu çocuk. Verdun Çarpışmasına katılmış ve bir bacağını kaybetmişti. Ama yaşayacaktı.

"New York'luyum," diye fısıldadı Olivia. Kimseyi uyandırmak istemiyordu. Ama zaten uyuyan yok gibiydi. Etraflarındaki her şey hareket halindeydi.

"Ben Sydney'liyim." Olivia'ya gülümseyip Charles'a selam verdi. Charles da gözyaşları içinde onu selamladı. Sonra Victoria'yı bulmak için ilerlediler.

Odanın uzak köşesindeki portatif bir yatakta yatıyordu Victoria. Başı ve boynu tamamen sargılar içindeydi; öyle ki, Olivia ilk önce tanıyamadı onu. Kadın olduğunu bile anlayamamıştı. Derken içgüdüleriyle ona doğru yöneldi. Artık ona bakıyor, dokunuyor, onu tutuyordu. Victoria çok güçsüzdü; ama gülümsedi. Onları gördüğüne sevindiği belli oluyordu. Daha çok Olivia'nın üzerindeydi bakışları. Kızların konuşmaları, yarım kalmış sözcükler, tamamlanmamış cümlelerden oluşuyordu. Sadece sesler, yarım sözcükler ve hafif heyecan mırıltıları duyuluyordu. Olivia kollarını uzatıp sarılmıştı Victoria'ya. Bir yıldır beklediği andı bu. Birbirlerine anlatacakları o kadar çok şey vardı ve burada o kadar az konuşabilirlerdi ki. Ama ikisi de bir duygu girdabının içine gömülmüşlerdi.

Olivia'nın yüzü gözyaşlarıyla sırılsıklamdı. Victoria onun elini tutarken Charles'a gülümsedi ve zayıf, yorgun bir sesle konuştu. Hâlâ konuşmakta güçlük çekiyordu. Omurgasında enfeksiyon vardı. Beynine ulaşıp ölümüne neden olabileceğinden korkuluyordu. Şansı vardı; omurgası parçalanmamıştı. Eğer hayatta kalırsa, büyük olasılıkla yine yürüyebilecekti. Diğerlerinin birçoğu bu kadar şanslı olamamışlardı. Bu, savaşların en acımasızıydı ve şimdiden milyonlarca kişiyi yok etmişti.

Victoria, "Geldiğiniz için teşekkür ederim," diye fısıldadı Charles'a. Charles uzanıp onun eline dokundu. Ama ona bakarken, gözlerinde gördüğü bir ifadeyle sarsıldı. Sanki burada daha sertleşmiş, bir bakıma katılaşmıştı. Daha önce hiç sahip olmadığı bir atılganlığı vardı. En azından, Charles olmadığını sanıyordu. Ama kaçınılmaz olarak, olgunlaşmıştı burada.

"Seni bulduğumuza sevindim," diye cevap verdi Charles. Sonra, "Geoff sevgilerini yolladı. Seni hepimiz özledik. Özellikle de Victoria."

Bunun üzerine Victoria kardeşine baktı. Olivia belli belirsiz başını salladı. Charles hâlâ bilmiyordu. Şu anda, o ölmek üzereyken bile. Şimdi anlatıp anlatmayacaklarını sormak istiyordu Olivia'ya. Anlatmayı umuyordu. İkisine de her şeyi itiraf etmek ve Olivia'ya, eğer ölürse, bebeğini almasını söylemek istiyordu. Ama o gece onlardan bir şey istemeye vakit yoktu. Olivia birazcık daha kaldı; sonra hemşire gitmelerini söyledi. Charles'la Olivia ayrı ayrı barakalara götürüldüler. Burada evli çiftlerin kalabileceği, Victoria'yla Edouard'ın sahip oldukları gibi yerler yoktu. Zaten Edouard'ın odaları da başka bir yüzbaşıya verilmişti. Edouard, diğer askerlerle birlikte, arka taraftaki tepelere gömülmüştü. O sadece Victoria için farklıydı; bir de oğlu için. Ama Müttefikler, ya da Almanlar için değil. Victoria onu kaybetmenin acısını hâlâ atlatamamıştı. Bilinçli olduğu anlarda tek düşündüğü oydu; o ve Olivia. Ama şimdi hiç olmazsa kardeşini görebilmişti.

Charles'la Olivia ertesi gün yemekhanede buluştular. İkisi de doğru dürüst uyuyamamıştı. Şimdi Olivia'nın tek istediği, gidip kardeşini tekrar görmekti. Bir süre yalnız kalabilmeleri için, Charles dışarıda beklemeye razı oldu. Beklerken bazı askerlerle konuştu. Birden, ülkesi savaşa katılmamış olduğu için suçluluk duydu. Onun, sırf baldızını görmek için Atlantik'i geçerek bu kadar uzaklara gelmiş olması adamları etkilemişti. Bazılarının Victoria'yı tanıyor olması ve onun hakkında çok iyi şeyler söylenmesi de Charles'ı duygulandırmıştı. Hepsi, onun yaşamasını ne kadar istediklerini söylediler.

Olivia yanında otururken, Victoria ona gülümsüyordu. Sanki cennetin küçük bir bölümünü görmüş gibiydi.

"Gerçekten burada olduğuna inanamıyorum. Gelmene ne sebep oldu?" Ona haber verebileceklerini biliyordu; ama bir mektup yazarlar diye düşünmüştü. Onun da Olivia'nın eline geçmesi yıllar sürerdi. Hatta, mektup ona ulaştığında acaba ölmüş olabilir miyim, diye merak etmişti birkaç kez.

Olivia yavaşça, "Çavuş Morrison diye birinden telgraf geldi. Onu bulup teşekkür etmeliyim," dedi. Çok duygulanmıştı. Kardeşiyle birlikte olmak müthiş bir şeydi.

"Aferin ona." Victoria gülümseyerek Olivia'nın parmaklarını

öptü. "Aman Tanrım, seni ne kadar özlemişim Ollie... Sana anlatacak o kadar çok şey var ki," dedi. Çok az vakit kaldığını düşünüyordu. Hemşireler o gün daha iyi olduğunu söylemişlerdi; ama feci başı ağrıyordu. Sonra ciddileşerek ikizine baktı. Bu oyunu bu kadar uzun süre devam ettirebilmiş olmasına hayret ediyordu. "Nasıl başardığını anlamıyorum."

"Ben her zaman senden daha iyi bir yalancıydım." Olivia sırıttı. Victoria gülmeye çalıştı, ama canı çok acıyordu. Kımıldatırsa, sanki başı kopup yere düşecekmiş gibi geliyordu.

"Böbürlendiğin şeye bak," dedi Victoria. Gülebilmek istiyordu; ama bunun için çok bitkindi. Geçen ay yirmi üç yaşına gelmişlerdi ve farklı farklı nedenlerle, her ikisi de kendini çok yaşlı hissediyordu. "Babama çok üzüldüm," dedi Victoria. Onlardan ayrıldığından beri olan önemli şeylerin hepsine değinmek istiyordu. "Onun yanında olamadığıma üzüldüm."

Olivia sevgiyle gülümseyerek, "Orada olduğunu sandı," dedi. "Bu da çok iyi oldu. Huzur içinde öldü. Ben yanındaydım."

"Tatlı Ollie, her zaman, herkesin yanındasın. Hatta, ben orada kalıp ona eşlik yapmayacak kadar berbat biri olduğum için, zavallı Charles'ın bile yanında oldun."

Olivia tuhaf bir ifadeyle, "Victoria, sana söylemem gereken bir şey var," dedi. "İşler tasarladığımız gibi yürümedi..." Acaba kardeşi onunla bir daha konuşur mu, diye merak ediyordu. Ama söylemeye mecburdu. Buraya bu yüzden gelmişti. "Üç ay önce ikiz çocuklarımız oldu," diyerek ağzındaki baklayı çıkardı. Victoria hayretle bakakaldı.

"İkiz mi?" Konuşurken boğulacak gibi oldu. Olivia ona bir yudum su vermek zorunda kaldı. Hemşireye de iyi olduğunu söyledi ve onları kimsenin rahatsız etmemesine dua etti. Victoria yorgun görünüyordu; ama daha konuşmalarının bitmesine çok vardı. "İkiz dedin öyle değil mi?"

"Evet. Tek yumurta ikizleri. Bizim gibi iki kız. İkisi de çok güzel." Hüzünle gülümsedi. O an için, Victoria onu öldürecekmiş gibi görünmüyordu. "Senin ve annemin adlarınızı koyduk; Elizabeth ve Victoria."

"O kısmını anladım." Victoria halsizce güldü. "Anlamadığım kısmı, onları nasıl doğurduğun." Ablasına muzipçe gülümsüyordu. "Kocamı çaldığına mı inanmam gerekiyor?" Aslında sırıtıyordu; ama Olivia başını önüne eğmiş, ağlayarak ellerine bakıyordu; görmedi.

"Victoria, lütfen! Geri döndüğün zaman ben Croton'a giderim. Sadece mümkün olduğu zaman onları görmek istiyorum, lütfen!"

"Kapa çeneni." Victoria ona gülümsüyordu. Ağrısına rağmen gülmeye çalışıyordu. Olivia başını kaldırıp baktı. "Kötü bir kızsın sen; öyle değil mi? Ama bence çok komik. Olivia, ben onu sevmiyorum. Hiçbir zaman sevmedim. Onu geri istemiyorum. Eğer istersen, senin olabilir." Sanki paylaştıkları bir oyuncak bebekti Charles. Victoria onu şimdi de kardeşine veriyordu. Olivia hayretle bakakaldı. "Geçen yaz bu yüzden geri dönmedim... dönmek istemedim... dönemedim." Sonra tekrar gülümsedi. "Peki bu ne zaman oldu? Ne zaman... şey... aranızdaki durum değişti yani?"

Olivia, "Senin *Lusitania*'dan kurtulduğunu öğrendikten sonra," dedi uysalca. Victoria'yla yeniden birlikte olduğu için öyle mutluydu ki. Burada onun yanında olmak bir mucizeydi sanki. Sargılar içindeyken bile yine eskisi gibiydi.

"Anlaşılan küçük bir kutlama yapmak istedin." Victoria sırıttı. Ölümün kıyısındayken bile muziplikten vazgeçmiyordu.

Olivia, "İğrençsin," diye fısıldadı. Gülmemeye çalışıyor, ama yine de gülümsüyordu. Burada olduğu için o kadar mutluydu ve kardeşi ona öfkelenmediği için o kadar rahatlamıştı ki...

"Hayır, iğrenç olan sensin," diye devam etti Victoria. "Benden nefret eden ve para karşılığında bile benimle sevişmeyecek bir adamla, hoş, iffetli bir ilişki verdim sana. Peki sen ne yaptın? Onu baştan çıkardın. O sensin. Ailedeki baştan çıkarıcı kadın *sensin*. Onunla evli olmayı sen layıksın. Ben şahsen daha kötü bir kader düşünemem; ama siz, birlikte çok mutlu görünüyorsunuz. Çok şanslı bir adam."

"Ben de öyleyim," diye fısıldadı Olivia. Victoria, Olivia'ya bakarken, yüreği ona duyduğu sevgiyle kabardı. Edouard ve bebekleriyle birlikte bir süre, kendinin de ne kadar talihli olduğunu düşündü.

Victoria ciddileşerek, "Peki ne yapacağız şimdi?" diye sordu. "Ona anlatmamız lazım."

"Benden nefret edecek," dedi Olivia. Yüzü solmuştu. Ama buna mecbur olduklarının da farkındaydı.

Victoria, "Atlatır," diye rahatlatmaya çalıştı onu. "Makul bir adamdır. Bir süre çıldırır, ama ne yapacak ki? Sevdiği kadını -ki sevdiğinden eminim- ve iki bebeği bırakacak mı yani? Aptallaşma. Konu açılmışken," diyerek mahcup bir ifadeyle ablasına baktı. "Bir itirafta bulunacağım."

"Peki." Olivia eliyle, kardeşinin üzerinde bir haç işareti yaptı; kıkır kıkır güldüler. "Benim bütün bu yaptıklarımdan sonra, umarım iyi bir şeydir." İki kızın arasında hâlâ olağanüstü bir bağ ve anlayış vardı. Bunu hissediyorlardı.

Victoria, "Üç ay önce benim de bir bebeğim oldu. Tanrıya şükür, ikiz değil. Ama güzel bir oğlancık. Adı Olivier," dedi gururla. Olivia'ya gösterebileceği bir resmi olmasını isterdi; ama yoktu. "Kimin adından esinlendiğimi tahmin edebilirsin belki." Olivia, şoke olması gerektiğini bildiği halde, tuhaf bir nedenle hiç şaşırmadı. Sanki Victoria söylemeden bile bunu biliyor gibiydi.

Düşünceli bir şekilde, "Demek geçen yaz bu yüzden eve gelmedin," dedi. Ama Victoria mümkün olduğu kadar yavaş bir şekilde başını salladı.

"Hayır, bu yüzden değil. Sadece gelmek istemedim. Galiba hamile olduğumu bile bilmiyordum o sırada. Babası olağandışı bir adamdı." Sonra Edouard'ı anlattı Olivia'ya. Yüzbaşının onun için neler ifade ettiğini, hakkında neler düşündüğünü, yaptıkları planları... Anlatırken ağlıyordu. Onun gibi birini hiç tanımamıştı.

Kardeşine, Edouard hakkındaki her şeyi anlattı; nasıl öldüğünü de. Onsuz, hayatının kesinlikle aynı olamayacağını biliyordu artık. Olivia kardeşini dinlerken bir şeyi anlamıştı. Victoria burada, Châlons-sur-Marne'da, savaşın ıstırabıyla çevrelenmişken, doğru adamı bulmuştu.

"Bebek nerede şimdi?" Victoria, onu şatonun yanındaki küçük evde oturan kontese bıraktığını anlattı. Ama hemşirelerden biri, iki gün önce Victoria'ya bir mesaj getirmişti. Kontes, çevrede düşman nişancıları arttığı için, kız kardeşinin evine gitmişti.

"Oğlumu alıp eve götürmeni istiyorum. Onu pasaportuma kaydettirdim. Yani seninkine. Onunla seyahat etmek sana bir sorun çıkarmaz; nedeni belli. Tabii Charles eski pasaportunu kullanmana aldırmadığı takdirde."

"Biz Charles'la konuştuktan sonra, aldıracağı bir sürü şey olacak bence. Ama bazılarına katlanmak zorunda kalacak." Olivia'yla evli kalması gerekmiyordu; zaten evli değillerdi ya. Ama Victoria'nın bebeğini New York'a, güvende olacağı bir yere götürmesine engel olamayacaktı. Olivia, "Peki ya sen?" diye sordu sonra. Artık birlikte olduklarına göre, kardeşinin iyileşeceğinden emindi. "Sen eve ne zaman geleceksin?" Sevdiği adam öldüğü, o da yaralandığına göre, burada kalmasının bir anlamı yoktu. Ama Victoria hüzünlü görünüyordu.

"Belki gelmem gerekmez Ollie," dedi üzüntüyle. Sırtı ürperdi. Edouard olmayınca, artık evi de yokmuş gibi geliyordu ona. Olivia, Charles'la kalacaktı. Victoria, babasından kalan New York'taki evde otururken düşünemiyordu kendini. Hele Henderson Manor'da, hiç. Olmak istediği bir tek yer vardı; Edouard'ın yanı. Kardeşine bunu söyledi.

"Böyle şeyler söyleme," dedi Olivia. Korkmuş ve kırılmış görünüyordu. Ama Victoria, artık Edouard'sız yaşamak istemiyordu sanki. Bebeği için bile.

"Edouard, Olivier'ye şatosunu ve Paris'teki evini bıraktı. Bebek doğar doğmaz avukatlarıyla temasa geçip vasiyetini değiştirdi. Karısının her şeye sahip olmasını istemiyordu. Ama Fransız yasalarına göre, Olivier'nin hakları zaten korunuyor. Edouard'ın soyadını da aldı. Eve gittiğin zaman, ona kendi pasaportunu çıkartmalısın. Kendi adıyla." Bebeği için çok kaygılanıyordu, ama Olivia da Victoria için ciddi olarak kaygılanıyordu.

"Neden bizimle eve gelmiyorsun?"

Victoria belli belirsiz, "Bakalım," dedi. Huzursuz görünüyordu. Biraz sonra Charles geldi yanlarına. Ama o zamana kadar her şey konuşulmuştu; Victoria'nın da çok uykusu gelmişti. Charles birkaç dakika onu seyretti; sonra yanından ayrıldılar. Charles, Victoria'nın berbat göründüğünü düşünüyordu, ama Olivia'ya söylemedi. Kahve içmek için yemekhaneye gittiler. Sonra Victoria'nın yanına tekrar gittiklerinde, genç kadın uyuyordu.

Akşamüstü onu görmeye bir kez daha gittiler. Hemşire, ateşi olduğunu ve yanında fazla kalmamalarını söyledi. Ama bunun ne anlama geldiğini, ya da daha ciddi bir tehlike olup olmadığını belirtmedi. Victoria, akşamüstü Charles'ı görmek istediğini söylemişti. Ona kendi anlatmak istiyordu. Bunun daha doğru olacağını düşünüyordu. Charles gelip yanında durduğunda, Victoria çok solgun görünüyordu. Ama garip bir şekilde huzurluydu.

"Charles, sana söylememiz gereken bir şey var," dedi yumuşak bir sesle. Olivia, gerçeği anlatmak bir yana, anlatıldığını duymayı bile hayal edemiyordu. Kalbi küt küt atıyordu. Ama Victoria her zaman ondan daha cesur olmuştu. "Yaklaşık bir yıl önce sana korkunç bir şey yaptık. Onun suçu yok." Olivia'ya bir göz attı; ama hemen adını söylemedi. "Onu buna benim zorladığımı bilmeni istiyorum. Buna mecbur olduğumu hissettim." Ona bakarken, tuhaf bir şekilde sırtı ürperdi Charles'ın. Genç kadın, ona ürkütücü bir şekilde tanıdık geliyordu. O gözler, o soğukluk... Ama yine de tuhaf, heyecan verici bir şey vardı onda.

"Bunu duymak istemiyorum," dedi Charles. Cezadan kaçan bir çocuk gibi, çadırdan kaçıp gitmek istiyordu. Ama Victoria, yattığı yerde gözlerini ona dikip kımıldamasına engel oldu.

Neredeyse buz gibi bir ifadeyle, "Mecbursun; başka vakit yok," dedi Victoria. Bu işi bitirmek istiyordu; hepsinin iyiliği için. Artık zamanı gelmişti. Bunu yapması gerektiğini biliyordu. "Ben, sandığın kişi değilim. Hatta pasaportumda adı yazan kişi de değilim Charles." Yattığı yerden ona uzun uzun baktı; Charles anlamıştı. Ağzı açık Olivia'ya bakakaldı; sonra yine karısına baktı; gerçek karısına. Châlons-sur-Marne'daki hastane çadırında yaralı yatan kadına baktı; bir yıldır birlikte yattığı ve onun çocuklarını doğuran kadına değil.

"Bana şey mi diyorsun... bana söylediğin şey..." Anlamıştı; ama dile getirmeye katlanamıyordu.

"Sana, zaten bildiğin, ama duymayı istemeyebileceğin bir şeyi söylüyorum," dedi Victoria. Ölümün eşiğinde bile hâlâ güçlüydü. Ama küçük görmesine rağmen, Charles'ı çok iyi tanıyordu. Kocası ona baktığında, evlendiği kadının, New York'tan birlikte geldiği kadın değil, orada yatan kadın olduğunu, içgüdüsel bir sezgiyle anladığını hissetmişti.

Olivia, ikizinin, üçüne de acı verdiği halde sürdürdüğü konuşmasını dinlerken, gözlerinin dolduğunu hissetti. "Birbirimizden nefret ediyorduk; sen de biliyorsun. Eğer kalsaydım, birbirimizi yok ederdik. Bu, ikimizin de sürdüremeyeceği bir anlaşmaydı. O seni seviyor; biliyorsun. Olivia bir yıldır sana iyi davrandı. Ben orada değildim; ama onun gözlerinden anlıyorum bunu. Seninkilerden de... sen de onu seviyorsun. Beni hiç sevmedin Charles; bunu sen de biliyorsun." Haklıydı. Ama bu, sadece sözlerinin ona daha da batmasına neden oluyordu. Eğer sağlam olsaydı onu tokatlardım, diye düşündü Charles. Ama şimdi bunu yapamıyordu. Sadece dehşet içinde bakıp kalmış. Birdenbire, düşünmesine bile izin vermeden bir gerçekle yüz yüze gelmeye zorlanmıştı kendisini. Victoria tarafından yüzleşmeye zorlanmış olarak, gerçek karısına öfkeyle baktı.

"Bunu ne cesaretle söylüyorsun şimdi bana... bu ne cüret... ikiniz de..." Öfkeden kudurmuştu. Etraflarındaki yüzlerce adamın arasında, elinden geldiğince yumuşatmaya çalıştığı bir ses tonuyla konuşuyordu. "Oyun oynayan çocuklar değilsiniz artık. Hep gurur duyduğunuz, birbirinizin yerine geçme oyunu! Benim karımdın; bunu hak etmiyorum ben Victoria! Bundan çok daha fazlasını hak ediyorum!" Öfkeden nutku tutulmuştu sanki.

"Benim sana verdiklerimden çok daha fazlasını hak ediyorsun. Ben sana sadece acı verebilirdim. Sen de asla beni sevme izni vermezdin kendine. Çok fazla korkuyordun, kaybettiğin şey yüzünden çok incinmiştin. Ama belki Olivia, belki o sana istediğini vermiştir. Ondan korkmuyorsun Charles. Bu konuda dürüst olsaydın onu sevdiğini kabul ederdin. Beni sevmiyorsun; benden nefret ediyorsun." Hiç değilse Olivia'nın iyiliği için bunu görmesini istiyordu.

"İkinizden de nefret ediyorum. Burada durup, bana ne yaptığımı, ne yapmadığımı, ne yapmam gerektiğini, ya da gerekmediğini, veya sırf size uygun olduğu için kimi sevdiğimi söylemenize izin vermeyeceğim. Hasta, yaralı, ne olursan ol, umurumda değil. Bence ikiniz de hastasınız. İnsanlarla oyuncak gibi oynuyorsunuz. Ben ikinizin de oyuncağınız değilim. Duydunuz mu beni?" dedi. Sonunda sesini yükseltmişti. Burnundan soluyarak bakıyordu ikisine de. Sonra hızla yürüyerek çadırdan çıkıp gitti. Ağlamamak için zor tutuyordu kendini. Olanlara inanamıyordu. O sırada Olivia sessizce ağlıyordu. Victoria ise kardeşinin elini, mümkün olduğunca sıkı tutuyordu; ama bunu pek başaramıyordu.

"Atlatır Olivia. Senden nefret etmiyor; inan bana." Victoria çok heyecanlanmıştı. Hemşire gelip Olivia'nın gitmesini istedi. Olivia kardeşinin yanağını hafifçe öptü ve daha sonra geleceğine söz verdi. Daha fazla konuşamayacak kadar sinirleri bozulmuştu hepsinin.

Olivia dışarı çıkınca Charles'ı aradı, ama onu hiçbir yerde bulamadı. En sonunda, erkeklerin çadırının önünde bir aşağı, bir yukarı yürüdüğünü gördü.

Olivia yanına yaklaşırken, Charles gayet sinirli, "Benimle konuşma," dedi ve onu durdurmak ister gibi elini uzattı. "Seni tanımıyorum bile. Sen bir yabancısın. Tanıdığım hiçbir aklı başında insan böyle bir şey yapmaz. Bir gün, bir yıl, on üç ay boyunca, hele de iki bebek sahibi olmak için hiç yapmaz. Bu çok ayıp bir şey. İkiniz de ahlaksızsınız. Hastasınız. Birbirinizle evli olmalıydınız siz." O kadar öfkeliydi ki titriyordu.

"Özür dilerim... başka ne diyeceğimi bilemiyorum... ilk başta Victoria'nın hatırı için yapmıştım... ve Geoff'le senin iyiliğiniz için. Victoria'nın seni terk etmesini istemiyordum. Doğru söylüyorum." Olivia kontrolsüz bir şekilde, hıçkıra hıçkıra ağlıyordu bunları söylerken. Charles'ı kaybetme düşüncesine dayanamıyordu. Ama artık yalanlarının bedelini ödemesi gerektiğini de biliyordu.

Charles gayet soğuk, "Sana inanmıyorum," dedi. "Seni daha fazla dinlemek istemiyorum. Kardeşini de."

Olivia, "Sonra kendim için devam ettim," dedi üzüntüyle. "Babam haklıydı." Her şeyi ortaya dökmeye karar verdi. Artık kaybedeceği hiçbir şey yoktu. "Ben hep sana âşıktım. En başından beri. Babam onunla evlenmeni istediği zaman, bana, ömür boyu onunla yaşamak dışında bir seçenek kalmamıştı. Bu, senin yanında olmak, senin olmak için tek şansımdı." Olivia ona bakarken gözyaşları sel gibi akıyordu yanaklarından. Ama Charles ona bakmıyordu bile. Büyük bir acıyla, "Seni seviyorum Charles," dedi. Ama Charles bir o kadar öfkeyle baktı ona.

"Bana bunu söyleme. Beni aptal yerine koydun. Beni baştan çıkardın; bana yalan söyledin; beni kandırdın. Ama benim için bir hiçsin," dedi acımasızca. "Yaptığın, sahip olduğun, elde ettiğin her şey bir yalandan ibaretti. Seninle evli bile değiliz. Benim için hiçbir anlam ifade etmiyorsun," dedi. Olivia, kalbinin yüzlerce parçaya ayrıldığını hissetti.

"Çocuklarımız yalan değil," dedi tatlılıkla. Onu affetmesi için sessizce yalvarıyordu Charles'a.

Charles, "Hayır," dedi. Gözyaşlarıyla tıkandı. "Ama sayende, iki piç oldular." Sonra Olivia'ya arkasını dönüp erkekler çadırına girdi. Genç kadın peşinden gidemezdi. O da kardeşinin yanına gidip oturdu. Victoria uyuyordu. Bir hemşire, parmağını dudaklarına dayayıp sus işareti yaptı ve onu uyandırmamasını söyledi. Victoria çok bitkindi ve ateşi yükselmişti.

Olivia o gün Charles'ı bir daha görmedi. Nereye gittiğini bilmiyordu. Charles hastane çadırına hiç gelmedi. Olivia, acaba Charles onsuz mu gitmeyi tasarlıyor, diye merak etti. Eğer öyleyse, kendi başının çaresine bakması gerekiyordu. Victoria'yı bebeği ile birlikte eve götürene kadar burada kalmayı planlıyordu

Olivia. Bütün gece, kardeşinin yanında bir sandalye üzerinde uyudu. Acı çeken ve ölen adamların seslerini duymamaya çalışıyordu. Kardeşi bir iki kez uyandı. Olivia, kaslarını açmak için ne zaman yürümeye başlasa, herkes onu Victoria zannedip konuşmaya başlıyordu onunla. Bu durum çok cesaret kırıcıydı; çünkü ona kendi ismiyle hitap ediyorlardı. Victoria burada, Edouard dışında herkes tarafından Olivia olarak tanınıyordu.

Charles sonunda, ertesi sabah Victoria'nın yatağının başında belirdi. Genç kadın uyanıktı. Olivia az önce kahve içmeye gitmişti.

Victoria, "Dün müthiş bir gösteri gerçekleştirdin," dedi. Yorgun, ama onunla kavga edecek kadar da haşin görünüyordu hâlâ. Charles ona gülümsedi; bazı şeyler hiç değişmiyordu. Victoria'nın ne dediğini şimdi anlayabiliyordu. Onlar asla evli olamazlardı. Gece boyunca uzun uzun düşünmüştü Charles.

"Beni çok şaşırttın. Müthiş bir ifşaattı," dedi. Victoria gözlerini kısarak baktı. Ona inanmıyordu.

"Sanmıyorum Charles. Gerçekten. Hiç anlamadığını, kuşku bile duymadığını mı söylüyorsun bana? Benden hiç farkı olmadığını mı düşündün yani? Bir baksana bize. O, tatlı, yumuşak, sevgi dolu bir kadın. Şu anda bile senin için hayatını feda edebilir. Oysa seninle ben, bir fırsatını bulsak, birbirimizi öldürebilirdik. Biz Fransızlarla Almanlar gibiyiz." İkisi de gülümsedi. Doğruydu bu; biliyorlardı. "Hiç anlamadığını, hiç merak etmediğini, hiç aklına getirmediğini söyleme bana. Mutlaka düşünmüşsündür. En azından bir kere... belki iki... belki de daha fazla... ama bilmemeyi tercih ettin."

"Haklı olabilirsin," diye kabul etti Charles. Victoria şaşırdı. "Belki bilmek istememişimdir. Öyle sakin, öyle rahat, öyle iyiydi ki. İlişkimizin yürümesini o kadar istiyordum ki, belki çözüm Olivia'ydı."

"Bunu unutma şimdi. Kızgın olduğun için onu mahvetme." Victoria ona çok katı davranıyordu. Kardeşini kırmasını istemiyordu onun.

Charles, "İnanılmaz kadınlarsınız," dedi ve içini çekti. Victoria'ya bir bakıma hayranlık duyuyordu. O kadar güçlüydü ki. Kardeşi için, ne gerekiyorsa yapmaya o kadar hazırdı ki. Olivia da, Victoria için her şeyi yapmaya hazırdı. "Bu ilişkiyi hayatım boyunca anlayabileceğimi sanmıyorum. Sanki iki ruhlu bir tek insan gibisiniz. Ya da tam tersi," diyerek gülümsedi. "Sizin dışınızdakilerin anlayabileceği bir şey olduğunu sanmıyorum."

"Haklı olabilirsin. Bazen onun yüreğini kendi yüreğimde hissediyorum. Ne zaman bana ihtiyacı olduğunu biliyorum." Şu anda da bildiği gibi. Olivia, önceki sabah Charles'ın ona söyledikleri yüzünden berbat durumdaydı.

Charles sessizce, "O da aynı şeyi söylüyor," dedi. Sonra bir şey hatırladı ve her şey açıkça ortaya çıktı. Olivia'nın, sözüm ona California'ya gitmesinin hemen ertesiydi. Charles tuhaf bir ifadeyle, "Tesadüfen *Lusitania*'ya binmiş olabilir misin?" diye sordu. Victoria başını salladı.

Üzgün bir ifadeyle, "Okyanus yolculuklarında pek şanslı değilim," dedi. Charles gülümsedi.

"Rüyasında boğulduğunu görüyordu durmadan. Doktor çağırmak zorunda kaldım."

"Ona telgraf gönderene kadar üç gün geçti. Queenstown'da durum çılgıncaydı. Nasıl olduğunu sana anlatabilmem mümkün değil. Onunla kıyaslandığında, bu hiçbir şey." Victoria tam bayılmadan önce, suyun içinde doğum yapan kadını hatırlamıştı. "Durumu o kadar korkunç hale getiren, çocukların varlığıydı." Sonra, sanki görmemek için gözlerini kapadı. Charles eline dokundu. Victoria'nın solup gittiğini hissedebiliyordu.

"Sana ne olacak şimdi? Ne yapmamı istiyorsun?" Victoria'yla barış yapmak için gelmişti buraya. Yaşadığı ilk şoka rağmen, karısıyla olan savaşı bitmiş.

Victoria açık seçik bir şekilde, "Bir çocuğum var. Olivia'nın onu da eve götürmesini istiyorum," dedi. Onu ve Edouard'ı düşününce gözleri doldu. Bebeğini iki haftadan beri görmemişti; burnunda tütüyordu.

"Nasıl oldu bu?" Charles şaşırmıştı. Gözyaşlarının arasında, bir zamanlar kocası olan adama güldü Victoria.

"Sana ve Ollie'ye nasıl olduysa öyle. Küçük kızlarınızı görebilmeyi çok isterdim," dedi özlemle.

"Göreceksin," dedi Charles. Victoria'nın bütün yaptıklarını affetmişti. Nedenini bilmiyordu; ama artık önemi yok gibiydi. Geçmişti. Zaten buraya da önemi olmadığını söylemek için gelmişti. Eğer isterse, onu boşayabilirdi. "Eve geldiğin zaman göreceksin kızları," dedi. Buna inanmasını istiyordu. Ama Victoria başını iki yana salladı. Bakışları, inanmadığını anlatıyordu.

"Hayır, göremeyeceğim Charles... biliyorum..." Korkmuş gibi görünmüyordu; sadece hüzünlüydü.

"Saçmalama. Bu yüzden buradayız. Seni eve götürmek için... bebeğini de." Hayat hiç de basit değildi. Yumuşak bir ifadeyle, "Babası nerede?" diye sordu.

"Öldü... ben de o zaman yaralandım."

"O halde iyileş de seni eve götürüp boşayabileyim." Charles gülümsedi ve onu öpmek üzere eğildi. Victoria tuhaf bir ifadeyle baktı ona.

"Biliyor musun... kendi çılgın tarzımla, seni sevmiş olduğumu düşünüyorum. Ama ikimiz için de uygun bir beraberlik değildi bu... ama başlangıçta, bu işi yürütmeye niyetliydim."

Charles hüzünlü bir ifadeyle, "Ben de öyle," dedi. "Ama sanıyorum, Susan'ı kafamdan atamamıştım."

"Git karını bul, ya da baldızını, ya da her neyinse..." Victoria gülmeye çalıştı; ama çok canı acıyordu. Ayrıca sersemlemeye başlamıştı.

Charles, "Hoşça kal deli kız, sonra görüşürüz," dedi ve içinde tuhaf bir duyguyla Victoria'nın yanından ayrıldı. Ne hissettiğini bilmiyordu, ama Olivia gibi hissetmeye, onun önsezilerini paylaşmaya başlamıştı.

Charles, Olivia'yı aramak için yemekhane çadırına geri döndü; ama bulamadı. Kadınların çadırında da yoktu. Bütün öğleden sonra ona ulaşamadı ve ortalıkta dolanırken, o günün evlenme yıldönümleri olduğunu fark etti. İkinci yıldönümleriydi. Ama bir sorun vardı: hangi kadınla? Bütün bu saçmalığa gülümsemek durumunda kaldı. Tekrar Victoria'ya bakmak için gittiğinde Olivia'yı, yatağın yanındaki sandalyede derin uykuda buldu. Victoria da uyuyordu. Uyurken el eleydiler; sanki çocuk gibiydiler.

Charles hemşireye, "Nasıl?" diye sordu. Kadın omzunu silkip başını iki yana salladı. Enfeksiyon yavaş yavaş yukarılara doğru ilerliyordu. Buna inanmak çok zordu. Bazen öyle tutarlı davranıyordu ki. Son derece çılgın ve hâlâ hayat doluydu. Bazen de öyle donuk oluyordu ki. Olivia orada otururken, kardeşinin bu iki yanını da görmüştü. Charles, ikisini de uyandırmadan oradan uzaklaştı. Gece yarısı, Olivia hemşireyi çağırdı. Göğsünde bir ağrı hissediyordu; Victoria'nın da nefes almakta zorlandığını görüyordu.

"Nefes alamıyor," diye açıkladı Olivia. Ama ikizi uyuyor gibiydi.

"Alıyor," diye ısrar etti hemşire. "Gayet iyi." Bu koşullar altında ne kadar iyi olabilirse. Ama Olivia öyle olmadığını biliyordu. Kardeşinin alnına ıslak bir bez parçası koydu; başının altını yastıklarla besledi. Victoria tekrar uyandığında kardeşine gülümsedi.

"Ziyanı yok Ollie... sakın... Edouard bekliyor."

Olivia öfkeyle, "Hayır," dedi. Victoria'nın yüzündeki ifadeyi görünce birden paniğe kapılmıştı. Kardeşi ölüyordu ve engel olmak için kimse bir şey yapmıyordu. "Hayır... bunu yapamazsın, kahrolası. Vazgeçemezsin." Olivia ona sarılmış ağlıyordu.

Victoria uykulu bir şekilde, "Öyle yorgunum ki," dedi. "Bırak gideyim Ollie."

"Bırakmayacağım." Olivia, sanki şeytanla güreşiyormuş gibi hissediyordu kendini.

Victoria, "Peki, tamam... uslu olacağım... hadi uyu," dedi ablasına. Olivia, uzun süre elini tutup seyretti onu. En sonunda, Victoria huzurlu bir uykuya daldı. Olivia'nın içi rahatladı. Victoria bir kez gözlerini açıp kardeşine baktı; gülümsedi. Olivia eğilip öptü onu. Victoria da Olivia'yı öperken bir şey fısıldadı. Olivia dikkat kesilince, kardeşinin, onu sevdiğini söylediğini duydu.

"Ben de seni seviyorum." Başını Victoria'nın yastığına dayayıp bir süre uyudu. Rüyasında çocuk olduklarını gördü.

Croton'da, annelerinin mezarının yakınındaki bir tarlada oyun oynuyorlardı. Babaları gülerek onları seyrediyordu. Herkes çok mutlu görünüyordu.

Sabah olunca, Olivia uyandı ve kardeşine baktı. Victoria ölmüştü. Dudaklarında hafif, tatlı bir tebessüm vardı. Olivia kardeşinin elini tutuyordu; ama Victoria karşılık vermiyordu. Olivia elinden gelen her şeyi denemişti; ama Victoria, diğerleriyle oynamaya gitmişti.

OTUZ ÜÇ

Olivia o gün hastane çadırından çıkarken yalpalıyordu. Tarih, 21 Haziran 1916'ydı. İkizi ölmüştü; hayatının yarısı, ruhunun yarısı, varlığının yarısı. Yalnız kalmayı, onsuz olmayı düşünemiyordu. Son bir yıldır ayrı olmalarına rağmen, Olivia hep onun bir yerlerde olduğunu ve onu görebileceğini biliyordu. Artık onu asla göremeyecekti. Ölmüştü. Her şey bitmişti. Sona ermişti. Charles'ı kaybetmişti; çocuklarından vazgeçmek zorundaydı; şimdi de ikiz kardeşini kaybetmişti. Bundan daha kötü bir kaderi hayal bile edemiyordu. Victoria'ya, onu da yanında götürmesini haykırmak istiyordu. O olmadan bir gün bile yaşamak istemiyordu. Sonra kafasının içinde kardeşinin sesini duydu sanki. Ona, bebeğini alacağına söz verdiğini hatırladı.

Büro olarak kullanılan çadırlardan birine girdi ve onu şatoya götürecek bir şoför bulmanın mümkün olup olmayacağını sordu. Ne istediğini açıkladı. Genç bir Fransız çocuk gülümseyerek onu götürmeyi teklif etti. Edouard'la Olivia'yı tanıyordu. Victoria'dan Olivia diye söz ediyordu, ama onun öldüğünü henüz bilmiyordu. Olivia da söyleyemedi. Çocuğun dediğine göre, şato uzakta değildi. Olivia, Charles'a haber vermeyi düşündü, ama artık ona hiçbir şey söyleyemeyeceğini biliyordu. Bu hakkını kaybetmişti. Charles, Olivia'nın, onun için hiçbir şey ifade etmediğini söylemişti. Onun hiçbir şeyi değildi Olivia. Henüz bilmiyordu, ama Charles duldu artık.

Genç adam Victoria'yı görmek için hastane çadırına geri döndüğü sırada Olivia şatoya doğru yola çıkmıştı bile. İçeri girdiğinde hemşire başını iki yana salladı ve boş yatağı işaret etti. Charles, ağzı açık kalakaldı. Victoria için üzülmedi bile. Onun kurtulmak istediğini biliyordu. Bunu kolayca sezmişti. Şu anda tek istediği, Olivia'yı bulup teselli etmekti. Onu aldatmış olduğu için ne hissederse etsin, genç kadının o sabah ne kadar kederli olduğunu tahmin edebiliyordu. Düşüncesi bile kötüydü. Onu çabucak bulması gerektiğini biliyordu.

"Karımı gördünüz mü? Yani... aa... kardeşini?" diye sordu hemşireye. Kafası hâlâ çok karışıktı. Hemşire başını iki yana salladı ve onun, kardeşi ölünce, saat yedi sularında oradan gittiğini söyledi. Onu yemekhane çadırında da aradı, ama hiçbir yerde bulamadı. O sırada Olivia şatoya varmış ve evin hanımının nerede olduğunu öğrenmişti. Kontes, oradan iki saat uzaktaki Toul'daydı. Marcel, Olivia'yı şatoya götüren çocuk, onu Toul'a da götürmeye razı oldu.

Doğuya doğru giderlerken genç kadın onunla pek az konuştu. Çocuk bir iki kez ona göz attı ve sessizce ağladığını gördü. Ona sigara ikram etti; Olivia başını sallayarak reddetti; sonra ona baktı. Çocuk öyle gençti ki. On sekiz yaşında ya var, ya yoktu. Bir süre savaştan söz ettiler. En sonunda Toul'a vardılar. Gitmeleri söylenen küçük evde Olivia kontesi buldu. Kontes ona başsağlığı diledikten sonra bebeği gösterdi. Güzel, tombul, sarışın ve mutlu bir bebekti. Victoria'yı hatırlatıyordu, ama bu, fiziksel benzerliğin ötesinde bir şeydi. Aslında Olivia'nın çocukları, Victoria'ya kendi oğlundan daha çok benziyorlardı. Ama çocuk çok güzeldi. Olivia onu kucağına alınca da mutluluktan, kuş gibi ötmeye başladı. Sanki onu almaya geldiğini anlamış gibiydi. Victoria'nın bebeği, Olivia'nın, sadece Victoria'yı değil, çocuklarını da özlemesine neden olmuştu.

Kontes onunla vedalaşırken üzgündü. Ama teyzesiyle birlikte eve, güvende olacağı bir yere gidiyor diye de mutluydu. Marcel'e dikkatli olması için ısrar etti. Savunma hattı haftalardır yer değiştirip duruyordu ve tepelerde her gün düşman nişancıları oluyordu. Olivia bunu çok iyi biliyordu. Dönüş yolunda bebeği kucağına yatırdı; o da yolun büyük bir kısmında uyudu. Yarı yola geldiklerinde, Marcel sol tarafında hoşuna gitmeyen bir şey gördü ve aniden döndü. Kurşunlardan kıl payı kurtulmuşlardı.

Hiç duraksamadan, "*Merde!*" dedi Marcel. "Yat aşağı," deyince Olivia, bebeğe sarılarak, arabanın döşemesinin üzerinde çömeldi. Nişancılar tekrar ateş ettiler; Marcel hızlanarak uzaklaştı. Ama sonra tekrar silah sesleri duydu. İleriye topçu mermileri düştüğünü gördü ve eski bir köy yoluna saparak, terkedilmiş bir çiftlik evine geldi. Arabayı ahıra sakladı. Olivia'ya samanlığı işaret etti; dayalı duran merdivenle yukarı çıktılar. Bebek Olivia'nın kucağındaydı. Böyle bir şey olacağını düşünmemişti genç kadın. Durumu değerlendirmeye çalışıyordu. Samanların arasında, silahını çekmiş on sekiz yaşında bir Fransız çocuk ve ölen kardeşinin bebeği ile otururken, durum hiç de iyi görünmüyordu.

Kimse peşlerinden gelmedi. Bütün gün orada oturdular; hiçbir yere gidemiyorlardı. Çünkü her tarafta küçük kümeler halinde Almanlar vardı. Ahırın yakınına hiç gelmediler; ama ahır açık arazideydi. Gitmeye kalksalar, onları gizleyebilecek hiçbir şey yoktu. Bir yere gitmeleri mümkün değildi. Yanlarında yiyecek de, su da yoktu. Ne kendileri için, ne de bebek için.

Olivia gergin bir ifadeyle, "Ne yapacağız?" diye sordu. Bebek ağlamaya başlamıştı; Olivia kardeşi kadar cesur değildi. Buraya sadece onu almak için gelmişti. Böyle bir şeyle karşılaşmayı hiç beklemiyordu. Ama Victoria ve onun çocuğu için biraz kahramanlık yapmak istemişti.

Marcel kaygılı bir ifadeyle, "Hava kararınca bir kez daha deneriz," dedi. Yapabilecekleri başka bir şey yoktu. Akşam olduğunda, topçu atışının daha yaklaştığını ve havan toplarının ıslıklarını duydular. Olivia, gaz saldırısı olmaması için dua etti; gaz maskesini bile almamıştı yanına. Victoria ölünce, ondan ayrılmanın şokuyla, bir yerlerde kaybetmişti maskesini.

Sonunda, "Bebeği doyurmamız lazım," dedi. Olivier saatlerdir beslenmemişti ve artık avaz avaz bağırıyordu. Annesini istiyordu; ya da tanıdığı birini. Hiç olmazsa akşam yemeğini istiyordu. Olivia'nın en azından bir avantajı vardı. Bebek ona bakınca, onu tanıdığını sanıyordu. Ama tanısa da tanımasa da, Olivia'nın ona vereceği hiçbir şey yoktu. Çocuklarını emzirmeyi aylar önce bırakmıştı; bunu denemeyi bile düşünmedi.

En sonunda samanlıktan çıktıklarında hava kararmıştı. Marcel, Olivia'ya, orada kalıp beklemesini önerdi. O, çalılıkların arasından yürüyerek kampa gidecekti. Yardım getirmek istiyordu. Olivia'nın onunla gelip tehlikeye atılmasını istemiyordu. Oraya ulaşmasının iki saatten fazla sürmeyeceğini söyledi. Sonra ona yardım gönderecekti. Bu fikir Olivia'ya makul geldi, ama yine de ödü patlıyordu. Almanlar Marcel'i yakalarlarsa, buraya gelip onu da öldürebileceklerini biliyordu. Ya da Olivier ile onu hiç kimse bulamayabilir, onlar da burada kalıp açlıktan ölebilirlerdi. Ama onu öldürseler bile, Almanların bebeğin hayatını bağışlayacaklarını umuyordu. Olivia'nın başka seçeneği yoktu. Kamptan ayrılmalarından on iki saat sonra Marcel onu çiftlik evinde bıraktı ve genç kadın arkasından bakarken, güvenliğe doğru hızla koşmaya başladı. Tam tarlanın sonundaki ağaçlara ulaşmıştı ki, Olivia onun sırtından ve başından vurulduğunu gördü. Çocuk tarlanın kenarına yüzükoyun düştü. Hayatta kalması mümkün değildi. Kımıldamadan yatıyordu. Nişancılar bakma zahmetine bile katlanmadılar. Öldüğünü biliyorlardı. Aynen Olivia gibi. Marcel'i, Fransa'daki bir tarlada ölü olarak bırakıp başka otlaklara doğru ilerlediler. Olivia ise, kardeşinin açlıktan ölmek üzere olan bebeğiyle birlikte, bir çiftlik evinde kapana kısılmıştı. Olması gereken şey bu değildi. Olivia şimdi ne yapacağını bilmiyordu. Tek yapabileceği, biri gelir mi, diye bekleyip görmekti. Müttefikleri tercih ederdi; hatta çiftçiler bile olabilirdi. Ya da arabaya binip elinden geldiğince hızlı bir şekilde basıp gidebilirdi. Ama daha önce sadece bir ya da iki kez araba kullanmıştı. Kullanmak bir yana, arabayı çalıştırabileceğinden bile emin değildi.

Olivier'ye, "Peki ne yapacağız şimdi?" diye sordu. Bebek kollarının arasında, aç karnına, ağlayarak uyuyakalmıştı sonunda.

Ertesi sabah saat altıda uyandı. Deli gibi acıkmış ve susamıştı. Bebeğin öfkeli sızlanmalarını dinlerken Olivia ağlıyordu. Ona verecek hiçbir şey yoktu. Genç kadın, kardeşini düş kırıklığına uğrattığını düşünmeye başladı. Çocuk on sekiz saattir hiçbir şey yememişti. Tabii Olivia da öyle. Ama bir an önce süt ya da su vermezse, bebeğin aşırı susuz kalacağından korkuyordu. Onu kucaklayıp kampa yürümeyi düşündü. Almanlar durdursa bile, onlara Amerikalı olduğunu söyleyebilirdi. Ama onların önce ateş edip sonra soru sormalarından korkuyordu. Sonunda, kesinlikle hiçbir şey yapmamaya karar verdi. Öylece oturup bebeğin tekrar uykuya dalması için dua etti. Nihayet, çaresizlik içinde gömleğini sıyırıp bebeğe meme verdi. Hiç sütü yoktu; ama hiç olmazsa birazcık avunmasını sağladı bebeğin. Üstelik, oralardan geçen nişancıların onu duyacağından korkmasına gerek kalmamıştı artık.

Nihayet, öğleden sonra saat dörtte, iki kamyonun gürültüyle yaklaştığını duydu. Samanlıktaki minik pencereden bakınca, gelenlerin Müttefikler olduğunu gördü. Bir çığlık attı ve kırık pencere camının arasından elini uzatıp salladı. Durdular. Olivia, kucağında bebekle çabucak merdivenden indi ve gördükleri karşısında şaşkına döndü. Kamyonların birinde, şoförün yanında Çavuş Morrison vardı; diğerinde de Charles. Olivia'yla Marcel dönmeyince, Charles'ın ısrarı üzerine, Olivia'yı aramak için bir konvoy yollamışlardı.

Hepsine birden bakarak, "Tanrıya şükür," dedi Olivia. Onu buldukları için inanılmayacak kadar rahatlamıştı. Asla bulamayacaklarından ve burada Olivier ile birlikte öleceklerinden emindi oysa. Tam umudunu yitirdiği sırada bulmuşlardı onu. Ama Charles tek kelime bile söylemedi. Kamyonda oturmuş ona bakıyordu. Olivia, onun hâlâ çok kızgın olduğunu düşündü.

Charles buz gibi bir sesle, "Ölebilirdin," dedi. Sesi ve elleri titriyordu. Bütün bu yaşadıkları, hayal edebileceği en berbat şeyden daha beterdi. İkizlerin ifşaatı, Victoria'nın ölümü, savaş, yaralı çocuklar; şimdi de, kardeşinin bebeğini kurtarmaya çalışırken, Olivia'nın bir çiftlik evinde kapana kısılıp neredeyse ölüyor olması. Kaldıramayacağı kadar fazlaydı. Olivia'ya bakarken konuşmakta güçlük çekiyordu.

Olivia sessizce, "Özür dilerim," dedi. Charles'ın nefretinin gücüne karşı kendini sağlam tutmaya çalışıyordu. Tuhaftı ama, Charles'a, sanki Victoria konuşuyormuş gibi geldi. Olivia'ya, kardeşi için ne kadar üzüldüğünü söyleme fırsatını bulamadı. Çavuş Morrison, bebekle Olivia'yı apar topar kamyona aldı ve hava kararmadan önce kampa yetişmek için hızla yola koyuldular. Genç kadın onlara Marcel'den söz etti. Ama bir gece önce bölgede askerler olduğu için, zaten haberleri vardı. Marcel'le birlikte beş askerin cesedini almak için daha sonra bir müfrezeyle geleceklerdi. Korkunç bir şeydi. Olivia Çavuş Morrison'a, "Üzgünüm," dedi. Marcel, savaş, Victoria ve Charles'ın şu anda ona bakarkenki ifadesi yüzünden üzgündü. Genç adamın onu asla affetmeyeceğini biliyordu artık. Kampa döner dönmez, bebeği doyurmak için yemekhaneye gitti. Charles da, Bordeaux'dan hareket edecek bir gemide yer ayarlamak için büroya gitmişti. Victoria'yı sabah gömeceklerdi. Olivia neredeyse uyuşmuş gibi hissediyordu kendini. Bunca şeyi sindirmesi çok zordu.

Küçük ve tuhaf bir törenle gömdüler Victoria'yı. Papaz monoton bir sesle, genç Amerikalı ve bir düzine asker için birkaç söz söyledi. Onu, çamdan yapılmış sade bir tabutla toprağa verdiler. Mezarının üzerinde ne isim, ne de bir işaret vardı. Victoria, Fransa'da bir yamaçta, küçük beyaz bir haçtı artık. Olivia, onu Edouard'a yakın bir yere gömmüş olmalarını umuyordu. O kadar sarsılmıştı ki, ağlayamıyordu bile. Orada öylece dururken, hiçbir şey hissetmeyecek kadar sersemlemişti. Sanki kendinden bir parçayı, kalbini, ruhunu, aklını gömüyorlarmış gibi geliyordu ona. Kucağında onun uyuyan bebeği ile, kardeşinin mezara indirilişini seyrederken, Olivia, akılsız, darmadağınık parçalardan oluşmuş gibi hissediyordu kendini. Bebek, yemiş, içmiş, karnını doyurmuştu; ama teyzesi, onu avutmak için, meme vermeye devam etmişti.

Charles, mezarın başındaki Olivia'nın yüzünü seyrediyordu. Çok korkmuş olmalıydı, ama sırf gururu yüzünden Charles'ı yanına yaklaştırmıyordu bile. İki yabancı gibi duruyorlar; Victoria'nın bedeninin, evden bu kadar uzakta toprağa verilişini seyrediyorlardı. Olivia mezarın üstüne küçük beyaz bir çiçek koydu. Kucağında bebekle oradan uzaklaşırken ağlıyordu. O kadar korkunçtu ki, nefes almakta güçlük çekiyordu. Sanki o da gömülmüş gibiydi. Belki de öyle olmuştu. Son bir hafta içinde sevdiği her şeyi kaybetmişti; çocuklarını bile. Ama ikizinin kaybı çok daha fazla şey ifade ediyordu. Fiziksel bir şeydi. O kadar canı yanıyordu ki, duyduğu acı yüzünden çıldıracağını sandı. Dayanılmaz bir şeydi bu.

Ağlayarak ve hiç konuşmadan, yavaşça kampın merkezine yürüdüler. Victoria'nın gömülmüş olduğu gerçeğini sindirmeye çalışıyordu ikisi de. Daha Charles bir şey söyleyemeden, Olivia kadınların çadırında gözden kayboldu ve sabaha kadar dışarı çıkmadı. Charles birkaç kez onu sordu, ama sorduğu kişiler meşguldü; yorgundu; ya da onu tanımıyorlardı. Yeni bir gönüllü akını olmuştu. Kadınlar Olivia'yı, ya da kardeşini tanımıyorlardı.

Olivia içeri girince, çadırdaki hemşireler bebeği ondan aldılar. Genç kadın yatağına yatıp bütün gün ağladı. Kimseyi görmek, kimseyle konuşmak istemiyordu; Charles'la bile. Onun hâlâ çok kızgın olduğunu biliyordu. Tek düşündüğü, Victoria'yla birlikte ona gerçeği anlatmalarından sonra, Charles'ın ona söyledikleri ve çiftlik evine geldiklerinde, ona bakarken yüzünde gördüğü ifadeydi.

Ertesi sabah saat altıda Bordeaux'ya gitmek üzere yola çıktılar. Ayrılmadan önce Olivia, Çavuş Morrison'a ve bütün hemşirelere bir kez daha teşekkür etti. Didier, gözleri dolu dolu, Olivia'nın yanına geldi; bebeğe bir veda öpücüğü verdi. Onu ve annesini asla unutmayacağını söyledi. Kamptan ayrılırlarken, el sallayan bir avuç insan vardı. Olivia birçoğunun kim olduğunu bilmiyordu. Ama acı gerçek şuydu ki, artık bunun hiç önemi yoktu.

Bordeaux'ya akşamüstü ulaştılar. Gemiye gece yarısı binecekleri için, küçük bir otelin lobisinde beklediler. Yanlarında pek eşyaları yoktu. Olivia, bebek için bazı şeyler satın aldı. Artık tek istediği, onu sağ salim eve götürebilmekti. Bebeği emzirmek ve kardeşinin yerine onu sevmek, aralarında güçlü bir bağ oluşturmaya başlamıştı., İkizlerinin doğumunun ardından üç ay geçmiş olmasına rağmen, onu emzirdikçe, yavaş yavaş sütü gelmeye başladı. Ama yeğeni, ya da oğlu gibi değil, kardeşinden son bir armağan gibi görüyordu onu. Bu yüzden, çocuk çok daha değerliydi onun için.

Otel lobisinde *Espagne*'a binmeyi beklerlerken, sakin bir ifadeyle, "Onu ne yapacaksın?" diye sordu Charles. New York'tan ayrılalı daha iki hafta olmuştu; ama yüzyıllar geçmiş gibiydi sanki.

Olivia, "Birlikte Croton'a gideceğiz," dedi sessizce.

Charles kibarca, "Oraya mı gidiyorsun?" diye sordu. Olivia başını salladı. "Öyle sanıyorum," dedi. Gemiye binene kadar Charles bir daha hiçbir şey söylemedi.

Dönüş yolunda, iki kamaraları vardı. Olivia'nın öyle isteyeceğini varsayarak Charles ayarlamıştı bunu. Yolculuk yapanlar, Bay Charles Dawson, Bayan Olivia Henderson ve bebek olduğuna göre, artık törelere uygun davranmaları gerekliydi. Gidiş yolculuğundan biraz farklıydı her şey. Charles, gemide Olivia'yı kesinlikle hiç görmedi. Genç adam hâlâ yaralarını iyileştirmeye çalışıyor; Victoria'yı, başlangıçta içine düştükleri zor durumu ve ondan uzak durmasını düşünüyordu. Bütün bunları hisseden Olivia kamarasından hiç çıkmadı. Çıktıysa da Charles onu hiç görmedi.

Vaktinin büyük kısmını yalnız geçirdi. Victoria'yı son görüşünü ve karısının ona söylediklerini düşündü. Dediklerinde haklıydı. Onunla barışmış olduğunu hissediyordu Charles; Victoria da onunla barışmıştı. Kardeşi hakkında anlattıklarını da düşündü. İkizini kaybetmenin Olivia için ne büyük bir darbe olduğunu tahmin edebiliyordu. Etin etten, ruhun ruhtan kopması; yüreklerinin birbirinden ayrılması; belki de tek bir kalbin kırılması... Olivia'nın, Victoria olmadan nasıl yaşayacağını düşünemiyordu bile. Birbirlerinin yerine geçmelerini, Olivia'nın koca bir yıl boyunca onunla karı koca olarak yaşayıp, hiçbir şey söylememesini de aklı almıyordu. Sonra Victoria'nın ne dediğini hatırladı. Ona, anlamış olması gerektiğini, ama anlamak istemediğini söylemişti. Bunda doğruluk payı var mı, diye merak etti. Neredeyse kuşkulandığı, ama o düşünceleri kafasından attığı zamanları hatırladı sonra. Çünkü öyle düşünmemek daha kolaydı. Victoria'nın, Olivia'ya, sevgisiz, fiziksel taleplerin olmayacağı bir evlilik vaat ettiğini de tahmin ediyordu. Sonra her şey değişmişti, çünkü. Olivia o kadar tatlı, o kadar sevecendi ve Charles onu o kadar arzu etmişti ki. Evli olsalar da olmasalar da, Olivia'yla, daha önce hiçbir kadınla yaşamamış olduğu şeyler yaşamıştı. İkizlerin doğduğu geceyi de hatırlıyordu. İşin daha da tuhaf olan yanı, Victoria ve Olivia gibi, o da bir şeyi fark etmişti. İki mekân arasındaki saat farkı bir yana bırakılırsa, Victoria'yla Olivia'nın bebekleri birkaç saat arayla doğmuşlardı. Çok tuhaf ve akıl almaz bir şeydi bu. Birinin ne zaman başladığını, diğerinin ne zaman sona erdiğini, neyin yalan, neyin gerçek olduğunu anlayabilmek çok zordu. Aşkı ya da arzuyu ayırt edebilmek zordu. Victoria bu konuda da haklıydı. Charles onu sevmekten korkmuş, Victoria'nın onu sevmesine de izin vermemişti. Ama Olivia'yla her şey çok farklı olmuştu. Çılgınlıktı ama, Charles her iki kızla da birer yıl yaşamıştı. Artık hangisinin karısı ve sevdiği kadın olduğu, hangisinin olmadığı çok açıktı onun için.

Yola çıktıklarının üçüncü günü, Fransa-New York yolunun yarısında, artık daha fazla dayanamayıp Olivia'nın kamarasının kapısını vurdu. Onunki Charles'ın kamarasından daha küçüktü, ama genç kadın ısrarla onu istemişti. Üstelik New York'a varınca ücretini ona hemen ödeyeceğini de söylemişti ki, bunu hakaret gibi almıştı Charles. Ondan yol parasını almayı beklemiyor ve istemiyordu.

Olivia kapıyı araladı. Korkunç görünüyordu. Zayıf, solgun ve yorgundu. Belli ki ağlamıştı.

Charles kibarca, "İçeri girebilir miyim?" diye sordu. Olivia tereddüt etti; sonra kapıyı azıcık daha açtı.

Onun cesaretini kırmak istercesine, "Bebek uyuyor," dedi. Charles gülümsedi.

"Yüksek sesle konuşmamaya çalışırım. Günlerdir seninle konuşmak istiyordum. Aslında kardeşin ölmeden önceden beri istiyordum. Ama senin yanına yaklaşamadım. Onu o sabah görmüştüm. Şeyden önce... güzel bir konuşma yaptık."

"Anlattı. Artık ona kızgın olmadığını söyledi."

"Değildim. Birçok konuda haklı olduğunu düşünüyorum. Ama anlayamayacak kadar aptalmışım. O, benden daha akıllı ve cesurdu. Ben olsam, gemi batana kadar oyalanırdım. O kaçtı. Bunu ben yapmalıydım."

Olivia yumuşak bir sesle, "Bu her zaman kolay olmaz," dedi. Artık çok iyi biliyordu. Ama onun durumunda, kaçacak hiçbir şey yoktu. Evli değillerdi. Her şey bir hayalden ibaretti. Gayet resmi bir sesle, "Senden özür dilemek istiyordum," dedi. "Sen de dediklerinde haklıydın. Sana bunu yapmaya hiç hakkımız yoktu. Yanlış bir şeydi... bir sakıncası olmadığını, buna hakkımız olduğunu düşünmemizin nedeni neydi bilemiyorum. Sadece sandım ki... bilmiyorum; ama seninle birlikte olmak için hayattaki tek şansımmış gibi geldi. Tabii çılgınlıktı."

"Pek sayılmaz." Ona gülümsedi. Kızların yaptıkları karşısında hâlâ birazcık şaşkındı. Ama bir açıdan, akıl yürütme biçimlerini anlayabiliyordu. Yine de, bu hâlâ biraz korkutuyordu onu. "Bir araya gelebilmemizin başka hiçbir yolu yoktu aslında. İkiniz de haklıydınız. Birlikte iyiydik seninle."

Olivia üzüntüyle, "Öyle miydik?" diye sordu.

Charles yumuşak bir sesle, "İyiyiz," dedi. "Birlikte çok iyiyiz Olivia. Bundan vazgeçmek yanlış olur şimdi. Victoria'nın istediği bu değildi," dedi. Çok tatlı bir ifadeyle konuşuyor, yanına bile yaklaşmaya korkuyordu. Olivia o kadar üzgün, o kadar korkmuş görünüyordu ki.

"Peki sen ne istiyorsun?" diye sordu Olivia. Charles'ın ona söylediklerini ve yüzündeki nefret ifadesini hatırlamıştı. Hem yemekhane çadırının dışında, hem de ona, sanki öldürmek istermiş gibi baktığı çiftlik evinde. Olivia onu hiç bu kadar sinirli görmemişti. Ama bilmediği bir şey vardı; Charles hiç bu kadar korkmamıştı. O sırada, Olivia'nın, bebekle birlikte ya da bebeksiz, Almanlar tarafından öldürülmüş olduğundan emindi. Tek yapmak istediği, onu sarsarak ölümden döndürmekti.

Charles yumuşak bir sesle, "Seni istiyorum," dedi. "Aynen bir yıldır olduğu gibi. Ta en baştan olabileceği gibi. Eğer babana -kardeşine olan bütün saygıma rağmen- o çılgın, vahşi kızıyla ne yaparsa yapmasını söyleseydim ve senin peşinden gidecek kadar cesur olsaydım tabii. O zaman sana âşık olabileceğimi biliyordum. Victoria haklıydı; senden de, ondan da korkuyordum. Seni sevmekten o kadar korkuyordum ki, doğru Victoria'nın kollarına koştum. Çünkü o vahşiydi, heyecan vericiydi ve tehlikesizdi. Onu sevmeme imkân, ihtimal yoktu."

"Sen de neredeyse bizim kadar çılgınmışsın." Olivia ona gülümsedi. Arkasındaki beşikte yatan bebek kımıldadı. "Evlenmek için çok aptalca bir neden."

"O zaman belki de birbirimize layığız." Charles utangaç bir şekilde gülümsedi. Sonra Olivia ona bir şey açıklamaya çalıştı; bu da tebessümünün genişlemesine neden oldu.

"Biliyor musun; niyetim asla... Victoria demişti ki..." Charles onun ne demek istediğini çok iyi anlamıştı. Konuşurken yüzü kıpkırmızı olmuştu Olivia'nın.

"Tek kelimesine bile inanmıyorum. Kesinlikle beni baştan çıkarmaya niyetliydin; niyetinin bu olduğunu biliyorum." Charles, Olivia'yla tartışırken onu kollarının arasına aldı. Yine baştan çıkarmasını diliyordu, ama onun şu anda ne yapacağından hiç emin değildi. Olivia'ya inanılmayacak kadar acımasız davranmıştı. Bu yüzden de, onu bağışlamazsa son derece haklıydı. Sonra Charles'ın aklına bir şey daha geldi ve ona başka bir soru sordu. "Geoff biliyor muydu? Ya da kuşkulanmış mıydı? Seni öyle iyi tanıyordu ki. Üstelik kimse başaramazken, o sizi ayırt edebiliyordu."

"Onu bir süre kandırdım," dedi Olivia. "Galiba birazcık kuşkulandı. Ama zaman zaman ikinize de kötü davranmayı ihmal etmedim ki sen de kuşkulanma. Ama geçen Haziran'da Croton'da elimi kestiğim zaman, Geoff lekemi gördü. Engel olamadım."

"Yani bunca zamandır biliyor muydu?" Olivia özür dilercesine başını salladı. "Hayret." Charles, Olivia'nın elini alıp baktı. Leke sağ avucundaydı. Ama o sırada Olivia'nın gözleri doldu.

Artık fark etmiyordu. Kardeşi ölmüştü. Artık oyunlar, kahkahalar, aldatmacalar olmayacaktı.

Charles'dan uzaklaşıp acı içinde başını önüne eğdi. "Onu o kadar özlüyorum ki," diye fısıldadı.

Charles yumuşak bir sesle, "Ben de öyle," dedi. "Onun, senin hayatında çok özel bir yeri olduğunu, senin için her şeye hazır olduğunu, senin onunla mutlu olduğunu biliyorum," dedi üzüntüyle. "Senin gülümseyen yüzünü özlüyorum; seni sevmeyi; seninle birlikte olmayı. Söylediğim tüm o korkunç şeyler için özür diliyorum. İlk başta o kadar berbat bir tepki verdiğim için üzgünüm." Sonra o da Olivia ile birlikte ağlamaya başladı. "Victoria'yı kaybettiğin için üzgünüm."

Olivia başını salladı ve Charles'ın kollarının arasında uzun süre ağlamaya devam etti. Sonunda, kocası gibi olan adama baktı. "Seni sevmiştim Charles, gerçekten üzgünüm."

"Peki ya şimdi? Beni yine sevebilir misin?"

Olivia gülümsedi; saçma bir soruydu bu. Onu her zaman sevecekti. "Tabii sevebilirim. Hâlâ seviyorum. Bunu değiştiremezsin."

Charles ciddi bir şekilde, "O halde benimle evlenir misin?" diye sordu. Çok samimiydi.

"Bu senin için biraz utanç verici olmaz mı? Ya da en azından biraz garip. Ayrıca, neden yaptığın öğrenilirse kesinlikle skandal olur."

"Hiç de utanmıyorum. Hiç biri yasal olmayan, ya da pek azı yasal olan çocuklarla çevrelenmiş olmak, çok daha utanç verici bence. Eve bile gitmeden, burada, gemide, kaptan bizi evlendirebilir diye düşünüyordum." Charles gülümsedi; Olivia da ona gülümsedi. Eve dönerken evlenme ve sonra da onunla kalma fikrine bayılmıştı. Nihayet her şey yasallaşmış olacaktı. Charles, bir dizinin üzerine çöktü; Olivia'nın elini tuttu ve evlenme teklif etti. Olivia kıkırdadı. Charles gayet resmi, "Ee, kabul ediyor musun?-"diye sordu.

"Ediyorum."

Charles, "Teşekkür ederim," dedi ve ayağa kalkarak Olivia'yı öptü. "Ben kaptanla konuşayım." O sırada bebek çığlık atmaya başladı. Olivia gülümseyerek ona baktı; sonra müstakbel kocasına göz attı.

"Biliyor musun; Olivier ile birlikte üçüz gibi olacaklar."

Charles anlamlı bir şekilde, "Belki de kızların hayatına bir denge getirir," dedi. Olivia mahcup olmuştu. Charles onu tekrar öptü ve evlenme işini ayarlamak için kamaradan çıktı. Olivia bebeği beşiğinden aldı. Emzirecekti.

Ertesi gün öğle vaktinde, kaptanın kamarasında evlendiler. Olivia, sahip olduğu tek uygun kıyafeti giymişti. Elbisesi yeşildi. Elinde de, gemideki çiçekçide bulunan tek çeşit olan, beyaz karanfiller vardı. Tabii savaş zamanıydı. Kaptan onları karı koca ilan edince, Charles gelini öptü. Ertesi gün, New York'a doğru yol alırlarken, Geoff ile Bertie'ye telsizle, New York yolunda olduklarını ve Cuma günü orada olacaklarını bildirdiler. Radyogramı, Baba ve Ollie diye imzaladılar. *Espagne*, sonunda yavaşça ve dikkatlice New York limanına yanaşırken, güvertede, parmaklıklara dayanmış duruyorlardı. Bertie ve Geoff, bebeklerle birlikte rıhtımdaydı. İkisi de kucaklarına birer bebek almışlardı. Geoff onlara el sallarken, babasının kucağındaki çocuğu görüp şaşırdı. Olivia, ona her şeyi, ellerinden geldiğince açıklamaları, gerisini de daha büyüdüğü zamana saklamaları gerektiğini biliyordu. Ama gemi rıhtıma yanaşırken, Geoff'in gözlerini ona diktiğini gördü ve Charles'ın elini tuttu. Çocuk, onun ikizlerden hangisi olduğunu, eve hangisinin döndüğünü anlamaya çalışıyordu. Sonra Geoff'in başını sallayıp Bertie'ye bir şey söylediğini, ardından da ona deli gibi el salladığını gördü. Onu tanımıştı. Olivia ona geri dönmüştü. Sevgili Ollie'sini kaybetmemişti. Bu kez hayatındaki en değerli insanı yitiren, Olivia'ydı. Ortağı, sırdaşı, dostu, bütün yaramazlıklarındaki işbirlikçisi olan kardeşini kaybetmişti. Victoria'sız yaşamanın, onunla kavga edememenin, ya da birlikte gülememenin nasıl olacağını düşünemiyordu. Onsuz bir dünya Olivia için bambaşka olacaktı. Bir parçasının eksik olduğunu her zaman hissedeceğini biliyordu. Ama Victoria'nın hep orada, kafasının, kalbinin, ruhunun içinde olacağını ve onu asla unutamayacağını da biliyordu. Olivia için, Charles ve çocuklarından önce, en çok sevdiği kişi Victoria'ydı. Hayatının, yüreğinin diğer yanıydı o; aynanın diğer yanı.